2
3
4

~~Je ne puis plus estre absent~~

Chançon

~~Bien qu'un cueur martier~~
me ~~tien~~ ~~languissant~~ ~~et que~~
Plus je souffre en vivant

a conserver

G

LES

BIGARRVRES,

ET

TOVCHES DV SEIGNEVR DES ACCORDS.

AVEC LES APOPHTEGMES DV SIEVR GAVLARD. ET LES ESCRAIGNES DIJONNOISES.

DERNIERE EDITION.

Reueuë & de beaucoup augmentée.

A PARIS,

Par IEAN RICHER, ruë S. Iean de Latran, à l'Arbre verdoyant.

1603.

AVEC PRIVILEGE DV ROY.

P. PROB. I. C. IN LIBRVM VARIORVM ACCORDADII.

AT vos qui Tragico toties repetita cothurno
Pulpita pellagitis seu vos infanda Thyestæ
Cœna, vel amisso Cornelia mœsta marito,
Flama vel iratæ non restinguenda nouercæ
Detinet: attentas huc huc aduortite mentes.
Vos quoque, qui miseri spe præfulgente lucelli
Bartoleas versatis opes, & quicquid Iason
Balbutit, immensos auri dum iactat aceruos,
Colchicáque Argolicis promittit vellera remis:
Desinite insano nimium indulgere labori,
Et tormenta crucis diuinæ adfigere menti.
Non se tam variis pingit Natura figuris,
Non se tam varios in flores terra resoluit,
Fœcunda adaperta sinus per tempora Veris,
Quàm varias rerum species ACCORDIVS, *atque*
Luminibus distincta nouis emblemata miscet.
Si quisquam his Tragicas ausit conferre querelas,
Rancida doctorum vel quæ farrago reponit,
Anticyram petat, & fragili vasta æquora lembo.

Τάχ' αὔριον ἔσσετ' ἄμεινον.

THEODECTE T.
Au Seigneur des ACCORDS.

DES ACCORDS tes Bigarrures
Ressemblent les pourtraitures
Des paysages plaisans
Que font les peintres Flamans,
Dans lesquels, d'vn traict fertile,
Là ils peignent vne ville,
Là vn champ, là vn desert,
Vne forest, vn champ verd,
Des riuieres des fontaines,
Et des montagnes lointaines,
Cà & là de grands troupeaux
Et d'hommes & d'animaux:
Le tout par Mathematique,
Bien reduit selon l'Optique
Au suject d'vn petit poinct,
Qui les fait paroistre loing,
Se monstrant à nostre veue,
Comme si dans vne nue,
Nous regardions de là haut
Ce grand terrestre eschaffaut:
Qui fait que l'œil se contente
De varieté plaisante,
En chasque endroit retreuuant
Tousiours du contentement,

Ton liure eſt du tout ſemblable,
De tous endroits aggreable,
Deſcriuant folaſtrement
Vn ſi bigearre argument,
Comme en traitant la folie
Des Rebus de Picardie,
Et la curioſité
De la Gothe Antiquité,
Les inuentions ſubtiles.
Des Poeſies gentilles,
Anagrammes, Entends-trois,
Et pluſieurs autres endroits
Où tu daignes bien te plaire:
Sans toutesfois te diſtraire
Des actes plus ſerieux
Qui paſſent deuant tes yeux.
T'accordant à la nature
De chaſque temperature,
Qui remarque en ton labeur
Le profit & la douceur.

1903

AVANT-PROPOS de l'Autheur sur les impressions de ce liure.

IE FVS FORT estonné quand ie vy la premiere impresion de ce liure, duquel ie pensois que la memoire fust esteinte. Mais le relisant, quasi comme chose nouuelle, que ie n'auoy veu y auoit quatorze ans, ie cognu incontinent & mon genie, & mon style du temps que ie l'auois basty pour me chatoüiller moy-mesme, à fin de me faire rire le premier, & puis apres les autres : tellement que ie n'auois obserué autre ordre, sinon d'entasser pesle-mesle les exemples, selon qu'ils me venoyent en fantasie. N'estant ce liure que pieces raportees, sans aucune curiosité, & fait seulement par petits papiers, à diuerses fois adioustez, desquels ie recognu toutesfois qu'vne grand' partie auoit esté perduë. Tellement que comme chacun est amateur de son ouurage, ie me deliberay lors d'enuoyer le surplus des adionctions, qui estoient creuës depuis ce temps-là, auec celles que l'on auoit obmises. Mais le mal'heur a voulu que l'Imprimeur, auquel ie l'auois enuoyé par ces petits paperats, ne les a pas tous receu : ou, comme ie croy, les mit entre les mains de quelqu'vn, que i'eusse bien voulu ne m'estre pas si familier en cest endroict, lequel les a retranché, & au lieu d'icelles, y a subrogé des Adionctions de son style, si peu correspondantes au mien, & esloignees de ma conception, qu'il est aisé à voir, à quiconque aura tant soit peu de iugemẽt, que cela n'est du mesme autheur. Ie ne veux pour preuue que ces deux exemples. Au chap. des Entend-trois fol. 71.a. de l'impresion de l'an 1582. i'auoy faict vn conte d'vne Damoiselle de Lyon bossuë, qui est tombee malade d'vne grande fieure, laquelle estonna tous les voisins, sous ombre qu'vn bon compagnon alla dire qu'elle auoit la fieure, auec vne bosse tres-apparente. Et puis, comme ie mets sur la fin, qu'en fin on trouua que ceste bosse n'estoit point contagieuse (voulant entendre de la bosse qu'elle porte sur l'espaule) l'Adiousteur a mis (ains aduenuë par accident & fortune de coulis spermatique:) en quoy l'on peut voir qu'il a voulu estre ingenieux mal à proopos. Item au fueil. 58. a l'Adiousteur fait vn conte d'vn Conseiller & d'vn mulet, lequel est au fueillet 59. a. selon le stile de l'autheur. Cest huyssier de Sale du Roy, qui est au fueillet 28. l'Adionction faicte au fueillet 34. a. qui commence, Quoy qu'aucuns tiennent. Ce Preuost des Mareschaux rapporté fol. 36. b. & ce Gaillard, fol. 37. le Cordelier Chartrain, au fueillet 75. b. Et autres infinis monstrent assez la diuersité de mon stile au sien, & toutesfois ie ne nieray pas qu'ils ne soient, peut estre, au goust de quelques vns, aussi bons que les miens. Tellement que pour ceste raison,

& comme aussi i'ay sçeu que c'est quelque docte personnage, qui n'a point fait de malice ces Adionctions, ie ne les ay pas voulu oster ny m'estomaquer à l'encontre de luy: Ie me contente de le prier & tous autres, à l'aduenir, d'estre plus religieux à traicter les escrits d'autruy. Car encor que ce mot de BIGARRVRES, soit vne excuse suffisante, pour y faire entrejecter quelque chose, il a mal pris ma cõception: Car ie voulois que les Adionctions fussent à la fin de chasque chapitre, auec ce mot ADIONCTIONS, d'autant que les Bigarrures ressemblent aux tapis Turquois, qui se font à points contez, & auec vn ordre, sans ordre: mais non pas si rapetassé, que ce soit vne robbe de cinq cens pieces. Il est bon que l'autheur soit tousiours semblable à soy, & ne me plais point qu'on me donne les choses d'autruy pour les miennes, comme aussi ie ne veux pas qu'aucun s'empare de ce qui est à moy. Occasion dequoy i'ay releu ce folastre liure de bout à autre, ce que iamais auparauant ie n'auois faict, à fin de le remettre en lumiere, selon ma vraye conception. Et pour ce que depuis ce temps-là quelques petites curiositez me sont venuës en memoire, & autres m'ont esté amiablement enuoyees par vn des plus doctes de nostre France, sur le mesme subjet, ie les ay adiousté par forme d'Adionction de l'autheur, à fin que l'on voye mesme à present, si ie suis dissemblable à celuy que i'estois alors, &, qu'à mon exemple, ceux qui voudront faire des Adionctions, les mettent, en ceste façon. I'eusse volontiers retranché mes Fescennines libertez de cest aage là, mais puis que la pierre est iettee, il n'y a plus de remede: Ie m'excuseray par ce Distique, que i'ay donné à vn docte & seuere Senateur, de nostre Parlement de Dijon, auec le liure,

Putidulum scriptoris opus ne despice, namque
Si lascitua leges, ingeniosa leges.

Et à la verité, c'est chose vraye, que ie ne me suis iamais pleu d'estre veu ingenieux, pour estre lascif, mais i'ay esté lascif seulement, pour estre ingenieux. Quant est des autres traits que l'on m'a voulu donner sur ce subject, ie n'ay pas entrepris, ny ne veux y respondre, de peur que quelque sot se glorifie que ie me sois amusé de l'attaquer. Au surplus, i'ay voulu estre plus courtois enuers mon faiseur d'Adionctions, qu'il n'a esté enuers moy: car i'ay separé ses Adionctions que i'ay treuuees passables, & les ay mises à la fin des miennes: Comme pourra faire l'Imprimeur auec toute liberté, celles qu'il receura. Toutesfois s'il a moyen de me les enuoyer, ie prendray bien la peine en m'esbatant, de les reuoir, pour les renuoyer proprement chacune à leur rendez-vous, & à fin que rien ne soit entremeslé parmy mon texte. Reçoy cependant de bonne part, ce premier liure, selon qu'à present il vient naïfuement de l'autheur, & me sçaches gré si par mon moyen tu te descharges quelquesfois des fascheries. A Dieu. De Veronnes ce xv. Septembre 1584.

ANDRE' PASQVET au Lecteur S.

IL y a enuiron huict ans que ce liure intitulé BIGARRVRES, que l'on enuoyoit à Paris pour imprimer, tomba entre mes mains : duquel ie fis faire à la haste vne copie assez mal escrite, & encore plus mal orthographiee, presageant à peu prés ce qui est adnenu depuis d'iceluy. Car il fut aussi tost retiré par l'autheur, sous vne honneste excuse, qu'il y vouloit changer, adiouster, & diminuer : encor que ce fust, comme i'ay certainement cogneu pour en frustrer le public, & en iouyr seul, en sa maison. Car depuis il n'en a iamais escrit, sinon par deffaictes & longueurs affectees, iusques dernierement, qu'il declara au Libraire tout ouuertement, que l'aage, le temps, & sa profession luy auoient fait changer d'humeur & la volonté, & qu'il luy seroit malseant d'aduouer ce qu'il auoit fait en ses premiers ans, & verdeurs de folastre ieunesse, ayant à grand' peine accomply dixhuict ans,

& qu'apres qu'il auoit donné preuue de sa suffisance en quelque braue & docte sujet, il aduiseroit de ne point estouffer ses petits enfans naturels & illegitimes, conceus hors mariage : car ainsi nommoit il ses trois premiers liures. De sorte que i'ay cogneu apertement, que c'estoit vne excuse recherchee, pour nous entretenir: qui m'a occasionné de mettre en lumiere, ce que i'en auois de copie, auec les libres Adionctions des mots, tant sales & lubriques que vous pourriez dire, pourueu qu'ils soyent ingenieux: car encor que l'autheur ayt voulu auoir esgard aux chastes aureilles, & sciemment obmettre plusieurs propos si est-ce que luy ayant ouy dire à luy mesme, que c'estoit ipsum euitare Priapum & qu'il y auoit infinis beaux traits, qui perdoient leur grace, sans ceste liberté: i'ay en fin mieux aymé suyure sa conception, que son conseil. Il me pardonnera, si ie sonde si auant ce qu'il a dans le cœur, & prendray pour ma defence enuers luy, ces vers de Catulle:

Castum esse decet pium Poëtam
Ipsum, versiculos nihil necesse est,
Qui tum denique habēt salē & leporem,
Si sunt molliculi & parum pudici.

Et oseray bien dire, que tant s'en faut que cela offense personne (horsmis quelques hypocrites) qu'au contraire cela seruira à la ieunesse d'aduertissement, de ne se pas tant amuser à ces recherches curieuses, puis qu'elle les verra icy toutes aprestees, & en telle quantité, que l'abondance leur engendrera vn desgoust, qui les occasionnera de mettre le nez aux bons liures, & lire chose dont ils pourront retirer du fruict: Car ie suis ferme en ceste opinion, que la multitude & facilité grande des liures que nous auons auiourd'huy, abastardissent les esprits de rechercher & lire curieusement les bons liures, mesmes quand ils s'estiment asseurez d'auoir des Recueils, qui leur enseignent où gist le lieure, & où sont les viandes toutes maschees prestes à aualer, quād ils en ont affaire. Quant à la lasciueté, ie ne puis penser qu'elle les puisse tant offenser, que les Priapees de Virgile, Epigrammes de Catulle, de Martial, Amours d'Ouide, Comedies de Terence, Petronius Arbiter: & brief tout ce qui est de plus beau & rare en l'Antiquité, qu'on leur propose, comme choses serieuses & à imiter, deuant les yeux: au lieu que les lasciuetez icy raportees, representent folastre-

ment ce qui y eſt, comme vne choſe legere & de peu d'effect. Du ſurplus, il n'y a rien que curieux, gentil, & ingenieux en ce liure. Et ne ſe deuroit pas, à mon aduis, l'autheur cacher, ſous ombre qu'il eſtime le ſuject ſi leger. Car les plus grands perſonnages ſe ſont bien amuſez à traicter des friuoles & legeres matieres: Comme Homere la guerre des Rats & des Grenouilles.

Heſiode la Maulue & l'Aphrodile.

Virgile les Mouſches, le Mouſcheron, & les Priapees, encor qu'aucuns en facent vn autre autheur.

Ouide la Puce & le Noyer.

Lucian la Mouſche.

Phauorin les Fieures quartes.

Syneſius la Chauueté.

Eraſme la Folie.

Pikmerus la Goute.

Glaucus l'Iniuſtice.

Cardan les loüanges de Neron.

L'autheur des Macaroniques ſon œuure Italien-Latin, ſous le nom de Merlino Coccayo.

L'inimitable Rabelais ſon Gargantua & Pantagruel.

Ie pourroy mettre en general toutes les

Amours de nos Poetes François, mais ie me restraindray de dire que ce grand Ronſard s'eſt bien amuſé aux louanges de la Fourmy, de la Grenouille, & du Frelon.

Et Belleau ſur la Ceriſe, la Tortue, & autres, voire vn peu auant ſon deceZ, il fit ce gentil Macaronique De Pigliamine Reiſtrorum. D'auantage il n'y a que deux iours que pluſieurs ſçauans Aduocats ont recherché les Puces de mes Damoiſelles des Roches, ſur leſquelles, pour m'eſtre ſi bien rencontré, ie me reposeray, & donneray audience au Seigneur des Accords.

PREFACE DV
SEIGNEVR, *des Accords.*

ENCOR que ce soit vne façon ordinaire presque à tous ceux qui exposent quelque œuure en lumiere, de choisir vn certain personnage, à fin de luy dedier, & soubs sa faueur, comme ils dient, marcher plus hardiment en public : Ou d'adresser quelque aduertissement au Lecteur, qu'ils amadoüent d'infinis Epithetes flatereaux, le prians qu'il reçoiue gracieusement & d'vn bon œil, les matieres selon qu'elles sont par eux traictees, auec excuse que s'il y a quelques fautes, elles sont suruenuës à cause de la grandeur & difficulté du subject par eux traicté, ou bien par inaduertence : Et qu'il y en ait d'autres plus tendres de cerueau, qui preuiennent auec iniures & menaces, ceux qui voudroient reprendre leurs escrits : Ou bien se bastissent par imagination, de vaines raisons, qu'on leur peut, ce leur semble, objecter ; & puis les ayans rabatues, selon leurs fantasies, chantent eux mesmes le triomphe de leur victoire; Estimans comme ils se persuadẽt, que l'authorité des premiers empeschera que on ne les ose attaquer; que les lecteurs, ainsi emmiellez de leurs flatteries, excuseront leurs fautes; & que, intimidez de leurs grosses menaces, ils craindront de les offenser. Ie n'ay voulu toutesfois estre imitateur de telles façons de faire, que i'ay de tout temps estimé vaines & ridicules; & croy que plusieurs, s'ils veulent prendre la peine de les considerer, seront de mon aduis: Car (pour en parler libremẽt) quelle asseurance peut estre de bon recueil, & de faueur enuers la pluspart de ceux ausquels tels liures sont dediez? veu que, s'ils sont grands Seigneurs, ils n'auront seulement le loisir d'en voir le tiltre, & ne daigneront les regarder que par la couuerture, si elle est belle & bien dorée: car la pluspart d'iceux prend bien plus grand plaisir d'oüyr discourir de leurs affaires, & entendre quelque moyen pour rehausser leur reuenu, que de voir tels Discours, qu'ils estiment entr'eux des briguefaueurs ou attrape-deniers; encore que la faueur ne soit que d'vn branslement de teste, & de l'autre poinct, rien du tout. Quant à la protection dont ils se veulent preualoir, ie ne sçay sur quoy ils la fondent; que la pluspart notoirement sont ignares, n'ayans autre doctrine que leurs richesses? Mais quand bien ils seroient sçauans, comme il aduient quelquesfois, que se soucient ils de se rompre la teste, pour defendre celuy qui sans consideration les en prie? I'ay beaucoup veu de reprehensions sur des liures, mais ie n'ay point de ſouuenance d'auoir veu aucuns, auſquels ils fuſſent dediez, qui s'en ſoient remué ne ſoucié. Quant aux flateurs, eſtiment ils les perſonnes ſi gruës, que de ſe laiſſer corrompre par leur langage macquereau & ſottes excuſes? Rien moins les bons eſprits veulent eſtre payez en monnoye de bon aloy, & ne laiſſent pour tout cela, ſi l'autheur le merite, de luy donner vne atteinte. Car quelle excuſe merite celuy, qui de certaine ſcience & propos deliberé, commet vn acte, duquel il peut receuoir honte? Qui eſt-ce qui le contraint de ietter en public ſon erreur, puis qu'il eſtoit en ſa puiſſance, celant l'imperfection de ſon labeur, d'oſter toute occaſion de mocquerie: Moins ſert ceſte façon d'vſer d'iniures à l'encontre de ceux qu'ils preſument deuoir eſtre reprehenſeurs de leurs eſcrits: Car outre ce que cela ſent ſa ceruelle eſuentee, & trop grande preſomption de ſoy-meſme, pour ſe vouloir rendre exempt de reprehenſion, l'on ſe mocque de tels iniurieurs, qu'on laiſſe crier auec l'Anguille de Melun, auant qu'on les eſcorche: Et Dieu ſçait de quelle ſorte on leur laue les teſtes, quand on voit leurs belles raiſons, ſi bien rabatues, qu'il eſt aiſé à voir que ce ſont fantoſmes ſi drolatiques, qu'autres qu'eux-meſmes ne voudroyent prendre la peine de les objecter & reſoudre. D'autres y a encores qui ſe plaiſent par vn long diſcours, de faire oſtentation de leur bien dire, & monſtrer comme ils ſçauent Amadigauliſer, rempliſſans vne page entiere de ce qui ſe pourroit eſcrire en deux lignes, qui faict que le Lecteur impatient de telles longueurs, apres auoir baillé trois ou quatre fois, iette en fin par terre le liure, & baaille au Diable vn si grand babillard d'autheur. Mais i'ay grand peur que cependant que ie parle des autres, ie ne tombe moy-mesme en faute, & qu'on ne die que ie vueille faire le Roy des Reprenards; sans aduiser à ce liure, si subjet à reprehension, qu'il n'y aura pas iusques aux petits grimelins, qui ne se meslent d'en faire vne affige au College. Or en vn mot, ie fais declaration que ie mets ce liure hors de ma maison, & l'expose en public, selon la loy de ceux qui vont en masque; sçauoir, pour receuoir patiemment tous brocards, iniures, & risees, sans repliquer, ny me faire cognostre. T'asseurant de ma part que ie ne treuueray point estrange, si quelqu'vn daigne prendre la peine de taxer & reprendre mes escrits: Veu que c'est, & doit estre, vn hazard commun à tous ceux qui mettent les œuures en lumiere. Car sans autres infinies fautes, qui se treuueront par aduenture à reprendre, ie ne fay point de doute que la plus part des matieres contenuës en diuers Chapitres, ne soient aggreables aux vns, & desagreables aux autres: Mais ie conseille à chacun de choisir seulement ce qui luy viendra à gré, & laisser le surplus, se persuadant que ie luy dedie seulement cela: Que s'ils se formalisent pour le surplus, & alleguent que c'est autant de temps perdu, que de le lire; sans me fonder plus auant en raison, & pour les contenter, ie veux bien qu'ils croient que ie suis de mesme opinion. Aussi n'y ay-ie emploié autres heures, que celles que plusieurs de mon aage ordinairement employent à la paume, cartes, & dez, sans entendre de ceux qui y emploient le iour & la nuict. Et en vn mot, ce liure n'est autre chose qu'vne superfluité de mon esprit que i'ay autrefois permis s'esgayer en ces folastres Discours. Si tu me crois, tu feras de mesme, & n'employeras à la lecture d'iceluy, que les heures à demy-perduës, & faute de meilleure occupation. La parade du tiltre n'est pas telle, que tu ne puisses aisément descouurir par iceluy, le merite du subject. Il est baptizé par ce nom de BIGARRVRES, qui donne assez à cognoistre, que ce sont diuerses matieres, & sans grande curiosité ramassees. Ie l'ay mieux aymé surnommer ainsi, que de pescher vn autre nom plus superbe, entre les Grecs & Latins, comme font plusieurs, qui veulent acquerir reputation d'estre bien sages en Grec & Latin, & grands sots en François; pour aller comme coquins, emprunter des bribes estrangeres; & ne sçauoir dequoy trouuer à viure en leur pays. Aussi aduient il souuent, que quand on void ces superbes tiltres, façonnez de mots enflez, du tout inusitez, exotiques, & qui feroient peur aux petits enfans, l'on demande ordinairement, Où sont les liures de ces tiltres? Ie ne me suis non plus affecté à rechercher curieusement les authoritez de beaucoup d'autheurs, & moins de ces abstrus & loups-garoux; comme font les Docteurs d'Espagne, d'Italie, & du Comté de Bourgongne, qui negligent le beau texte des Pandectes, pour alleguer en vne page, vingt ou trente des plus enfumez Docteurs de leurs estudes. Encor que pour ce regard, ie ne seray gueres agreable à nos modernes, qui pour le moindre axiome qui se presente: debagoulent dix ou douze authoritez, & les Iurisconsultes, pour vne vulgaire reigle de Droict, sept ou huict Loix, comme chiens courans, tesmoin l'epistre que i'insereray cy-apres d'vn estudiant à son Pere: Car ie me contente d'vne bonne & solide raison, si ie la trouue, & ne me soucie point par qui elle soit alleguee. A ceste occasion, ie n'ay point fait quelquefois de difficulté d'alleguer vne bonne commere, si elle a parlé bien à propos, comme Mere Pinterte, Tante Chopine, Dame Iaquette, Caquillon, la Sage femme qui racoustre le pucelage, & autres: A l'exemple du diuin Socrates, pere des Philosophes, qui disoit, n'auoir point de honte d'estre enseigné par vne vieille. Or il suffira pour ceste heure: Car ie voy bien que tu t'ennuyes d'vn si long Prologue, aussi fay-ie bien moy, de plus auant contester. A dieu donc, si tu le merites, & te contente de ce salut: Car c'est la vraye priere que tu pourrois faire pour toy-mesme, comme dit le Philosophe Apollonius dans Philostrate.

A TOVS ACCORDS.

TABLES DES CHAPITRES.

Quiconque voit icy le Seigneur des Accords,
Encor qu'il ne ſoit pas naifuement pourtraict,
Qu'il iuge ſeulement à voir le ſimple traict,
Qu'il eſt entier & rond dedans, comme dehors.

PREMIER

PREMIER LIVRE DES BIGARRVRES DV Seigneur des Accords.

De l'inuention & vtilité des lettres.

CHAP. I.

ENTRE les plus belles & necessaires inuentions que les hommes ayent iamais trouué, ie croy que personne ne niera que les Lettres n'obtiennent l'vn des premiers lieux. Et n'estoit l'vsage frequent, qui nous en oste l'admiration, nous estimerions ses effects de grands miracles: N'est ce pas vne chose estrange, & quasi hors de la conception des hommes, que par les characteres des lettres vn homme seul a pouuoir de faire entendre ses conceptions à plus de cent mille personnes esloignees & absentes les vnes des autres? Que par icelles nous voyons representez, comme en vn miroir, tous les gestes des anciens Capitaines, & doctrine des sçauans personnages? Bref qu'elles nous donnent la cognoissance de tous les arts, qui font l'homme deuenir vray homme. Ie n'allegueray la necessité des contracts, à cause de l'imbecillité de nostre memoire, & l'infidelité de hommes, ny tout ce qu'vn homme de loisir en pourroit dechiffrer. Car c'est chose trop notoire que les Lettres d'elles-mesmes se loüent assez, & ne peut personne ignorer ses loüanges, sinon les ignares, qui sont indignes de les sçauoir. Pour ceste raison ie ne m'espancheray pas plus auant sur icelles, & me contenteray de toucher ses inuenteurs, à fin de remercier ceux, par le moyen desquels ie parleray auec toy, quiconque tu sois, qui voudras prendre la peine de lire icy dedans. Leur origine donc est attribuee par les autheurs Ethniques diuersement. Les vns dient que Memnon les trouua premierement en Egypte: autres accordent du lieu, mais asseurent que Mercure en fut l'autheur. Platon encor en attribue l'inuention à vn nommé Thetas: autres dient qu'elles furent trouuees en Ethiopie: Plusieurs encor maintiennent que les Phœniciens furent les vrays inuenteurs: tãtost les Phrygiens, Syriens, & Assyriens. Esquelles diuersitez il est impossible de recognoistre la verité. Il est beaucoup plus vray-semblable, selon l'opinion de Iosephe, que Loth en ait esté l'inuenteur, & pense qu'il ne faut faire doute que les premieres Lettres, comme aussi le premier langage, ne fussent Hebraïques. Dequoy nous rend vn tres-certain & asseuré tesmoignage la continuation de leur histoire és sacrez liures de la Bible. Et mesmes les Payens se confondans de leurs propres raisons, semblent le confirmer. Car touchãt les Phœniciens, Syriens, Assyriens, ce sont nations de langage Hebraïque, qui fait presumer qu'ils ayent receu leurs caracteres des Hebrieux: de sorte que par leur mutuelle communication, ils ont peu apprendre d'eux la façon d'escrire, & apres les Phœniciens l'ont appris des Egyptiens. Puis Cadmus prit l'vsage des Phœniciens, & le transporta aux Grecs, auec diuersité de caracteres: en apres elles sont venuës aux Latins, & consecutiuement aux autres nations. Ce qui confirme encor l'authorité des lettres Hebraïques, c'est vne raison amenee par Postel: Sçauoir que quasi tous les caracteres des autres nations sont pris des vrayes lettres Hebraïques, que d'vn nom particulier il appelle SAMARITAINES. Comme on peut voir appertement qui les voudra exposer deuant vn miroir, n'y ayant autre difference (ou ses caracteres sont menteurs) sinon que la pluspart d'icelles lettres sont escrites de la dextre à la gauche, & comme seulement renuersees des autres, qui s'escriuent de la gauche tirant à la dextre. Sur ce propos il me souuient d'vne dispute suruenuë en Auignon, entre certains doctes personnages, & vn Iuif Medecin, touchãt la vraye & nayfue escriture. Ce Iuif maintenoit que leur escriture, comme plus approchãt du mouuement naturel de l'homme, estoit plus excellente que les nostres, Grecques, ny Latines : & prenoit sa consideration sur toutes les actions de la main, qui se font dans la concauité, quasi pour la defense du corps. Ce que l'on apperçoit en vn qui mange, veut donner vn proffit, frappe d'vn baston, tire vn coup d'espee : & que nostre façon, contre le mouuemẽt ordinaire de l'homme, ressembloit à vn reuers. De ma part y ayãt bien pẽsé, ie ne trouue rien qui nous fauorise que l'vsage. Tellement que les Hebrieux pour preuue de leur antiquité, ont l'vsage, la presomption, l'authorité, & la raison. Ie n'obmettray ce que Iosephe rapporte de deux Colonnes d'excessiue grosseur, qui se trouuoient de son temps insculpees de lettres Hebraïques, que l'on tenoit generallement auoir esté auant le general Cataclisme, aduenu du temps de Noë. Il faut donc conclurre que les Hebrieux sont les vrays & seuls autheurs : Et combien que la diuersité des caracteres des autres nations ne seroit pas tiree des leurs, si ne donné-ie pas grand' loüange à ceux qui les ont inuentees, veu qu'vn homme de loisir, sans grand trauail, peut composer vn, voire plusieurs Alphabets à sa fãtasie. Ceux qui se meslent de faire des Chiffres, dont ie parleray cy apres, le mõstrẽt euidẽment: de sorte que ie ne me puis tenir de rire d'vn certain, qui disoit vouloir rendre raison de la forme des lettres, voulãt epiloguer sur ce que curieusement Martianus Capella in Philologia a voulu tẽter, apres quelques anciens, comme Terentianus Maurus, & apres luy Ramus, & disoit que A estoit large au dessous pource que le prononçant on eslargissoit la bouche. O, tout rond, pource que le nommant, on le mettoit quasi de ceste façon. Q, pource qu'il ressemble au cul, duquel sort de l'ordure. Il deuoit dire L, apres en forme d'vn nez. Ie te laisse à penser combien de grimaces il luy falloit faire pour trouuer le reste. Il se faut donc contenter, que telle a esté la fantasie de ceux qui premierement ont donné nos characteres, qu'ils les ont fait à plaisir: Mais qu'estans vne fois passez par l'vsage d'vne nation, ils doiuent seruir de loy inuiolable, sans qu'il soit loisible de les changer. Toute la difficulté des Lettres a consisté, selon mon aduis, de reduire & asseruir tous les mots du monde en si petit nombre de lettres, comme les Latins & nations de la Chrestienté, en dixsept seulement: desquelles encores qui voudroit simplement vser, on se pourroit seruir, sçauoir cinq voyeles, a, e, i, o, u, & douze consones, b, c, d, f, g, l, m, n, p, r, s, t. Car quand à H, ce n'est qu'vne aspiration: K se peut resoudre par C, le prononçant deuant E, & I, cõme l'on fait deuant A, O, V, à la forme du Coph des Hebrieux. De Q, tu en peux dire de mesme. Touchant X, & Z, sont plustost abbreuiatiõs de lettres, que lettres: X vaut cs, Z vaut ss. Y, qu'on nomme y Grec, porte sa marque & enseigne, & se fait cognoistre ne seruir en Latin, que pour vn mot de son pays, non plus qu'en François. Il est vray que la trop grande obscurité que pourroit engendrer I, cõmun en l'escriture couräte, a esté cause que nos practiciens François en vsent à la fin de chacune diction qui se deuroit finir par i. Conformement à ce que dessus, Aristote asseure qu'il n'y auoit iamais entre les Grecs que dixsept lettres, Pline dit que seize. Mais comme c'est la beauté d'vne langue, que la diuersité des idiomes & caracteres, chacun s'est efforcé de l'embellir, comme Palamedes, qui y adiousta trois lettres θ, φ, χ. & Appius Claudius qui trouua R. Latine, cõme dit Caius Iurisconsulte. De nostre temps quelques vns se sont voulu efforcer de innouer en l'escriture Françoise, l'authorité desquels est trop petite, & les raisons trop foibles, pour se faire croire. Et quand cela se pourroit faire ce que ie n'accorderay iamais, si est-ce que pour l'interest du public, il ne se deuroit souffrir, car il aduiendroit que d'icy à cent ans il ne se trouueroit plus personne qui peust lire toutes nos escritures, ny prothocoles des Notaires : & par vne pernicieuse consequence on leur feroit accroire qu'ils auroiẽt escrit des mots, où iamais n'auroient pensé. Mais ie suis hors de peine de combattre ces *noueos écriturs*, puisque leurs conceptions sont seulement par Idees, & comme songes de malades.

Pour mettre fin à ce Chapitre, i'auoy deliberé de rapporter la diuersité de plusieurs caracteres qui sont auiourd'huy en vsage : mais craignant d'estre trop long, ie te renuoye au petit liuret de Postel *De Phœnicũ literis*, & à ses tables *De diuersis caracteribus* : comme aussi tu pourras voir *Olaum Gotthum in historia Septentrionali*. Et ce à fin que tu ne sois deceu de mesme erreur que Volaterran, lequel ayant troué des vieilles lettres Gothiques en des ruines, estimoit que c'estoient des anciennes Toscanes, desquelles on escriuoit du temps de la mere d'Euander. Mais s'il eust veu l'Alphabet des Goths, il ne les eust pas rapporté à la loüäge d'Italie, & d'iceux fait si grād parade, encor qu'il ne se soit de gueres equiuoqué : Car il est certain que les Italiens d'auiourd'huy sont race de Goths & Barbares : & leur langage n'est autre chose que la corruption Latinogottisee du langage Romain. Non point que pour cela ie vueille reuoquer en doute la beauté de leur langue : que pleust à Dieu qu'ils eussent les ames aussi belles & nettes ! Or reuenant à nos moutōs, ie vay conclurre par ce beau vers trouué en la Bibliotheque Septimane :

Moses primus Hebraicas exarauit literas,
Mente Phœnices sagaci condiderunt Atticas,
Quas Latini scriptitamus, dedit Nicostrata,
Abraham Syras, & idem reperit Chaldaicas,
Isis arte non minore protulit Ægyptias,
Vuaphila prompsit Getarum quas vidimus vltimas.

Lesquels vers i'ay ainsi mis en François, à fin que chacun les peust facilement entendre.

Moyse fut autheur des lettres Hebraiques,
Et les Phœniciens trouuerent les Attiques:
Nicostrate forma la lettre Italienne,
Abraham la Chaldee, aussi la Syrienne,
Isis celle d'Egypte, & à la fin Vuaphile
Trouua parmy les Goths sa lettre difficile.

Ie n'ay point fait mention expressement des Hieroglyphiques, pource que ie les reserue en vn autre lieu à part, non comme simples lettres, mais comme emblemes & deuises : encor que ie sçache bien que plusieurs sçauans personnages estiment que ce soient les premieres & plus anciennes lettres.

DES REBVS DE Picardie.

CHAP. II.

SVR toutes les folastres inuentions du têps passé, i'entnes depuis enuiron trois ou quatre cens ans en çà, on auoit trouué vne façon de deuise par seules peinctures, que on souloit appeller des Rebus : laquelle se pourroit ainsi definir, Que ce sont peinctures de diuerses choses ordinairement cognuës, lesquelles proferees de suitte sans article, font vn certain langage : ou plus briefuement, Que ce sont equiuoques de la peincture à la parole. Est-ce pas dommage d'auoir surnommé vne si spirituelle inuention de ce mot, *Rebus*? qui est general à toutes choses, & lequel signifie des choses? Encor pensay-ie qu'on les a nômé en Latin, faute de meilleur terme, & à fin que les nommant selon le mot François, Des choses, cela ne semblast trop general en nostre langue. Quant au surnom qu'on leur a donné de Picardie, c'est à raison de ce que les Picards, sur tous les François, s'y sont infiniment pleus & delectez. Ce que tesmoigne Marot en son Coq à l'asne.

Car en Rebus de Picardie
Vne faulx, vne estrille, vn veau,
Cela fait estrille Fauueau.

Et peut on dire, à ceste raison, qu'on les a baptisé du nom de ceste nation, par antonomasie, ainsi que l'on dit Bayonnettes de Bayonne, Ciseaux de Tholose, Ganiuets de Moulins, Cousteaux de Langres, Pignes de Limoux, Moustarde de Dijon, &c. Or ces subtilitez ont esté long temps en vogue, & de non moindre reputation que les Hieroglyphiques des Egyptiens enuers nous: de sorte qu'il n'estoit pas fils de bonne mere, qui ne s'en mesloit. Mais depuis que les bonnes lettres ont eu bruit en France, cela s'est ie ne sçay comment perdu, qu'à grand' peine la memoire en est elle demeuree, pour en faire estime, sinon enuers quelques ceruelles à double rebras, qui en sont encor auiourd'huy si opiniastres, qu'on ne leur sçauroit oster de la teste, qu'vne Sphere ne signifie, l'espere: vn lit sans ciel, vn licentié: l'ancholie, melancholie: la Lune bicorne, pour viure en croissant: vn banc rompu, pour banqueroute: vne S. fermee auec vn traict ainsi,

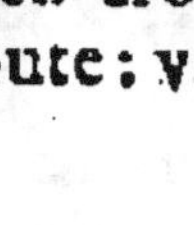

pour dire fermesse, au lieu de fermeté. Et autres, dont les vieux Courtisans faisoyent parade, selon que tesmoigne Rabelais, liur. 1. chapit. 19. qui s'en mocque plaisamment. Comme aussi fait le grand discoureur de fables Paule Ioue en son traité de Deuises: qui monstre comme les Italiens en ont aussi bien fait leurs sottes subtilitez, que nos Fraçois: & en rapporte quelques exemples desquels i'ay recueilly ces quatre suyuans.

Vn amant, dit-il, la maistresse duquel auoit nom *Caterina*, exprimoit ainsi son nom, pour le porter tousiours sur luy: C'estoit qu'au milieu de sa chesne ou *Catena*, il y auoit vn Roy de deniers, tel qu'on les peint aux cartes de Taraut, que on appelle *Ry* en langue Bolõnoise: voulant dire en outre que sa *Caterina*, valoit tous les deniers du monde. L'inuētion grasse de ce Messer consistoit en ce qu'il n'appelloit l'vn des costez de sa chesne que *Cate*, & l'autre faisoit *na*, qui est la derniere syllable de *Catena*: au milieu de laquelle estoit ce *Ry* ou *Roy* en François.

Vn couard de Lombardie, la maistresse duquel auoit nom *Giouanella*, portoit vn ioug, qui s'appelle en son patois *Gioue* pour *Giogo*, & deux anneaux en Italien *Annella*. Estoit ce pas trouuer s'amie ingenieusement, & la porter auec luy sans enchantement?

Vn Florentin amoureux d'vne *Barbura*, portoit sa barbe longue, qui signifioit *Barba*, & vne demie grenouille, sçauoir la teste & les deux pieds de deuant, pour dire que ce n'estoit que la premiere syllable de *Rapa*: Il eut plus gaigné de porter sa barbe raze à demy: car cela eust fait *barbàra-za*.

Vn autre *Senatore Venetian* portoit à l'endroit du cœur, vne semelle de soulier auec vn T. au milieu & vne perle, pour dire, *Marguareta te sola di cor amo.*

Le Pape Clement interrogeant son maistre d'hostel, pourquoy il portoit la Pentecoste entaillee en vne medalle: Il luy fit responce, *Perche il mio amore mi pente & mi coste*, c'est à dire, pource qu'il se repentoit de ses amours, & qu'elles luy coustoient beaucoup. L'effigie de S. Mathurin luy eust esté aussi propre, pour le guerir de sa maladie.

Ce conte suyuant m'a esté fait par Messer Paulo Marchio, d'vn Nonce du Pape Adrian, qui portoit trois diamans enchassez fort pres l'vn de l'autre en vn pendant, fait en forme de Cercle. Et quelqu'vn luy ayant remonstré qu'ils eussent eu meilleure grace, auec vn plus large espace, il respondit auec vn sourcil merueilleusement seuere, Que c'estoit vne mystique deuise, de grande consideration, sçauoir, *Tre diamante in vno*, (circulo subaudi) qui signifioit, *Tre Diamante in vno*, & qu'il aymoit trois Dieux en vn. Quelqu'vn d'autre nation que la sienne, n'eust eu garde de l'interpreter.

Or laiſſant là les Italiens : car on ſe paſſera bien d'en voir d'auantage, ie viendray à nos François : & commenceray à l'interpretation de l'anneau qu'enuoya vne dame de Paris à Pantagruel, auquel eſtoient eſcrits ces mots en Hebrieu, *Lama ſabacthani*, & y auoit au chaton vn faux diamant, qui fut ainſi declaré par Panurge, Dy amant faux, pourquoy m'as tu laiſſé : car les mots Hebrieux ſignifient, pourquoy m'as &c.

Auant que paſſer outre, ie t'aduertiray que les François ſe ſont tellement pleus à ces Rebus, que qui voudroit prendre la peine de les ramaſſer, il y auroit aſſez de papier pour charger dix mulets. I'en rapporteray donc quelques particuliers exemples que i'ay ramassé, plustost pour rire, que pour goust que i'y treuue : ny que ie conseille de s'amuser, sinon par forme de passe-temps, à quelques gens de loisir, au lieu de brasler leurs iambes. Car quant à ceux qui penseroient estre veus ingenieux & sçauans en friuoles recherches, ie les estime dignes de chercher toute leur vie des espingles roüillees parmy les ruës, à l'endroit des goutieres.

Ie vay donc commencer à ce que i'ay remarqué, & premierement aux enseignes de Paris: car ce sont Rebus equiuoquans sur le langage vsité en icelle, lequel, comme tesmoigne Glarean *de opt. Lat. Græcique serm. pronunt.* attribué par aucuns à Erasme, abhorre les R R. & ne la prononce sinon à demy, au lieu de S. comme Ierus Masia.

La premiere deuant le logis d'vn inuitateur pour les morts, est ainsi.

Vn os, vn sol tout neuf, des poulets morts, autrement trespassez, qui se prononce selon leur dialecte, Os sols neuf poulets trespassez, c'est à dire, Aux sonneurs pour les trespassez. Son voisin le reprenant, disoit qu'il deuoit peindre de ces trainquebaleurs de cloches, qui portent vne robbe courte d'audience, allans par les ruës de Paris.

Selon le mesme dialecte on a fait ceste cy d'vn soldat, qui appareille vne poule, & y a au dessous, Au compagnon pour la pareille, *quasi dicat*, Poule appareille.

Vn os, vn bouc, vn duc, vn monde sont prins, pour dire, Au bout du monde.

Aux Babillars, par vn homme qui bat des billars.

A la place Maubert est celle-cy, Au point d'or & moins d'argent : rapportee par vn poing doré & vne main argentee.

A Bar sur Seine vn chat d'argent denote vn friant d'argent.

Vn G. d'or & vn G. d'argent signifie de mesme, I'ay d'or, i'ay d'argent: car on prononce ié au lieu de i'ay.

Aux chaßieux, par des chats qui fient vn plot de bois, quasi *aux chats fieurs*.

Vn hostelier de ces gros chardeys de la Franchicomta, à l'imitation des Parisiens (voyez le gentil Perroquet) ayant ouy parler des Polonnois, fit peindre en son enseigne tauerniere des poulets, qu'on appelle poulots en son baragouinage, de noire couleur, auec le mot, Aux Poulonois.

Sur la porte d'vn cloistre de certaine Abbaye estoit ceste peincture, qui me sembla fort estrãge: C'estoit vn Abbé mort au milieu d'vn pré, ayant le cul descouuert, duquel sortoit vn lis, fleur assez cogneuë: Apres auoir rauassé que cela vouloit dire, le Secretain du lieu qui en faisoit grand cas, & le reputoit vn excellent enigme, me vint dire en l'oreille, par vne faueur speciale, que c'estoit vne belle sentence composee d'vn Rebus Latin & François.

Abbé mort en pré au cul lis,
Habe mortem præ oculis.

Ie luy dis en riant que ce Rebus estoit assez gentil, mais que la peincture n'estoit gueres honneste: & qu'elle eust esté plus conuenable, si au lieu de ce lis on y eust mis le nez de ce Secretain, qui estoit à pompetes. Dont il ne fit que rire: car il estoit bon compagnon poulle appareille, & leuraut appreste, auec bon vin, dont il nous donna à disner. La figure estoit telle,

Lon figure vn homme agenouillé, qui tient sur sa main vn I de verte couleur: pour dire, Vn grand Ivert main d'homme à genouil porte, cest à dire:

Vn grand hyuer maint dommage nous porte.

Deuant la porte d'vn vieil marié qui portoit des besicles, l'on planta ce pourtrait, Vn homme qui attachoit des lunettes à vn Dieu le pere, aupres duquel estoient sept tonneaux, qu'on appelle en Bourgongne des fillettes. Cela d'ordre signifioit, Quand on prend lunettes à Dieu sept fillettes, c'est à dire,

Quand on prend lunettes, adieu ces fillettes.

La paix, vn I de verde couleur, & vn

ſcabeau, qu'on dit vne ſelle, font, *La paix vniuerſelle.*

Celuy qui vouloit dire qu'il viuoit en ſoucis & en penſees, faiſoit peindre vne vis de preſſoir dans des fleurs de ſoucy & des menuës penſees.

Et pour dire : *I'ay peines en trauail*, il peignoit des pennes dans vn trauail, où l'on a accoustumé de mettre les cheuaux deuant la boutique des mareschaux.

Ceste deuise, *Pensees en vertu sont nettes*, se peut exprimer, par vn V vert, dedans lequel y aura des pensees, & aupres des sonnettes.

Cestuy-cy est folastre & gratieux, on peint vn homme qui leue la cotte à vne fille, cela signifie, *Ainsi qu'on se trouue.*

Deux monts, quatre os, & de moines, cela leu de suite faict, mons deus, quatre os, des moines y a, *Mundus, caro, dæmonia.*

Vn monde en ceste sorte remply de s, ainsi faictes, d'os de morts, & de soucis, signifiera, *le monde plein de tristes*, *s*, c'est à dire, *tristesses & soucis.*

Vne Sphere & vne anſe de pot, au ciel, auec les pennes ſur la terre, feront, *Eſperance au ciel, & peines en terre* : qui eſt le plus fade & badin, qu'on ſçauroit excogiter. Et neãtmoins iuſques auiourd'huy les Courtiſans encor en vſent ordinairement : comme auſſi du lacs d'amour pour ſignifier, las d'amour: & demy A, pour dire, *Amy, ou amitié*, car on dit my a, & moitié d'a.

Vn ieune homme enuironné de Vautours, qui laissent choir leurs pennes, signifiera, *Vos tours me donnent peines.*

Vne peine ou plume que vn grand A trauerse & la rend torse, pour dire *Peine à grand tort*.

Le bon vieillard Pierre Grangier Libraire à Dijon, a mis ce suiuant sur sa boutique;

C'est à dire, *Qui a chacun doigt est en main sous cy.* Qui a chacun doit, est en maint soucy.

Vn monde enuironné de rats qui le rongent, pour dire : *Le monde mangé de Rats.*

Vn noble à la roſe, vn V vert, & des œufs pourtraicts de ſuyte, ſignifieront noble & vertu & des œufs : *noble & vertueux.*

Vn fol à genoux, qui ait vne trompe à la bouche, ſignie *Fol aage nous trompe.*

Vn Dieu qui frappera ſur vn nid d'oiſeau auec vne perche fera, Dieu tappe vn nid, *Dieu t'a puny.*

Encor auiourd'huy ſe void és licts des grands Seigneurs de ces beaux Rebus, penſez comme l'ignorance eſt enracinee en France.

Les pauures Villageois ſont excuſables, qui n'eſtiment pas vn armoirie bien faicte, ſi elle n'equiuoque ſur le nom entierement par deux diuerſes ſignifications, tellement que c'eſt vn des premiers traicts de roture, quand cela s'y apperçoit : comme si vn nommé *Clergant* porte *vne clef & vn gan. Chotier*, trois choux, pour dire premier chou, second chou, chou tiers. *Chinard*, vn chien & vn arc. *Beuferant*, vn beuf & vn harant. *Chaquerant*, qui a fait peindre vn homme, lequel auec vne lanterne à la main cherche derriere vne porte vn chat qui se cache à demy, quasi dicat, Chat querant *Bichot*, vne biche & vn cheu, *& cætera.*

C'est autre chose, quand il y a vn simple equiuoque du nom aux armes sans Rebusser: car les premiers Royaumes & illustres maisons portent les armes de ceste sorte : comme le Royaume de Leon, *vn Lyon* : de Castille, *vn Chasteau* : de Galice, *vn calice* : de Grenade, *neuf grenades entamees*: Le Comte de Retel, *trois rateaux*: Celuy de Touraine, *vne tour*, comme aussi la ville de Tours : les Seigneurs de la maison de Chabot, *trois Chabots* : ceux de Bauffremont, *des Bauffroys* : de Mailly, *des maillets* : & autres infinis des plus anciennes races de France, comme doctement l'a remarqué Pasquier en ses Recherches de la France. Or pour retourner à nos moutons:

Ceux de Chaalons, ie ne sçay si c'est en Champaigne ou Bourgongne, non contens de leurs armoiries, firent peindre sur icelles *Vn chat long & noir*, pour signifier *Chalonnois.*

Ceux de Poictou qui prononcent vn P, Poy, mettent ordinairement trois P, pour signifier trois Poy, & appellent le dernier *Poytiers.*

Vn certain Maire de la ville de Dijon fit

peindre à l'entree d'vn Roy, ſur les armes de ladicte ville, *dix ioncs*, & fit encor battre des gectons de ceſte façon. Penſez l'habile homme, qui ſe reſouuenoit de l'ordinaire jeu des petits enfans, qui declinent vn ionc ſans lettres, & dient vn ionc, deux ioncs, 3.4.5.6.7.8. 9. 10. ioncs. Ainſi qu'ils declinent auſſi *paradis*, diſant para vn, para deux, 3. 4. 5. 6. 7. 8. 9. *paradis*. Et les femmes qui declinent auſſi pour ſe monſtrer grandes clergeſſes, vne ouille, deux ouilles. 3.4. cinq ouilles.

ADIONCTION
de l'Autheur.

L'Aretin en certaine Comedie introduit vn Zanin, qui ſe moquant des deuiſes Rebuſſiees de ſon temps, diſoit qu'il porteroit pour la ſienne, vn hain, vn dauphin, & vn cœur, pour ſignifier,

Hamo, del fino, cuore:
Amo delſino cuore.

AVTRE FAÇON DE REBVS PAR LETtres, chiffres, notes de Musique, & noms surentendus.

CHAP. III.

TVas cy deuant la forme & practique des Rebus de Picardie, qui se font par peinctures: en voicy vne suyte d'autres, qui se font selon la prolation des lettres simplement, & ce parmy nos François, qui prononcent vn é masculin, ou feminin, en nommant les consones de l'Alphabet en ceste sorte, bé, cé, dé, ef, gé, ache, ka, elle, ame, ane, pé, qu, erre, esse, té: ce que les Italiens prononcent, bi, chi, di, &c. Ie ne sçay toutesfois s'ils en vsent, non plus que les Espagnols & Allemans, n'en ayant point veu en leur langue, sinon cestuy-cy qui est pris des lettres Grecques, qui me fut monstré en grande admiration par vn magnifique Messer qui en faisoit grand cas:

Nella φ. δ. φ. ν. ρ. la ζ.

Nella fidelta finiro la vita.

C'est à dire en François,

En fidelité ie finiray la vie.

Ce qui s'ensuyt des François & latins, ie les ay recueilly çà & là, en diuerses hosteleries sur les murailles blanches, que l'Italien appelle (car notez qu'il y escrit aussi bien que les autres) *char-ta di matto*, c'est à dire papiers de fols. Or ie les treuue plus gracieux & plaisans que les precedents, par ce que ceux qui vsent de ceux-cy, ne le font que pour rire & prendre plaisir, & les autres pensent auoir fait quelque chose de laborieux ou bien sçauant. Ie viendray donc à la difinition : Ce sont Equiuoques de la prononciation des lettres ou nombres à nostre langage, auec l'intelligence, ou subaudition de quelques mots ordinaires, faciles à comprendre, comme sus, sous, dans, entre &c.

Ces deux suyuans sont de l'inuention du docte Official Langrois, & vont d'ordre,

K. P. C. Q. R℞.
Cape securum,
N.s.s.i.t.m.i.est℞.u.
En necessité amy est connu.

Cestuy-cy est de Maurice Sceue Lyonnois,

1℞.9:7.1.p.a.10.

C'est autre a esté fait en la mesme ville, du moins il equiuoque sur son langage ordinaire.

G.C.T.K.C.B.O.Q.
Gésétéqu'as cébé au cul.

Cestuy est d'vn amoureux cassé sur le garrot,

G.a.c.o.b.i.a.l.
I'ay assez obey à elle.

En voicy vn vrayement Picard, & d'inuention & de prolation.

ooooo, eeee, sont aaaaa, pons.

Cinq o, quatre e, sont cinq a pons.

C'est à dire,

Cinq coqs chastrez sont cinq chapons.

Vne maistresse qui tenoit vne ieune fille en son escole, donnoit couuertement ainsi à entendre à sa mere, la façon dont elle se gouuernoit:

Vostre fillette en ses escrits
Recherche trop ses aa.
L met trop d'ancre en son I,
L s trop ses V V. ouuers,
Puis son K tourne de trauers,
Et couche trop le Q infame,
C'est cela qui gaste son M.

On l'interprete ainsi:

Vostre fillette en ses escrits
Recherche trop ses appetits,
Elle met trop d'ancre en son nid,
Et laisse trop ses huis ouuerts.
Puis son cas tourne de trauers,
Et couche trop le cu infame,
C'est cela qui gaste son ame.

Cestuy est aysé sans interpretation,

2. k. tu. g. le q. k. c. de q. l. t.

Mangeant des huystres à Tolose prés la bazacle chez Golus, i'apperceu ce Gascon:

Ieu-ay vist vn homme à caual.

E, C, T, B.
S, C, T, B,
O, B, C T, B,

C'eſt à dire,

I'ay veu vn homme à cheual,
Et ſe tient bien?
S'il ſe tient bien,
Ouy bien il ſe tient bien.

Quiconque ſoit l'autheur des Priapeies, qui ſont à la fin de Virgile, il en a fait vn de ceſte façon, qui teſmoigne que les Romains prononçoient les lettres de leur Alphabet à noſtre façon, pé, té:

Quum loquor vna mihi peccatur littera, nam T.
P. dico ſemper, bleſâque lingua mea eſt.

Car il s'interprete ainſi, *nam te Prædico ſemper*: qui eſt le vice ordinaire de ceſte nation, comme teſmoigne l'Apoſtre, *Epiſt. ad Rom. c. 1.*

Quelques-vns en ont fait de chiffres ſeuls, comme ce dicton, qui eſt aſſez ſale, mais à faute d'autre, ſi le faut il boire, encor qu'il ſorte du cru de Meſſer Merdachio:

Chiez à vos 13.
Et ſoyez à 6.
Fol eſt qui ne 16.
A vous ie le 10.

Vos 13. quaſi voſtre ayſe: à ſix, aſſis: ne ſeize, s'aiſe: dix, dis.

Tous ces autres ſont par noms ſur-entendus, comme

O, cur, tua, te,
B, bis, bia, abit,

Il ne faut ſinon adiouſter *ſuper* entre la premiere & derniere ligne, il y aura, O ſuper-b, cur ſuper-bis, tua ſuper-bia, te ſuper-abit.

Messire Iean Bernel me cuida faire quinault sur cestuy-cy:

missos.

Iuppi, iuppi, iuppi, as-locabit-tra.

Iuppiter submissos locabit inter astra.

Le conte est vulgaire, que rapporte Iaques Peletier en son liure des Contes aduentureux, publiez sous le nom de Bonauenture des Periers, d'vn Abbé, lequel on sollicitoit de resigner son Abbaye, qui fit ceste response: Il y a trente ans que ie suis à apprendre les deux premieres lettres de l'Alphabet A, B, ie veux encor autant de temps pour dire les deux suyuantes, qui sont C, D. Par A, B, il entẽdoit Abbé, & par C, D, *Cede*, mot Latin, qui signifie quitter la place.

Ces François sont de mesme inuention:

Vent,	*vient,*	*pire,*	*vent.*
A qui	*d'amour*	*le cœur*	*bien.*

Autre,

Si	*pire,*
uent,	*vent*
i'ay,	*dont.*

Item,

Pir,	*vent,*	*venir.*
vn	*vient*	*d'vn.*

Il ne faut à tous les susdits mots adiouster sinon la conionction *sous*, comme, A qui souuent d'amour souuient, &c. Et ces autres qui suiuent, se doiuent commencer à la premiere ligne, adioustant ces mots sus & sous.

Trop	*vent*	*bien*
tils	*sont*	*pris.*

Trop subtils sont souuent bien surpris.

Het, en tient
le pens, le 

Le souhait en suspens le cœur soustient.

Ces suyuans sont de mesme, sinon qu'il faut regarder des lettres qui sont dedans de plus grandes, comme

C(G) C(R) q/q

auec L.

G dans c, r dans c, q sur q, auec L.

G a p/d pour/tenter mes a a

G grand a petit, d sous p, pour sus tenter mes a petits.

I'ay grand appetit de souper pour sustenter mes appetits.

Ie treuue celuy-cy fort ingenieux,

Son, t, l, te pour nir son:

L apres t, son deuant, pour, entre, tenir, son derriere.

T-i-u, p-ny-as, r-gi-e, si-i-tu.

i entre tu, ny entre pas, gi entre re, si tu y entre.

L'idolatre d'vne Pissedelie, pour faire parade de son fidele amour, fut long temps à matagraboliser en sa contemplation ce beau Rebus.

Autre façon

comme  *ay-ſmer iuſques.*

Deux cœurs en vn & s'entre aymer, iuſques à la fin, comme au commencement.

Il portoit auſſi en ſa diuiſe,

G, le  a, b, c.

Pour dire, i'ay le cœur abaiſſé : mais ſon couſin, au lieu du cœur qu'il effaça, y peignit le Dieu des iardins.

Ie n'appreuue pas que l'on entremeſle des peintures de quelque choſe que ce ſoit, auec des lettres, notes, & chiffres : car cela eſt goffe le poſſible, & n'y a rien ſurquoy on ne rencontraſt. Comme ce badin ſuiuant,

Il  IO 

p

comme,

Il faut dix né comme ſous pé.

Voyla pourquoy ie n'en ay choiſy aucunes exemples.

Il n'y a que le cœur qui en faueur des loyaux amans s'est donné la vogue, & qui partant pourra estre receu auec le ♥, & le Dieu des iardins. Et comme la mort est horreur naturelle & assez cogneuë, i'accorde que l'on la mette principalement és cimetieres & Epitaphes, comme aux Cordeliers de Dole:

m, en dé, quat en dé : qui fait en le prononçant, Amendez vous, qu'attendez vous, la mort

Et celuy-cy au cloistre de Sainct Mammés à Langres, fait sur vn chantre:

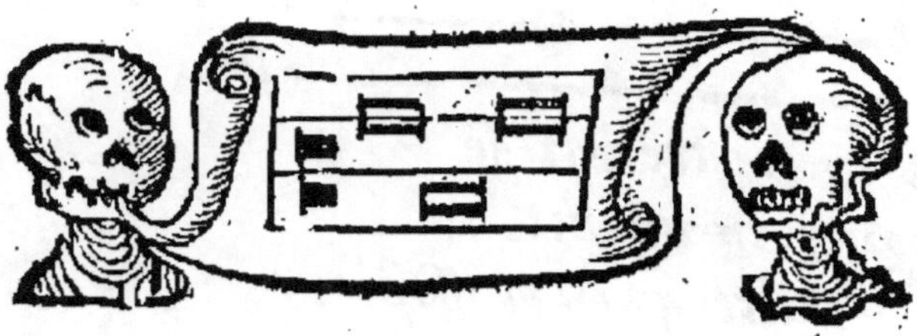

C'est à dire, Mort la mi la mort.

Puis que de la mort nous sommes tombez sur la Musique, ie mettray en cest endroit ceste chanson, faite contre vn ieune sot glorieux, laquelle fut chantee si gaillardement en sa presence, qu'il la trouuoit bien faite, hormis que les rimes n'estoient pas accomplies.

Autre façon

Hola monsieur vous estes.

La mi fa re sol vt
L'ami fat resolu.
Entre les plus honnestes
Cela est trop cognu.
Dites luy sa maistresse,

Vous 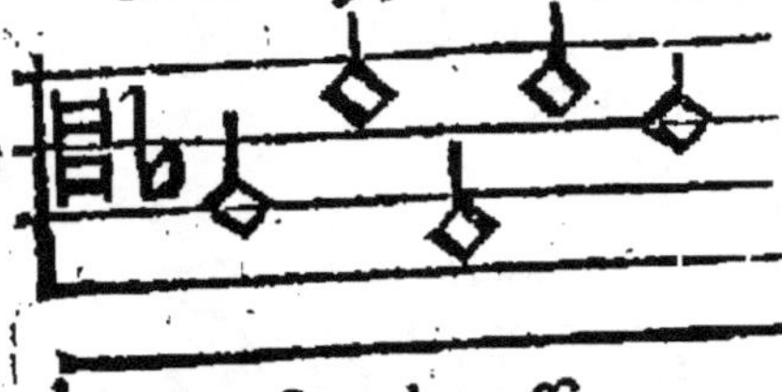 mi la re la sol mi lairrez la sot.

Vous & vostre detresse
Ie cognoys en vn mot.
Faites qu'on puisse dire

De vous 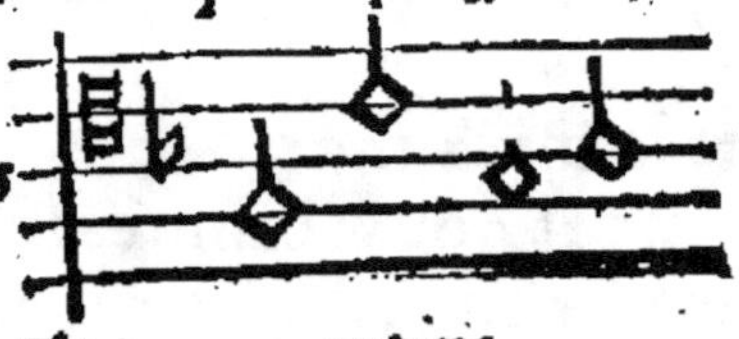 vt sol re mi vn sot remis.

Que n'estes en martire
Plus prudent à demy.

Ensuyt vn Epitaphe d'vn Maistre Chantre nommé Noël le Sueur, que luy a basty fort ingenieusement le gẽtil Official Langrois: car en iceluy sont comprises toutes les notes de Musique,

Dies 18. *Maij vt natalitius sic fatalis fuit* 1573. *Natali Sudorio.* a *ingenij, moribus & voce* b *Musici, Hic post* 72. *annorum* — a cuti. b grauis.

c : *vitæ* d  *completi nos* — c spatia. d lineis.

exigua e 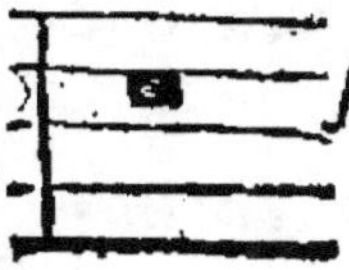 *superstites* — e pausa

f g  &  — f suspiriis g semi-suspiriis.

tantum virum desiderantes reli- — h longas.

h *quit* 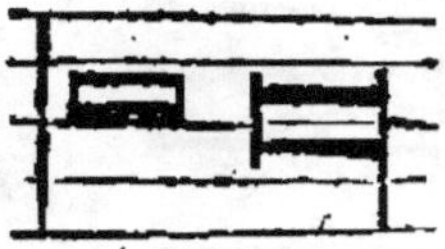 *opera in choro huius templi, in quo festum diem sanctorum Geruasij & Protasij fundauerat Dei seruitio impendit,*

faxit Deus vt i 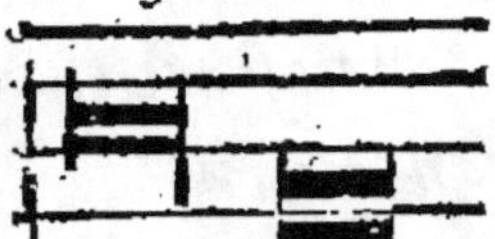 *mi-* — i maximas.

ciserirdiæ largitionis sentiat.

Autre façon

k  *q; hostibus*

k fusisq;

l  *que*

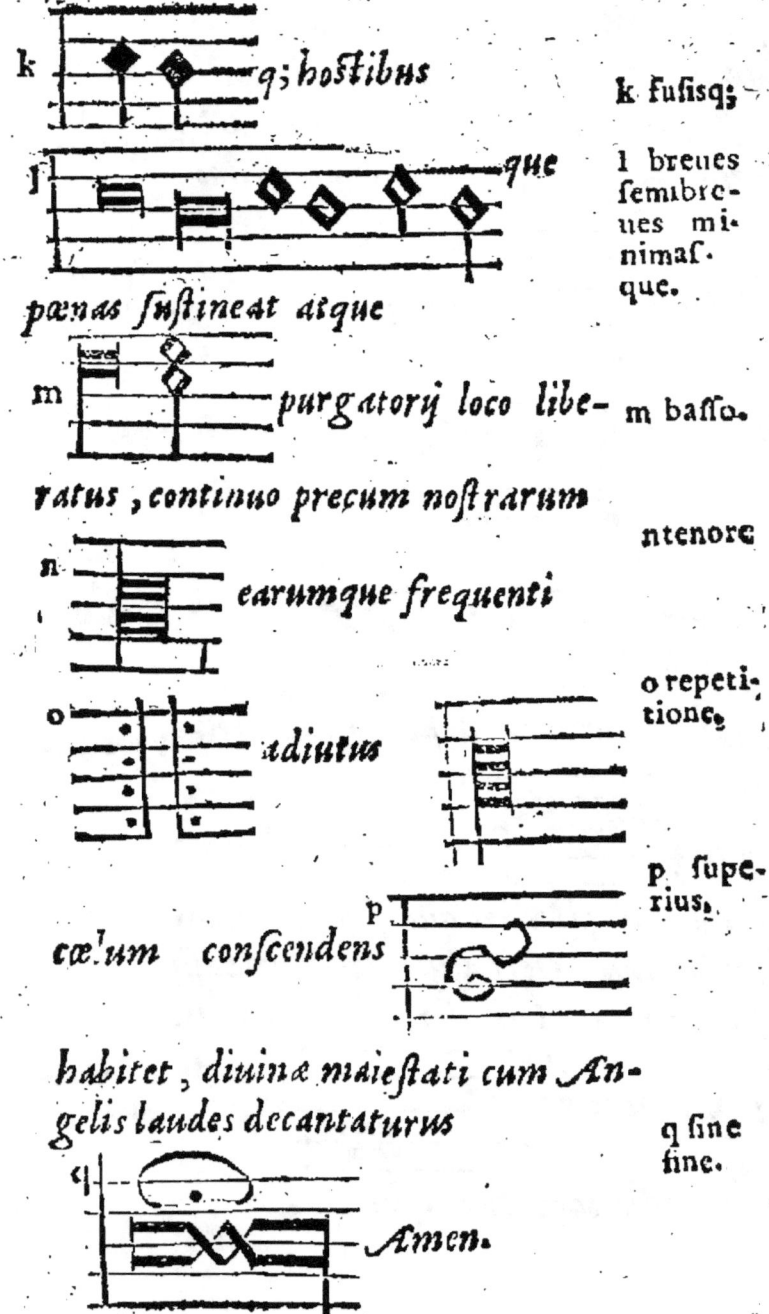

l breues semibreues minimasque.

pœnas sustineat atque

m  *purgatorij loco libe-*

m basso.

ratus, continuo precum nostrarum

n tenore

n 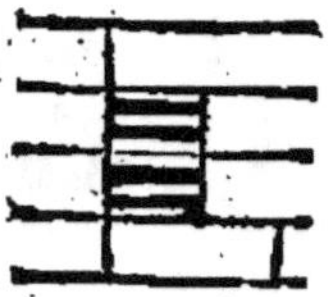 *earumque frequenti*

o 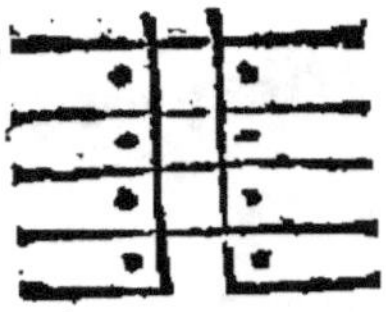 *adiutus* 

o repetitione.

p superius.

cœlum conscendens p 

habitet, diuinæ maiestati cum Angelis laudes decantaturus

q sine fine.

q  *Amen.*

Celuy que tu vois eſt entrecouſu de toutes les façons ſuſdites.

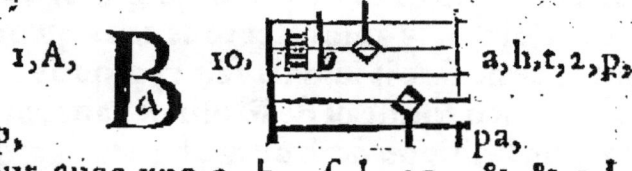

1, A, B a 10, 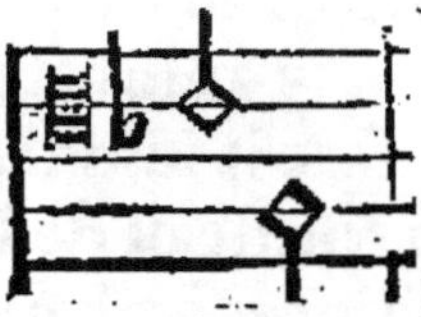 a, h, t, 2, p,

p, pa,

10. pour auec vne a. b. ſ. l. 20. &, &, q. l.

ta. ſ.  ſon r-d-e en p a 10.

Vn gros a, b, remply d'a petit, dix ſol vt, a acheté deux per dix pour ſous p, auec vne a, b, ſ, elle vingt & ſous pa & q elle ta, eſſe la la fa ſon, d'entre re, en par a dix.

Lon fit ce ſuyuant d'vn bon garſon verolé.

Ba-pour ſe-tre vne fois il en a

l e,

Pour s'entre-batre vne fois ſus elle, il en a ſué

las, frir,

Te-pour-nir, maints ſont a,

mis

Pour entretenir ſoulas mains ſont ſubmis à ſouffrir. C'eſt pourquoy reſpondit Iaquemardus de braquenoto:

Autre façon

Pri bonne-se pren-fait bon-dre.

Bonne entreprise fait bon entreprendre.

Si ie voulois icy adiouster tous ceux qu'on m'a donné, ce ne seroit iamais fait : parquoy ie finiray sur ce vieil rondeau de Molinet, ancien Poëte du Duc Philippe de Bourgongne:

riant fut n'agueres
En pris

s-D'une-o affectee.
n-tile-s

espoir haynee
Que vent
ay

d
Mais fus quand pr-samour-is,

ris
Car iapper ses mignards
que

traicts
Estoyent d'amour mal a
ee

riant
en

l'œil
Escus de elle a pris
moy

maniere ruzee
te-me-nant

Et quant ie veux e-faire-e
elle

que riant.
Me dit to-y-us mal apris en

Encor que l'interpretation en soit aysee, si la mettray-ie *pro iunioribus.*

En sousriant fus n'agueres surpris
D'vne subtile entre tous affettee
Que sous espoir ay souuent souhaitee,
Mais fus deceu quand s'amour entrepris,
Car i'apperceus que ses mignards sousris
Estoyent soustraits d'amour mal asseuree,
En sousriant.
Escus soleil dessus moy elle a pris,
M'entretenant sous maniere rusee,
Et quand ie veux sus elle faire entree
Me dit que suis entre tous mal apris
En sousriant.

Ne reste plus que ce Rebus pris des termes ordinaires dont les triquetraqueurs ont coustumé d'vser specialement quand ils ioüent à la renette ce beau ieu de patience:

 CO  *malades ſont allées de nuit*

auec lan 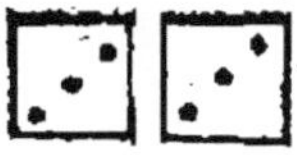 *deuers les* 

demander leurs 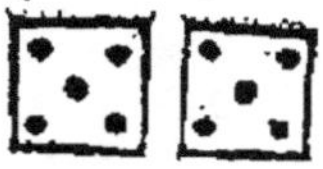 *pour mettre* 

eſperans par ce moyen deuenir  *mais pour ce faire il en*

faudroit à chacune 

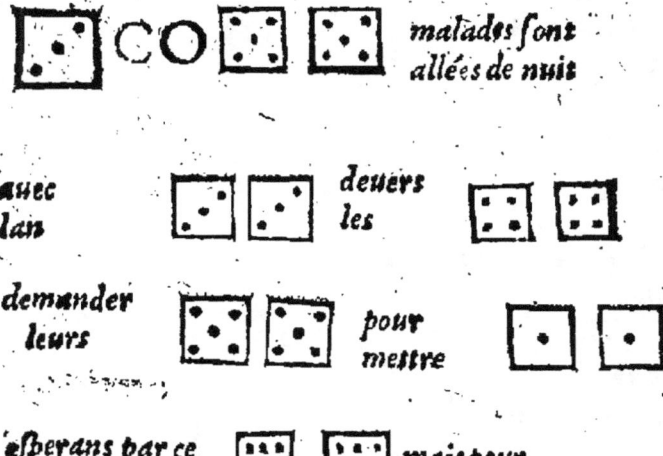

Deux cinq ſignifient quines ; deux trois ternes , deux quatre carmes , deux as ambeſas quaſi embeſace, deux ſix ſeines.

DES EQVIVOQVES François.

CHAP. IIII.

I'AY cy deuant parlé amplement des Equiuoques de la peinture à la voix, maintenant ie rapporteray l'autre sorte qui se fait de la voix à la voix, de long temps & ingenieusemēt traictee par nos François, & combien que ce mot d'Equiuoque, selon que nous le prenons generallement, se puisse entendre des syllabes de mesme terminaison, selon qu'on faisoit les vers Latins rimez, qu'on appelloit vers Leonins, dont ie parleray cy apres, & que ce sont encor auiourd'huy toutes les poësies Françoises & Italiennes, qui ont peu de graces, si deux voix vnisonantes ne se rencontrent à la fin de deux vers s'entrerimans: ce que les Rhetoriciens ont appellé d'vn nom propre Omioteleste, c'est à dire finissant de mesme: neantmoins ie prens icy ce mot d'Equiuoque pour vne espece paiticuliere, sçauoir quand vn ou plusieurs noms se peuuent rapporter à vne autre ou diuers noms, de mesme son, selon l'aureille, & de diuerse signification. Dōt qui voudroit auoir des exemples, elles sont rares és Grecs & Latins, &

vulgaires és anciens Poëtes François, comme Marot, en l'Epistre par luy adressee au grand Roy François, qui commence:

En m'esbatant ie fay rondeaux en rime,
Et en rimant bien souuent ie m'enrime:
Bref c'est pitié d'entre vous rimailleurs,
Car vous auez assez de rime ailleurs.

Drusac vn Tolosain rimailleur, imitant Marot, en certain liure qu'il a fait contre les femmes, a composé de ces Equiuoques iusques au nombre de trois ou quatre cens vers, desquels, qui voudroit prendre la peine, on pourroit (comme Virgile faisoit des ordures de Ennius) ramasser vn bon nombre, & les reduire en meilleur François, comme on a fait ceste suiuante Elegie:

Belle aux beaux yeux, pour qui des douleurs ie comporte,
Plus qu'on ne pourroit pas pour autre qui con porte.
Oyez les grans regrets que faire me conuient.
Pour le mal qui sus moy par vostre seul con vient.
Ie fus bien mal-heureux, tout haut ie le confesse
Quand ie touchay sur vous tetin, cuisse, con fesse.
Cher me fut le banquet, la feste, & le conuy,
Qui causerent premier pourquoy vostre con vy.
Car i'endure grans maux sans espoir de confort.
Seulement pour auoir aymé vostre con fort.
Il m'eut bien mieux valu à tous maux condescendre
Qu'ainsi follastrement sur vostre con descendre.
Mais vos friands regards, vostre beau contenir
Me donnerent desir de vostre con tenir.
Et de vostre cœur faux au mien simple conioindre

Pour

Pour en apres mon corps pres de vostre conioindre.
Et deslors, sans passer contract, ny compromis,
Moyennant cent escus, me fut ce con promis.
Le soir allant vers vous ie les payay contant,
N'estois-ie pas bien fol d'acheter vn con tant?
Quand l'argent fut conté, de si pres vous connu,
Que nud entre deux draps ie tins vostre con nu.
Et puis ie m'efforçay d'emplir vostre conduit,
Mais à trop engloutir vous auez le con duit.
Neantmoins courageux, & en ardeur confit,
Ie fis autant d'exploits qu'autre en vostre con fit:
Et heurtay tant de coups, si bien vous les contez,
Qu'oncques faire on ne vit assauts en vn con tels.
Ie pensois estre vn Roy, ou vn grand Connestable,
Quand mon courtaut eut fait en vostre con estable:
Ce qui plus ma folie & mon regret conferme,
Ie pensois cheuaucher vn beau ieune con ferme:
Et c'estoit vn trou sale, où nul ne doit contendre,
Veu que chacun pour rien venoit vers ce con tendre.
C'estoit vne charongne infecte & peu congruë,
Quoy? ne fus-ie pas bien d'acheter tel con gruë?
Tous les iours auec vous moines se conioüissent,
Gens de toutes façons de vostre con iouissent.
On y va tour à tour, puis Abbé, puis conuent,
Certes femme peu vaut qui donne à son con vent.
On me le disoit bien, mais par ma conscience,
Par vn con l'on pert sens, & par vn con science.
Tout homme deuient fol, tant soit sage ou content,
Qui met tout son esprit à aymer vn con tant.
On deuroit assommer vn homme, & le confondre,
Qui sa force & vertu va dedans vn con fondre.
L'homme n'est-il pas fol qui pour se consoler
Cuide à force de coups iamais vn con saouler?

Combien de hauts esprits en voit on condamnez,
Et combien de grands clercs sont par vn con damnez?
I'en suis à l'hospital attaint & conuaincu,
Pour vn con mis à bas, & pour vn con vaincu:
Doresnauant viuray par reigle & par compas,
Ny ne feray iamais pour si vilain con pas.
Ieunes gens escoutez, à vous ie me complains,
Regardez les dangers desquels sont les cons plains.
Les goutes & boutons sont en moy congelez,
Tous mes membres & sens sont pour vn con gelez.
Ie vous sers de miroir, plein de compassion,
Gardez vous bien d'auoir pour vn con passion.

Ie viendray aux exemples, qui t'instruirōt auec quelle gaillardise & discretion on les peut practiquer. Et pour commencer i'entameray ce mot d'Equiuoque, sur equiuoquons : *Mes dames on a fait vos maris coquus: & qui? vos cons,* respond le bon compagnon.

Vn quidam irrité contre sa femme, la menaçoit de battre à grands coups; à quoy ceste femme ne faisoit autre responce sinon, *Par le bas mon amy, par le bas.* Dont estant reprinse des voisins, qui luy remonstroiēt, qu'elle aigrissoit d'auantage son mary, & qu'il ne falloit pas ainsi superbement parler à luy. Elle s'excusa, & dit qu'elle ne vouloit pas le faire taire : que son intention estoit seulement de luy dire, qu'il la deuoit battre *par le bas.* Dont le mary, qui n'estoit pas des plus courroucez, se prit le premier à rire.

Vne autre aussi bonne commere (ainsi que i'ay apris de Dame Philipote Pintasson) comme on portoit son mary en terre, Helas! disoit elle, mon pauure homme & moy auons si bien vescu ensemble, nous auons eu trois enfans, dont les deux petits sont morts, & le plus grand vit. Et repetant ce mot, de grand vit, elle regardoit ce ieune enfant viuant? auquel puis apres adressant sa parole, elle disoit, Las ! mon enfant, ton pere nous a si piteusement dit adieu: Helas ! quel congé, quel congé, c'est pour iamais, mon Dieu, quel grand congé! Prononceāt lesquels mots, elle exclamoit derechef, à la façon de nos criardes femmes de France (car c'est à qui brayra le plus haut) & frappoit de ses mains sur son ventre. De sorte que plusieurs, qui cognoissoient l'humeur de la pelerine, affermoient qu'elle auoit sciemment exclamé sur *grand vit, & con i'ay*, au lieu de congé.

Il y auoit vn amoureux, qui auoit longuement idolatré vne certaine Chiaude: laquelle, à la façon de nos Poëtes François, il auoit baptisé sa Pandore, du nom de celle qui eut tāt de beaux presents des Dieux: Voyant en fin qu'il perdoit son temps, & en auoit mauuais visage, il la souloit appeller, Ma Pandore, qui de sa chemise le dernier pan dore.

Vn Aduocat fut vn iour bien trompé: car au lieu qu'il pensoit auoir vn double ducat, pour salaire d'vn gros procés qu'il auoit fueilleté, il ne trouua que le double du cas posé, & s'equiuoqua sur la lettre de son client, qui luy escriuoit en ceste sorte: Ie vous enuoye mon sac, auec vn double du cas, ie vous prie bien voir tout, & me faire vn ample aduis, &c.

Iean Rifflart eut vn iour querelle contre Iean

Camardin,& par desdain luy dit, Allez, allez punais, il ne vous appartient pas de vous prendre à moy. Auquel Camardin respondit, Ie ne suis point punais, cocu. Dont Rifflart se sentant iniurié, le fit appeller en iustice, pour auoir reparation : & fit remonstrer l'attrocité de l'iniure, qui pourroit causer vn diuorce, & troubler son mariage ; & fit l'iniure si grande, auec demande de si enorme reparation honorable, que chacun pensoit que Rifflart seroit chastié aigrement : Quand son Aduocat, dextrement & gaillardement fit tourner le tout en risee : car il remonstra que Camardin, indigné de ce que l'on l'auoit appellé punais, auoit dit qu'il n'estoit point punais qu'au cul. De sorte que sur telle declaration il fut mis hors de cour & de procés, sans despens.

A Moulins en Champagne y auoit vn Apothicaire, nommé Desbordes, qui, pour auoir estudié auec quelques Barbiers, retenoit vn peu de leur humeur glorieuse, & à ceste occasion luy prit affection de choisir quelques belles armoiries, pour mettre sur la porte de sa boutique : Dont conferant auec ses voisins, l'vn luy dit, Il vous faut faire vn feu, qui signifiera le feu des brandons, autrement des bordes, auec le mot, Il n'est beau feu que des bordes : l'autre, Il n'est i'oye que des bordes. En fin se rencontra vn orfeure bon compagnon, qui luy dit, Ie serois d'aduis, que comme vous estes mõsieur l'Apothicaire, vous prissiez trois pillules d'or en chãp de gueules : & pour deuise vous mettrez en grosses lettres d'or, *Par pillules le cul desborde.* Dõt mon homme, tout scandalisé & irrité, ne parla onc puis d'armoiries ny de deuises.

C'est vn prouerbe commun, Qu'on ferme bouteilles à bouchons, & flaccons à vis, *id est*, flacs cons à vits.

Les lauandieres ont vn prouerbe ordinaire, Si vous lauez, ne me le prestez pas : & si vous ne lauez pas, prestez-le moy. Qui s'entend d'vne palette ou batoir, propre à lauer les draps.

Vn gaillard Escholier, retournant de Tholose, fut si curieux que de rapporter en son pays vne mesure des robes & sayes, dont les Mondinets s'accoustrent fort proprement en ce pays là : Et mandant vn cousturier, luy dit qu'il vouloit ainsi & ainsi auoir ses habits, à la Tholosane. Ce que retint si bien ce cousturier, qu'estant mandé d'ailleurs, il disoit, Monsieur, il faut que ie vous habille à la tour aux asnes, (pensant dire à la Tholosane) cõme vn tel, qui a rapporté vne braue façon. De sorte que depuis on l'appella, Le tailleur de la tour aux asnes.

Maistre Pierre Presat, estant aux champs en commission, fit gageure contre Vasot Clerc au Greffe du Bailliage de Dijon, que son cheual n'estoit point ferré de vent. Le Clerc ayant mis pied bas, & cogneu à veuë d'œil que son cheual auoit deux fers és pieds de deuant, pour maintenir le contraire, consigna vn escu, à la charge que l'on croiroit le premier passant. Et sur ceste asseurance arresta le premier qui se trouua sur le chemin, & l'enquist si son cheual n'estoit pas ferré par tout : le passant respondit que ouy. Lors Presat demãda dequoy il estoit ferré, Surquoy le paſſant ayant reſpondu qu'il eſtoit ferré de fers, Preſat maintint qu'il auoit gaigné, & qu'on ne ſçauroit ferrer vn cheual de vẽt. Et par ce moyen gaigna la gageure.

Vn Eſcholier s'eſtoit obligé à ſon compagnõ de vingt liures tous noirs, au lieu de vingt liures tournois, qu'il auoit receu. Son creancier voyant le terme expiré, & qu'il ne pouuoit eſtre payé, fit aſſigner l'obligé, pour ſe voir condamner à la recognoiſſance & au payement. Lequel, apres l'auoir recogneuë, dit, qu'il n'eſtoit tenu au payemẽt: car il s'eſtoit obligé à choſe impoſſible, & allegua la Loy *Impoßibilium ff. de regu. iur.*

Ie fus vn iour en maſque auec vn grand Narinard, lequel, pour ſe bien deſguiſer, auoit mis vne grande iuppe de veloux, appellee vulgairement vne Sotane. Si toſt que nous fuſmes tous entrez en vne bonne maiſon, chacun qui le cognoiſſoit bien, commença à dire, Monſieur le grand ſot aſne, vous plaiſt-il pas vous demaſquer, nous cognoiſſons bien deſia le reſte de voſtre troupe. En fin il ſe demaſqua, & dit, Or ſus vous les cognoiſſiez tous hors-mis moy. Par ma foy, repliqua vne Damoiſelle fine à dorer, pardõnez moy, chacun vous a bien cogneu, & nõmé.

Comme deux Tholoſains fuſſent bien empeſchez à diſputer en Theologie, où ils n'entendoient gueres, l'vn dit, Point point, ie ſçay bien qu'en dit l'Anaſtaſe. Lors vn tiers rencõtra plaiſamment, & leur dit, Que dit l'aſne à ceſt aze? c'eſt à dire *aſne*.

L'on m'a dit, qu'vn Gentil-homme d'apparence trouua vne fois vn Cordelier, qu'il menaçoit de faire pẽdre, & voulãt faire le spirituellement gausseur, luy disoit : Cordelier, de cordes lié, vous aurez le corps deslié, à fin d'auoir vn beau collier, dont vous aurez le col lié. Mais le Cordelier qui n'auoit affaire qu'à vn trepelu, le voyant estre seul, le desmonta gaillardement, puis montant sus son aridelle, luy dit: Monsieur l'Escuyer, qui n'auiez que le cul hier auec les dents, & n'auiez pas l'escu hier, ny vn blanc pour vous faire pendre : ie vous vay maintenant apprendre, comme ie suis habile à prendre. Et endare.

Vn pauure garçon qui demandoit la passade, interrogué d'où il estoit, respondit, de Normandie. Vrayement, dit l'autre, vous auez raison, Qui n'a n'argent, n'or mendie.

Le Dieu des Medecins s'appelle Esculape, non pas de l'equiuoque de *ce cul hape*, mais *d'escu hape*, pour ce que les Medecins pinsent volontiers.

Vn soldat oyant discourir son Capitaine, frais retourné du College de Montagu, où il auoit esté page sous nostre maistre *Bouquin*, l'espace de trois ans, lequel disoit en grand appareil, il y a en Lacedemone : entrerompant sa parole, luy dit, Par Dieu c'est moy aussi qui suis lassé de moines : car il y a vn meschant Prieur qui me fait mille maux, &c.

Vn Euesque de Melun, voulant dire sa Messe en Pontificat, enuoya aduertir vn sien Suffragãt de le venir trouuer, pour faire office de Diacre : lequel, comme vieil & caduc qu'il estoit on trouua pres du feu, auec vn grand verre sur la table, & vn petit morceau de pain. Et fit responſe, Ie vous prie m'excuſer enuers Monſieur, ſi ie l'ay tant fait attendre, car ie n'ay encore acheué matine. Ce qu'eſtant rapporté à l'Eueſque, qui ſe faſchoit de ſi long ſeiour, renuoya encores pour le haſter, luy dire, que pour ce iour là il le diſpenſoit d'acheuer la Meſſe. Mais ce bon Suffragant prenant ſon verre plein, dit qu'il auroit pluſtoſt fait de paracheuer promptement. Et ayant vuidé ſon verre, qu'il appelloit ſa tine, dit, Or ſus, me voylà exempt de la diſpenſe de Monſieur l'Eueſque, ie le vay trouuer pour dire Meſſe, puis que ma tine eſt acheuee.

Il ne ſera mal à propos d'en reciter vn d'vn vergaland de vigneron de Dijon, qui diſoit, *Pair le Codey quai forrau brelai lou Solo, pource qu'en yuar el tau luthard*: C'eſt à dire, qu'il faudroit bruſler le Soleil, pource qu'en hyuer il eſtoit luit tard: equiuoquant ſur Luther. La ſpiritualité de l'equiuoque n'excede pas dix lieuës les limites du bon cru outre le mont Talentin.

Il y eut au Comté de Bourgongne vn aſſez riche Citadin qui ſe fit annoblir par l'Empereur: & le Secretaire qui auoit, peut eſtre, eſté mal payé de ſes deſpeſches, luy donna par meſme moyen pour ſes armes, vn coq ſans membre, qui eſtoit de ſable en champ d'argent. Et enquis de la raiſon, dit que c'eſtoit vn coq imparfait, pour dire *vn coquin parfaict*.

Vn gros Abbé forgeron fut vn iour repris de ſon Eueſque, à cauſe de ſon auarice, & qu'à l'appetit de ſes forges il ruinoit tous les bois d'vne prouince, dont le pauure peuple exclamoit. A quoy il fit responſe, que ſes predeceſſeurs auoient gaigné en vin, mais qu'il gaigneroit en fer ce qu'il pourroit. Alors l'Eueſque luy dit, Et vous gaignerez enfer auſſi.

Vn Iuge Royal diſoit vn iour en vne remonſtrance à ceux de ſon Siege, addreſſant ſon propos aux Aduocats, dit qu'on les appelloit ainſi: Parce, dit-il, que vous deuez diligemment penſer à vos cas. O l'excellente Etymologie!

Zonare recite que Conſtantin fils d'Heraclius, eſtant preſt à combatre, ſongea qu'il s'acheminoit θεσσαλλονίκην, c'eſt à dire en Theſſalonie, ville celebre de Macedoine. Aquoy vn qui l'aſſiſtoit, repetant ce mot de ſyllabe à ſyllabe, vint à dire, θὲς ἄλλῳ νίκην, qui eſt à dire, *Laiſſe à vn autre la victoire.* Et aduint que combattant contre le conſeil inopinément equiuoqué, il perdit la bataille.

Alexandre le Grand ayant long temps aſſailly la ville de Tyre, mais en vain, eſtant preſt à leuer le ſiege, infiniment faſché, s'endormit: & ſongea en dormant qu'il voyoit vn Satyre, lequel trepignant à l'entour de luy, il attrapa. A ſon reueil il fit le diſcours de ce ſonge en preſence de pluſieurs: où ſe trouuerent aucuns ſages, qui luy interpreterent que ΣΑΤΥΡΟΣ, en deux mots ſignifioit, Tienne eſt Tyre. De ſorte qu'il s'opiniaſtra de l'emporter le lendemain: ce qu'il fit heureuſement, ainſi que Plutarque en ſa vie le raporte.

Tu verras és Amphibologies, des fortuites felicitez ou aduersitez suruenuës pour mesmes rencontres.

Or descendons vn peu sur les femmes : I'ay veu vne certaine ioüant aux Tarots, laquelle comme ce vint à son tour d'auoir la main, escarta le Roy de baston. Et voyant qu'il tardoit trop à venir, asseuree, selon la disposition du ieu, & nombre de ses triomphes, qu'il ne luy pouuoit eschapper, dit à l'vn de ceux qui ioüoiét auec elle, Monsieur, il faut que i'aye vostre Roy de baston. A quoy celuy qui l'auoit, fit response, Vrayement il est à vostre commandement, quād il vous plaira, mon roide baston. N'estoit-ce pas presenter son seruice à propos?

Passechat de la Frāche-Comté Bourguignotte, n'appelloit iamais vn sien compagnon, nommé Perrot, sinon faisant vn Per, & vn Rot: tant il auoit la bouche & le cul à commandement.

Vne bonne vieille auoit au fond de sa coupe fait peindre les armoiries de son pere & de sa mere: tellement qu'en commemoration d'eux, elle beuuoit tousiours aux trespassez, & aux traits passez, car elle en auoit bien veu & beu d'autres.

Vn Iuge prononçant sa sentence de ceste sorte: Nous auons ordonné & ordōnons, fut surpris d'vne cholique venteuse, & lascha vn gros pet. Alors vn bon garçon present dit, Nostre Iuge dit vray, il a bien donné de l'or, mais peut estre en a il pris la meilleure part en ses chausses.

Vn vieil regratteboisseur de petits enfans, disoit vn iour en plein Palais à vn Aduocat, Cela n'est que broüillerie: lequel fit response, Broüillerie, commence par B. & Tromperie par T. au lieu de *per te*, c'est à dire, par toy.

Voylà ce que i'ay à rapporter des Equiuoques de la parole, que ie ne veux pas poursuyure d'auantage : pource qu'auiourd'huy infinis calõniateurs, sans aduiser à la gentillesse des rencõtres, se pourroyent scandaliser, si i'en mettois icy vne multitude qu'on a fait sur quelques braues & sçauans personnages, comme ces vers:

Se monstre loing du Rhin fidellement,
Ce monstre loing dur infidellement.

Ie viendray maintenant aux mots couppez, & commenceray sur l'interpretation d'vn Prouerbe vulgaire, pourquoy l'on dit, *Moustarde de Dijon.* Car à la verité la moustarde n'y est meilleure, ny plus frequente qu'ailleurs : encor que certains larrons d'hosteliers, pour abuser le monde, & confirmer mieux ce Prouerbe, vendent bien cher de petits barils & pains de moustarde propres à mettre dans la gibbeciere, plus pour la sensualité des curieux, que pour appetit qui y puisse estre : car pour la conglutiner, il y faut entremesler de la terre grasse, & autres choses moins nettes. L'origine donc de ce dire n'a pas pris sa source de là, ains a commencé soubs le Roy Charles sixiesme, en l'an 1381. lors que luy, auec Philippes le Hardy son oncle, furent au secours de Loys Comte de Flandres, beau-pere dudit Duc. Où les Dijonnois, qui de tout temps ont esté tres-fideles & tres-affectionnez enuers leurs Princes, se monstrerent si zelez que de leur mouuement ils enuoyerent mille hõmes conduits par vn vieil Cheualier, iusques en Flãdres. Ce que recognoissant ce valeureux Duc, leur donna plusieurs priuileges, comme de pouuoir tenir terres en fief, & autres : Et notamment voulut qu'à iamais la Ville portast les deux premiers chefs de ses armes, selon qu'auiourd'huy encores elles les porte : sçauoir my-party sus gueules, premier quartier d'azur semé de fleurs de lis d'or, à la bordure componee d'argent & de gueules : second quartier d'azur, à trois bandes d'or, bordé de gueules. Luy dôna en son cry, autrement sa deuise, qu'il fit peindre en son enseigne, qui estoit,

Mout me tarde.

Mais comme ceste deuise estoit en rouleau, de la façon qu'encor auiourd'huy elle est esleuee en pierre, à la porte de l'Eglise des Chartreux de Dijon qui tire au petit cloistre, du costé de Midy en ceste sorte,

Plusieurs qui la voyent, mesmes les François, ne prenans garde au mot de *me*, ou dissimulant le voir, par enuie, allerent dire qu'il y auoit, moustarde, que c'estoit la troupe des moustardiers de Dijon.

En ladicte ville on reuere aussi aux Cordeliers, en vne Chappelle, S. Friant, au lieu de S. Onufrient, pource qu'il est escrit en ceste sorte:

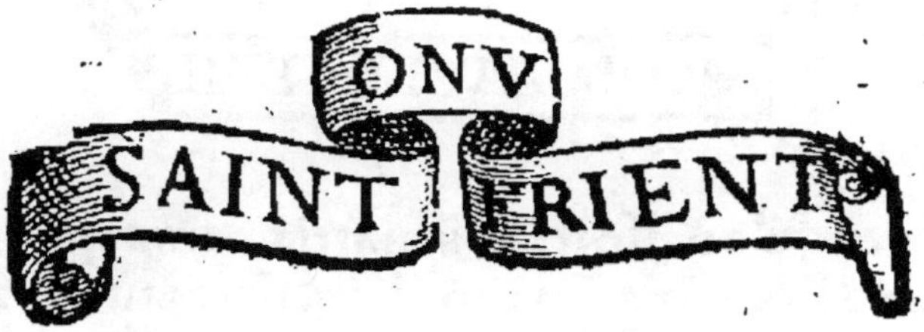

Vn quidam, nommé Iean de nom, & qui l'estoit, peut estre aussi de surnom, comme son Epitaphe le porte.

Artibus vxoris Sinandus qui fuit hic Iam
Dudum factus auis summa per astra volat.

Fit peindre sur la cheminee, ceste belle deuise, *Pour parvenir i'endure.* Mais le peintre soit d'ignorance, ou d'industrie, l'auoit ainsi ortographié, & accommodé sur la cheminee,

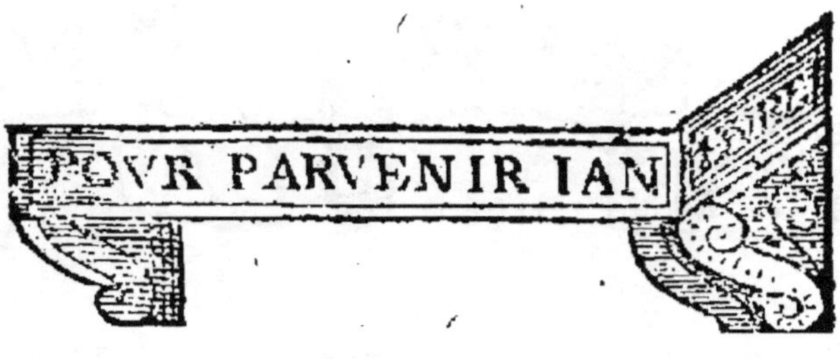

Vn autre auoit fait peindre ce verset du Psalme, *In memoria æterna erit iustus* : mais pource que l'vn des coins de sa cheminee estoit à l'obscur on le lisoit ainsi.

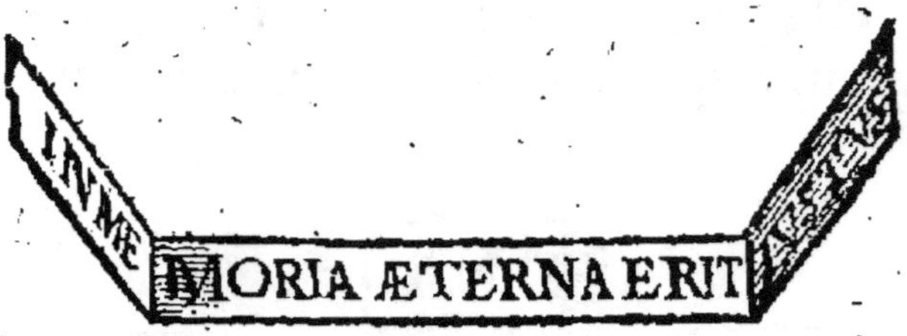

De sorte qu'on lisoit, *In memoria æterna erit* : C'est à dire en François, En moy sera perpetuelle folie. Au lieu que ce verset, selon son sens signifie, La memoire du iuste viura eternellement.

Vn François estant à Rome, rencontra aussi gaillardement sur la deuise du Pape Clement septiesme, qui portoit pour le corps d'icelle vn Soleil, les rayons duquel penetrans au trauers d'vne boule de Crystal, brusloient vn arbre opposé : & pour l'esprit y auoit, L'interpretant ainsi, Quand dort ille sus : c'est à dire, Quand dort celuy là qui est vne truye.

Tu te contenteras de ces exemples : parquoy ie finiray par l'epistre suyuante laquelle fut faicte par vn personnage fort scrupuleux, & qui craignant d'offencer sa conscience, pour le fils de son amy qui se marioit, il escriuit aussi à la verité les complexions du suppliant, au pere de la fille, qui l'auoit prié de s'en enchercher au vray.

Monsieur, celuy personnage, duquel m'auez escrit pour le marrage de vostre fille, il est ieune mais estimé, & vn des honneste, & de façon aussi ciuile qu'il est possible, il est mettable, il parle bien & à propos, tellement qu'on en fait cas, il a le cœur aux cieux, il est patient, fort hardy, en different homme pour pacifier, affable à vn chacun, à ses voisins modeste, & sur tout il desire apprendre: bref, il est vn des prisez & des honorez de son aage: Celuy qui dira le contraire, sera mal informé. Ie vous prie de croire comme d'vn grand experimenteur en telles affaires.

S'ensuit l'interpretation equiuoquante: Monsieur, celuy pert son eage, duquel m'auez escrit pour le mariage de vostre fille, il est ieune mesestimé, & vn deshonneste, & de façon aussi inciuile qu'il est possible: il ayme table, il pert le bien, est aspre aux pots, tellement qu'on n'en fait cas, il a le cœur otieux, il est pas scient, fort tardif, en different homme pour pas s'y fier, à fable à vn chacun, à ses voix immodeste, qu'il desire sur tout à prendre: bref, il est vn desprisé & deshonoré de son aage. Celuy qui vous dira le contraire, sera malin formé: Ie vous prie le croire, comme d'vn grand esprit menteur en telles affaires.

ADIONCTION DE L'AVTHEVR.

Quelque Megrelin voyant vne grãde fille, belle, & puissante, luy disoit: O quelle Lansquenette!

A quoy la fille, ioyeuse & deliberee, dit promptement : Il me faudroit autre lance que n'estes. Ce qui ne tõba pas en paille: mais fut bien releué par mon bon voisin, le Sieur de Domoy en partie.

Cest autre est de son cru, qu'en faueur de son bon vin de Poussot, i'ay icy apposé. Il me vint dire, Equiuoquez sur Cabuche. Et pource que i'arrestoy trop à songer, il me va dire prõptemẽt, Ie vous chaufferay autant à fagot qu'a busche.

Vne marchande de drap sur la fin de sa confession, disoit à son confesseur, qu'elle auoit encor vn peché à dire : & interrogee quel estoit ce peché, elle dit qu'elle auoit mal aulné. Lors le Prestre entendant qu'elle disoit mal au nez, luy dit qu'il n'y auoit de faute en cela: tellement que n'estimant pas pecher de mal aulner : elle y continuë encor à present.

ADIONCTION D'AVTRVY,
iusques à la fin du Chapitre.

Ie ne me veux arrester aux Etymologies connesques d'vn Huissier de salle du Roy, qui rencontre dextrement, à ce que l'on m'a dit: Lequel, comme on parloit des matieres grasses, se faschoit vn iour en compagnie d'hommes ioyeux, de ce que les Medecins & Aduocats vsoient de certains termes, que par le corbieu, disoit-il, les bonnes femmes n'entendent pas. Le cor-de-moy Dieu, quand i'oy parler, disoit il, de Diafleme, de Sypogronde, de Valtebre, de Thoulas, ie pense que ce sont des mots de la Grimoire. Mais quoy, poursuyuoit-il, ie suis tout estonné de ces alterez Aduocats, qui parlent de ce qui est subiect à collation, de sitepolation, de maistremoines, & autres barbouillemens : là où ils n'entendent rien, ny moy, ny mon cheual, ny eux aussi. Et puis ils me parlent en leur iargon de compromis, de controuué, de consommé. Bien, par le cor-bieu ie sçay bien que c'est: Car compromis, qu'est-ce autre chose qu'vne fille qui est fiancee : Controuué, c'est de ces putains qui suiuent le hazard, & qui se presentent en vn chemin. Consommé, c'est vne bonne galoise, ou galeuse, qui est sommee de venir à certaine heure, comme cela nous est coustumier à la Cour. *Hactenus ille.*

I'ay sceu d'vn mien amy, qu'il vid n'agueres vn certain Preuost des Mareschaux, aussi hardy de la langue, comme des doigts, qui s'estoit constitué demandeur en reglement contre vn quidam Bailly, assez cogneu pour sa loquence: Lequel remonstrant au Parquet de Messieurs les Gens du Roy, disoit le Bailly, qu'il commenceroit par trois cas, où il attaquoit la personne dudit Preuost. Et apres, s'estant si fort expatié brouillifiquement, qu'il ne sçauoit plus où il estoit, son aduerse partie va ainsi interrompre, disant : Messieurs, ce bon homme icy ne vous faict que rompre la teste. Et comme il a commencé par trois K K K, car nottez qu'il vouloit equiuoquer sur cas, pour K, ie commenceray par trois L L L : car ie maintiens qu'il est Langard, qu'il est Lourdaut, qu'il est Larrõ, &c. Dont Messieurs se prindrent si bien à rire, que cela donna cœur à ce Preuost des Mareschaux de continuer & obtenir ses fins & conclusions. Ainsi *Audaces fortuna iuuat.*

Voyez sur ce la Loy, *Carere debet omni vitio, §. nescio quo, tit. nescio vbi.*

A propos, le grand Roy François, curieux de tout sçauoir & entendre, ouit vn iour dire qu'il y auoit vn certain Secretaire en sa Chancellerie qui se nommoit Gaillard, lequel estoit fort gaillard pour dire le mot, de maniere qu'il estoit biē receu en toutes compagnies ioyeuses. Le Roy donc le voulut voir : & comme il se presenta audit Seigneur qui estoit assis sur vn long banc pres d'vne cheminee, à raison qu'il faisoit lors froid, le Roy luy demande en tels termes : Qui es tu? Sire respondit-il, on m'a fait commandement de me presenter deuant vostre Majesté. Comment t'appelles-tu? (dit le Roy.) Sire, dit-il, ie me nōme Gaillard. Ho, ho, ie suis ioyeux de te cognoistre, replique le Roy : car tu fais parler de toy, pour estre gaillard en tout & par tout, mesmes à l'endroit des Dames. Mais viençà, dy moy, quelle difference mets tu, ou qu'elle distance y a-il entre gaillard & paillard? L'autre voyant qu'il estoit prins, s'il ne respondoit, sans autrement songer: Sire, il y a seulement distance de la largeur du banc & de la table que ie voy, & le lieu où ie suis presentemēt. Foy de Gentil-homme i'en ay tout du long de l'aune, dit le Roy. Et vous laisse à penser si ce fut sans rire.

DES EQVIVOQVES Latins François

CHAP. V.

ENSVIVANT l'ordre des Equiuoques, il ne sera mal à propos, apres ceux du François au François, d'escrire ceux du François au Latin : Ausquels il ne faut autre definition que la precedente. I'adiousteray seulement que les vns se font de sentences ou periodes qui ont vn sens parfait au Latin, & rendent aussi vn bon sens en François : les autres se font de mots Latins mis de suitte, qui ne font aucun sens en leur langage, mais rendent au François vn sens parfait. Des premiers les exemples sont rares : Des seconds ils sont assez familiers, comme tu pourras voir és suiuans.

Natura diuerso gaudet.

C'est vne sentence, qui signifie, Que nature se delecte de varieté: qui fait cest Equiuoque biberonique,

Nature a dit verse au godet.

Godet, c'est à dire tire au gobelet.

Tartara culpa tenet,

signifie en François, La faute n'attend que l'Enfer: & rend cet Equiuoque veritable,

Tard ara cul pasté net:

C'est à dire, qu'vn pasté aura tard le cul net. Car plusieurs prononcent ara, au lieu d'aura.

Tu as veu cy deuant aux Rebus de Picardie, *Habe mortem præ oculis*, auec son interpretation, que ie ne repeteray pas icy.

Requiescant in pace.

C'est à dire, qu'ils reposent en paix: Pour y equiuoquer, on feint qu'il y a à la porte vn homme, nommé *Quentin*, qui tire vne racle (certaine espece de marteau) laquelle de son bruit fait *R r é*. Celuy qui est à la maison, demande, Qui est-ce? Il dit, Quentin, Puis on dit ouurant la porte, Passez.

Ré, qui est-ce? Quentin, passez.

Iliades curæ qui mala corde serunt?

C'est à dire, Comme est-ce que les soucis Troyés sement le mal en leur cœur? Cela fait vn Equiuoque sur deux Curez plaidans,

Il y a des Curez qui mal accordez seront.

Rothomagensis, c'est à dire vn Normand de la ville de Roüen, qui dit,

Son mange du Rost, Thomas, i'en suis.

Quia mala pisa quina: C'est à dire, Pource que cinq pois sont mauuais: en François il donne ceste belle sentence,

Qui a, mal a, pis a, qui n'a,

On dit aussi, que gens riches plaident tousiours.

Qui terra guerra.

Qui terre ha, guerre ha.

En la ville de Rouen vn superbe Gentil-homme, mercadente Fiorentino, fit peindre en grosses lettres d'or sur sa cheminee.

RESPICE FINEM.

Et comme R & M, estoient plus eminentes, les laissant là, restoit *Espice fine*: qui estoit, à vray dire, l'origine de la noblesse de ce venerable messer.

Ducum est amor rus cœli aquila vitam,

Du con est amoureux celuy à qui le vid tend.

Vn certain s'estant retiré deuers le grand Roy François, pour estre pourueu d'vn estat de Finances: Le Roy auquel lon essajoit lors des botines, qu'on surnommoit des brodequins, interrogea plusieurs assistans, comme on les pourroit appeller en Latin: Entre lesquels ce financier se hazarda de dire, Sire, c'est, à mõ aduis, *Brodequineus*. Car notez qu'il estoit Bourguignon, & prononçoit *eus* au lieu d'*vs*. Le Roy tout esbaudy du plaisant patois Bourguignon Latinogotisé, exclama en soubsriant: Foy de Gentil-homme il dit vray, car ces brodequins sont neufs. Et veu l'admirable subtilité de ce grand Latinisateur, il le declara tres-digne de l'estat qu'il pretendoit. I'ay veu faire ces folastres questiõs sur equiuoques d'vn seul ou deux mots.

Quel verset des Pseaumes aiment mieux les femmes? C'est *Et ipse*, au *De profundis*, disoit vn bon compagnon en certaine compagnie de femmes. Car *Et ipse redimet*, c'est à dire, Red y met, ou roid y met, qui est ce que vous aimez le mieux.

Vne de la troupe pour se vanger le fit victus,

car il ne peut deuiner le verſet des ſept Pſeaumes le mieux habillé, qui eſt *Tunc acceptabis*: car elle diſoit, Tunc à ſept habis. Celle la meſme diſoit auſſi que *Et perdes omnes*, eſtoit le plus mauuais paticier du monde, pource qu'il y a *Et perdes omnes inimicos*, Il n'y mit que os.

L'on dit vulgairement aux petits enfans, quād ils apprennent leurs Pſeaumes, qu'ils demeurent long temps à *Laboraui*, laboure enuy.

Habitauit, c'eſt à dire vne brayette, quaſi, Habit à vit.

L'on dira *habitaculum*, habit à cul long, à meſme raiſon.

Vn quidam ſeruant ſes hoſtes d'vne perdrix, pour contrefaire le Limoſin Rabeletique, & le ſpirituellement liberal, leur diſoit, Meſſieurs, *Omnia tentate*. Quand la perdrix fut mangee, on luy fit reſponſe, On y a tant taſté, qu'il n'y a rien demeuré.

En vne conſultation, deux ieunes Aduocats ſe debatant ſur l'interpretation d'vn Chapitre, *Clerici* aux Decretales, qui eſtoit fort aiſé, vn vieil Aduocat ſpectateur leur dit, Meſſieurs, il n'eſt jà beſoin du chapitre *Clerici*, car il fait bien clair icy: & en apres leur reſolut bien ayſément leur different.

Aux lettres de la Chancellerie de France, ils ont encores retenu pour le iourd'huy, la façon de mettre en Latin *Contentor*, pour dire, ie ſuis content. Sur quoy equiuoqua plaiſamment vn certain, à qui l'on l'auoit bien fait acheter: car apres que les lettres furent preſentees en iugement, & que lon vint à lire ce mot, Ouy de par Dieu, ouy, il peut bien mettre, or content : car i'en ay payé cent escus, estimant que *Contentor*, fust à dire, Or content.

Maurice Seue, voyant vn liure qu'on luy auoit apporté, pour en dire son aduis, dās lequel estoit traicté des droits du Roy, & estoit intitulé *Solium Regis*: Il dit, feignant qu'il n'auoit pas bien regardé la premiere lettre, Vrayement vous auez bien mis, *Folium Regis*, car en ces fueillets vous traictez des droicts du Roy : toutesfois il me semble que la lettre F, n'est pas assez bien formee. Or notez qu'il equiuoquoit par là plaisamment en Latin & François par moitié, pour signifier *Folium Regis*, c'est à dire petit fol du Roy.

Ie feroy grand tort au pere de la faculté Dijonnoise, feu Messire Richard Sicardet, natif de Talant, & Curé de S. Apollomey, si ie ne mettois icy quelque preuue de son sçauoir. Comme il vit qu'en vne honneste maison, où il frequentoit ordinairement, lon faisoit dire à des ieunes enfans vn mot en Latin, auant que se mettre à table, duquel ils prenoient l'interpretation dans vn Dictionnaire, à raison dequoy on luy faisoit honte tous les iours : Il se va persuader, que pour petit prix il deuiendroit sçauāt en peu de temps, & voulut auoir vn de ces liures, qu'il acheta : Et de fortune à la premiere & fortuite ouuerture de son liure, le premiere mot fut, *Vulgus : gi, go*. Soudain sans regarder plus auant, il se va persuader, que *Vulgus* signifioit vn gigot, autrement le quartier de derriere du mouton. Et d'abordee, lors qu'il vit ces enfans, leur demanda, Faites moy Latin vn gigot : les escholiers ayans respondu, *coxa veruecina*, ou *femur* : Il exclama, auecques vne grãde ioye, *Victus barbam*, c'est *vulgus*. Et de fait, ayant apporté son liure, on luy donna gaing de cause, & fut dit que c'estoit vn tresbon mot Latin. Il souloit porter en sa deuise equiuoquante, ce Latin & François, sur son nom, auecques l'adionction de deux noms,

Richard Sicardet,

AINSI RICHE ARD,

SIC ARDET DIVES.

Mais cela ne prouenoit pas de son entendoire, ains luy fut trouuee par vn docte Chanoine Langrois, qui prenoit singulier plaisir en ses heures de recreation, de s'esbatre sur telles inuentions spirituelles.

Il n'est pas mauuais d'vn autre, qui ayant appelé coquu, vn qui l'estoit vrayement, & dont la preuue eust esté fort facile. Neantmoins parce que nos mœurs ne permettent d'iniurier personne, encores que l'iniure soit vraye, en estant appellé en iustice, il dit, qu'il l'auoit simplement appelle *Coquus* en Latin, qui signifie en François vn cuisinier : à cause que le demandeur en reparation auoit fait n'agueres vne fort bonne sauce sur vne Perdrix.

Ie ne veux oublier la deuise d'vn bon compagnõ, nommé Cornuel, qui est, *Cornua confringam* : & en François, Corps nud à con fringant.

Ie sçay bien que l'on pourra dire, qu'il y a autres dix mille exemples semblables, & plus gracieux, que ceux que ie propose. Ie l'accorde : mais aussi

aussi ie me contente que l'on cognoisse, que ie reduy seulement en forme d'art, & quasi par lieux communs, infinis contes, qui par faute d'estre bien adaptez, perdroient leur grace, & s'escouleroient hors de la memoire.

Ces exemples suyuans sont de la seconde espece, sçauoir de bons mots Latins, qui s'entresuyuent, sans esgard ny de substance, ny mesme de Grammaire, & rendent quelque bon sens François par leur Equiuoque. Les plus excellens se font auec telle quantité bien obseruee aux vers, que cela rend à ceux qui entendent la langue Latine, vn son agreable aux aureilles. Le plus ancien & premier que i'aye remarqué, c'est vn Epitaphe de Charles le Terrible, dernier Duc de Bourgongne, escrit au Cimetiere des morts à Nancy, duquel i'estime que les autres ont pris l'inuention. L'on tient qu'il fut composé par le Secretaire du Duc mesme, qui s'estoit rendu au seruice du traistre Comte Campaboche Italien, qui fut seul cause de la ruine de ceste grande maison, dont ce poltron ingrat auoit receu tant de faueurs.

Res amor ac tendit videas ita principis aulas
Oruit auersæ vincula noua gregis.
Qui fuit ille vada belli duc gentis ob vmbras
Feruet es arma volant fulmina scire vales,
O folium venti contraria per de sagittas,
Fortibus & mortes nulla sepulchra premis,
Quatuor argento nudos & cornua terres,
Si mortem ferias Platea dura iacis.
Flandria diuertens, nam si victoria surgens
Lesos terra iaces qui mala tanta perit.

ton. Et d'abordee, lors qu'il vit ces enfans, leur demanda, Faites moy Latin vn gigot : les escholiers ayans respondu, *coxa veruecina*, ou *femur* : Il exclama, auecques vne grãde ioye, *Victus barbam*, c'est *vulgus*. Et de fait, ayant apporté son liure, on luy donna gaing de cause, & fut dit que c'estoit vn tresbon mot Latin. Il souloit porter en sa deuise equiuoquante, ce Latin & François, sur son nom, auecques l'adionction de deux noms,

Richard Sicardet,

AINSI RICHE ARD,

SIC ARDET DIVES.

Mais cela ne prouenoit pas de son entendoire, ains luy fut trouuee par vn docte Chanoine Langrois, qui prenoit singulier plaisir en ses heures de recreation, de s'esbatre sur telles inuentions spirituelles.

Il n'est pas mauuais d'vn autre, qui ayant appelé coquu, vn qui l'estoit vrayement, & dont la preuue eust esté fort facile. Neantmoins parce que nos mœurs ne permettent d'iniurier personne, encores que l'iniure soit vraye, en estant appellé en iustice, il dit, qu'il l'auoit simplement appelle *Coquus* en Latin, qui signifie en François vn cuisinier : à cause que le demandeur en reparation auoit fait n'agueres vne fort bonne sauce sur vne Perdrix.

Ie ne veux oublier la deuise d'vn bon compagnõ, nommé Gornuel, qui est, *Cornua confringam* : & en François, Corps nud à con fringant.

Ie sçay bien que l'on pourra dire, qu'il y a autres dix mille exemples semblables, & plus gracieux, que ceux que ie propose. Ie l'accorde : mais aussi

aussi ie me contente que l'on cognoisse, que ie reduy seulement en forme d'art, & quasi par lieux communs, infinis contes, qui par faute d'estre bien adaptez, perdroient leur grace, & s'escouleroient hors de la memoire.

Ces exemples suyuans sont de la seconde espece, sçauoir de bons mots Latins, qui s'entresuyuent, sans esgard ny de substance, ny mesme de Grammaire, & rendent quelque bon sens François par leur Equiuoque. Les plus excellens se font auec telle quantité bien obseruee aux vers, que cela rend à ceux qui entendent la langue Latine, vn son agreable aux aureilles. Le plus ancien & premier que i'aye remarqué, c'est vn Epitaphe de Charles le Terrible, dernier Duc de Bourgongne, escrit au Cimetiere des morts à Nancy, duquel i'estime que les autres ont pris l'inuention. L'on tient qu'il fut composé par le Secretaire du Duc mesme, qui s'estoit rendu au seruice du traistre Comte Campaboche Italien, qui fut seul cause de la ruine de ceste grande maison, dont ce poltron ingrat auoit receu tant de faueurs.

Res amor ac tendit videas ita principis aulas
Oruit auersæ vincula noua gregis.
Qui fuit ille vada belli duc gentis ob vmbras
Feruet es, arma volant fulmina scire vales,
O folium venti contraria per de sagittas,
Fortibus & mortes nulla sepulchra premis,
Quatuor argento nudos & cornua terres,
Si mortem ferias Platea dura iacis.
Flandria diuertens, nam si victoria surgens
Læsos terra iaces qui mala tanta perit.

Andrea perduces consors aufferre nefandus,
Duc finem fit adhuc, gloria plúsque decus.

L'interpretation est,

Reths a Morac tendis, vuidé as, il t'a pris cy pu aux lacs,
Ou rusil t'a versé, vaincu là non à gré, gis,
Que fomit il en da belle li Duc gentil au bon bras
Fer vest & surma voulant fulmina sire & valets,
O fol lion vent t'y contraria, pardeçà giste as,
Fort y beus & mort es, nul a supulchre, a prémis.
Qu'as tu or, argent, tout nud d'os, & corps nud à terre es,
Si mort enfer y a plat es à dur aage occis.
Flandre y a diuers temps, Nancy victoire y a sur gens,
Les os terre a ia secs: qui mal attend, a peril.
André a perdu ses consors, au fer René fendus:
Duc fin en fit à Duc, gloire y a plus que d'escus.

Il fit encore l'epitaphe du cheual,

En pré morel icy est, sellé, bridé, mort & coy, gist,
Fuyant eust en dos, coup y a long aspre au cul.
En premor eliciet celebri de morte coegit
Fiant vtendos copia longua procul.

On y adiousta ceste periode depuis,

Ille tunc beatam, caro sic lutum tue,
Il est tombé à temps, car aussi l'eust on tué.

Ces suyuans ne seront, à mon aduis, trouuez mauuais, encor qu'ils soient vn peu sales.

Mors pium acu fœni, qui grande barbara latum.
Mor pion à cul fait nid, qui grande barbe a rase la tond.
Vela meum Cupres, sensi febrem metit omnes,
Voyla mon cul pres, sens s'il fait bran mets y ton nez.

Durant les guerres ciuiles, on a fait ces suiuans.

Errant sumpta meos folij sunt vela secundi,
O mos tanta venus omnia malo viæ.
Errans sont à Meaux, fols ils sont voyla ce qu'on dit,
O mauo tant aduenus, on y a mal obuié.
Farco quingentis quasi prima corona secunde,
Meslis mille suis sunt fora lege pari.
Par coquins gentils quasi pris ma couronne a ce Condé,
Mais six mille Suysse ont fort allegé Paris.
Somnia atra pedes huc nos mala vise gementes,
Pende stilla diu qui fuit arma leue.
S'on y attrape des Huguenots mal aduisez, ie m'en tais:
Pendez cestuy là Dieu qui fuit armes a leué.

Encor que la quantité du vers ne soit pas bien obseruee au distique suyuāt, si le mettray-ie, pour sa nayfue grace:

Si cum stipe tu es, subitque tu aras à vallo.
Læsus deformis tu ne feràsque pete
Si constipé tu es, subit que tu auras aualé
Les œufs de fourmis tu ne fera: que pete.

Item,

Ah misera blæsos ædes perit, ô mala vise
Quartam plus an awes plus & amasse voles.
Ah miserbles sots & desprits, ô mal aduisez,
Car tant plus en auez plus & amassez voulez.

Apres les vers suyura cest hemistiche,

Qui vita barbara fuit.

La syllable, au, du mot aura, se prononce souuent, comme qui diroit *ara*: ainsi que i'ay dit cy dessus

Or si l'on s'est delecté sur ceste inuention en vers, aussi a l'on bien fait en prose, comme le tres-ingenieux & sçauant personnage monsieur Toruobat, lequel apres ses plus serieuses occupations ne desdaigne point de s'esbatre en ces spirituelles inuentions : qui escriuoit à feu Monsieur Belleau, excellent Poëte François, l'inuitant à disner, pendant le seiour d'vn quatre ou cinq mois, qu'il fut contraint faire, estant malade, en ceste belle & forte ville, size sous l'eleuation du Pole leg.

M. $\frac{1}{3}$ ayant de longitude deg. 26.
M. $\frac{1}{4}$ selon la suputation de Ptolomee,

Sciens bestia quia bellum, si me scire iam & decet anis, cera tolle casa digne. Quanto vini statera, Et sinet bonā cera per se dum excellent, iam Marti pati circumsonent ratum fera proli suæ.

Ceans best'y a, qui a bec long (nota que c'estoit vne becasse) si Meßire Iean est de cest aduis, sera tout le cas à disner. Quant au vin il se tastera, & s'il n'est bon en sera persé d'vn excellent, Iean Martin paticier consonant raston (espece de tartre) fera pour l'issuë.

I'ay ouy dire aussi le suyuant, il y a plus de deux quarterons de mois:

Sæcula quæ tuæ fidelisque fuisset,
Ce cu la que tu as fy de luy que feu y soit.

Lo'n dit vulgairement ly, au lieu de luy.

La Dame de Misert sçauoit ces trois beaux mots de Latin, dont elle faisoit grand parade, parce que la matiere le valoit.

Computarem. Conculcauit. Cuiuscunque.

On en peut aussi faire des entrelardez, moitié François & Latin, comme,

Sero montes,
Mane fontes.
Sero montes, sero. i. soir.
Mane fontes, Mane. i. le matin.

C'est à dire, le soir montagnes, & le matin fontaines.

Quelques autres pedants de village font des lanternieres questions : comme, Qui tua Penelope? ce fut Hanc.

Vnde versus, Hanc tua Penelope.

Mais cela est si fade, à mon aduis, que i'ayme mieux me taire que d'en alleguer : encor qu'vn bon vieil Curé ait pris la peine d'en ramasser trois ou quatre cayers, qu'il m'a communiqué. S'il les fait imprimer, & que les voyez, vous en direz vostre ratelee.

I'adiousteray encor ces autres Equiuoques, que i'appelle doubles : pource qu'outre les Equiuoques du François au François, encor il y a Equiuoques du Latin au François. L'inuention consiste à trouuer des mots Latins, soit en vers, ou en prose, lesquels prononcez de suite, equiuoquent à d'autres mots François, desquels encores la substance ne vaut rien, si l'on n'equiuoque encor sur d'autres mots François. L'exemple t'instruira mieux que ma deffinition:

Musca tonus naues, sed cantus funera vota.

Ces mots interpretez de suite sans article s'interpretent ainsi:

Mouche ton nez mais chant morts veux. Lesquels morts François equiuoquent sur, Mousche ton nez meschaux morueux.

Ponere lapidem ianua magna vidit,

Maistre Pierre porte grand vid.

Et sa voisine est *stultus mensa*, *stultus* c'est à dire fou, & *mensa*, table. D'interpretation il n'en est jà besoing.

I'ay veu en vn vieil liure d'Eglise, ce distique,

Sed secratores submersi tessera dama

Defero mare hic liber aut viridis:

Mais sieurs noyez dez daim

De fermer ce liure ouuert.

C'est à dire,

Messieurs n'ayez desdain de fermer ce liure ouuert.

Il y a long temps que i'ay ouy publier ces suyuans:

Nam nec habet seruum regnat cum cardice fœdo.

Car ne ha vallet regne auec gon ord.

Castigáme regit cunnus fraudis sibi iunctos.

Et autres que ie laisse sciemment, tant à fin de n'offenser personne, que pource que ie n'en fais mie grand cas.

ADIONCTION DE *L'autheur.*

Vn certain voyant qu'on l'iniurioit, & n'osant apertement respondre à bon escient, disoit seulement: He, monsieur ne passez pas outre, *Reconde loquelas tuas menti*, qui est à dire, Cache tes paroles en ta pensee: & fait vn equiuoque François, Tu as menty.

Et les Parisiens pour dire en Latin vn vieux

pot, l'appellent *potentiam*, tout en vn mot, quasi pot ancien, ou ancien.

ADIONCTION
D'autruy.

Vn certain bon compagnon, voyant vne bonne Drollesse, qui couroit galamment l'esguillette, & à laquelle cinq ou six autres ses semblables, non gueres meilleurs que luy, auoient eu affaire, aussi bien que luy, disoit d'elle,

Alba habet æstatem bene fortis stulte necato.

Pour explication, ne faut qu'interpreter les mots tout de suitte.

DES AVTRES EQVIVOQVES PAR AMPHI-*bologies, vulgairement appellez, Des Entend-trois.*

CHAP. VI.

NOVS suyurons encores ces Equiuoques par les amphibologies, ou amphibolies qui sont Equiuoques à deux ententes, que nos bons peres ont surnommé des Entẽds-trois. Dont nous auons encor ce prouerbe ordinaire, que quand quelqu'vn feint ne pas entendre ce que l'on luy propose, & respõd d'autre, on dit qu'il fait de l'Entend-trois. Or ces amphibologies ont esté estimees si frequentees entre les Grecs & Lrtins, que les Philosophes ont dit & iugé tous les mots du monde estre subjets à diuerses interpretations. Comme Chrysippus dans Aulugelle lib. 11. cap. 12. Ciceron en son second *de Oratore*, suiuant ceste opinion dit, *nullum esse verbum quod non sit ambiguum:* & en l'oraison *pro Cæcinna*, que ce ne sera iamais fait qui voudra chiquoter tous les mots, ce qu'il appelle *verba aucupari.* Et que iamais nous ne pourrions tirer seruice de nos seruiteurs, Les responses d'Esope à son maistre Xantus en font preuue suffisante, quand il porta le plat remply de delicates viandes à sa chienne, au lieu de le porter à sa femme : pource que Xantus luy auoit dit, Portez cela à m'amie. Quand il fit cuire vne lentille, Quand il apporta le bassin sans eau, & puis apres de l'eau dans la main. Or on voyoit aysément que c'estoit d'vne malice affetee, que ie treuue estre sans grace, & estime qu'Esope estoit digne de ne manger qu'vne lentille pour vn repas, de boire vn seau d'eau, & d'estre bien bastonné par sa maistresse. Car il sçauoit bien qu'vne lentille n'estoit pas suffisant repas, & que l'eau ne seruoit de rien ainsi apportee sans bassin, ny le bassin sans eau. Et croy qu'il n'y a gueres de personnes auiourd'huy, que si leurs valets vouloient plaisanter de ceste sorte, qui ne leur fissent rabattre leurs plaisanteries Esopiques, d'autre sorte que ne fit ce Philosophe Xantus. Car encores seroient ils excusables, si par bestise cela leur aduenoit, comme au pauure garçon qui n'auoit iamais ouy parler de refreschir du vin, son maistre luy ayant dit, Mettez ce vin dans l'eau fresche pensant bien faire, il renuersa son pot dans vne sapine d'eau. Les Latins en quelques endrois les ont aussi appellez vices d'oraison : comme Quintil. lib. 7. cap. 10. qui en rapporte plusieurs, comme:

Iubeo poni statuam auream hastam tenentem.
Hæres meus vxori meæ dari damnas esto.

Argenti, quod elegerit pondo centum,
Nos flentes, illos deprehendimus.

Il eſt ambigu au premier, ſi la ſtatue ou la lance ſeulement ſera d'or.

Au ſecond, ſi le choix de l'argent eſt à la femme ou à l'heritier.

Et au dernier, ſi les trouuants ou trouuez ploroient. Le meſme autheur en apporte d'autres plaiſans & gracieux, *lib. 6. cap. 4. de riſu, & lib. 1. cap. 10.* Comme auſſi Ciceron *inter iocos oratorios*, en a rapporté quelques-vns.

Les Dialecticiens tiennent pour maxime, que l'argument eſt ſophiſtique, quand il y a vne amphibologie en iceluy. Et le bon Accurſe ſur la Loy, *ea eſt natura de reg. iur. & l. natura de verbo. ſignif. ff.* appelle telle cauillation, *ſophiſma.* Dont eſt prouenue la degeneration de ce beau nom Sophiſte, qui de ſon origine ſignifioit celuy qui enſeignoit la Philoſophie, ainſi que rapportent Philoſtratus & M. Victorinus. Et maintenāt, ſelon Suidas, eſt appellé, ὁ ἐπηρεάζων ἐκῶν ἐν τοῖς λογοῖς, c'eſt à dire, celuy qui *in verbis volens calumniam ſtruit & cauillatur:* Au lieu qu'au commēcement, quand ce beau nom de Sophiſte eſtoit en ſa ſplendeur, les faiſeurs de tels argumens eſtoient appellez *Plani ſycophanta*, comme teſmoigne Plutarque. Auant que paſſer plus outre, ie mettray icy ces deux ou trois exemples.

Quiſquis arat littus, littus proſcindit arator:
Aſt operam perdens littus perhibetur arare:
Ergo operam perdens littus preſcindit aratro.

C'est autre est gentil,

Filia sub tilia mea nec subtilia fila.

Item:

Mala mali malo mala contulit omnia mundo.

Mala enim maxillam, & malum mali pomum demonis significat.

Dont on a fait cest argument,

Omnia mala sunt vitanda,
Poma sunt mala,
Ergo poma sunt vitanda.

Item:

Mus caseum rodit,
Mus est syllaba:
Ergo syllaba caseum rodit.

Item:

Populus est arbor,
Multitudo ciuium est populus,
Ergo multitudo ciuium est arbor,

Pontanus recite, que de son temps il y auoit vn celebre Sophiste Parisien, qui auoit grande reputation pour sçauoir faire de tels arguments: car il se vantoit mesme de faire victus Charon,

Morieris Charon, & sic argumentor.
Omnis Caro moritur,
Tu es Charo,
Ergo morieris:

Et estant sur la barque il disoit,

Remus frater fuit Romuli,
Plures isthic remos habemus:
Ergo plures fratres Romuli habemus.

Il adiousta encor,

Paulus est quam nauigamus:

Paulus autem lignum est:
Ergo lignum nauigamus.

Cestuy-cy n'est pas moins ingenieux,

Le Mouton est vn signe celeste,
I'ay mangé du mouton,
I'ay donc mangé d'vn signe celeste.

Item:

Gemmæ sunt lapilli pretiosi,
Gemmæ sunt in viribus:
Ergo lapilli pretiosi sunt in viribus.

Il n'est pas encor trop mal, sans y penser: car si les pierres precieuses ne sont aux vignes, ce qui en prouient fait de beaux rubis sur les nez.

Les Iurisconsultes n'ont pas voulu estre exépts de ces argumentations: car ils ont bien fait ces suiuans.

Testamentum lex est. §. disponat de nupt. coll. 9.
Solus princeps potest condere legem. l. fin. C. de cl.
Ergo solus princeps potest facere testamentum.

Item:

Quod in nullius bonis est, occupantis sit. l. 3. ff. de acq. rer. domin.
Res sacræ in nullius bonis sunt. l. 1. ff. de rer. diuisi.
Ergo res sacræ primo occupanti conceduntur.

Ce qui a esté fort bien practiqué durant les troubles, par quelques-vns.

Vn autre docteur Archisophiste les a ainsi voulu faire punir:

Calumniator lege Rhemia punitur. l. ff. ad S. C. Turpil.
Vtens fallacis vel sophismatis est calumniator. Accur. in gl. dictæ l. natura ff. de verb. sign.
Ergo vtens fallaciis Rhemia lege puniendus est.

Mais il seroit par moyen le premier subject à la peine.

Or sans plus m'amuser à garder vn ordre certain, ie vay entasser pesle-mesle les exemples, selon qu'ils me sont suruenus l'vn apres l'autre en fantasie.

Nos Annales rapportent en la vie du Roy Philippes Auguste, que la Comtesse de Flandres Espagnolle, s'estant enquise par sort quelle seroit l'issuë d'vne bataille que son fils Ferrand auoit entreprinse contre le Roy, elle receut responſe, Qu'on se combattroit, que le Roy seroit abbatu, foulé aux pieds des cheuaux, sans sepulture, & Ferrand receu à Paris en grand pompe & triomphe apres la victoire. Mais il n'aduint pas comme elle pensoit: parce qu'encor que le Roy fust abbatu, foulé aux pieds des cheuaux, il ne mourut pas, mais triompha à Paris de Ferrand, qu'il prit prisonnier. Voyla comme son sort damnable la deceut & trompa par vn Entend-trois.

Qui fut semblable à celuy donné par l'oracle d'Apollon au Roy Crœsus, qui auoit enuoyé demander s'il feroit la guerre à Cyrus Roy des Perses. Car l'Oracle donna responſe, que s'il entreprenoit la guerre contre iceluy, vn grand Empire seroit subuerty. Mais ce fut en fin celuy de ce Roy Crœsus, & non de Cyrus, comme il auoit mal pris. Autheur Herodote liure premier.

Le mesme Crœsus fut aussi deceu par la responſe d'vn autre Oracle, qui luy fit entendre que son Royaume ne seroit iamais gaigné, que par vn mulet : ce qu'estimant impossible, il fut trompé. Car Cyrus estant bastard, que les anciens & modernes appellent Mulet, luy fit sa reste (comme cy dessus est dit) & entendoit d'vn mulet à quatre pieds, au lieu qu'il deuoit entendre d'vn mulet à deux pieds.

C'est le propre des Demons par tous les Oracles, de faire des responses ainsi ambiguës, à ceux qui les interroguent, lesquels prenans selon leur affection icelles, les estiment soudain estre à leur aduantage (comme chacun croid aisément ce qu'il se persuade) dont aduient que tous sont ordinairement pipez, comme cestuy vulgaire,

Aio te Aeacida Romanos vincere posse.

Bodin en sa Demonomanie, en recite vn plaisant exemple d'vn nommé Constantin, estimé sçauant en la Pyrothegnie & art metallique, & dit, Que les compagnons d'iceluy ayans long temps soufflé, sans aucune apparence de profit, demanderent au Diable conseil s'ils faisoient bien, & s'ils en viendroient à bout : Il fit response en vn mot, Trauaillez. Les soufflans bien aises, continuerent & soufflerent si bien, qu'ils multiplierent tout en rien, comme dit Du-Bellay : & souffleroient encores n'eust esté que Constantin leur remonstra l'ambiguité de la response du Diable, & que ce mot, *Trauaillez*, vouloit dire qu'il failloit quitter l'alchemie, & s'employer au trauail de quelque honneste exercice de quelque bonne science, pour y gaigner sa vie: & que c'estoit pure follie de penser faire l'or en si peu de temps, que Nature a grand' peine peut transformer en mille ans.

Ce suyuant est tiré d'Esope, en la vie d'Alexandre le Grand, liure non encor imprimé, que ie sçache. Il dit donc que Alexandre, desirant sçauoir ceux qui auoient tué Darius, disoit, Ie suis bien ioyeux d'auoir subiugué vn si grand ennemy que Darius, combien que ie n'aye pas fait moy-mesme l'execution, mais i'ay bonne enuie de rendre graces condignes à ceux qui m'ont fait paroistre par ce moyen leur bonne volonté, les priant de se declarer : car ie iure & proteste par la majesté de mes pere & mere, que ie les esleueray & rendray sublimes & tres-cogneus. Ce qu'entendu, Bezases & Ariobarzanes se vindrent presenter à Alexandre, & declarans que c'estoient eux qui auoient fait ce coup, demanderent le guerdon, suyuant sa promesse. Sur ce Alexandre les fait empoigner, & ordonna qu'ils fussent pendus en vn lieu fort eminent : Ce qui fut contre l'esperance de tous. Et toutesfois il souloit dire qu'il n'auoit point faussé sa foy : pource que, selon son dire, il les auoit rendus sublimes, haut esleuez & bien cogneus.

L'on dit que Cardan en auoit autant pronostiqué de son fils, executé par iustice, pour auoir tué sa femme suspecte d'adultere.

Or s'ensuyuent maintenant des folastres & gaillards de nostre temps sans tourmenter la memoire de si loing.

L'on vse en France ordinairement à la fin des missiues, de ces mots, *De vostre maison de Paris. &c.* Ce qu'vn certain voulut vn iour prendre à bon escient, disant à vn bon personnage qu'il trouua en sa maison, Or sus, ceste maison est mienne, vous me l'auez ainsi asseuré par vos lettres. Le bon-homme à la bonne foy luy va dire, Certainement Monsieur vous ne deuiez pas prendre mes lettres à bon escient : Car si ainsi estoit, le gibet seroit vostre maison, pource qu'estant pressé aux champs de vous escrire, ie me suis mis à l'ombre d'vne muraille de Montfaucon.

Vn certain Conseiller allant au Palais sur vn mulet, qui ne vouloit pas aller, disoit de cholere à son seruiteur, Veux-tu faire aller ceste beste? Ce seruiteur ingenieusement fit response, Qu'au Diable soit l'asne, tant il me fait de maux. A vostre aduis, parloit-il du maistre ou du mulet?

A propos de Conseiller & de mulet, le Soliciteur d'vn grand Seigneur auoit promis à vn Cõseiller, apres le gain de la cause, deux beaux & bons mulets. La cause gaignee, il somma ce Soliciteur de sa promesse, en disant, Et bien ces mulets vont ils bien l'amble? Les voicy en paste, Monsieur, fort bien apprestez, dit le Soliciteur: qui portoit deux poissons ainsi nommez, biẽ mis en paste, sous son manteau : mais ce n'estoit pas de ceux que Monsieur demandoit: car il les vouloit à pied, sellez & bridez. Aussi cela fut cause qu'en execution d'arrest il y eut vingt ou trente incidens, & pense qu'à la fin on fut contraint de reparer les griefs, *alias &c.*

Comme quelque temps apres, le Sieur Pancras vit vn valet qui ramenoit de l'abbreuuoir vn mulet qui faisoit vn peu le farouche, il luy demanda, Mon amy, à qui est-ce mulet? C'est à vn tel, dit le valet. Lors le Sieur Pancras repliqua plaisamment, O la bonne beste! A vostre aduis, de qui entendoit il parler?

Vn autre, à l'issuë du Conseil, priant vn de ses Collegues à disner, assez froidement: L'inuité luy respondit, Ie vous prierois moy-mesme, mais ie croy que ie n'ay rien de bon. Le seruiteur qui les suiuoit, sans estre interrogué, luy dit: Pardonnez moy, Monsieur, vous auez vne teste de veau.

Il aduint du regne du grand Roy François, curieux sur tout de la Iustice, que s'enquerant d'vn President d'vn certain Parlement, comme elle estoit administree par luy, il fit ceste response, Sire, le mieux du monde: car ie vous ay fait faire vn beau gibet à trois estages, à chacun desquels vous pendrez quatre hommes bien à l'aise. Le Roy qui cogneut le grand discours & Rhetorique fort sublime de son President, luy dit: Or vous dõnez garde, si ne faictes bien vostre charge, que ce ne soit pour vous, & que n'y soyez pas trop à l'aise.

Comme on venoit de publier l'Ordonnance de Bloys, vn Religieux vint demander à maistre Dandin Cassadier, à l'issuë de l'audience, si l'Edict tiendroit; suiuant iceluy en l'article 30. les Religieux & Religieuses viuroient en commun. Lequel luy dit que ouy, & qu'il presentast requeste de bonne heure, à fin d'estre enuoyé en quelque conuent de femmes, pour choisir le premier des plus belles.

Brusquet (les apophthegmes duquel, s'ils estoiẽt

par escrit, surmonteroiēt en gaillardise de beaucoup ceux qui ont esté colligez par les Latins) voyāt qu'vne grand' Dame estoit accouchee à la Cour, acheta cinq ou six cēs escus du Palais, qu'il alla espancher parmy la ruë, deuant sa maison, criāt, *Largesse, largesse.* Et interrogé à quelle occasiō, dit qu'il ne disoit pas largesse pour ces escus, mais largesse à cause que la nouuelle accouchee l'auoit bien large.

Vn certain Poëtastre, estant prié de faire vn vers, fit responsе qu'il ne pouuoit entrer en fureur poëtique, s'il n'estoit picqué. Lors celuy qui le prioit, l'ayant viuement picqué d'vne espingle aux fesses, Or composez maintenant, Monsieur ie croy que vous ferez de bons vers, car ie vous ay bien picqué.

Vn bon frelaut tenant le verre au poing, & le monstrant à vn sien compagnon, comme pour l'inuiter à boire, luy disoit, Monsieur, voilà vostre amy. Celuy auquel on parloit, estimant que cela s'entendoit de celuy qui parloit, le mercioit affectionnément: Les assistans, qui voyoient bien qu'on entendoit du vin, se prenoient à rire. Depuis i'ay veu vsurper bien gaillardement, & de bonne grace ceste façon de parler, en plusieurs compagnies.

Vn Cordelier se trouuant en vne troupe de Damoiselles, fut inuité à son tour de dire vn petit coute. Mais il fit response à celle qui parloit à luy. Madamoiselle, ie ne sçaurois faire vn Conte: mais, si vous voulez, ie feray bien vn petit Cordelier. L'on dit que cela aduint à vn d'autre profeſſion. Mais en vn mot, c'eſt touſiours de meſme, & le nom n'apporte gueres plus de grace à l'hiſtoire.

A propos des Cordeliers, deux eſtans rencontrez par trois excellens perſonnages de longue robbe, qui eſtoient montez ſur des mulets: L'vn d'iceux par gauſſerie, leur dit (car notez qu'on le tenoit pour enfariné) Où vont ces aſnes? A quoy l'vn de ces Cordeliers prenant la parole pour ſon compagnon, ne fit autre reſponſe, ſinon, Sur des mulets. Ie vous laiſſe à penſer, ſi ces Meſſieurs furent bien payez, & tout contant.

Le Duc Antoine de Lorraine auoit fait condamner vn faux monnoyeur de Carolus, à eſtre pendu & eſtranglé. Et quelque temps apres, comme ce meſme Duc euſt anobly vn riche vſurier, vn Seigneur de ſa Cour luy dit, s'il ne craignoit point d'eſtre ſubiect à la peine de ſes loix: car il auoit faict pis que ce monnoyeur, parce qu'il auoit faict vn faux noble.

Il aduint au Parlement de Bourgongne, qu'vn Aduocat de la vieille paſte, plaidant, arreſta fort longuement ſur ceſte periode, pour retrouuer ſa memoire, Et Meſſieurs, de là vint. Ce que ayant repeté deux ou trois fois, vn ieune ſçauant homme luy dit par derriere, en ſe iouant, Vn regnard. Lors ce bon vieillard d'Aduocat dit, ſans y penſer, De là vint vn Regnard. Mais voyant tout le Peuple rire, reprenant ſa memoire, il ſe tourne deuers la Cour, & dict, Meſſieurs, il y a icy des fols, lon m'a faict faillir. Qui fut cauſe que chacun se prit de rechef à rire à gorge desployee: tant pource qu'il ne sçauoit qu'il vouloit dire, que pource (disant, Il y a icy des fols) qu'on pouuoit interpreter qu'il iniurioit tous ceux de l'assemblee indifferemment. Mais en fin, le President Feure digne d'eternelle memoire, pour son sçauoir & majesté en Iustice, s'estant leué, & pris aduis de la Cour, prononça cest arrest: La Cour ordonne que la partie se pouruoira d'Aduocat, & en viendra à la huictaine. Et cependant fit mettre ce bon vieil Aduocat au siege des Baillifs, & dit que pour sa caducité la Cour le dispensoit de plus plaider.

Quelquesfois sur tels entend-trois on rencontre bien. Comme par vn Augure que prit Auguste lors qu'il estoit en volonté de s'emparer de l'Empire, & de chasser Lepidus & Antonius, ses deux Collegues au Triumuirat, d'vn asne que conduisoit vn paysant fort pres de luy, auquel Auguste demanda son nom: Qui luy dit, qu'il s'appelloit Euryche, c'est à dire, bien fortuné. Puis encor Auguste demanda le nom de l'asne (car notez que les asnes en ce temps là auoient des noms, aussi bien qu'auiourd'huy). A quoy ce paysan respondit, qu'il auoit nom Nicos, c'est à dire victorieux. Dont il prit asseurance, que, bien fortuné, il seroit victorieux sur ses compagnons. Ce qui aduint.

Le semblable succeda à Paule Æmile, esleu chef de l'armee Romaine contre Perses, Roy de Macedoine. Car cõme il retournoit de l'assemblee du Senat, il rencontra sa petite fille, qui pleuroit, & luy dit, M'amie, dequoy plorez vous?

Lors l'enfant respondit, Perse est morte, mon pere. Entendant par ce nom, vne petite chienne, ainsi nommee. Ce que le pere prit pour bon augure contre le Roy Perses, lequel depuis il vainquit.

Lon lit le mesme de Vespasian, qui priant seul en vn Temple, afin qu'il peust sçauoir quelle seroit sa fortune, se retournant à l'improuiste, apperceut derriere luy vn siē seruiteur, qu'il auoit laissé malade en la maison, nommé Basilides: dont il prit esperance de quelque Royaume ou Empire. Et de fait, contre l'attēte de tous, deuint & fut crée depuis Empereur.

Pompee vaincu par Iules Cęsar és champs Pharsaliques, n'eut pas si heureux prognostic que les susdicts. Car comme il s'enfuioit, pres l'isle de Cypre, il apperceut vn fort beau Palais: & s'enquerant du nom, on luy dit, qu'il s'appelloit, ΚΑΚΟΒΑΣΙΛΕΑ, c'est à dire, meschant Roy. Dont il se print à gemir, presageant à peu pres, qu'il alloit vers le perfide & ingrat Ptolomee, auquel il auoit fait tant de biens, qui luy fit meschamment perdre la vie.

Pour diuersifier nos Entend-trois, i'entrelarderay ces deux ou trois Latins suiuās. Le premier se prendra sur l'interpretation d'vn vers de Virgile, au commmencemēt du quatriesme de l'Eneide, où Didon eschauffee de l'amour d'Enee, est introduite, parlant ainsi:

Quis nouus hic nostris successit sedibus hospes,
Quam sese ore ferens, quam forti pectori & armis.

Ce que les Interpretes & translateurs de Virgile, auec le commun calcul de tous, interpretent ſelon des Maſures,

Combien vaillant d'armes & de courage.

Du Bellay a paſſé ce vers de ſa verſion, comme il ne s'aſſubiettiſt guerres aux vers, ny aux mots. Sur lequel vers tombant vn iour en bonne & doctement gaillarde compagnie, ie propoſay qu'il ſe deuoit entendre ainſi, à parler bon François,

Voyez ſon port, & qu'il eſt bien quarré.

Car nous appellons vulgairement vn homme biẽ quarré, qui a forte poictrine, & large eſpaules. Et pour monſtrer que ceſte louange eſtoit propre aux anciens, i'allegue Virgile au meſme lieu:

Os humeroſque Deo ſimilis.

Et combien que là deſſus il me fut reſpondu par vn gentil perſonnage, que *Armus* s'entendoit des brutes, teſmoin Horace,

Fæcundi leporis ſapiens ſectabitur armos:

Ie luy fis reſponſe, que les Grammairiens l'appelloient proprement des brutes, mais qu'il s'entendoit auſſi biẽ de l'homme, Teſmoin *Armilla*, mot Latin qui ſignifie vn haut de braſſats, qui couure les eſpaules: parquoy i'eſtimoye que l'Equiuoque du mot *Armis* auoit deceu les Interpretes.

Vn Capitaine qui auoit fait trefues de 30. iours auec ſes ennemis, ne laiſſoit toutes les nuicts de les ſurprendre, & gaſter leurs champs. Dont ſe voyant repris, pour auoir violé le droict de la guerre, il dit qu'il n'auoit fait trefues que de iour & non de nuict: Feignãt par là ne pas entendre la Loy, *More ff. de Ferijs*, qui entend, ſelon la couſtume ordinaire, le iour de vingt-quatre heures, à sçauoir depuis minuict iusques à la minuict subsequente.

Bodin, & autres deuant luy, rapportẽt que Loys onziesme, feignant d'auoir affaire du Comte de sainct Paul, son Connestable, luy manda qu'il auoit affaire d'vne bonne teste, mais ceste bõne teste fut celle de ce maladuisé Cõnestable: Car il fut decapité, comme recite nostre Saluste François, Philippes de Commines.

Ayant leu ce que dessus au logis d'vn Presidẽt, duquel ie suis entier amy, deux ou trois iours apres i'enuoyay mon homme, pour emprunter ce liure, qui en l'absence de luy, s'addressa à la Damoiselle sa femme, & luy dit, que ie la priois de m'ẽuoyer le Bodin de son mary. Dont ceste honneste & gracieuse Damoiselle, me voyant le iour mesme, me dit: Commẽt, Mõsieur, qu'est-ce à dire, que voulez vous faire du boudin de mõ mary? n'auez vous pas assez du vostre? Encor qu'elle sceust bien que c'estoit que ie demandois.

Chacun sçait assez l'erreur vulgaire, que sainct Iean mangeoit aux deserts des sauterelles & petites bestes qui viennent par les prairies, à cause de l'equiuoque du mot Grec ἀκρὶς, qui signifie telle espece d'animaux, comme aussi les extremitez des ieunes arbres, & bouts des nouuelles brãches, comme tient Nicolas Perot. Et ne me soucie du contraire que tient Erasme *in c.3. Mat.*

Vn certain Predicant, qui vouloit pindariser en chaire, & choisir des mots courtisans, pour applaudir à quelques Damoiselles fraischement reuenuës de la Cour, auoit coustume d'inuenter des mots : Et entre autres, il appelloit la destinee, *fatum* en Latin, le fat en François. Surquoy vn gentil personnage rencontra ce distique.

Frere Iean Chassepoi tu te romps trop la teste
De nous prescher le fat escrit par Ciceron,
Ne t'eschauffe pas tant, va tu n'es qu'vne beste,
Veux tu monstrer le fat ? oste ton Capperon.

L'on peint par semblable Equiuoque, deux vieillards aupres de Susanne, combien que ce fussent seulement deux Prestres de la Loy, qu'on appelloit πρεσβυτέρες en Grec, non pas pour leur aage, mais pource qu'ils estoient en ceste charge : signifiant ce mot *Presbyteri* des Prestres & des anciens. Tout ainsi que les Conseillers d'auiourd'huy sont appellez *Senatores à Senio:* mot qui signifie, ancien, parce qu'anciennement on ne mettoit en telles charges que de vieilles gens. Qui occasionna vn vieil Senateur de Paris de dire, Que *non amplius in Senatum, sed in Iuuenatum ibat:* Comme tesmoigne le disciple de Ch. du Moliu en son Conseil 57. voulant dire par là, qu'il falloit denommer le Parlement non pas de ce nom de Vieil & Ancien, mais du mot *Iuuenat,* qui signifie assemblee de ieunes gens, à cause de la multitude des ieunes Conseillers qu'on y a receu.

Sans m'esgarer trop hors de ce propos, ie pourray dire en cest endroict l'Equiuoque de ces docteurs ou douteurs, qui sont si curieux *de pileo & birreto doctorali*, qu'ils ne sçauroient aller à selle sans cornette, de sorte qu'ils ont donné lieu au prouerbe, Beufs portet cornes & veaux cornettes.

Ce que

Ce que ie vy n'agueres vsurper fort à propos, sur deux ieunes Aduocats, qui furent si temeraires, que de la porter entre des vieux & sçauans Conseillers & autres Aduocats, qui leur en donnerét vne viue attache en ma presence. Mais pour cela ils n'en seront plus sages.

Les Cousturiers ont vne aumoire, qu'ils appellent la Ruë, où ils iettent toutes les bannieres: puis quãd on s'en plaint, ils se baillent à 100000. panerees de Diables qu'ils n'ont rien desrobé, & n'y a resté sinon ie ne sçay quels bouts, qu'ils ont ietté dans la ruë.

Rabelais n'a-il pas gentillement descrit l'Entend-trois de Raminagrobis, qui inuitoit ses Clientules par ces mots : Or ça mon amy, que demandez vous au Conseil, Or ça vostre question est telle, Or ça, or ie l'entens bien, Or là, mon amy, il ne reste plus que vous conseiller, Or çà, or là. Puis l'ayant bien payé & satisfait, il disoit, Or bien de par Dieu: Or bien vostre cas ne sçauroit mal aller. Par lesquels trois dissyllables, or çà, or là, or bien, il faisoit entendre qu'on vint à luy, qu'on mist en sa gibbeciere de l'or, & quand on y en auoit mis, que tout alloit bien.

Vn certain des plus diserts & sçauans Aduocats de son siecle, plaidant vn iour contre vn Abbé de Cisteaux, pour vn pauure homme, allegua en plaine audience que sainct Ambroise disoit, Qu'il se falloit garder du deuant d'vne femme, du derriere d'vne mulle, & d'vn moyne de tous costez. A l'issuë du Palais, cest Abbé vint rencontrer l'Aduocat, & luy dit qu'il s'estonnoit comme il auoit allegué ce prouerbe de Sainct Ambroise, qui iamais n'en auoit fait mention. L'Aduocat asseurément fit response, qu'il n'auoit rien allegué qui ne fust veritable. C'est Abbé estonné de ceste asseurance, quoy qu'il fut tres-docte, & des plus diligens Theologiens, n'osa pour l'heure repliquer : mais s'en va en son Abbaye, où il fit regarder à dix ou douze des plus aduancez de ses Religieux, les œuures de Sainct Ambroise: En fin, apres s'estre longuemẽt rompu la teste, veu tous les indices, & bien fueilleté, retourna deuers cest Aduocat contre lequel il gagea vingt escus, que ce prouerbe n'estoit aucunement dans Sainct Ambroise. En fin l'Aduocat luy monstra ce passage, authentiquement imprimé aux Comtes de Bonauenture des Periers, où il allegue Sainct Ambroise, non pas ce sçauãt & Chrestien docteur de l'Eglise, mais vn Abbé de Sainct Ambroise nommé Colin, qu'on souloit surnommer à la Cour, de Sainct Ambroise. Qui fut cause que l'Abbé perdit sa gageure: & depuis furẽt grands amis l'Aduocat & luy, à la charge qu'on n'allegueroit plus contre luy ce S. Ambroise là.

Beaucoup de gens aussi furent merueilleusement scandalisez de ce mesme Abbé, pource qu'on fit bruit qu'à son retour de Rome il auoit donné deux poulains à vne Damoiselle, Mais sa chasteté ne laissa pas de demeurer en bonne reputation : car on sçeut au vray que tels poulains n'estoient pas des tiercelets de verole, mais que c'estoient deux beaux ieunes poulains du haras de l'Abbaye, dont cest Abbé estoit assez liberal, enuers plusieurs qui n'en demandoient pas, & enuers d'autres aussi qui prenoient bien la peine d'en demander.

Le magnifique Megret discourant vn iour auec vn vieil Capitaine François, du fait de la guerre, il luy aduint de dire, qu'il falloit suyure vne certaine admonition de S. Paul. Lors le Capitaine entrerompant sa parole, dit, Que dites vous, S. Paul? ie commãdois desià, qu'il estoit encores page: estimant que on luy alleguast vn Capitaine, nommé Sainct Paul. Quoy cognoissant Megret, luy dit, Ie vous veux alleguer S. Paul l'Apostre. A quoy derechef ce Capitaine fit responce, Il ne sçauroit rien dire du fait de la guerre d'auiourd'huy: car de son temps il n'y auoit point d'artillerie.

I'ay appris d'vn magnifique Messer, que suyuant la commune façon de parler en France, quelqu'vn ayant dit à vn Italien: Monsieur ce chien est-il de vostre race? il se mit en telle cholere (sentant, peut estre, sa conscience chargee) qu'il cuida tuer le François, qui luy faisoit cest interrogat. Mais en fin ayant appris que l'on parloit ainsi vulgairement, il s'appaisa: & souppa depuis auec ce François, qui mourut cinq iours apres.

Vne Damoiselle d'honneur & de vertu vint vn iour de cholere vers son mary exclamer: Comment, mon mary, que diriez vous? vn meschant Prestre a monté trois fois sur moy pour six blancs. Le mary sage, & des plus aduisez de sa robbe, se pensa de premier front alterer: mais ayant entendu que sa femme venoit de voir des meubles exposez en vente, & que le Prestre auoit surhaussé sur elle de six blancs, qu'on dit vulgairement monter, il se print le premier à rire de ceste montee sans descente.

Vne autre, ayant veu deux ieunes ioüailliers Allemans, qui vendoient des pierres precieuses, entre lesquelles y auoit deux beaux pendãts d'esmeraudes, dit le soir à son mary, Mon Dieu! mon mary, ie voudroy qu'eussiez veu ces beaux ieunes Allemans, ie suis infiniment amoureuse de leurs beaux pendans, i'en voudrois auoir l'vn pour grand cas. Le mary du premier coup pensa que sa femme parloit d'autres pendants, & de ceux dont elle eust esté encor plus amoureuse, si elle les eust veu.

Vn President d'assez bonne paste, voyant les deux fils d'vn sien Collegue nouuellement mariez, lesquels long temps auparauant il n'auoit veu, leur dit en vne bonne compagnie, sans y mal penser, comme ie croy, N'estes vous pas tels & tels? Il me semble (dit-il) quant à vous, addressant sa parole au plus ieune, que vous estes Iean. Sur ce l'aisné print la parole, & dit, Monsieur, c'est moy qui suis Iean. Dont chacun, qui cognoissoit qu'il l'estoit vrayement, & de nom & d'effect, eut depuis occasion d'en gausser.

A Dijon au mois de May, chacun an l'on a coustume par priuilege exprés, de mener sur l'asne les maris qui battent leurs femmes, où il se fait tres-belle assemblee de plusieurs voisins & autres, masquez en fort braue appareil. Or il s'en fit vn par l'infanterie, qui fut fort superbe, l'an mil cinq cens quatre vingts & trois, d'vn estranger qui battit sa femme : auquel comme chacun accouroit de curiosité pour le voir, entre autres vn de longue robbe bien eschauffé, le cherchoit de ruë en ruë : Lequel estant rencontré par deux Damoyselles, l'interrogerent, Où allez vous Monsieur, Ie cherche l'asne, dit-il. Sur celuy fut respondu, Nous l'auons trouué, Monsieur. Ie croy qu'il cogneut bien apres, que l'on auoit ainsi parlé pour la rencontre de luymesme.

Quelqu'vn voyant en place marchande aller des CC, deux à deux, disoit,

Hos breuitas sensus fecit coniungere binos.

Quand on void deux bestes parler ensemble, on le peut aussi bien dire, par forme de Prouerbe.

Vn bon compagnon voyant vne nouuelle accouchee d'vn beau garçon, luy disoit: L'on void bien par le boulet le qualibre de la piece, mais si vous voulez, ie vous enseigneray vne recepte, qu'on ne le verra iamais plus grand que l'œil. La femme qui n'entendoit pas qu'il vouloit dire, Aussi grand que l'œil le void, luy respondit par cholere, Qu'elle ne l'auoit pas trop grand : tant il fasche à vne femme qu'on luy die qu'elle l'a trop grand. Aussi les femmes ont vn prouerbe, Que quand l'enfant est passé, c'est tout ainsi qu'vne pierre iettee dans l'eau, de laquelle on ne sçauroit remarquer la trace.

Ie cognois vne femme de *bona voglia*, qui iouoit fort volontiers à toutes sortes de ieux, nommément au Tarot. Aduenuë la mort de son mary, l'on disoit qu'elle ne iouëroit plus au Tarot, pource qu'elle auoit perdu son excuse : toutesfois elle n'a pas laissé d'y ioüer depuis.

Vn autre galleuse disoit en ioüant aux cartes, Mon Dieu ! que i'ay vne belle main. Ouy, si elle n'estoit verolee, respondit vn qui perdoit, de grand despit.

N'est-il pas bon d'vn certain transplanteur d'arbres, qui les vendoit cherement, sous l'asseurance qu'ils seroient auiourd'huy plantez, & demain repris. Dont beaucoup de personnes qui prenoient plaisir aux fruictiers, furent deceus : car ils acheterent vn escu l'arbre, lequel, combien qu'il fust planté en leur presence, fut le soir mesme desrobé, & repris pour estre vendu à vn tiers, selon que ja l'on l'auoit prins auparauant à vn autre. On a voulu imputer ceste faute à Iean Dey de Plombieres, mais il n'y daigneroit penser.

I'ay ouy raconter que certaines Religieuses malades interrogees par vn Medecin, si elles auoient bon ventre, firent response, Que ouy, & qu'elles faisoient tous les ans chacune vn enfant. Voylà comme la double intelligēce du mot, *Bon ventre*, leur fit declarer leur secret, sans y penser.

Durant les bruits de peste aduint qu'vne Damoiselle de Lyon estant bossuë, deuint malade d'vne fieure fort violente. L'on disoit, à la terreur des voisins, du commencement qu'elle auoit vne grande fieure auec la bosse tres-apparente, dont elle ne gueriroit iamais. Mais en fin on trouua que ceste bosse n'estoit point contagieuse.

Et le voisin d'vn autre, qui auoit tres-bien frotté sa femme, disoit qu'il ne s'oseroit retirer en sa maison, ioignante celle de son voisin, parce que la femme d'iceluy estoit frappee: Equiuoquant sur la batture, & sur le terme ordinaire de ceux qui sont tombez en danger de peste.

A l'assaut d'vne ville, vn grand Seigneur qui auoit le col tort, s'en estoit approché, de sorte qu'vn boulet d'artillerie auoit chatouillé ses aureilles d'assez prés: L'on alla semer par tout le camp, qu'il estoit mort, sous ombre que vn vn gausseur alla dire qu'vn boulet l'auoit laissé le col tort.

Vn certain Seigneur s'ennuyant apres disné, demanda s'il y auoit point moyen de recouurer des billards, pour passer le temps, A quoy pour satisfaire vn ieune homme de la trouppe, qui desiroit luy complaire, ne sçachant que c'estoit du ieu des billards, ou parauenture le dissimulant, s'en alla chercher deux hommes qui auoyent les iambes de trauers, & leur fit entendre que ce Seigneur les demandoit, & les enuoya deuers luy: Quoy voyant, tout estonné, leur dit qu'il ne les auoit pas demandé. Et s'encherchant depuis de l'occasion, trouua que c'estoit des billards, non pas tels qu'il les demandoit: dont ces pauures billardiers furent aussi peneux, que fondeurs de cloches.

Mais frere Sanson Cordelier n'auoit il pas bonne grace, qui reprochoit aux portiers de Dijon, auec grande exclamation, qu'ils faisoient mauuaise garde: d'autant qu'on l'auoit destroussé pres de leurs barrieres, sans que iamais personne s'en fust donné garde, ny dit mot à ceux qui faisoyent tels actes. Dequoy les plus furieux irritez, prenans leurs harquebuses, vouloient courir apres ces destrousseurs : quand on s'apperçeut que c'estoit vn vigneron, qui luy auoit destroussé sa robbe qu'il portoit retroussee, par les champs.

Il y a plusieurs Prouinces où l'on appelle vn vaisseau contenant le quart d'vne queuë de vin, vne Fillette : Or aduint en l'vne d'icelles, qu'vn homme de longue robbe, reprochant à vn autre qu'on auoit veu entrer des filles en sa maison: On luy respondit sans songer, Si les filles y sont entrees, elles en sont sorties. Mais on a veu chez vous entrer des filles, qui y sont demeurees sans en sortir. Dequoy tout confus ce preneur de fillettes, ne reprocha onc plus les filles à son compagnon.

Les gens du College de Boncourt à Paris ont ce serment, Que iamais ne se mettent à table, que le principal ne soit venu : mais ils entendent par ce mot de *Principal*, le vin, & non pas le Principal du College. Car sans le vin ils ne pourroient disner à l'aise, & si feroient bien sans le Principal.

Vn Aduocat qui abhorroit les trop grāds faiseurs de reuerences, pource qu'il disoit que c'estoit autant d'argent content, ayant veu diligemmēt vn gros sac, qu'vn porte-espee à la moderne luy auoit mis en main, pour en faire rapport, craignant la morte paye, dit au Sollicitcur, qu'il ne pourroit rapporter ce sac, s'il ne voyoit la principale piece qui defailloit au sac. Dont le Solliciteur tout estonné, apres auoir biẽ diligemment reuisité l'inuentaire, se plaignoit au Procureur, que l'Aduocat n'auoit pas biẽ veu les pieces de son maistre. Mais le Procureur entendant les textes sans gloses, luy dit que l'Aduocat entendoit par la principale piece, l'escu, sans lequel son Aduocat estoit en danger d'estre muet.

L'imprimeur Bourguignon fit vne fois gageure, à peine de ne boire vin de trois ans, & que s'il en beuuoit, il payeroit deux escus. Aduint qu'il gaigna, & neantmoins le iour mesme ne laissa de boire du vin, comme auparauant, de sorte qu'on luy vouloit faire payer la peine. Mais il s'en exempta tresbien: car il dit qu'il ne boiroit du vin qui fust de trois ans, qu'on dit de trois feuilles: mais se contenteroit d'vn bon vin nouueau, de deux ans au plus. Et auoit raison: car l'vn & l'autre estoit meilleur que celuy de trois fueilles, & ainsi entendoit-il boire du vin de trois ans.

La Dame de Grabec voyant vn Officier du Roy, qui auoit mis tout son bien en l'achapt de son estat, & l'auoit fait si bien valoir en trois ans, qu'il ne deuoit plus gueres de reste: Elle souloit dire, qu'vn tel s'acquitoit bien de son estat. Dont aucuns estonnez, disoient qu'ils ne le pouuoient croire: d'autant qu'ils pensoiẽt qu'elle voulust dire, qu'il faisoit bien sa charge.

Vn Soliciteur disoit à vne ieune Damoiselle, Quand il vous plaira, ie vous communiqueray priuémẽt toutes mes pieces. Et moy les miẽnes respondit elle. Estoit-ce pas pour se mettre d'accord sans plaider?

Le Roy Henry estant en grand soucy pour sçauoir qui est-ce qu'il pourroit enuoyer deuãt Bologne, que chacun iugeoit imprenable, Brusquet se trouuant present, dit: Sire vous ne sçauriez enuoyer vn plus propre & asseuré personnage, qu'vn certain Conseiller de Paris, (qu'il luy nomma) car il prend tout. Denotant par ce gentil mot ambigu, la sordité du personnage, qui sçauoit mieux, qu'il ne pratiquoit la Loy, *Solent. ff. de offi. procons. & leg.*

L'on dit que le mesme Brusquet voyant plusieurs empeschez à seller vne excellente mulle, mais farouche au possible, leur dit: Allez vers le Secretaire d'vn tel, qui lors estoit Chancellier, ou Garde des seaux, car il seelle tout.

Ie n'obmettray le conte d'vn Aduocat Esperlucat, si delicat qu'il perdit vne cause, pour vouloir faire la petite bouche: Car comme la principale piece de son sac luy fust mise en Ny, il ne l'osa alleguer, parce qu'elle estoit cottee con. Qui fut cause que son client bailloit au diable le sot, & luy disoit qu'il deuoit plustost alleguer toutes les pieces depuis K, & q. iusques à con: & depuis l'appelloit l'Aduocat qui n'osoit dire le gros mot: Comme font aucunes femmes, qui n'osent dire *laboraui, vitulos,* mais *labora chose, & chose-iulos,* ny *confiteor,* mais *chose fiteor.* Pensez l'habille homme, qui craignoit de donner vn Entend-trois de con, au conspect de Iustice.

A propos d'inuentaire, comme deux parties

eussent vn procés de grande importance au Parlement de Mirelingue, dont estoit Rapporteur vn Conseiller docte en la langue Grecque, & qui sçauoit incliner où il vouloit : L'vne d'icelles s'en doubtant, & craignant qu'vne piece par elle produite, soubs la cotte *H*, ne fust pas bien veuë, alla supplier le premier President, qu'il luy pleust en faire faire lecture. Aduint que ce Conseiller rapporta ce procés assez fidelement, hormis ceste H. Lors le President luy dit, Voyons la cotte H. Dont le Rapporteur tout estonné & surpris, songeant à ce qu'il vouloit dire, pour s'excuser ietta vn grand souspir par forme d'interiection Latine, *Ah*. A quoy le President, auant qu'il eust commencé son excuse, luy dit, Ie voy bien que c'est, vous pensez à la langue Grecque : *non est enim aspirationis nota apud Græcos.*

Ces quatre suyuans sont imprimez par Henry Estienne, en son Apologie d'Herodote, mais pour leur nayfue grace, *bis repetita placebunt.*

Vn Ambassadeur Allemant enuoyé au Pape, par vn Prince d'Allemagne, prenant congé de sa Saincteté, le Pape luy dit en Latin : Vous direz à vostre Maistre, nostre tres-cher fils, que ie me recommande à luy. A quoy cest Allemant, contrefaisant parauenture l'impatient, & feignant n'entendre le terme ordinaire du Pape, qui nous appelle tous ses enfans spirituels, il fit response, que son maistre n'estoit point fils de Prestre.

Celuy n'estoit pas si leurré, auquel on auoit donné vne lettre pour porter à la Royne de Nauarre, & luy auoit on dit, Baisez la, auant que la luy presenter. Car de plain saut, estant en presence de la Royne, il l'alla baiser en la bouche, & luy presenta apres ses lettres, telles qu'elles sortoient de sa main.

Vne mere voyāt que sa fille ne remercioit point son fiancé, quand il beuuoit à elle, luy remonstra qu'elle n'estoit pas honneste: & luy dit, dites, vne autresfois, Ie l'aime de vous, grosse beste, Or la fille pensant auoir bien retenu sa leçon, n'oublia pas quand il beut derechef à elle, de dire, Ie l'ayme de vous grosse beste.

Que vous semble de celuy qui mangea le papier où estoit escrite la recepte du Medecin, pource qu'il luy auoit dit. Allez & prenez demain matin cela?

Vn Sergent dressa l'exploit qui s'ensuit: A vous Monsieur le Lieutenant ss. Ie soubssigné certifie qu'en vertu de vostre mandement de p. à la Requeste de s. i'ay procedé par executiō sur N. pour conceuoir payement de la somme de d. Lequel ne m'a voulu deliurer aucuns meubles, mais m'a dit que par la morbieu il me tuëroit, si ie passois outre: & que i'estois vn coupaut, double coupaut. Ce que ie certifie estre veritable, &c. Or sus ceste certification estoit elle pas plaisante & digne du cocu Sergent?

Des femmes auoient elles pas bonne grace? Quelques folastres parlant deuant elles des basses marches, disoient, Vous parlez tousiours meschancetez, allez, allez, cela est bon & bien ioly par dedans, mais il n'est pas beau d'en tant parler.

Vn Pinsegrineur d'Amadis de Gaule disoit vn iour en vne compagnie, que s'il vouloit, il trouueroit des meilleurs termes du monde: voulant monstrer qu'il s'estoit estudié à parler proprement. Mais vn bon villageois rencontra gentillement, luy disant: Monsieur songez vostre saoul, vous n'en sçauriez trouuer de meilleurs que la Sainct Remy, Sainct Martin, ou la Toussaincts: qui sont les termes accoustumez, esquels on paye les rentes & autres censes Seigneuriales.

Vn Officier du Roy nouuellement inthimé, qui pour se depaïser & faire l'habile, marche en dringuemotigue, & parle en Iste-miste: de peur de faire des enfans, pratiqua vne recepte, que l'uy auoit appris mere Pintette : Sçauoir, qu'il falloit mettre deux pots de terre au cheuet de son lict, & que tant qu'ils seroient separez, & que les deux culs n'approcheroient point, il ne feroit point d'enfans. Mais pour tout cela, il n'a pas laissé de faire des enfans: car il ne comprint pas bien l'Entend-trois, qui vouloit dire, Qu'il ne deuoit approcher son cul de celuy de sa femme.

Vn docte & sçauant President, oyant vn Aduocat qui alleguoit *Aluarotus de feudis*, & se tourmentoit pour deriuer vn mot Grec, il dit tout haut: Hé! le bon-homme allegue du Grec, où il n'entendit iamais rien. Il se trouuoit ambigu, si c'estoit de l'Aduocat, ou de Aluarot, que le President vouloit parler. Mais ie croy qu'il entendoit de tous deux.

I'ay veu & ouy dire plusieurs Enigmes, par semblables Entend-trois : comme quand on dit, I'ay veu vn four de cheual. Cela se peut entendre ou d'vn four à cheual, ou d'vn homme estant à cheual voyant vn four.

Les Parisiens font grand' feste quand ils dient qu'ils ont veu le grand sainct Crestofle de nostre Dame de Paris, à genoux, & que nostre Dame est sur le pillier qui tourne.

Le bon Azo, grand Iurisconsulte de son siecle, & qui a le premier glosé les Loix, contre l'Edict de Iustinian, ayant vn iour disputé à Bolongne contre vn Sophiste, luy donna vn grand coup de cousteau. A l'occasion dequoy il fut condamné à mort. Et comme apres sa sentence prononcee, il exclama fort haut, *Ad bestias, Ad bestias*, voulant entendre la Loy *ad bestias, ff. de pœnis*, qui veut que la peine des excellens en quelque profession, soit amoindrie. Les Iuges pensans qu'il les appellast bestes, & les renuoyast aux bestes : ne cesserent iamais, bestes qu'ils estoient, qu'ils ne l'eussent fait mourir. Alciat, qui a faict mention de ceste histoire, *li. 1. parergon c. non vlt. non credit.* Mais de disputer cõtre, ce seroit folie : car cela ne feroit reuiure ce bon Docteur.

Feu Monsieur le Cardinal de Giury, Prelat de Religion & pieté grande, portoit en sa deuise, *Abundantia diligentibus te*, qui est la fin d'vn verset au Psalme 121. Pour denoter, qu'à l'homme craignant & aymant Dieu rien ne peut defaillir. Mais ayant donné charge à vn sien domestique de la faire engrauer en vne table d'attente, ſur le portail d'vn ſuperbe baſtiment qu'il faiſoit faire, ceſt homme ne prenant pas la deuiſe de ſi hault, fit oſter le (*te*) & mettre tant ſeulement, *Abundantia diligentibus*: pour dire, Abondãce aux diligens.

L'on liſt aux hiſtoires Romaines, que ſous l'Amphibologie du nom de *Cité*, les pauures Carthaginois furent merueilleuſement fruſtrez de leur eſperance. Car ſe fians à la parole des Romains, qui leur auoient promis que leur Cité ne ſeroit point ruynee, mais demeureroit en toutes ſes premieres franchiſes, immunitez, & libertez, ils ſe rendirent à leur mercy. Quoy fait, les Romains firent commandement à ces pauures Carthaginois, de vuider hors de leur ville, leur enioignant d'emporter ce qu'ils pourroient, & puis firent deſtruire Carthage auec le feu. Dequoy ſe plaignans ces pauures gens, on leur dit, que la promeſſe leur ſeroit tenuë: parce que la Cité, qui conſiſtoit en eux-meſmes, non en des murailles, demeureroit en ſon entier.

Ie ne ſçay ſi l'on pourroit excuſer les Romains d'vne ſi captieuſe façon de parler: qui doit ſeulement auoir lieu pluſtoſt pour conſeruer, que deſtruire, pour abſoudre, que pour condamner. Comme le monſtra bien l'Empereur Aurelian, lequel ayant mis le ſiege deuant la ville de Tyane, iura qu'il n'eſchapperoit pas vn chien qui ne fuſt mis à mort. Toutesfois ayant forcé la ville, il defendit de tuer perſonne, & lors que on luy rememora qu'il ne gardoit pas le ſerment par luy fait, il dit qu'il n'auoit entẽdu parler que des chiens, leſquels il fit tous tuer à l'inſtant.

Et Sainct François fit aussi de mesme, au regard d'vn larron, auquel il sauua la vie : ainsi qu'il est rapporté par Angel. *in l. §. si tibi iudicium ff. de condict. ob turp. caus.* Car estant interrogé, s'il n'auoit point veu passer ce larron, qui taschoit de se sauuer en la ville de Perouse, il mit la main en son aureille : & dit, Il n'est pas passé par là.

Le mesme Docteur, *in l. Qui vas. §. qui ex voluntate. ff. de furt.* dit qu'il mit la main en sa manche. *Flo. in §. si tibi iudicium, Afflictus in constitut. in quæst. col. 3. Ioan. de ana. in c. qui cum fure. c. de furt. & Neuizanus Sylua nupt. l. 3. in verbo, monitoriæ. nu. 31.* dient qu'il mit la main à son chaperon. Voylà vne diuersité bien estrange, & qui a beaucoup empesché de Docteurs.

I'ay expressément allegué ces authoritez, pour monstrer que ces Amphibologies sont mesmes escrits par les Iurisconsultes : & qu'à faute d'intelligence d'icelles, plusieurs ont estimé les Antinomies des loix irreconciliables, combien qu'elles fussent tresfaciles à accorder. Comme pour exemple, le mot *exhibere*, qui signifie le plus souuent *hominem aut rem in medium producere*, & quelquefois est de mesme signification que le mot *probare. l. fin. de ædil. edict.* a causé vne contrarieté entre les Loix. *1. l. redhibere. l. quod si nolit. §. si mancipium ff. de ædil. edict.* Et la susdicte *l. finale.* aisee à dissoudre par l'intelligence dudict mot, si on le prend au second cas pour ce mot, *prouuer*, veu qu'autrement l'intellect seroit absurde, *Cùm notum sit mortuum exhibere non posse. l. si homo mortuus. ff. de verb. oblig.*

Vn Gentil-homme paſſant par vne maiſon, dicte la Vulpierre, qui appartenoit à vn Iuge malfamé, diſoit à vn Procureur, Vrayement le nom eſt propre à la maiſon du maiſtre. Mais le Procureur rencontra bien mieux, luy diſant, Monſieur croyez qu'il y fera bō viure, car il y a force prouiſions. Voulant par là taxer ce Iuge, qui à tort & à droit condamnoit toutes perſonnes, par prouiſion, afin de paſſer outre à l'execution de ſes ſentences, nonobſtant appel, & auoit le profit de ladite execution. Qui eſtoit vne partie de l'iniuſte gain, dont on diſoit qu'il auoit baſty ceſte maiſon.

Vn ieune apprenty de Iuſtice nouuellement pourueu d'vne inferieure iudicature : ayant par aduis de quelques graduez, condamné vn couppe bourſe d'auoir l'aureille couppee, apres auoir luy meſme dreſſé la ſentence, ne ſe ſouuint pas d'adiouſter ſi c'eſtoit la dextre ou la ſeneſtre. Les graduez, qui n'y prindrent garde de ſi pres, mais l'ayant ſignee *in fide parentum*, luy renuoyerent pour la prononcer. De ſorte que quand ce vint à en faire lecture iudicialement, en preſence de l'accuſé, quand il ouyt ces mots, Auons cōdamné & condamnons ledit accuſé à auoir l'aureille couppee, il demanda ſoudain au Iuge: Laquelle, Monſieur, Dont le Iuge tout eſtonné & ſurpris, dit en touchant ſa propre aureille dextre, C'eſt celle là. Or, dit le criminel, ie n'en appelle pas, & ſi voulez, moy meſme la coupperay. Dequoy tous les aſſiſtans ſe prenans à rire, le Iuge repliqua, I'entens la tienne dextre. Ce que entēdu par ce pauure couppe-bourſe, il dit, I'en appelle donc. Et de fait il fut dit qu'il auoit esté asiniquement iugé, par le Iuge, *à quo*, bien appellé par l'appellant : & faisant ce qui deuoit estre fait on ordonna que le Iuge porteroit dessus son bonnet des aureilles d'asne, & l'accusé renuoyé absous. Mais ie croy que cest arrest ne fut pas executé, pource qu'on remonstra à la Cour, que ce Iuge auoit de ces aureilles là naturellement entees dans sa teste.

Vn autre Iuge, mais il estoit Royal, & Lieutenant en vne Seneschaussee de par le monde, voyant vn chappeau verd qui tumultuoit pédant la tenuë de ses iours, fit premierement deffense generalle à tous, de se comporter modestement. En fin, voyant que ce chappeau verd ne cessoit de faire du bruit, luy dit en cholere, Chappeau verd, ie vous condamne en vne amende de vingt liures. Celuy qui portoit ce chappeau, sans en appeller, comme il estoit conseillé, print ce chappeau verd, & le ietta sur le bureau, disant, Faictes luy payer l'amende. Et cela fait, debusqua promptement, de sorte que ie n'ay point de souuenance l'auoir veu depuis.

Vn Gentil-homme de marque solicitoit vn certain procés à Dijon, & en discourant auec le Conseiller, qui estoit son Rapporteur, luy recommandant la iustice de sa cause (*nam cupiunt etiam iura rogari*) le Conseiller luy fit response, Qu'il prenoit trop de peine pour vne affaire de peu d'importance, à laquelle il y auoit peu, ou point de difficulté. Quelques iours apres ce Gentil-homme se sentant bien asseuré ſur ceſte reſponſe, fut condamné: Et comme il s'en plaignoit à vn tres-ſçauant & incorruptible Preſident, il luy fut reſpondu par iceluy, Qu'il n'y auoit que tenir à cauſe, & qu'à peu auoit il tenu, qu'on ne l'euſt condamné en l'amende de fol appel. Lors ce Gentil-homme eſmerueillé, dit, Et quoy? mon Rapporteur m'auoit aſſeuré qu'il n'y auoit point de difficulté en ma cauſe. Vrayement, dit lors le Preſident, il a dit vray, mais vous auez mal pris ſon dire: Car il entendoit, qu'il n'y auoit point de difficulté que ne fuſſiez condamné.

Vne defendereſſe en action d'iniures, pour auoir appellé vne femme, putain, fut condamnee par ſentence, confirmee par Arreſt, de declarer en preſence de ſa partie: qu'elle declaroit l'auoir appellee putain: dont elle ſe repentoit, & la tenoit pour femme de bien, chaſte, & pudique: Quand ce vint à l'execution de ceſt Arreſt, par deuant le commis: elle dit: Monſieur, i'ay appellé vne telle putain, il eſt vray, ie l'ay dit: ie la tiens & repute pour femme de bien, ie m'en deſdy, i'ay menty, ie la tiens pour chatte & publique. Surquoy la partie iniuriee derechef, voulut inſiſter à autre reparation plus claire. Mais il n'en fut fait autre choſe, pource que la grace de ſa reſponſe fut telle, qu'il ſembloit à l'oüir parler, qu'elle parlaſt nettement & de cœur: comme ie croy qu'elle faiſoit.

Vne femme en abſence de ſon mary ayant fait venir de nuict vn Preſtre, pour la garder des eſprits, & coucher auec elle, comme ils tabutoiẽt

& renuoyoient le Diable en Enfer, vn ieune enfant, aagé d'enuiron quatre ans & demy, qui estoit dans le mesme lit, s'esueilla, & voyant ce Prestre, demanda à sa mere, qui c'estoit: La mere qui sçauoit bien que le pere ne faudroit à sa venuë de l'interroger, & que l'enfant ne faudroit de le declarer, elle luy fit entendre que c'estoit Dieu. Le pere estant de retour, & demandant à cest enfant, qui auoit couché auec sa mere, il respondit, que personne n'y auoit couché, sinon Dieu & luy. Qui fut cause que pour l'heure le faict fut secret: mais vn mois apres, comme il aduint que ce Prestre marchoit deuant la boutique de ce marchand: cest enfant l'ayant bien regardé, & se retournant vers son pere, luy dit, Voyez là Dieu, qui a couché auec ma mere. Voylà comment le pot aux Roses fut descouuert.

Il n'y a point de doubte, que qui se voudroit peiner & en Latin & en François, on en trouueroit cent mille de mesme façon, dont aucuns seroient desagreables & fascheux, autres seroient bien à propos rencontrez. Donat en a voulu faire vne enumeration, par certain ordre: mais à fin de les euiter, comme vn grand vice de parler. Toutesfois si cela en propos commun eschape, & que par vne soudaine & inopinee response, vn mot ambigu soit releué & retorqué contre celuy qui le profere, ie trouue que cela a tresbonne grace: & tant s'en faut qu'on le doiue attribuer à vice, que cela me semble fort elegant, &, au pis aller, facecieux infiniment, & propre à rire. Comme si dessus il y en a des exemples à ſuffiſance, outre leſquels il s'en fait auſſi ſouuent par la tranſpoſition des mots: comme vn Aduocat qui diſoit en plaidãt, Il eſt queſtion d'vn char, Meſſieurs de foing. Et autres infinis.

Si la copie ne couroit par tout de deux Epiſtres d'vn Gentilhomme à vne Damoiſelle, & d'elle à luy, qui ſont de ſemblable façon, ie les euſſe icy inſerees, mais il n'y a ſi petit Imprimeur & Portepanier, qui n'en face tous les ans. Toutesfois afin que l'on ne dic que ie l'ay oublié, en voicy vn ſommaire exemple, ſelon que promptement il m'eſt venu en la memoire.

Epiſtre d'vn Gentil-homme à vne Merdoiſelle.

AYANT eu la commodité, Madamoiſelle depuis huict iours, de vous voir en vne dãce, Madamoiſelle publique, i'ay eſté ſoudain ſurpris d'vne paſſion, Madamoiſelle amoureuſe, qui me rend quaſi tout hors de moy, & mon ame du tout, Madamoiſelle eſgaree. De ſorte que ſi n'auez du moins quelque volonté, Madamoiſelle petite, d'vſer enuers moy de compaſſion, Madamoiſelle miſerable, ie croy que la Parque, Madamoiſelle infernale, ne me laitra longuement viure ſur ceſte terre, Madamoiſelle baſſe & fragile, pour reſpirer vn ſeruice, Madamoiſelle treſhumble, iuſques à idolaſtrer la trace, Madamoiſelle de vos pas, ſaluant vos bonnes graces d'vn ſalut, Madamoiſelle tres-infinie: Et adieu cependant d'vne parole, Madamoiſelle piteuſe & langoureuſe.

Response de la Gentil-hommesse au Merdoiseau.

I'Ay veu, Monsieur depuis hier, par vostre laquais, Monsieur mal en ordre & bien crotté, vn mot de lettre, Monsieur fort diuers, & qui pronient d'vn cœur, Monsieur bien affligé. Ie recognois ce qui est en moy, Mõsieur du tout imparfaict, & qui n'a moyen d'estre, Monsieur le larron, d'vn homme tant soit-il, Monsieur chetif & miserable, aussi n'en suis-ie pas plus glorieuse, Monsieur de rien. Que si vostre dire toutesfois n'est, Monsieur mensonger, vsez de mon conseil, combien qu'il soit, Monsieur debile, & peut estre à vostre gré, Monsieur impertinent, baignez vous dans vn puis, Monsieur d'eau froide, & si le remede n'est, Monsieur pas sain, cherchez conseil, Monsieur ailleurs: Vous disant au surplus adieu, de parole telle que merite vostre escrit, Monsieur tout deschiré & embrené.

Vne certaine Damoiselle interrogee de quels villages elle desiroit estre Dame en Bourgõgne, elle fit response, qu'elle ne voudroit que ces quatre suyuans,

Long-vi, Foumy, Souuans, Montconis.

Encores qu'il y en ayt d'autres aussi beaux, comme Sixcons, Cuc: dont on apporte les plus beaux poix du monde, vulgairement appellez les pois de Cuc. Tesmoin la Procureuse, qui disoit qu'il y auoit vn vilain Gentil-homme, qui luy auoit promis des poils de cul, au lieu de pois de Cuc.

Il y a long temps que i'ay leu la valeur des mõnoyes, qui fut mise en lumiere vn certain temps qu'on les descrioit.

Vne Portugaise vaut deux Espagnoles.	
vn Angelot,	deux Diablotins,
vn Escu	deux Targues,
vn Pistolet	deux bidets,
vn Ridé	deux plis,
vn Salut	deux reuerences,
vn Franc à cheual	deux serfs à pied,
vn Noble	deux vilains,
vn Gros	deux petits,
vn Sol, qui se prononce vn sou, comme vn fol vn fou,	deux affamez,
vn Carolus	deux Ioannes,
vn Double	deux simples,
vn Blanc	deux noirs,
vne Imperiale	deux Romaines,
vn Lyon	deux Leopars,
les Royaux	deux ordinaires,
vn Henry	deux Philippus,
vn Philippus	deux Pierrouts,
vn Pierrout	deux Patards,
vn Patar	deux Patatics,
vne Iocondale	deux tristandales,
vn Hardy	deux couards,
vn Tholosat	deux Mondinets,
vn Polonnois	trois francs & vn peu plus, selon l'Edict dernier.

Or ie me restraindray, pource que ce Chapitre est trop long, & finiray expressement par cest Entend-trois des basses marches, à cause qu'il est certain que personne ne sçauroit parler si religieusement, que l'on ne rencontre sur cela qui nous est naturel, & si commun à tous : que l'Autheur des folastres Baliuerneries a fait ce suyuant.

Chacun trauaille à son mestier,
Le Laboureur à la roye,
Le Munier par où l'eau saut,
Le Peletier par où la peau saut.
Le Boulenger sur le sac au bran,
Le Boucher sur le sac aux trippes,
Le Maçon sur le fondement,
Le Charpentier à la mortaise,
Le Mareschal sur le soufflet.

Et infinis autres qu'aisément tu pourras rechercher de toy-mesme, si tu as enuie d'y passer le temps.

Ie me suis encor aduisé de clorre ce chapitre par ce Sonnet Amphibologique, du jeu des Cartes que composa vn gaillard Escholier à Tholose, l'an 1570.

Le Roy, les Huguenots, & tous leurs adherans,
Font aux Cartes gros ieu, & bien souuent rechangent.
Capitaines, soldats, à la Pille se rangent,
Et quant à ce jeu là sont bien peu differens.
A Premiere le Roy dit qu'il tiendra les rangs,
Aucuns d'aupres de luy cherchant le Per, estrangent:
La Ronfle est vn beau ieu, s'ils boiuent trop ou mangent,
Le Tru est trop commun, point n'en sont desirans:
Si des femmes on tient, à la Carte virade:
Et pour les prisonniers, c'est à la Condemnade,
S'il faut payer rançon, au Cent on va content.

Bref

Bref le hazard est grand, pour le gain qu'on attend:
Mais ie me doute bien, qu'apres longue brauade,
La plus grand' part en fin iouera au mal-content.

ADIONCTION DE L'AVTHEVR.

Le bon Duc Philippes de Bourgongne, comme il prenoit plaisir souuent de se ioüer auec les Seigneurs de sa Cour, il les mit en alarme estant au pays de Flandres, sous ombre qu'il leur dit: Preparez vous ie vien de receuoir nouuelles certaines, que nous aurons auiourd'huy Bataille. Or notez, que par bataille, il entendoit vn sien Escuyer lequel il cherissoit fort.

Iacques Buttigarius, Docteur Italien, celebre de son siecle, passant parmy le marché, marchanda des figues. Et voyant qu'vne fausse vieille luy surfaisoit par trop, il en marchanda la moitié, au mot de la vieille: puis apres il voulut partir chasque figue l'vne apres l'autre par la moitié. Quoy voyant ceste vieille, fut contrainte luy faire bon marché à son mot: Ainsi qu'aprend Iason *in l. rogasti.* §. *si secum,* dit Neuizanus, *in Sylua nuptiali.*

ADIONCTION D'AVTRVY.

Les meusniers aussi ont vne mesme façon de parler que les cousturiers, appellant leur asne, le grand Diable, & leur sac, Raison. Et raportant la farine à ceux ausquels elle appartient, si on leur demande s'ils en ont point prins plus qu'il ne leur en faut, respondent, Le grand Diable m'emporte, si i'en ay prins que par raison. Mais pour tout cela ils disent qu'ils ne desrobent rien, car on leur donne.

Cela me faict souuenir d'vn certain Regent de Paris, qui parlant des Carmes de Despautere, où il auoit faict son cours beaucoup de fois, disoit que la meilleure leçon qu'il eust iamais pratiquee audit Despautere, estoit *Hic dat or.* Ie croy qu'il entendoit de ses landis, quand il receuoit de l'or.

Continuant nos plaisantes Rencontres equiuocantes, ie te veux faire vn conte, dont m'a fait part vn personnage de ma cognoissance: Vn certain Frere Cordelier, du pays Chartrain, homme de bonne compagnie, & faceciéux au possible, estant en vn festin, disoit le mot, & bien aspre aux pots, ie pensois dire à propos, *semper hîc erro.* Apres auoir bien ry & gaussé, on luy demande s'il s'en voulloit retourner si tost, & s'il auoit si haste, Il respondit, On m'a osté ma monture en chemin, & aurois bien besoin d'estre remonté par quelques vnes de mes bonnes dames du bout d'enhaut. Si on se print à rire, ie vous le laisse à penser. Ha! mais dira quelque naque-mousche, cela me scandalire bian fort, vn Cordelier, vn moyne? dire cela? hon! Mais pour response, ie vous dy & vous declare, qu'vn Cordelier est vn homme, qui boit du bon, comme vn autre homme. Il ne se trouuera point qu'il luy soit defendu de rire par sa reigle. Mais passons plus auant.

Tu as peu voir le conte de l'Allemant, raporté par l'Auteur, fol. 72. mais le patois est gentil, à qui le peut nayuement exprimer, ſelon la prolation Alemanique. Car aucuns qui font valoir la gloſe mieux que le texte, diſent que l'Ambaſſade Alemant, cogneu du Pape pour vn plaiſant Robin ſe preſentant à la Sainctete, dit en ſon patois, *Salue Tomine Papa* : Et le Pape luy reſpondit, *Et bene Volgange, quomodo valet meus filius, tuus Princeps?* L'autre reſpondit, *Certe meous Brinceps non eſt filious Sacerdotis, &c.*

On fit de meſme n'y a pas long temps, vne information à Orleans, pour cauſe d'iniure contre vn pourpoint iaune : mais quand ce vint à decreter, il y en eut de bien camus.

DES EQVIVOQVES de la voix & prononciation, François & Latins.

CHAP. VII.

NOnobstant que ces Equiuoques se pourroient mettre sous les tiltres des Equiuoques & des Entend-trois, comme toutesfois ceste espece semble estre particuliere, i'ay mis ces suyuans en vn rang à part. Car ils ne pourroient pas proprement estre adaptez aux Equiuoques, qui font d'vn mot, deux ou trois, ou de deux ou trois mots, vn. Comme aussi ce n'est pas proprement Entend-trois, parce qu'vn mesme mot, selon qu'il s'orthographie, ne pourroit pas signifier deux diuerses choses: ainsi que tu verras les exemples suyuãs, pris & tirez de l'ambiguité seule, qui prouient de la parole pronõcee par la voix humaine. Et comme telle espece d'ambiguité approche plus de l'Entend-trois, ie l'ay mis immediatement apres.

Vn bon vieil Gentil-homme de Languedoc disoit ordinairement, en saluant toutes les belles Madones qu'il voyoit en son chemin, Bon vit & long Madone, Dieu vous doint ce que vostre cul desire. Et le pronõçoit fort brusquement tellement qu'il sembloit qu'il dist, Bonne vie & longue Madone, Dieu vous doint ce que vostre cœur desire. Vn autre de Bourgougne disoit à toutes les filles qu'il rencontroit, Pleust à Dieu, m'amie, que nous eussions mis les culs ensemble. Quelques vnes moins rusees, estimans qu'il dist mille escus, le mercioient auec vne grande reuerence : Quelques autres plus fines frotees, qui entendoient son iargon, luy respondoient, Prenez tout, monsieur, encor vous donnay-ie cent aupres. Entendans sens, autrement sentez, au lieu de cent.

Vn ieune Aduocat faisoit vn souhait, qu'il desiroit perdre la premiere lettre de ce mot, *Aprenant*, afin qu'il deuint Aduocat prenant. Gardez lors, dit vn bon personnage, que n'augmentiez plustost, & que ne deueniez asprenant.

Vn vieil Aduocat, quand il trouuoit dans vn sac la principale piece, c'est à dire l'escu, il souloit dire,

Dimidium facti qui bene cepit, habet.

Durant que la barbare & cruelle armee des Reistres rauageoit la Bourgongne és annees 1575. & 1576. les pauures villageois fuyoient de toutes parts, & disoient qu'il y auoit vn Comte Machefer, au lieu de Mansfeld: tellement qu'ils pensoiẽt que ce fust vn grand Diable de Geant qui mangeoit charrettes desferrees. *Sur* laquelle creance vn certain asseuroit & se persuadoit, qu'il luy auoit veu manger à vn desieuner vn rouët d'harquebouze, auec quatre fers de cheuaux fricassez au beurre noir.

Le semblable Equiuoque fut fait de Casimir, qu'on appelloit Casse-mille, pource que d'vn coup de poing il en auoit cassé mille. Et estimoit on que ce fust vne de ces lourdes masses de Geãs, armez de pierre de taille, qui estoit resté de la desconfiture de ceux qui allerent combattre contre Pantagruel, à la suitte du Roy Loupgaroux.

Il y eut iadis en vne Seneschaussee vn Sergent Royal, (ie ne croy pas que ce fust Toussaint Patris, car il estoit trop de mes amis) auquel le Lieutenant ayant enioint d'aller crier l'arriereban, faisant vn Equiuoque de l'aureille, il se mit à crier alarme tant qu'il peut, derriere le ban où lon estoit assis.

Azo & Lothaire, les deux plus grands Iuriscõsultes de leur siecle, estans entrez en dispute, Sçauoir si la puissance du glaiue est propre au Prince Souuerain, & si les Magistras n'ont que la simple execution d'icelle, ou bien si les Magistrats ont aussi bien ceste puissance, quand elle leur est communiquee par le Prince, firẽt gageure d'vn cheual, & choisirẽt pour Iuge de leur different, Henry 7. Empereur: lequel iugea suiuant la premiere opinion, qui estoit celle de Lothaire, laquelle neantmoins estoit contre celle de toute la commune de ce temps là. De sorte que on fit vn Prouerbe, & disoit on que *Lotharius iniquum dixerat & equum tulerat, Azo verò æquum dixerat & iniquum tulerat.* Alciat. liu. 2. chap. 3. de ses Parad. le raporte, mais le tres-sçauãt Bodin liu. 3. cha. 5. de sa Repub. monstre bien comme *neuter equò dignus erat.*

Lon dit en vn Equiuoque Latin aussi que,

Vitis amat colles:

Ce que par Equiuoque aucuns rapportent à

caules. Qui sont neantmoins les mortels ennemis de ceste diuine plante, au lieu que la montagnette exposee à l'Orient, est la vraye resioyssance d'icelle : que ie remonstreray au chapitre du vin. I'ay veu quelques vns qui font vn Equiuoque de ces deux mots, I'ay & Geay, en Latin *graculus*, & dient, Si ie faisois ce que Geay fait, ie ferois ce que ie ne fis iamais : si ie volois, ie le ferois, & si ne le sçaurois faire. On entend Geay, au lieu de *I'ay*, & *volois* pour *voulois*.

Maistre Iean Chinfreneau, voyant vne sienne amie qui s'estoit mignardement fait pourtraire, auec vne coiffure de lassis, & vn ouurage de mesme entre ses mains, luy dit qu'elles s'estoit fait peindre auec du lascif : & qu'elle deuoit plustost se faire peindre, comme sa voisine retatinee, qui auoit pour contenance en sa main, le bout de sa ceincture ou demiceinct, qu'on appelle vulgairement le pucelage. Pour signifiance, dit vn bon compagnon, que iamais ne l'auoit porté autrement de sa souuenance.

Le conte est vulgaire de celuy qui disoit, qu'il ne failloit que deux points pour faire taire vne femme : equiuoquant sur deux poings. Mais ie croy qu'il n'y a ny points, ny raisons qui en puissent donner vne, si elle l'a mis dedans sa teste : tesmoin celle qui ne desista iamais d'appeller son mary pouilleux. Et combien qu'en fin, pour la matter, il la plongeast en l'eau, iusques par dessus la teste, si leuoit elle encor les bras, & auec les ongles de ses poulces, qu'elle cracquoit l'vn contre l'autre, l'appelloit encor, par demonstration, pouilleux.

Comme recite le veridique Pogius.

Ce suyuant, pour auoir l'ouye dure fit vn plaisant Equiuoque en plaidant: Car ainsi qu'on luy souffloit par derriere, vne Ordonnance du Roy Philippe le Bel, par luy obmise, qui estoit decisiue de la cause, il alla alleguer, à la risee d'vn chacun, l'Ordonnãce du Roy Philibert. Croyez que c'estoit vn grand Historien François.

Ie viendray donc maintenant à en rapporter quelques vns, qui se peuuẽt faire en lisant quelque escriture. Comme aduint à l'Apothicaire de Tante Pissepin, lequel lisant la recepte que luy auoit donnée vn Medecin, pour purger sa melancholie, en ces mots ℞. *Manip. verari*, &c. il alla dire *veretri*, & au lieu de luy preparer de l'elebore, luy dit qu'elle estoit en danger de mort, si elle ne trouuoit quelque gros vietzdaze pour la guerir.

Vn autre ayant veu la recepte du Medecin, qui auoit mis ℞. *Rubarbari opti.* qui est vne abbreuiation *d'optimi*, alla imaginer qu'il y auoit *opij*: & en mit tant en la medecine de son patiẽt, qu'il l'endormit si bien, qu'onques puis ne se resueilla. C'est pourquoy l'on dit ordinairement, qu'il se faut garder d'vn *qui* pro *quo* d'Apothicaire.

L'Empereur Charles le Quint, retint prisonnier le Landgraff de Hess, sous ombre de l'Equiuoque d'vne lettre, où il y auoit ce mot Enich, que le Langraff estimoit estre Euich: deux mots Allemans directement contraires, car l'vn signifie *auec*, & l'autre *sans*. Mais ie trouue qu'il estoit bien aisé à l'Empereur de lire ce qu'il vouloit, puis que l'autre estoit en sa puissance: encor qu'il n'y ait point de doute que souuentesfois en lisant on ne face plusieurs Equiuoques, principalement quand l'escriture est à la main.

Et en moule on s'y abuse aussi bien souuent, mesmes de pauures Curez de village, comme quand ils lisent *rondit* au lieu de *respondit* : *enim*, au lieu de *eum* : *Iesum Nazum*, au lieu de *Nazarenum*, & autres infinis semblables.

Lon fait encor de gaillards Equiuoques, quand par la transpositiõ des points on coupe des mots. Comme celuy rapporté par Cardan, de Martin Abbé de Asello, qui auoit fait mettre sur la porte de son Abbaye, ce vers,

Porta patens esto nulli. claudaris honesto.

Ce que lisant quelquefois vn Pape, passant par là, & voyant vn point apres *nulli*, irrité de l'inciuilité de cest Abbé, le deposa, & en mit vn autre en sa place. Lequel sans oster le vers, ne fit que changer le point, & le mettre apres *esto*. En memoire dequoy on fit ce distique,

Porta patens esto. nulli claudaris honesto:
Ob solum punctum caruit Martinus Asello.

Et encores en court le prouerbe Frãçois mal entendu, *Pour vn seul point Martin perdit son asne.*

I'ay leu dedans vn vieil liure manuscrit de l'Abbaye sainct Benigne de Dijon, ceste histoire : Vn Capitaine combattant sous Charlemaigne contre les Saxons, voyant ses soldats mal-endurans, & qui à toute force s'en vouloiẽt retourner, leur escriuit vne epistre, en laquelle estoyent ces mots : *Qui vult recedere pergat, ego au-*

tem non hîc stabo. Laquelle estant tombee entre les mains de ce grand Roy, il estoit en volonté de luy faire vn mauuais tour: mais vn point rabilla tout, auec la perseuerance de ce Capitaine, qui fit entendre qu'il entendoit dire: *Qui vult recedere, pergat: ego autem non: hîc stabo*.

Vn magister de Picardie, irrité de ce que quelques auant-coureurs du camp de la Royne de Hõgrie luy auoyent rompu vne cage, fit par despit ce verset,

Reginam albam occidere bonum est timere, nolite, etiam si omnes consenserint, ego non.

Qui se peut autremẽt interpreter, ainsi ponctué: *Reginam albam occidere bonum est, timere nolite, &c.*

Vne femme bonne compagne, auoit mis pour sa deuise, *A Dieu honneur*: lon mit apres *A Dieu*, vne virgule. De sorte qu'il sembloit qu'elle mist au loing l'honneur, disant *vale honor*, au lieu qu'elle entendoit, peut estre, *Deo honor & gloria*.

Vn certain de peu honneste maison, priant vn Senateur, auec lequel Ciceron deuisoit, de luy vouloir estre fauorable à la poursuitte d'vn office & charge, qu'il pretendoit en la ville de Rome, comme le Senateur luy eust fauorablement faict responce en ce mot, *Fauebo*: Ciceron sans attendre qu'on le priast dit, *Ego quoque tibi fauebo*. Dont l'autre Senateur estonné, cogneut bien que Ciceron luy remettoit au deuant l'indignité de la poursuitte de cét homme, qui de cuisinier vouloit estre officier, par ce mot *quoque*, qui se raporte à *coque* au vocatif.

Par le vice des langues d'vne nation à l'autre, il s'en fait aussi de gratieux: comme de la Damoiselle de Mont-pellier, qui assistant au soupper d'vne grande Princesse, qui se plaignoit de la fureur des gros vins de ce pays là, elle dit, Certes, Madone, nous autres n'auen pas daquestis petis vis blancs, mas ben de gros vis rouges. Dont certaines Damoiselles presentes, à qui l'eau en venoit à la bouche ignorans que *vi* signifie *vin* en ce pays, disoient que la Damoiselle de Mont-pellier auoit raison, & qu'elles seroient bien de son aduis.

Vne Religieuse, qui apprenoit son chant, prononçant *Qui viuis*, elle abbreuioit fort la premiere syllabe. Dequoy la reprenant Madame la chantre, luy disoit, M'amie faites le vi long, & il sera meilleur.

Vne ieune Damoiselle, interrogee en quelle espece d'oiseau elle desireroit voir son mary, si nous estions au temps des Metamorphoses d'Ouide. Elle dit, qu'elle le voudroit voir en Phaisant. Vrayement vous auez raison, dit Dame Iaquette Caquillon, il ne sçauroit estre plus agreable, qu'en le faisant. Les Gascons ont aussi ce vice, qu'au lieu d'vn V, ils prononcent vn B, Dont Du Bellay a fait vn vers, qui conclud ainsi,

—— *Nanque haud*
Vascones norunt viuere, sed bibere.

Quelques vns qui parlent du nez, & principalement quand ils ont passé la Zone torride par delà le Duché de Bauiere pour aller en Surie, prononcent aussi vn F, au lieu du P. Tesmoing vn cholere Iuge, qui disoit: *Ces fendars de Farisiens, ie les feray fendre à vne fotence au Falais de Faris*, voulant dire, Ces pendars de Parisiens, ie les feray pendre à vne potéce au Palais de Paris.

Vn de Chaalon voulant blasonner proprement les armoiries de sa ville, disoit qu'il y auoit trois anneaux en or traict. Et parce qu'il begayoit vn peu, l'on pensoit qu'il eust dit, Il y a trois anneaux en nos retraicts.

Comme on disoit qu'à Paris estoit arriué vn chappellier de Mantouë, qui donnoit pour deux vieux chappeaux vn œuf, plusieurs rechercherent leurs vieux chapeaux, pour en aller demander vn neuf, estimans qu'on leur donneroit vn chapeau neuf.

Les Allemants naturellement aussi prononcent f, au lieu de v consone, & la lettre o, comme font les Courtisans d'auiourd'huy assez grossierement, ou: Comme pour dire chose, gros, repos, &c. chouse, grous, repous, &c. De sorte qu'vn Allemant bien pensant faire l'honneste à vne ieune Damoiselle, qui luy demandoit, comme il se portoit, il respondit, A foutre con mandez me en la part qu'il vous plaira: pour dire, A vostre commandement, la part qu'il vous plaira.

Le vulgaire aussi en fait en sa prolation: comme pour exemple, quand on prononce vn infinitif, le plus souuent r, se mange: Comme au lieu d'aimer, adorer, courir, froter, & autres, on dit aymé, adoré, couri. Dont aduint qu'vne femme voyant son mary au lict fort malade, le consolant auec larmes commandees, luy disoit, Helas! mon amy, i'aimerois mieux Mori que vous. Dont le mary ioyeux de veoir sa femme si cordiale enuers luy, l'institua heritiere de tous ses biens : & pour recompense apres sa mort, ceste femme se remaria, deux mois apres, auec vn nommé Mauris ou Moris : & cogneut on bien qu'elle auoit dit vray à son mary, quand elle disoit qu'elle aymoit mieux Mauri que luy. Encor peut on noter en ce conte là, comme ſ, par le vulgaire ne se prononce pas au bout de chasque mot. Dont toutesfois quelques autres sont si curieux, que pour sembler bons François, & monstrer qu'ils parlent proprement, ils prononcent à tort & à trauers, au bout de chasque mot, vne ſ. Et diront, Monsieur ie me recommandes à vous de tous mons cœurs, &c. Auec tel son qu'il semble qu'ils sifflent en l'air à chasque ſ.

Quelques-vns le font pour la magnificence, & sembler estre plus seigneuriaux, comme la Roche-tomas, qui ne vouloit pas qu'on le seruist en singulier, mais en plurier. Tellement qu'vn iour sa seruante luy ayant apporté chez vn sien voisin, vn poulet entre deux plats, ayant demandé à ceste seruante, Qu'est-ce qu'elle luy apportoit : ayant icelle respondu, Vn poulet, Monsieur se mit en cholere, & dit : Il faut dire des poulets, & parler en pluriel, grosse beste. Ce qu'ayant bien entendu ceste seruante, & apris que c'estoit à dire, pluriel : portant vne autre fois à son maistre du mouton & du bœuf, estant interrogee qu'est-ce qu'elle apportoit: elle dit, Des moutons & des bœufs. Dont la Roche-tomas tout scandalisé, ne voulut one plus que sa seruante parlast en pluriel.

ADIONCTION DE *L'autheur.*

Les Parisiens prononcent vne r, au lieu d'vne s, & vne s, où il faut vne r: comme tu as peu voir au chapitre des Rebus de Picardie.

Ils prononcent encor vn a au lieu d'vn e, sur tout quand il suit vn i: commme en ces mots moyen, Doyen, rien, chien, bien, comme celuy qui disoit: Et bian bian, ie verron si Monsieur le Doyan qui a tant de moyan, ayme les Citoyans: & si à la coustume des ancians, il leur baillera rian.

Ie viendray aux autres nations, comme Italiens, Espagnols, & Allemans, qui prononcent tous vostre v François ou, tellement qu'vn certain, auquel on auoit commandé d'aller par Paris chercher vn bon feutre, faute de prononcer à la Françoise, fut renuoyé honteusement, & iniurié quasi par toutes les boutiques. Car s'addressant aux femmes, aussi bien qu'aux hommes, il disoit, Madame ie vous vn foutre, pour dire, Ie veux vn feutre. Et quand il fut de retour, il disoit à son maistre. Ie fou par toute la ville, & ne trouuay aucun foutre. Pour dire, Ie fus par toute la ville, & ne trouuay aucun feutre. Qui ne l'eust interpreté, c'estoit vn Enigme plaisant.

Les ieunes filles sont bien ayses de iouër aux petits ieux sans vilanie, & à plus penser que dire quand elles dient ces suyuans,

Reuenant de Sainct Amant
Ie trouuay vn fol tondant:

Ie luy dis, Que fais-tu là.
Madame, dit-il, ie tond,
Et fol tond donc.

Item,

Monsieur de Monrouge vit,
Et Madame Pair le vid,
Et sa fille fol tua.

Ainsi que l'on disoit vn iour ce prouerbe ordinaire.

Il est bien fol, qui fol marie:

Quelqu'vn qui eust volõtiers couché auec Marie, de laquelle il pensoit qu'on parlast, dit qu'il voudroit bien estre le fol, pour faire l'entree.

Autres y a qui prononcent à la Parisienne *in* comme *ain*. Exemple, I'ay beu de bon vain à la pomme de pain. Pour dire, I'ay beu de bon vin à la pomme de pin.

Item ils prononcent *oua* quand il y a *ay* ou *oy*: comme pour dire: Ie ne vay iamais sans laquais, ils diront, Ie ne voua iamoy sans laqua. Et pour dire, Ie n'en fay que rire, diront, Ie n'en foua que rize. Et pour lize en ce Chapitre, ils dizont des æquiuocles de la vouas. Pour vne gentille demonstration dequoy faut l'ire l'Epistre du ieune fils de Pazy, auec la response de la Damoiselle, selon qu'elle est imprimee aux dernieres œuures de Clement Marot. A fin que chacun cognoisse au vray le dialecte de ceste blanche nation.

Les begues ont aussi naturellement les *bl* & *rr* en horreur: Comme l'Aduocat d'Auuergne, qui allegua en l'audience, l'Ordonnance de Bois: & dit que vray-semblablement les procedulles se doiuent enuoyer à la table de Mabe, puis qu'il est question de mol bois & bois mol, & qu'au gland il ne falloit touchel. Pour dire, Ordonnance de Blois, bois mort, mort bois, procedures, table de Marbre, &c.

Ce que l'on dit auiourd'huy vn *o* en forme d'*ou* à la Cour, c'est vn langage Courtisan afferté, sans raison, qui n'auoit lieu anciennement qu'en ces mots, mol, col, & fol, qu'on prononçoit, mou, cou, fou. Et faut bien que des fols ils ont pris l'exemple: Car qu'elle apparence y a-il de dire *ou* au lieu de *o*?

Sur ce propos il me souuient qu'il y eut vne Dame au milieu d'vn disné, qui pensa faire regobiller la compagnie, pource qu'elle disoit, Qu'elle auet veu les grous pous d'vn homme, qui n'auet que des ous. Car on pensoit qu'elle disoit auoir veu les poulx d'vn homme, qui n'auoit que les os. Au lieu qu'elle entendoit dire, Qu'elle auoit veu les gros pots d'vn homme, qui n'auoyent dedans que des os. Et croy qu'en fin on verra le langage Ouistisien s'en aller en fumee.

ADIONCTION D'AVTRVY.

Tu as cy deuant *Iesum Nazum*, pour *Iesum Nazarenum*: mais voicy la suitte de la lecture. Voyât, *Erat autem Barrabas latro*: ne sçachant que vouloit dire cela, prononçoit broüillifiquement, *E, e, erat autem bilebaretro*, & n'en faisoit qu'vn morceau, tant il estoit gourmand. Tout de mesme, en lieu de dire, *Ego sum alpha & omega*, disoit

Ego sum alphati tout menga. Mais que dirons nous de cest habile homme (que l'on nommoit Monsieur l'esprit, *per ironiam*) qui lisant és festes de Noël, ce traict des Actes, où il y auoit en lettres abregees (car notez que c'estoit en de ces vieux liures escrits à la main) *Ihlr̄m, Ihlr̄m, quæ occidis prophās:* Le bon homme de peur de s'embourber, entonna tout à coup ces mots incogneus, comme s'il y eust eu, *Iarlim, Iarlim, quæ ocquecedisse profans.* Ie n'en diray d'auantage, sinon que c'estoit grand dommage qu'vne telle beste chaussee se mesloit d'vn estat, auquel il estoit du tout inepte.

Ceux-cy sont vn petit tantillon bien sales, mais si passeront-ils. Vn quidam ventru ayant la langue grasse, disoit en lieu de Bonjour Monsieur, bon chou mon chieur. Et pour dire, Et bien Messieurs, prononçoit, mes chieurs. Mais ce n'est rien au prix de sa ciuilité, quand il faisoit asseoir ses amis : car il disoit ainsi : Mon chieur chiez vous là, ie chieray icy. En lieu qu'il deuoit dire, s'il eust peu, Monsieur seez vous là, ie seeray icy. Mais, dira quelque marmiteux, à ma conscience, voylà des contes bien vilains: & qui ne sont dignes, &c. Ie respons qu'ils sont tels qu'ils sont, & n'y a rien à remordre.

DES ANTISTROPHES OU CONTREPETERIES.

CHAP. VIII.

ENCOR qu'aucuns ayent estimé que ces Antistrophes soient Equiuoques, si est-ce qu'il y a grande difference, si l'on considere la definition de l'vn & de l'autre. Car Antistrophe est proprement, Vne alternatiue conuersion de mots, que les Latins ont appellé *verborum inuersiones*: dont auec les Grecs ils ont prins l'etymologie de plusieurs noms. Comme, selon Platon, Iunon est dicte en Grec, *ἥρα*, par transposition des lettres du mot *ἀήρ*, *Iusticia, quasi victoria, quòd vim sistat: forma* du Grec, *μόρφη: nares*, de *ῥῖνες*: & autres que tu pourras voir dans Varron, Festus, & parmy les anciens Grammairiens.

ADIONCTIONS DE *L'Autheur*.

Comme qui diroit en François *Reunir*, quasi *Ruiner*. Ainsi que le sçauant Pasquier, sur la fin de son Monophile, l'a ingenieusement traité en ses vers, addressez au Roy Charles IX. sur le sujet de la paix par luy faite auec ses sujets:

Qui voudra reunir *auec* ruyner *mettre*
Il verra qu'il n'y a transport que d'vne lettre,
Et qu'en reunissant vos villes ruiniez,
Et qu'en les ruinant vous les reunissiez:
Car dans vn reunir *vn* ruiner *se treuue.*
Dont vos pauures suiets ont fait derniere preuue.

TEXTE.

Et combien que telle inuersion d'vne lettre seulement puisse aussi bien estre au rang des Anagrammes si l'ay-ie icy raporté, pour vn exemple semblable au Latin : D'autant mesmement que si l'on vouloit prendre toutes transpositions de lettres, pour Anagrammes : & les Antistrophes, & la pluspart des Equiuoques y seroient reduits. I'en ay donc fait des Chapitres separez, & mesme de ces Antistrophes, que les Poëtes Lyriques Grecs prenoient anciennement, pour signier le retour de leurs dances, exprimé en leurs vers, entre Strophe & Epode, c'est à dire, Tour & Pause: A l'imitation desquels Ronsard le premier a basty des Odes à la Françoise. Or reuenant à nostre propos : De ceste inuersion de mots, nos peres ont trouué vne ingenieuse & subtile inuention, que les Courtisans anciennement appelloient des Equiuoques : ne voulans vser du mot & jargon des bons compagnons, qui les appelloient des Contrepeteries. Et n'entendans aussi ce mot Antistrophe, qu'ils estimoient estre le langage inuenté de quelque Lifrelofre : C'a esté le gentil, sçauant, & gracieux Rabelais, qui les a premier baptisé de ce propre nom Grec, encor que les Latins l'ayent ordinairement vsurpé pour la transposition des noms : Comme *Petriliber*, au lieu de *Liber Petri*, pour ce que ailleurs, sinon pour leurs etymologies, ils n'ont point vsé de ces inuersions. L'inuention desquelles consiste à trouuer deux mots, les premieres lettres desquels eschangees, leur donnent vne diuerse signification, puis tu iugeras facilement s'il s'y trouuera vn bon sens. L'exemple t'instruira aysément : Comme de gaster ostez G, & mettez vn T, il y aura taster : puis grace, changez G, en vn autre T, il y aura trace : Ainsi que sont ces suyuants, que tu ne prendras qu'à leche-doigts:

Taster la grace,
Gaster la trace.

Vn sot pale,
Vn pot sale.

Muer une touche,
Tuer une mouche.

Vn chapeau de roses,
Vn rapeau de choses.

Elle fit son pris,
Elle prit son fils.

La cotte du mont.
La motte du, &c.

Il tiendra vne vache,
Il viendra vne tache.

Mon cœur,
Con meur.

Il le dit à deux fames.
Il le fit à deux dames.

Baillez le flanc,
Faillez le blanc.

Et autres infinis, qu'on peut faire à discretion: desquels i'ay pour plaisir, recueilly ces contes suyuans, entre lesquels selon le vers Martialiste,

Sunt bona, sunt quædam mediocria, sunt mala plura:

Ces deux suyuans sont extraicts de l'histoire veridique du Grand Pantagrel:

Femme folle à la Messe, est volontiers molle à la fesse.

A Beau-mont le viconte, A beau con le vi monte.

Il ne se faut pas scandaliser s'ils sont vn peu naturalistes: car ie ne sçay comme il aduint qu'ordinairement & plus volontiers on se ruë sur ceste matiere, que sur vn autre, & y rencontre l'on plus plaisamment. Comme,

En faisant boutons,
En baisant, &c.

O que ces fagots coustent,
O que ces cag. fout.

Vn lieur de chardons est mort à Falaize,
Vn chieur de lardons est fort à malaize.
Onc peureux ne fit beau fait, disoit vn preneur de barils,
Onc foireux ne fit beau pet, disoit vn breneux de Paris.

On dit que quand les Dames de la Cour commencerent à porter des hauts de chausses, elles firent vne conuocation generale, pour sçauoit comme elles les nommeroient, à la difference de celles des hommes: En fin, du consentement de toutes, elles furent surnommez de ce nom *Caleson* quasi *sale con*, Et depuis quand elles furent bien vsees, & qu'on les donna aux laquais, on les appella *lasse con.*

C'est de long temps *vne table qui frotte*, ou *vne fable qui trotte*, qu'vn Curé de bonne paste disoit vn iour en son Sermon, que le monde estoit tout corrompu: Car les ieunes hommes s'attachoiët aux *bons Cordeliers*, & que quasi *toutes les ieunes filles de sa paroisse doutoient de leur foy, f. de leur d.*

Quelqu'vn qui voyoit vn grand desbauché, auquel le pere vouloit faire voir du pays, à cause qu'il s'estoit amouraché, conseilloit à ce pere de le marier, & non pas l'enuoyer au loing faire de superfluës despences. Car il n'y auoit rien pour le mieux tenir en bride, qu'vne femme: & rencontra soudain cest Antistrophe,

En le variant on se mange,
En le mariant on se vange.

Celuy n'auoit pas mauuaise grace, qui inuitoit le Samedy au soir son voisin à souper, auec promesse de luy donner *de quatre portes de Soissons, de la tapisserie, & d'vn petit porceau de main*: c'estoit à dire, *de quatre sortes de poissons; de la patisserie, & d'vn petit morceau de pain.*

Il y auoit vne certaine hostelliere des Faucons, qui par mots couuerts estoit la macquerelle de ses hostes qu'elle voyoit *Crians du son, friands du C.* Car les allant visiter en leur chambre, auec vne ieune chambriere, pendant qu'elle enuoyoit au loing le seruiteur *ferir vn cagot, querir vn fagot*, elle leur disoit, monstrant ceste fille: Monsieur *gouStez ceste sarce, sou. ceste garce.* Quoy dit elle, les laissoit seuls. S'ils entendoient le jargon, & estoient en appetit, ie m'en rapporte, mais garde *le mouton qui est en la botte, le bouton qui est en la motte.*

Capitan Spercula disoit, pour vanter ses actes genereux, *I'ay veu que ie soulois deffendre à la breche tout moüillé*: au lieu qu'il deuoit dire, *I'ay veu que ie foulois des cendres à la mesche tout broüillé.*

Vn autre furieux soldat disoit, qu'il auoit *Veu vn coq sur vne raue bersee d'vn poulet*: Au lieu de dire, *Vn roch sur vne caue persee d'vn boulet.*

I'ay ouy dire toutesfois de ces Ministres ensouphrez, qui portoient des barbes encharboutees,

Vn sinistre masle a vn pigne sale,
Vn Ministre sale a vn signe pale.

Quelqu'vn disoit vn iour à vn ieune desbauché, qui suyuoit vn escornifleur, lequel l'inuitant à boire, luy disoit tousiours, Monsieur *tendez vostre verre* : si vous continuez vostre vie, celuy qui vous dit, *Tendez vostre verre*, vous dira en fin, *Vendez vostre terre*.

Vn autre voyant passer vn maquereau, pour le depeindre, disoit ainsi,

Ce nez long a fendu vne villettte, & a pris le bon à la course: Pour dire,

Ce Lenon à vendu vne fillette, & a pris le con à la bourse.

En vn banquet, auquel y auoit vne Nonain qui beuuoit d'autant, & pres d'elle vn naim qui se despeschoit de mascher : vn bon compagnon rencontra ainsi, *Voyez la bonne noire, & vn pain de bonne nature*: c'est à dire, *Voyez la nonne boire, & vn nain de bonne pasture*.

Et l'autre, qui voyoit manger vne brunette, respondit, pour dire, *Ie voy paistre vne noire* pour dire, *Ie voy paistre vne noire*.

Le Seigneur de Pinseual, faisant les loüanges de sa rude maistresse, laquelle auoit la courante, pour auoir trop mangé de fruict, au lieu qu'il disoit seulement, *Quand ie prise les brunes, la noire me fuyt*, pouuoit aussi dire, *Quand ie brise les prunes, la foire me nuit*.

Vne vieille redarguant vn ieune muguet d'auoir vessé trop puamment, au lieu de s'excuser du prouerbe ordinaire, Qui premier la sent, du cul luy descent, il dit, Ma commere c'est vne *vesse fenee*, qui sort de *fesse venee*, comme la vostre.

Vn colere qui se plaisoit & baignoit en ses inimitiez, disoit qu'il *auoit masché plusieurs fois, d'estre fasché plusieurs mois*.

Sa cousine Pisangrine disoit qu'on n'auoit garde de la trouuer *morte de faim*, tant qu'elle seroit *forte de main*.

Les Espagnols disent en prouerbe commun, *Hoy fauores, otra dia va fores*: c'est à dire, Auiourd'huy faueur, demain dehors. Voylà vne belle cõtrepeterie, digne d'estre engrauee au cœur de nos Courtisans, qui deux iours apres qu'ils sont defauorisez, par leurs sottises & peu de respect, ne parlent que *de contemptu mundi*, & de la beatitude de ceux qui prient Dieu à repos en leur maison: *Sed premit alto corde dolore* le paillart.

En vn banquet, où i'estois: & notez que l'autheur en tasta (plus agreablement que ne fit Philippes de Commines de la cage de fer) l'on dit à quelqu'vn, qui seruoit d'vn lapin, & oublioit le plus gros & puissant Seigneur de la compagnie, *Donnez vne branche de long sapin à Monsieur, qui est pressé par la dance*: On estimoit que ce fust vn iargon, mais il fut soudain ainsi reduit, *Qu'il baille vne tranche de son lapin à Monsieur, qui est dressé par la pance.*

L'on ma dit que l'harangueur de la ville de Langres, portant vn propos, qu'il recitoit *ex scripto*, deuant Monsieur le Chancelier, au lieu de dire, *C'est vn moyen deu par les Langrois:* il rencontra sans y penser, à la risee d'vn chacun, *C'est vn Doyen meu par les grans loix*.

I'ay ouy dire à maistre Iacques Plafond, qu'il auoit veu en plaine audience à Paris, l'an 1568. vn Aduocat bien eschauffé en plaidant, qui dit tout haule, Monsieur le President, ma partie n'a pas *bien fris le pet*, pour dire, *bien pris le faict.* En quoy l'Antistrophe n'est pas bien propre, selon l'escriture: mais suyuant la prolation, elle passe. Comme ces suyuãts, qui ne laissent pourtant d'estre bons.

Vn qui voyoit vne belle fille desgorgetee, disoit, *Le bout de son colet est à bien dire estroit*, pour dire, *Le coup de son boulet est a bien tirer droit.* *Nota* qu'on change à la fin vn *D*, en *T*, sans contrepeter.

On dit aussi que pour *trespassez*, il faut des *prestres assez*, au lieu de *prest assez*, qui sonne bien à l'aureille.

Vne femme voyant vn gausseur, qui ne faisoit que plaisanter, & auoit bruit de ne pouuoir brodequiner, luy dit, Vous auez la mine d'estre *entre mille folastre, & entre filles mollastre.* Dont se voulãt reuãcher, il luy dit, qu'elle estoit *feinte en ses pleurs, & peinte en ses fleurs*, qui la faisoit ainsi grigne. Mais cela n'auroit gueres de grace.

Comme deux ieunes filles s'approchoient fort pres des fonds baptismaux, pour voir baptiser vn enfant, certain bon compagnon leur dit, pour les faire retirer *Belles quilles frottees, vous frottez les cons:* au lieu de dire, *Belles filles crotees vous crotez les fons.*

A l'entree du Roy Charles IX. en certaine ville, où l'on faisoit dresser des arcs-triõphans: la charge en fut donnee à vn Alchimiste, sçauant & ingenieux, qui voyant vn pauure bon-homme qui s'en mesloit, il luy dit par desdain, *Ce passé de couilles ira tondre les festons*, A quoy soudain il repliqua, *Ce cassé de pouilles*, c'est à dire, poux en Bourgongne, *ira fondre les testons.*

L'on dit des auaricieux goutteux, qu'vn *goutteux est tout gueux.*

A vn malade en sa saison, il faut salade en sa maison, &c.

Ie viendray aux jeux sans vilainie, que ioüent les Damoiselles auec les ieunes hommes, esquels elles entremeslent des rencontres, pour faire de plaisans solecismes. Comme quand elles dient, *Meßire Ian prestez moy vostre griuan. vostre vangri*, quatre ou cinq fois de suyte, c'est en fin pour tomber sur *vostre grand vit, vit grand.* Ce que dient quelquesfois aucunes, sans y mal penser. Helas! les pauuretes, qu'en feront elles?

On dit aussi, Il y a trois Gentils-hommes à la porte, qui bonnes nouuelles apportent, L'vn a nom *Meßire Guy, qui le petit foncouti:* L'autre *Meßire Guyonnet, qui le petit coutifonnet*: L'autre *Meßire Guyon, qui le petit coutifon.*

Ie vous vends le prestre verd, qui dit sa Messe verde, sur vn autel verd, couuert de verd, qui dit en son ioly chant verd, *Paissez moy de Messe verde, ie vous paisse Messe verderay.*

Item cestuy, Ie vous vends *le pon du coy, le coy du pon.* Ie vous laisse à penser, si quand on a bien de fois reperé ces petits mots, il ne faut pas à la fin venir aux gros.

Il y a autres infinis jeux Dampiselets, de ceste sorte: si vous les voulez plus nayfuement sçauoir, addressez vous aux mieux goderonnees & attintees filles, de l'aage d'entre seize & vingt ans. Car on m'a asseuré que ie n'y entens rien enuers elles, & qu'elles le sçauent trop mieux faire que moy.

DES ANAGRAMMATISMES OU ANAGRAMMES.

CHAP. XII.

TV as peu cy deuant voir la façon des Equiuoques, Amphibologies, & Antiſtrophes : deſquelles conſequemment nous viendrons ayſément aux Anagrammes, qu'on dit autrement, Noms renuerſez: Parce que ce ſont inuerſions de lettres, tellement tranſpoſees, que ſans aucune adionction, repetition, ou diminution d'autres, que celles qui ſont au nom & ſurnom d'vne perſonne, on en fait quelque deuiſe ou periode accomplie d'vn ſens parfaict. Et faut bien aduiſer que l'orthographe y ſoit bien obſerué, ſi ce n'eſt que pour l'excellence de quelqu'vn, on ſe puiſſe diſpenſer de ceſte reigle. Comme en celuy raporté par Iacques Peletier, au liure plaiſant de ſes Contes (qu'il a fait mettre en lumiere ſous le nom de Bonaduenture des Periers) d'vn nommé *Ian Gidoen*, qui trouua, *Angin d'oye*. Iſaac Tzetzes, interprete de Lycophron, nous teſmoigne que les anciens Grecs en faiſoient cas: Car il dit que nom ſeulement Lycophron estoit en estime pour sa poësie, mais aussi pource qu'il faisoit heureusement des Anagrammes. Comme pour exemple, il trouua sur Ptolomee Roy d'Egypte,

Πτολεμαῖος, ἀπὸ μέλιτος.

c'est à dire, *Emmiellé.*

Et sur la Royne Arsinoe sa femme,

Ἀρσινόη. Ἥρας ἴον.

Violette de Iunon.

Pour monstrer encor que ceste science estoit recommandee anciennement, Artemidore en son liure de l'interpretation des songes, dit ces mots : *Il faut bien noter que les Anagrammatismes donnent grande ouuerture à l'intelligence des songes.*

Du temps du grand Roy François, auec les bonnes lettres, ceste inuention se resuscita en France: & fut trouué sur son nom.

François de Valois.

DE FAÇON SVIS ROYAL.

Sur sa femme, sœur de l'Empereur Charles le Quint,

Alienor,

LA ROINE.

Sur le Roy Henry, celuy qui a fait le Bouclier de la Foy a ainsi heureusement trouué,

Henry de Valois,

ROY ES DE NVL HAY.

Sur la Royne sa femme, estant ieune Escholier à Paris, au College de Bourgongne, l'an 1574. ie trouuay en Latin, ce suyuant,

Catharina è Medicis,

HENRICI MEI CASTA DEA.

Duquel ceste excellente Princesse deuroit honorer quelque coing de sa superbe Tuillerie: car ie croy qu'on ne luy sçauroit rien trouuer de mieux à propos, n'y plus digne d'elle.

Le Poëte Gantois trouua,

Catharina Medices,

CARA DIIS HAC MENTE.

L'autheur du Bastion des Dames, que l'on dit auoir eu grande recompense de son liure, n'en a pas approché, auec tout son commentaire, à cent lieuës pres, quand il dit ainsi grossierement, & auec peu de sel,

Catherine de Medicis,

D'AMY SE DIT RICHE NEE.

Sur Madame Marguerite, fille de France, Duchesse de Berry, bien versee aux bonnes lettres, & tres-recommandee à la posterité pour ses rares vertus, on se trouua,

Marguerite de Valois,

DE VERTVS L'IMAGE ROYAL.

Sur le Roy Charles,

Carolus Valesius,

SOL CVI VERA SALVS.

VER CVI SOLA SALVS.

Carlus, CLARVS.

En François,

CHASSE LA DVRE LOY.

Sur ledit Roy Charles & Elizabet d'Autriche sa femme, ensemblement, furét trouuez ces deux,

Charles de Valois, Elizabeth d'Autriche,

DV RICHE LIS D'OR AS BEAVTÉ CHASTE ALLIEE,

DE CHASTE ARDEVR LE BEAV LIS T'A CHOISIE.

Sur nostre Roy, à present regnant,

Henricus tirtius Valesius,

VICTIS LVTHERANIS ES VERVS.

VICTIS LVTERANIS SEVERVS,

Et Valesius,

LAVS IESV.

Ce suyuant est, à mon aduis, quasi miraculeux,

Loyse de Lorraine,

L'OR DE HENRY VALLOIS,

HENRY DE VALLOIS ROE.

Car Roé selon nostre prononciation & ortographe nouueau de Loys Megret & Ramus signifie *Roy.*

Sur ce grand Mars de la France, feu Monsieur de Guyse.

François de Lorraine,

CRAINDRE FERAS LIONS.

Sur son frere, Monsieur le Cardinal de Lorraine.

Charles de Lorraine.

LORS ENCHRE DELAIRRAY.

Charles Vtenhouë, Gantois, a fait ce suyuant Latin.

Carolus Lotaringus,

ORATOR GOLLICVS VNVS.

Viuant encor le feu Roy Charles IX. sous lequel Monsieur le grand Escuyer de Frãce fut fait Lieutenant General en Bourgongne, ie luy fis ces trois Anagrammes Latins:

ELEONOR CHABOTIVS

Heros ito luce bona.
Cœli honor beatus.
It Carolo ſuo bene.

Leſquels i'ay compris en ceſt Acroſtiche, ſuyuant, que ie n'ay pas voulu changer, quoy qu'il ſente ſon aage.

E *ſſet optus quamuis diuino vate perennes*
L *audes tuas qui ſolueret,*
E *n tamen arbitrio diuorum ſicut ad aras*
O *mnis adoret munus ſuum:*
N *itar vbique tuas, vir preſtantiſsime, laudes*
O *rnare noſtro carmine.*
R *eſpicies inter populi ſuffragia forſan*
C *amœna quod canet mea.*
H EROS ITO LVCE BONA, *& fælicia fata,*
A *c te te digna ducito.*
B *urgundæ patriæ ſis dudum primus alumnus,*
O *pem tuam fac ſentiat.*
T *e duce qui ſuberunt, fac dicant hoc duce ſemper*
I T CAROLO SVO BENE,
V *ltra mortales tibi quos trademus honores.*
S *ic* COELI HONOR BEATVS *eſt.*

Sur ſon beau-frere, Monſieur d'Aumont, depuis fait Mareſchal de France,

Iean d'Aumont,
AMANT DE IVNO.

Sur l'vn des fils du feu Monsieur le Grand Escuyer de Boissy, vn sien compagnon d'estude trouua ce suyuant, qu'il m'a donné,

Claudius Gousierius.

CLARVS VIVO REGI FIDVS.

Entre les liures qu'on a fait de l'histoire des Troubles passez, i'ay remarqué, que lors que le Seigneur d'Acier menoit vne troupe de Reistres, il portoit peint en sa cornette, vn Hercule, qui combattoit vne Hydre, laquelle au lieu de ses serpens, auoit des testes d'Euesques, Cardinaux, Moynes, & Prestres, auec le mot, *Qui casso crudeles*, qui estoit l'Anagramme de son nom François, *Iacques de Crussol.*

Ie preueu à Monsieur l'Archeuesque de Lyon, sa fortune prospere, dont il est tres-digne, par cest Anagramme que ie luy fis, quand il sollicitoit son Archeuesché:

Petrus Depinac,

PRVDENS CAPIET.

Ie pensois vn iour donner ce suyuant à Monsieur de Bissy, Euesque de Chalon, comme chose nouuelle:

Pontus de Tiard,

TV AS DON D'ESPRIT.

Mais il m'asseura que desià d'Aurat, le Poëte vrayement Royal, & Iaques Peletier luy auoient donné le mesme, qu'ils auoient chacun trouué sur son nom, dont ie fus fort esmerueillé.

Sur Monsieur Ieannin, President celebre en Bourgongne, i'ay trouué ces suyuans:

Pierre Ieannin,

EN RIEN N'AY PRIS.

Petrus Ianius,

TV VIR SAPIENS.

TV ES PAN IVRIS.

SPINEA VIRTVS.

SPERANS VIVIT.

IVS PVRA SINET.

Sur vn Conseiller audit Parlement,

Hierome Saumaire,

YO HEVR AMY ME SERA.

VRAY HOMME SERAY.

Et en Latin,

Hieronymus Saumaire,

SVM VERI HEROIS ANIMA.

Sur le Sieur Desbaty, Greffier en iceluy Parlement,

Ioannes Gonterius,

EN GRAVIS HONOS IN TE.

VNIS IN HONORE GESTA.

I'ay mis ces deux, pour la gentille rencontre du Latin au François, sur vn honneste Seigneur,

Ioannes Tongerius,

VENIS ARGENTI SONO.

Iean Tongier,

I'OY EN ARGENT.

Vn nommé, Iacques Paris, trouua ainsi sur le sien:

ACQVIERS PAIS.

Et en Latin,

Iacobus Parisius,

IVS PACIS OBSERVA.

Sur le Chancelier Poyet, qui estoit grand practicien, tesmoing l'Ordonnance de l'an

1539. on trouua,

Guillaume Poyet.

MOT! VIVE PILLAGE.

Sur le nom François de Pierre Liset, iadis premier President à Paris, & depuis fait Abbé de sainct Victor, on trouua ces deux Anagrammes Latins:

LITES REPERI,

PERIRE TELIS.

Sur lesquels on fit ce Phaleuce, que me donna le gaillard Gohory:

Olim Causidicus Fori supremi,
Qui lites reperi, *petiui, amaui*
Præses innumeris eas Arestis
Dum fugo fugior: capútque nostrum
Ob litem male litigantis vnam
Sensi sub niueo dari cucullo,
Et sic me propriis Perire telis.

Du-Bellay a trouué cestuy-cy sur le feu President Minar,

Antonius Minarius,

NATVS RIMA MINOIS.

Vn Seigneur que i'ayme & honore biẽ, a trouué sur son nom:

Iehan Toruobat,

BON HAIRE A TOVT,

OR HA A TOVT BIEN,

Vn de ces nepueux luy donna ce Latin suyuant:

Iohannes Toruobatius,

ASTABIS IN HONORE TVO.

Lequel trouua sur son nom,

Theodecte Toruobat,

TA BOVCHE TE DORE TOVT.

Et ie trouuay sur le mesme nom, lors qu'il fit vn heureux voyage vers son oncle, duquel il obtint ce qu'il demandoit, & à grand peine auoit il osé esperer:

Theodectes Toruobatius,

ITO TE DOCTVS BEAT HEROS.

En recompense dequoy, il me donna cestuy-cy, qu'il trouua sur le nom de son frere, que i'ayme vniquement,

Stephanus Toruobatius,

TV STAS VIR PHOEBO NATVS.

Et ie le fis en François,

Estienne Toruobat,

TOVT EN BONTÉ SERAY.

Ie me suis autresfois tellement exercé en ceste inuention, que sur le nom d'vne gentille Damoiselle, nommee Gabrielle, & surnommee de Monpaste ou Monpaté, i'ay trouué quarante sept Anagrammes entiers. Et combien qu'en chacun il n'y eust pas vn sens parfaict, ou periode accomplie, ie luy fis vne Epistre, où tous estoient si bien adaptez, qu'il sembloit que ce fust vne oraison coulante, sans aucune recherche affectee. Entre les plus parfaicts, i'ay colligé pour plaisir, ces dix suyuans:

Elle m'a dit bon presage.

Par belle image donté.

Bel ange doré me plaist.

O perle d'estimable gain.

Bel parangon d'eslite.

Bel ange la demy porte

Parle de ton bel image.

Le bel ange m'a predit.

Digne parole te blasme.

Mon idé, agreable plét.

Et de ces deux derniers Anagrammes, ce suyuant est basty.

Liée tout ensemble à toy par esgale bonté.

Vtenhouë en ses Allusions a fait celuy Grec de la Royne Elizabet d'Angleterre,

Ἐλιζαβὴθ' ἡ βασίλλισσα.

Ζάθεν βασιλίης λιβάς.

C'est à dire, *La diuine fontaine du Royaume.*

Sur d'Aurat, c'est excellent Poëte, & duquel, comme d'vn cheual Troyen, sont sortis des meilleurs esprits de nostre France:

Ioannes Auratus.

ARS EN NOVA VATIS.

Le mesme Aurat, tres-heureux à la rẽcontre de ceste inuention, a trouué sur,

Pierre de Ronsard,

ROSE DE PINDARE.

I'auoy trouué sur le mesme nom, auec mesme liberté, retranchant deux r,

ARROSE' DE PINDE:

Qui est vne fontaine en Thessalie, sortant d'vne montaigne de mesme nom, qu'on disoit estre le seiour d'Apollon & des Muses.

Loys de Masures,

LAS SOVCY ME DVRE.

On dit que luy-mesme treuua sur Remy Belleau ce doucereux & gentil Poëte,

Remi Belleau.

ABREVÉ DE MIEL.

Nicolas Denisot s'est tousiours surnommé de son Anagramme, qui est,

Conte Dalsinois.

Sur Estienne Iodelle luy-mesme trouua,

IO LE DELIEN EST NÉ.

Le Secretaire Nicolas a fait ces suyuans sur son nom.

Simon Nicola,

LA MON SOVCY.

Item,

MAL N'Y FRANÇOIS.

Sur le Sieur de Montculot, Presidét des Comptes à Dijon, ie fi ce suyuant,

Claudius Saine,

LAVS DEA CVIVIS.

Le sçauant Coras, Conseiller à Tholoze, a trouué sur son nom,

Iean de Coras,

CEDE A RAISON.

Le mal-fortuné Iean Brinon, qui, pour sa liberalité enuers les personnes doctes, deuint en fin si necessiteux, qu'il mourut tout iuste: Mais auec vne memoire celebre, eternisee par d'Aurat, Ronsard, & les premiers de nostre siecle, trouua luy-mesme sur son nom,

Iean Brinon,

RIEN BON N'Y A.

Ianus Brino,

RVINA BONIS.

Le sçauant Cuias, qui a trouué *Caius*, sur son nom, se gaussant du bon *Antonius Contius*, trouua cest Autre Anagramme:

SI NON VINO TACTVS.

Et sur vn Ioannes Robertus Orleannoir, qui s'est voulu attaquer à luy,

SERO IN ORBE NATVS.

Pierre Boistuau, vn des plus net & pur François qui ait escrit de nostre siecle, à ma fantasie, se fit peindre en vn tableau à genoux, deuant vne image nostre Dame, & y auoit ces deux Anagrammes, MIRA ROGAVI, de *Virgo Maria* : & de *Petrus Boistuau*, EST VITAE PROBVS.

Celle de Madame Loyse de Sauoye, le fait par ordre, sans changer vne seule lettre, à sçauoir,

LOY SE DES-AVOVE.

Auiourd'huy ceste inuention est si commune, que chacun s'en mesle, voire y en a qui en font marchandise : Qui sera cause que ie ne m'espancheray plus auant à rapporter des exemples. Car chacun adioustera ceux qu'il luy plaira à ce papier blanc, que i'ay fait laisser expressément à la fin de ce Chapitre. Seulement t'aduertiray, que comme l'esprit est plus prompt à mal qu'à bien ordinairement on fait des Anagrammes plustost sur le vice, que sur la vertu. Comme de ieunes Escholiers, qui payerent leur hostesse Tholosane, nommee Madone *Françoise Proutet*, de ce bel Anagramme:

NOC PREST A Y ERTVOF.

Fatidicque deuise certainement, & selon le Prouerbe qui couroit d'elle,

Madona Proutetis nunquam satiata Priapis.

Sur *Marie Menedant*, on trouua ce folastre & sale,

MERDE EN TA MAIN.

Trois bons Theologiens s'esbatant vn soir, sur le nom de Caluin, trouuerent,

CVLINA, LVCIAN.

Et en Latin,

Caluinus. LVCIANVS.

Ledit Caluin trouua luy-mesme *Alcuinus*, qui fut autresfois vn docte & sçauant Anagnoste de Charlemagne: sous le nom duquel il a semé plusieurs opinions erronees, qui ont esté depuis descouuertes fort aysément.

Ie ne veux pas soüiller mon papier d'auantage de noms, à fin de n'offenser personne: & mesme que Proutetis, Menedant, & Gidoen, sont surnoms de lettres transposees, dont aucun ne se pourroit scandaliser. Dequoy ie t'ay bien voulu aduertir, à fin que tu sçaches que ie ne suis de ceux que dit Quintilian, *Qui malunt amicum, quàm dictum perdere.*

ADIONCTION DE L'AVTHEVR.

Ce qui s'ensuyt est extraict d'vne Epistre enuoyee à l'Autheur par vn sien amy. Voyant qu'au Chapitre des Anagrammes vous faictes les Grecs autheurs de ceste subtile inuention, ie n'ay peu moins, pour le deuoir de nostre amitié, que vous aduertir, comme les plus doctes és langues en attribuent l'inuention aux Cabalistes Hebreux: Desquels il pourroit bien estre que les Grecs ont tiré le façon, aussi bien que plusieurs de leurs inuentions, & mesmes les characteres des lettres, comme auez remarqué en vostre premier Chapitre. Dont pour exemple, vous prendrez ce beau passage de *Petrus Galatinus* en son œuure des Secrets de la Verité Catholique, liure 7. chap. 13. qui monstre, par transposition mystique des lettres, le nom de la sacree mere du vray Messie. Rabbinus Haccados, c'est à dire, nostre sainct Maistre, en sa troisiesme demande du liure intitulé *Gale Razeia*, c'est à dire, Reuelateur des secrets, dit que voulant satisfaire aux curieux interrogats que luy faisoit Antonin Consul de Rome, entre autres il luy demanda quel estoit le nom de la mere de Dieu: Lors ce Iuif dit ouuertement, que ce seroit Marie, ainsi qu'il luy auoit esté reuelé par Isaye, en vne spelonque, lors qu'il estoit sur ce passage dudit Isaye au 9. chap. où tous les Thalmudistes conuiennent au Thalmud, au liure Sabbat, & au traicté Sanhedrin: comme aussi tous les Docteurs Chrestiens que expressément il est parlé de l'aduenement de Christ, nomb. 6. *Car le petit enfant nous est nay, & le fils nous est donné, &c.* & au nombre 7. suiuant y a en Hebreu ces mots לםרבה חמשרה *lemarbe hamisra*, c'est à dire, *de l'augmentation de son Empire.* Desquels mots les lettres transposees font סרים שרח *Miriam sara*, c'est à dire, *Maria domina.* Et pource qu'on voit qu'il y a plus de characteres en *lemarbe hamisra*, que non pas en *Miriam sara*, cela est faict auec vn sainct & solemnel mystere de la Cabale: comme aussi du ם *mem clos*, qui est en *lemarbe*, lequel ne se treuue iamais ainsi clos, sinon à la fin d'vne diction. Dont Antonin ayant demandé raison, elle luy fut ainsi donnee, & les lettres anagrammatisees de ceste sorte : Prenez, dit-il, ל *lamech*, ם *mem* & ר *res* ; assemblees d'ordre, elles seront *lemar* : Puis prenant ה *he* de *lemarbe*, & *he* de *hamisra*, lesquelles trois valent chacune cinq au lieu du *iod* de *Mirian*, lequel *iod* vaut dix, vous aurez מרים *Miriam*, composé desdits mots. Et quant au ם *mem clos*, qui n'est qu'en ce seul passage en tout le viel Testament, ny autres liures Hebraïques, cela est vne intelligence du nombre de 600. que signifie telle lettre, qui est le temps escouru depuis la Prophetie d'Isaye, iusques à l'aduenement du Messie; qui se rapporte à autant d'annees, que depuis le temps du Prophete sont escourues, iusqu'au temps de nostre Sauueur Iesus-Christ. Il y a encor ב *beth* tiree de *lemarbe*, qui sert de note aux Hebrieux, pour signifier *bethulam*, c'est à dire *vierge*; pour monstrer que la mere du Messie seroit Vierge d'action & de pensee. Il luy fit entendre encor que י *iod* mis en deux lettres, descouuroit d'admirables secrets. Car comme ה *he* se compose de ד *daleth* & ב *beth*, aussi le Messias est composé de la diuinité & de l'humanité : Et tout ainsi qu'vn ה *he* fait deux ד *daleth*, desquels deux ו *vau* sont formez, comme deux fils, qui procedent de luy : ainsi en la substance du Messie y aura deux filiations : l'vne de diuinité, parce qu'il est fils de Dieu : l'autre d'humanité, parce qu'il est fils de Marie Prophetise. Et comme encor ces deux lettres ד *daleth* & *vau* font vn ה *he*, ainsi les deux substances, diuine & ו humaine, seront iointes au Messie. Voilà, Monsieur ce que ce braue

Docteur a mis en auant, à la confusion des Iuifs, qui merite bien estre cogneu : Toutesfois ie me remets à ce qu'en voudrez disposer.

Encore que ce ne soit mon dessein d'alonger ce Chapitre d'autant de noms qui me viennent à cognoissance, si ne puis-ie celer ces suiuans pour leur grace & gentillesse, dont on m'a fait part : priant ceux qui seront denommez, ne le trouuer mauuais, si c'est à leur insceu. Et d'autres aussi, qui m'en auoient enuoyé si ie les ay obmis, parce que ie louë leur labeur, mais ie n'y voy pas l'heur & bon genie qui y seroit requis : & pense qu'à la fin ils se repentiroient de m'auoir importuné, si ie satisfaisoit à leur volonté. Theodore Pasquier, fils & heritier des vertus & doctrine de ce grand Aduocat, Estienne Pasquier son pere, luy dõna, estant ieune Eschollier, au bout d'vn vers, c'est Anagramme,

THESAVROS PACIS SVDO,

Theodorus Pascasius:

Dont le pere s'apperceuant, comme il a l'esprit adextre à toute spirituelle inuention, tout aussi tost il le remua en ceste sorte,

THESAVRO PASCIS DVOS;

& les enferma en ce tetrastique,

THESAVROS PACIS *verso mihi nomine* SVDO,
Dicis, dum libris, mi Theodore, vacas.
Si non mentiris, iam te Theodore, patrémque
Atque ita THESAVRO PASCIS *amice* DVOS.

Sur le nom François de Claude Bourgeois, Seigneur de Crespy, & digne President au

Parlement de Bourgongne, lors qu'estant ieune il fut esleu Capitaine de la ieunesse Dijonnoise, en l'an 1570. ie fis cest Anagramme,

Claude Bourgeois.

SVB EO DVCE GLORIA.

Alexandre Toruobat, Sieur de Bricon, mon singulier amy, m'a donné cestuy-cy, de sa façon,

Alexander Toruobatius,

VIRTVS EX LABORE DONATA.

Le docte & laborieux Iuret, Chanoine Langrois, porte pour sa deuise, cest Anagramme, propre à son humeur,

Franciscus Iuretus,

CVRA FINIS CERTVS.

Le gentil Official Langrois, son oncle, luy fit cestuy-cy, fort ingenieux,

VNVS SIC FERIT ARCVS.

Il a trouué sur le nom du Sieur Iuret, son pere,

Antonius Iuretus,

IVSTVS NON VARIET.

Et en François,

Anthoine Iuret,

EN VIE N'AY TORT.

Cestuy-cy est digne de son auteur, qui est tousiours en quelque action honneste,

Ioannes Cotenotius,

IN ACTV ESSE NON OTIO.

Le discoureur des heures m'a faict part de ces trois suyuans, trouuez sur trois germains, chacun par eux-mesmes, en vn mesme iour: sans auoir peu iamais rencontrer autre sens, du moins qui fust si parfaict. Surquoy vn bon Artemidoriste diroit qu'il y auroit de la fatalité. L'aisné adressant sa parole à son puisné, dit ainsi:

Antonius Serosomis,
ou *Ioannes Turosomis,*
INSANVS ESTO MORIO:

Auquel le puisné rencontra aussi soudain,

Ianus Turosomis,
Antonius Serosomis,
VT INSANVS MORIO STO:

Et le dernier, qui ne fit iamais rien de bon, que ceste rencontre, trouua sur son nom, ainsi que en François & Latin il a coustume de l'orthographier,

Bartelemæus Turosomis,
LAETATE SVM MOROS EBRIVS.

Cetainement voila trois ames gentilles, & semble que les deux dernieres soient aptenees selon si heureuse rencontre. Or sus, qui les dementiroit, n'auroit il pas grand tort?

DES VERS RETROGRADES PAR LETTRES & PAR MOTS.

CHAP. X.

APRES les Anagrammatismes, nous parlerons des vers Retrogrades par lettres & mots : par ce qu'au lieu qu'és Anagrammes il faut transportees les lettres, sans ordre certain, en ces vers Retrogrades par lettres il faut Anagrammatiser d'ordre, prenant la derniere lettre pour venir à la premiere. L'on dit que le Diable, portant sainct Antible à Rome, sur ses espaules, composa celuy cy,

Signa te signa temere me tangis & angis:
Roma tibi subito motibus ibit amor.

Retournez les lettres de ce Distique, vous lirez les deux mesmes vers. Comme de ces suiuans,

Si bene te tua laus taxat sua laute tenebis.

Entre les vers de Rabanus, au milieu des croix il a inseré ces suiuans:

En la figure 27. en la 18. ligne du milieu, qui tire du haut en bas,

Si do te tibi metra sono his te Iesus in odis.

Et en la ligne 18. du milieu, trauersant à la lettre N. de *sono*, il y a le mesme vers retrograde,

Si do nisus ei etsi honos artem ibis & odis.

Et en la 28. figure il y a cet autre de 27. lettres

qui se list de mesme, à l'endroit qu'à l'enuers.

Oro te ramus aram ara sumar & oro.

Iacques Peletier tresdocte Medecin, Philosophe, & Mathematicien, m'a dit que feu Guillaume des Autels luy en auoit donné six de ceste façon, mais il ne peut se resouuenir sinon de ce premier.

Ira te lepide si vis edi Pelctari.

Ces deux autres sont de la façon du mesme,

Nemo si diri subsis Busiridis omen.

Rara teres animi limina seret arar.

Qui a esté cause que ie me suis parforcé de faire ces suiuans.

Vt sero memores oro sero memores tu.

Et cestuy,

Sacco tu suberis sanas si rebus vt occas.

Ie ne sçay de la façon de qui est ce suiuant, assez bien rencontré,

Et necat eger amor non Roma rege tacente,

Roma reges vna non anus eger amor.

Sur ce mot de *Roma* Scaliger a faict ce gentil Distique,

Roma quòd inuerso delectaretur amore,

Nomen ab inuerso nomine cepit amor.

Ie n'en ay point veu en nostre langue de semblable, sinon l'Anagramme retrograde d'vn homme cholerique, nommé le Feure, qui portoit en sa deuise son nom ainsi retourné,

Erue fel.

On y peut adiouster vne ioüeuse de Luc, qui ioüoit aussi du Luc renuersé.

Venant aux vers Retrogrades par mots, il

y en a qui ont mesmes sens à l'endroit, qu'à l'enuers: & d'autres qui ont sens contraire.

De ceux qui ont sens de mesme, ils peuuent eschapper sans y penser, & ne sont pas de grād peine, comme ce vers.

Deficiet cito iam corruptum tempore flumen
Tramite decurrit quod modo præcipiti.

Dans Virgile se lisent ces deux suyuās, lesquels estans retrogradés, la quantité est bonne.

Musa mihi causas memora quo numine læso.
Læso numine quo memora causas mihi Musa.

Et cestuy-cy,

Quid faciat lætas segettes quo sidere terram,
Terram sidere quo segetes lætas faciat quid.

Ce vers suyuant est Hexametre & Pentametre à l'enuers, de fort belle inuention, extraict d'vne vieille Bible, auquel sont introduicts Abel & Cain sacrifians, desquels le premier dit.

Sacrum pingue dabo, nec macrum sacrificabo:

Et Cain respond,

Sacrificabo macrum, nec dabo pingue sacrum.

De ceux qui ont sens contraire, ces deux exemples sont vulgaires, faits par Philelphe sur le Pape Pie second.

Pauperibus sua dat gratis, nec munera curat
Curia Papalis, quod modò percipimus.
Laus tua, non tua fraus, virtus non copia rerum,
Scandere te fecit hoc decus eximium.
Conditio tua sit stabilis, nec tempore paruo,
Viuere te faciat hic Deus omnipotens.

Le docte Pasquier a ainsi traduict le second Distique, en deux vers Retrogrades, que i'auoy attribué

attribué par les premieres impressions à l'Officia Langrois:

Bien fait, non dol, los non faueur,
Fait t'a gaigner tres-grand honneur.
Honneur tres-grand gaigner t'a fait,
Faueur non los, dol non bien fait.

Tous les Poëtes de nostre siecle en ont quasi fait, comme Du Bellay ces suyuans, sur l'Empereur Charles le Quint, & Philippes Roy des Espagnes, qui sont imprimez entre ses Epigrammes Latins,

Cæsareum tibi sit fœlici sydere nomen
Carole, nec fatum sit tibi Cæsareum.

Aliud,

Coniugium tibi rex fœcundent numine longo
Semine, nec sterilis sit tua progenies.

Murmelius a mis cestuy-cy, comme sien, en ses Quantitez,

Donet munere mel non fel pax candida nobis.

Frere Iaques Perchet auoit fait peindre sa Chappelle à sainct Benigne de Dijon, dedans laquelle estoit cét ingenieux octostique, contenu dans vn grand rouleau, que tenoient vn Ange & vn Diable: Et estoit escrit du costé de l'Ange,

Lis à l'endroit, sauué seras.

Et du costé du Diable,

Lis à l'enuers, damné seras.

Delicias fuge, ne frangaris crimine, verùm
Cœlica tu quæras, ne male dispereas.
Respicias tua, non cuiusuis quærito gesta
Carpere, sed laudes, nec preme veridicos.

Iudicio fore te præsentem conspice toto
Tempore, nec Christum te rogo despicias:
Saluificum pete, nec secteris dæmonia, Christum
Dilige, nequaquam tu mala concupito,

A l'enuers le sens est ainsi contraire:

Concupito mala tu, nequaquam dilige Christum,
Dæmona secteris, nec pete saluificum:
Despicias rogo te Christum, nec tempore toto
Conspice præsentem te fore iudicio:
Veridicos preme, nec laudes, sed carpere gesta
Quærito cuiusuis, non tua respicias.
Dispereas male, nec quæras tu Cœlica, verum
Crimine frangaris, ne fuge delicias.

Martial se ioüant de ces vers, monstre qu'anciennement on s'y plaisoit, par ces vers:

Nec retro lego Sotadem Cynedum.

Entendant *de senario dictilictico catalectico, ex quo recurrebat Sotadeus*, dont Scaliger a donné cét exemple,

Fata sibi medulus fabricans est perfidus hostis.

Et donne encor ce suyuant d'vn Pentametre, qui se retourne à l'enuers en vn Iambique seneire,

Altera regressu metra recursa meant.
Meant recursa metra regressu altera.

Et ailleurs il ameine en ieu cét Iambique, qui se retourne en Trochaique:

Diserta vox, amica lex, ius optimum.
Optimum ius, lex amica, vox diserta.

Ie n'en ay point remarqué de François que ces deux cy dessus mis, & comme i'en discourois auec feu ce gentil Poëte Belleau, luy disant, que i'estimois qu'il fust impossible d'en faire en nostre langue, qui eussent la candeur du Latin, & sans estre extremement forcez, il me fit entendre qu'il en auoit vn Sonnet entier, qui commençoit.

Appas fascheux & doux, doux & fascheux trespas:
Trespas fascheux & doux, doux & fascheux appas.

Mais il ne s'en peut ressouuenir, & ne l'ay point remarqué en ses œuures. Non plus qu'vn Ode qu'il fit sur la traduction Latine de son Papillon, que fit imprimer vn ieune Escholier, l'an 1565. chez Guillart: laquelle Ode est neantmoins tres-digne de son autheur, & merite bien d'estre imprimee auec ses autres escrits.

Adionction.

Sidonius Appollinaris est le premier que nous cognoissions s'estre exercé en ceste sorte de vers: comme i'ay esté aduerty par vne epistre du docte Pasquier: Car ceux dont il allegue des vers auparauant, sont incogneus. Et quant à Virgile, ce sont vers eschappez sans y penser. Depuis Rabanus Maurus s'y est fort exercé: & de nostre aage, plus heureusement que iamais, on y a donné atteinte, comme nous auons monstré cy dessus. Dont pour preuue asseuree ie te donneray celuy-cy, de la façon du docte Pasquier, lequel m'a donné aduertissement de ceste Adionction:

Mens bona non noua fraus, pietas non Aulica fecit
Curia id edictum, Rex bone, pacificum.
Plebs pia, non fera lex poterit nunc viuere tecum,

Crescere non labi vis puto, sordidule,
Imperium Deus hoc seruas non perdis amore,
Feruida fit nec pax hæc tegit insidias.
Magnifice tibi Rex succedant optima, nunquam
Prælia sint, immo pax tibi perpetuo.

Au sixiesme liure de ses Epigrammes cét Hexametre Pentametrisé est ainsi : où deux de Religions contraires sont introduicts. Le premier dit,

Patrum dicta probo, nec sacris belligerabo.

L'autre respond, en retrogradant les mots,

Belligerabo sacris, nec probo dicta Patrum.

I'ay remarqué dans vn Bartholomy, Poëte du temps du Roy François, ce distique ingenieux:

Es puer haud malus es, ætas non plurima vibex,
Flectere te coget hoc prius ingenium.
Ingenium prius hoc coget te flectere vibex,
Plurima non ætas, es malus haud puer es.

DES ALLVSIONS.

CHAP. XI.

BEaucoup pourront trouuer estrãge, que ie n'ay mis ce Chapitre apres celuy des Amphibologies, ou des Equiuoques, pour le peu de differẽce qui est entr'eux. Car l'allusion se fait de dictions approchantes de quelque nom, au lieu que l'Equiuoque se fait de mesme voix entierement : & que l'Amphibologie d'vn seul nom, represente deux ou trois significations : De sorte que l'Equiuoque peut estre Allusion entiere, & Allusion ne peut estre entiere Equiuoque. Mais ie l'ay fait expressement, à fin d'entremesler les matieres d'vn meslange agreable : & que, les entassant de suite, il ne semblast que ie les voulusse confondre, ainsi qu'ont faict plusieurs des plus doctes, qui mesmes n'ont point douté d'en faire des Etymologies : Comme Varron en ses liures dediez à Ciceron, repris par Quintilian, qui l'argue d'auoir dit, *Ager ab agendo, quòd in eo aliquid agatur : Graculus, quasi gregatim volans : Merula, quasi mera volans, id est sola.* Il reprend

Crescere non labi vis puto, sordidule,
Imperium Deus hoc seruas non perdis amore,
Feruida fit nec pax hæc tegit insidias.
Magnifice tibi Rex succedant optima, nunquam
Prælia sint, immo pax tibi perpetuo.

Au sixiesme liure de ses Epigrammes cét Hexametre Pentametrisé est ainsi : où deux de Religions contraires sont introduicts. Le premier dit,

Patrum dicta probo, nec sacris belligerabo.

L'autre respond, en retrogradant les mots,

Belligerabo sacris, nec probo dicta Patrum.

I'ay remarqué dans vn Bartholomy, Poëte du temps du Roy François, ce distique ingenieux:

Es puer haud malus es, ætas non plurima vibex,
Flectere te coget hoc prius ingenium.
Ingenium prius hoc coget te flectere vibex,
Plurima non ætas, es malus haud puer es.

DES ALLV-SIONS.

CHAP. XI.

BEaucoup pourront trouuer estrãge, que ie n'ay mis ce Chapitre apres celuy des Amphibologies, ou des Equiuoques, pour le peu de differẽce qui est entr'eux. Car l'allusion se fait de dictions approchantes de quelque nom, au lieu que l'Equiuoque se fait de mesme voix entierement: & que l'Amphibologie d'vn seul nom, represente deux ou trois significations: De sorte que l'Equiuoque peut estre Allusion entiere, & Allusion ne peut estre entiere Equiuoque. Mais ie l'ay fait expressement, à fin d'entremesler les matieres d'vn meslange agreable: & que, les entassant de suite, il ne semblast que ie les voulusse confondre, ainsi qu'ont faict plusieurs des plus doctes, qui mesmes n'ont point douté d'en faire des Etymologies: Comme Varron en ses liures dediez à Ciceron, repris par Quintilian, qui l'argue d'auoir dit, *Ager ab agendo, quòd in eo aliquid agatur: Graculus, quasi gregatim volans: Merula, quasi mera volans, id est sola.* Il reprend aussi quelques autres, comme Ælius, qui a dit, *Pituitam, quòd petat vitam* : Gabinius, *qui cælibes, quasi cælites dixit* : Et autres, que tu pourras voir dans cest autheur, aussi estrangement recherchees, que plusieurs Françoises que tu pourras voir cy apres. Laurent Valle, pour trouuer à dire sur la purité du langage Latin, dont sont composees les Pandectes, a bien osé mettre en auant, qu'ils ont prins leurs gentilles Allusions, pour certaines Etymologies : & là dessus prend plaisir à les dechiqueter à sa mode. Mais Zazius, ce gentil Docteur Allemand *in l. 1, ff. de acquir. posse. & Alc. lib. 3. cap. 14. despunct. & lib. 4. de verborum significat.* luy ont bien monstré son bec iaune, & comme luy-mesme a lourdement erré, d'estimer que ce fussent Etymologies : & a partant pris mal l'vn pour l'autre, ou les a confondus ineptement. Car l'Etymologie *est veriloquium, aut notatio* : autrement *Originatio*, qui regarde la vraye source du mot : comme *Philippus*, de φίλος & ἵππος. Et Allusion est seullement vn demy Equiuoque à plaisir. Les Iurisconsultes doncques quand ils ont dit *possesionem, quasi pedum positionem : Mutuum, quasi de meo tuum : Testamẽtum, quasi mentis testationem : Interdicta, quasi duos dicta : &* autres infinis, ils ont simplement alludé & ne se trouuera aucun passage où ils appellent telles Allusions, Etymologies : Comme en font foy *Alc. in l. Taberne ff. de verb. signific.* qui dit aussi que les arguments *ab allusione*, ne valent rien : au lieu que ceux *ab Etymologia & deffinitione*, peuuent auoir lieu : Et les textes expres *in glos. l. de acquir. possess. l. bonorum, 1. l. arg. l. dimissoriæ. l.*

Tugurij. l. plebs. §. pignus. ff. eod. Si Laurent Valle eust dit que nos Docteurs s'y sont abusez, & mesmes le bon Accurse *in §. 1. Instit. de test.* il n'eust pas failly : car le bon-homme les appelle Etymologies, & par excellence en forge, que ie croy, deux ou trois de sa teste. Comme parlant de *lapidem, quia lædit pedem* : S'il eust dit *lapis* au nominatif, l'Allusion eust esté bien estrange, *Argumentum, argutè inuentum* : trompé paraduenture de ce que plusieurs Etymologies sont alludantes (s'il faut vser de ce mot) auec les noms : Comme les propres de plusieurs Romains, dont traicte *Valerius Max. lib. 10.* sçauoir *Cicero à cicere, Lentulus à lente, Agrippa ab agro partu, Marcus à Martio mense, Mantus mane editus, Seruius seruatus in vtero matre mortua* : & autres, qui ont quelque source & origine vraye : Mais sous ombre de cela, se vouloir rompre la teste, pour deriuer tous noms, & leur trouuer des Etymologies, cela est futil : *& hoc est ad fœdissima vsque ludibria dilabi,* comme dit Quintilian. Toutesfois, cõme i'ayme à me chatouiller pour me faire rire, i'ay bien voulu mettre ces folastres, que par passe-temps i'ay recherché : non pas selon la curiosité de Coropius Becanus, duquel à bon droict se mocque Scaliger : n'y selon les patefleries de Bartholomeus Anglicus, apres Isidore, que quelqu'vn appelle *non omnino malum authorem* : Perionius & Charles de Bouilles, *quem Bouilleum, quasi bouillum, hoc est, paruum bouem, appellat Leo Suauius* : Mais pour espece & forme d'esbat loüant ceux toutesfois qui pour exciter la ieunesse à la langue Grecque, ont, comme Picart, mon bon maistre, & Henry Estienne apres luy, recherché des mots François venans des Grecs: Encor que ie sois asseuré que ny l'vn ny l'autre prins à serment, n'en voudroit pas iurer, sinon de ceux qui, passez par l'estamine du Latin, se sont Romandizez enuers nous. En voicy donc premierement quelques Latins, tirez deçà & delà, qui ne sont pas mal-plaisans: Caput, *à capiendo*: Oculi, *quasi occulti*: Frons, *à foraminibus oculorum*: Auris, *à vocibus haurendis*: Pupilla, *à paruis pullis*: Mandibulæ, *à mandicando*: Labia, *à lambendo*: En voicy vne sublime, Mentum, *quasi mandebularum fundamentum*: Os, *ab ostio*: Dentes, *quia edentes*: Lingua, *à ligando, quia ligat verba*: Manus, *quia munus totius corporis*: Digiti, *quia decenter iuncti*: Deorsum, *à duritie*: Pectus, *dictum quia proximum inter partes*: Papilla, *quia palpatur à puero*: Fel, *quia est felliculus*: Splem, *à supplendo*, Vesica, *à capacitate venti*: Vrina, *quia vrit interna*: Nates, *quasi innitentes*: Planta, *à planicie*: Qui sont tous prins d'Isidore & Anglicus.

Benedict. in rep. cap. Rainutius de test. Rom. ait dictum esse Parlamentum, quasi parium lamentum: *Tutor* est dit par le I. C. *quasi tuitor*: & par *Alber. Brun. quasi tolitor, in l. 1. ff. de tutor.*

Le sçauant du Moulin (comme quelques fois les plus grãds personnages s'endorment) a prins grand' gloire en ses Commentaires sur la coustume de Paris, d'auoir deriué ce mot de *Conestabilis*, de *Cuneus stabilis*.

Augustus, que les Romains disent *ab augurio*, Accurse le deriue *ab augendo imperio*: *Formica*, selon Seruius, *quasi ferens micas*: *Pontifex, quia pontem facit vitæ & morum; cap. inter. de off. ordinar.*

Accursius in l. factam. in danda, ff. ad Trebell. dit que son nom vient *quòd accurrat Iuris tenebris.* Io. Gotlius dit, que *panis dicitur à Pane Deo, qui ex frumentis Cereris primus panem fecit* : & autres infinis, que ie laisseray rechercher aux plus curieux que moy : Car ie veux venir à nos François.

Bonnet, de bon & net, pource que l'ornement de la teste doit estre tel. Bouille le deriue de *bon est.*

Chapeau, quasi, eschappe eau : Aussi anciennement ne le souloit on porter que par les champs en temps de pluye.

Chemise, quasi, sur chair mise.

Iarretiere, quasi, iaret tire.

Chausse, pource qu'on trouue au cul chaut ce, Ainsi que la Beauce fut nommee par Pantagruel.

Souliers, quasi, sus liez : pource qu'anciennement on les lioit dessus, à la forme des Espagnols & Italiens, qui vont en pelerinages auec leurs souliers de cordes : Et mesmes encor auiourd'huy plusieurs liẽt leurs souliers auec des esguillettes.

Botte, pource qu'à l'aise on y boute : du moins on y doit bouter sans se presser la iambe.

Esperon, *quasi asperon*, pource qu'il est aspre aux flancs du cheual.

Velours, quasi, velu ours.

Gibbeciere, quasi, gibbociere, *à gibbo*, qui signifie vne bosse.

Dague, vient d'aigu.

Indague, quasi, sans dague: Pource qu'vn temps a esté qu'vn homme sans dague, estoit estimé mal entendre son entregent.

Pistolet, a esté ainsi nommé, premierement pour vne petite dague ou poignard qu'on souloit faire à Pistoye, petite ville, distant deux lieuës de Florence: & furent, à ceste raison, nommez premierement Pistoyers, depuis Pistoliers, & en fin Pistolets. Quelque temps apres, l'inuention des petites arquebouzes estant venuë, on leur transporta le nom de ces petits poignards, Depuis encor on a appellé les escus d'Espagne, *Pistolets*, pource qu'ils sont plus petits que les autres: &, comme dit Henry Estienne, quelque temps viendra qu'on appellera les petits hommes, *pistolets*, & les petites femmes, *pistolettes*.

Banny, de ban, qui est à dire en vieil François, *deffence*.

Cheminee, quasi, chemin aux nuees, pour la fumee.

Coquin, *à coquina*, c'est à dire cuisine: Car tout bon coquin ayme la cuisine.

Tauerne, quasi, tard venez, par inuersion: pource que du commencement on bastissoit les Tauernes aux Fauxbourgs, pour les tard venus.

Capitaine, *à capite*: Qui est cause que les mignards soldats auiourd'huy, disent Chefpitaine.

Soldat, quasi, sou de lart, ou de l'Italien (*solde*) qui est a dire paye.

Gentils-hommes, quasi, hommes gentils sur les autres: mais auiourd'huy, depuis que chaque canaille les contrefait, on dit de *Gens pille-hommes*.

Escuyer, d'escu; c'est à dire bouclier: ou d'escu, pource qu'ils ayment bien l'escu.

Estendart, quasi estendu en l'air.

Tapis & tapisserie, du vieil mot François, tapir, qui signifie cacher. Pource que souuent d'vn tapis on cache vn laide table: d'vne tapisserie, vne meschante muraille. Autres dient *tapis*, du mot Grec τάπης, en tapinois, c'est à dire en cachette: venir aussi du mesme mot tapir, ou du Grec ταπεινὸς, selon Henry Estienne.

Granche, des grains qu'on y arranche.

Galant, quasi, gay allant.

Heraut, de haire haut: pource qu'ordinairement ils sont montez sur de grands cheuaux maigres: ou qu'on a accoustumé de choisir de grands maigres hommes, qui ont grand gosier, pour bien crier.

Menestrier, quasi, meine estrier des espousees.

Orgueil, quasi, orde gueule.

Noise, vient de nois, qui font noise & bruit portees ensemble.

Paillart, de paille & l'art: ou quasi, qui n'a pas liart.

Paris, pource que par ris elle fut compissée par Gargantua.

Parlement, pource qu'on y parle & ment.

Baillage, quasi, babillage.

Sergent, de serre argent: pource que vn sergent serre volontiers ce qu'il reçoit: Si vous n'aymez mieux le prendre de serre-gens, quoy qu'il soit dit *à seruiendo*.

Huissier, pource qu'au Palais à l'huis sied.

Procureur, quasi prou cureur, pource qu'il cure prou la bourse des plaidans. I'ay mieux nommé vn qui estoit riche, en lieu de procureur, *porc heureux*.

Nous lisons que Gaston de Foix prenoit singulier plaisir de baptiser ses seruiteurs de nouueaux mots, alludans à leurs complexions: Comme,

Maumiser, quasi, mal my sert.
Ladaler, quasi, las d'aller.
Vapiam, id est, va bellement.
Rineuau, quasi, rien ne vaut.
Coraual, qui court aual.
Boirnet, quasi, boire net.
Boiuin,
Boileau,
Versaboy, quasi, verse à boire.
Frangoust, quasi, franc goust.
Machefort,
Vinaual,
Vinabas,
Mouille-groing,
Sacauin.

Et autres infinis, que l'on pourroit forger à discretion.

Bailly, *baliste*, sont recherchez par Rebuffe, iusques au centre du langage Hebraïque. Ie trouue que Pasquier en ses Recherches de la Frãce, l'a mieux trouué du vieil mot François, *Baillie*, qui signifie garde.

Escheuin, est dit par Imbert en son Enchiridion, d'Escheuer, vieil mot François qui signifie mettre à fin. Mais il est dit, quasi lesche vin, pource qu'il doit taster le vin, pour commencement de bonne police, à fin qu'on n'en vende de mauuais.

Messieurs des Comptes, quand en Latin on les appelle *computores*, se scandalisent de ce mauuais mot Latin: & disent qu'ils sont appellez *compotores*, quasi *commensales regij*: & opiniastrent qu'il faut mettre en leurs gectoires, *pro camera compotorum*, selon tous les anciens.

Coquart, quasi, coq hardy, qui leue la creste.

Palefrenier, d'vne pale & d'vn fenis.

Rimer, quasi ris amer, tels que sont les farces rimees.

Seigneur, quasi senieur, de *senior*.

Sause, *à salsa, quia sine salso salsamentum non fit*.

Salique, c'est à dire Galique, selon aucuns: selon autres, pource que les chapitres de la loy Françoise commençoient quasi tous par ces mots, *Si aliquis & si aliqua*, *Molineus au* §. *26. nu. 2.* dit qu'elle est surnommée de Pharamond, surnommé *Salicus*: Autres l'ont deriué *vel à Sale, vel à Saliis sacerdotibus*.

De nostre temps ce mot de Huguenots, ou Hucnots s'est ainsi intronisé: quelque chose qu'ayent escrit quelques vns, que ce mot vient *Gnosticis hæreticis, qui luminibus extinctis sacra faciebant*, selon Crinit: ou bien du Roy Hugues Capet, ou de la porte de Hugon à Tours par laquelle ils sortoient pour aller à leur presche. Lors que les pretendus Reformez implorerent l'ayde des voix des Allemans, aussi bien que de leurs armees: les Protestans estans venus parler en leur faueur, deuant Monsieur le

Chancelier, en grande assemblee, le premier mot que profera celuy qui portoit le propos, fut, *Huc nos venimus*: Et apres estant pressé d'vn reuthme, il ne peut passer outre: tellement que le second dit le mesme, *Huc nos venimus*. Et les Courtisans presents, qui n'entendoient pas telle prolation: car selon la nostre ils prononcent *Houc nos venimous*, estimerent que ce fussent quelques gens ainsi nommez: & depuis surnommerent ceux de la Religion pretenduë reformee, *Hucnos*: en apres changeant C en G, *Hugnots*, & auec le temps on a allongé ce mot, & dit *Huguenots*. Et voylà la vraye source du mot, s'il n'y en á autre meilleure.

L'allusion du mot de *Regillianus*, luy seruit tant, que sans autre occasion il fut esleu Empereur, l'vn de ceux qui est nommé entre les trente tyrans. En la vie duquel Trebellinus Pollio dit, qu'apres la mort de Ingenuus, les soldats estans à table, & deuisans à qui il failloit donner l'Empire: vn nommé Valerianus commença de dire D'où vient ce mot de *Regillianus*? *A Rego*, respondit vn soldat. Puis vn certain, qui auoit autresfois estudié en Grammaire, esplucha, ainsi, *Rex*, *Regis*, *Regi*, *Regillianus*. Tellement qu'vn autre suyuit, & dit: *Ergo nos regere potest, & Rex esse*. Sur quoy tous les soldats, par vne acclamation militaire, l'esleurent Empereur. De sorte que l'on voit par là que ce n'est sans raison que Platon en son Cratyle dit, qu'on se doit estudier de donner aux personnes, de beaux noms: mais ce n'est pas à dire qu'il en succede bien tousiours.

Ie ne mespancheray pas d'auantage à poursuyure ces Allusions & Etymologies: qu'aucuns ont bien esté si gruës, que de deriuer moitié du Frãçois & du Grec & du Latin, & de tous trois quãd ils se sont aduisez. Comme vn certain translateur de bons autheurs Grecs & Latins, en mauuais François, qui deriue son nom Philibertus de φίλος & βέρτος, pour vertus, *quasi dicat*, Aymevertus. N'est il pas digne qu'on en face cas, puis que luy-mesme l'a mis en lumiere, en ce siecle si poly?

Et partant ie finiray ce Chap. sur l'Etymologie de ce mot *Assaßins*, qui est tiré d'assez loing, & dont l'histoire est aggreable. Nous appellons *assaßins*, ces spadassins qui tuent vn homme de propos deliberé, & de guet à pend: & est venu le mot de Tartarie, en laquelle, comme escrit Paulus Venetus en son Inde Orientale, estoit vn grand Seigneur, dominateur d'vne Prouince appellee Mulete, regnant en l'an 1150. vulgairement appellé Assassin, & son fils Alardin: & *per Ioan. And. in gl. in verba. formidantes. c. 1. de hom. c. in 6. Lucezo de la Montagna*, autrement, Le vieil de la Montagne, lequel introduit le premier ces assassins, ainsi surnommez de son nom, en la forme qui s'ensuyt: Il fit bastir & construire en vn beau lieu, tout enuironné de hautes montagnes, le plus superbe & somptueux Palais, qui se pourroit imaginer: le fit enrichir de precieux meubles, & accommoder de grans iardins, parterres, & vergers cultiuez & ornez des plus excellents fruits, & rares plantes, que l'on sçauroit souhaitter, auec infinies cabanes & belles allees. Et y fit faire artificiellement quatre fleuues, qui couloient, quand il vouloit certaine espace de temps, du vin, du miel, du laict : sans les naturels qui estoient remplis d'eau, auec abondance de toutes sortes de poissons. Au surplus, à l'entour de ces montaignes, il fit planter des Cedres & autres arbres, outre lesquels la montaigne estoit retranchee & renduë inaccessible, hors-mis par vne seule entree : & au mieu de ceste place, auoit fait bastir vn fort chasteau, à la porte duquel il auoit faict mettre vne bonne & seure garde. Bref, ce lieu estoit vn Paradis terrestre, tel que le promet Mahomet en son Alcoran. Car toutes sortes d'instruments & d'exercices n'y manquoyent, iusqu'à y faire enfermer deux ou trois cens des plus belles filles qu'il auoit peu recouurer. Voyla le filet en somme, pour attraper ses gens : Qui estoient tous les plus beaux hommes & robustes qu'il estoit aduerty qui passoient par ses terres, lesquels il trouuoit moyen de faire arrester, & leur faire donner vn breuuage pour les endormir : & puis en ceste sorte les faisoit transporter dans ce lieu, mettre en vn riche lict, au milieu d'vne sale, où il y auoit infinis flambeaux. Et donnoit ordre qu'à leur reueil ils entendoient vne harmonie tres-exquise, & auoient autour d'eux, trois ou quatre de ces filles, habillees en Nymphes, qui les seruoient & accommodoient de riches habits, puis les menoient en vne chambre richement tapissee, où ils trouuoient vne table garnie de toutes les exquises viandes qu'on pourroit souhaiter : De là, on les menoit solacier par tout ce lieu, & leur estoit permis de choisir à leur appetit, telle fille qu'ils vouloient. Puis ayans gousté ces plaisirs l'espace de sept ou huict iours, & qu'on les voioit enyurez de telles delices, on leur donnoit derechef, auant que se mettre au lict, vne potion soporifere, comme auparauant. Et auant qu'elle commençast son operation, arriuoit vn grand vieillard, esleué sur vn throsne, enuironné de petits enfans ailez, qui leur faisoit entendre qu'il estoit Mahomet, grand Prophete ; & que s'ils vouloient estre sauuez, & iouyr à perpetuité de ceste douce vie, qu'ils auoient gousté, qu'il falloit qu'ils allassent tuer certains Princes & Seigneurs, qu'il leur nommoit (comme Tyrans & desagreables à Dieu) & les exhortoit tellement, outre ce qu'ils estoient allechez, qu'estans apres transportez endormis hors de ce chasteau, il n'espargnoient leur vie, pour l'esperance qu'ils auoient apres leur mort, de reuiure si ioyeusement. De sorte qu'en l'an mil deux cens cinquante six, vn peu apres la mort du Roy Loys, il y en eut vn si ausé, qu'il vint iusques dedans la tente du Prince de Galles, qui estoit deuant la Cité d'Acres, lequel le voulut frapper droict au cœur d'vn cousteau : mais il fut soudain mis à mort, & n'en retourna pas dire des nouuelles en son ioyeux Paradis. Nos Annales en la vie du Roy Philippes le Hardy, le nomment messager Arsacide, au lieu *d'Assasin:* Quelque temps auparauant, 1193. Contrad de Montferat, esleu Roy de Tyr, fut tué en plain marché par de ces gens de bien là. Le bruit fut enuiron le mesme temps, que Richard Roy d'Angleterre, qui estoit outre mer, en auoit enuoyé vn, pour tuer le Roy Philippes Auguste, qui s'en estoit retourné en France: Mais cela ne se peut auerer, comme aussi c'estoit vne baye: car ils ne venoient point d'ailleurs, que de ladicte montaigne, si ce n'estoit que des là ce mot eut desià prins vogue.

Bref par le moyen de ces Assassins, Alardin se fit tellement redouter, que plusieurs se rendirent ses tributaires: Iusques à ce que le grand Cam, nommé Allau, en l'an mil deux cens soixante deux, apres l'auoir tenu assiegé l'espace de trois ans, l'affama, & le print auec plusieurs de ses gens, qu'il fit tous mourir, & apres razer la place, les vestiges de laquelle restent encor auiourd'huy. Et est chose tres-admirable, & digne d'estre bien remarquee, que lesdits pere & fils ont bien regné en ceste sorte, selon la supputation des historiens, enuiron cent ans.

ADIONCTIONS DE *L'autheur.*

Encor adiousteray-ie, pour sucre, ces Allusions que l'on a fait par forme de Prouerbe, il y a plus de six vingts ans, sur les villes de Bourgongne, qu'aucuns trouuent assez correspondantes aux moeurs:

Dijon, dit, Mocqueurs de Dijon.

Ostun, Oste.

Saulieu, saute, Cheure de Saulieu.

Semur, ſeme, Bleds de Semur.
Seurre, ſerre, Meſnagers de Seurre.
Nuicts, nuit.
Chaſtillon, Chatouille.
Chaalon, chaſſe : autres dient pour l'energie de la ſuitte ; Chalon, chie, Bouzes de Chalon.
Maſcon, maſche ; Bauffreurs de Maſcon.
Aualon, auale ; Grand goſier d'Aualon.
Beaune, boit ; Barils de Beaune.
Auſſonne, hauſſe, Le gobelet, ſuplé.

DES LETTRES

NVMERALES, ET *Vers numeraux.*

CHAP. XII.

OR viendray-ie maintenant aux lettres Numerales, desquelles les Grecs, Latins, & François ont de beaux vers, & gentilles interpretations. Et afin que lon entende plus aisément la façon, ie seray contraint de permettre, que les Hebrieux, Chaldees, & Grecs, au lieu de Chiffres, & nombre d'Arithmetique, auoient coustume de faire seruir leurs lettres, à la façon qui s'ensuit, que i'ay icy mis au long, pour plus grande intelligence : auec ce qu'à leur exemple les Latins ont voulu imiter.

α	1.	a	1.
β	2.	b	2.
γ	3.	c	3.
δ	4.	d	4.
ε	5.	e	5.
ς	6.	f	6.
ζ	7.	g	7.
η	8.	h	8.
ϑ	9.	i	9.
ι	10.	k	10.
κ	20.	l	20.
λ	30.	m	30.
μ	40.	n	40.
ν	50.	o	50.
ξ	60.	p	60.
ο	70.	q	70.
π	80	r	80.
ϛ	90.	ſ	90.
ρ	100.	t	100.
σ	200.	v	200.
τ	300.	x	300.
υ	400.	y	400.
φ	500.	z	500.
χ	600.		
ψ	700.		
ω	800.		

D'ailleurs encores ils ont prins ces cinq marques particulieres:

I. vn.

Π. cinq, parce que la premiere c'est

lettre de πέντε, qui signifie cinq.

Δ. vaut dix, premiere lettre du mot Δέκα.

X. mille, du mot χίλιοι.

H. vaut cent, de ἑκατόν.

M. dix mille, du mot μυρία.

Les Latins & François modernes ont aussi choisi ces six lettres numerales; encor que ie n'ignore point que tous les sçauans sont en ceste opinion, que ce sont deprauations des anciẽs nombres, comme ie deduiray au 2. liu. chap. des Nombres, fort amplement.

I, vn, parce qu'il n'y a qu'vn trait.

V, cinq, antique, *quia quinta vocalium.*

X, dix, pource que ce sont deux V, de l'vn desquels l'angle est sur vn autre renuersé.

L, cinquante, moitié d'vn C, que les anciens peignoient ainsi c.

C, cent, pource que cent commence par cette lettre.

M, mille, car M. est la premiere lettre.

Quelques autres y ont adiousté D. pour cinq cens, mais il n'est pas receu de plusieurs.

¶ De ces premieres lettres numerales, les anciens Grecs colligeoient lequel des deux combatans deuoit vaincre; & estimoient que celuy qui auoit en son nom plus haut nombre, deuoit estre victorieux. Ce que tesmoigne appertement ce vers de Maurus Terentianus, & dict que par cela, on congneut que Hector deuoict tuër Patrocle, & Achilles tuër Hector:

Et nomina tradunt ita literis peracta,
Hac ut numeris pluribus illa sint minutis,

Quandoque subibunt dubiæ pericula pugnæ
Maior numerus qua steterit, fauere palmam,
Præsagia lethi minima patere summa.
Sic Patroclem olim Hectorea manu perisse,
Sic Hectora tradunt cecidisse mox Achilli.

Si tu veux prendre la peine de supputer les lettres Grecques desdits noms, tu trouueras que Ἀχιλεὺς a en son nom, selon ce que dessus escrit, 1501. au lieu que Hector n'a que 1225. & Patroclus, 861. Depuis encor Achilles fut tué par Paris Alexandre, pource que le nombre des lettres de Paris surmonte celles d'Achilles.

A l'imitation dequoy, il me souuient d'auoir veu vn Italien, qui faisoit estat de ne sçay quels nombres Pythagoriques de lettres Chiffrées à sa façon: par lesquelles il deuinoit vn borgne, boiteux, bossu, de quel costé c'estoit: au lieu que les anciens le prenoient par syllabes des noms, prenans le nombre pair pour le senestre costé, & le nombre impair pour le dextre: Comme on list qu'Achilles fut blessé au pied dextre, Vulcan boiteux du pied gauche, Philippes de Macedoine & Hannibal, borgnes des yeux dextres, & ce dont parle Pline: Encor qu'Agrippa, apres luy, ait voulu dire qu'il falloit choisir les voyeles, selon la valeur des nombres Latins. Et s'aidoit cét abuseur de cest Alphabet tant seulement, aussi hazardeux & fabuleux, que le liure des dez.

3.	3.	24.	25.	3.	3.	8.	15.	15.	15.	22.
A.	b.	c.	d.	e.	f.	g.	h.	i.	k.	l.

23.	15.	8.	13.	22.	22.	9.	5.	5.	8.	3.	3.
m.	n.	o.	p.	q.	r.	ſ.	t.	v.	x.	y.	z.

Et pour venir à ce qu'il penſoit, ayant eſcrit vn nom, & prins leſdits nombres, les diuiſoit par cinq: & s'il reſtoit pair ou impair, il faiſoit ſon iugement, comme deſſus.

Il s'en aydoit encores de ceſte ſorte, pour les mariages, en diuiſant ſes nombres par neuf.

Et pour ſçauoir qui mourroit le premier, d'vn homme ou d'vne femme, il diuiſoit par 7. ayant ceſte table qui le guidoit, comme on a en la Geomantie.

Si des deux noms reſte 1. & 1. le demandeur vaincra.

De 1		2-	-2	*l'emporte.*
1		3-	-3	
1		4-	-4	
1	&	5-	-5	
1		6-	-1	*l'emporte-*
1		7-	-1	
1		8-	8	
1		9	-1	

Il faut

De 2 & 2—le deffédeur vaincra.
2 3—3 *l'emporte.*
2 4—2
2 3—5
2 6—2
2 7-7 *l'emporte.*
2 8—2
2 9—9

De 3 & —3 demandeur *l'empore.*
3 4—4
3 5—3
3 6—6 *l'emporte.*
3 7—3
3 8—8
3 9—3

4 & 4— deffendeur *l'emporte.*
4 5—5
4 6—4
4 7—4 *l'emporte.*
4 8—4
4 9—9

5 & 5—deffendeur *l'emporte.*
5 6—6
5 7—5 *l'emporte.*
5 8—8
5 9—5

6 } { 6—deffendeur.
6 } { 7—7 }
6 } { 8—8 } *l'emporte.*
6 } { 9—9 }

8 } { 8—deffendeur *l'emporte.*
8 } { 9—9 *l'emporte.*
9 } { 9—deffendeur *l'emporte.*

On a encor vſurpé a, e, i, o, v, pour 1, 2, 3, 4, 5, dont tu verras de petites exemples cy apres, apres que i'auray recherché de plus haut ce qui eſt le plus excellent & digne de cognoiſſance.

Heliodore au 9. liure de ſon hiſtoire Ethiopique, dict que Νεῖλος, qu'on appelle le Nil, l'vn des plus celebres fleuues d'Egypte, ne ſignifie autre choſe que *l'an*, parce qu'en la collection des lettres ainſi nombrées que deſſus, il y a iuſtement 365. autant qu'il y a de iours en l'an.

Ν	50.
Ε	5.
Ι	10.
Λ	30.
Ο	70.
Σ	200.

Ie tien l'interpretation de ceſt excellent enigme des Sibylles, du ſçauant d'Aurat, Poëte Royal.

Sunt elementa nouem mihi, ſum tetraſyllabus autem,
Percipe me, primæ tres ſyllaba efficiuntur
Ex binis omnes elementis, cætera restant

In reliquiis, quorum sunt non vocalia quinque
Totius numeri sunt bis hecatontades octo.
Et ter tres decades: cum binis: si scieris me,
Non te qua potior sapientia dia latebit.

Dont il a industrieusement colligé ces deux mots:

Θ	9.
Ε	5.
Ο	70.
Ζ	200.
Ζ	200.
Ω	800.
Τ	300.
Η	8.
Ρ	100.

Lesquels nombres reuiennent à 1692. qui sont iustement les nombres requis esdicts vers Sibyliques.

L'Epigrammatiste Grec a ainsi gentillement exprimé les heures de labeur & de repos des anciens:

Εξ ὧραι μοχθοῖς ἱκανώταται, αἱ δὲ μετ' αὐτὰς
Γράμμασι δεικνύμεναι Ζῆθι λέγουσι βροτοῖς:

Que i'ay ainsi traduit,

Ducitur in sextam labor horam, deinde sequentes
Vt viuas Ζῆθι *nos elementa monent.*

C'est à dire, Que les anciens, qui supputoient le iour artificiel de douze heures esgales, estimoient qu'ayant trauaillé les six premieres heures à conter dés le Soleil leué, c'estoit assez: & que le surplus des heures se deuoit employer à viure ioyeusement. Ce que le mot Ζῆθι, qui signifie *vis*, en François, denotoit, tant par sa signification, que parce que les lettres signifient:

Z	7.
H	8.
Θ	9.
I	10.

Qui sont heures de repos: Ainsi que Marcial le tesmoigne en son Epigramme, qui commence,

Prima salutantes atque altera continet horas,
Exercet raucos tertia causidicos:
In quinta varios exercet Roma labores,
Sexta quies lassis, septima finis erit:

Et ce qui s'ensuit, mais n'estant pas à nostre propos, qui en voudra voir d'auantage, lise la loy 2. §. *cuinsque. ff. de verbor. signific. vbi Alc. & Aul. Gell. lib. 3. cap. 1.*

Iean Ostulfius, renommé Mathematicien entre les Allemans, ayant leu à la fin du 13. chap. de l'Apocalypse, Ὧδε ἡ σοφία ἐστὶν, ὁ ἔχων τὸν νοῦν, ψιφισάτω τὸν ἀριθμὸν τοῦ θηρίου, ἀριθμὸς γὰρ ἀνθρώπου ἐστί, καὶ ὁ ἀριθμὸς αὐτοῦ ΧΞΖ. C'est à dire, Icy est la sapience: Qui a entendement, conte le nombre de la beste: car c'est le nombre de l'homme, & son nombre est six cens soixante six: A trouué sur le nom de Martin Luther, Luder, ou Lauter: car ainsi a-il esté surnommé, ce nombre parfaictement accomply,

M	30.
A	1.
R	80.
T	100.
I	9.
N	40.
L	20.
A	1.
V	200.
T	100.
E	5.
R	80.

Tous lesquels nombres font iustement *666.* prenant les lettres Latines, à la façon des Grecques.

Vn vieil rauaudeur a trouué ces nombres, sur ces deux mots:

E	5.
K	20.
K	20.
Λ	30.
H	8.
Σ	200.
I	10.
A	1.
I	10.
T	300.
A	1.
Λ	30.
I	10.
K	20.
A	1.

Mais telle sommation est vrayement inepte, pour deux raisons peremptoires: L'vne, parce qu'il est certain, qu'on ne dit pas ἰταλικῶ en Grec, mais ἰταλικη: L'autre, pource qu'il est dit le nombre de l'homme, & non pas le nombre d'vne prouince. I'ay ouy asseurer qu'il a esté bien deux ans à rechercher tous les noms des Papes, mais iamais n'a peu rencontrer chose qui vaille.

Les susdicts exemples suffiront, pour la premiere façon des lettres Numerales. Et pour le regard de celle dont ont vsé les Latins modernes, & vieux François, que i'appelle, depuis enuiron cent cinquante ans, on en a fait de gentille inuention, qui n'ont pas esté negligez par la docte & curieuse posterité: Et pense que si du temps de la purité de la langue Latine, ces lettres eussent esté receuës pour nombre, sçauoir I. V. C. L. M. selon la valeur, que l'vsage leur a depuis attribué, nous ne serions pas sans en voir de gracieuses rencontres, & telles que Baltazar en son Courtisan en rapporte deux: L'vne de l'inscription d'Alexandre Pape sixiesme, qui auoit ainsi faict abreger son nom, *Alex. Papa* VI. pour dire *Alexander papa sextus*: Au lieu dequoy quelqu'vn interpreta, selon l'escriture simple, sans aduiser au nombre de 6. *Alexander Papa vi*, parce qu'il auoit esté fait Pape, quasi par force.

Nicolas Pape cinquiesme ayant faict mettre ceste inscription N. P. V. pour signifier, *Nicolaus Papa quintus*: elles furent interpretees, *Nihil Papa valet*.

Le Pape Leon, ayant faict poser ces lettres Numerales en vne table d'attente, pour signifier l'an de son Pontificat, furent ainsi interpretees.

M. CCCC.LX. *Multi Cardinales cæci crearunt cæcum Leonem decimum.* Or diray-ie ce mot en passant, ie ne sçay, comme on l'appelle borgne, veu qu'il voyoit fort bien en l'air haut esleuez les Esperuiers, Vautours, & Aigles, auec les lunetes, allant à la chasse fort souuent: mais en recompense, il lisoit mettant la lettre aupres du nez, encor n'y pouuoit y voir goutte, comme tesmoigne Lucas Gauricus *in schematibus celestibus.* Qui m'a fait resouuenir d'vn bon Curé, qui ne peut lire és grosses lettres des liures d'Eglise sans lunettes, & neantmoins voit fort bien és plus petits dez qu'on sçauroit choisir, & ne le pourroit on abuser.

Or retournant à nos moutons, ie t'aduertiray que de la seconde façon ie n'en ay point veu de plus anciens, que les Epitaphes des quatre derniers Ducs de Bourgongne. Premierement de Philippes le Hardy.

aVdaCes Mors CæCa neCat:

Prenez les lettres numerales, vous aurez l'an de sa mort, qui est 1405.

Celuy de Iean sans peur.

toLLe ToLLe CrVCIfIge eVMsIVIs.

Qui est l'an 1419.

Du bon Duc Philippes,

CeCIdIt IbILV Cerna PrInCIpVM.

Qui est l'an 1466.

D'autres ont mis,

eCCe obſCVratVS eſt ſoL prInCipVm:

Qui eſt 1467.

De Charles le Terrible,

NoCTe RegVM ſVCCVbVIt CaroLVS:

Qui eſt l'an 1476.

L'autheur de la Nanceide luy baſtit ainſi cét Hexametre forcé, & auec peu de ſens:

CaroLVs hIc IanI qVInta ſIs VInCo RenatVM,

L'annee de la bataille de Graues, en laquelle les rebelles Gantois furent deffaits, par ledit bon Duc Philippes le 24. Iuillet 1453. eſt ainſi exprimé, par ce vieil vers numeral:

PeChIé ſans ConſCIenCe eſt la Mort des GantoIs.

L'annee de la bataille de Montlhery, qui fut 1465. le 27. Iuillet, ſelon Commines, entre le Roy Loys XI. & le Duc Charles, eſt bien remarquee, en ce cry militaire:

A CheVaL à CheVaL genſdarMes à CheVaL.

L'annee que le grand Roy François fut pris deuãt Pauie, qui fut l'an 1524. eſt ainſi exprimee, par ces trois verſets numeraux, ſupputant l'annee dés le iour de Ianuier, à la façon des Aſtrologues, & de nos mœurs Françoiſes, depuis l'an 1563. En ce premier vers, le iour eſt ainſi denoté.

OCCVbVere aqVILæ trIo LILIA LVCE Mathiæ.

Et ces autres deux remarquent l'annee ſeulement.

AqVILA ConCVLCAVIt LILIVM.

Item cestuy-cy est de Henry Corneille Agrippe:

CeCIDIt Corona nostra Væ qVIA peCCaVIMVS.

Il apporte encor celuy-cy, du mesme Empereur, l'an de son couronnement.

iIbI CherVbIn & seraphIn InCessabILI VoCe proCLAMant.

Qui fut l'an 1517.

Sur la prise du grand Roy François, on a aussi trouué cestuy-cy, qui signifie l'an 1523. selon la supputation Françoise de ce temps là, auant Pasques,

RegIa sVCCVMbVnt pVgnaCIs LILIa gaLLI.

Iodelle en la masquarade que fit la ville de Paris au Roy Henry, apres la prise de Calais, fit ce premier vers numeral, en vn Distique:

MagnatIbI Capto ConCeßit CVra CaLeto,
Cinge Comas, similes Ianus & annus erunt.

L'on m'a donné cestuy-cy, faict à Strasbourg.

BartholoMeVs flet qVIa franCiCVS oCCVbat Atlas.

A l'entree que fit Monsieur le Duc de Mayenne à Dijon, ville Capitale de son Gouuernement de Bourgongne, on mit ce Distique de ma façon, sur vn grand portique:

CaroLVs eXCIpItVr prInCeps Mente eCCe benIgna,
Præsagit faustum Iulius imperium.

Le second vers signifioit le mois de Iuillet, & le premier 1574.

Sur vn ieune Escholier Prouençal, nommé Patrice, qui se noya, se baignant en la riuiere de Garonne, à Tholose, l'an 1568.

ah perIt & CeLerI fLagrant PatrIcIVs aMnI:
IllVdens Ipse reddIdIt ossa LoCo.

Vn peu auparauant i'auoy faict celuy-cy, sur vn autre mien compagnon de Carcassonne, nommé Pierre Moret, quand il prit son degré l'an 1567.

Vt faVeant Astræa tIbI phœbVsqVe benIgnVs.
heVs tua VIrtVtIs seMIna qVIsqVe VIdet.

Sur l'histoire de Iudith, que i'admiray dés l'an 1570. en ayant ouy reciter quelques vers, ie fis ces trois carmes:

Gesta bona IVdIth doCtIs Ita VersIbVs ornas,
Hos Vt qVI reLeget, Iterē VIdIsse pVtarIt
HāC ConIVranteM In CapVt eXItIaLe tIrannI.

Auant que venir aux autres, encor mettray ie ces quatre vers de ma façon: esquels n'y a lettres numerales, sinon pour exprimer 1581. que ie fis sur le fils de Monsieur le Vicomte de Tauanes,

Mense sVb AprILI TaVanVs nascitVr Infans,
QVI proaVos ataVosqVe refert, faLLentIa neC sVnt.
QVI dea fatIdICo præsagIa prætVLIt ore,
I QVo fata trahVnt pVerō generose paterna.

La natiuité du bon Heobanus Hessus, Poëte Alleman, est ainsi gentillement depeinte,

Cæperat V*t* g*La*V*C*I *nnto apparere* C*aba*LLV*s.*
*Ædit*V*s eſt* V*ates* H*eſſ*I D*os orat t*VV*s.*

Où les D D. ſont chacun pris pour cinq cents, & font l'an 1488.

Sur ſa mort, aduenuë l'an mil cinq cens quarante, a eſté fait ceſtuy, mieux façonné :

L V C*e* M I *n* V *s q* V *inta o* C *tobr* I *s ſ* V *a ſata peregIt,*
*Phœbo Heſſ*V*s grat*V*s Caſta*L I *oq*V*e* C*horo.*

Vrenhouc Gantois s'en eſt voulu meſler, mais malgré Minerue, à mon iugement : Car pour venir à ſon point, il abrieue *que* en *q*;, à fin d'oſter, *u* lettre numerale, ce qui n'eſt pas admiſſible. Comme en ceſtuy de Magdeleine de Nanſſau, Comteſſe de Namur, qui mourut mil v.c.lxvij.

H I C V*b*I M*agda*L*ena* I*a*C*et* N*aſſo* V I *a*, C*andor.*
C*ana ſ*I*des, & honos,* I*ntegr*I*taſq;* I*a*C*ent.*

Son François eſt encor ſi rude, que ie fay conſcience de le mettre, ſinon à fin de propoſer vn exemple, pour euiter :

Le C*er*C V*e*I I *où* M*agda*L*ene repoſe,*
I*ntegr*I*té* I*o*I*nt la foy t*I*ent en* C*loſe.*

Il eſt eſcrit aux Annales de France, qu'ainſi que l'on portoit baptiſer Charles 8. Roy de France, entrant à l'Egliſe, les Preſtres chantoient ce verſet.

I*n ſt*I L I C I D I I *s e*I V *s* L*ætab*I*t*V*r, & bene*D I C*es* C*orona,* auquel eſt cõtenu l'an de ſa natiuité, 1468 Ce qui fut pris pour vn tresbon augure, par ce que la fin dudit verſet fait ainſi, *Et campi tui replebuntur vbertate.*

A Paris en l'hostel assis entre la chambre des Comptes, & le Palais sur le chemin par lequel on va en l'isle dudit Palais, est escrit en lettres d'or numerales, les autres d'azur,

aV teMps dV roI Charle Le hVIt,
CestVI hosteL sI fVt ConstrVIt.

Dont on peut colliger 1485.

Les Flamans vexez & tourmentez sous la dure & cruelle Tyrannie du Duc Dalbe, qui les contraignoit de payer la dixiesme partie de leurs biẽs, luy firent ce verset: les lettres duquel, estans decimees, le depeignoient au vif.

Est ne hic aLuarus dux iAm pius aut iAm prudens.

Car ostant tousiours la dixiesme lettre restoit:

Est ne hic auarus dux impius aut imprudens.

Pour monstrer comme nos anciens ont vsurpé lesdictes cinq voyeles, ie seray contraint tirer cest exemple du chapitre des Ieux ingenieux, amplement discourus au second liure: qui ne sera aussi bien que trop gros & ample, sans cela. Prenez en vn damier trente dames, & les disposez selon les cinq voyeles contenuës en ces vers;

Populeam virgam mater regina tenebat:

De sorte que les blanches soyent situees les premieres, & les rouges apres: en ceste sorte:

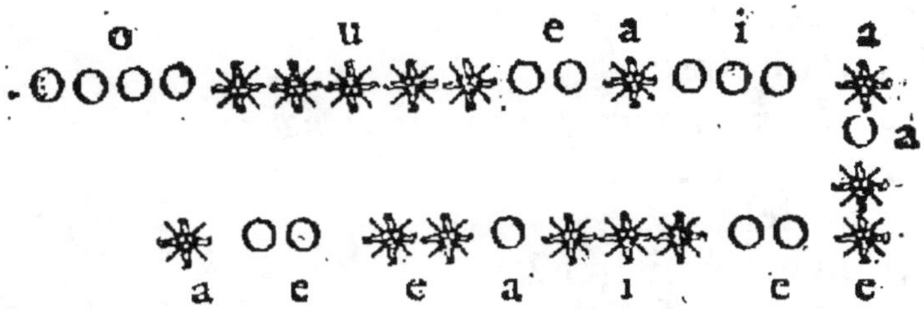

Puis lon dit que cela signifie les Chrestiens designez par les blanches, & les Iuifs par les rouges : lesquels estans en mesme basteau, suruient vne tempeste : tellement que le Pilote dit, qu'il faut descharger le nauire, & ietter le neufiesme d'ordre en la mer. On commence à compter à celuy qui porte la croix, & prend l'on tousiours le neufiesme, de sorte qu'en fin il ne demeure que les seuls Chrestiens : Ce que ledict vers met en memoire soudainement.

Pour ne prendre que la troisiesme, quatriesme, &c. on les dispose en ceste, façon, mais il n'y a point de vers : Quelqu'vn parauenture en recherchera, ou trouuera de luy-mesme,

Pour leuer la troisiesme.
ee,aaa,eee,aaa,eee,aa,e,a,ee,a.
Pour leuer la quatriesme,
aaa,e,a,ee,i,e,aaaa,ee,i,e,a.
Pour leuer la cinquiesme,
eee,aaaaa,ee,aaaa,e,i,o,a.
Pour leuer la sixiesme,
aa,e,ii,e,a,ee,a,e,o,i,aa.
Pour leuer la septiesme,
a,i,a,i,e,ii,e,a,e,o,e,aa,

Pour la huictiesme,

a,e,aa,ee,a,e,i,aa,i,ee,o,e.

La neufiesme,

Populeam virgam mater regina tenebat.

o,u,e,a,i,a,a,e,e,a.

La dixiesme,

e,a,i,u,ee,o,aa,i,a,ee,i.

Pour l'onziesme,

aa,o,a,e,aa,ee,oo,ee,a, *&c. in infinitum.*

La Roche, autrement nommé Villefranche, en sa grande Arithmetique, à voulu mettre le ieu des trois choses diuerses : mais il s'est equiuoqué en tout & par tout, & n'en sçauroit on venir à bout, selon sa traditiue: que i'ay ainsi racommodé fort aysémẽt par ces trois lettres numerales, a,e,i, dont on fait six mots:

Allez i,	nul restant.
Le Mardy	1 vn restant.
Car Michel	2. restant.
fin vallet	4. restant.
en riant	5. restant.
i sera	6. restant.

3. iamais ne reste.

La pratique est telle : Prenez vingt-quatre gectons ou petites pierres, puis à trois qui seront en la compagnie, que ie nommeray Iean, Pierre, & Fiacre, pour plus facile intelligence, donnez, de ces gectons vn à Iean, deux à Pierre, & quatre à Fiacre : & vous ressouuenez sur tout à qui aurez donné vos pierres, laissant les 17. gectons qui resteront, sur la table deuant eux. Cela fait, posez trois gaiges sur la table, comme vne bague, vn gand, & vne clef : desquels chacun des trois en prendra tel que bon luy semblera. Quand le choix sera faict, celuy qui veut deuiner, dira : Quiconque a la bague, qu'il prenne vne fois autant de gectons qu'il en a : Lors si Pierre a la bague, il en prendra deux des 17. qui sont restez, Puis on dira, Qui a le gand, qu'il en prenne deux fois autant : Lors si Iean a le gand, il en prendra deux : car il n'en auoit qu'vn. En apres il dira : Quiconque a la clef, en prenne trois fois autant qu'il en a : Lors Fiacre en prendra douze, parce qu'il en auoit quatre. Faut en apres demander : Combien reste il de gectons? On respondra, qu'vn. Surquoy celuy qui voudra deuiner, se ressouuenāt de l'ordre qu'il aura nommé les gages : car c'est le principal & la clef du ieu, retournant à ces mots susdits, dira aysément qui aura ledit gage par ce mot,

Le Mardy.

qui est denoté quand il en reste vn : Car la premiere syllabe denote celuy qui a vn gecton : & la voyele comprise en icelle, denote le gage qu'a choisi celuy qui a ledit gecton : A, signifiant le gage qu'on a nommé le premier : E, le gage qu'on a nommé le second : & I, celuy qu'on a nommé le troisiesme : Et aussi la seconde syllabe signifie celuy qui a deux gectons : & la troisiesme syllabe, celuy qui en a quatre. De sorte que s'il reste six gectons, vous prendrez *i sera :* Qui signifiera que l'homme qui a vn gecton, a celuy des trois gages qu'auez nommé le troisiesme d'ordre : celuy qui a deux gectons, a le gage nommé en ordre second : & celuy qui a quatre gectons, a le gage premierement nommé. Aucuns l'on voulu faire en nommant ſeulement au troiſieſme, trois gectons, comme la Roche: mais il y a faute apparente. Car cinq gectons peuuent reſter auſſi bien ſur e, a, i, que ſur a, i, & quand il en reſte 17, ſur i,a,e, & e,i,a, il y a auſſi Equiuoque & faute apparente: de ſorte qu'on ne peut bien deuiner, ſinon ſur 4, 6, & 8. reſtans, comme l'exemple ſuyuant le monſtre: quatre gectoirs:

reſtant	Samedy	bon
cinq	a diſner rencontre doublement	
ſix	Fiacre bon	
ſept	eniura rencontre doublement.	
huict	Guillemard bon.	

Nous finirons noſtre Chapitre des lettres Numerales, reſeruant le ſurplus aux Nombres: N'ayant icy entremeſlé ces jeux, ſinon pour mõſtrer que les lettres priſes pour nombre, aydent ſouuent à la memoire: & que ſans icelles, difficilement pourroit on ſe reſouuenir de ces petites inuentions gentilles.

DES VERS Rapportez.

CHAP XIII.

VEu que beaucoup de perſonnes ont practiqué de tout temps ceſte ſpirituelle façon d'eſcrire en vers Rapportez : & meſmes de noſtre temps elle eſt ſi frequẽte & commune, que la multitude en eſt plus ennuyeuſe, que plaiſante : Pource que aucuns ſe rendent ſi affectez, que pour venir à leurs rapports, on ne ſçait le plus ſouuent qu'ils veulent dire : & gaſtẽt ceſte gentille inuention, par leur trop grande affectation : Ie rapporteray peu d'exemples. Entre les œuures de Virgile, ſe void ſur l'Epitaphe d'vn incertain autheur, auſſi docte & naif, qu'on ſçauroit ſouhaiter.

Paſtor, arator, eques, pauit, coluit, ſuperauit,
Capras, rus, hoſtes, fronde, ligone, manu.

Monſieur Tabourot, Official à Langres, l'a ainſi miraculeuſement traduit, en ces deux Alexandrins.

Paſtre, laboureur, Duc, i'ay peu, beſché, ſubmis,
De rains, de pics, de mains, cheures, champs, ennemis.

Les Cheualiers, traducteurs du Virgile, l'ont ainsi fait:

Pasteur, rustic, guerrier, i'ay peu, besché, mis bas,
Cheures, champs, ennemis, de fueille, houe, & bras.

L'autheur est incertain du suiuant:

Ex minimis, vicium, cælum, modulamina, castra,
Venit, alit, penetrat, mitigat, exuperat,
Seditio, requies, oratio, cœna, fauilla,
Maxima, longa, breuis, semibreuis, minima.

Sur la mort d'vn ieune homme de bonne maison, qui fut tué, allant à la poursuitte d'vn estat de Conseiller, fut fait au Tombeau que luy dressa Monsieur Bourgeois, Seigneur de Crespy, à present President aux Requestes à Dijon, ce Distique,

Atrox, excelus, pius, adserit, attulit, auget,
Mortem, animam famam, vulnus, olympus, honos.

Ce suiuant est assez ioly;

Hircus cum pueris puer vnus, sponsa, maritus,
Cultello, lympha, fune, dolore cadit.

Iodelle, qui de son viuant auoit grande reputation, fit vn Distique François Hexametre & Pentamettre, scandé à la Latine de ceste façon;

Phœbus, Amor, Cypris veut sauuer, nourrir, & orner
Ton vers, cœur, & chef, d'ombre, de flamme, de fleurs.

Voicy vn Distique Grec des amours de Iupiter, auec vn rapport aggreable:

Ζεὺς κύκνος, ταῦρος, σάτυρος, χρυσὸς, δι-
Λήδης, Εὐρώπης, Ἀντιόπης, Δανάης. (ἔρωτα

Ce qu'a ainsi tourné vn certain,

Fit taurus, cycnus, satyrúsque, aurúmque ob amorem
Europæ, Ledes, Antiopæ, Danaes.

Autresfois i'ay fait ces suyuans, en faueur d'vne de mes idoles parlantes;

Ta beauté, ta vertu, ton esprit, ton maintien
Esbloüit, & deffait, assoupit, & renflame
Par ses rais, par penser, par crainte, pour vn rien,
Mes deux yeux, mon amour, mes desseins, & mon ame.

Item,

Vous auez la beauté, l'esprit, le cœur, la grace
Diuine, accort, gentil, bonne, qui me fait prendre
Vn desir, vn espoir, vn soulas, vne audace,
D'aymer, iouyr, cherir, du tout à vous me rendre.

I'appris cest autre d'vn bon frelaud d'Auignon. C'est l'Epitaphe d'vn Esperuier, addressé au passant,

Vn gentil Esperuier, vn marquis, vn baron,
Ennemy de perdris, honneste, trop puissant,
M'esclouant hors de l'œuf, me paissant, me pressant.
M'engendra, me nourrit, me mit sous Acheron.

En vne vieille Bible en vers, manuscripte, que je garde curieusement ; à l'endroit du passage, où Iacob se tourmente de la mort de Ioseph, qu'il pensoit estre vraye, y a ce Distique, que i'ay bien voulu icy inserer,

Lumen, lingua, manus, fletu, clamoribus, hamo,
Ora, locum, crines abluit, implet, arat.

Ce Distique est du mesme liure:

Vt Ionas, Iudith, Daniel, domo, lenio, seruo
Monstra, feras, ciues, spe, pietate, fide.

Il y en a plusieurs autres.

Mon compere Desplanches m'a donné celuy-cy, que luy laissa en passant, vn aduenturier.

Incerti authoris,

Nata, ſoror, genitrix, patrem, fratremque, virũmque
Scerpit, edit, calcat, vnguibus, ore, genu.
Mus aquilam, & Cete glyciram, Riſen Heliophoram
Rodit, agit, terret, dente, volando, metu.

Leonardus de Vtino in ſermo. 43. rapporte ce ſuiuant de la femme,

Fœmina corpus, animam, vim, lumina, vocem
Polluit, annihilat, necat, eripit, orbat, acerbat.

Item illud ex Rebuffo in tit. Concord. de publicis Concubinarijs in 20. pœna.

Corpus, opes, animam, conſortia, fœdera, famam
Debilitat, perdit, necat, odit, deſtruit, aufert.
(femina ſubaudi.)

Ie m'eſmerueille qu'on trouue tant à redire ſur les femmes, quoy qu'elles ſoient tant de requeſte: ſi bien que ſans elles, le monde ne ſeroit plus monde il y a long temps.

Ie ne veux point nier que ie n'aye eſté aduerty par vne Epiſtre du ſçauant Paſquier, que le premier qui a fait des vers Rapportez en France, a eſté Du Bellay, en ce Sonnet 19. de ſon Oliue, qui commence,

Face le Ciel quand il voudra reuiure
Lyſippe, Apelle, Homere, qui le pris
Ont emporté ſur tous mortels eſprits
En la ſtatue, au tableau, & au liure:

Qu'il traduiſit toutesfois d'vn Italien, & le rendit fort fidelement en noſtre langue.

Depuis Iodelle s'eſt rendu fort admirable en ce genre d'eſcrire, comme on pourra voir par ſes œuures. Et doute ſi c'eſt point luy qui y a donné la premiere atteinte en ce Quatrain, qu'il fit sur la mort de Clement Marot, y a fort long temps imprimé,

Quercy, la Cour, le Piedmont, l'Vniuers,
Me fit, me tint, m'enterra, me cogneut,
Quercy mon los, la Cour tout mon temps eut,
Piedmont mes os, & l'Vniuers mes vers.

I'ay veu autresfois vn vers de la comparaison de la France & de la Flandre, fait en l'an mil cinq cens septante; qui contenoit vne fort belle façon de rapport: mais pource qu'en ce téps là il estoit seditieux, ie ne m'en voulus charger; & depuis i'ay tasché de le recouurer, mais en vain.

L'on dit que Tamisier a basty cestuy-cy, sur vn seditieux guerrier. Ie pése qu'il soit vn des mieux faicts & plus laborieux qu'on sçauroit trouuer. Car il est rapporté depuis la fin iusques au commencement:

De fer, de feu, de sang, Mars, Vulcan, Tysiphone
Bastit, forgea, remplit, l'ame, le cœur, la main
Du meurtrier, du Tyran, du cruel inhumain,
Qui meurdrit, brusle, & perd la Françoise couronne.
D'vn Scythe, d'vn Cyclope, & d'vn fier Lestrigone
La cruauté, l'ardeur, & la sanglante faim,
Qui l'anime, l'eschauffe, & conduit son dessein,
Rien que fer, rien que feu, rien que sang ne resone.
Qu'il puisse par la paix cruellement mourir,
Ou par le feu du Ciel horriblement perir,
Et voir du sang des siens la terre estre arrousee.
Soit rouillé, soit esteint, soit seché par la pais
Le fer, le feu, le sang, cruel, ardent, espais,
Qui meurtrit, brusle, & perd la France diuisee.

En contrepetant certains diaboles calomniateurs, auoient fait ce rapport de diuerse façon, sur quatre Papes: Lequel ie n'eusse apposé, si tous n'eussent esté ennemis capitaux de nostre France:

Paule, Leon, Iules, Clement,
Ont mis nostre France en tourment.
Iules, Clement, Leon, & Paule
Ont pertroublé toute la Gaule.
Paule, Clement, Leon, & Iules
Ont beaucoup gaigné par leurs Bules.
Iules, Clement, Paule, Leon
Ont fait des maux vn milion.

L'on fit ce huictain de mesme aby sur leurs Protoministres,

Luther, Viret, Beze, & Caluin
Ont renuersé l'escrit diuin.
Beze, Caluin, Luther, Viret,
Croyent autant Christ que Mahomet,
Caluin, Luther, Viret, & Beze
Ont mis tout le monde à mal-aise.
Beze, Viret, Caluin, Luther,
Et les leurs iront en enfer.

ADIONCTION D'AVTRVY.

Bien elegant & industrieusement enchesné est l'Epigramme pastoral, qui est és ieux Rustiques du gentil du Bellay: Lequel Epigramme est comprins en vingtquatre vers, qui du commencement iusques à la fin, se rapportent merueilleusement bien. Mais ie t'en vay faire le recit:

Vn berger, vn cheurier, & vn bouuier, venus
De Sicile, de Thebe, & de Smyrne; congneus,
Des prez, & des costaux, & des loges champestres,
Des brebis, des cheureaux, des bœufs : les meilleurs mai-
Du flageol, du rebec, & du cornet retors (stres
Moutons, cheures, & bœufs gardoient dessus les bords
D'Aretheuse, d'Ismene, & du Phrygien Xante.

L'vn le hurt, l'vn les ieux, le tiers les combats chante
Des beliers bien cornus, des folastres cheureaux,
Des toreaux mugissans: l'honneur des pastoureaux,
Des cheuriers des, bouuiers. Aussi sur tous les prise
Pales, le Dieu cheurier, & le pasteur d'Amphryse:
D'vn chapelet de fleurs couronnant le premier,
D'vne branche de pin le second, le dernier,
D'vn tortis de Laurier. Mais Perot l'outrepasse
Ce berger, ce cheurier, & ce bouuier surpasse,
D'autant que les moutons, les boucs & les taureaux,
Les aigneaux, les cheureaux, & les ieunes bouueaux:
Ou que les bleds, les monts, & les maisons royales
Les herbes, les costaux, les cases pastorales:
Tant Perot fluste bien, fredonne, & sonne icy,
Du flageol, du rebec, & du cornet aussi,
Son Charlot, son Annot, son Henriot, les maistres,
Des prez, & des costaux, & des loges champestres.

De mesme grace est aussi l'Epitaphe qui se trouue emmy les œuures dudit Poëte, sur la mort du Sieur de Bõniuet; que ie mettray icy pour donner plaisir aux studieux de la Poësie:

La France, & le Piemont, & les cieux, & les arts,
Les soldats, & le monde ont fait comme six parts,
De ce grand Bonniuet: car vne si grand' chose

Dedans vn seul tombeau ne pouuoit estre enclose,
La France en a le corps, qu'elle auoit esleué:
Le Piemont a le cœur, qu'il auoit esprouué:
Les Cieux en ont l'esprit, & les arts la memoire,
Les soldats le regret, & le monde la gloire,

DES VERS LETTRISEZ ou *Paronœmes.*

CHAP. XIIII.

REcherchant vn nom propre, & d'vn son agreable à l'aureille, ie n'en ay point, selon mon aduis, trouué de plus propre, que celuy que i'ay mis en l'inscriptiō des vers Lettrisez: pource que tous les mots de chacun vers commencent par la mesme lettre que le premier mot. Les Grecs & Grammairiens Latins les ont appellez Paronoemes, de παρὰ & ὁμοιος, *id est, iuxta similis,* c'est à dire aupres & semblable. Si bien qu'il me semble que ceste denomination est trop generale: Pour exemple ils ont donné ces trois.

Machina multa minax minitatur maxima muris.

Item

Item.

At Tuba terribili tonitru taratantara trusit,

Encor qu'aucuns lisent,

At tuba terribili sonitu,

Item.

O Tite tute tate tibi tanta tyranne tulisti.

Vn Allemant: nommé Petrus Porcius Poëta, autrement Petrus Placentius, a fait vn petit poëme, laborieux le possible, auquel il descrit *pugnam porcorum*, en trois cens cinquante vers ou enuiron, qui commencent tous par P: Dont i'ay rapporté ces xv. suyuans, pour exemple, & pour contenter ceux qui ne l'ont pas veu:

Præcelsis proauis pulchrè prognate patrone
Pectore prudenti pietatéque prædite prisca,
Præter progeniem, præter præclara parentum
Prælia, pro patria, pro præsulibúsque peracta
Pleraque, pro populo proprio perfecta potenter,
Pellucens probitate potentéque prosperitate,
Propteréaque probas philomusis prosequerisq;
Parnasso potes precio precibúsque poetas
Postquam percepti puerile placere poema
Præcipuè propter præscripta præmia pugna
Porcorum, placuit paruam præfigere pugna
Pagellam, porci prodentem proprietates
Plausibiles pinguem patronum promeruisse

Pectore pinguiculo pol promeruisse poetam
Pingui porcorum pingendo poemate pugnam.

Depuis peu de temps en çà, vn Allemant, nommé Christianus Pierius, a fait vn opuscule, d'enuiton mille ou douze cens vers, intitulé *Christus Crucifixus*, tous les mots duquel commencent par C. Dont i'ay seulement pris ces quatre vers suyuans:

Currite Castalides Christo comitãte Camœnæ
Concelebraturæ cunctorum carmine certum
Confugium collapsorum, concurrite, cantus
Cõcinnaturæ celebres celebrésque cothurnos.

Estant Escholier à Paris, demeurant au College de Bourgongne, ie fis ce Quatrain lettrisé, que ie presentay au Sieur Viole, lors Euesque dudit lieu, assez, aysé à cause de V: que i'ay fait à volonté, tantost voyele, tantost consone:

Vim vernæ violæ visu veneramur vtroque
Virtutes varias vulgus vti Violi
Ventorum violat violas violentia, verùm
Virtutem Violi ventus vbique vehet.

Ce suyuant est vieil, mais il sera nouueau à ceux qui ne l'auront veu:

Fœmellas furtim facies formosa fefellit.
Fortuito faciens feruenti furta furore,
Fur foricas fertur futuens flagróque feritur.

Il s'en pourroit ainsi faire sur chasque lettre,

mais auant que l'on en ait fait six de suyte, il est permis de boire vn coup. C'est accrostiche paronoeme, qui fut fait par vn ieune Escholier, l'an du sacre du Roy Charles ix. ne sera mal à propos:

Carole, Cui Clarius Cui Cultæ Cunctæ Camœnæ,
Aspirant, Altis, Altior, Æthereis,
Relligio Regni Recta Ratione Regatur,
Omnibus Obijcias Obsequiosus Opem.
Laurea Lex Laudes Lucentes Lata Loquatur,
Vexillum Vafrum Vis Violenta Vehat.
Suspice Sicelidum Solemnia Sacro Superstes,
Florescat Fœlix Francia Fac Faueas.

La lettre F superabondante, outre le nom *Carolus*, signifie *Francicus*.

Par faute d'en auoir veu en François, ie mettray ce suyuant de ma façon, que ie fis, aagé seulement de quatorze ans, pour ce que depuis ie n'ay pas essayé d'en faire d'autres, & ne sçay, pour dire verité, si ie le tentois à present, si i'en viendrois mieux à bout. C'est vn Acrostiche Lettrisé de *François*.

François Faisant Florir France,
Royalement Regnera,
Amour Amiable Aura,
Ny N'aura Nulle Nuysance.
Conseil Constant Conduira,

Ordonnant Obeyssance.
Iustice Il Illustrera,
Sur Ses Subiets Sans Souffrance.

Erasme en son liure de la vraye prononciation du Grec & du Latin, qu'aucuns attribuent à Glarean, dit qu'vn certain a fait *laudem Caluicij*, par vers, qui commencent tous par C: & donne conseil aux begues, pour se façonner la langue, de lire & prononcer souuent ce traité là. I'ay depuis veu ce liuret là.

DES ACRO-
STICHES.

CHAP. XV.

OR puis que i'ay eu chapitre des Ana-
grãmes amené en ieu deux Acrostiches, il ne sera mal à propos d'en faire mẽtiõ. Acrostiches dõc, sont vers
qui en leurs premieres lettres contiẽnent quelque nõ propre, ou autre mot de chose intelligi-
ble. C'est la diffinitiõ que leur dõne a peu pres
Cœlius Rhodig. lib. 13. *cap.* 17. *lectio. antiq.* allegant
que les Sibylles en ont fait de ceste façon, comme aussi le Poëte Ennius. Quant à ceux d'Ennius ie ne sçay où il les a veus: du moins, le curieux Collecteur de ses vers n'en faict aucune
mẽtion. Quant à ceux des Sibylles, dont Ciceron mesme fait mẽtion, en son secõd *de Divina-
tione*, ie les ay veu tournez par vn Sebastien Ca-
stellio, & y a aux Acrostiches: IESVS CHRI-
STVS DEI FILIVS SALVATOR,
prins, suyuant le Grec:

Ἰδρώσει γὰρ χθὼν κρίσεως σημεῖον ὅτ᾽ ἔσται,
Ἥξει δ᾽ οὐρανόθεν βασιλεὺς αἰῶσιν ὁ μέλλων,
Σάκρα παρὼν κρῖναι πᾶσαν καὶ κόσμον ἅπαντα.

Ὄψονται δὲ θεὸν μέροπες πιστοὶ καὶ ἄπιστοι,
Ὕψιστον μετὰ τῶν ἁγίων ἐπὶ τέρμα χρόνοιο.
Σαρκόφορον ψυχὰς δ' ἀνθρώπων ἐπὶ βήματι κρίνει,
Χέρσος ὅτ' αὐτοτεκόσμος ὅλος καὶ ἄκανθα γένηται,
Ῥίψωσί τ' εἴδωλα βροτοὶ καὶ πλοῦτον ἅπαντα
Ἰχνδίων ῥ' ἥξῃ τὲ πύλας εἱρκτῆς ἀΐδαο
Σὰρξ τότε πᾶσα νεκρῶν ἐς ἐλευθέριον φάος ἥξει
Τοὺς ἁγίους, ἀνόμους τὲ τὸ πῦρ αἰῶσιν ἐλέξει.
Ὁπόσα τὶς πράξας ἔλαθεν τότε πάντα λαλήσει,
Στήθεα γὰρ ζοφόεντα θεὸς φωστῆρσιν ἀνοίξει. &c.

Nous auons entre les Latins, les argumens des Comedies de Plaute, tous faits de ceste façon. Comme pour exemple, ie mettray celuy de la premiere, nommé Amphitruo:

A more captus Alcumenæ Iupiter,
M utauit sese in formam eius coniugis,
P ro patria Amphitruo dum cernit cum hostibus,
H abitu Mercurius ei subseruit Sosiæ:
I s aduenienteis seruum & dominum frustra habet,
T urbas vxori ciet Amphitruo: atque inuicem,
R aptant pro mœchis, Blepharo capto arbitrer,
V ter sit, non quis Amphitruo decernere,
O mnem rem noscunt, geminos Alcmena enittitur.

Sans m'amuser à d'autres exemples, d'autant que la façon en est auiourd'huy triuiale, & que tu as entre les Anagrammatismes, & au chapitre precedent, des exemples : ie viendray à d'autres especes plus laborieuses & spirituelles, à mon aduis : Comme ce Quatrain François, qui contient à la fin & au cõmencement A N N A: & encor que i'aye souuenance d'en auoir veu vn semblable és œuures de quelque Poëte, nay du temps de Marot, toutesfois ie n'ay pas bonne souuenãce des mots: mais soit que ie m'en sois resouuenu, ou que ie l'aye raccommodé à ma fantasie, il est ainsi,

A*mour au cœur le nom d'Anne imprim*A
N*om tres-heureux d'vne que i'ayme bie*N
N*y de nous deux cest amoureux lie*N
A*utre que mort deffaire ne pourr*A

Ce suiuant Latin fut donné à vn gentil Docteur en Theologie, nommé Maistre Pierre Manei, auec vn present que luy fit vn sien Escholier en ma presence,

P*ierides Musæ diuino numine Vate*——— M
E*xiguum hunc afflate precor, quò numera grata* A
T*anto ferre viro poßim concedite, nume*——— N
R*aptum est de cœlis aliud, venerabile cert*——— E
O*he igitur vatis vires augete minut*——— I

I'adiousteray icy ce laborieux & admirable de Rabanus, qui est la seconde figure:

De Crucis figura quæ intra tetragon. scripta, & omnia se comprehendi manifestat.

O	crux excellens tot	O	dominaris Olymp	O
C	ælestes plebes &	C	laras accepis illi	C
R	egna regenda poli c	R	ucifixi munus & ardo	R
V	ndique te almificat r	V	beas cum sanguinis vn	V
X	risti quapropter e	X	rege vocabere tu du	X
D	um inhumana tibi ex	Q	uiris diuinæque tast	V
V	nius altithroni de	V	oto in laudis honor	E
X	risticolas socias	A	c sacro famine viua	X
M	ultiplices laudes	E	n das à culmine coel	I
I	n terris cantus quo	S	offert orbis & exu	L
S	anctificat mundus	V	entus te pontus & hic so	L
E	xaltat iubilans cum	M	ontibus : arida cant	V
R	ura canunt stellis	M	otu tu carmina dona	S
O	rius & stellis aqu	I	lo sic auster & aur	A
L	ætitiam regni ten	E	as quod lumine lume	N
A	alta poli pandas con	S	ignes numen & isti	C
T	anta dei dona dispe	N	sans qui omnia feci	T
O	crux quæ Xpi es car	O	benedicta triumph	O
Q	uanta tibi dederat	T	antorum factor amor	E
V	iuificantis enim d	O	no deus ipse paraui	T
E	t bene te extulerat	D	ire ne dicere puppu	P
R	ancidus is valeat d	E	ceptor dux & iniqu	I
E	xemptam risit præ	D	am qui lucis ab æthr	A
D	etrusámque diu volu	I	t punire necando hi	C
E	n pia crux domini de	C	antans quis pio Mus	A
M	agnificare valet t	A	ntam te, & dicere fat	V
P	ulchra nites cultu	T	e visit gloria cingi	T
T	ayus dira fugit cal	A	mus sed pinus honor	J

I nclinam humiles e	*T*	*Cedros myrra melir*	*O*
O lfactum pauitant na	*R*	*dus & mira cupressu*	*S*
M astixtus gutta amm	*O*	*mum balsama bidell*	*A*
V ictæ maiestate su	*P*	*er sua vota ferunt t*	*E*
N omine tu asperior m	*A*	*ior virtute piis ho*	*C*
D onas, cū mercede me	*E*	*nt Xp̄i ante tribuna*	*L*
O crux quæ cogis rupt	*O*	*plebem ire ab Auern*	*O*

Si tu consideres ces vers, il y a autant de lettres en chacun, qu'il y a de vers en longueur: de sorte que si ces lettres estoient separees l'vne de l'autre, il y auroit vn parfait quarré de 35. lettres, auec la licence neantmoins que s'est donné l'autheur de mettre q́; & ū pour vne lettre, & æ diphtongue quelque fois en deux lettres: en mangeant aussi ⁹ qui fait us, auec sa lettre precedente.

Item il y aux quatre angles, au milieu, & aux quatre coings de la croix, tousiours vn O, q̄ i'ay remarqué auec vn petit point dedans, à fin que l'on les remarque mieux.

Il y a au reste au premier vers Acrostiche,

O crux dux misero latóque redemptio mundo.

Et aux lettres Acrostiches de la fin,

O crux vexillum sancto & pia cautio sæclo.

Au dessus au premier vers,

O crux excellens toto dominaris Olympo.

Au dessous,

O crux quæ cogis rupto plebem ire ab Auerno.

Puis en la croix acrostichee, qui commence à la 18. lettre, laquelle fait le milieu du vers passant par l'O, qui fait aussi le milieu iustement de toutes les lettres, il y a,

O crux quæ summi es noto dedicata tropæo.

Et en la dixhuictiesme ligne du vers Acrostiche,

O crux quæ Xp̄i es caro benedicta triumpho.

Encor y a il vne façon plus curieuse & penible: Quand toutes les premieres des mots d'vn Distique assemblees, font vn nom: Cōme les deux apposez au deuant de Petrus Porcius, qui dedie son liure a Ricaldo Abher,

Rem Inamœna Caret Affectu Læta Decorem,
Omnimodo Aspirat Bellula Habe Ergo Rata.

L'autre est ainsi,

Pluta Latent Animo Cœlata Et Non Temerandæ.
Iudicis Vllius, Scilicet hoc volui.

Ces iours passez, entre les Epitaphes d'vn Conseiller de Dijon, nommé Maclou Popon, vn sien collegue m'a fait voir cestuy-cy, de sa façon.

Mens Astuta, Capax Legum, Orando Valuisset,
Præclare Omnigenis Popolis Obtendere Nubem.

Ausone se mocque plaisamment, par ceste sorte de vers d'vn vilain pedant poderaste,

Lais Eros & Ithis Chiron & Eros Iris alter,
Nomina si scribas prima limenta adime:
Vt facias verbum quod tu facis Eune magister,
Dicere me latium non deces opprobrium.

C'est à dire, Les premieres lettres de chasque mot du premier vers, font en Grec λείχει (c'est à dire) il lesche. Ce que ie n'interpreteray pas plus amplement, à cause de l'extreme saleté. Quelque curieux d'en sçauoir d'auantage, pourra consulter l'Italien Ange Politian, ou quelque autre de sa nation.

Ie trouue certainement ceste inuention industrieuse, & beaucoup plus que ces vers de Thrasymache le Sophiste, tant recommandé par les Grecs: lequel, pour exprimer son nom, auoit vsé de ceste façon,

Τοὔνομα θῆτα, ῥῶ, ἄλφα, σὰν, ὖ, μῦ, ἄλφα, χῖ, οὖ,
Πατρὶς Χαλκηδών, ἡ δὲ τέχνη σοφίη. (σαμ
Partia Chalcedon, ars mihi sed Sophia.

Il veut dire, Assemblez ces lettres, c'est Thrasymachos. Il me fait souuenir de la vulgaire chanson Tholosane:

Ioane Ioane presta mé ton cé o ane
Per bouta mon v i té.

Si l'on a fait des vers Acrostiches, aussi a l'on bien fait des liures: selon qu'encor nous voyõs auiourd'huy l'histoire Ecclesiastique de Nicephore, les Concordances de contrarieté de Bartole, par Antonius Nizellus: où la premiere lettre de chasque chapitre, qu'on a marqué de rouge és anciennes impressions de Venise, porte expressement, *Antonij Nizelli Iuris vtriusque doctoris Placentini, &c.* L'autheur du liure, appellé le Songe de Polyphile, en a fait de mesme, & se lit aux premieres lettres moresques de chacun chapitre, *Frater Franciscus Colomna Poliam per amauit.* Ie trouue, de ma part, ceste inuention gentille, à fin d'empescher que quelque Corneille Æsopique ne s'attribue la loüange de tels liures: sous ombre qu'ils estimeroient iceux estre anonymes, & sans expression de l'autheur: Et si Heliodore, autheur de l'histoire Æthiopique, eust sceu ce secret, il eust aysément conserué ses liures & son Euesché ensemblement : qu'on dit luy auoir esté osté, pource qu'il n'auoit pas voulu desauoüer son liure.

De ces Astrostiches a pris source vne ingenieuse sorte de ieu, & propre à resueiller les esprits, que i'ay souuent veu practiquer entre les Damoiselles. On demande en premier lieu à chacun de la cõpagnie le nom de son amye, ou de son amy. Et puis, s'il est fidele amant ou amante, on l'exhorte de faire vne loüange, sur chasque lettre qui est au nom d'iceux. Comme sur

M	Mignarde
A	Amiable
R	Riante
I	Ioyeuse
E	Entiere.

P	Prudent
I	Iuste
E	Eloquent
R	Religieux
R	Rare
E	Estimé.

Quand chacun a poursuiuy de mesme, selon l'ordre, & que l'on a esté bien empesché, pour diuersifier à trouuer des autres loüanges : L'autheur du ieu vient proposer que le donzel ou la donzelle que l'on a choisy, desdaigne cestuy qui les a nommé & loüé : Et dit que pour reuanche il faut trouuer vn vitupere, sur le mesme nom. Comme sur

M	Mauuaise
A	Audatieuse
R	Rioteuse
I	Insolente
E	Esuentee.

P	Poltron
I	Iniurieux
E	Estourdy
R	Rude
R	Roigneux
E	Estrange.

Quand chacun s'est efforcé du mieux qu'il a peu à vituperer: car notez que les iniures croissent plus volõtiers à la bouche, que les loüanges: celuy qui a proposé le ieu, les accuse tous de legereté, & dit qu'il ne croira iamais que s'amie soit autre que sage: & quand elle auroit fait ce, dont on l'accuse, si la veut-il tousiours fidelement cherir, reuerer, honorer aymer, &c. Hierlas! le fidele amant.

Encor ay-ie veu de ces Acrostiches vne ingenieuse façõ de Chiffres: Car ne prenãt d'vne ligne ou deux, que les premieres lettres des mots, vous pouuez aysément entendre & lire ce que l'on vous commande: Exemple pour signifier ces mots,

Vous aurés bien tost secours, patientés.

Il faut escrire.

Volontiers on vous feruiroit auec vn repos & feriez bien, il eſt notoire touſiours on tiendra, ſi en cholere ordinairement vn regret ſentez par amertume tout ira, & n'eſtimez triſtement eſtre ſeruy.

Volontiers ſignifie V: On, O: Vous, V: *Ser*uiroit, S: & ainſi conſequemment.

DE L'ECHO.

CHAP. XVI.

TV dois entendre qu'Echo, selon les fictiõs Poëtiques, estoit vne Nymphe, amãte de Narcissus, l'excellẽt en beauté: Laquelle, nonobstant qu'elle fut desdaignee, si est-ce qu'endurcie en son mon malheur, encore elle ayma cét orgueilleux, iusques au dernier souspir : & en fin, à force de crier, elle deuint vne voix, par la misericorde des Dieux, qui la transformerent en ceste façon : De sorte que sa voix accõpagna iusques à la mort, ce miserable, qui mourut de l'amour de soy-mesme. La fable est amplement descrite par Ouide, en ses Metamorphoses. Les Philosophes, specialemẽt Aristote en ses Problemes, tiẽnent que ce n'est qu'vne repercussion d'air, qui se fait à cause de quelque rocher, concauitez, voutes, ou grotes champestres, qui retiennent la voix, & la gardent d'eschapper, mais la renuoyent d'où elle vient : & n'estiment pas plusieurs que l'Echo puisse exceder sept syllabes. Tesmoin Lucrece.

Sex etiam ac septem vidi loca reddere voces.

Et mesmes entre les antiques on remarque deux lieux par excellence, où l'Echo estoit heptasyllabique, sçauoir le portique Olympié, qui fut à ceste occasion surnommé *Hetaphonos*: & l'autre, les Tours de la ville Cisique, qui reuerberét autant de voix. I'en ay remarqué trois, du moins hexasyllabiques: l'vn à Tholose, pres les Roquets, l'autre en Vaulx, village à quatre lieuës de Langres, & l'autre en Italie, pres le trou de la Sybille: & encor d'abondant, celuy de Charanton pres Paris. Iay ouy dire à ma commere Retatinee, que quand on entend ces voix là, ce sont pour certain des esprits qui font leur penitence en ce monde: *Il magnifico Senatore di Milano* auoit estudié à son eschole, quand il se pensa noyer, comme recite Cardan, (à cause d'vn Echo qui luy respõdit la nuict, selon sa voix, sur son interrogat, *Debbo passa chi? passa chi*: aupres d'vn profond marest: mais par la dexterité de son cheual, il eschappa: & puis se plaignoit le lendemain que les mauuais esprits l'auoyent deceu. Toussaincts Patris n'estoit pas si superstitieux: Car faisant vn adiournement sur les limites de la Prouince de Bourgongne, pres de quelque mõtagne, ayant entendu vne voix, qui repetoit ce qu'il crioit à haute voix, fit relation en ses exploicts, qu'il n'auoit veu personne, sinon entendu quelques mocqueurs qui reiannoient la Iustice, c'est à dire, s'en mocquoient, par vne repetition malseante & ironique.

Or sans s'espancher plus auant, les Poëtes ont trouué vne gentille façon de poëtiser, sur la repetition des mots, qu'ils ont surnommé Echo. Tu as en Erasme vn gentil Dialogue, en ceste forme : comme encor autres infinis qui sont imprimez. Ie mettray donc seulement, pour exemple, ce Latin, non encores veu, qui est vn Epitaphe sur la mort d'vn sçauant aduocat de Bourgongne, nommé Guillaume Tabourot:

Vidua & Echo introducuntur.

V. *Nunc ego sola meos hîc, nullo teste, dolores*
Solabor, tristi tristis & ipsa loco.
Hac à parte iuuat syluarum obscurior vmbra,
Muscoso inde placent antra referta situ.
Hinc etiam fontes, è quorum murmure leni
Exiguos lapides ingemuisse puto.
Atque inter tantos, si fas gaudere, dolores,
Hunc equidem lætor me reperisse locum:
Nullus adest E. *Est.* V. *Hic loquitur quis iustius æquo?*
Ec. *Echo.* V. *Responde tu, rogo si Dea?* E. *Ea.*
Vid. *Qui me agitant fluctus?* Ec. *Luctus.* V. *Semper ne*
Aut dolor assiduè me superabit? E. *Abit,* (*manebit.*
V. *Non abit, at contrà, Cadmæi militis instar,*
Nascitur, & lætam me fore reris? Ec. *Eris.*
V. *Absit vt hoc credas, prohibēt fata aspera.* E. *Spera.*
Vid. *Quid sperem, accepto vulnere, quæso refer?*
E. *Fer.* V. *Foro quod possum, verum mors coniugis inter*
Præclarios primi sic mea corda mouet.
E. *Amouet.* V. *Ab illo facile abstinuisse putabis,*
In quo magna Deûm munera erant sita E. *Ita.*
V. *Naturæ suadet vis.* E. *Vis.* V. *Tum cætera disce.*
E. *Dice.* V. *Omnes dotes opto referre.* E. *Fere.*
V. *Si quidquam omitam?* E. *Haud mittam,* V. *Excusa-*
Sufficit, en dico principio. E. *Incipio.* (*tio talis*
V. *Artibus excultus.* E. *Cultus.* V. *Fuit atque disertus.*
E. *Certus.* V. *Tum leges excoluit.* E. *Coluit.*

V. *Quòd si fortunam spectes fuit omne decorum.*
E. *Aurum.* V. *Est quod pluris tu facies.* E. *Facies.*
V. *Pulchra quidem facies perfecta ætate virili,*
Illum qui cernit numina sperat. E. *Erat.*
V. *Plura sciat fecisse illum hæc quisquis legit.* E. *Egit.*
V. *Iam dolor haud patitur dicere plura tibi.* E. *I.*

Pour exemple du François, ie mettray ces vers de du Bellay, vn des naïfs Poëtes qu'il est possible de remarquer, entre tous ceux de nostre aage.

Piteuse Echo, qui erres en ces bois,
Respons au son de ma piteuse voix:
D'où ay-ie peu ce grand mal conceuoir,
Qui m'oste ainsi de raison le deuoir? *De voir.*
Qui est l'autheur de ces mots aduenus? *Venus.*
Comment en sont tous mes sens deuenus? *Nuds.*
Qu'estois-ie auant qu'entrer en ce passage? *Sage.*
Et maintenant que sens-ie en mon courage? *Rage.*
Qu'est-ce qu'aimer, & s'en plaindre souuent? *Vent.*
Que suis-ie donc lors que mon cœur en fend? *Enfant.*
Qui est la fin de prison si obscure? *Cure.*
Sent elle point la douleur qui me poind? *Point.*
O que cela me vient bien mal à point!
Me faut-il donc, ô debile entreprise,
Lascher la proye auant que l'auoir prise?
Si vaut-il mieux auoir cœur moins hautain,
Qu'ainsi languir sous espoir incertain.

Ces deux suyuans ne sont indignes d'estre rapportez, encores que ie les ay pesché en la fontaine ennemie de l'Oliue sacree:

Respons Echo, & bien que tu sois femme
Di verité: qui sait mordre la femme
Qui est la chose au monde plus infame?
Qui plus engendre à l'homme de diffame? } femme
Qui plustost l'hōme & maisō riche affame?
Qui frippe biens, agraffe corps, griffe ame?

Afin que les femmes ne se mettent en cholere; pour faire ma paix, ie leur baille ce contrepoison:

Respons Echo, & bien que tu sois femme,
Qui plus acroist & decore la femme?
Qui plus horreur a de ce qu'est infame?
Qui plus craint Dieu, & abhorre blaféme } femme
Qui mieux nourrit ce que foiblesse affame?
Malheureux donc est celuy qui diffame?

Les rimes couronnees, qu'on faisoit au temps passé, ne sont autre chose qu'vn Echo sans ame, & vne rime redoublee. Comme celuy cy de Marot, horsmis au second vers:

La blanche Colombelle belle,
Souuent te voy priant criant,
Mais dessous la cordelle d'elle,
Me iette vn œil friant riant,
En me consommant & sommant
A douleur qui ma face efface,
Dont suis le reclamant amant,
Qui pour l'outrepasse trespasse.

Ceste espece aussi, qu'ils ont nommé Emperiere, est vn double Echo.

En grand remord mort mord,
Ceux qui parfaicts faix faicts
Ont par effort fort fort
Des clers tous frais rez rais.

Pource que la Couronne annexee vient aussi de là, & qu'il n'y a qu'vne syllabe adioustee à l'Echo, ie la mettray:

Les Princes sont aux grands Cours couronnez,
Roys, Contes, Ducs, par leur droict nom nommez,
Et leurs logis en bon ordre ordonnez,
Et du hautain leur renom recommez.

Ie ne puis asseurer qui est le premier autheur d'auoir fait ces vers ingenieux de l'Echo. Car encor, bien que le docte Pasquier en face auteur, en quelque endroit, *Ioannes Secundus*, ce gentil Poëte, qui a fait celuy qui se commence:

O quæ Diua cauos colis recessus
Syluarúmque regis domos opacas, &c.

Si est-ce que i'ay veu de nos vieux François, dont les œuures sont plustost sorties en lumiere que dudit *Secundus*, qui en ont fait. Et entre autres, vn assez gentil esprit pour son siecle, *Nicolaus Barthelemeus*, qui florissoit enuiron l'an 1530. & les œuures de *Secundus* la premiere fois furent imprimees à Lyon 1539. Entre nos François, le plus ancien que i'ay veu, c'est celuy que i'ay raporté de Du Bellay. Le mesme Pasquier, sur le Tableau de ses mains, en a fait vn tres-beau, lequel encor qu'il coure auiourd'huy entre les mains de tous bons esprits, si le veux-ie bien icy raporter, pour sa naïfue grace:

Pendant que seul dans ce bois ie me plains,
Dy moy, Echo, qui celebre mes mains? — *Maints.*
Y a il point quelque autre gentille ame
Qui à louër autres mains les enflame? — *Ame.*
Si moy viuant de mon los ie iouy,
Ay-ie argument d'en estre resiouy? — *Ouy?*

Et si ma main est iusques au Ciel rauie,
Que me vaudra ce bruit contre l'enuie? Vie.
N'y aura-il nul homme de renom,
Qui en cecy soit ialoux de mon nom? Non.
Mais si quelcun mal apris en veut rire,
Que produiroit dans mes os ce mesdire? Ire.
Contre ce sot, contre ce mal-pris?
Ne rongeray-ie en mon cœur que despits? Pis.
O sot honneur d'vne main mal-bastie,
Quel humeur donc vainement me manie! Manie.
Las ! pour le moins, Echo, si tu peux rien,
Fay que les bons de mes mains parlent bien. Bien.
Si tu le fais, rien plus ie ne demande,
Or sus, adieu, va, ie me recommande. Commande.

Il en a fait aussi vn gentil & docte Latin, imprimé auec ses Epigrammes.

DES VERS LEONINS.

CHAP. XVII.

MAintenant nous viendrons aux vers Leonins, qui peuuent aduenir incidément en quelque Poësie que ce soit, és vers Hexametres ou Pentametres; cóme dedans Virgile, Horace, Tibule, Catulle, Properce, Ouide, & autres anciens. Mais qui se donnera garde curieusement, on trouuera que quand cela aduient, c'est l'adiectif ou substátif: Comme le premier vers où ie suis tombé a la fortuite ouuerture de Virgile lib. 7.

Ecce autem Inachijs sese referebat ab Argis.

Ouid. epist. 1.

Pingit & exiguo Pergama tota mero,
Traditur huic digitis charta notata meis.

Et autrement cela aduient fort rarement; de sorte que plusieurs des plus arguts, l'ont autrement estimé vice, & appellé *Cacophonie*, c'est à dire, mauuais son à nostre aureille. Comme cestuy cy du diuin Orateur, & excellent Poëte Ciceron, tesmoin la version des Phænomenes d'Arat:

O fortunatam natam me Consule Romam.

Neantmoins nos anciens peres depuis trois ou quatre cens ans en çà, en ont faict grand cas; & pour leur bonne grace les ont surnommez, *Leoninos versus*, Vers de Lyon: A cause que comme le Lyon est le Roy des quadrupedes, aussi estoit ceste sorte de vers, à leur aduis, les premiers entre tous les autres; & se void que tous les grans Carminificateurs de ces siecles là, ont basty leurs œuures par excellence de ceste façon: comme, *Theodolus*, *Vita Thobiæ*, *Præcepta*, *Scholæ Salernitanæ de sanitate tuenda* en rendront suffisante preuue.

Dont pour exemple ces vulgaires fort vtiles, sont tirez,

Semen fœniculi pellit spiramina culi,
Filia presbyteri iubet hoc pro lege teneri,
Quod bona sunt oua candida, longa, noua.
Si nocturna tibi noceat potatio vini
Fac matutina rebibas & erit medicina.

Et autres infinis vers, desquels i'ay colligé pour exemple ces beaux preceptes & sentẽces:

Ad primũ morsum, si nõ potauero mors sum,
Gaudia sunt nobis maxima, dum bibo bis:
Ad trinum potũ lætus sum, dum bibo totum:
Lætificat quartus cor, caput, atque latus:
In quinto potu vasto potamus hiatu:
Dulcis & ipse cibus, dum bibo sex vicibus.
Potu septeno lætus sum corpore pleno,
O nos fœlices octo bibendo vices.
Nona Cherubinum pingit potatio nasum,
Si decies bibero, cornua fronte gero.

Vndenaque vice tibi præbibo dulcis amice,
Et bis post decies est mihi tota quies,
Posteà dico satis, sed cùm potauero gratis
Tantillum digitum, lætus eo cubitum.

En nos Annales, nous auons ce bel Epitaphe, du Pape Benoist XII. qui entra au Papat cóme vn Regnard; regna comme vn Lyon, & mourut comme vn Chien;

Hîc suus est Nero, laicis mors, vipera clero,
Deuius à vero, Cupa repleta mero.

Celuy de Beda est au mesme liure, ainsi,

Continet hæc fossa Bedæ venerabilis ossa.

Et à Spire ce lit cét Epitaphe de quatre personnes, en vn vers.

Filius hic, pater hic, & auus, proauus iacet isthic.

Or en voicy de bons & excellens, eu esgard à la matiere:

Cum socio mingas; si non vis mingere, fingas.

Lectio Florentina ait, aut saltem, au lieu de *si non*; ainsi que dit Contius, *secundum vulgatas editiones.*

Vn Anglois escoüé m'a donné ce suyuant, l'an 1578.

Post visum risum, post risum venit in vsum,
Post risum tactum, post tactum venit in actum,
Post actum factum, post factum pœnitet actum.

Item.

Tergere culum bis tu debes, quando cacabis,
Si desit stramen, digitis tu terge foramen.

Item.

Mingere cum bombis, res est sanissima lumbis.

Item.

Est pulcher ludus, cum nuda ludere nudus.

Item.

Item,

Lancea carnalis dat nulla pericula mortis.

I'ay veu en vingt ou trente vieux liures manuscripts, ceste belle imprecation.

Qui librum scripsit cum scutis viuere poßit,
Detur pro pœna scriptori pulchra puella.

En vne honorable Abbaye, sur la cheminee y a ceste sçauante inscription:

Post triduum mulier fastidit, & hospes, & imber:
Quod si plus maneat, quatriduanus eat.

Item frere Lardon fit ce Distique,

In prato viridi monialem ludere vidi
Cum monacho leuiter, illa sub, ille super.

Sur le nom de Philippus a l'on pas trouué vne belle Etymologie en ces vers?

Phi, nota fœtoris: lippus malus omnibus oris,
Phi, malus & lippus: totus malus ergo Philippus.

Cestuy cy n'est-il pas ioly?

Cane decane cane far mole molle mole,
Et si tu bene vis, vado vadere vadis.

I'y pourray adiouster cestuy:

Presbyter vnus erat, qui binas natas habebat.

Et combien qu'on me puisse dire que la quantité n'y soit pas bien obseruée, l'on trouuera toutesfois que si, qui voudra prendre la peine de le tourner, comme fit vn Conseiller de par le monde, qui fut six semaines apres, lequel en fin trouua,

Binas natas presbyter vnus habebat erat qui.

Encor a l'on surnommé entre les Leonins, quand deux vers riment à la fin: comme *ex faceto,*

Si ſecretarum ſeriem vis noſcere rerum,
Ebrius, inſipiens, pueri dicent tibi verum.

Item,

Ne ride ſolus, nam riſus ſolius oris,
Paruus vel ſtultus reputabitur omnib⁹ horis.

On dit encor des Vers Leonins, quand deux riment vniſonement au milieu, & aux deux fins, comme,

Ruſticus eſt verè qui turpia de muliere
Dicit, nam verè ſumus omnes de muliere.

O que ſi les femmes m'entendoient qu'elles me donneroient vn double grand mercy!

Ceſtuy-cy eſt pres le grand portail à Tours,

Martinus clamydem pro paupere dimidiauit,
Vt faceremus idem nobis exemplificauit.

De ceſte façon de deux vers rimez à la fin, les anciens, outre les vers Leonins, ont fait des proſes rimées du tout Gothiques, eſtimãs neãtmoins que ce fuſſét des vers, ainſi que teſmoigne Deſpautere *in proſa. de arte verſifi.* comme,

Languentibus in purgatorio
Qui torquentur ardore nimio,
Subueniat tua compaſsio.

I'ay veu ces iours paſſez vn grand Macaronicque de ces proſes, qui m'ont eſté enuoyees de la Cour, dont i'ay colligé ces trois couplets pour exemple,

Hé! quid dicam de filio
Qui reuenit de studio
Sine magna scientia,
Tamen facit bonam minam,
Nam loquitur ferè nunquam,
Prudens in apparentia.
Quando est apud filias
Est sicut vnus Arpinas,
Adhuc videtur amplius,
Antequam plus innotescat,
Ego volo certe nubat
Nam citius est melius.
Cognosco vnam diuitem,
Cum qua potest facere rem
Cum suo patrocinio,
Si non potest aduocari,
Dignus erit consulari
In magno præsepio.

Quelques vns faisans iugement de nos Poësies Françoises & Italiennes, disent que selon les vieux Romans, elles sont descendues de ces vers Leonins; mais auiourd'huy elles ont esté tellement faictes nostres par l'vsage, qu'elles y ont pris vne propre & nayfue grace. Et combien que quelques vns ayent voulu, depuis peu de tẽps en ça, reformer nostre Poësie, selon les quãtitez & mesures Latines, cela est si froid que rien plus, estant bien asseuré que telles œuures ne viuront pas. Ie ne dy pas que pour plaisir, & pour donter la Romaine arrogance, nous n'en puissions faire, par forme d'esbat, dont les regles toutesfois (quoy que dient nos *nouueaos scandurs*) sont *ad libitum, iuxta illud:*

Ad libitum pono nomina nescio quæ.

Comme pour exemple, tu as la version du vers,

Cùm fueris fœlix, multos numerabis amicos,
Tempora si fuerint nubila, solus eris:

Fait par l'Official Langrois, 1570.

Tant que seras opulent, amis auras par chemin assez,
Chacun s'en fuira quand miserable seras.

Iodelle a fait ce Distique,

Phœbus, Amour, Cypris, &c. cy dessus mis au chapitre des Vers Rapportez.

Le Comté d'Alsinois a aussi fait ces suyuans,

Voy derechef, ô alme Venus, Venus alme, rechanter
Ton los immortel par ce Poëte sacré:
Voy derechef un vers animé, vers digne de ton nom.
Vers que la France reçoit, Vers que la France lira:
Et fais qu'en resonnaat ton los, il puisse de ses vers,
Par ta benigne faueur, vaincre la force d'Amour.

Le mesme Comte sans Comte a fait ce suyuant Phaleuce:

Encor France se veut trauailler en vain,
En vain France se veut trauailler encor
De chanter vn Amour, de chanter vn Dieu, &c.

Bonauenture des Periers Arnay le Duchois, s'en est voulu mesler en la traduction dequelques vers d'Horace, comme aussi de nostre temps quelques vns : mais ie suis de l'opinion de Belleau, qui disoit, qu'il en falloit faire, pour dire, I'en ay fait, mais ce n'est mie grand cas. Sans donc s'amuser plus auant à ceste façon, nous ferons tousiours nos vers François rimez: car sans rimes ils ne sçauroient estre vers. Et suis content qu'on les deriue, tant qu'on voudra, des Leonins, encor que i'estime que l'inuention des Leonins soit au contraire tiree de nos vers rimez, & mesme à ceste occasion plusieurs les appellent *versus rithmicos*, & non pas *Leoninos*.

Or ces vers Leonins ou rithmiques se font encor de ceste façon, outre les precedentes, Quand on rime trois fois en chasque vers. Cōme sur certains gauaches est fait ce Distieque:

O gauachi vestri stomachi sunt amphora Bacchi:
Vos estis, Deus est testis, teterrima pestis.

On surnomme encor ainsi les vers moitié Latins & moitié François, que i'ay coustume d'appeller vers Entrelardez. Pour exemple tu auras ce vers icy, qui est au Refectoir des Iacobins à Beaune:

Fratres bene veneritis
Bien las aux pieds & aux genoux:
Sititis & esuritis,
C'est la maniere d'entre nous.

Seez vous icy de par Dieu
Comedentes & bibentes,

Selon la pauretè du lieu
Que dederunt nobis gentes.

De nos biens qu'auons amassez,
Pro Deo sumite gratis
Et si vous n'en auez assez,
Mementote paupertatis.

Il y a vn Epitaple entrelardé & entrecousu de nostre Maistre *à Cornibus aliàs Cerasinus*, qui fut composé par F. P. B. de ceste façon l'an 1542. & imprimé auec ses autres Epitaphes à Paris, chez Adam Saulnier:

Dulcia confracto sileant modulamina cornu,
Tristior & tristi prodeat ore sonus,
Alta trahunt mœsta gesta suspiria mente,
Εὔκερως occubuit, morte vocante, Petrus.

Faut-il, helas, ô Doctor optime,
Que vous perdions hisce temporibus:
Au grand besoin, Doctor egregie,
Vous nous laissez plenos mœroribus.
Helas! helas! Pater à Cornibus,
Tant nous est dueil deflere funera,
Tant est amer Parisientibus
Estre priuez tua presentia.

Impia Cornutum rapiunt sic fata Minorem,

Maior vt hoc vasto rarus in orbe foret.
Magnis maior erat, vita minimusq́, Minorum
Doctior & doctis, ah perit omne decus!
Trop cognoissons hæc nostra tempora
Estre remplis calamitatibus:
Car nous voyons lites & iurgia
Trop s'augmenter his nostris finibus.
Helas! helas! Pater à Cornibus,
Secourez nous precibus sedulis:
Ou autrement, victi laboribus
Succumberons in rebus arduis.

Franciscana graui proles orbata parente,
Tristior emissis questibus astra replet.
Deflet & insignis patrem virtute probatum,
Plangit, quem subito funere meta tulit.

Le cas va bien, gratia superis,
Vous cognoissez certa scientia
Les grands abus huiusce temporis,
Qu'vn chacun fait magna licentia.
Ne voit on pas cædes & vulnera,
Tant d'autres maux in Ciuitatibus,
Et qui pis est, Christi Ecclesia
Laboure fort falsis dogmatibus.

En celeri mœstos ut linquit sua morte μαθηταὶς
Ut sua profusis fletibus ori rigant.
Sic fœlix miseros præcedit morte minores,
Hos tamen ut moneat morte citante sequi.

Tant en voyons vanis erroribus.
Estre aueuglez, atque cupidine,
En outre plus congestis opibus
Quand nous faudra de cunctis actibus
Prendre plaisir nullo discrimine,
Que ferons nous statuto tempore
Rendre raison, illo examine,
Estre punis ignis ardoribus?

Nos gemitus angunt, fletus, lamenta dolores,
Et lachrymæ, luctus, cura, querela, labor.
En procul abiectis risu, clamore, cachinno,
Plangimus occasus, optime Petre tuos.

Helas, helas! pater à cornibus,
Pleurer nous faut priuati magistro,
Pleurer nous faut, excussis fletibus:
Pleurer nous faut, periit relligio:
En tous estats regnat ambitio,
En vous estoit nostra fiducia,

Que pourriez iuuante Domino
Nous secourir in re tam dubia.

An tua tam clarum fecerũt cornua numen?
An pietas, mores, cum probitate decus?
An sacra diuini potius sapientia iuris?
An sudor, studium? perpetuúsque labor?

Las! nous voyons mortis inuidia
Qu'estes rauy è mundi medio
Enseuely cum reuerentia,
En grand honneur, spectante populo.
Le corps cy gist, in arcto tumulo:
L'esprit conioinct choris cœlestibus,
Le monde estoit meo iudicio
Indigne auoir Petrum à Cornibus.

Concaua pergratas reddebant Cornua voces,
Gratus erat sanis auribus ille sonus.
Gratior ille probis, probitas, generosáq; virtus
Integritas iuncta simplicitate fuit.

De vous pleurer fusis gemitibus
C'est temps perdu, non sunt qui nesciãt
Qu'il nous faut tous naturæ legibus
Obtemperer, ecqui refugiant?

Tant de labeurs, quos nobis præparant
Nos ennemis, iure iniuria:
Helas! helas! tam nos præcipitant
Plaisirs mondains, caro, dæmonia.

Credere quis valeat quum disiunguntur amantes
Affligit tantùm? mors leuis ipsa foret.
Dulcia confracto sileant modulamina Cornu,
Trictior & tristi prodeat ore sonus.

Vous euitez mille discrimina
Par vostre mort ingratum fratribus,
Tant de labeurs, mille pericula,
Que nous voyons nostris temporibus:
Helas! helas! Pater à Cornibus,
Priez pour Dieu Deum & Angelos,
Que pour son sang, clauis, vulneribus,
Nous face tous in fine beatos.

Ad viatorem.

Disce mori quicũque legis mea scripta viator,
Omnes æqua manent funera, disce mori.
Disce mori, frater, discat cum præsule clerus,
Cum iuniore senex, cum sapiente rudus.

ADIONCTION DE L'Autheur.

Au commencement des Troubles plusieurs firent courir par forme de moquerie, ces vers, que l'on feignoit auoir esté trouuez en vne Eglise, sur la tumbe d'vn Prestre, & neantmoins auoient esté fabriquez, comme croyent plusieurs, par Theodore de Beze, en ces mots,

Missalis missas cantabat sæpe remissas
Altas in festis semper, Deus est mihi testis,
Et pro sex albis sic se ponebat in albis,
Quo non pro mille fecisset taliter ille:
Cantabundus erat cùm morbus per latus errat,
Et cùm mors missa est cantabat is, Ite missa est:
Nunc cernẽs trinum, carnẽ nec habet neque vinum,
Ne dicat siccas, nullas quis dicere Lucas:
Sed quocunque modo Missas dicat celebrando,
Nunc precor in cunctis ponat nos ipse mementis.

En contrechange dequoy vn gaillard Catholic, qui ne veut estre nommé, fit courir ces vers, pour mettre au dessous de l'effigie d'iceluy de Beze, qui se vendoit lors publiquement auec celles de Caluin & Luther, auec ceste inscription:

In effigiem Theodori Bezæ, ter magni Ministri, Gallicè tresgrand Ministre.

En tibi in hac bella Theodora Beza Tabella,
Qui cunctos inter bene dicitur esse minister:

Maluit ille mori quàm non seruiret Amori,
Demißis Mißis seruiuit postea mensis.
Tum voto ex isto dixit se viuere Christo,
Ex his ergo ter magnus fuit ille Minister.

ADIONCTION D'AVTRVY.

Vn de mes pere grands m'a appris cestuy-cy, que mon magister me bailloit en des Exẽples, sans y mal penser, *Flere, loqui, nere, hæc statuit deus in muliere: Hoc est, id est,* c'est à dire, en François, Filer, causer, pleurer, & braire, C'est tout ce que femme sçait faire.

Et cestuy-cy quoy?

Mensibus erratis, purißima vina libatis
R quibus est nullum diluat vna merum.

Le grand sçauoir de nos bons peres-grands consistoit en ces vers Rimoiars, & n'estoient trouuez bons, s'ils n'estoient entimez : Comme,

Omnis mensa malè ponitur absque sale,
Deterius verò ponitur absque mero,
Vis fieri leuis, sit tibi cœna breuis.

Lequel dernier ie n'ay pas tousiours trouué bien veritable. En voicy d'autres,

Vera quidem res est, patrem sequitur sua proles:
Et sequitur leuiter filia matris iter.

Item & hoc,

Vulpes amat fraudem, lupus agnum, fœmina laudem,
Vulnus amat medicus, presbyter interitus.

Et illud,

Destruit os oris quicquid lucratur os oßis.

Mais il ne feroit iamais iour, si ie voulois tout ramasser ceste vieille ferraille, qui n'est mie de debit auiourd'huy, mais si est-ce que ie prens plaisir d'en rire : aussi en ay-ie ce bien, pour le moins.

ADIONCTION D'AVTRVY.

I'ay leu dans vn vieil Legiste, barbare *quidem* à son parler, mais fort decisif, ce Quadrain mignard, troussé, veridique:

Annis mille iam peractis
Nulla fides est in pactis,
Mel in ore, verba lactis,
Fel in corde fraus in factis.

DES VERS COVPPEZ.

CHAP. XVIII.

AYANT parlé des vers Leonins, qui au milieu se riment, ie parleray des vers couppez, qui se font si gentillement, que ne lisant que la moitié du vers, vous trouuerez de petits vers François de quatre & six syllabes, qui se riment au milieu du vers, & le plus souuent cõtiennent le cõtraire de ce qui est exprimé au vers entier. I'en ay veu plusieurs scandaleux & seditieux: de tous lesquels i'ay choisi ce suyuant, pour exemple, duquel ie prie tous lecteurs de ne se point scãdaliser: Car on peut voir que c'est l'esbat de quelque timide Castor Amphiuie, qui voudroit bien reuirer sa robbe.

Ie ne veux plus —Le Messe frequenter
Pour mon repos —C'est chose bien loüable
Des Huguenots —Les presches escouter
Suiure l'abus —C'est chose miserable
Ores ie voy —Combien est detestable
Ceste finesse —En ce siecle mondain
Paquoy ie doy —Voyant la saincte Table
Tenir la Messe —En horreur & desdain,

Vne Damoiselle nommee Charlotte, noble & vertueuse & d'vn vif esprit, m'a donné la copie du Huictain qui s'ensuit: Les cesures feminines duquel ne sont pas bien faictes, au second, penultiesme & dernier vers.

Ie n'aymé onc —Anne ton accointance
A te desplaire —Ie quiers incessamment
Ie ne veux donc —A toy prendre alliance
Ennuy te faire —Est tout mon pensement
Te donner blame —Est mon esbatement
Ie ne prie ame —A te faire seruice
Le diable entraine —Cil qui est ton amant
Qui t'a en haine —Dieu conserue & benisse.

C'est autre m'a esté donné par vn ieune Aduocat, qui l'auoit pris en la bouche de sa maistresse, noire comme vn charbon, & mauuaise comme vn beau diable pour recompense: mais les cesures feminines qui sont au milieu du vers, comme au precedent, *hiatum faciunt* au sixiesme & dernier vers,

Qui vous dit belle —Il ne dit verité
Il dit bien vray —Qui laide vous appelle
Vous estes telle —En fait de loyauté
Comme bien sçay —Estes la nompareille
Tousiours auray —A vous haine mortelle
A vous fiance —N'auray iour de ma vie
Et aymeray —Qui vostre mal reuele,
Vostre accointãce —Dieu cõfonde & maudie.

L'on peut adiouster aux vers Couppez, les subtilitez curieusement mõstrueuses de Rabanus, desquelles Cardan en rapporte vne en son liure des Subtilitez. Mais il est impossible, ie pense, d'en voir vn qui soit, en tout & par tout, parfait pour la quantité & bon sens: Cõme le monstre bien *Scaliger aduersus Cardanum:* quoy qu'il se iacte en auoir fait infinis curieux & semblables, mais ie ne les ay iamais veu. Si le lecteur en touue quelqu'vn en ses œuures, qui soit bien fait, comme i'estime qu'il ne sçauroit rien sortir que parfaict d'vn si grand personnage, il le pourra icy faire adiouster.

Arbor odore potens	*f r o*	*ndoso vertice natæ*
Qua summa vere sacr	*o u f*	*luit ordine bertas*
Hortus ditatus & pa	*r c u*	*i nullus in orbe est*
Floribus & foliis	*m i l*	*leno semite diues*
Omnes excedens ali	*a s g*	*rauitudine syluas*
Cum totā pie	*magnu s u e estit h*	*onosque decusq;*
Ambit ver⁹ h	*onor l a e t us loq*	*uitur ea voto*
Stās homo li	*uor ho c n a tioni*	*denegat atra*
Demonis horrendus	*r e m*	*sciri laude mouere*
Arbor sola tenens v	*a r i*	*os virtute colores*
Purpureo regis sub	*t a c*	*tu roscida fulgens*
Æterno es radio st	*a n t*	*in te nam pie vincta*
Ædes turritæ ex ho	*c d u*	*dum es nomine beata.*

Si tu prens diligemment garde à ces vers, tu trouueras en descendant aux trois lettres du millieu des vers:

Forma sacrata crucis venerando fulget amictu.

Et aux trois lignes du milieu enclauees, cest autre:

Magnus vestit honor latus loquor hoc nationi.

Cardan dict que Rabanus de telles façons de vers a basty des arbres, des oyseaux, & autres figures; mais ie n'en ay rien veu.

ADIONCTION DE L'AVTHEVR.

Depuis i'ay recouuert le liure de Magnentius Rabanus Maurus, intitulé *De laudibus sanctæ Crucis*, fort bien imprimé à Phorceim, chez Thomas Anselme l'an 1503. lequel ie croy n'auoir onc esté veu par Cardan ny par Scaliger, parce que Cardan n'a extraict de la xiij. figure que treize vers; combien qu'il y en ayt trente-cinq, qui comprennent quatre croix, au lieu qu'és treize vers il n'y en a qu'vne. Et quant à Scaliger, il le monstre bien en ce qu'il se iacte d'auoir trouué vne autre subtilité de Raban, qui a mis quatre A, vn en chacun angle du vers.

Et neantmoins ny l'vn ny l'autre n'à pas obserué comme chaque vers consiste en trente-cinq lettres seulement, de sorte que ces lettres se rapportent au nombre des vers: & font vn quarré parfait. D'auantage le premier vers commence & finit par A. le dernier commence & finit par I. & celuy du milieu se commence & finit par E. Cela vrayement pour sa contrainte est admirable, &, à mon iugement, inimitable. Mais ce bon Abbé de Folden, qui vesquit enuiron l'an 840. a bien fait plus, par ce que (comme luy-mesme le declare) il a si bien proportionné ses quatre Croix esgales, qu'elles consistent chacune de 69. lettres, lesquels nõbres de lettres assemblez font 276. qui font neuf mois six iours, le vray temps que l'Eglise tient, selon sainct Augustin en son liure de la Trinité, que Iesus Christ nostre Sauueur a esté porté au ventre virginal: car sa conception est le xxv. Mars, & sa natiuité le xxv. Decembre. Aussi Raban sur l'inscription de ladite figure l'a ainsi inscrite, *De diebus conceptionis Christi in vtero virginis quatuor crucibus demonstratis, hoc est 276. & eiusdem numeri significatione.* Il ne faut pas donc trouuer estrange, si la quantité n'est pas entierement & exactement obseruee ausdits vers, encor que i'attribue cela à l'ignorance du siecle, plustost que du bon Abbé, comme aussi s'il vsurpe q; & ũ pour vne lettre. Or à fin que l'on voye plus clairement quels sont les vers contenus en ce quadrangle, apres que ie l'auray mis en la figure en ceste sorte, ie mettray l'explication apres: de maniére que lesdits vers leus de suite, sans s'amuser, vont ainsi,

Arbor odore potens frondoso vertice lata,
Qua summa verè sacro vsluit ordine bertas.
Ortus ditatus & par cui nullus in orbe est
Floribus & foliis, milleno germine diues.
Omnes excedens altas grauitudine syluas,
Cum totam pie magnus vestit honórque descusque
Carpit verus honor, latus loquitur ea voto
Stans homo, liuor hoc nationi denegat atri
Dæmonis horrendus, rem scirilaude moueri
Arbor sola tenens varios virtute colores,
Purpureo reges sub tactu roscida fulgens
Æterno es radio, stant in te nam pie vinctæ
Ædes turritæ, ex hoc dudum est nonne beata
Machina & ipsa Dei, ara, & qui vsu suprema

Lar hoc ne est & mira lucerna, hoc otia tota
Agnus hoc statuit signans quoque rite viando
Vera salus ista, quos verus fons bonitatis
Est benedictio quæ sacrauit amor, pietasque,
Sancta salutis lux & vita redemptio vera
Inque domu princeps donum dat pacis in orbem,
Iuraque amicitiæ hinc firmauit deposuitque,
Ascita antiqui nisus, quæ texit yems mors, cum
Illecebri lusu circa ignem noxia, enim sic
Pellax decipit, & socordem vbi inquietato
Conspexi voto iam arridens vinxit apertis.
O tu crux speciosa, ô pinus pulchrior omnia
Quæ vincis nemora, ô cedris altior ipsis
Monstrans è numero radianti dona beata.
Auentus Hiesus quæ intus probus otia nutu
Is tulerit dabat ipse beate cum pie venit.
Egrediens vulua huc, & blando numine semet
Signauit, cælos terrena & condere regna:
Vt dudum sancti lingua cecinere prophetæ.
Fecerit hic celsa doctior, dum condidit ima
Imperium in numeris tanto sit quo bene regi.

Or remarquez qu'en la longueur de la premiere Croix il y a vn vers parfait de trente-huict lettres,

Forma sacrata Crucis venerando fulget amictu.

Et au trauers vn autre vers, d'autant de lettres, où la premiere de *natio* est breuë,

Magnus vestit honor lætus loquor hoc nationi.

Ès lettres de la longueur de la Croix basse, est vn vers d'autant de lettres que les deux susdits,

Corporis ergo sacri constructio in arte beata.

Et en la ligne qui trauerse, cest autre de mesme curiosité,

Enumero radiansque intus probat ipse beate.

A la Croix mise à dextre, sont ainsi que dessus, ces deux vers,

Nunc canam at exorans Iesum abdere & vda piare
Vera salus ista est benedictio sancta salutis.

En la quatriesme Croix à gauche, sont aussi ces deux,

Fons bonitatis, amor, pietasque, redemptio vera.

Fin de l'Adionction.

De ceste façon laborieuse l'autheur a composé 30. figures aussi penibles, mais il n'y a aucun arbre, comme dit Cardan : Ie feroy volontiers imprimer l'œuure entier en vn volume, auec *Christus Crucifixus*, nagueres mis en lumiere, dont i'ay fait mention és vers Lettrisez, & les Centons qui se trouuent à present. Ce que ie croy seroit bien recueilly par les curieux.

Frere Nicolas Perchet de son viuant bon & sçauãt Religieux de saincte Benigne de Dijon, fit ces vers:

Ad summum Sadai siue cunctipotentem dominum,

Qui est acrostiche,

BOSCO secla quam		*compreudere LAETA*
Aequa MIHI sit mẽs		*& sani ROGO sensus*
Recta Sequi DONES		*PRAEBENS bene tuta*
Corpus & acta regens	SADAI	*mala cuncta repellas*
Hostes hinc TOLLAS		*COELI moderator*
Esto MIHI fator		*velut es SATOR atque*
TRISTE fugans totũ		*cor dirigo ad ALTA.*

Aux Croix sainct André vous auez deux vers Retrogrades bien faicts, qui en font quatre ingenieux, sçauoir:

Posco mihi dones Sadaï cœli sator alia
Alta sator cœli Sadaï dones mihi posco.
Læta rogo præbens Sadaï tollas mihi triste,
Triste mihi tollas Sadaï præbens rogo læta.

I'ay trouué ce suyuant François en des vieilles Heures, où il y a vne Croix Bourguignonne, à mon aduis, tresbien faicte:

DV Lustre supernel Princesse reuesTVe
MerCIS ie te requiers pour peché qui ME tue
Dech Asse d'entour moy tous ces dards MOR tiferes
Brise & MIne les tous en ostant mES miseres
Car ie sCAy seurement que tu es TOute pleine
De douceur & DE paix & la MEr & fonteine
Où tous pauures humaIns pulsent l'eau fauorable
Pour lauer les maux gROS DV Monde miserable
Or donc Royne des Cieux, † des pecheurs l'asseurãce,
Ie te prie qu'à ma MORt Ayes la souuenance
De ces miens peTIS mots en VERs ton fils & Pere
Fais tant qu'aVEcques luy maNANS en heur pspere
Au throsNE haut soyons en celeSTE Lumiere
Noz espRITs tous contens cõme en sçau LA maniere
EnHORte donc celuy qui tant te DECOra
d'Abolir les pechez que mon ame encouRA.

Au milieu se lisent ces vers entrelassez en croix Sainct André, que les heraux & poursuyuans d'armes appellent, Sauteur ou Sautueil.

Dulcis Amica Dei rosa vernans stella decora,
Tu memor esto mei dum mortis venerit hora.

L'on peut adiouster à ces vers Coupez, ces vers Accordans, qui sont de bonne grace.

Et canis } *in ſyluis*
Et lupus }
{ *venatur* } *& omnia* { *ſeruat*
{ *nutritur* } { *vaſtat*

Qui ſe peut ainſi rendre François,

Le Chien } *aux bois*
Le Loup }
{ *va chaſſer* } *tout* { *gardant*
{ *ſe nourrit* } { *perdant.*

Et celuy ſuyuant ſelon mon aduis à treſbonne grace:

Qu an di tri mul pa
os guis rus ſti cedine uit.
H ſan mi Chri dul la

Quos anguis dirus triſti mulcedine pauit,
Hos ſanguis mirus Chriſti dulcedine lauit.

DES DESCRIPTIONS PATHETIQUES.

CHAP. XIX.

FAISANT à par moy vn discours de la beauté des Vers, quelques subtils & curieux que i'aye cy deuant deduit, ie n'en trouue point qui approchẽt d'vne Description, quãd elle est bien faicte & à propos. Tu en as sur tout dedans Virgile vne infinité des plus belles qu'on sçauroit imaginer: Car il semble en lisant ces vers, que l'on soit en l'acte mesme; & expressémẽt tu pourras remarquer, que quand il descrit quelque action soudaine, il vse tousiours de Dactyles, & de mots recherchez, du tout significatifs d'icelle action. Et aussi quãd il veut depeindre vne action languide, il vse de Spondees. Comme le coup que le vieilard Priam donna à Pyrrhus, vous diriez qu'il descrit vn bras d'estouppe:

——— *Telũmque imbelle sine ictu*
Coniecit.

Estant à Paris, i'ay pris plaisir de colliger toutes les Descriptiõs de ce diuin Auteur, & de plusieurs autres: imitant en cela Ringelbergius, le compagnon de Postel, qui a choisi plusieurs belles similitudes Poëtiques, desquelles pour exemple ie conseilleray de voir seulement au premier liure ceste Description de Tempeste:

——— Ac velut agmine facto
Qua data porta ruunt, & terras turbine perflant,
Incubuere mari, totúmque à sedibus imis
Vnà Eurúsque Notúsque ruunt, crebérque procellis,
Africus, & vastos voluunt ad sydera fluctus,
Insequitur clamorq; virũ stridorq; rudentum.
Eripiunt subito nubes cœlúmque diemque
Teucrorum ex oculis, ponto nox incubat atra
Intonuere poli, & crebris micat ignib⁹ æther.

Pour le plaisir que i'y prens, ie mettray ces autres, peschez au premier liure & second:

Cùm subito assurgens fluctu nimbosus Orion
In vada cæca tulit, penitúsque procacibus Austris,
Pérque undas superante salo, pérque inuia saxa Dispulit.

Voy ie te prie, *per amor de mi*, au second la Description des Serpens deuorateurs de Laocoon. Et ces deux vers sont-ils pas naïfs, pour exprimer vn sac de ville?

Clarescunt

Clarescunt sonitus, armorumq; ingruit horror.
Item: *Exoritur clamórque virum, clangórque tubarum.*

Item ceste populaire sedition,
—— *Sæuitque animis ignobile vulgus,*
Iámque faces & sacra volant, furor arma ministrat.

Ceste ouuerture de porte est elle pas excellente?
—— *Foribus cardo stridebat ahenis.*
Voulez vous voir vne peur?
Obstupuit, retróque pedem cum voce repressit.
Et ailleurs:
Obstupuit steterúntque comæ, & vox faucibus hæsit.
La ruine d'vne maison,
—— *Ea lapsa repente, ruinam*
Cum sonitu trahit. Et ce feu,
Ilicet ignis edax summa ad fastigia vento
Voluitur, exuperãt flãmæ, furit æstus in auras.
In 4. *Æneidos:*
Stat sonipes ac fræna ferox spumantia mãdi.

Ie ne puis toutesfois m'abstenir, que ie ne mette icy la mort de ce grand Pompee, diuinement descrit par Lucain:
—— *Vt vidit comitus enses,*
Inuoluit vultus, atque indignatus apertum
Fortunæ præbere caput, tunc lumina pressit,

Continuitq́ animam, ne quas effundere voces
Posset & æternam fletu corrumpere formam.

Et paulò pòst,

Séque probat moriens.

Voy aussi au quatriesme liure de l'Æneide la mort de Didon.

Va voir le surplus, si tu veux, ou attens l'impressiõ entiere d'vn liure, au lieu de ce chapit.

Nos modernes Poëtes François se sont heureusement aydez de ces belles Descriptions: mais ce ne seroit iamais fait, de les rapporter toutes icy. Ie n'en veux donc mettre que ce peu de suyuantes, tirees du premier & second de la Franciade de Ronsard,

Qu'vn grand Vautour poursuyuoit à outrance
Plus fort que luy d'ongles & de puissance,
Qui çà, qui là, par le ciel le batoit,
Tournoit, viroit, suyuoit, & tourmentoit.

Autre part,

L'eau sous la pouppe aboyant fait vn bruit.

Diriez vous pas proprement que vous entẽdez vne eau pressee d'vn gros nauire?

Et encore ceste-cy d'vne nef qu'on remuë sur terre,

Les grands vaisseaux coulassant en auant
Sur le rouleau qui craquetant se vire
D'vn dos lissé du fray de la nauire:
Ces artisans ayant le fer au poing,
L'œil sur le bois, & en l'esprit le soing,
Tous à l'enuy fourmilloient sur l'arene,

Icy l'vn fait le fons d'vne carene,
L'autre la prou, l'autre la poupe ioint,
D'vn art subtil l'ais à l'ais bien à point,
L'autre tirant le chanure à toute force,
Plis dessus plis, entorse sur entorse,
Menant la main ores haut, ores bas,
Tord le cordage, & l'autre pend au mas.

Item,

Tel esguillon leur versa dedans l'ame
Vne fureur, vne ardeur, vne flame
De liberté de vaincre & de s'armer,
Et d'emporter Ilion par la mer.

Au second liure ceste-cy d'vne tempeste, est tresbelle,

Tandis les vents auoient gaigné la mer,
Flot dessus flot la faisoient escumer,
La renuersant du fond iusques au feste,
Vne importune outrageuse tempeste
Sifflant, grõdant, bruyant, & s'esleuant, &c.

Et tost apres au mesme lieu,

Entre les feux, le tonnerre, & la pluye,
La nuict, la gresle, vne ardente furie
D'orage emporte, &c.

Encor au mesme lieu, faisant la comparaison à vn Pin renuersé,

Le fait verser fracassant & courbant
Tous les buissons qu'il rencontre en tombant.

Et autres que ie laisse à rechercher pour imiter, à quelqu'vn desireux de bien escrire.

Ces autres sont de Iacques Peletier, mon tres-intime amy, la memoire duquel m'est fort agreable. En ses quatre Saisons il descrit ainsi des batteurs de bled, qu'il semble qu'on les voye en mesme action,

Consequemment vont le bled battre
Auecques mesure & compas,
Coup apres coup, & quatre à quatre,
Sans se deuancer d'vn seul pas, &c.

En sa Suyte de Poësie inseree à la fin de son docte art Poëtique, il depeint ainsi le chant de l'Aloüette,

Elle guindee d'vn Zephyre
Sublime en l'air vire & reuire,
Et y declique vn ioly cry,
Qui rit, guerit, & tire l'ire
Des esprits mieux que ie n'escry.

Le docte du Bartas au cinquiesme iour de sa premiere Semaine l'a ainsi d'escrit,

La gentille Alouette auec son tire-lire
Tire-lire à liré, & tire-lirant tire
Vers la voute du ciel, puis son vol vers ce lieu
Vire, & desire dire adieu Dieu, adieu Dieu.

Voicy vn vers de quelque despité,

La rude & forte guerre
D'vn foudroyant tonnerre

Rudement fracassa
Ce que l'horreur horrible
D'vn barbare terrible
Iamais ne pourpensa.

Ces deux suyuans sont attribuez au bon Poëte *Ennius*,

At tuba terribili sonitu taratantara dixit.

Et cest autre amené par Ciceron, en vne Epistre *Ad Terentiam*,

Africa terribili tremit horrida terra tumultu.

Venons aux folastres, Merlinus Coecaius in Zanitonella, parle ainsi à sa Zoanina introduisant Garillo amoureux:

Dum cano plenis sophians ganasiis
Lili blirum, male stapo buses,
Ac priùs nasum sine me mocare
Iámque commenza:
Debeo grossum facere an sutilum,
Sum refredatus, faciam sutilum.
Quod tuam vecchiam sonniabo vaccam
Nomine Moram.
O me biblirum Zoanina blirum,
Huuc veni lirum mea bili lirum,

Seq. quid. &c. Voylà pas gentillement exprimer le son de la chalemie?

Cestuy-cy est ioly en François, car il equiuoque du son à la voix:

Ceux qui voudront lire liront,

Et qui voudra lire lira.

Le vray son d'vn tabour, qui bat Colin-tampon à l'effroy, est ainsi bien exprimé par les voix d'vne populace, qui faisoit, tout estourdiement estonnee, barrer les ruës auec les chaines. L'on m'a dit qu'il y en auoit vne chanson mise en Musique, mais ie ne l'ay pas veuë.

Qu'attend-on, que ne les tend-on,
Qu'attend-en, que ne les tend-en.

Et ce suyuant est gentil aussi:

Tu as tort, tort tu as,
Vous auez tort, tort auez,
Ils ont tort, tort ils ont,
Ils auront tort, tort ils auront.

On equiuoque par là plaisamment sur tortua, tortillon, tortillorum: mot bien fascheux à supporter à vne bossuë.

Ie te pourrois trouuer infinis bons Sonnets dans nos Poëtes François, esquels y a de riches Descriptions: mais, pource qu'ils sont jà imprimez, ie t'ayme mieux bailler ces cinq de ma façon, comme vne viande nouuelle, Le premier est d'vn piaffeur, nommé Robert le Vinaigrier, *aliàs* Seigneur Rambert.

Ce grand Renegue-dieu, qui d'vn pas desdaigneux
Talonne le paué, indigne, comme il pense,
De seruir de soustien à la rogue cadence,
Que fait le mouuement de son corps orgueilleux.
Ce puissant Taille-bras, qui d'vn regard hideux,
D'vn sourcil refrongné porte la contenance

De domter vn Cæsar, & qui a la vaillance
Sinon dedans le bras, pour le moins peinte aux yeux.
Ce chapeau de trauers, ceste longue moustache,
Qui par les cabarets, ieux de paumes s'attache
Aux valets, aux naquets, de parole & de coups:
Bien armé qu'il estoit l'autre iour print querelle
Contre vn ieune garçon lequel de sa semelle
Le soufleta trois fois, & fit deuenir doux.

Ce second est d'vn petit mesdisant:

Vn petit Marmouset, qu'on diroit que l'Indie
D'entre les Pigmeans, honteuse de l'auoir,
A voulu dechasser, pour le vous faire voir
Et seruir de badin en quelque Comedie.
Vn sot outrecuidé, qui du tout s'estudie
D'vn langage pipeur ses amis deceuoir,
Et qui n'ayant en luy ny grace, ny sçauoir,
Auec vn sot parler vn chacun attedie.
Vn fat, vn glorieux, vn manequin, vn draule,
Qui fait autant de pas du pied que de l'espaule,
Vn vilain, qui cent fois a dementy sa foy:
Peletier, c'est celuy qui plein de toute tache,
Tousiours impudemment encontre moy s'attache,
Et fait rire de luy, pensant rire de moy.

Ce suyuãt est d'vn gros lourdaut, qui appelle sa femme ma Cassandre, & se faisoit appeller mon Ronsard : encor que ce fust vn vray pedant pour tout potage, selon que m'a asseuré le discoureur des heures.

Ronsard, ie suis marry qu'vn gros vilain pedant
S'appelle comme toy, surnomme vne badine

Tout ainsi que tu fais ta maistresse diuine,
Et veut par ce moyen faire le suffisant.
Car si tu le voyois, c'est vn vray bouc puant,
Renfroigné, noir, hideux, & qui porte la mine
D'vn grossier foite-cul de Grammaire Latine,
Qu'on iugeroit ialoux seulement le voyant.
Ceste badine aussi qu'il nomme sa Cassandre,
C'est vn large fessier, c'est vne coune cendre,
Laide, d'vn sot maintien, digne d'vn tel mary.
Elle dit toutesfois qu'vn chacun la caresse,
Et ce pendant la croit, qui creue de detresse.
N'a-il pas bien raison d'en faire le marry?

Ce suyuant m'a esté donné par vn vergalant de Valence, qui l'auoit fait sur vne sienne tante: parce qu'elle se vouloit remarier à vn Capitaine, n'agueres hostelier, auquel elle auoit ja faict vne donation, en faueur d'entre-lassi-iambon, au desaduantage de ses heritiers *ab intestat.*

Vne vieille guenon desia demy pourrie,
Qui n'a plus que trois dents: au reste, les deux yeux
Comme vne ruche à miel, cirez & chassieux,
Qui tousiours de son nez distile vne roupie.
Vn visage ridé, la face cramoisie,
Vn front demy pelé, la teste sans cheueux,
Elle se marche encor, & d'vn port orgueilleux
Ose bien sottement faire encor la iolie.
Mais las! qui n'en riroit? il y a bien plus fort,
Depuis vn peu de temps que son mary est mort,
Elle a haussé d'estat pour se monstrer plus belle.
Pour le regard de qui? d'vn gros vilain porcher,
Tellement que l'on dit, quand on la void marcher,
Vilaine dessous drap, par dessus Damoiselle.

Cet autre est sur vn petit Pimpreneau.

Mais d'où vient cet orgueil? on ne void par la ville
Vn plus rogue vilain, qui contreface mieux
Depuis vn peu de temps, le braue & glorieux,
Que ce petit camard, mary de la camille.
Il vit superbement, encor mieux il s'habille
Bonne trouppe de gens, dont il se tient heureux,
Va chez luy pour ioüer toutes sortes de ieux,
Et n'agueres pourtant n'auoit ny croix ny pille.
Ha! i'entens bien le per, ces ieux sont les rapeaux,
Par lesquels il attire à son moulin les eaux
De plusieurs gens ausquels sa femme il abandonne.
Ayant donc tel moyen, n'a il pas bien raison
De marcher comme vn Roy, qui porte en sa maison
Cent cornes sur son chef luy seruans de couronne?

La suyuante Description est d'vn gros Raminagrobis, qui auoit promis à sa partie de le faire absoudre. Car il deuoit tant cracher de Loix, qu'il feroit perdre haleine à son aduersaire, mais il deuint du contraire: Car il plaida si confusement que rien plus, dequoy sa partie, qui estoit vn ieune Escholier prisonnier, fit ce Huictain:

Ce rote loix, ce crache-paragraphe,
Vesse-verset, authentique-souflant,
Pete-canon, Decretalimouchant,
Extrauagant d'vn droict qui tout agraphe,
N'a peu si bien auec sa grand' piaffe
Rotter, cracher, vesser, souffler, peter,

Extrauaguer, Decretalimoucher
Que par sa voix on m'ait donné le taf.

T. littera apud Græcos, nota est absolutionis.

Nos Poëtes François, nommément du Magny, se sont pleus aux diminutifs d'vne fort bonne grace. Car ils font de petitelettes descriptionnettes, qui sont fort-agreablettes aux aureillettes delicatelettes, principallement des mignardelettes damoiselettes: Comme,

Ma nymphe folastrelette
Ma folastre nymphelette.
Hierlas! qu'il est quiliguedy.

Ie mettray cest exemple encor non veu, du ieu des Ventes:

Ie vous vens vne goutette,
Vne goute clairelette,
Vne claire goutelette,
Qui vient d'vne fontenette,
Mignarde fontenelette,
Fontaine mignardelette,
Pour estancher cest' ardeur
Qui brusle aux amans le cœur.

Pour finir ce chapitre, i'adiousteray ceste Antithese de la belle & laide amie, extraicte des Poësies d'vn certain personnage, qui n'escrit que pour son plaisir: Qui est cause qu'il vse du dialecte de sa prouince particuliere, quand il le treuue bien significatif, & à son gré, & ne veut escrire à autres, qu'à ses Tarentins & bons amis : i'espere toutesfois tant faire, que d'arracher de luy quelque chose, comme n'ayant rien fait que fort ingenieux. I'ay expressément mis l'antithese à l'opposite de la loüange, vis à vis l'vn de l'autre, à fin que l'on vist les deux ensemblement qui voudroit.

Chanson.

1

QVi les rares faueurs de beauté & de grace,
Dont nature a orné vostre Angelique face,
Ensorcelé d'Amour, penseroit estimer,
Sembleroit espuiser les ondes de la mer.

2

Qui a veu du Soleil l'excellente lumiere,
Il n'a pas encor veu des clartez la premiere,
S'il n'a veu la splendeur & clarté de vos yeux,
Qui sont astres immeaux plus luysant que les cieux.

3

Vos leures, ma mignonne, & leur peau delicate
Surpassant le coral, la rose, & l'escarlate,
L'huitre vous imitez en baisant de bon cœur
D'vn baiser moite & glout de diuine liqueur.

4

D'œillets, roses, & fleurs est vostre bouche pleine,
Aromats & senteurs respire vostre haleine,
Vos souspirs sont Zephirs si soüefuement espars,
Qu'ils font germer en l'air violettes de Mars.

5

Aux perles d'Orient vos dents ostent la gloire,
Vostre col, vostre sein, sont plus blancs que l'yuoire,
Et semble proprement que l'Amour soit assis
Sur les fraizes poussant dessous vostre lassis.

6

Vostre ioüe est polie & blanche comme marbre,
Teinte vn peu de fleuret de Iacque ou de cinabre,
Vostre beau nez traitis sert de fleche à droit fil
A l'Ebene de l'Arc que fait vostre sourcil.

7

Vos doigts sont les fuseaux, dont vous filez la trame

Antithese.

I

O Vile nombre infini de laideur & disgrace
Dont nature a soüillé vostre odieuse face,
Animé d'vn desdain tascheroit despriser,
Les gouttes de la mer sembleroit espuiser.

2

Quand le Soleil esclaire, & monstre sa lumiere,
Alors vous paroissez des laides la premiere,
Vous ne deuriez iamais ouurir vos vilains yeux,
Pleins de fureur, tous ronds, bordez, & chassieux.

3

Vos leures sont de fiel, & pleines de creuasses,
Et quand voulez baiser, font les mesmes grimaces,
Sauf toutesfois l'honneur de la Chrestienté,
Que le cul d'vn cheual quand il a fianté.

4

D'vn vieil saumon pourry auez la bouche pleine,
Comme charongne on sent puante vostre haleine,
Et quand vous souspirez, ce sont des rots espais,
Qui de leur graue odeur rendent l'air tout punais.

5

Le rasteau de vos dents est crasseux & iaunastre,
Vostre sein est terny comme vne chareuastre,
Sur vos tetins flestris les chicherons tous noirs
Representent les bouts de deux vieux entonnoirs.

6

Sous les os de vos yeux vostre iouau se serre
Pasle, maigre, saly, deffait, & plain de terre:
Vostre gros nez bitord biaise à contrefil
L'anse d'vn chauderon que fait vostre sourcil.

7

Ie compare vos doigts à des compositoires,

De la toile d'Amour, où se loge mon ame:
Les palmes de vos mains sont les sacrez autels,
Où les Vestales font chastes feus immortels.

8

Vos coiffes & rezeuils, ce sont rets de panteines,
Où mon cœur enlacé endure mille peines,
Vous portez les lassets dedans vos blonds cheueux:
Où ie suis prisonnier, & sortir ie n'en veux.

9

Les pas que vous tracez au son des Epinetes,
Semblent les mouuemens des astres & planetes:
Diane fretillant y auez surmonté,
Cytheree en maintien, Iunon en maiesté.

10

La troupe des neuf Seurs, qui les accords manie,
A dressé vostre voix d'vne telle harmonie
Que mon Luth est muet quand vous auez chanté,
Et moy plein de souspirs ie me pasme enchanté.

11

La Cour de tous les Dieux enuers vous gracieuse,
Desirant vous former de toutes parts heureuse,
Fit choix de vostre esprit entre les beaux esprits,
De vos perfections multipliant le pris.

12

Heureux, sept fois heureux, qui par vne esperance
De vostre noble cœur cherchera l'alliance,
Qu'on passe en Arabie & és Indes encor,
On ne verra iamais vn si riche thresor.

13

Toutesfois escoutez, combien que soyez telle,
Si vous estes par trop à vos amans rebelle,
Les Dieux vous ont predit, par vn certain destin,
Pour amant & mary, quelque sot & badin.

Les palmes de vos mains semblent des décrotoires,
Les mesmes bras croisez ne ressemblent pas mal
Au gros pigne qui pend à la queu' d'vn cheual.

8

La coiffe que portez sur vostre teste sotte
Ressemble d'vn mouton vne sale pansotte,
Les crins qui sont dessus imitent proprement
Le poil qui pend au cul d'vne vieille iument.

9

Les pas que vous tappez quand dancez en la ruë
Font bruit, comme les pieds d'vne vache qui ruë,
Et quand sautez deuant tout vn peuple assemblé,
Retombez lourdement, comme vn gros sac de blé.

10

Vostre voix rugissant est la voix d'vne asnesse,
Comme la rouë d'vn char où n'y a point de gresse,
Moy ne pouuant souffrir discords si violens,
I'en romps quasi mon Luth, & en grince les dents.

11

Pour forger vostre esprit, des Infernaux la troupe
Dedans vostre cerueau mit vn fardeau d'estoupe,
Aussi vous iargonnez tout ainsi qu'vn oyson,
Et en vos sots propos n'y a point de raison.

12

Mal'heureux qui surpris, ou par inaduertance
Sera contrainct de voir si sotte contenance,
En la sou des pourceaux, ny és retraicts encor
On ne sçauroit trouuer rien qui soit de si ord.

13

Toutesfois escoutez, encor que soyez laide,
Si douce vous donnez aux requerans de l'aide,
Alors qu'on vous forma, le Destin a predit
Qu'aurez par ce moyen quelque peu de credit.

ADIONCTION DE L'Autheur.

Le docte & laborieux du Bartas a fait en sa seconde Semaine infinies belles & nayfues Descriptions: mais sur tout, celles du Cheual qu'il s'est estudié à descrire parfaitement pour sa beauté.

Cain de ceste peur, comme on dit, transporté,
Donne le premier frein au Cheual indonté:
Afin qu'allant aux champs, d'vne poudreuse suyte,
Sur les iambes d'autruy, son Lamech il euite.
Car entre cent cheuaux brusquement furieux,
Dont les fortes beautez il mesure des yeux,
Il en prend vn pour soy, dont la corne est lisee,
Retirant sur le noir, haute, ronde, & creusee:
Ses pasturons sont courts, ny trop droicts, ny lunez:
Ses bras secs & nerueux, ses genoux descharnez,
Il a iambe de Cerf, ouuerte la poitrine,
Large croupe, grand corps, flancs vnis, double eschine:
Col mollement vousté, comme vn arc mi-tendu,
Sur qui flotte vn long poil crespement espandu:
Queuë qui touche à terre, & ferme, longue, espesse,
Enfonce son gros tronc dans vne grasse fesse:
Aureille qui pointue, a si peu de repos,
Que son pied grate champ: front qui n'a rien que l'os:
Yeux gros, pronts, releuez: bouche grande escumeuse,
Nazeau qui ronfle, ouuert, vne chaleur fumeuse:
Poil chastin: astre au front: aux iambes deux balzans:
Romaine espee au col: de l'aage de sept ans.

Cain d'vn bras flateur ce beau Ienet caresse,
Luy saute sur le dos d'vne gaillarde adresse:
Se tient coy, iuste & ferme, ayant le nez tourné
Vers le toupet du front. Le Cheual forcené
De se voir fait esclaue, & flechir sous la charge,
Se cabre, saute, ruë, & ne treuue assez large
La campaigne d'Henoc: bref rend ce Pelétron
Semblable au iouuenceau, qui, sans art & patron,
Tente l'ire du flot: le flot la nef emporte,
Et la nef le nocher, qui chancele en la sorte
Qu'vne vieille Thyade: il a glacé le sein,
Et, panthois, se repent d'vn tant hardy dessein.
L'Escuyer repourprant vn peu sa face blesme,
R'asseure accortement & sa beste, & soy-mesme:
La meine ores au pas, du pas au trot, du trot
Au galop furieux: il luy donne tantôt
Vne longue carriere, il rit de son audace,
Et s'estonne qu'aßis tant de chemin il face.
Son pas est libre & grand, son trot semble egaler
Le Tigre en la campagne, & l'Arondelle en l'er:
Et son braue galop ne semble pas moins viste
Que le dard Biscain, ou le traict Moschouite.
Mais le fumeux canon de son gosier bruiant
Si roide ne vomist le boulet foudroiant,
Qui va d'vn rang entier esclaircir vne armee,
Ou percer le rempart d'vne ville sommee,
Que ce fougeux Cheual sentant lascher son frein,
Et piquer ses deux flancs, part viste de la main,
Desbande tous ses nerfs, à soy-mesme il eschappe,
Le champ plat, abat, destrappe, agrappe, attrappe,
Le vent qui va deuant, couuert de tourbillons
Escroule sous ses pieds les bluetans seillons,

Fait descroistre la plaine: & ne pouuant plus estre
Suiuy de l'œil, se perd dans la nuë champestre:
Adonques le Piqueur qui, ia docte, ne veut
De son braue cheual tirer tout ce qu'il peut,
Arreste sa fureur, d'vne docte baguette
Luy enseigne au parer vne triple courbette,
Le louë d'vn accent artistement humain,
Luy passe sur le col sa flateresse main,
Le tient & iuste & coy, luy fait reprendre haleine,
Et par la mesme piste à lent pas le rameine.
    Mais l'eschauffé destrier s'embride fierement,
Fait sauter les cailloux, d'vn clair hannissement
Demande le combat: pennade, ronfle, braue,
Blanchit tout le chemin de sa fumante baue:
Vse son frein luysant, superbement ioyeux,
Touche des pieds au ventre, allume ses deux yeux:
Ne va que de costé, se quarre, se tourmente,
Herisse de son col la perruque tremblante:
Et tant de spectateurs qui sont aux deux costez,
L'vn sur l'autre tombans, font largue à ses fiertez.
Lors Cain l'amadouë, & cousu dans la selle
Recherche, ambitieux, quelque façon nouuelle
Pour se faire admirer. Or il le meine en rond,
Tantost à reculons, tantost de bond en bond:
Le fait balser, nager, luy monstre la iambette,
La gaye capriole, & la iuste courbette.
Il semble que tous deux n'ont qu'vn corps & qu'vn sés,
Tout se fait auec ordre, auec grace, auec temps:
L'vn se fait adorer pour son rare artifice,
Et l'autre acquiert, bien-né, par vn long exercice
Leger'té sur l'arrest, au pas agilité,
Gaillardise au galop, au mani'ment seurté,

Appuy donne à la bouche, au saut forces nouuelles;
Asseurance à la teste, à la course des ailes.

Et comme vn iour le Seigneur de Villers la Faye, Gentil-homme d'honneur, estoit en mon logis, & en entendit faire lecture fort attentiuement, il dit à la fin: Voil'a vn trop braue Cheual, & trop bien dressé en si peu de temps. Car outre ce que l'on faudroit bien d'en trouuer vn semblable en toute l'Italie, encores faudroit-il deux bons Escuyers qui l'eussent gouuerné trois ans, pour luy apprendre ce que faisoit faire Cain à celuy-là en vne heure.

DES AVTRES SORTES de Vers folastrement & ingenieusement practiquez.

CHAP. XX.

A CAVSE que tu t'ennuyerois à bon droict, si pour chasque exemple des Vers suiuans, ie faisois vn chapitre à part, *iuxta illud, Libro longior est titulus*, i'ay ramassé tout ce qui m'a semblé de plus digne. Voicy vn vers qui m'est eschappé inaduertement, auquel toutes les lettres de l'Alphabet sont contenuës,

Qui flamboiant guidoit Zephyre sur ces eaux.

Vn Allemant m'aduertit en Auignon, qu'il en auoit veu vn semblable Latin,

Duc Zephyre exurgens curuum cum flatibus æquor.

I'ay depuis veu cest autre de Scaliger,

Vix Phlegetum Zephyri, quæres modo stabra Micyllo.

Il est aisé d'en faire de semblables : mais ie les ay raporté icy par curiosité, cõme ces vers Hexametres Grecs & Latins, esquels sont toutes les parties d'oraison:

Πρὸς δ' ᾔμεν τὸν δύστηνον ἔπι φρονέοντ' ἐλεαίρων
Ad me continuo, licet ab fera verte precantem.

Plutarque en ces questions Platoniques s'estudia par gaillardise d'en faire vn de mesme, Αὐτὸς ἰὼν κλισίην δ' τὸν σὸν γέρας ὄφρ' εὖ εἰδῇς.

Auquel on peut remarquer de suite vn pronom, vn participe, vn nom, vn verbe, vne proposition, vn article, vne conionction, & vn aduerbe.

Pindare a composé carmen ἄσιγμον : ce que l'on dit aussi que le Poëte Hermoneus a faict, c'est à dire des vers si curieux qu'il n'y a pas vne S. Tout ainsi que qui diroit qu'il y a vn Verset aux Sept Pseaumes, où il n'y a point de A, sçauoir, *Nolite fieri sicut equus & mulus, quibus non est intellectus.*

Or comme il s'est trouué de ces Misosigmes, Misoalphes & Misolambdes, &c. aussi s'en sont ils trouuez qui ont abhorré des syllabes, comme celles-là de con, pource qu'ils estoient, comme ie croy, Misogames. Comme cestuy-cy d'vn qui auoit passé les picques,

Dieu garde la paignie
Ie n'ose dire Con,
Car tant que i'auray vie
Ie n'aymeray le Con:
Ie hay Comte & Comtesse,
Et Vicomte par Con:

I'hay tous oyseaux de proye,
Pour l'amour du Faulcon;
Et toutes les citez,
Pour l'amour de Mascon, &c.

Il y a vne legende, contenant bien enuiron 300. vers de mesme façon, mais ie me fasche de tant parler de telles matieres.

Le sçauant Scaliger a fait vn vers, qu'il surnomme Protee, à cause qu'il peut changer d'infinies formes & estre retourné en plusieurs façons, comme l'on dit que Proteus se transformoit diuersement : qui est propre à donner aux ieunes enfans, car il sera bien asne de nature qui ne le poutra tourner:

Perfide sperasti diuos te fallere proteu
Perfide te diuos sperasti fallere proteu
Perfide te sperasti diuos fallere proteu
Perfide te proteu sperasti fallere diuos
Perfide sperasti te diuos fallere proteu
Perfide proteu te sperasti fallere diuos
Perfide te proteu sperasti fallere diuos
Perfide diuos sperasti te fallere proteu
Perfide proteu sperasti te fallere diuos
Perfide te sperasti proteu fallere diuos
Perfide diuos te sperasti fallere proteu
Perfide sperasti proteu te fallere diuos.

Et ainsi que les vers commencēt par *perfide*, & se change en ceste sorte, douze fois; il se peut autant immuer & changer de fois, commençant par *fallere* : autant de fois par *diuos* ; autant de fois par *proteus*, & par chacun mot : de sorte qu'il se change aisément en 72. sortes, & si tu y prens garde, encor se changera-il en d'auantage.

Voicy vne Estreine, qu'estant ieune Escholier, ie donnay à vn mien compagnon, nommé Charles Faye, demeurant au College de Bourgongne, 1564. auquel tu trouueras que le nombre des lettres est exactement conté & supputé:

Xeniolum simplex tibi do, do Xenia bina
Disticha si numerus, aut Epigramma leue.
Quod si litterulas, centum septémque viginti
Siue voluntatem tradimus innumera.

Martial en ses Epigrammes nous denote vne gentille inuention des anciens, qui beuuoient autant de verres de vin, qu'il y auoit de lettres au nom de leurs amies:

Næuia sex cyathis, septem Iustina bibatur,
Quinque Lycas, Lyde quatuor, Ida tribus.
Omnis ab infuso numeretur amica falerno,
Et quia nulla venit, tu mihi, Somne, veni.

Calderin en son Commentaire ne touche ny pres, ny loin, la vraye interpretation, quand il vient au mot de *Somne* ; car il dit que c'est la coustume des Poëtes, d'inuoquer le Sommeil, comme ont fait Ouide & Papinie.

Mais en cela, il me semble qu'il parle fort froidement: car quelle apparence y auroit-il de demander à dormir entre des Beuueurs? I'estime donc que le Poëte vueille dire, que pource qu'il n'a point d'amie, il veut boire cinq fois, qui est autãt de coups, qu'il y a de lettres au mot *Somne*, qui est vn boire mediocre: & si quelqu'vn le veut forcer de passer outre, il declare qu'il ayme mieux dormir, que boire d'auantage. Mais on m'a dit qu'il y a des Lieutenans sur les riuieres de Saune & Marne, qui dient qu'auant que dormir, ils voudroient bien *Somne* au nominatif, qui a six lettres, sçauoir *somnus*, pour denoter six bonnes fois.

Il se voit encor au Theatre du monde, composé par cest elegant Boistuau, dit de Launay, vn vers François, contenant la complainte des laboureurs. En fin de chacun couplet duquel y a adiousté vn mot ou deux du *Da pacem*. I'en ay veu d'autres sur le *Pater* & l'*Aue Maria*: mais pource que les vns & les autres sont imprimez, ie te feray seulement part de cest autre *Da pacem*; qui est vne tacite responce à la susdite complainte faicte, y a quelque temps, par l'Official de Langres.

Il l'inti-

Il l'intitule ainsi,

LA PREVD'HOMIE DES LABOVREVRS.

Autresfois on nommoit laboureurs bonnes gens,
Maintenant ils sont fiers, felons, & refractaires,
A plaider, refuser, pariurer diligens,
Quand le Seigneur leur dit pour ses droicts necessaires
DA.
Puis apres quand ils ont à tort & sans raison
Fait despendre au Seigneur cent escus à plaider,
En luy portant six œufs, ou vn meschant oison,
Faisans les marmiteux ils viennent demander
PACEM.
Si le Curé demande vn double à la Toussaincts,
En se mocquant de luy, par argument subtil,
Sur l'Edict d'Orleans feront nouueaux desseins,
Et luy diront tout haut, Comment vous en faut il
DOMINE?
Si le pauure Seigneur pour payer sa rançon
Veut s'ayder de son bois, on luy empeschera,
Criant, Nous y auons nostre vsage & paisson,
Qu'il se recoure ailleurs, point il n'y touchera
IN DIEBVS NOSTRIS.
Ils n'ont que trop d'argent pour Iuge & Procureurs,
Pour boire & pour iouër: Mais si vn marchand croit
Du drap ou de l'argent à ces bons laboureurs,
Ils n'ont qu'vn plot de bois, le marchãt pert son droict,
QVIA NON EST.
Accusez hardiment le larron de vos fruits,
Pour en faire rapport le messier soit tout prest,
Vous perdrez vostre cause, ils sont si bien instruits

N

Autres sortes

A estre faux tesmoings, qu'on trouuera que c'est

ALIVS.

Ils font pauure vn Seigneur, luy refusant ses droicts,
Luy refusant son bien, sont ils donc esbays
Quand ils ont l'ennemy sur eux de tous endroicts
Sans armes n'y cheuaux, s'il n'y a au pays

QVI PVGNET.

S'ils cueillent du bon grain en nos terres qu'ils tiennent,
Ils en font de l'argent, ou c'est pour leur amas,
Si l'œil, ou si la mouche, ou le cabloc y viennent,
Quand le sergent ira, ce sera tout le cas

PRO NOBIS.

Tels larrons & voleurs la guerre mord & poingt,
Les voleurs sont sur eux par ta permission,
O Seigneur, & voyons qu'il n'y a autre point
Qui recherche de pres ceste punition

NISI TV.

Remets ces laboureurs ô tressainte lumiere,
En la simplicité d'estat obeyssant,
Fais reformer leurs cœurs en leur bonté premiere,
Et ensuyure tes loix, car tu es tout puissant

DEVS.

Ils verront tout soudain ta fureur refrenee
Aussi tost qu'ils viendront à viure iustement,
Et embrassant le fruict que ta loy desiree
Produit, le fruict de paix sera consequemment

NOSTER.

Le mesme Sieur m'a monstré des vers monosyllabiques, qui depuis ont esté imprimez à la fin du Dictionaire des Rymes, qu'on a exposé en lumiere, imparfaict à mon grand regret: mais i'espere le faire voir entier, auant qu'il soit gueres.

MONOSYLLABES.

MOn Cœur, mon heur, tout mon grand bien,
A qui ie suis tien plus que mien,
Pres quoy ie ne voy sous les cieux
Rien plus beau, ny cher à mes yeux,
Mon cœur qui seul fais que ie suis,
Qui fais qu'en vn grand heur ie vis,
Mon cœur que Dieu pour mon bien fit,
Mais de qui le nom ne se dit
Fors que tu es mon cœur, mon heur,
Et ie suis le soin de ton cœur.
Le cœur au soin se tient si fort
Qu'il n'en est mis hors que par mort:
Et moy si bien ie suis à toy,
Que ne peus voir la mort sans moy:
Sans toy, mon cœur, rien ie ne peux,
Sans moy, ton soin, rien tu ne veux.
A toy, mon cœur, ie suis ton soin,
Si bien fait vn & tant bien ioinct,
Que pas il n'est en ces grands dieux
Que de cest vn en soit fait deux.
Et bien que par mort, qui pert tout,
Soient nos beaux iours mis à leur bout,
Pour ce sa fin voir ne peut point
Cest vn qui de long temps nous ioint:
Car tant que voyent le iour tes yeux
Ie ne meurs point, car ie ne peux:
Et si tu meurs, tu es sans moy,
Qui ne suis vif fors que par toy.
Ce qu'est en moy est tout du tien,
Si ce n'est toy ie ne suis rien,

Vien donc, mon cœur, cœur ie te tiens
Plus cher que non pas tous les biens,
Que tous les biens qui sont cy bas
Dont pres de toy ie n'e fay cas,
Vien donc vers moy, & vers moy prens
Le fruict, le miel de nos beaux ans.
Puis que le temps nous rit si bien,
Ne le perds point, mais prens-le bien
Qui nous est nay, ne t'en fuis, mais
En ce grand lieu tiens nous, & fais
Qu'vn si beau per onc sous les cieux
Ne se fit voir que de nous deux.

Les Latins n'ont point fait de ces sortes de vers, mais en recompense, ils en ont fait tous finissans par Monosyllabes, qui ont bonne grace. Tu en as dedans ce gentil Poëte Bourdelois en sa Technopegnie Monosyllabique, cõme *de membris, Diis, cibis, historiis*: auec ses interrogations, & autres. De tous lesquels i'ay seulement choisy cest exemple,

Indicat in pueris septēnia prima nouus dēs,
Pubentes annos robustior anticipat vox,
Inuicta & ventis & solidus est hominum frons,
Et durum nerui cum viscere consociantes,
Palpitat irrequies vegetum teres atque cadens cor.

Et ce qui s'ensuyt, que tu pourras amplemẽt voir dans l'autheur.

En cest Hymne de sainct Iean, au premier couplet, toutes les Notes de Musique sont comprises, tant au commencement des vers, que hemistiche:

VT queant laxis *REsonare fibris*
MIra gestorum *FAmuli tuorum,*
SOLue polluti *LAbiis reatum, &c.*

Les anciens ont appellé *Anadiplosis*, quand la fin d'vn vers se repete au commencement de l'autre : Les François les ont surnommez Rymes enchainees. Comme,

Pour dire vray au temps qui court
Cour est vn perilleux passage,
Pas sayr s'est qui va en Cour,
Cour est son bien & aduantage:
Auant aage y faut le courage,
Rage est sa paix, pleurs ses soulas,
Las! c'est vn trespiteux mesnage,
Nage autre part pour tes esbats.

Pour l'exemple des Latins, tu en as dans Ausone de fort belles & heureuses façons, cõme entre les Monosyllabes:

Res hominum fragilis alit, & regit & premit sors,
Fors dubia æternúmque labans quã blanda fouet spes,
Spes nullo finita æuo, cui terminus est mors,
Mors auida inferna mergit calligine quam nox,
Nox obitura vicem remeauerit aurea cùm lux,
Lux dono concessa Deûm, cui prauius est Sol,
Sol cui nec furto Veneris latet armipotens Mars,
Mars nullo de parte satus quem Tressa colit gens,
Gens infræna virum quibus in scelus omne ruit fas,

Autres sortes

Fas hominem mactare sacris ferus iste loci mos,
Mos ferus audacis populi quem nulla tenet lex,
Lex naturali quem condidit imperio ius,
Ius genitum pietate hominum, ius certa Dei mens,
Mens quæ cælesti sensu rigat emeritum cor,
Cor vegetum, mũdi instar habens, animæ vigor ac vis,
Vis tamen hæc nulla est, verum est iocus & nihil res.

Ie n'ay point veu de vers François monosyllabes à la fin, si ce n'est qu'on en pourroit faire infinis, & fort aysément: veu qu'au cinquiesme liure, attribué à l'inimitable Rabelais, il y a bien des Proses de Frere Fredon, qui ne respondoit que par monosyllabes. De ces responses i'ay mis en vers ce peu qui s'ensuyt, pour exemple,

Frere voudriez vous bien,
Sans vous forcer de rien,
Ny estre detourné
De vostre long disné,
Respondre à mes propos?
Ouy. Quel est l'Abbé? gros.
Et où demeure-il? loing.
Le vistes vous onc? point.
Où est le Prieur? prés.
Quels sont ces moines? rés.
Estudiez vous? rien.
Comment vous portez? bien.

Qu'auez vous souuent? faim.
Et que mangez vous? pain.
Quel est vostre pain? bis.
Quels sont vos habits? gris.
Qu'aymez vous l'hyuer? feu.
Quand priez vous Dieu? peu.
Qu'auez vous souuent? bœuf.
Et les vendredis? œuf.
Combien en auez? dix.
Qu'auez vous encor? ris.
Et quoy rien encor? poix.
Et en Caresme? noix.
Comme mangez vous? tois.
Combien estes vous? trois.
Combien de garses? cinq.
Combien en faudroit? vingt.
Quels sont vos valets? sots.
Qu'aymez vous le mieux? pots.
Que faut-il dedans? vin.
Et laissez vous rien? brin.
Quels les voulez vous? clairs.
Qu'aymez vous auec? chairs.
Du veau ou mouton? bon.
Que faictes vous peu? don.
Quels sont vos habits? ords.
De quel drap sont-ils? forts.

Maintenant ie suis las
De ces interrogats,
Vous auez respondu
Si bien & sagement,
Que n'auez pas perdu
Vn petit coup de dent.

Il y a d'autres vers que l'on nomme Couronnez : En voicy vn de Clement Marot,

Dieu des amans d'amour me garde,
Me gardant donne moy bon-heur,
Et me bien-heurant prens ta darde,
En la prenant naure son cœur,
En le naurant me tiendra seur,
En seurté suyuray l'accointance,
En l'accointant ton seruiteur,
En seruant aura iouyssance.

Il y a d'autres vers, qu'on appelle Croissans, desquels le premier mot est de monosyllabe, le second dissyllabe, & ainsi consequemment, comme cestuy d'Homere:

Ὦ μάκαρ Ἀτρείδη μοιρηγενὲς ὀλβιόδαιμον.

Ce vers Latin est de Virgile.

Ex quibus insignis pulcherrima Deiopeia.

Et ces autres suyuants, vulgaires entre les Allemans:

Si cupis ornari virtutibus Heliodore.

Et ce suyuant.

Dux turmas proprius coniunxerat auxiliares.

Ausone de ceste façon, ou autre incertain autheur, a composé ces vers suyuans, que Scaliger appelle *Raporticos*,

Spes Deus æternæ stationis conciliator
Si castis precibus veniales inuigilamus,
His pater oratis placabilis adstipulare.

Et ces petits François.

La grandeur Latine
Se perdit soy-mesme,
Et France ruine
Son bon-heur extreme.

En voicy d'autres qui sont Decroissans, c'est à dire, qui d'vn quadrisyllabe & trissyllabe reuiennent à vn monosyllabe, comme en Latin,

Vectigalibus armamenta referre iubet Rex.

Et en François,

Mignonne plusieurs fois
Tres-heureux l'autre mois, &c.

Car il est triuial, & y en a cinquante semblables en mes Ieunesses ioyeuses. Mais ce suyuãt verset Decroissant est admirable, combiẽ qu'il soit vulgaire:

SÇAVOIR, AVOIR, VOIR, OYR.

On s'est aussi pleu de faire des vers de deux mots, pour en auoir de mots non composez: Ie n'en ay iamais veu que ce suyuant Hexametre & Pentametre.

Autres sortes

Perturbantur Constantinopolitani
Innumerabilibus sollicitudinibus.

En recompense duquel Iule Scaliger a basty cest Hexametre de Monosyllabiques Latins,

Si mîlis nex est trux, pax quid sit sub id aut quo.

Iosephe Scaliger, tres-docte personnage de nostre siecle, a ainsi traduit de mots composez ce vers Grec, par luy rapporté en ses Corrections sur Varron:

Ορφνυανασλάδαιρ ινεγκαταπηξογένει οι,
Σακκογενειοτρόφοι καὶ λοχαδαςπαγίδαι
Ιματίνωπερὶ βαλλοι, νηλιποκαιβλεπέλαοι
Νυκτιπλαεργοιφάγοι, νυκτταπαταπλάγιοι.
Μειραξιξαπάται καὶ συλλαβοπαρσιλαβῆται.
Δοξοματαιοσόφοι, ζηταρετησιάδαι.

Id est,

Silonicaperonas vibrissa spero menti,
Menti barbicolæ extenebræ patinæ,
Planipedátque lucernitur, succofarcinasti,
Noctilatentiuori nostidolostudij,
Pullipremoplagij sutelocaptiotricæ
Rumiger ancupidæ mugicanorirepi.

A son imitation i'ay composé ce Distique, en faueur d'vn Imprimeur & Libraire en Bourgongne, nommé des Planches, gaillard & Iouial:

Multibelliuoro Desplanctypobibliopola
Præsentargento vendisatisfaciet.

Ce vers ſuyuant eſt vn vers entremeſlé & anagrammatiſé,

Alpipencabas tot habet minas quod habet gras:

C'eſt à dire:

Pica tot habet pennas albas quot habet nigras.

Ie viendray maintenant aux Excorilingulatiniſez, comme en l'epiſtre miſe à la fin du V. de Pantagruel. Mais tu auras ce ſuyuant Epitaphe de ma façon, pour exemple, d'vn Locumtenant Rouargois, qui ſe delectoit meſme en iugement, de parler de ceſte façon,

Deſſous ce tumulte eſt iacent
Vn impigre Locumtement.
Il n'auoit cabale ny mule,
Il ſpermatiZoit la vetule,
Il eſtoit braue & pharetré,
Et quand il eſtoit cathedré
Il rendoit le droict iuſte & vere
Et au diuite & au paupere.
Il auoit la ſermone inſulſe
Et diligent la bonne mulſe.
Or apres auoir vicié,
Il eſt allé trepudié,
Pris d'vn immaturé treſpas
Auec les Inferes là bas.
Toy viateur qui cy tranſige,
Puis qu'il n'a linqué de ſon tige

Autres sortes

Progenie telle qu'il estoit,
Prie le Domine qui tout voit
Que sa fatue ame il refonde,
Et qu'il refonde encor au monde,
A fin qu'il ait propice otie
De nous docer la stultitie,
De laquelle il superoit tous
Les magnes & les parues fous.

Vale & ora.

Il y a long temps que i'ay veu ces vieux vers d'vn Grammarien, qui faisoit l'amour grammaticulement à vne Grammarienne, qui luy respond de mesme, qui ne seront icy rapportez, mal à propos:

L'Amant.

Dame de beauté positiue
Sans degré de comparatif,
Monstrez qu'estes superlatiue
Par doux semblant indicatif,
Ie vous requiers que sois actif,
Et que vueillez estre passiue,
Prestez moy vostre conionctif
Pour auoir force genitiue.
Dame de forme perfectiue,
Par vn plaisir inchoatif,
Soyez de volonté datiue,
A moy, vostre amant optatif,
Qui par vn souspir vocatif
Demande la contemplatiue,
Et conionctif sans exitif
Pour auoir force genitiue.
Belle figure relatiue
D'antecedant nominatif,
Vous estes assez substantiue
Pour receuoir vn adiectif.
Lequel soit determinatif
De vostre espece primitiue,
Ie me rendray deriuatif
Pour auoir force genitiue.
Belle si desir affectif
Auez d'estre suppositiue,
Ie seray vostre oppositif
Pour auoir force genitiue.

Response de la Dame.

LA façon desideratiue
D'vn doux parler affirmatif
Me fait estre meditatiue
De proposer vn negatif,
Car ie doute l'accusatif
Qui est de force transitiue,
Ie me tiens donc au primitif
Sans point estre deriuatiue.
Car si i'estois frequentatiue
Ie perdrois mon nominatif,
Et prendrois en l'appellatiue
Qualité de nom putatif,
Parquoy ie veux l'indicatif,
Pour demeurer meditatiue,
Ie me tiens donc au primitif,
Sans point estre deriuatiue.
La conionction expletiue
Vient apres le copulatif,
Et suyuant sa preparatiue
Fait vser du distributif.
Quand il y a nom collectif
Force s'ensuyt diminutiue,
Ie me tiens donc au primitif,
Sans point estre deriuatiue.
De ce fol amour turbatif
Ne suis nullement optatiue,
Pource me tiens au primitif
Sans point estre deriuatiue.

Passant outre, nous viendrons aux Centons, qui sont vers pesle-mesle amassez, auec curiosité, d'vn certain excellent Poëte. Comme entre les Grecs, de ce diuin Poëte Homere, des vers duquel Eudoxia, Poëtrice Chrestienne, a colligé vn beau poëme, nouuellement mis en lumiere par Henry Estienne, & entre les Latins, Virgile. Qui sont entassez de sorte, que combien qu'ils soient colligez de cent vn, si viennent-ils à propos. Ausone, la curiosité duquel (quoy que dict plusieurs) est laborieuse & admirable, a fait ainsi vn Centon nuptial, qui commence,

Accipite hæc animis, lætásque aduertite mentes
Ambo animis, ambo insignes præstantibus armis.

Æn. 5.

Ambo florentes, genus inseparabile bello.

Æn. 4.

Túque prior, nam te maioribus ire per altum

Æn. 6.

Auspiciis manifesta fides, &c.

Æn. 2.

Proba Falconia, excellente Poëtrice Chrestienne, a basty de ceste façon, des seuls vers de Virgile, vn Opuscule, qui comprend le vieil & nouueau Testament, que ie desirerois estre de nouueau imprimé pour sa beauté, n'en ayant point veu sinon de l'impression d'vn vieil penard de Paris, qui n'a iamais rien imprimé qui ne soit incorrect, s'il estoit en vie, ie luy ferois faire son procez. Le vers de ceste saincte femme commence:

Iamdudum temerasse duces, &c.

De nostre temps Capilupus Mantuanus a composé de ceste sorte la Vie monachale & son Gallus, aussi heureusement qu'il se pourroit dire, & pense que pour ce regard il soit inimitable. Les sorts Vergilianes, dont faict mention Lampridius, Gregorius Turonensis, & Rabelais, sont aussi tirez au hazard du mesme autheur. Mais pource qu'au chapitre des Diuinations liur. 2. i'en parleray amplement, ie diray encor des Pasquils, qu'ils sont souuent tirez des vers dudit Virgile: & auiourd'huy les plus frequentes se tirent de la saincte Escriture, tãtost comme de la Passion, des sept Pseaumes, & autres, desquels aussi tu auras au second liure vn Chapitre à part: Car les beaux exemples que i'ay, le meritent bien. Pour conclusion, ie finiray ces exemples de vers, sur la gentille inuentiõ de Theodoric Poëte Grec, qui a fait le premier & fabriqué des vers si ingenieusesemẽt, que par la figure ils representent vn Arc, vne Agile, & autres figures, comme aussi il me souuient d'auoir leu l'Oeuf. Estant Escholier à Paris 1564. i'ay fait la Coupe Poëtique, la Marmite, & autres: Mais pour ceste heure, tu te contenteras du Tombeau du feu sieur Tabourot, Aduocat Dijonnois, eloquent & sçauant personnage, que son fils, mien compagnon aux Vniuersitez, bastir ainsi l'annee qu'il publia la version Latine du Fourmy de Ronsard, & du Papillon de Belleau.

Ie ne sçay comme i'auois oublié la *Sextine*, que ce grand Pontus de Tyard, & seigneur de Bissy, a le premier d'Italiẽ habillé à la Frãçoise;

qui est vne Poësie pauure de ryme, & riche d'inuention : Car il faut rymer six fois sur vn mesme mot, outre la conclusion de quatre vers. Voicy l'exemple, tiré de ses œuures Poëtiques:

Lors que Phœbus suë le long du iour,
Ie me trauaille en tourmens & ennuis,
Et sous Phœbe les languissantes nuicts
Ne me sont rien qu'vn penible seiour,
Ainsi tousiours pour l'amour de la belle
Ie vay mourant en douleur eternelle.
Bien dois-ie, helas! de memoire eternelle
Me souuenir, & de l'heure, & du iour
Que ie fus pris aux beaux yeux de la belle,
Car oncques-puis ie n'ay receu qu'ennuis,
Qui m'ont priué du plaisir & seiour
Des plaisans iours, & reposantes nuits.
Heureux amans, vous souhaittez les nuits
Auoir duree obscure & eternelle,
Pour prolonger vostre amoureux seiour.
Et à moy seul si rien plaist, plaist le iour,
Pour esperer apres mes longs ennuis,
Nourrir mes yeux aux beautez de la belle.
Mais rencontrant les Soleils de la belle,
Tout esblouy, aux tenebreuses nuits
De mes trauaux ie r'entre, & aux ennuis
De ma pensee en son cours eternelle,
Laquelle fait tout moment, nuit & iour,
Dans les discours de mon esprit seiour.
Las! ie ne puis treuuer lieu de seiour,
Tant i'ay de maux pour tes cruautez, belle,
Car si ie bruste & ars le long du iour,
Ie me dissous en pleurs toutes les nuits,

Te voyant viure en rigueur eternelle
Pour me tuer en eternels ennuis.
Inconſolable, ô ame, en tes ennuis
Qui veux ſortir de ce mortel ſeiour
Pour t'enuoler en la vie eternelle,
Peux tu languir pour vn autre plus belle,
Eſpere encor, eſpere, car ces nuits
S'eſclairciront de quelque plaiſant iour.
Mais haſte toy, ô iour, que mes ennuis
Prendront ſeiour aux faueurs de la belle,
Change l'obſcur de mes dolentes nuits
En la clarté d'vne ioye eternelle.

DES NOTES.

CHAP. XXI.

IE viendray maintenant aux Notes, apres auoir dechifré nos ingenieux vers, puis que és suyuants Epitaphes i'ay mis des Notes antiques trois ou quatre. Or à fin que chacun sçache en brief, que c'est que Note, il doit sçauoir, que par vne denomination generale Note, signifie vne marque. Mais proprement on l'a vsurpé pour ces escritures abreuiees, comme quand ℞. signifie rum, ff. Digestis, C. codice. Ou bien pour ces marques qu'on appelle Chiffres, comme quād on vsurpe vn b pour vn a: vn v, pour vn b: vn t, pour vn o: & ainsi consequemment: qu'autre ne peut entendre, sinon ceux-là seulement ausquels on a descouuert cest Alphabet renuersé. Ceste grande Polygraphie de *Ioannes Tritemius* n'est autre chose. Nous lisons en Suetone chapit. 56. que Cesar escriuoit ainsi quelquesfois, car il dit: L'on voit encor auiourd'huy de ses epistres à Ciceron & à ses amis, touchant ses affaires particulieres, escrites par Notes. A sçauoir les lettres estās rāgees de telle façon, qu'on n'en pouuoit colliger d'ordre vn seul mot : Car il changeoit comme vous diriez vn D. en vn A. & ainsi des autres. Ce que confirme d'ailleurs A. Gellius en ses Nuits Attiques. Ceste façon, à mon aduis, est celle qui est encore auiourd'huy prattiquee entre plusieurs, qui prennent pour chiffre communement, telle note que bon leur semble. Mais principalement cela se collige sur quelques vers de Virgile, ou verset des Pseaumes, à fin que l'on s'en puisse aysément resouuenir, & selon que les lettres vont d'ordre, on les nomme selon l'ordre de l'Alphabet. Que si d'auenture il s'en treuue quelqu'vne repetee, on la distingue auec vn crochet, deux petits points, ou autre marque à plaisir. Comme,

Hanc tua Penelope lento tibi mittit Vlysses.

a. b. c. d. e. f. g. h. i. k. l. m. n. o. p. q. r. s. t. v. x. y. z.

H. ainsi que tu vois, tient la place de a, a, de b, n, de c, & ainsi consequemment des autres, y adioutant la varieté que tu vois, ou vne semblable. D'autres ont tant de vers de suite, qu'à la fin ils trouuent leurs lettres sans adionction. D'autres encor mettent deux lettres pour vne, mais tout cela se fait à discretion, tantost des lettres Grecques, Chaldaïques, Gothiques, Notes d'Arithmetique, ou autres inuentees à plaisir. Ou bien les syllabes auec vne ligne dessous : Comme,

ba, ______		Dieu,
be, ______		Vertu,
bi, ______		Amour,
bo, ______	signifie vn mot entier, sçauoir.	Maison,
bu, ______		Pere,
ça, ______		Faueur,
ce, ______		Support.

Voire quelquesfois vne periode entiere, selon l'intelligence que l'on peut auoir; mais sur tout il faut prendre garde, pour bien dissimuler vn chiffre, de doubler les cinq voieles, speciale-ment en Frãçois, & faire deux notes pour cha-cune: Parce qu'autrement il est fort malaisé de choisir les voyeles, cõme mesmemẽt en nostre lãgue, & puis les ayant trouuées vous venez fa-cilemẽt à descouurir le reste. Cõme il m'aduint vn iour, par ce moyen, de descouurir vn chiffre à vne ieune Damoiselle veufue, qui me mit la lettre d'vn sien fauorit en main, escrite d'vn chiffre particulier d'entr'eux deux.

Encor il y en a d'autres, qui escriuẽt tout par trois, quatre, ou cinq lettres; car ils s'imaginẽt que l'Alphabet soit en trois, quarre, ou cinq classes, & repetẽt leurs lettres: puis sçauent, selõ qu'elles sont repetees, cõbien elles valent. Pour exemple, tu auras cest Alphabet ainsi diuisé:

1. E. 2. 3. 4. 5. 6. 7. T. 2. 3. 4. 5. 6. 7. D. 2. 3. 4.
a. b. c. d. e. f. g. h. i. k. l. m. n. o. p. q. r. s. t.
5. 6. 7. 8.
v. x. y. z.

Ie prendray pour mes trois lettres principales E. T. D. Puis si i'escris E vne fois, il vaudra A. si ie l'escris deux fois, il vaudra B. si ie l'escris trois fois, il vaudra C, & ainsi consequemment iusques à sept fois, qui vaudra G. Cela fait, E cessant, si ie mets T vne fois, il vaudra H: si deux fois, il vaudra I, & ainsi consequemment iusques à P. Voyla comme par trois lettres, on peut escrire toute chose, & n'est pas l'intention mauuaise. On le peut par quatre, cinq, ou six lettres diuiser en plus de classes: Ie te vois seulement donner vn exemple suyuant le precedent Alphabet:

Eddddddtttt eeeee eeee tt eeeee dddd.

C'est à dire, Ayme Dieu.

Car vn e, fait a: sept d, vn y: quatre t, vne m: cinq e, vn e, & ainsi consequemment.

Tu pourras encore faire plus subtilement sur vn Alphabet à plaisir, comme:

D, u, c, z, e, p, h, i, r, x, g, n, s, k, m, f, l, a, t,
A, b, c, d, e, f, g, h, i, k, l, m, n, o, p, q, r, s, t.
b, q, o, y.
u, x, y, z.

Puis on diuise cest Alphabet par trois classes, ou quatre, ou cinq, à la forme du precedent.

De ceste sorte, sans autre inuention, on peut parler de toutes choses, auec trois flambeaux, d'assez loing, & tant que la veuë peut porter. Car vne torche esleuee vne fois, signifiera A, esleuee deux fois, B, &c. puis deux torches esleuees vne fois signifieront H: deux fois, I: trois fois, L: quatre fois, M, & ainsi de suyte. Puis trois flambeaux esleuez vne fois, signifieront, Q: deux fois esleuez, R: trois fois, S, & ainsi conſequemment. Et à fin que les flambeaux ne puiſſent abuſer, quand on en leue vn, vne fois, puis deux fois, puis cinq fois. Il faut mettre vne diſtinction en ce cas là, apres chaſque lettre, ce qui ſe fera ayſément par vne trauerſe de lumiere, auec vne pauſe longuette. Autrement il ſeroit ambigu, quelle lettre on auroit denoté. Le meſme ſe pourroit faire par coups de canon ou d'arquebuze: & ſeroit ayſé, par ce moyen, de faire entendre ſa conception à des aſſiegez dans vne ville, pour leur donner aduertiſſement.

Ce chiffre ſuyuant eſt gratieux, & de bon eſprit: car ſur ceſte marque

a b	c d	e f
g h i	l m	o n
p q	r ſ	v x

Vous trouuerez, y adiouſtant des points, toutes les lettres de l'Alphabet. Pour exemple:

La premiere eſt telle
La ſeconde
La troiſieſme,
La quatrieſme,
La cinquieſme,
La ſixieſme,
La ſeptieſme,
La huictieſme,
La neufieſme,

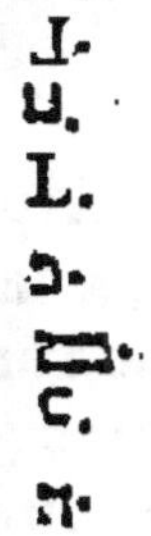

Ne mettāt aucun point ſur la premiere figure, elle ſignifiera A, y mettāt vn point elle ſignifiera B: des autres figures c'eſt de meſme, ſinon

Ie prendray pour mes trois lettres principales E. T. D. Puis si i'escris E vne fois, il vaudra A. si ie l'escris deux fois, il vaudra B. si ie l'escris trois fois, il vaudra C, & ainsi consequemment iusques à sept fois, qui vaudra G. Cela fait, E cessant, si ie mets T vne fois, il vaudra H: si deux fois, il vaudra I, & ainsi consequemment iusques à P. Voylà comme par trois lettres, on peut escrire toute chose, & n'est pas l'intention mauuaise. On le peut par quatre, cinq, ou six lettres diuiser en plus de classes: Ie te vois seulement donner vn exemple suyuant le precedent Alphabet:

Eddddddddtttt eeeee eeee tt eeeee dddd.

C'est à dire, Ayme Dieu.

Car vn e, fait a: sept d, vn y: quatre t, vne m: cinq e, vn e, & ainsi consequemment.

Tu pourras encore faire plus subtilement sur vn Alphabet à plaisir, comme:

D, u, c, z, e, p, h, i, r, x, g, n, s, k, m, f, l, a, t,

A, b, c, d, e, f, g, h, i, k, l, m, n, o, p, q, r, s, t.

b, q, o, y.

u, x, y, z.

Puis on diuise cest Alphabet par trois classes, ou quatre, ou cinq, à la forme du precedent.

De ceste sorte, sans autre inuention, on peut parler de toutes choses, auec trois flambeaux, d'assez loing, & tant que la veuë peut porter. Car vne torche esleuee vne fois, signifiera A, esleuee deux fois, B, &c. puis deux torches esleuees vne fois signifieront H: deux fois, I: trois fois, L: quatre fois, M, & ainsi de suyte. Puis trois flambeaux esleuez vne fois, signifieront, Q: deux fois esleuez, R: trois fois, S, & ainsi conſequemment. Et à fin que les flambeaux ne puiſſent abuſer, quand on en leue vn, vne fois, puis deux fois, puis cinq fois. Il faut mettre vne diſtinction en ce cas là, apres chaſque lettre, ce qui ſe fera ayſément par vne trauerſe de lumiere, auec vne pauſe longuette. Autrement il ſeroit ambigu, quelle lettre on auroit denoté. Le meſme ſe pourroit faire par coups de canon ou d'arquebuze: & ſeroit ayſé, par ce moyen, de faire entendre ſa conception à des aſſiegez dans vne ville, pour leur donner aduertiſſement.

Ce chiffre ſuyuant eſt gratieux, & de bon eſprit: car ſur ceſte marque

a b	c d	e f
g h i	l m	o n
p q	r ſ	v x

Vous trouuerez, y adiouſtant des points, toutes les lettres de l'Alphabet. Pour exemple:

La premiere eſt telle
La ſeconde
La troiſieſme,
La quatrieſme,
La cinquieſme,
La ſixieſme,
La ſeptieſme,
La huictieſme,
La neufieſme,

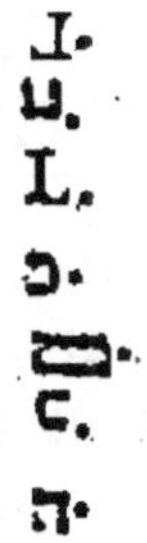

Ne mettãt aucun point ſur la premiere figure, elle ſignifiera A, y mettãt vn point elle ſignifiera B: des autres figures c'eſt de meſme, ſinon

que sur les quatriesme & neufiesme, y faut deux points, pour signifier en la quatriesme i, & en la neufiesme x. Ie mettray ces deux mots pour exemple, qui ressembleront quelque chose à la lettre Hebraïque, si on veut vn peu contourner les traicts des lettres, en ceste sorte,

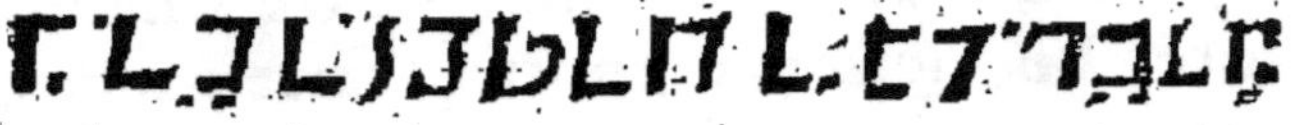

C'est à dire, Veillez & priez.
Aucuns pour plaisir pourrōt mettre à chasque lettre des points, comme pour a vn, pour b, deux: & ainsi des autres. Dont pour l'exemple ie mettray ces deux mesmes mots,

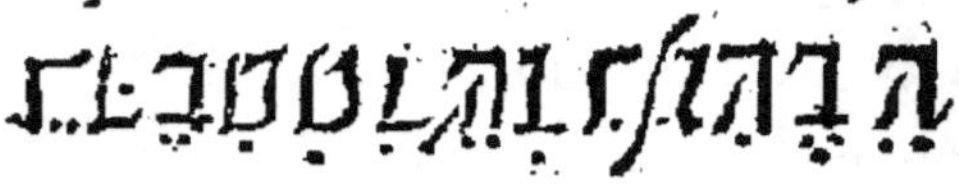

Ie ne feray point icy de mention du papier fenestré, entortillé en vn baston: car ie le reserue au chapitre de la Subtilité d'escrire.

On appelle aussi Chriffres, vne autre façon, practiquee par des brodeurs: comme quand on enlace ensemble les premieres lettres des noms & surnoms de quelques vns, que ie trouue auoir bonne grace, mais les vns plus que les autres: plusieurs sont d'aduis que pour le bien faire, il ne faut que deux lettres seulement, sçauoir les deux premieres lettres capitales des deux noms propres de l'homme & de la femme: Comme estoit celuy du Roy Henry, & de Catherine de Medicis la Royne sa femme, qui se voit auiourd'huy encor insculpé en infinis bastimens, lequel est tresbeau, parce que de quelque endroict que le puissiez tourner,

tourner, il y a tousiours vn C, & vne H. I'en ay veu autres infinis de ceste façon, cõme deux C, 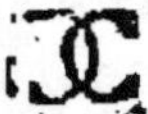 & autres semblables. Quelques autres en font de lettres Grecques, comme i'en ay veu vn composé par vn braue amoureux nommé François, sur sa maistresse Marthe d'vn Φ, & d'vn double M, en ceste sorte . Les autres les veulent de quatre lettres, à fin d'y comprendre les noms & les surnoms des Amans.

I'en ay veu d'autres si curieux, que toutes les lettres generalement des noms & des surnõs y sont comprises, mais cela me semble trop encharboté & confus, pour les reduire à leur quarré : Car il faut pour vne regle generale retenir, Que pour faire vn beau chiffre, il ne faut pas qu'il excede la grandeur d'vne lettre quarree : I'appelle vne lettre quarree, celle qui a vn quarré parfaict, comme M.H.V.A.X. O.Q.

D'auantage, il ne faut pas qu'il y ait vne cõbination, s'il est possible, c'est à dire, que trois lignes se rencontrent l'vne sur l'autre. Car cela estant ainsi, on ne peut entrelasser par bastons rompus les lettres, de sorte qu'elles perdent leur grace, cõme au chiffre que l'on feroit de N T H, Tu verrois qu'au mileu, la iambe T, le trauers de H, & le milieu de la iãbe de N, se ioignent & se combinent: Pour donc le rendre beau, il faudroit hausser le traict de H.

Faut encor noter pour vne autre reigle, Que iamais vne lettre ne doit estre plus longue ny plus contre l'vne que l'autre.

I'ay veu auſſi practiquer des chiffres, en forme de lettres Moreſques, pour ſeruir de pendans, de fort bonne grace : & croy que ſi l'inuention eſtoit cogneuë, qu'elle ne ſeroit pas mal plaiſante. L'on fait ainſi des lettres TVENBOSRAY, que i'ay tiré d'vn nom & ſurnom:

Si ce chiffre eſtoit bien entrelaſſé, il ſe trouueroit beau, comme auſſi les ſemblables qu'on voudra faire.

Or laiſſant là les Chiffres, & reuenant aux Notes, la premiere & plus excellente façon d'icelles eſt quād on eſcriuoit par lettres abregees, ſi ſoudainemēt, que la langue eſtoit prōptemēt accompagnee de l'eſcriture, & que tant viſte que l'on euſt peu parler ſans perdre vn ſeul mot, on pouuoit colliger quelque harangue. On dit que Tyro, l'affranchy de Ciceron, eſtoit fort bon ouurier de ce meſtier là. Tu pourras voir Plutarque en la vie de Caton, qui fait mention de ceſte inuention. Du temps d'Auſone, qui veſquit ſous l'Empereur Theodoſe, encores regnoit ceſte ſoudaine faço̅ d'eſcrire, comme il peut apparoirpar la loüange d'vn certain Scribe qu'il a fait en ces braues vers, Epigram. 137.

Puer notarum præpetum
Solers minister aduola.

Par la disposition du Droict l'on peut voir aussi que ces Notes estoient fort en vsage, veu que *de iis quæ rarò accidunt lex fieri non debet. l. Nam ad ea, ff. de leg.* Car en la Loy. *Lucius ff. de milit. testa.* il est dit expressément, que si vn gendarme auoit fait par deuant vn Notaire son testamét, qu'il l'eust receu par Notes : s'il aduenoit qu'il decedast auant que le testament fust mis au net en lettres, neantmoins qu'en faueur des gensdarmes il estoit valable : Ce qui ne pouuoit auoir lieu aux autres testamens des plebeiens & roturiers, si de leur viuãt les Notes n'estoiét reduites au net, *Gloss. in ff. l. in verbo concessum, & l. sed cum patrono, §. ff. de bonor. possess.* Il me souuiét d'auoir veu vn vieil fragmét de ces Notes, entre les mains du sçauant Iuriscõsulte Cuias: qui est proprement, selon l'inuersion de son nom, le vray Caius de nostre siecle. Ie ne sçay si c'estoient celles de Magno, qui ont esté mises en lumiere à la fin du Code Theodosien : encor qu'il me semble que ces lettres que ie vis, estoient entremeslees. Or de ces Notes la posterité nous a transmis encor quelques lettres, qui par leur assiduité, & quasi par antonomase & excellence, ont signifié quelque chose de particulier, comme celles dudit Magno & de Valerius Probus: laquelle ie ne repeteray point icy, non plus que ce que Goltzius a doctement trauaillé sur les Antiquitez. Bien diray-ie que tous les Autheurs conuiennent, que chacune profession, pour abreger les vocables de l'art, en a inuenté & tenu de particulieres inuiolablemẽt. Qui ne sçait les trois Notes Romaines en tous iugemens?

A. absoluo.

C. condemno.

N.L. non linquet, quand l'affaire se trouuoit douteuse.

Θ aussi, parce que Θάνατος, qui cõmence par ceste lettre là, signifie la mort, estoit vn signe de condemnation, & T, signe d'absolution: Δ, d'ampliation, pour dire que le procés n'estoit pas en estat d'estre vuidé, comme rapporte Pedianus. Tu as à la fin dudit Valerius toutes les autres Notes des iugemens & des actions. I'ay seulement colligé ce peu de suyuantes, pour les curieux de l'antiquité, & à fin de ne hesiter, à la lecture des antiques;

A. B. V. C. *Ab vrbe condita.*

A.A.A.F.F. selon l'interpretatiõ de Du Chou, Bailly des montagnes:

Aere, argento, auro, flauo, ferunto.

Ce que Bodin a ainsi recorrigé, ie ne sçay toutesfois par l'authorité de qui, encor que ie treuue ceste correction bien faicte,

Aureo, argento, ære flando feriundo.

A. A. L. M. Apud agrum locũ monumenti.

A.F.P.R. Actum fide publica Rutilij.
Ciceron *inter iocandum* l'interpreta:
Æmilius fecit, plectitur Rutilius.
C. *P.* Cen*ſor perpetuus.*
D. diuus. *D.D. Deo dicauit, ſeu Dedicauerunt, Dono dedit, Deo domeſtico.*
D.*M.ſignif.* D*iis* M*anibus*, D*iuæ Memoriæ*, D*eo* M*aximo*. Quelquefois on met S, apres, qui veut dire *Sacrum.*
D.I.M. D*iis inferis maledictis.*
B.M.P. *Bene merenti poſuit.*
P. P. Poſuerunt.
P. C. P*onendum curauit.*
H. M. H. S. Hoc monumentum hæredes ſequuntur.
H.S.V.F. M. *Hoc ſibi viuens fieri mandauit.*
H. M. *P. Hoc monumentum poſuit.*
H.B. M. F. C. *Heres bene merenti faciendum curauit.*
I. T. C. *Intra tempus conſtitutum.*
III. *V. Triumvir.* IIII. *V. quartumvir.* *X. V.* D*ecemvir.*
I.O.M.I. I*oui optimo maximo immortali.*
T. F. Titi filius.

Mais voylà grand cas, que pour exprimer ce mot de *Mulier*, ils ont peint vne W. renuerſee, & pour dire *Mulier bona*, M. B. qui ſignifie auſſi bien *mala beſtia*. C'eſt ce qui a donné lieu au prouerbe., Qu'vne bonne femme eſt vne mauuaiſe beſte.

N. F. N. Nobili familia natus,

Ob. M.P.E.C. Ob merita pietatis & cõcordiæ.

P.S.F.C. Proprio ſumptu ſecundum curauit.

R. P. C. Retro pedes cetum.

I'ay mis ce peu de precedens, pour la lecture des antiques tombeaux. Au reſte il y en a des liures entiers, auſquels tu pourras recourir, cõme aux ſuſdits Probus, Magno, Valerius, és Codes ordinaires du Droict : & pour auoir l'ample ſignification des medalles, Du Chou, Sigonius, le ſuſdit Golzius & autres. Ie veux maintenant rapporter ſeulement les ioyeux, & ſur leſquels on a par vne contraire intelligence, rencontré quelque choſe de gentil.

R. R. R. T. S. D. D. R. R. R. F. F. F. F.

Romulo regnante Roma triumphante ſybilla Delphica dixit Regnum Romæ ruet flamma, ferro fame, frigore.

On dit en François trois fff. mauuais voiſins, fleuue, fort, & freres.

Peſte vient de trois fff. faim, froid, frayeur.

Nous auons eu de noſtre temps trois François ſçauans Iuriſconſultes, Conan, Duarein, & Hotoman. Ie croy que la naturelle ſympathie du vin à trois fff. fort, frais, friant, leur a beaucoup aydé: *Scola Salerintana* en donne cinq,

Fortia, formosa, fragantia, frigida, frisca.

Femme ne doit toucher à quatre B. B. B. B. de l'homme.

Bourse, Bonnet, Barbe, Brayette.

Les Empereurs Grecs portoient ainsi quatre B. Grecs, en leurs enseignes, pour denoter ΒΑΣΙΛΕΥΣ ΒΑΣΙΛΕΩΝ ΒΑΣΙΛΕΥΩΝ ΒΑΣΙΛΕΥΣΙ. C'est à dire, Roy des Rois regnant sur les Roys.

Les mesmes Empereurs aussi portoient ceste marque, qui est presque en toutes les vieilles Pancartes ☧ pour signifier χρίςος, c'est à dire Christ.

Encores auiourd'huy on peint ainsi ce nom salutaire abbreuié x p̄ Σ. en Latin & en François, estimans quelques vns que ce soient trois lettres Latines x, p, s, au lieu que les deux premieres sont Grecques, sçauoir vn χ chi & vn rho, & la derniere vn Σ sigma, au lieu de s, l'escriture ainsi X P S, au lieu qu'il se deuroit ainsi escrire X P Σ.

Les Grecs disoient en Prouerbe que τρία κάππα κάκιςα, Cappodoces, Cretences, Ciliciènses, trois mauuaises nations commencent par C Grec.

Il y a au monde quatre grans D. D. D. D. qui font tout, *Dieu, Diable, Dame, Deniers.*

Vne Damoiselle portant pour sa deuise cinq M, voulant dire, *Mai Morte Mutoria Mia Mente:* Pource qu'elle estoit mariee à vn vieillard, on luy dit que c'estoit à dire, Mon mary m'a mal montee.

Les Romains portoient en leurs enseignes, S. P. Q. R. Pour dire, *Senatus Populúsque Romanus.*
Les Sibylles l'ont interpreté de Dieu,
Serua populum quem redemisti.
Beda, l'a entendu par derision, des Goths,
Stultus Populus Quærit Romam.
Les François, *Si peu Que Rien.*
Vn Italien entrant à Rome,
Sone Poltroni Questi Romani.
Les Protestans d'Allemagne,
Sublato Papa Quietum regnum.
Les Catholiques,
Salus Papæ Quies Regni.

Quelqu'vn le voyãt en la chambre d'vn Pape nouuellement creé, demanda,
Sancte Pater Quare Rides?

A quoy soudain retrogradant, & tournant les lettres il respondit:
Rideo Quia Papa Sum.
L.L.L.M.M. Lacerat Lacetum Largij Memius Mendax.

Coras en ses Miscellanees se tourmente, pour deriuer le mot *Papa à papis, id est auis*: mais ie croy qu'il soit deriué de ceste inscription antique,

P.A. P.A. *id est, pater patriæ.*

Or quelque Pape ayant fait escrire ce mot en lettres fort amples, P A P A, il fut interpreté,

Poculum Aureum Petri Apostoli.

ou, *Petri Apostoli Potestatem Accepit.*

Sur l'inscription de la Croix, la Fontaine a fait imprimer ce suyuant I.N.R.I. qu'il a interpreté, Ie N'y Rourneray Iamais.

M O R S, *id est*, *Mordens Omnia Rostro Suo.*

Ou, *Mutans Omnes Res Sepultas.*

Et sur chacune lettre encor l'on fait deux mots,

M *Mutatio mirabilis.*
O *Omnimoda obliuio.*
R *Repentina ruina.*
S *Separatio sempiterna.*

I'auois presque oublié de mettre les solemnels sermens que font les Medecins quand on les passe Docteurs à Mont-pellier: Car on leur dit, *Vade & occide* C A I M, pour dire qu'ils facent leur apprentissage sur Carmes, Augustins, Iacobins, & Mineurs.

Il y a quelque temps qu'vn Charlatan feignit auoir trouué ceste prophetie par Notes, qui exprimoient l'an 1570.

Quand vn fourchu assis dessus deux paux
Suyuront cinq corps & sept ciseaux ouuerts,
Lors on verra le grand Roy des Crapaux
Donter chacun & regir l'Vniuers.

Le fourchu est vn V sur deux I, cinq corps, font cinq C. ciseaux ouuerts font sept X, qui sont en telle forme representez.

Ie me trouuay deuant vn beau logis, basty par vn Preuost, qui auoit fait escrire en lettres d'or, dedans vne table d'attente P. R. E. V. O. S. T. tant seulement: On interpreta ainsi chasque lettre, fort conuenablement à ses actions: *Pren, rafle, emporte, vole, oste, serre, tire.*

Finis fut vne fois interpreté par tante Cropiere, Femme ialouse n'aura iamais santé.

Ie voy auiourd'huy infinis, qui escriuent & publient quelque chose, qui ne [illegible]tent que les seules premieres lettres de le[illegible]m & surnom. Ce qui donne occasio[illegible]usieurs de rencontrer sur le sujet de leu[illegible]res, de plaisantes gausseries, & à bon droict: car que leur sert de faire deuiner vn [illegible]ecteur sur deux lettres, qui se peuuet attribuer à mille choses. Ou bien ils font cela d'vne extreme ambition, de vouloir estre curieusement recherchez, ainsi que la Nymphe Virgiliane:

Et fugit ad salices, & se cupit ante videri.

Comme si leurs lettres ainsi choisies deuoient seruir de Notes inuiolables à la posterité. La Fontaine en son art Poëtique en a donné vn traict gentil, mais indigne de du Bellay, auquel il s'est trop pedamment attaché. Celuy cy, ie croy, n'offensera personne:

Girard Panon fit construire à Dole le portail des Cordeliers, & peindre le deuant auec ses chiffres de P & G. On l'interpreta diuersement; Monsieur de Popincourt dit que c'estoit

Pate grise, Potage gras : le sieur de Monipoil disoit, *Pauures gens, Poil grison, Pasles grimaces.*

Pour sçauoir le lieu où les monnoyes se font, & en quelles villes de France, pour la marque on a donné à chacune vne lettre, Comme:

A signifie	Paris.
B	Roüen.
C	Sainct Lo.
D	Lyon.
E	Tours.
F	Angers.
G	Poictiers.
H	La Rochelle.
I	Limoges.
K	Bordeaux.
L	Bayonne.
M	Tholose.
N	Montpellier.
O	Moulins.
P	Dijon.
Q	Chalons.
R	Sainct André.
S	Troyes.
T	Saincte Menehoust,
V	Thurin.
X	Villefranche.
Y	Bourges.
Z	Dauphiné.
&	Prouence.
ꝝ	Bretaigne.
†	Caën.

Lesquelles lettres se voyent en chasque piece monnoyee, au dessous de l'escusson ou ailleurs. Comme aussi outre lesdictes lettres y a ousiours encor des poincts sous certaines ettres, lesquels estoient anciennement les eules Notes des monnoyes : comme i'ay remarqué en vn vieil liure des mõnoyes, extraict de la Chambre des Comptes à Dijon.

Comme en la monnoye de Roüen, y a vn poinct sous le G. de *REGNAT*.

En la monnoye de S.Lo, vn poinct, sous l'A. de *FRANCORVM*.

En la monnoye d'Angers, vn poinct sous le C. de *VINCIT*.

En celle de Tours, vn poinct sous le T. de *VINCIT*.

En celle de Troyes, vn poinct sous le G. de *GRATIA*.

En celle de Poictiers, vn poinct sous l'I de *VINCIT*.

En celle de Dauphiné, vn poinct du temps du Roy Charles VIII. sous l'A. de *CAROLVS*.

Et ainsi des autres : car tels poincts se changent selon le nom des Roys, à discretion des gens des monnoyes de Paris, qui enuoient par toutes les villes de France, leurs poinçons.

Ie mettray ces Notes ordinaires des plus celebres sciences. Les Iurisconsultes ont ces suyuantes:

§. Paragraphus. ff. Digestis.

1.c.q.2. prima causa, quæstione secũda, & sic de cæteris.

C.	Codice.
L.	Lege.
℣.	Verſiculo.
gl.	gloſa.
DD.	doctores.
c.	capite.
ca.	Canon.
ĩ.	ĩnfra.
s̃	ſupra.

ẽ. extra, qui ſignifie les Decretales.

Auant que paſſer plus outre, pource qu'infinis ſe ſont trauaillez de dõner la cauſe pourquoy on peint deux ff (que les poſtes appellẽt febues frites) pour ſignifier *Digeſta:* i'ay biẽ icy voulu rapporter la diuerſité de leurs opinions. Alciat en ſes Depunctions, & apres luy, Coras en ſes miſcellanees dient, que les anciens, qui auoient accouſtumé d'appeller les Digeſtis, Pandectes, ſelon qu'encor on les ſurnomme auiourd'huy, pour les ſignifier peignoient vn π Grec auec l'accent circunflex, en ceſte façon π̃. Qui a donné occaſion aux ignorans de la langue Grecque, d'eſtimer que ce fuſſent deux ff. en lettre Romaine.

Catellianus Cotta *libr. memora.* apres vne enumeration de quelques Notes antiques, dit qu'on les a ſignifié auec deux ff. qui ſelon les anciens denotent *facta fuerunt*, d'où meſme on les a appellé *Digeſta, quaſi diſpoſita.*

Charle Eſtienne en l'Epiſtre qu'il a fait à la commendation des Regles de Droict dit que ceſte Note eſt prouenuë *ex D. transfixo sic* Ɖ: qui a donné occaſion de penſer que ce fuſſent deux ff. Quant à moy, ie puis asseurer que i'ay des Annotations *cuiusdam incerti*, doctes & elegantes sur les Institutes, lesquelles i'ay enuoyé à Monsieur Cuias, où tousiours les Pandectes ou Digestes sont alleguees par ceste marque Đ qui est vn vray D, auec vne ligne au trauers.

Ottoman au Tiltre de *Act.* asseure qu'vn des plus curieux scrutateur des antiquitez que l'on sçauroit dire, le Sieur du Tillet, luy a monstré, & à Balduin aussi, vn semblable *D. in libro notarij Iuris Ciuilis* fort antique, qui signifioit *Digesta*. Voylà ce que i'ay à dire sur ce mot, *ne nescius esses.*

Quãt aux autres Notes de Droict, elles sont faciles, parce qu'elles commencent la premiere syllabe du mot qu'on veut signifier: Comme *Instit Institutiones, Authen. Authẽtica,* mesmes tous les Tiltres du Droict s'abreuient de ceste façon: Comme *Si cert. pet. si certũ petatur.* Ce que l'on interpreta vne fois, *Si certain pet. De pa. po. de patria potestate.* Surquoy, puis qu'il m'en souuiẽt, ie te feray ce conte d'vn certain, qui faisoit bien l'habile, qui se trouua vn iour en vne compagnie, où l'on disoit que bien-heureux estoit le siecle auquel on ne parloit ny de Papaux ny de Huguenots. A quoy il respondit, que quant au mot de Papau, il n'estoit pas fort nouueau, parce que mesmes en Droict il y en auoit vn Tiltre expres: & allegua à ce propos, ce Tiltre de *pa po.* aux Institutes, Rubr. 9.

Celuy qui parloit contre le luxe de nostre

fiecle, & difoit qu'il eftoit defendu aux Iuges d'auoir vn cuifinier par difpofition de Droict. *tit. vt iudices fine quoquo, &c.* auoit auffi bõne grace. Or pource que tu as *Modus legendi abreuiaturas in Iure* affez pour t'exercer dix-huict mois, ie viendray aux mots de nos chiquaneries Françoifes, qui font aux carnets de nos Greffiers feulement : comme ap. appoinctement, p. preuues e, en p : *è contrà* en perfonne. d. deff. rep. dup. demandes, defenfes, repliques, dupliques. Car en leurs copies qu'ils font, ils allongent tellement les *SS.* qu'en vn fueillet il n'y aura pas douze lignes; & en chafque ligne deux ou trois mots : Encor que l'Ordonnance l'ait curieufement reglé : car elle veut que chafque fueillet contienne vingt lignes, & en chafque ligne cinq mots pour le moins.

Les Medecins ont ces Notes.

g̃	*granum.*
℈	*fcrupulus.*
℥	*vncia*
ʒ	*drachma.*
q̃t	*quartarium.*
℔	*libra.*
s	*femis.*
M	*manipulus.*
P	*pugillus.*

Les Aftrologues ont ces marques, premierement les douze Signes cõpris en ce Diftique.

♈ ♉ ♊ ♋ ♌
Sunt Aries, Taurus, Gemini, Cancer, Leo,
♍
Virgo,
♎ ♐ ♑ ♏ ♒
Libraque, Scorpius, Acritenens, Caper, Amphora,
♓
Pisces.

La premiere de ces figures ressemble aux cornes d'vn Belier, la seconde à la teste d'vn Taureau: Gemini par deux lignes esgales, qui semblent deux qui s'entrelassent, Cancer, par le chemin droit & rebours de l'Escreuice: Leo, par vne queuë de Lion, qui va de ceste sorte: Virgo est tiré des plis de la robe d'vne femme: Libra vne balance, Scorpius ressemble à la queuë du Scorpiõ, Sagittarius, à cause de la sagette: Capricornus, vn cheureau qui saute: Aquarius par des ondes, Pisces par deux figures de poissons adossez. Voyla comme Bonatus Carella, Placentinus & autres Astrologues les accoustrent. Comme aussi les sept Planetes suyuans:

♄ *Saturnus*, quasi vn vieillard, appuyé sur vn baston.

♃ *Iupiter*, quasi vn Roy, qui tient vn sceptre.

♂ *Mars*, à cause du dard furieux.

☉ *Sol*, c'est la figure du Soleil,

♀ *Venus*, quasi vne femme, de laquelle on ne voit que la teste & le trait du cul enflé.

☿ *Mercurius*, vn iouuenceau qui porte ses talaires à la teste & aux pieds.

☽ *Luna*, c'est la figure du Croissant.

Voicy les Notes des Aspects,

✱ *Sextilis.*

△ *Trinus.*

□ *Tetragonus.*

☌ *Coniunctio.*

☍ *Oppositio.*

Il y a encores ces trois suiuans, ☊ *caput draconis,* ☋ *cauda draconis,* ⊕ *pars fortunæ.*

Quant aux Notes des poids & monnoies, tu les as amplement dans Priscianus, Beda, Rhenius, Faunius, & Volasius, Corn. Agrippa; & nouuellement colligez par le Sieur Garraut Parisien : Comme aussi celles des Nombres, desquelles i'ay parlé en leur Chapitre particulier.

ADIONCTION D'AVTRVY.

Vn certain Religieux passant chemin, oyant quelques-vns qui disoient en le regardant, *Beatæ vrbes vbi non habitat* CAIM, respondit, *Beatissimæ vbi non habitat* FEL: C'estoit à dire, Faber, Erasme, & Luther, qui estoient lors tenus pour heresiarches.

Ie ne puis passer sous silence vne iniure verbale (si c'est iniure que dire vray) qui fut dite, il y a quelque temps, contre vn vieil resueur, qui prend qualité de Docteur és Droicts. Comme donc il fust apellé fol & double fol; voire en dupliquant, sot & double sot: il menaça l'iniuriant, qui estoit vn bon draule, de le faire conuenir en action d'iniure. Dequoy l'autre aduerty, s'en va soudain vers son Docteur, & luy dit ces termes : Sçauous qu'il y a, vous Monsieur, ie veux maintenir que vous estes fol vrayement, & ie dis fol en Digeste, 1. *ff. hoc est*, fol, fol: & sot en Paragraphe, §.1. sot, sot. N'estoit-ce pas bien boulé ? par menanda ce fut vne gentille & draulifique rencontre.

DES EPITAPHES.

CHAP. XXII.

TV as peu voir cy deuãt plusieurs Epitaphes entresemez ; les vns parmy les chapitres des vers Numeraux, des vers Ingenieusement pratiquez, des Rebus, des vers Leonins, &c. Or maintenant ie te vois donner le reste de ce qui m'a semblé le plus digne d'estre à remarquer. En premier lieu, nous auons ces Epitaphes, antiques, tirez des anciens monuments, qui ont fort bonne grace, selon que tu en pourras voir des exemples dans Gabr. Simeon, Martianus, Gaudentius Merula, le Polyphile, & autres scrutateurs de l'antiquité : A l'imitation desquels plusieurs François en font auiourd'huy de beaux & tres-excellens.

Le docte Guijon, Procureur du Roy à Ostun, m'a donné cest antique ; lequel, comme non encor imprimé, i'ay icy mis, parce que l'histoire en est tres-belle.

VETVS MARMORIS INSCRIPTIO, QVOD APVD Solacum etiamnum visitur, secus viam militarem.

Flagitium maximum, viatores, scire id si voltis, hoc sistite gressum. Ac primùm M. *Lucius &* Sardica *hoc marmore claudimur, miseri amantes. Qui & unde profecti, quando hic meus non volt saxo scieritis.* Mihi *Africa, huic Roma patria: cuius in amorem illecta vrente. Oh si non fuissem, dum iuuenem Romam, cum victore exercitu, sequor redeuntem: tempestate autem seria in piratas incidimus. Hei misellæ vænimus ammo, negotiatori quodam ego Gallo, me qui Nouiomagum transfert: Hic nauclero Lusitano, remex vt fuat. Quo ministerio: ah scelus! undecim annos apud hos illósque functus. Dum per manus! Cedo Luci succincti dum, inquam, per manus traditus, multis in obsequium cedit miserrime. Ruptis demum nocte concubia vinculis, assula clam exit in littus, tantisper per sylvas & saltus liber, donec vagum in via latrones arripiunt. A queis post diutina latrocinalis seruitutis labores exantlatos, heri mei filio (veh!) distrahitur per oram* Dalmatiæ *tunc forte nauiganti, Et filio coniunx à patre hero destinabar. Quoi reuerso ita vt fit occurrens basiolum impressura. At at: Lucidum meum pone cum sarcinulis sequentem intueor. Hæreo cogitabunda sicubi humonem noram: Erat enim vultu squalido, contractáque macie. Agnosco dilectam mî quondam faciem; Minimo minu lætitia in humum concidi exanimis. Atqui retinere labentem festinans, Corculum, infit, meum viuin'? Papæ! quæ momento tunc admiratio omnibus. Iussa ab hero cuncta texo ordine annorum nostrorum. Eua. Ho plaudite, miseretur herus, & meum Luciolum volt Patrem mihi familias darier. Nuptiis dictus dies: aduortite. Dum accumbitur; Puer è proxima vicinia Arundine, qua in adiacẽtes hortuli arbores considentẽ Auem indispeceretur, per fenestram introrsum arcu adacta Malo destinato actu proh dolor! Mihi ac misellì huic. Ehodum, Luci adesto narranti lachrymis, verba sorbillant. Nobis in alternis conspectu vtrique conuiuanti, vitam, pectoribus transfixis, aufert. Hoc puto mea vobis Sardica volebat faciet.*

Tu as à Tholose ce suiuant, derriere le Chœur des Iacobins, qui est memorable:

D. O. M.

S.

Siste parumper Viator, & hæc lege. Hic iacet I. Mandinellus, qui vixit cxx. annos, cum chariss. coniuge lxx. ex qua liberos suscepit xxiiij. obijt. anno c I Ↄ. I Ↄ. lxv. Hæc te scire volui, nescius ne esses. Vale & ora.

I'en ay basty plusieurs de ceste façon, mesmement vn, en faueur d'vn mien amy de Carcassonne:

D. M.

P. Moretio erga Deum piiss. Regi fideliss. cuius procurator prisca illa probitate, integritate, negotia per an. vij. gessit, omnium artium, præcipuè Iuris perititiss. vxor suauiss. liberíque chariss. M. P. C. *Vixit cũ dulciss. vxore an. xxxiij. v. suscepit liberos, quorum ij. masculi, totidẽ fœminæ superstites. Obijt anno ætat. climacterico c I Ↄ. I Ↄ. lxviij.*

Il y a au Cimetiere sainct Estienne, à Tholose, deux beaux Epitaphes de ceste façon: l'vn de Philandrier, Chastillonnois; & l'autre de Pascalius, qui tout le temps de sa vie a entretenu la France d'vn vain dessein de l'Histoire Françoise.

Nos anciens François ont accoustumé de faire des *Cy gist.* Ce qui se practique encor fort auiourd'huy: Comme, *Cy gist honorable homme* N. N. *Bourgeois de Paris, qui mourut le* 10. *Octobre.*

1360. *Priez Dieu qu'il luy face mercy.*

En Bourgongne il s'en voit de plaiſans, en la fin deſquels y a touſiours ces mots, *Dex ait l'arme de ly:* C'eſt à dire, *Dieu ayt l'ame de luy.*

Mais toutesfois les mieux verſez aux bonnes lettres, n'en font plus gueres de ſemblables, ſi ce n'eſt pour applaudir à quelques vieilles veſſeuſes de meregrands qui ont des eſcus.

I'en ay veu practiquer depuis peu de temps de celle façon, que m'a donné vn mien intime amy de Bourgongne:

Dedié.

A LA POSTERITE'.

GVillaume Tabourot, eloquent & celebre Aduocat à la Cour, Conſeiller du Roy, & Maiſtre extraordinaire en ſa Chambre des Comptes à Dijon: Apres auoir veſcu en honneur & reputation entre les ſiens, recherché des grands Seigneurs, chery de ſes ſemblables, honoré du peuple, & generalement aymé de tous, mourut aagé de xxxxv. ans, cinq mois, le xxiij. Iuillet c I ↄ. I ↄ. lxj. au grand regret de ſa patrie, & douleur ineſtimable de Damoiſelle Bernarde Thierry ſa femme, & de ſes fils Eſtienne & Theodecte, qui luy ont, pour dernier office de pieté, fait faire ce Tombeau

En voicy vn autre, de feu Maistre Iean le Feure, Chanoine de Langres:

AV PASSANT.

ARreste passant. Icy repose le corps de Iean le Feure, en son viuant Chanoine *de l'Eglise* Cathedrale *de Langres, sçauant Theologien, excellent Mathematicien, curieux des arts mechaniques, sur tout de l'horlogerie & peinture. Il mourut aagé de lxiij. ans, l'an CIↃ.IↃ.lxv. Or va maintenant, ie ne te voulois autre chose.*

Dans A. Gellius, il y a trois Epitaphes, des plus beaux qu'on sçauroit voir: Ils ont esté chacun composez par les Poëtes, qui de leur viuant ont fait leurs Tombeaux. Ce premier est de Næuius, insolent & arrogant le possible:

Immortales mortalem si foret fas flere,
Flerent Diuæ Camœnæ Næuium Poetam,
Itaque postquam est Orcio traditus thesauro
Obliti sunt Romæ lingua Latina loquier.

Celuy cy de Pacuuius, est fort modeste & elegant:

Adolescens

Adolescens tametsi properas, hoc te saxum rogat
Vt se aspicias, deinde quod scriptum est legas:
Hic sunt Poëtæ Pacuuij, Marci sita
Ossa, hoc volebam nescius ne esses. Vale.

Le tiers est de Plaute:

Postquam est morte captus Plautus,
Comedia luget, Scena est deserta,
Deinde Risus, Ludus, Locusque, & Numeri
Innumeri simul omnes collacrymarunt.

Or apres ces vers des vieux Poëtes, il ne sera mal à propos, si ie rapporte en ce lieu, vn Epitaphe que ie fis de vieux mots, & tels que l'on parloit du temps de la mere d'Euander, il y a quelque temps, sur vn ieune homme, qui fut volé & tué d'vn coup de pistole, allant à la poursuyte d'vn estat de Conseiller à la Cour de Parlement de Dijon.

EPITAPHIVM DE GVIDOne Alexantij Præsidis filio, antiquitatis & obsoletis verbis contextum.

ADuortat huc quisquis haud quitus est fligi
Ludibriis creperæ & malæ sortis, Breui
En delico. flos iuuenum Alixantus simul
Quem dulcitas, virtus, honestitudóque
Senioribus congenerarant facillime:
Eheu Senator summa lætitudine
Crearier dum certus est, & nullius
Metu anxitudinis sibi suísque dubitat
Toper nimis, cinctus famulitate tenui
Aggressus itiner, in manus teterrimas

Immanium furum misellus incidit,
Qui sanguinem & animam ab illius corpusculo
Iere diuidas, cruento vulnere.
Eos nec amolire potuit comitas
Genuina hominis : adeo parum virtus sitior,
Luditque nos vens vitæ in hac caligine.
Sed nescius tamen mori, habet hoc præmium
Cœlis anima, corpúsque humi, perennitas
Famæ omnibus probis, amicis intimis
Solus dolor superescit. Hæc noni nescius
Debes viator, sat tuis oculis. Vale.
Obijt Non. Mensis Apollini
Ann. AB.V. C. 2319.

Les autres Epitaphes se font par forme d'Elegies, comme tu en as en Virgile, *De obitu Mæcenatis*, & de toutes autres sortes de vers, tout ainsi que se font les autres Epigrammes. Specialement nos anciens peres en ont basty en Latin de vers Leonins : Comme cestuy d'vn Curé de Pontailler, nommé Bergerés,

Conditur hic intro, qui plures condidit antro:
Nam curatus erat, nunc nullum condere curat.
Antea Bergeres, terra nunc esca Ioannes,
In cœlo cuius requiescat spiritus eius.

Aliud,

Hic iacet in cineres quem deflent hæ mulieres,
Presbyter Andræas qui vitiabat eas:

En François, par Clement Marot,

Cy gist qui assez mal preschoit
De ces femmes tant regreté,
Frere André qui les cheuauchoit
Comme vn grand Asne debasté.

ADIONCTION
d'Autruy.

Sur le patron desquels ont esté forgez les suyuans:

Deslent ancillæ, quia mortuus hîc iacet ille
Scutifer Andræas, qui vitiabat eas.
Item & hoc:
Rident anguillæ, quia mortuus hîc iacet ille
Clericus Andræas qui capiebat eas.

FIN D'ADIONCTION.

S'ensuyuent des serieux, pour rafreschir ta memoire.

En l'Abbaye de sainct Benigne de Dijon, se trouuent ces Epitaphes suyuans : Le plus ancien est en vn marbre noir, au Chapitre du bon Iareto, qui fut precepteur de Hugues 2. Duc de Bourgongne, & depuis Abbé d'icelle Abbaye:

Dormit Iareto venerandus in hoc monumento,
Qui tibi tam dignè seruiuit Sancte Benigne.
Migrauit anno Domini. M. C. V.

Autre:

Anno 1506. 7. *Nouemb. obiit Dominus* Io. *de Arcu miles, orate pro eo.*

Mors iuuenem ferit atque senem discrimine magno,
Nempe ferit iuuenem retrò, sed antè senem.

Aliud:

Hîc iacet Nicolaus Flauiniensis Abbas, anima cuius & omnium fidelium per misericordiam Dei sine fine requiescant in pace, Amen.

Qui legis hæc ora, Deus hunc benedicat in hora:
Natus Belnensis fuit hic, post Diuionensis
Est monachus factus, monachi vigilauit in actus.

Item,

Quem lapis iste tegit, saluet qui tartara fregit.

Du nouueau restaurateur de l'Eglise de ce lieu de S. Benigne, fut faict cest Epitaphe:

Hugo suis Arcus, Cato sensu, dogmate Marcus,
Nec meritis parcus, iacet hic quem protulit arcus:
Mille C. ter domini dic annos luce Quirini,
Traditur, vt memini, cineri corpus, caro fini.
Basilicam simul & fabricam capsæ fabricauit.
Angelicam det ei tunicam qui cuncta creauit.

Autre d'vn, à qui il faschoit de mourir:

Cy gist Iean Dabbota Damoysel, qui mourut le Mecredy auant la sainct Martin, mil ccc. xxxv. Dex ayt l'arme.

O mors quàm dura, & quàm tristia sunt tua iura!
Si mors non esset, quàm lætus quilibet esset,
Præterit iste dies, nescitur origo secundi
Aut labor, aut requies, sic transit gloria mundi.

Autre,

Hic iacet Ioannes de Arcu:
Miles famosus, consul ducis, ac animosus,
Mitis, veridicus, monachorum verus amicus,
Cuius anima requiescat in pace. Amen.
Pater noster. Obiit 1290. Cal. Apr.

I'ay remarqué en tous ces vieux Tombeaux François, que iamais n'obmettent de dire le iour auant vne feste, comme le Lundy auant Pasques, apres Caresmentrant, &c. Qui monstre bien qu'ils estoient plus curieux de leur Calendrier Chrestien que nous, qui ne nous en seruons, sinon par forme d'Almanach prognosticatif.

Au monastere de sainct Estienne audit Dijon, sont ces suyuans: Le premier d'vn Prieur, nommé Simon de Plaisance,

Hac tu qui transis, Si.de Plaisance memor sis.

Autre d'vn Enfermier dudit lieu:

Talis eris, qui calce teris mea busta pedestris,
Qualis ergo iaceo vermiculosus ego:
Sis Petrus aut Macedo, vasti moderator & orbis,
Sis Cato vel Cicero, denique talis eris.

Aliud:

Est natura mori cunctorum sicut oriri.
Falce retrò iuuenes, mors ferit ante senes.

Aliud:

Petra tegit Petrum, quem Christus Petra redemit
Vermiculus tetrum, quem mors crudelis ademit,
Hic quondam Claustri Prior, ens, augiráque plaustri
Dormit ibi rite rediturus ad ostia vitæ,
Nam sine figmento consurget ab hoc monumento.
Absque detrimento fidei fretus documento,
In paradiso sit. patens via mansio certa,
Hinc Labyrinthus flebilis intus sit procul acta.

ADIONCTION D'AVTRVY.

Celuy m'a bien pleu autresfois, que i'ay leu és Poëmes de Thomas Morus, Chancelier d'Angleterre, qu'il fit par maniere d'esbat, sur la mort d'vn Chantre:

Hîc iacet Henricus veræ pietatis amicus,
Nomen Abingdon erat, si quis sua nomina quærat.
Semper & in bella cantor fuit ipse capella,
Præter & hæc ista fuit optimus orgáque nista:
Nunc igitur Christe, quoniam tibi seruiit iste,
Semper in orbe coli des sibi regna poli.

Encor m'en a on appris vn, qui est dans le grand cimetiere d'Orleans, ainsi,

Omnia transibunt : nos ibimus, ibitis, ibunt,
Ignari, gnari, conditione pari.

FIN D'ADIONCTION.

I'ay veu d'vn riche & puissant Seigneur, cest Epitaphe ambigu:

Hic iacet vir amplissimus.

Et d'vn bon biberon:

Hic iacet Amphora vini.

C'est à dire, Cy gist vn Tonneau de vin.

D'vne vieille peteuse, qui mourut en petant, fut fait ce vers:

Vno animam crepitu Iana pepedit anus.

En François,

Vous qui passez priez pour ceste Dame,
Qui en petant, par le cul rendit l'ame.

C'est vne imitation de Virgile, qui dit ainsi,

Purpuream vomit ille animam.

Comme d'vn qui mourut de la Caquesangue, il fut dit ainsi,

Purpuream cacat ille animam.

Ie vois entrer aux vers François : mais ie ne veux colliger que les follastres, pource qu'il y en a vne abondance de bien faits & serieux en nos Poëtes François. Voylà donc dequoy la ronfle:

Icy gist messire Iean Veau,
Ma foy ce n'est rien de nouueau,
Quand tout est dit, c'est peu de chose,
Messire Iean Veau cy repose.

Autre,

Cy gist le sire Iean Ratet
Et tous ses petits Ratelets,
Et sa femme Dame Sibelle,
Mais Dieu mercy encor vit elle.

Et ce Quatrain est aussi sur le mesme suject,

Icy gerra, s'il n'est pendu,
Ou si en la mer il ne tombe,
Monsieur qui a dressé sa tombe,
Auant qu'estre mort estendu.

Ce Quatrain est de mesme sens, il a esté cõposé par quelqu'vn, qui faisoit des vers mesurez sans rime:

Cy gist Thomas l'eniaueleur,
En son temps boteleur de foing,
Il n'est pas icy enterré,
Mais il a fait faire ceste croix.

Vne certaine femme, apres la mort de son premier mary, luy fit faire vne sepulture, où elle auoit fait mettre à la grand' mode accoustumee: *Cy gist vn tel, qui mourut le 1. Iuillet 1572. & Damoiselle Pitrequine de Couillonis, qui trespassa le, &c.* Esperant, comme il est vray-semblable, qu'elle si feroit inhumer vn iour: Mais en fin, ayant changé d'auis, apres qu'elle fut morte, & enterree ailleurs, ses heritiers firent adiouster à l'Epitaphe: *Allez voir sa tombe aux Cordeliers, car elle n'est pas icy enterree.*

Voylà vn petit mot à la loüange de ceux qui font faire leurs tombeaux de leur viuant, à fin que l'heritier ne l'oublie.

AVTRES EPITAPHES.

Pernot teste vuide
Cy gist bon Catholique:
Et Iaquette sa femme,
Dieu vueille auoir leur ame:
Außi Didier leur fils,
Dieu leur doint paradis.

Pour entremesler quelque chose de gaillard, cestuy-cy est à Paris au Cimetiere des Innocens: *Cy gist Ioland Bailly, qui trespassa mil v. c. xiiij l'an lxxxviij. de son aage, le xlij. de son vefuage: laquelle a veu, ou peu voir, deuãt son trespas, deux cens quatre vingts & quinze enfans yssus d'elle.*

Claude Boiteux vesquit autant d'annees, mais il n'eut pas la nature si fertile, que ceste diablesse d'Ioland:

Claude Boiteux, cheminant droict,
Gist à present en cest endroict,
Boiteux par tout il fut nommé,
Des grands & petits renommé,
De se marier n'eut enuie:
Quatre vingts huict ans fut sa vie.

Pour la deuise, y a dessous: *Va droict boiteux.*

Ces deux suyuans sont Bourguignons, composez par vn docte Iurisconsulte,

N'asse pas in grand deconfor
Dou fils de Claude l'hosteley,
Ai la tombay tot voide mor
De dessus in amandeley:
Au moins set fusse mor au ley,
Ly qui estot si baa & saige,
Ce ne fusse, par le Cordey,
Pas estay vn si gros dommaige,

Autre d'vn Ayuocard du mestier ordinaire d'Escheuin, par le Sr. Diuardet:

Cy desseot geyst monsiu Fecard
En son viuant gran Ayuocard:
O l'estot braue persenaige,
En ses tiltres auot noble & saige
S'a l'eusse vescu encore gaire,
Ai poir quest ne feusse esté moire:
Car quand say malaidie l'y vint
El estot desiai Escheuin,
Bonne gens qui por cy passez
Dictes requiescant in pace.

En voicy vn autre d'aussi bonne trampe,

Icy gist matre Ian Pillou,
Qui mouri entre deux treteas
Lou soir des Rouays estant bien saou,
Et qui n'aymoit boire de l'ea,
Ma dou vin tous les iours vn sea
Ou preque enne plene simarre,
Ne trouuant iemay ren de bea
Que de combettre e cop de varre.

Cestuy-cy fut fait pour plaisir:

Iki a antarré Ianley
Qui bettit son matre d'escolle
Etant dremant dedans son ley,
Tant euoat el le tete folle
Ce fut vn grand ruour de bolle,
En-aprés gendarme cassé:
S'el eut tresbien jué son rolle,
El feut esté bien fiancé.

En voicy vn bon, François:

Cy gist dessous ce marbre vsé
Vn personnage bien ruzé,

Auquel il cousta maint escu,
Pour estre declaré coquu:
A son frere ne cousta rien,
Et toutesfois il le fut bien.
De telles gens voit on assez,
Priez Dieu pour les trespassez.

Retournons en Bourgongne, puis que cestuy-cy m'est reuenu en memoire:

Bonnes gens qui par cy passez,
Priez Dieu pour les trespassez:
Bonnes gens qui passez par cy,
Priez pour ce pauure homme icy:
Qui par cy passez bonnes gens,
A prier soyez diligens
Pour le pauure frere Gregoire,
Qui ne mourut que de trop boire.

Et ce suyuant,

Cy gist le sire André Ratet,
En son viuant marchant foulon,
Et n'a ne debout n'essetet
M'a estendu tout de son long,
En son temps il fit bons bouillons
Quoy qui en parle ou qui en grongne:
On l'ou quenu à ses haillons,
Et l'ou vait on ai sai besongne.

Autre:

Cy gist noble Iacques Ploton
Qui en sa vie n'eut medecine,
Sinon du bon vin de Gylon
Le meilleur qui fut en sa vigne.

En voicy vn d'vn Cheualier de l'ordre, nouuellemét imprimé, qui fut plustost Cheualier, que Gentil-homme:

Cy gist vn fort homme de bien
Aymant l'autruy comme le sien.
Son pere estoit bon roturier,
Et luy faict à tort Cheualier,
Iamais armé, fors qu'en peincture:
Priez Dieu pour la creature.

Sur vn docte meschant personnage, fut fait ce Quatrain, aussi double, qu'il auoit l'ame.

Dolus est mort, veux-tu sçauoir,
Chacun dit que c'est grand dommage:
Ie le croy bien pour le sçauoir,
Mais non pas pour le personnage.

Autre d'vn sçauãt dissimulateur, qui nageoit entre deux eaux.

Cy dessous gist monsieur Canon,
C'est douleur de sa departie,
Pource qu'il eust esté fort bon
Pour vne chambre my-partie.

Celuy de l'Empereur Charles, n'est-il pas braue, & digne d'vn grand Cesar.

Hic iacet intus
Carolus Quintus:
Dic pro illo bis aut ter,
Aue Maria, Pater noster.

Voicy au naturel celuy du sieur Dando, qui a esté restitué sur vn marbre antique:

Cy gist qu'on appelloit Dando,
Mon compere Messire Estienne,
Il est ceans qui fait dodo,
S'il est bien aise, qui s'y tienne.

L'on m'a donné ce suiuant, d'vn bon compagnon, digne toutesfois de plus heureuse fortune: car il aymoit les lettres, & cherissoit vniquement les lettrez.

Ianus profudit patris immensas opes
In scorta, cœnas, aleam,
Dux gratiosa quem spe inescens aulica
Spoliauit amplis prædiis:
Superesse cernens iam nihil quò viueret,
Vix dum vir optauit mori.
Moriénsque dixit, Vita si breuis mihi est,
Compenso tempus gaudiis:
Homini senescenti optima æui portio
Luctu & labore interfluit.

L'on fit sur le Medecin Syluius, cest Epitaphe,

Syluius hic situs est gratis qui nil dedit vnquam,
Mortuus & gratis quòd legis ista dolet.

Cest autre est d'vn auaricieux, qui fut enterré au Cimetiere des pestiferez à Laon en Laõnois.

Cy gist vn braue personnage,
Des plus fortunez de son aage,
Il ne sçauoit ny A ny B,
Et toutesfois il fut Abbé:
Et aussi pour le faire court
Il fut Conseiller à la Court.
Encor eust il bien esté Prestre,
Mais iamais ne le voulut estre.
On dit qu'il auoit vn thresor

Qui n'est pas descouuert encor,
S'il en eust fait de bons amis
Son corps ne fust pas icy mis:
Mais il n'ayma iamais personne,
Priez Dieu que Dieu luy pardonne.

L'Epitaphe du Sauetier Blondeau dans Des-Periers, est gracieux:

Cy dessous gist en ce Tombeau
Vn Sauetier nommé Blondeau,
En son viuant rien n'amassa,
Et puis apres il trespassa.
Marris en furent les voisins,
Car il enseignoit les bons vins.

Autre qui est en l'Eglise de Selongey:

Cy gist le Chastelain Guillaume
Qui sçauoit ses pars & ses Pseaumes,
Et des loix estoit le plus sage,
Il tint les quatre Bailliage
Trestous l'vn apres l'autre,
Si en dictes vos Patenostres.

Autre d'vne Damoiselle apres la mort de son mary:

Cy gist aupres de ceste porte
Vne femme qui n'est pas morte,
La veufue de feu Iean d'Arbois
En son viuant marchand de bois,
De foing, de feurre, & de chandelle,
Et maintenant est Damoiselle.

Celuy est d'vn meschant:

Cy gist qui n'acquist autre bien,
Sinon bruit de ne valoir rien.

En voicy vn que i'ay apprins, il y a desia beaucoup de Lunes:

Icy gist mon frere Iean,
Nous le verrons au iugement,
Et ma sœur Elizabet,
Si bene fecit habet.

Autre d'vn bon patissier par excellence, demeurant à Chalon en Bourgongne:

Icy gist Iean de la Fontaine,
Qui en son temps a pris grand' peine
A faire tartre & goubelets,
Dieu luy pardonne ses messaits.

Cestuy est d'vn marguiller de S. Iean de Verdun, n'agueres decedé:

Icy dessous gist Iean Roussille,
Vn marguiller autant habille
Qu'il y en eust point dans la ville,
Tesmoing Dornot & Vieilleuille,
Il mourut l'an cinq cens & mille
Auec trois vingts & huict & dix,
Dieu le loge en son Paradis.

Autre sur le trespas d'vn bon quillebandier:

Cy gist maistre Antoine la molle
De son viuant prest à tout faire,
Il auoit quilles & courteboulle
Et des cartes plus de vingt paire,
Prions Dieu qu'il le mette au roolle
Des bien-heureux en Paradis,
En memoire du temps iadis.

Sequitur nunc Epitaphium magistri Ioannis le Veau, cuius Epitaphium Gallicum suprà legitur:

O Deus omnipotens Vituli miserere Ioannis,
Quem mors præueniens non sinit esse bouem.

Cestuy est braue & serieux:

Cy gist le Seigneur de Manas,
Lequel de sa propre alumelle
Se tua prenant ses esbats
Sur le corps d'vne Damoiselle.
Ie ne sçay apres son trespas
Là où son esprit s'en alla,
Mais ie sçay bien qu'on ne va pas,
En Paradis par ce trou là.

Iean Second conclud ainsi l'Epitaphe d'vn qui mourut de ceste sorte:

Qui blandæ Veneri cunctos sacrauerat annos,
Non aliter vitam ponere dignus erat.

Ces suyuans qui me sont venus inopinémẽt en memoire, meritent d'estre rapportez.

I'ay leu ce premier dans Alciat, G. Simeon, & autres,

Heus viator hic vir & uxor non
Litigant. Quæres qui sim, non dicam,
Ah ehodum ipsa dico, Hic Belbius
Ebrius me Brebiam Ebriam nuncupat.
Ohe coniux etiam defuncta garris?

AD GADES VLTIMAS
& hoc habetur.

Heliodorus insanus Carthaginensis ad extremum orbis, sarcophago testamento, me hoc iussi condier, vt viderem si me quispiam insanior ad me visendum ad hæc loca penetraret.

Pensez que c'estoit quelqu'vn qui n'estimoit gueres sage les autres, non plus que luy.

Ce fuyuant a esté pesché des antiques monumens de Hotomã, de Fœlicianus Veronois: *Mihimet Veronæ Felicianus Veronẽsis sacrum const. qui inquietus viuus, nunc tandem quiesco. Solus cursum quæris? vt in die Censorio, sine impedimento, faciliùs resurgam.*

Ce grãd Misanthrope de Timon Athenien, auoit aussi bonne grace, l'Epitaphe duquel est conforme aux autres actions de sa vie:

Hic sum post vitã miserámque, inopémque sepultus,
Nomen ne quæras, Lector, Dij te male perdant.

En François:

Pendant ma miserable vie
I'ay eu tout mal-heur en ce monde,
N'ayes de me cognoistre enuie,
Lecteur, le diable te confonde.

Laurent Valle, ce grand mordant, eut en fin cest Epitaphe tres-digne de luy, rapporté par Volaterran:

O he, vt Valla silet, solitus qui parcere nulli est:
Si quæris quid agat, nunc quoque mordet humum.

Or s'ensuit l'Epitaphe d'vne estrange mort: car on dit qu'vne Italienne mourut en le faisant. Il faut bien dire que ce fust d'vne estrange façon, veu qu'on tient,

Que de femme couchee & bois debout
Homme n'en vit iamais le bout

Mais notez aussi qu'elle estoit droicte, vn peu courbee:

Qui giace Iulia Ferrarese extinta
Mori in bordello, & fu il suo caso oscuro,
Fotendola vn fequin col capo al muro
Gli ropei leule & collo en vna spinta.

Dedãs Polyphile il y en a infinis de gẽtils, desquels i'ay colligé ce suiuãt, parce que ie le trouue mal interpreté. Il est en forme d'Enigme.

D. M.

Lyndia Thasius puella puer hic sum sine
Viuere nolui, mori malui. At si noris, sat est.

Vele.

I. Martin l'interprete ainsi:

Lyndia Thasius ieune fille,
Ieune garçon ie suis icy, laissé ie n'ay
Voulu viure, mais ay mieux aymé mourir.
Si tu sçais, le cas il suffit.

Or il se doit ainsi interpreter, à mon iugement:

Lyndia Thasius fille & fils suis icy
Ie n'ay voulu viure, i'ay mieux
aimé mourir, Si tu le sçais il suffit.

Pour mõstrer que c'estoit vn Hermaphrodite, qui pour n'auoir osé faire election de son sexe, estoit mort sans mary ny sans femme. Et par ce mot *sine*, signifie *sans*, il remarque l'ambiguité honteuse de son chois.

Leon Baptiste Albert remarque que la beauté des Epitaphes consiste à estre briefs & intelligibles, & mesme Platon ne vouloit pas qu'ils cõtinssent plus de quatre lignes. Suiuant quoy il allegue aussi les vers d'Ouide, ainsi bien traduicts.

Grauez moy sur vne colonne
Brief que mes faicts puissent tenir.
Si qu'en courant toute personne
Les puisse lire & retenir.

S'ensuiuent d'autres Epitaphes bizarres, ou bizerres, en langage Courtisan.

D. M.

Pomponatij Phi.

Hîc sepultus iaceo. Quare? nescio, nec si scis aut nescis, curo: si vales, bene est: viuens valui, fortasse nunc valeo: si aut non dicere nequeo.

Ce suyuant m'a esté enuoyé de Gasalase pres Tholose, sur le Capitani Volore, qui ne viuoit que de rapine, & pour penitence mourut de retention d'vrine, auec vne aigre chaude-pisse. *Nota* que *falso* il se disoit *Caualerio de l'ordre del Rey:*

Cy dessous gist vn Cheualier
Qui eut de l'Ordre le collier
Auant que d'estre Gentilhomme:
Ie ne sçay pas comme on le nomme,
Car il change de plusieurs noms,
Recherchez de tant de façons,
Auec les, des, du, le, de, la,
Qu'il prenoit par cy & par là:
Que son pere fut des mois dix
Sans le cognoistre pour son fils;
Ny le nommer tel, car peut estre
Son vray pere estoit ce gros Prestre.
Chez qui sa mere demeura,
Lors que son mary la chassa,
(Pour l'auoir trouuée cheuauchant
Auec vn valet d'Alemant)
Il deuint depuis Capitaine,
Mais pource qu'il voloit la laine

Il eut l'an suiuant son payement,
Car on le pendit ioliement
A vn poirier, pour n'auoir cure
De luy faire vne sepulture.
Mais son bon pere le Curé
Luy fit dire vn miserere:
Priez Dieu que luy ne son fils
N'entrent iamais en Paradis.

Composé par vn bon pitaut, qui fut volé trois fois en vn iour.

Vn ennemy de ce grand Erasme, luy fit par despit ce vers; excusez, s'il n'est bien fait selon la quantité, *Nam nos Britones non curamus quantitates syllabarum:*

Hic iacet Erasmus, qui quondam bonus erat mus,
Rodere qui solitus, roditur à vermibus.

Autre d'vn vsurier à la grande escarcelle:

Cy gist vn homme bien accort
S'il eust en fin trompé la Mort,
Aussi bien que pendant sa vie
Sous ombre d'vne preud'hommie
Il faisoit le deuotieux,
En priant Dieu la larme aux yeux,
Et faisoit paroistre à chacun
Que des biens luy estoit tout vn:
Et neantmoins en ceste ville
N'y auoit homme plus habile
De donner tous les iours argent
A interest de cent pour cent:
Et sçauoit si bien contrefaire
La signature d'vn Notaire,
Que iamais on ne vit decret
Auquel par vn subtil secret

Des prieres colloqué ne fust.
Or apres en fin il mourut,
Et laissa force argent contant
Entre les mains d'vn ieune enfant,
Lequel aimeroit mieux se pendre
Qu'il ne trouue en quoy le despendre,
Car tousiours il dit, aussi bien
Qu'apres sa mort il n'aura rien:
Que son pere estoit vne beste
De se rompre pour luy la teste,
Qu'il gardera bien son enfant,
D'en dire vn iour de luy autant.
Vous autres qui par cy passez
Et qui tant d'escus amassez,
Priez Dieu pour ces vieux fous,
Afin qu'on prie aussi pour vous.

Ce suyuant fut trouué, il y a enuiron quatre vingts ans, au Cimetiere des Innocens en la ville d'Agde, sur vne Damoiselle estampee nouuellement,

Bonnes gens faictes à Dieu priere
Pour la fille d'vne lingere,
Qui par ses habits monstre comme
Son pere estoit vn Gentilhomme.
Femme elle estoit d'vn sauetier
Qui depuis se fit officier:
Qui fut cause soudainement,
Qu'elle changea d'accoustrement,
Et se fit Damoiselle estrange
Enuiron le temps de vendange:
Afin de marcher, ce dit on,
Premiere à la Procession.
Apres, elle fut à la Cour.

Et quand elle fut de retour,
Elle mourut fort pauurement
La veille de Caresmentrant,
L'an mil trois cens, sans rien rabatre,
Auec sept vingts soixante quatre.

Autre d'vn qui mourut tout iuste, car il n'auoit plus que frire:

Cy gist vn vray gaule-bontemps
Qui a prins tous les passetemps
De la gueule, & de la brayette,
Des ieus de carte & de renette.
Or il est mort tout iustement,
Car s'il eust vescu seulement
Iusqu'au soir ou au lendemain,
Aussi bien fust il mort de faim.
Si les pauures vont droit aux cieux,
Ie pense qu'il est bien heureux,
Car il estoit leger d'argent,
Priez Dieu pour son sauuement.

ADIONCTION DE L'AVTHEVR.

Ie ne sçay qui auoit osé changer l'Epitaphe d'Erasme, qui est ainsi tresbien fait,

Hic iacet Erasmus, qui quondam bonus erat mus,
Rodere qui solitus roditur à vermibus.

Et au lieu de *bonus*, auoit mis *prauus*.
Parce qu'outre ce que le sens de l'autheur n'y conuient pas, il auoit fait la premiere de *bonus*, longue d'industrie, pour la recompenser auec la premiere de *vermibus*, qu'il fait briefue au Pétametre suiuant. Et si l'on ne laissoit ce *bonus* là long, il y auoit faute inexcusable au second vers: ainsi que doctement remonstra l'Official

de Chauſſin à vn Conſeiller de Bourgongne, auquel il auoit enuoyé vn leuraut auec ce Diſtique,

Lardatum mitto tibi, dulcis, amice, vale.
Qui fertur à famulo, dulcis amice, vale.

Car pource qu'il auoit fait la ſeconde de *leporem* longue, il auoit faict en recompenſe la premiere de *fertur*, brieue. Et par ainſi on voit bien que ce n'eſtoit pas ignorance, mais vne elegance de propos deliberé. Ce que i'ay bien voulu mettre en auant, pour ſeruir d'aduertiſſement à quelqu'vn, qui ſe trouueroit empeſché en ſi beau paſſage.

Ceſtuy-cy eſt entre les Epigrammes de Bartolomeus, ſi bien ie m'en reſſouuien:

Hic iacet Vgo ſenex, ſed qui priùs inde receßit,
Quàm sciſſet cur hoc eſſet in orbe ſatus:

Qui eſt ainſi gentillement traduit,

Cy giſt Guillaume Departy,
Qui d'vn Duc eſtoit Secretaire,
Il eſt de ce monde party
Sans ſçauoir qu'il y venoit faire.

En voicy vn autre gracieux.

Antoine de Saumur naſquit 1529.
Des biens de ce monde il acquit,
En ce bas terroir il veſquit 30. ans,
A nature il paya l'acquit 1559.

ADIONCTION D'AVTRVY.

Sur vn quidam, iadis Preuoſt des Mareſchaux en vne ville d'entre Blois & Paris, fut fait vn Epitaphe, quoy qu'il ne fuſt encor mort. C'eſtoit d'honneur qu'on luy portoit, & de peur d'y faillir, comme ie preſuppoſe:

Cy gist le Preuost Fateau,
Qui fut vn vray fol natureau,
Et qui battit tresbien sa femme,
Si priez tous Dieu pour son ame.

Itémque illud,

Cy gist le Preuost Fateau,
Qui fut vn vray fol dans sa peau,
Qui ne fit iamais que mentir
Sans rougir, sans se repentir.

Le reste est vn peu trop violent, parquoy *transeat*. Cestuy-cy n'est indigne d'estre chroniqué, pour estre plus veritable, qu'il ne seroit besoin:

Cy gist le Preuost Fateau,
Lequel fut vn larronneau,
Grand trompeur, & plein de vice,
Sage en quittant son office:
Car, lors s'il ne l'eust vendu
Il eust empesché Iustice,
En danger d'estre pendu.

Ie n'ay point leu d'Epitaphe qui m'ait donné tant de plaisir, que celuy qui est engraué à l'entree du cloistre des Maturins à Paris. Il a esté fait de bonne foy, & à la franche marguerite, comme l'on dit, sur la mort d'vn bon oblat, ou conuers de ce Conuent là, lequel y seruoit plus que quatre. Voicy donc ce gentil & mirelifique Epitaphe,

Cy gist le leal Maturin,
Sur tous autres bon seruiteur,
Qui garda seans pain & vin,
Et fut des portes gouuerneur:
Panier ou hotte par honneur

Au marché volontiers portoit,
Fort diligent & bon sonneur,
Dieu pardon à l'ame luy soit.

I'ay veu faire de petites gloses là dessus, pour rire; mais ie n'ay pas marchandé de dire toute ma science pour ce coup.

FIN DE L'ADIONCTION.

Si ie voulois faire vn amas de tous les Epitaphes que ie trouue beaux, il me faudroit faire prouision de vingt ou trente cayers de papier, pour en recolliger vn liure gros comme vn Calepin, & faire comme Pontanus, *libros Tumulorum.* Si tu en veux voir plusieurs, tu as entre nos Poëtes modernes, Marule, Iean Second, Politian, le Vezelein, Flaminius, Nauagerius, Molsa, Lampridius, Cotta, Sadoletus, Cœlius Calcagninus, Arcostus, &c. parmy les œuures desquels y a de beaux Epitaphes. De tous lesquels l'on m'a rapporté qu'vn ieune docte personnage en a colligé trois volumes, y compris les non imprimez qu'il a peu rechercher: le premier liure est des antiques monumens; le second, des vers; & le tiers, des François: Mais ie luy conseille d'adiouster vn quatriesme des folastres Epitaphes, car il seroit aussi curieusemẽt recherché que les autres.

Ie te prie, Lecteur, prendre cependant de bonne part, ce que ie t'ay icy ramassé: & pense que si ie voulois, i'ay assez de matiere au lieu de chasque chapitre, de faire vn gros liure. Parquoy ne vas point pour te vanter, dire, O i'en sçay bien de meilleurs, il n'a pas tout mis, il a oublié cestuy-cy, cestuy-là. Car, peut estre, l'ay-

ie fait

que ce sont petites folastreries: & qu'en matiere de folies, les meilleures sont les plus courtes.

Or apres icelle i'espere bien à la suite de ces Discours, te faire paroistre de quelles viandes ie sçay traicter mes hostes. Ce pendant, comme pour entree de table, ie te donne ces petites fricassees, ces pastez de chair hachee, & ces potages de marmite de College. Si ie cognois qu'ils te soient agreables, tu auras apres des viandes plus solides, Adieu iusques au retour.

Hîc fin du premier liure,
& pour cause.

Q

LECTORI

Fr. Iu. D.

Quidam suauis homo, elegánsque mirum
Lippis viderat hunc libellum ocellis,
Mox Censor nimium superbus, atra
Expinxit macula sales venustos,
Quòd risu fluerunt solutiore,
Aureis polluerunt quòd & pudicas.
Legis nescius ergo comminacis
Quæ marem vetat euitare sexum
(Formæ supplicium insolens decore)
Hunc castrauerat vndequaque librum,
Quæ licentiâ, quæ libido dicam
Non imponere fibulam iocoso,
Totum exscindere sed virum Priapo?
Illi quid precer, imprecérue quod sit
Iuri conueniens & æquitati?
Vt pœna artificem suum sequatur,
Vtque langueat exuir, acriores
Cachinnos tolerans, cupiuit amens
Seu languere opus istud euiratum.

PAr Priuilege du Roy, donné à Paris le 13. iour d'Octobre 1585. il est permis à M. Estiéne Tabourot Aduocat au Parlemēt de Dijon, Seigneur des Accords, de faire imprimer, ou choisir & cōmettre tel Imprimeur qu'il verra estre suffisant pour fidelement Imprimer, ou faire Imprimer vn liure intitulé, *Le 1 liu. des Bigarrures*, Inhibāt ledit Sr. à tous Imprimeurs, Libraires, & autres quelsconques, n'imprimer ou faire imprimer, ny exposer en vente ledit liure, sinon par sa permission, licence ou congé, ou de l'Imprimeur par luy choisi, & commis à l'impression d'iceluy: Et ce sur peine de confiscation des liures ja imprimez, & d'amende arbitraire, tant enuers le Roy que ledit Seigneur des Accords, & des dommages & interests de l'Imprimeur par luy choisi: comme plus à plein est contenu esdites lettres de Priuilege. Signé par le Roy.

Present Maistre Iean Chandon, Maistre des Requestes ordinaire de l'hostel.

NICOLAS.

Ledit Seigneur des Accords a permis & permet à Iean Richer, Marchant Libraire & Maistre Imprimeur en l'Vniuersité de Paris, d'Imprimer ou faire imprimer lesdictes Bigarrures, iusques au temps & terme de dix ans finis & accomplis, à commencer du iour que ledit liure sera acheué d'imprimer.

LE QVATRIESME
DES BIGARRVRES
DV SEIGNEVR DES
ACCORDS.

A PARIS,

Par IEAN RICHER, ruë S. Iean de Latran, à l'Arbre verdoyant.

1603.

Auec Priuilege du Roy.

SONNET AV SEIGNEVR DES ACCORDS.

Le parterre egalé d'une raze campagne
N'accommode si bien son hoste ou les forains,
Que le pays bossu, où les vins & les grains
Bigarrent haut & bas, le val de la montagne.

L'esprit qui bien meslé dextrement s'accompagne
De diuersité d'arts, comme de plusieurs mains,
A bien meilleure prise és affaires humains,
Que s'il que pour vn seul tous les autres dedaigne:

C'est pourquoy, Tabourot instruit, de tant d'outils,
Dedale ingenieux entre les plus subtils,
Fait à tous bons accords, à tous deduits honnestes,

En public, en priué, de bouche, & par escrit,
Non moins graue Caton, que gaillard Democrit,
Tu as dequoy payer les sçauans & les bestes.

Fœlice l'alma che per dio spira.

Au Lecteur.

IL ne se faut pas estonner si i'appelle ce second liure, le quatriéme des Bigarrures : car ce volume entier ne seroit pas bien bigaré, s'il suiuoit la faço des ordinaires escriuains. Et encor que ceste raison soit suffisante, si n'ay ie pas faute d'exẽples : mesme du grand Iule de la Scale, qui a commencé ses Exercices laborieux par le quinziesme liure qu'il a escrit contre la subtilité de Cardan. Toutesfois ce que i'en ay fait, a esté principalement, à fin de faire entendre par les discours de ce liure, que i'ay l'esprit disposé à autres choses qu'à des lasciuetez, pour fermer la bouche à vn tas de calumniateurs ignorants, qui me l'ont malignement objecté. Et pour le regard de ceux qui trouuent à dire, qu'vn homme de ma profession, se mesle encor de follastrer, tantost en prose, tantost en vers : ie les renuoye à la docte epistre luminaire des Epistres Françoises du sçauant Pasquier, qui a bien monstré tant par viues raisons, qu'exemples, comme il ne faut pas assubjectir l'esprit à vne seule profession si opiniastremẽt, que l'on ne luy permette s'esgayer en la source abondante de la viuacité d'iceluy. Ie loue certainement ceux, qui, à la façon des Allemans, se peuuent contenir à n'embrasser qu'une seule profession : Mais il ne faut pas aussi blasmer ceux, qui ayant l'esprit capable d'en manier diuerses, les sçauent si bien exercer, qu'en chasque espece ils ne deuront rien ou peu de reste à chacun des particuliers qui s'adonnent à vne. L'on sçait assez que l'esprit du François est plein de telle viuacité & varieté, que c'est malgré luy si l'on l'attache à vne sciẽce seule. Pourquoy donc trouue l'on mauuais que ie laisse aller le temps (que les autres iouent) à ceste honneste occupation, qui n'est pas du tout vaine & sans fruit, si l'on y regarde de pres. Car tout on me iouant, i'apprens aux plus grossiers, par ridicules & ioyeux discours, des figures de Rhetorique, lesquelles s'apprennent quelquefois és Escholes par les Regents, à grands coups de foüet. Mon premier liure qu'est-ce autre chose, qu'vne partie d'vne Grammaire plaisante? vous y auez peu voir les lettres, les rebus, qui sont espece d'equiuoques, les equiuoques vrayes, les amphibologies, les anagrammes, les parœnemes, les omioteleftes, &c. si plaisamment traittez, que quand vous les auez leu, vous cognoissez à l'œil que vous auez vollé par dessus tous les mots susdits, comme par dessus des roches inaccessibles, sans trauail : au lieu que par la voye ordinaire il y faudroit grimper auec grand peine. Au second ie traite de mesme les periphrases, hyperboles, metonimies, metaphores, synechdoches, &c. auec la plus propre diction Françoise que i'ay peu choisir, & si gracieux exemples, qu'on ne les pourroit lire sans plaisir. Mais pour ce qu'il y en a d'aussi lascifs & chatouilleux, aux oreilles de nos veaux critiques que les premiers, ie les laisse pour une autre saison: & suis expressement sauté au quatriesme de plein vol, pour contenter les plus serieux esprits, qui auront dequoy me sçauoir gré d'aucunes inuentions non touchees, que ie sçache, par aucuns cy deuant. Et les autres qui n'ont achepté que le premier liure pour gausser & rire sans considerer plus auant, seront contraint de achepter aussi cestuy-cy, allechez par ce que i'y ay entremeslé de follastre: comme sont les Apophtegmes, autrement propos niais, ou plustost considerations absurdes, de Monsieur Gaullard, sur le moule duquel on en a voulu figurer quelque autre par la France, comme i'ay esté aduerty: mais ceux qui le font ont tort d'oster la gloire à nostre Contois Bourguignon. Et par ainsi ie feray comme la vefue du Castillan, qui ne vouloit vendre son Cheual, sans son chat. Et pource que par le discours du changement de surnom, ie blasme ceux qui l'entreprennent : & qui semble que pour m'estre appellé Seigneur des Accords, ie me declare digne de la peine que ie veux estre donnee à autruy : Ie veux bien que tu sçaches que ie n'ay point tant dedaigné ces escrits, qu'ès lettres Accrostiches des chapitres du premier liure, ie n'aye mis mon nom : & au second tu cognoistras encor l'an & le lieu où il fut fait. Mais cõme le suiet estoit de legere etoffe, ie n'y mis pas mon nom, mais vne seigneurie prise sur ma deuise, le corps de laquelle est vn Tambour, & pour l'esprit, i'ay mis ces mots, A TOVS ACCORDS, selon que mes pere, ayeul, & bisaieul l'auoient porté de suite, n'en ayant point trouué de plus propre à mon humeur, car par là ie confesse mon infirmité louable : d'autant que le tambour, combien qu'il soit le plus imparfait de tous les instrumens, si a il cela de perfection, qu'il s'accorde auec tous. D'auantage il est propre en temps de guerre, pour animer les soldats : & en temps de paix, il est pris pour instrument au bal. Tu verras au chapitre des particulieres remarques sur la Poesie Françoise, l'occasion pourquoy ceste deuise fut erigee en seigneurie : Que ie pense estre telle, que l'on ne me pourra reprendre de l'auoir pris, & en auoir vsé depuis. Quãd ie cognoistray par cy *apres que mon labeur te sera agreable, ie te feray part du reste : & retourneray hardiment aux second & troisiesme, pour t'en faire part: à fin que tu cognoisses que sans autre affection que de proffiter ioieusement au public, i'ay enfanté ces escrits, & que i'ay* des Accords, *en ma seigneurie, pour contenter les humeurs diuerses des plus rebarbatifs & ioyeux: & les accordant ensemble, m'accorder auec eux. Adieu.*

Quiconque voit icy le ſeigneur des Accords,
Encor qu'il ne ſoit pas naïfuement pourtraict,
Qu'il iuge ſeulement à voir le ſimple traict,
Qu'il eſt entier & rond dedans, comme dehors.

QVELQVES TRAITS VTILES POVR L'INſtitution des enfans.

A honneſte & vertueuſe Damoiſelle, Charlotte Noblet, femme de Monſieur le Preſident de Montculot.

Chap. I.

IL me ſouuient, que voyant vn iour en voſtre maiſon cinq ou ſix petits enfans, qui ſeioüoiẽt auec leurs palettes Abecedaires, vous priſtes plaiſir de les exciter, & faire diſputer l'vn cõtre l'autre, ſur les figures de leurs lettres, propoſant, pour le pris des victorieux, des poires & des pommes, que l'on vous auoit apporté fraichemẽt en leur preſence, & apres leſquelles ils venoient ſauteler & faire feſte, vous en demandant, ſans demander. Et ſur l'occaſion de leur faire gaigner auec peine ce qu'ils vouloient auoir, nous ne nous peusmes tenir de rire, de voir la petite ialousie & emulation de ces tendres esprits, qui s'efforçoient à l'enuy de se surmonter l'vn l'autre. Mais sur tout i'eus compassion d'vn petit blõdelet, qui plouroit à chaudes larmes, de ce que tous ses compaguons, auoyent quelques fruits, & luy seul n'en peut gaigner aucũ, parce qu'il ne pouuoit cognoistre autres lettres que ces quatre A.B.C.D. Tellemẽt que ie l'excitay à presenter le combat sur ce qu'il sçauoit, du moins sur ses Patenostres par cœur: Surquoy comme resueillé en sursaut, il prit courage, & dit à tous ses compaignons qu'il vouloit escrire à eux: & aussi soudain commença à tirer vne plume, d'vne petite escritoire qu'il portoit. Surquoy tous les autres ne voulurent entrer en lice, pource qu'on ne leur auoit encor appris à escrire. Lors ie fus cause, apres que nous luy eusmes fait escrire en des exẽples qu'il tira de sa poche, sept ou huict lettres assez bien imitees, qu'il eut vne bonne part des fruicts, & s'en alla bien content iouer auec les autres. Surquoy depuis vous pristes occasion de blasmer la façon de l'institution de cest enfant, que l'on mettoit à l'escriture auant qu'il eust la cognoissance des Elemens, & de la valeur d'iceux. A quoy pour l'heure ie ne pris garde autrement, comme estãt de vostre opinion: pour icelle estre fondee sur l'erreur commun & experience ordinaire, qui sert de loy en la plus part de nos actions. Mais depuis y ayant songé, soit que le precepteur sciemment, ou sans y penser, a ainsi enseigné cest enfant: ie pense qu'il a tresbien fait, & qu'il seroit tres-vtile d'instruire ainsi la ieunesse à l'aduenir, pour luy apprendre auec plus de felicité l'escriture & la lecture. La raison est, que quand l'enfant commence (comme on fait ordinairement) par la cognoissance & denomination des lettres, il conçoit vne certaine idee en son esprit & du nom, & de la valeur, & de la figure de chacune lettre, qui luy demeure fermement imprimee en l'ame: de sorte qu'en quelque liure que ce soit, il remarquera vn A. b. c. d. encor qu'il soit de lettre Romaine, Italienne ou Françoise. Et en apres quand on vient à le mettre à l'escriture, & que l'on luy donne vne plume en main, pour imiter la premiere lettre qu'il verra deuant soy, du commencement il regardera comme elle sera formee: mais si tost qu'il l'aura peint deux trois fois au plus, suyuant l'imitation de ce qu'on luy propose, il ne tiendra plus conte de regarder apres à son exemple, mais formera la lettre tout ainsi que l'idee imparfaite qu'il a conceu dans son entendement, luy guidera la main, & luy suffira, pourueu qu'il remplisse son papier de quelque chose que ce soit, à fin qu'il ayt plustost fait, & qu'il aille vistement iouer. Qui voudra prendre garde, l'on trouuera que cela n'aduiēt pas seulement à vn enfant de vij, viij, ix. & x. ans, mais à vn de douze, treize & quatorze, & plus. Car si vous luy proposez à imiter des exemples d'vn nouueau maistre, vous trouuerez que quelque aduertissement que vous luy sçauriez donner, il n'imitera pas si bien ceste nouuelle lettre, qu'il ne retienne infinis traicts de son anciẽne escriture. Et ce qui est cause de cela, c'est la soudaine conception qu'il a en son cerueau, qui guide sa main plustost à suyure l'ancienne Idee, en laquelle il est accoustumé, que non pas vne nouuelle forme qui se presente à ses yeux. Tellement qu'il escrira, sans s'apperceuoir de la diuersité qui sera entre sa vieille & nouuelle escriture: Au lieu que si l'on commençoit à faire peindre les lettres aux enfans, auant que de leur faire cognoistre la valeur d'icelles, & qu'on leur imprimast bien en la teste quelles sont leurs figures, ils seroient contraints & necessitez pour les imiter, de les regarder attentiuement, trait à trait, & l'vne apres l'autre: parce qu'ils ne pourroient, quand ils voudroient, peindre d'eux-mesmes vne lettre, pour n'en auoir eu aucune cognoissance auparauant: de sorte qu'ils imiteroient tres-bien l'exemple qui leur seroit proposé. Et encore de ceste traditiue aduiendroit vn autre bien, c'est que l'enfant de luy mesme apprendroit par maniere de dire, à lire: car comme l'esprit naturellement est curieux de sçauoir ce qu'il fait, il ne se pourroit tenir de monstrer ses exemples à quelqu'vn, & s'enchercher du nom des lettres: ou bien, celuy qui les verroit, les nommeroit de luy-mesme. Ce que l'enfant retiendroit tres-auidement, pour le plaisir qu'il auroit de venir dire qu'il auroit fait vn A, ou vn B. De sorte que l'on seroit tout estonné, que luy-mesme sans peine & trauail, cognoistroit toutes les valeurs & noms de lettres: & puis aysémẽt on le mettroit à la lecture. C'est aussi chose bien certaine, qu'estans les enfans accoustumez à peindre plusieurs fois vn charactere, ils ne se trouueroient pas si estonnez, quand on leur monstreroit la valeur d'iceluy, que fera vn autre enfant, lequel venant à l'escriture, se treuue estonné de l'object de la varieté des lettres qu'on luy met deuant les yeux, & de conceuoir en vn mesme temps, la puissance & force de chacune, l'vne apres l'autre, ayant par ce moyen deux peines : au lieu d'vne qu'à celuy qui est accoustumé de les peindre. Et comme lors que ie vous proposois cela, sans y penser, & par forme de paradoxe, contre l'opinion du vulgaire, vous goustastes si bien mes raisons, que i'ay bien voulu, sur l'asseurance de vostre bon iugement, en faire part au public : D'autant mesme qu'à ce que depuis i'ay sceu, vn certain Seigneur, que nous cognoissons familierement vous & moy, en a fait si heureuse experience en deux de ses enfans aagez d'vn an l'vn plus que l'autre : que celuy qui a appris premierement à escrire, à sçeu lire & escrire en moins de quatre mois : & l'autre qui a apparence de plus grande viuacité d'esprit, ayant commencé par la lecture, y a mis plus de huict mois, & si n'escrit pas si bien & naïfuement que son frere. Ie ne voudrois pas toutesfois sur ce seul essay, faire iugement : Pource qu'aucuns sont bien plus naturellement enclins à bien peindre, que les autres. Mais quoy qu'il en soit, ie puis asseurer que telle experience & heureuse rencontre, estant assistee de la raison, peut iustemẽt inciter quelqu'vn de suyure ceste forme. Ie trouuerois aussi tresbon que dés le commencement on donnast à l'enfant des exemples d'vn bon escriuain, à imiter, à fin qu'il s'accoustumast à imiter de beaux objets & bien formez: car ces premieres apprehentions entrent viuement dans l'ame, & impriment aisément vne Idee, qui s'efface apres difficilement. Et sont les tendres ames des enfans, comme vn pot neuf de terre, qui retient tousiours l'odeur de ce que l'on aura mis premierement dedans. Ie desirerois encor que l'on fist continuer à l'enfant des exemples de la main d'vn mesme maistre, iusques à ce qu'il sceust escrire de luy-mesme, & fust asseuré de la forme de ses lettres. Car quand on leur rechange des exemples de diuerses mains, la varieté des diuerses façons & traits qu'ils voyent, estans assemblez dans leurs ames, leur fait vne commixtion & confusion d'objects, tels qu'ils sont tous embroüillez, & ne sçauent laquelle main (entre tant de diuerses) ils doiuent imiter & suyure: mais prendront tantost vn traict de l'vne, vn autre traict de l'autre: & en fin n'escriront iamais vne belle lettre toute semblable à soy, mais plustost ie ne sçay quelle lettre bastarde, qui aura peu ou point de grace. Aucuns, suyuant l'opinion de Quintilien, sont d'aduis que l'on ait des tablettes d'Iuoire ou de Cuiure, dans lesquelles soient grauees les lettres, & que l'on accoustume l'enfant à conduire vn poinçon ou forte plume par les traicts des lettres ainsi grauees en iceux: à fin que l'accoustumance engendre en iceux vne habitude, comme dient les Philosophes, suyuant laquelle il puisse apres escrire les lettres, selon qu'il aura accoustumé de guider son poinçon ou plume, selon mesmes que l'on a veu des aueugles auoir apris à escrire par telle façon, ainsi qu'asseure Erasme. Certainement si tous les traicts des lettres estoient egaux, & qu'il n'y en eust point de plus gros ou menus les vns que les autres, ie ferois bien de ceste opinion, comme ie croy que cela ne peut qu'il ne serue: mais ie trouuerois meilleur de les faire escrire sur vne corne bien claire, dont on fait les lanternes, laquelle on poseroit sur leurs exemples. Car par ce moyen ils imiteroient aysément les traicts selon qu'ils paroistroient sous ladite corne: & puis s'ils failloient, il ne faudroit qu'effacer l'escriture, auec de l'eauë ou de la saliue, & frotter la corne d'vn mouchoir: de sorte que l'on en feroit vn papier perpetuel pour escrire. Et par ce moyen ceux qui n'auront pas moyen de recouurer des braues escriuains, (comme il aduient à plusieurs Gentils-hommes, qui sont logez en leurs Chasteaux ou villages) auront commodité de recouurer vn cayet d'exemples, soit imprimé, ou escrit à la main pour instruire sur iceluy leurs enfans, aysément & à peu de fraiz, par ceste façon. I'en ay veu quelques-vns si curieux, qu'ils prenoient des vieilles exemples de la main de Hamon, excellent escriuain, qu'ils auoient recouuertes: & coupans ce que les premiers escholiers auoient imité, ils ne prenoient que l'escriture des escriuains, qu'ils colloiët sur des liures longuets, en forme de ceux de Musique, pour s'en seruir à perpetuité. Mais quoy qu'il en soit, le plus expedient est que le maistre guide la main du commencement à l'enfant, à fin qu'il luy apprẽne à tourner sa plume dextremẽt, selon que la lettre se tourne du quarré au rond, & à d'autres infinis traictz. La peinture aydera encor bien à l'enfant, s'il s'y addonne: comme i'ay veu aduenir à quelques vns. Ce que on cognoistra aysément quand on les voit couchez par terre auec du charbon ou de la croye blanche en main, figurãs tout ce qui leur vient à fantasie: car cela leur asseurera la main. De sorte que c'est mal fait, quand les meres, seruiteurs, ou seruãtes, crient apres eux, & les tancent de ce qu'ils gastẽt leurs habits, puis que pour si peu de perte ils peuuent rẽporter vn si grãd profit, & que par là on les accoustume à tirer des traits propres à l'escriture: nonobstant que ce soit vn prouerbe, que rarement peintre escrit bien. Mais cela aduient, cõme ie croy parce qu'ils ne s'y exercẽt pas, & ne se souciẽt d'escrire: mais se contentent d'imiter les figures d'hõmes, animaux, &c. Or sur ce sujet ce ne sera mal à propos de rapporter encores ces aduertissemens suyuãs, pour amener la ieunesse, plus facilemẽt que l'on n'a pas fait cy deuãt, à la cognoissance des lettres. Et premieremẽt pour leur essarter les espines fascheuses, qui ont degousté infinis beaux esprits de suyure les lettres, en voyant vn cõmencement si penible que l'on leur proposoit, par lequel ils mesuroient la suitte de toutes les estudes à l'aduenir, tellement que l'õ les degoustoit des viãdes, auãt que de leur en faire taster: I'ay remarqué que l'vne des grandes pestes en cela, ce sont les abbreuiatiõs & tiltres & lettres & syllabes, dont on vsoit, & vse on encor à present. Pour apprendre lesquelles i'ay veu des ieunes Gentils-hommes estre si forcez, que pource qu'ils ne les cognoissoient toutes, on les laissoit à la lecture des sept Pseaumes, iusques à l'aage de dix ans, & s'opiniastroiẽt les maistres à ne les faire passer outre, qu'ils ne sçeussent telles abbreuiations. De sorte que ces enfans tourmentez de l'assiduelle crierie à leurs oreilles, & du foüet qu'on leur donnoit parmy le marché, quand ils oublioient à nõmer vn q̃ pour vn q̄, vn q̄ pour q̃, ils estoient tellement estourdis, qu'en fin ils oublioient mesmes les lettres, & estoient iusques à seize ans, auec infinie peine, à retixtre ceste toile de Peneloppe, ou plustost rouler vne rouë d'Ixion. Voicy quelques vnes de ces abbreuiations, que i'ay bien voulu mettre pour exemple, ã. ẽ. ĩ. õ. ũ. pour am, em, im, om, um: ou, an, en, in, on, vn. Comme en ces mots il signifie m, Adã, chãp, ẽploier, Hierusalẽ, sĩple. Et en ces suyuans n: ã, an, biẽ, sĩ, sin, raisõ, chacũ, chacun. Or ie vous prie quelle difference peut mettre l'enfant à la signification de tel tiltre qui signifie vn m, ou vne n. Tellement que vous le laissez tousiours incertain de son orthographe. Et quant à q̃, q̄, ꝙ, ꝑ, p̄, ꝓ, ꝰ. que l'on met pour qui, que, quam, quod, per, pre, pro, us: ie ne puis deuiner qui est autheur de telles fantasies du tout ineptes & sans raison. De sorte que si l'on vouloit bien faire pour le soulagement de la ieunesse, on feroit vn statut penal aux Imprimeurs, de n'en apposer, & mettre aucune és petits Alphabets qu'ils font pour les enfans, ny és Heures Latines des femmes: car c'est chose ridicule de charger le sens puerile, d'vn amas de telles inuentions difficiles à conceuoir, puis qu'ils sont d'ailleurs assez empeschez de sçauoir & cognoistre les marques & valeur des simples lettres. Et ne puis approuuer la raison de ceux, qui dient que par ce moyen on adextre les ieunes esprits par les choses plus difficiles à conceuoir aysément les plus faciles: Car leur raison est aussi bonne que de celuy qui voudroit dés le commencement leur faire apprendre les notes des Iurisconsultes, des Medecins, de l'Astrologie, & les antiques de Probus, & autres iargons difficiles, pour de là les ramener à la cognoissance des premiers elemens. Or passant outre, ie ne repeteray pas icy ce que le sieur de Montagnes en ses gentils essais a enseigné à son propre exemple, comme il fut nourry auec facile instruction de la langue Latine, pour auoir esté son pere curieux de ne le faire parler ny hanter pendant sa basse ieunesse, sinon auec personnes qui ne parloyent auec luy autre langage que le Latin. Mais ie treuue que c'est vne recepte de grands Seigneurs: encor m'estonnay-ie comme on en peut venir à bout, pour la difficulté d'empescher la veuë d'vne mere, d'vne parente, des seruiteurs domestiques, & des enfans voisins, les paroles nayfues desquels sont pour empescher l'execution de tel desseing. Toutesfois s'il se trouuoit en vne mesme ville dix ou douze peres qui eussent volonté de voir l'execution de cela en leurs enfans, il leur seroit aisé, pourueu qu'ils peussent recouurer à gages quatre ou cinq honnestes personnages Allemans que estrangers, qui ne parleroyent auec eux que Latin: Et mesme si l'on vouloit, par ce moyen on leur apprendroit l'Aleman au cœur de la France, ou l'Italien, ou telle langue que l'on voudroit. Car il n'y a point de doute que l'homme a bien des organes propres à parler, mais toute parole est artificielle, & ne nous vient que par le continuel exercice que nous auons de l'ouyr: ayant esté introduite premierement pour la necessité de la societé des hommes. Tellement que qui laisseroit six enfans nourris ensemble, sans parler à personne, par succession de temps ils apprendroient entre eux, & forgeroient quelque pauure langage, qui seruiroit seulement à leur necessité: & en fin paraduenture, ceux qui viendroient d'eux, nourris de ceste sorte, l'embelliroient: estant certain que la langue, aussi bien que chasque science, a son enfance & ses principes. Mais retournant à nostre propos, la mere des Gracches a bien mõstré par l'exemple domestic de ses enfans, la force du langage qui s'apprend auec le laict: Ayant rendu par la purité de sa langue, ses fils des plus diserts de ceste excellẽte ville de Rome. Or il seroit apres aysé ayant des enfans ainsi nourris, leur entretenir la beauté de la langue Latine, par vne lecture de trois ou quatre heures par iour, ne leur donnant en main que Ciceron, Sallustе, Cæsar, Catule, Tibule, Properce, & Ouide; auec lesquels autheurs il ne faut point faire de doute, qu'ils ne deuinssent tres-sçauans en peu de temps ; & ne se rendissent tres-eloquens & disserts en la langue Latine : Et mesme qui voudroit suyure ceste reigle en nos escholes, que de ne leur lire que des tresbeaux autheurs, auec construction Françoise, sans leur donner constructions Latines, qui leur tiennent le cerueau occupé d'autres phrases Latines, ie croy que les enfans profiteroient d'auantage : mais ie voudrois que ceste construction Françoise fust double, l'vne de mot à mot, & l'autre qui enseigneroit la diuersité de l'idiome d'entre le Latin & le François. Car par là, auec le temps, ils apprendroient à former le Latin selon la phrase, translatant de François en Latin : ce qu'ils ne font pas ordinairement, pource qu'ils s'amusent la plus part au Latin des constructions de leurs Regens. Et moyennant cela au lieu d'vne ligne que l'on leur apprend à reciter par cœur, ie leur en voudrois faire apprendre d'eux : à la charge qu'ils n'apprinssent par cœur, que la moitié de leur texte. Car aussi bien ce que l'on leur faict reciter, n'est pas tant pour retenir fermement, que pour s'exercer la memoire : estant chose asseuree, que au bout d'vn mois, de deux cens escholiers, il n'y a pas deux qui se resouuiennent des leçons des sepmaines precedentes. Au surplus quand l'enfant est congru, & qu'il commence d'auoir iugement, auant que de luy lire les histoires, ou permettre que de soy mesme il s'ingere à mettre le nez dedans : Ie desirerois qu'on leur monstrast familierement les principes de la Sphere, & la Cosmographie d'Apian, ou Geometrie de Glarean : à fin qu'auec iugement il remarquast l'assiere & les distances des lieuës, la difference des iours, & les eleuations du pole selon les latitudes, comme aussi les longitudes: chose tres-belle à voir, & qui outre l'honneste disquisition, vous donne vne memoire locale, tres-certaine & asseurée de la diuersité des noms. En la seule Italie qui est celuy qui pourroit dechiffrer les batailles qui se sont donnees auec les peuples voisins, s'il n'a veu dans la charte topographique d'Italie quels sont les Sabins, Etrusques, Latins, Volsques, Tusques, Fidenates, Veies, & autres petits terroirs, que plusieurs estiment auoir esté de grandes Prouinces, & osent comparer auec des Royaumes entiers. L'ignorance de ceste science m'a fait autresfois rechercher auec curiosité quelles gens c'estoient que les Leuinenses, Crustumeniens, & Antennates: & demandant à mon Regent aussi sçauant que moy pour lors, me disoit que c'estoient des peuples: Et en fin i'ay trouué que ce n'estoient que trois meschantes bicoques, dont auiourd'huy l'on ne sçauroit remarquer asseurément l'assiette Tellement que c'est tout ainsi que si ceux de Paris du commencement eussent faict la guerre à ceux de Meaux, de Melun, de Prouins, de Nogent, Troyes Chartres, &c. L'on me dira que Tite Liue, Florus, & les historiographes Romains le monstrent assez: Mais si faut-il confesser encor qu'ils ayent appellé telles guerres finitimes, & facent estat en cinq ans de la conqueste d'Italie, & en deux cens ans subsequens, de la conqueste de tout le monde: que lisant les guerres d'ordre, vous y trouuez peu de difference, quāt à la conduite & courage.

Et vous rend bien plus asseurez de l'ordre & de la suitte, la Cosmographie, qui vous represente deuant les yeux la chose quasi cõme elle s'est terminee: & si, la voyant ainsi, vous vous en resouuenez bien mieux: Et vous semble, quãd vous en venez à faire recit, que vo⁹ ayez esté sur les lieux. C'est pourquoy les Iurisconsultes dient que la plus certaine preuue qui se face, c'est par l'inspection d'iceux, de sorte que s'ils ne se peuuent transporter sur les lieux, pour voir le fond contentieux, ils en feront faire des topographies & peintures ou modelles, que nous appellons Tyberiades, ainsi denommées, à cause que Bartole a esté le premier Iurisconsulte, qui ait mis des figures parmy ses œuures: comme il a fait en son liure de la Tyberiade, lequel il a composé pour l'vtilité & vsage de ceux qui ont des terres proches les riuieres, subjects à alluuions: C'est à dire, quand l'eau occupe vn champ d'vn cousté laissant son ancien cours, & accroist de l'autre cousté: Et l'a nommé Tyberiade, à cause du fleuue du Tybre, que passe par Rome, en faueur des habitans circonuoisins, duquel il a principalement faict son œuure. Or apres les elemens de la Geographie, par lesquels ils seront instruits, selon la doctrine de Platon, qui ne vouloit pas que les ignorans de Geometrie entrassent en son eschole: Ie les voudrois mettre pour plaisir les apresdinées à l'histoire, leur mettant tousiours deuant les yeux les cartes des Prouinces, les histoires desquelles ils verroyent, & leur donnant deuant les yeux, vne topographie de l'ancienne Rome, & de l'Italie antique de Ptolomée. Et leur faire faire lecture d'vn Tite Liue de bout à autre, puis d'vn Salluſte, de Cæſar, pour leur entretenir la beauté de la langue, & leur faire reciter quelques belles actions des plus dignes & remarquables : obſeruant touſiours vn certain ordre & ſuitte, qui ſont vrais guides de noſtre memoire. En ce meſme eage encor on les peut accouſtumer deſia de faire des collections par lieux communs, de ce qu'ils liront, du commencement ſelon les ſimples Morales par ordre d'Alphabet : comme,

A

Abſtinence
Abus
Accuſation
Adultere
Aequité
Affliction
Agriculture
Aide
Alliance
Ambition
Ambiguité
Ame
Amitié
Amour
Antiquité
Apparence
Armes
Aſtrologie
Arts
Auarice
Audace
Aulmoſne
Autorité.

B

Beauté
Bienfaict
Bonté.

C

Calomnie
Celerité
Cité
Ciuilité
Chaſteté
Charité
Changemẽt
Charoy
Clemence
Commẽcement
Concorde
Conſcience
Conſeil
Conſtance
Cõtentemẽt
Continence
Contrainte
Couſtume
Crudelité
Curioſité.

D

Danſe
Debte
Difference
Depoſt
Deſeſpoir
Dieu
Diligence
Diſcorde
Diſſimulatiõ
Diuination
Doctrine
Dons
Douleur.

E

Eage
Eloquẽce
Empire
Enuie
Enfant
Erreur
Eſperance
Eſprit
Exercice
Exil
experiẽce.

F

Faceties
Faueur
Femmes
Flaterie
Folie
Force
Fortune
Foy
Freres
Fraude
Fragilité
Fuite

Et infinis autres que l'enfant pourra colliger, & y adapter toutes sentences & histoires qu'il aura leu de luy-mesme : sans s'amuser aux lieux communs qui sont colligez par d'autres, & imprimez : car cela les rendroit paresseux, & asnes en fin. D'auantage il s'accoustumera de faire des renuois des opposites les vns aux autres, comme *Vertu*, Voy *Vice*, *Ieunesse*, Voy *Vieillesse*, *Auarice*, Voy *Liberalité*: dõt il s'accoustumera à enrichir ses discours. Qui plus est, il fera aussi renuoy des Synonymes sous vn seul de tous qu'il choisira à son gré: Comme *Richesse*, *Pecune*, *Sordidité*, il fera renuoy à *Auarice*, comme le principal : s'il n'y a quelque particuliere marque, qui ne s'y adapte pas. Il dira de mesme *l'Oisiueté*, *Negligence*, Voy *Paresse*. Et ainsi d'autres infinis qui l'accoustumeront à garder vn bel ordre, & luy rendront la memoire fertile d'innumerables discours choisis à sa fantasie, qu'il adaptera puis apres comme il voudra: & cognoistra aisément quãd il viendra à voir les lieux communs imprimez (car i'appelle ainsi tous ces liures de Sentences des Poëtes, de Ciceron, d'Apophtegmes, d'exẽples, & autres (quelle difference il y aura entre son genie & ceux qui ont fait tel amas : lesquels colligent souuent vne histoire pour l'adapter sur vn subjet tout autre, que ne fera pas celuy qui luy list de nouueau. Cõme pour exemple, vous auez dans Tite Liue vn discours de Lucius Quintus Cincinnatus, qui fut esleu Dictateur par le peuple Romain, & treuué comme il trauailloit en sa terre, par les deputez qui luy annoncerent ceste eslection. L'on remarquera és lieux communs

Agriculture, comme a fait Ciceron en son liure de la Vieillesse : l'autre le remarquera pour la vertu preferee aux richesses, comme Tite Liue. Vn autre à la vieillesse, à cause que vieil il fut recherché du peuple, pour sa longue experience, comme Ciceron en ce mesme lieu. Vn autre remarquera vne pauureté honneste, non mesprisee. Vn autre le labeur assidu de ceste vieillesse. Et y a encor autres lieux communs, ausquels on pourroit encor accommoder ceste histoire. De sorte que l'enfant par telles recherches apprendra & retiendra bien plus aysément que celuy qui le lira pour le seul plaisir de l'histoire : & si d'auantage il se fortifiera le iugement. Ie ne voudrois pas toutesfois pour vn commencement, leur offusquer l'esprit de tant de diuers objects : mais ie me contenterois qu'il en fist deux remarques au plus. Et serois encor bien d'aduis que les Regens les incitassent en classe, à rendre raison de ce qu'ils tireroient & estimeroient remarquables en leurs leçons : Et puis les aduertir d'en faire recueil en leurs lieux communs, selon l'addresse qu'ils leur en donneroient. A fin qu'ils les accoustumassent doucemẽt de pouuoir puis apres d'eux mesmes faire leurs collections. Et des Morales ils en viendroient aysément apres aux Naturelles, Politiques, & telle science qu'ils voudroient principalement suyure, pour s'y rendre sçauans. De sorte qu'à la fin, au lieu de simples lieux communs, ce leur seroit autant de matiere preparee pour bastir des discours, voire des liures entiers, sur tous subjets qu'ils entreprendroient de traiter.

Et sera bon sur l'aage de dixhuict ans, quand ils auront le iugement ferme, leur faire desgauchir la plus part de ce qu'ils liront, pour seruir à la science de laquelle ils voudront faire principalement profession, qu'ils choisiront comme Dame & maistresse vnique, & ne s'aideront des autres, que comme seruantes necessaires. Puis que ie suis entré si auant, encor repeteray-ie l'vtilité & graue façon d'enseigner que pratiquent en leurs Escholes ceux du college de Clermont nommez vulgairement les Iesuistes, pource que ie conseille à tous precepteurs de la ieunesse d'en estre curieux imitateurs. Ils enseignent donc leurs Escholiers par vne gentille emulation qu'ils pratiquent de ceste sorte: Ils diuisent par bandes de dix à dix, tous leurs escholiers: & cõmettent sur chasque dizaine vn decurion, qui a charge de faire repeter & reciter le texte à ceux qui sont sous sa charge. Et sont colloquez chasques decuries l'vne apres l'autre, en ordre certain: comme il y a la premiere, 2. 3. 4. 5. 6. &c. autant que le nombre en peut faire. Lors quelquefois ils exciteront vn de la quatriesme Decurie, pour disputer contre vn de la premiere: & si celuy de la premiere est vaincu, on le fait descendre en la place du victorieux, qu'on fait monter par mesme moyen en la place du vaincu. Ce qui se fait à la gloire de l'vn, & honte de l'autre, qui luy sert de plus aigre peine, que si on luy donnoit des verges. Et pour gaigner en ceste dispute, on leur fait respectiuemẽt proposer l'vn à l'autre, cinq ou six questions. Et y a des Decurions proches d'iceux, qui comptent les fautes, à fin qu'on ne les puisse trõper. Et le plus gracieux est, que quãd il se rencontre quelqu'vn trop grand asnier, on le renuoye par forme d'ignominie, en la Decurie des asnes: dont il ne sort point, qu'il n'ait premierement prouoqué & vaincu quelqu'vn de ses compagnons, pour regaigner sa place. Vne autre façon qui exerce fort les enfans, & les rend capables de haranguer en public, auec asseurance, est, que trois ou quatre fois l'an, ils choisissent quelque beau subjet és histoires Rom. ou Grecques, & le feront disputer problematiquement en public, d'vne part & d'autre, par diuers beaux ieunes esprits, qu'ils enseignent à si bien imiter les actions antiques, auec si belles prononciations, & gestes bien cõposez, qu'il semble proprement aux spectateurs, que l'on soit en l'action mesme. Et font si bien quelquesfois, qu'il semble que les vrais personnages representez ne pouuoyent mieux faire: Selon qu'à Paris i'en ay veu faire heureusement l'experience, & croy qu'ailleurs ils n'en font pas moins. Comme vne fois ie conferois auec M. Borde leur premier Regent autant bel esprit, que i'en ay point cogneu, de leur gentille façon d'enseigner, ie luy proposois que i'estimois que les enfans des basses classes profiteroient beaucoup & s'auanceroient en la cognoissance de la langue Latine, plustost qu'ils ne font, qui les accoustumeroit tous les iours à apporter la tradition d'vne ligne ou deux de la leçon qu'ils doiuent prendre, & puis vn iour apres l'auoir rẽduë, leur dõner vn theme François, où les phrases de leurs leçons precedentes se pourroit adapter. Car par là, malgré qu'ils en auroient, ils seroiēt attentifs à cōsiderer, si la versiō de leur Regent seroit autre que la leur : & si d'auantage ils s'efforceroient d'imiter les phrases Latines de leurs leçons. De sorte que par là ils seroient tousiours retenus en ceruelle : & y estās accoustumez demy an, cela ne leur cousteroit plus rien. Voylà, Madamoiselle, ce que sur l'occurence, de la cause que i'ay prins en main, pour le petit blondelet, ie me suis espanché à deduire. Et ne serez marrie, si sous vostre nom i'en fais part au public : & si ie suis entré en discours plus auant, que ne fut nostre conference. Car ie m'asseure qu'il n'y a rien traicté que pour le profit & auancement de la ieunesse : & dont paraduenture quelqu'vn vous sçaura aussi bon gré, qu'à moy, pour en auoir esté la premiere cause. Priāt tous ceux qui daigneront prendre la peine de lire cecy, de rapporter de leur costé ce qu'ils estimeront necessaire pour vn œuure si pieux: renuoyant ceux qui en voudront voir d'auantage, aux autheurs qui ont fait des iustes volumes de l'institution de la ieunesse. Car ie n'ay pas deliberé de traiter apres eux, vn sujet si sçauamment discouru : Me contentant de rapporter ce que iusques icy, ie pense n'auoir esté traité par personne.

DV CHANGEMENT DE SVRNOM.

A François Mareschal, Secretaire de la chambre du Roy, & Esleu des Estats pour sa Majesté en Bourgongne.

CHAP. II.

ENTRE les beaux traicts d'integrité & iustice qui reluisent en mōsieur Colard, Conseiller au Parlement de Dijon: i'ay remarqué vne iuste indignation qu'il a conceu contre ces oberaux, & mouchets de Noblesse, qui estans yssus de bonnes & hōnestes familles des villes & citez de ce Royaume: apres le decés de leurs peres, lesquels à grand trauail ont acquis plusieurs biens & seigneuries, venans à apprehender leurs successions, changēt incontinēt le surnom d'iceux, comme s'ils desdaignoient de se dire & faire remarquer leurs enfans: & oublieux de leur origine, prenoient plaisir, par vne insigne faulseté, de s'esleuer par dessus leurs ancestres, & vouloiēt par ce moyē fouler aux pieds leur memoire. En quoy ils commettent vne ingratitude merueilleuse: car ils frustrent indignement l'intention de ces bons peres, qui amassent leur bien en grand trauail, à fin de conseruer vray-semblablement le nom de leur famille, & que leur posterité paruienne aux hõneurs par le moyen de leurs richesses, & se puisse plus illustrer & prendre par accroissement, selon que naturellement tout homme est enclin à ce desir. Et dont neantmoins, sans y penser, ils sont cause d'estre frustrez eux mesmes, par vn effect contraire que produisent leurs grands biens: Tellement qu'il semble que leur propre industrie soit nee pour se ruiner & destruire d'elle mesme, auec leur autheur. En quoy ils reçoiuent le mesme guerdon que ceux qui ont esté extremement meschans, la memoire desquels est abolie par decret public: ainsi que iadis les Ephesiens ordonnerent contre celuy, qui brusla de gayeté de cœur, le temple de Diane qui estoit en leur ville. Et ont accoustumé ces surnoms de se chãger de deux façons, qui descouurent de quelle ambition sont poussez leurs autheurs à ce changement. L'vne est, qu'ils prendront le surnom de la terre qu'aura acquis le bon pere: & d'autant plus volontiers, & auec plus grande facilité, quand ils cognoistront qu'il n'y aura plus aucun du nom des premiers possesseurs d'icelle, parce que auec le temps ils esperent que leurs fils persuaderont aysément qu'ils auront esté autrefois nais ou entez par quelque legitime moyen dans ces familles. L'autre moyen vn peu plus tolerable, & moins dãgereux, se fait par la ridicule adionction à leur vray surnom, d'vn article Gentilhommesque, comme *De, du, le, la, des, de, la*: Encor que ie ne vueille pas dire que ce soit vne reigle generale, que les vrays Gentils-hommes n'ayent autre surnom qu'auec vn de ces articles qui ressent le nom d'vne terre qui a, ou que l'on feint autresfois auoir esté. Car c'est chose notoire qu'il y a des plus illustres familles qui portent surnoms simples, sans ces adionctions: & au contraire y a des plus vilains qui portent les surnoms ainsi articulisez. Pour exemple de ce dernier moyen, i'allegueray vn riche marchant, nommé Cornet: son fils apres sa mort, se voyant riche, s'appella du Cornet, & commença de trancher de l'Escuyer, gros comme le Damoisel de Commercy: son frere puisné à son exemple s'appella le Cornet, & le troisiesme s'appelle de Cornet. Les enfans de l'aisné encor plus enflez des richesses vsurieres que leur pere, s'appellent la Cornette de la Cornette: & mesme commencent à dire qu'il faut vn G, au lieu d'vn C. de peur d'apparenter vn fol n'agueres cogneu, qui s'appelle Cornette. Lucian en diuers endroicts se mocque plaisamment de ces gẽs là, & sur tout en vn dialogue intitulé le Coq, où il introduict vn sauetier, nõmé Simon, qui apres qu'il fut deuenu riche, se faisoit appeller Simonides: & luy faschoit que son voisin Micyllus le surnõma seulemẽt par vn dissillabe, cõme il faisoit autrefois durant sa pauureté, disant qu'a cause de ses grands biens & richesses il meritoit bien ce surnom de quatre syllabes. De nostre temps i'ay ouy parler presque d'vn semblable sauetier, qui s'appelloit Griuet, à cause qu'il nourrissoit des griues: son fils deuenu plus riche, s'appella Grauet, pour plus enfler le mot, & encor y adiousta l'article, *le*. Il est à craindre que son petit fils, qui a commencé de de trainer la rapiere, ne s'appelle vn matin *de la Grue*, pour auoir vn nom plus long encor, & d'vne beste bien plus grosse qu'vne grue. Ie sçay bien que de prime face quelqu'vn dira que c'est vne folie si ridicule d'elle-mesme, qu'elle sert de sujet à tous les voisins, pour les broquarder & dechiqueter, comme ils le meritent: & qu'il ne s'en faut que rire, & les laisser là sans punition, comme estans assez trauaillez de leur propre folie & fureur. Toutesfois ce graue Cõseiller nous remonstra tant d'inconueniẽs qui en aduiennẽt, que ie croy qu'il seroit necessaire d'y mettre vn bon ordre, à fin que ce mal trop enraciné ne face ouuerture à plus grands maux quelque matin. Ce qui m'a donné occasion de reduire par escrit, & vous faire part de ce que me suis à peu prés souuenu de son discours: qui prit occasion sur le procés d'vne succession escheuë au Duché de Bourgongne, pretenduë par quatre cousins germains, tous de surnoms & armes differentes, combien qu'ils fussent tous enfans de propres freres consanguins. Surquoy nous remonstra que c'estoit chose fort estrange, que le bon ayeul qui auoit acquis les biens dont estoit question, n'eust pas laissé vn seul heritier, qui eust daigné porter son nom, qui n'estoit ny salle n'y difficile à prononcer. Et que cela deuroit estre cause suffisante en vne Republique bien policee, de faire declarer les heritiers indignes de telles successions, & en faire adiudication au profit du fisque. Car si par disposition de droict celuy est reputé indigne de la succession de quelqu'vn, *qui statum controuersiam illi mouerit, aut mortis eius vindictam non persequitur:* Pourquoy en sera reputé digne celuy qui altere son nom, & abolit entierement sa memoire, & qui le fait mourir encores vne fois par l'extinction d'icelle? Que dis-ie mourir? mais qui pis est, esteint & flestrit sa memoire. Tout ainsi que font les Loix des tres-meschans criminels, conuaincus de leze majesté. Certes non seulement en cela le particulier, mais aussi le public a notable interest. A fin que les honnestes familles ne soyent alterees, mais conseruees en leur entier par vne longue suitte: & que les enfans ne violent, en sorte que ce soit, ce lien diuin, qui est de nature inseparable entre eux & le pere, & que tous ont tenu ne se pouuoir de leur propre consentement mesmes corrompre. D'ailleurs il aduiẽt que par ce moyen ces nouueaux Mousserons par tels surnoms, le plus souuent, s'entremeslent auec confusion, parmy d'autres races signalees. Ce que les Loix ont de tout temps abhorré, & specialement les Empereurs Diocletian & Maximian, qui dient, que telle fausseté doit estre soigneusement empeschee: *Ne fortè alienæ sordidæ stirpes splendidis & ingenuis natalibus audeant subrogari:* C'est à dire, à fin que les estrangeres & vilaines races n'entreprennent de se mettre au lieu des nobles & honnestes familles. Tous nos modernes qui ont traicté ce point, ameinent en ieu auec loüange, l'histoire du plus proche parẽt de Ruth, qui quitta mesmes les biens & la fille d'Abimelecha, pour ne point effacer le nom de sa famille, qu'il craignoit de perdre en l'espousant, encor qui luy fust licite & permis par les loix des Hebrieux. Et neantmoins ie ne voy point qu'aucun d'eux ait blasmé par cy deuant ceux qui sans profit, & de seule gayeté de cœur, ont chãgé leur nõ. Les histoires anciennes & modernes sont bien pleines d'infinis exemples de plusieurs, qui estans nais de bas lieu, se sont osez par mensonge & impudẽce, aduoüer & nõmer pour quelques-vns d'illustre famille. Dãs nos histoires entre autres, nous auõs celle du faux Cõte Baudoüin de Flandres, qui se disoit pere de Ieanne vraye Comtesse, en l'an 1225. Et bien encor ceux-là en leur meschanceté auoient quelque genereuse esperãce d'honneur & de profit: Qui sont deux esguillons suffisans pour esbranler la necessité. Mais que dirons nous de ceux qui estans riches & bien à leur aise, vsent de ces faulsetez? Qu'est-ce qui les pourroit excuser? Et toutesfois ils ronflent sur le paué, ils tranchent des tiercelets de Prince, & deuiennent si arrogans que les ruës ne sont pas capables de les tenir, quand ils se preignent par les costez, & marchent sur le bout de leurs pieds. Et semblent mesmes estre fauorisez & recognus par les vrays nobles, auec lesquels ils se contrecarrent, au lieu qu'ils meriteroient la mesme punition, que les autres qui sont pendus, ou aigrement chastiez, quand ils sont descouuerts. Qu'est-ce donc autre chose en les souffrant, sinon fauoriser leur impudence, & donner occasion à chacun de suyure leur exemple? Encores passe pour ceux qui se retirent au village, & font les Messieurs à triple rebras parmy les paysans: car comme s'ils se sentoient coulpables, & iugeoient indignes de la frequentation & familiarité des parens & amys de leurs peres, ils se bannissent eux mesmes de l'honneste & ciuile habitation des villes, osans à grand' peine quelquesfois (s'ils ne sont les plus forts, & mutins) accoster les Gentils-hommes leurs voysins, qui les tiennent au rang des doubles vilains, (encores que le plus souuent ils ne soient pas plus Gentils-hômes qu'eux) & leur font glacer à toute heure l'ame dans le corps, pour la crainte qu'ils ont d'estre appellez de leur vray surnom, & d'estre renuoyez par ignominie à leur ancienne profession. Au lieu que s'ils tranchoiét moins des grands, & se contenoient en leur condition, ils viuroient plus doucement, & seroient respectez par ces messieurs, qui auroient plus souuent affaire d'eux & de leurs amis de la ville, que non pas le vertueux citadin de leur mutine espee. Or ce qu'en font aussi nos changeurs de nom, est à fin qu'auec ce changemét de nom, leur qualité peu à peu se change pour deuenir Escuyers & Gentils-hommes indirectement: car auec le temps sans preuue de leur valeur, ils en vsurpent le tiltre & les priuileges: & sous ce pretexte ne sont pas cottisez aux tailles, & autres impositions qui se leuent sur le peuple, nô plus que les vrays Gentils-hommes. Et qui plus est, aucuns des plus mauuais, & qui auront le bras dans la mãche s'attaquerôt à quelque foible Gentil-hôme, & le gourmãderont, au grãd preiudice & interest de la vraye Noblesse, qui ne consiste pas à estre plus fort & plus robuste, mais à suyure la vertu ou l'art militaire, sans se mesler d'aucun art mechanique, par vne longue continuation d'annees, & de si long temps qu'il ne soit memoire du contraire. Voire seront bien si osez, que de reuoquer en doute l'extraction des plus grandes familles, & les mettre au rang des leurs: à fin que ces opinions se semans parmy le peuple, ils soient tous estimez egalemẽt Gentils-hommes, & qu'on ne s'apperçoiue pas qu'ils sont nouueaux venus entr'eux. Il y a encor vn autre moyen des plus asseurez & legitimes, c'est à sçauoir, par lettres du Prince: & qui est toutesfois mesprisé, au grand preiudice & contemnement de l'authorité Royale, à cause de ces changeurs de nõ, qui desdaignẽt de recognoistre leur Roy, & se dire anoblis par sa puissance: se moquans de ceux qui ont lettres du Roy, & les appellent Gentils-hommes en parchemin. Cõme s'il estoit plus honneste & licite de paruenir à ce rang par vne fausseté, & cõmencer le premier acte de leur noblesse par vne impudẽce & meschãceté, cõme ils font. Il est biẽ difficile (dit la Loy) que ce qui prẽd source d'vn mauuais commencement, soit conduit à bonne & heureuse fin. Vn autre grand inconuenient aduiẽt encor de ces auortons de Noblesse: c'est qu'vn qui aura que biẽ que mal vescu, à la Gentil-hõmesque, de cinq ou six cens liures de rente qu'il tirera d'vne terre, lairra cinq ou six enfans mal instruits: lesquels enyurez d'vn beau surnõ Gentil-hommisé, de peur de s'auilir, & faire acte indigne de la generosité de son pere, & (adioustera encor impudemment) de ses ancestres, n'aprendra qu'à renier Dieu, faire le fendant, aller piquer l'aueine au deuant des gensdarmes pour les empescher, ce dira-il, de loger en son village & aux circonuoisins, qui appartiennent au Roy ou à l'Eglise, à fin de tirer quelque lippee des pauures gens, qui leur donneront plus de crainte, que de volonté, certain tribut pour auoir vn courtaut : & cela, en fin, n'estant suffisant pour nourrir tant de geays, ils deuiendront mattois, gens de seruice, & en bon langage, voleurs & assassins. Au lieu que s'ils retenoient leur ancien surnom, ce leur seroit vne perpetuelle souuenance deuant les yeux, pour les exciter à se mesler de quelque honneste profession, de laquelle autrefois leurs ayeulx ou parens se seroient meslez, dont ils pourroient vn iour, mesmement sur le retour de leur aage, honnestement viure: & qui seroit vn grand bien pour le soulagement du public, ils supporteroient les charges publiques, comme les autres du peuple. Mais quelqu'vn dira, que ce dernier inconuenient aduient souuent és vrays Gentils-hommes mesmes. Ie l'accorde, mais il faut aussi confesser que retranchant ceste racaille, vous diminuez le mal, & retranchez le dommage. Et ie pense asseurement, que si on tenoit la main à bon escient à refrener ceste ambition, que l'on porteroit plus d'honneur aux vrais Gentils-hommes, que l'on ne fait pas. Car comme ils ne seroient pas semez si drus, la multitude n'en engendreroit pas le mespris. Agathocles Roy des Syracusains a emporté ceste loüange, qui efface beaucoup du vitupere des meschancetez par luy commises, de s'estre resouuenu en sa prospere fortune, de ce qu'il estoit fils d'vn potier de terre : ayant commandé qu'en souuenance de la memoire de son pere & de son origine, on le seruist en vaisselle de terre, & qu'on la mist sur ses buffets entre la vaisselle d'or & d'argent: Dont Ausone a fait ces beaux vers.

Fama est fictilibus cœnasse Agathoclea Regem,
Atque abacum Samio sæpe onerasse luto.
Fercula gemmatis cum poneret aurea vasis,
Et misceret opes pauperiemque simul:
Quærenti causam respondit, Rex ego qui sum
Sicaniæ figulo sum genitore satus.
Fortunam reuerenter habe quicunque repente
Diues ab exili progrediere loco.

Que i'ay traduit en autant de vers:

L'on dit que le Tyran Agathocle autresfois
Parmy ses vaisseaux d'or mettoit sans difference
Des plats de terre aussi, & meslant l'opulence
Parmy la pauureté, d'vne prudente voix,
Ie monstre, ce dit-il, combien que Roy ie sois,
Qu'vn potier fut iadis autheur de ma naissance.
Souuienne toy d'auoir Fortune en reuerence
Yssu de pauure lieu, quand des biens tu reçois.

Vers certainement dignes d'estre engrauez dans les cœurs de ces noblereaux. Aussi les Romains pour obuier à ces changemens de surnõs, qui n'estoient pas de telle importãce qu'auiourd'huy enuers nous auoient premierement introduit que l'on feroit vn denombrement des nõs, & des familles de Rome: Et auoient ordonné la peine de faux à tous ceux qui auroient vsurpé vn autre nom que le leur, qui estoit pour les personnes libres, de bannissement perpetuel, ou la peine des metaux: & pour le regard des serfs, n'y alloit que de la vie. Le mesme est repeté par la constitution des Empereurs Diocletian & Maximian, que ie remarque auoir esté ceux des Empereurs, qui plus ont abhorré ce changemẽt, puis qu'ils en ont fait vn tiltre expres. Et combien qu'il semble que par leur Loy ceux qui innocemment & sans fraude changent leur nom, ne soyent subjets à ces peines, & que de consequent vn nommé Plumet, se puisse dire & surnommer de Plumette, toutesfois ie serois d'aduis, qu'à cause de l'ouuerture trop prompte & glissante au mal, & la trop grande affinité du faux auec la verité, cela ne fust aucunement toleré ny permis, & que telles personnes fussent reputees infames & intestables: Car cõme pourra dire verité pour autruy, celuy qui commence sa deposition par denomination de son propre nom falsifié? Au reste, examinant l'ame & la raison de la Loy, on trouuera que tous roturiers en general qui changent leur nom en vn autre Gentil-hommesque, ou lesquels y adioustent vn article, sont subjets à la peine de faux: car ils vsurpent vne qualité de noble, qui tient espece de rang signalé en France: & de consequent, ne sont moins punissables que ceux qui contrefont le magistrat, ne l'estans pas, qui sont par la Loy punis comme crimineux de leze Majesté. Quant aux Gentils-hommes, ils sont bien vilains, & recognoissent bien qu'ils ne sont pas de vraye trempe, quand ils changent de surnom, pour en prendre vn autre. Non que ie leur vueille denier ceste liberté d'estre surnommez du nom de leurs terres, à la difference de leurs parens, de mesme nom & armes. Mais quand il sera question d'acte serieux, ie voudrois qu'ils signassent de leur vray surnom. Chacun a veu par cy deuãt comme iamais on n'a peu effectuer l'article 110. de l'Ordonnance d'Orleans, & le 257. de l'Ordonnance de Blois, encores qu'ils fussent tressaincts: dont la raison est, selon mon iugement, qu'elles n'ont pas viuement touché à la racine du mal, comme il falloit: car elles veulent simplement que ceux qui fausement & contre verité vsurperont le tiltre de Noblesse, prendront le nom d'Escuyer, & porterõt armoiries timbrees, soient mulctez d'amende arbitraire par les Iuges Royaux. Or venons à l'execution de cest Edict, pour voir comme on en pourroit venir à bout: Voicy le fils du sire Iean Petard, de monsieur l'Aduocat Barat, qui ont chacũ vne terre de trois cens liures de rente: l'vn s'appelle & signe de Coquart, l'autre de la Limace, & mettent ceste belle qualité d'escuyer. Vn Procureur du Roy bien zelé, qui sçait cela par notorieté de faict, & qui aura acheté autresfois trois aulnes de drap chez le pere, le fera assigner pour se voir condamner à rayer ceste qualité d'Escuyer, & oster ce surnom de Coquart. Il dira estant assigné, qu'il reuoque cela à iniure, qu'il preuuera bien sa noblesse, niera mesme que son pere ait iamais esté marchant, & articulera qu'il a vescu noblement, & porté vne choüe (ie pensoy dire vn Espreuier) sur le poing, & tous ses predecesseurs aussi. Au bout de là qui fera les fraiz pour articuler & prouuer faits contraires? qui s'opposera à vne enuie? qui se bandera pour la recherche des faux tesmoings qu'aurōt atiltré ces faux nobles? Veu que les Iuges les premiers se mocqueront au bout de compte, & les declareront Gentils-hommes, pource qu'eux mesmes auront des parens de mesme farine, & seront bien ayses de se preparer par là vn degré pour vsurper quelque iour ceste qualité. Estant chose certaine qu'il en y a jà de si outrecuidez, qu'ils s'attribuent és actes publiques, eux mesmes ceste qualité d'Escuyer: pour monstrer, disoit quelque bon compagnon, qu'ils s'aydent aussi dextrement de l'espee qu'ils ne desgainerent iamais, que de la loy: ou plus proprement, pource qu'ils preignent bien l'escu. Ce que neantmoins les Cours souueraines, qui le voyent tous les iours deuant leurs yeux, souffrent, ou dissimulent: dont est aduenu que telles Ordonnances sont entre celles, que l'on dit n'estre *In viridi obseruantia*. Il faudroit dōc pour y remedier, comme ce mal pullule & augmente, vser de remedes plus violés: & amplifiant lesdits articles des Ordonnances, sans s'amuser à l'interpretation du Droict, qui est alteré par meurs, à cause des articles Gentil-hommesques cy dessus rapportez, ny quant & quant aux disputes & decisions de nos Docteurs, qui permettent trop librement ce changement de noms, quand il se faict sans fraude: Parce que sous ce mot, *sans fraude*, on trouue dix mille fraudes & couuertures, Que l'on fist en France, des loix particulieres: & en premier lieu,

Que le changement de nom ne fust permis sinon és cas suyuans:

Quand quelqu'vn aura esté institué heritier, à la charge de prendre le nom du testateur.

Ou bien quand il aura quelque donation excedant mille escus, faicte soubs ceste condition.

I'adiouste mille escus, à fin que pour peu on n'vsast de fraude, pour se faire faire donation par quelqu'vn, à la cõdition de quelque nom affecté.

Et est bien à remarquer sur ce point, que l'on estimoit telles donations si onereuses & peu hõnestes, que pour exciter les personnes à les accepter plus facilement, on ne les auoit pas renduës subjettes à insinuations, comme les pures gratuites & liberales.

Celuy aussi pourra changer son surnom, qui aura vn nom trop difficile à prononcer, comme si c'estoit le nom de quelque Allemant, qui fust venu demeurer en ce Royaume.

Comme encor si le nom estoit abject ou vilain, comme Bourreau, Marmot, Marmotte, Merd'oyson, Maschure, Sallefessier, &c. à cause que les personnes mesmes qui les proferent, les ont à desdain: & en peut quelquesfois aduenir des inconueniens. Comme il aduint à monsieur Coüillard, Maistre des Requestes de l'hostel du Roy, lequel estant allé voir vne ieune Damoyselle, ayant heurté à la porte, & icelle luy estant ouuerte par vne ieune fille, qui l'enquist de son nom, pour iceluy rapporter à sa maistresse, il luy dict, M'amie dictes luy que c'est Coüillard. Dequoy la pauure seruante toute honteuse, va dire à sa maistresse, Madamoiselle il y a la bas vn homme qui vous demande, qui s'appelle des choses dequoy les hommes font des enfans, ie ne l'oserois nommer. Dont depuis ledit sieur prit occasion par lettres du Roy, de changer son nom, & depuis s'appella, comme ie croy qu'il faict encor, du nom d'vne sienne seigneurie. Mais aucuns diront, on dit que Sergius second, cent quatriesme Pape, s'appelloit auparauant son Papat, Groing de Porc, & changea de nom à sa promotion. Dont Platine asseure que deslors la coustume fut introduicte: de changer le nom de tous les Papes que l'on cree, selon qu'il s'obserue encor auiourd'huy. Combien que Iean André, docte & ancien glossateur du Droict Canon, en ameine vne plus pertinente, sçauoir à fin que les souuerains Pontifes de l'Eglise cognoissent par là qu'ils sont regenerez en autres personnes: A l'exemple de sainct Pierre, premier Pape, que nostre Sauueur Iesus Christ denomma ainsi, au lieu de Simon, voulant par là signifier, qu'il estoit la pierre, sur laquelle son Eglise seroit bastie. Chose encor non nouuelle en plusieurs Roys & Chefs de peuple: qui prenoient tous le surnom de quelque excellent en vertu qui les auoient precedé. Comme les Egyptiens par l'espace de 1300. ans ont appellé tous leurs Roys Pharaons: Ceux d'Alexandrie s'appelloiēt Ptolomees:

Des Atheniens, Cecropides,
Des Bythiniens, Nicomedes:
Des Latins, Murrans:
Des Albains, Syluiens:
Des Corinthiens, Cypselides:
Des Palestins. Abimelech:

Des Hannes, Cacans:
Des Lombards, Flauiens:
Des Scythes, Nomades:
De Damas, Adab:
Des Parthes, Arsaces:
Et ceux des Perses, Daires ou Xerces.

Les Empereurs Romains, Cezars: puis Augustes, & encor depuis par vn long temps se sont dicts Trajans & Antonins, &c. Dont il ne faut pas que nos obereaux se fortifient, pour la trop absurde inegalité des comparaisons. Ioint que ce qu'en faisoient ces Empereurs & Roys, n'estoit pas vn changement de leur pure volonté, mais de celle de tout leur peuple. Et pour leur monstrer combien mesmes tels changemens ont esté odieux, quand ils sont prouenus de la seule volonté des Princes, qu'ils lisent ce que Herodian, Dion, & autres historiens Romains dient d'vn Commodus, d'vn Caligula, qui se faisoient appeller Hercule, le Soleil: & autres qui prenoient ainsi diuers noms à plaisir. Ie ne voudrois donc pas que le changement de surnom fust permis, sinon és susdits cas: Et quand il seroit permis, que ce fust par lettres patentes de sa Majesté seulemēt. A la charge que ceux qui les obtiēdront, fussent tenus de faire finãce moderee: cōme les aulbins, qui se font naturaliser: & les bastards, qui se font legitimer. Ce seroit vn beau moyen d'enrichir le fisque: car il y en a vn nombre de si furieux & enragez, que pour renier leur pere, & changer de surnom, ils ne craindroient point de payer vne bonne somme, & y courroit on comme au feu, si vn certain temps estoit pour ce faire destiné, comme quand les Euesques font les ordres.

Que tous ceux depuis trente ans qui auroient changé de surnom, seroient tenus de venir faire declaration deuant les Iuges Royaux, & en obtenir permission dans certain temps, à peine de estre declarez indignes de l'hoirie de leur pere, qui auroit eu autre surnõ: dont le tiers seroit adiugé au denonciateur, & le tiers au Roy, l'autre tiers demeureroit au proprietaire, auec son nouueau surnõ. Que tous cõtracts, actes iudiciaires, scedules, missiues, signees de surnõs pris à fantasie, seroient nuls, & ne s'en pourroient ayder tels changeurs de noms, ny ceux aussi qui auroient contracté auec eux sçachans leur vray surnom.

Et d'autant qu'infinies volleries, rançonnemens, violemẽs de femmes & filles ont esté perpetrez par les soldats, qui durant nos guerres ciuiles s'estimoient suffisamment desguisez, & hors de recherches, par le moyen de tels noms faux & supposez: il seroit tres-necessaire à l'aduenir faire vn article entre les Loix militaires, par lequel il seroit defendu à toutes personnes qui s'enrooolleroient, de changer de surnom, à peine d'estre passez par les picques, & d'estre perpetuellement recherchez deuant les Iuges ordinaires, de tel crime, quand ils retourneroient en leur pays: Pour lequel seul ils seroient condamnez aux galeres perpetuelles.

Vegece en son art militaire, dit qu'encor de son tẽps cela s'obseruoit, que les Romains portoient dans leurs bouciiers par escrit leurs noms, auec marques qui enseignoient de quelle bande & centuries il estoient : & croy que la peine estoit de la teste, encor que l'autheur n'en face point de mention. Ce que ie collige par similitude de la peine establie contre le gendarme qui de peur de l'ennemy, faisoit le malade : & contre celuy qui portoit armes qui ne luy appartenoient, que Modestin veut estre tres-rigoureusement punis. Et en quoy ie remarque qu'il n'y auoit pas plus de fauseté, qu'à changer son surnom. C'est pourquoy i'ay ouy prudemment tenir ceste opinion à vn sçauant Iuge de Langres, que c'est vn indice suffisant pour appliquer vn soldat à la torture, quād on void qu'il a falsifié son surnom : & maintenoit prudemment, qu'il estoit aussi bon, que plusieurs rapportez par les Docteurs : estant bien certain que ce changement ne se peut faire à aucune bonne intention. Et me fit, à ce propos, le recit d'vn Iean Morisot du Fay, qui soubs le nom de Brandebourg, auoit commis infinies voleries, & larcins de cheuaux, de sorte qu'il fut malaisé vn long temps de le descouurir : mais en fin estāt apprehendé, apres auoir faict amende honnorable tout nud en chemise, il fut pendu & estranglé le 15. Iuin 1565. Et combien qu'aucuns de ses parens fissent instance, pour faire mettre en la sentence le faux surnom : neantmoins pour la consequence, les Iuges ne le voulurent permettre, mais firent mettre, Iean Morisot, dit Brandebourg. Voilà certainement vn notable exemple contre tels imposteurs, que l'on ne sçauroit assez blasmer, pour les maux & meschancetez qu'ils commettent impunément. N'a l'on pas veu ces

iours

iours passez certains Capitaines prendre plaisir de se surnommer, & tous leurs soldats, de ce qui se treuue sur vn cheual, où se trouua tant de seigneuries, qu'il y en auoit assez pour peupler vn pays. Leurs noms estoient, si ie me souuiens, ainsi, Monsieur du Clou, du Fer, de la Boucle, de Lardillon, de Lard, de Dillon, de Lencol, de Lure, de Colure, de Lencolure, du Crin, d'Hierre, de Criniere, de Clape, de Clapon, de Ponniere, de Clamponniere, de la Bourre, du Cuir, de Sangle, de l'Estrier, de Mors, de Canon, de Crampon, de Larçon, du Poitrail, de la Croupe, d'Houpiere, de Croupiere, de la Selle, du Pas, du Trot, du Galop, des Renes, de la Branche, de la Housse, d'Houssine, de la Courroye, de Gourmette, &c. La plus part desquels auant l'an reuolu, passa par les mains du Sieur de la Corde.

Vn autre encor eut sa compagnie farcie de soldats qui auoient tous pris leurs noms de ce qui se treuue fortuitement en la campagne: comme du Pré, du Clos, du Val, du Mont, du Mex, de la Roche, Chasteaufort, Chasteauneuf, du Buysson, de la Riuiere, du Ruisseau, du Fossé, de l'Estang, de l'Ecluse, de la Noue, de la Charriere, de l'Orniere, du Chemin, du Sentier, de la Croix, du Champ, du Bois, du Taillis, de la Serclure, du Harpent, de Faux pax, de la Fondriere, des Marests, de la Colline, de la Vigne, de la Haye, du Sillon, de la Cheneuiere, du Clos, du Mur, de la Closture, du Pendant, du Destroict, du Bourg, de la Ville, d'Aiglantier, la Tanniere, la Grotte, la Fosse, du Terraul, du Guerret, du

Pastis, la Garenne, du Parc, &c.

Qui furent en fin, presque tous, attachez au Poirier sauuage, par les mains de leur vray & naturel Colonnel, l'executeur des hautes œuures, qui est bien prest de leur faire seruice de son mestier, & de donner mesmes à quelques vns des plus signalez, pour leurs armes, vn chef bandé en champ de gueulles.

Ie ne voudrois pourtant soubs vmbre de ce que dessus, inferer que les vertueuses personnes du tiers estat, & honnestes familles des villes, fussent frustrees de paruenir au rang des nobles: Car comme cela s'acquiert par la vertu, par les grandes richesses, & fiefs liges, par la profession des armes trente ans de suite, & par le rang qu'on peut acquerir és compagnies de gens de guerre, suyuant les Ordonnances, & en fin par la seule volonté du Prince, il est bien raisonnable de leur conseruer ce priuilege: mais il faudroit que cela se fist sans alteration du nom, si par exprés ils n'auoient à cest effect lettres du Prince, moyennant certaine finance, qui ne pourroit estre moderee. De là aduiendroit vn bel ordre en la Noblesse, qui ne seroit plus meslangee & bigarree, comme elle est si estrangement, qu'il n'y a point ou peu auiourd'huy de difference entre le vray & le faux noble: n'y ayant si meschant laboureur, qui soit soldat, qui ne se qualifie aussi bien que le plus grand seigneur de son pays. Et que chacun recognoissant son rang & ordre, ne piafferoit aux despens du pauure peuple: dont le plus grand interest reuient aux habitans des villes & bourgs, qui sont par leurs moyens surchargez de tailles. Et suis estonné comme entre les plainges generalles des Estats on n'en a point fait de proposition: car ie croy que il eust esté fort aisé, au grand contentement de tous, d'y mettre vn bon ordre.

Messieurs des Comptes à Dijon ont vn certain stil & vieille maxime, qu'ils n'enfreignent pour personne, quelle qu'elle soit, qu'ils ne reçoiuent aucun au serment de fidelité, sinon auec leur propre surnom: & s'il est aduenu que quelqu'vn leur ait presenté requeste, conceuë d'vn autre surnom nouueau, ils ont tousiours fait corriger les requestes, & n'y ont rien voulu appointer. Voyla ce que ie me suis à peu pres rememoré du discours de ce docte personnage, & voudrois que ie n'en eusse rien perdu, & que mon escrit eust la force de sa parole. Car ie croy que quiconque l'aura ouy, n'abhorrera rien plus que tels changemens, qui sont cause de ruiner toutes les familles des villes, où il s'en voit peu d'ordinaire qui excede la memoire de cet ou six vingts ans. Ce qui aduient parce que dés qu'il y a vn petit richereau il voudra trancher de l'Escuyer, faire du fendeur de nazeaux, du mangeur de charrettes deferrees, & auec vne espee eschangee contre vne aulne ou vne barre de fer, multiplie-ra en rien l'honneste gain de ses predecesseurs: dont les exemples sont si familieres, qu'il ne faut que regarder en chacune ruë, & compter emprun, & deux, & trois, & quatre, cinq, six, &c. Parquoy ie finiray par ces vers, tirés de mes Touches.

DEuant ton surnom tu as mis
Vn DE, que chacun treuue estrange,
Dont tu acquiers vers tes amis
Plustost deshonneur que loüange.
Celuy de son pere se vange,
Comme s'il auoit mal vescu,
Ou s'appelle fils d'vn coquu,
Quand le nom paternel il change.

CONTRE-TOVCHE.

Il ne faut blasonner en rien
Ses parens, qui sont gens de bien:
Mais sçais tu que ce fol merite,
Que son pere le desherite.

PARTICVLIERES observations sur les vers François.

A honneste & vertueuse Damoiselle Didiere Tabourot, vefue de feu Monsieur Deschigey, Conseiller au Parlement de Dijon.

Chap. III.

Il n'y a pas douze ans que ie me suis apperceu que tous nos Poëtes François gardẽt & obseruẽt à la composition de leurs vers, vne mesure si proportionnee en la liaison des masculines & feminines, qu'outre la purité de leurs dictiõs bien choisies, & l'ornement de leurs paroles, cela fait encor remarquer insensiblement ie ne sçay quoy, qui fait admirer la douceur d'iceux, & contenter fort aggreablement les oreilles plus delicates. Ce qui est facile de remarquer en la conference de deux Sonnets, combien qu'ils soient faits par vn mesme autheur. Car il est certain que celuy qui aura esté mesuré, encor qu'il soit plus penible à faire, si est-il plus plaisant à lire, & se monstre plus doux coulant & fluide, que ne fera pas vn autre ou ceste obseruation ne sera gardee:

laquelle consiste seulement à marier les feminines auec les masculines, à la façon qui s'ensuit: Nous commencerons par le Sonnet, puisque c'est aujourd'huy la plus frequente espece de Poësie. Or en iceluy il y a quatorze vers, dont les huict premiers doiuent estre liez à la forme d'vn huitain du temps passé, de deux rimes seulemét: comme le premier, quatriesme, cinquiesme, & huictiesme vers, doiuent estre composez d'vne qui soit masculine ou feminine, vnisonante à volonté. Mais s'ils sót d'vne masculine, faut que les autres vers sçauoir les second, troiziesme, six & septiesme, soyent d'vne feminine: & s'ils sont d'vne feminine, faut que les autres soyent masculins. Cela fait, si vostre huitain termine par vne feminine, vous commencerez le sixain par vne masculine, & puis suyurez: de sorte qu'il y ait liaison és trois premiers vers, auec les trois derniers. Dont pour exemple ie vous mettray icy ces Sonnets suyuans, que ie fis il y a long temps sur vne Damoiselle vostre cousine, que vous cognoissez bien, & laquelle i'ay tousiours fidelement aymé, sous le nom d'Angelique. Le premier est sur son pourtraict, le huictain duquel commence par vne feminine, & le sixain suyuant par vne masculine.

Laodamie en regardant l'image
Et le pourtraict de son ja mort amant,
L'aimoit encor & monstroit en l'aimant,
Malgré la mort, son amoureux courage.
Que fit en fin ceste amante peu sage.
Elle pria les Dieux deuotement,

Qu'elle peut voir une fois seulement
De son amy le vray corps & visage:
Cela se fit, & selon son desir
Elle le vid, mais du trop grand plaisir
Qu'elle receut, le touchant tomba morte.
Ie dis, voyant vostre image à tous coups,
Que ie voudrois ainsi mourir pour vous,
Mais ie voudrois vous toucher d'autre sorte.

Vous voyez comme le premier, 4, 5, & 8. vers sont terminez en *age*, feminin, le 2. 3. 6. 7. *en ment*, masculin. Et apres le 8. vers qui est feminin, les 9. & 10. sont masculins en *ir*, & l'onziesme feminin en *orte*. Puis les 12. & 13. masculins en *ous*, & le quatorziesme qui rime auec le onziesme en *orte*.

Cest autre est de mesme, & n'y a difference, sinon qu'au lieu que le susdit commence par feminine, celuy cy commence par masculine.

Cherchant de tous endroits quelque liure nouueau
Pour te faire tenir, ô ma fidelle amie,
Le bon-heur me fit voir la docte Bergerie
Du Prince des bergers, le doucereux Belleau,
Là tu ne verras rien que tu ne treuues beau,
Mais le plus delicat de ceste Poësie
Ce sont, à mon aduis, les baisers d'ambrosie
Qui en bouche m'ont fait les lisant, venir l'eau.
Et si tu le peux voir, ie croy que dans ton ame
Tu sentiras l'effect d'vne amoureuse flame,
Te faisant desirer des baisers malgré toy.
Que s'il aduient ainsi, ie te prie, Angelique,
Pour les mettre à l'effect soudain appelle moy,
Car sans lire ces vers i'en sçay bien la pratique.

Voicy vn autre Sonnet auec les mesmes liaisons que le premier, sur le mesme sujet d'vn tableau, où le sixain est enchaisné d'autre façon que le susdit. Car le neufiesme se lie auec le douziesme, au lieu qu'aux precedens l'onze s'alie auec le quatorziesme.

Pourquoy, mon cœur, reçois tu fascherie
Du grand plaisir que reçoiuent mes yeux,
De contempler ce tableau precieux
Où est tiré le pourtraict de m'amie.
Tu ne dois point, espris de ialousie,
De leur bon-heur te monstrer enuieux,
C'est contre toy que l'œil seditieux
Deuroit plustost conceuoir vne enuie.
Car l'œil ne peut sinon tant seulement
Voir à plaisir son celeste visage,
Sans regarder le surplus du corsage.
Mais toy, mon cœur, tu l'as entierement
Dans toy si bien & viuement pourtraicte,
Qu'on ne sçauroit la faire plus parfaicte.

La liaison encor se peut faire au sizain, du dixiesme au douziesme vers, comme au Sonnet suyuant, sur le mesme sujet.

He! que me sert d'adorer, curieux,
Dans vn tableau ceste veine peinture
Qui represente au naïf la figure
D'vne que i'ayme aussi cher que mes yeux?
Ie ne resens qu'vn trauail soucieux,
Qu'vn dur ennuy, qu'vne mordante cure,
Voyant son traict & sa lineature

Si bien depeins d'vn art industrieux.
Ainsi que fit Promethé sa Pandore,
Pourquoy n'a peu le peintre l'animer,
Pour assoupir ce feu qui me deuore?
Car ie voudrois ceste peinture aymer,
Et puis voyant Angelique au visage,
Ie la dirois pourtraict de son image.

La liaison du suyuant est du sixiesme vers au treiziesme.

O cruel temps, de mon bien enuieux,
Las! que tu fais vne longue demeure
De chasser hors tardiuement vne heure
Qui s'entresuit en vn iour paresseux.
O cruel iour, las! que tu m'es fascheux,
Passe bien tost, que ta course me dure,
Verray-ie point venir la nuict obscure
Couurant le Ciel d'vn manteau tenebreux.
Hé! fascheux iour, depesche toy bien viste,
Despesche toy, mon ame se despite,
Quand ie te voy toute chose me nuist.
Reserue moy ceste lente paresse,
Et fais durer vne eternelle nuict,
Quand i'iray voir ma diuine maistresse.

Le sixain encor du suyuant a sa liaison és dixiesme & treiziesme, encor qu'il ne soit pas regulier, comme les precedens: mais il commence son sixiesme par vne feminine, combien que la fin du huictain s'y termine. Ce que i'ay remarqué en tous nos Poëtes François, comme Ronsard, Bellay, Belleau, & autres, mais toutesfois rarement.

Quand i'eus cest heur de te faire pourtraire,
Ie pensois bien que quand ie te verrois,
Au seul regard ie me contenterois,
Voulant ainsi seulement me complaire.
Mais par effect ie cognois le contraire,
Car aussi tost que ton pourtraict ie vois,
Au lieu d'vn feu qu'en mon cœur ie couuois
Ie sens deux feux qui me veulent defaire.
Or pense donc si l'ombre du visage
Me fait ainsi follement consumer,
En contemplant seulement ceste image,
Combien pourra ceste beauté nayfue
Plus ardemment me contraindre d'aymer,
Si ie la voy qu'elle soit toute viue.

Ce que vous pouuez apperceuoir, en ce qu'apres le huictiesme vers, qui finit par ce mot *defaire*, duquel la derniere est feminine: ie finy aussi le neufiesme vers, par vne autre feminine. Ce que i'ay fait aussi autrefois en ces deux Sonnets suyuans: qui vous feront iuger & donner par auanture, le goust de ceste grace que i'ay remarqué au commencement.

Comme autrefois on vit Laodamie,
Quand son amy, le bel Æmonien,
Fut exposer contre le sang Troyen
Pour les Gregeois & ses biens & sa vie:
Garder de luy tousiours vne effigie,
Qu'elle cherit, loyalle, sçachant bien
Que ce pourtrait toutesfois n'estoit rien
Qu'vn mort object, & vaine fantasie.
Ainsi voyant vostre image si belle,

Ie la cheris, & d'vne façon telle
Qu'elle faisoit, ie l'ayme follement.
Au pis aller, encor suis-ie bien aise
D'auoir pour vous au milieu d'vne braise,
Combien qu'en vain vn penible tourment.

Cestuy-cy fut par moy donné à feu Iacques Gohory, nommé le Solitaire, quand il fit imprimer en l'an 1572. son Discours sur les herbes Nicotiane, autrement, de la Royne, & Mechoachain: duquel les vnze & dernier sont masculins.

Ne ton Mechoachan, ne ta Royale plante,
Qui porte le surnom de la mere du Roy,
Ni le reste des fleurs que, curieux, ie voy
Dedans ton beau iardin, que souuent ie frequente.
Ne les herbes encor lesquelles nous presente
Pedace en ses escrits, ne pourreient dessus moy
Monstrer vn tel effect qu'vne que ie cognoy,
Qui au simple regard me plaist & me contente.
Veux tu sçauoir son nom, c'est la belle Angelique,
Dont le seul souuenir me rend chaste & pudique,
Et m'a fait deuenir constant & vertueux.
Que s'il m'estoit permu taster vn peu d'icelle,
Et sauourer le goust d'vne plante si belle,
Ie deuiendrois soudain, ie croy semblable aux Dieux.

Ces deux suiuans ont les huictiesme & neufiesme vers conduits de masculines differentes. C'est vn Sonnet fait sur la mesme, depuis laquelle ie quittay toutes autres amours, *si credere dignum est*, dit vn bon compagnon.

I'ay veu le temps que, libre, ie feignois
D'estre amoureux de la premiere fille
Que i'estimois estre belle & gentille,
La cherissant ainsi que ie voulois.
I'ay veu aussi la saison qu'autrefois,
D'vn commun bruit parmy toute la ville
On m'appelloit l'amant des onze mille,
Qui tous les iours en aymoit deux ou trois.
Mais tout soudain que premier ie te vis,
Ie changeay bien de conseil & d'aduis,
Car pour t'aymer ie n'aimay plus aucune.
Et mon amour fut si grand enuers toy,
Que ie sentis à l'encontre de moy
Plusieurs amours se conuertir en vne.

Autre dont le sixain est tout masculin, à la suyte d'vn masculin.

Cessez mes yeux de la plus œillarder,
Car son Soleil obscurcit vostre veuë,
Il l'a fait voir au trauers d'vne nuë,
Si de la voir ne vous pouuez garder.
Ah! ie voudrois pour bien la regarder,
Comme le Ciel quand il fait sa reueuë,
De deux mil yeux ma face estre pourueuë,
A fin qu'iceux ie luy puisse darder.
Ie la verrois alors parfaictement,
Peut estre aussi que de quelque bon œil
De son costé me feroit vn recueil.
Mais las! ie crains qu'il n'aduint autrement,
Et que le clair rayon de ses beaux yeux
N'esblouit encor les yeux mesmes des Cieux.

Ceſt autre encor n'eſt pas meſuré, apres le huictieſme vers. Car apres la feminine du dernier vers ou huictain, il eſt tout feminin. Il fut fait ſur vne certaine qui s'eſtoit faſchee, de ce qu'on luy auoit demandé trois baiſers à perte d'haleine.

Mais à quoy penſes-tu? mais quelle frenaiſie
T'entre dans le cerueau? où eſt ta loyauté?
Oſes tu bien vſer de telle priuauté
Que demander vn don refuſable à t'amie?
Va ſot, va mal appris, ſa douce courtoiſie,
Son amour enuers toy, ſa liberalité,
Dont vn plus grand que toy ſeroit bien contenté,
Ne doiuent elle pas refrener ta folie?
Sus ſus, recognois toy, & de ta lourde offenſe
Demande luy pardon, & fais en penitence,
Elle te pardonra, tant ie la cognois bonne.
Ha! ie n'en feray rien: ie veux tout au contraire
Bien plus violemment encore luy deſplaire,
Pour auoir vn pardon qui du tout me pardonne.

Ce que deſſus te ſeruira d'exemple pour recognoiſtre la difference des meſurez auec les non meſurez. Que ſi quelqu'vn dit, qu'il ne recognoiſt pas plus de grace aux vns qu'aux autres, il me ſuffira de luy faire la reſponſe de Valerius à vn ſien amy, qui en diſoit autant de certains vers de Virgile les plus beaux & mieux elabourez qu'il entendoit reciter. Auquel fut dit, qu'il eſtoit excuſable, eſtant du nombre de ceux qui peuuent faire faute, ſans perte de leur honneur: non que ie ſois ſi outrecuidé de faire comparaison de mes vers à vn si grand Poëte, sçachant bien que i'en sçay bien simplemēt pour ma prouision n'ayant eu le temps n'y le loisir de m'y exercer, comme i'eusse bien desiré, veu que mon naturel sembloit m'y pousser. Aussi les ay-ie rapportez comme simples exemples, que i'ay mieux aymé pescher en ma maison, que d'offenser quelqu'vn, par le rapport de ses vers: qu'on eust peu estimer que i'eusse mis en auant, pour les reprendre, & blasmer de n'auoir obserué ceste façon de mariage de syllabes. Laquelle ie treuue auoir esté curieusement gardee par ce grand Ronsard en ses premiers escrits, comme sont ses Amours. Et n'en y pense auoir remarqué que deux ou trois, dont l'vn commence, *Ie veux brusler*: & vn autre *Vn sot Vulcan*: où il s'est licentié. Et en son 6. liure de Poësie, qu'il dedie à Madame de la Chastre qui commence. *Ces vers grauez*: lequel ie trouue le moins coulant des siens, & croy que cela en soit cause. Du Bellay, la veine duquel me plaist autant que de Poëte de nostre siecle, n'a pas obserué ceste mesure en son Oliue: mais si a bien en ses Regréts & Antiquitez de Rome. Aussi lisez le premier Sonnet de son Oliue & les autres d'icelle, & puis apres ses autres Poësies, vous ne iugeriez pas que ce fust vn mesme autheur. Car les dernieres sont si belles, nettes & gentilles, que Minerue les aduoüeroit pour siennes. Ie n'en ay remarqué qu'vn non mesuré és Baisers du doucereux Belleau. Quant est des autres, ie n'en veux donner mon iugement: quelqu'vn s'y amusera auec plus de loisir: Et en remarquera par aduenture tel, qui n'a que des mots bien choisis, ainsi enliez, sans gueres d'inuention, qui pour ceste seule obseruation a emporté quelque loüange de bien escrire. Ie laisse de cela le iugement plus libre à la posterité. Or comme ces mesures seruent pour la seule beauté és Sonnets, elles sont necessaires és Odes & Chansons: autrement on ne les pourroit proprement mettre en Musique, mais faudroit laisser euanouir vne feminine en l'air: & la Musique ne pourroit s'y accommoder, sans estre forcee, & racler l'oreille d'vn mauuais son. Parquoy faut que les couplets d'vne Ode s'ensuiuét, iusques à la fin, d'vne liaison perpetuelle de ces masculines & feminines: Comme on peut remarquer en tous nos Poëtes François. Et dont pour exemple i'ay raporté les deux Vau-de-villes de ma façon. Le premier fut vne petite villageoise, que i'appellay ma Gadrouillette, dont autrefois vous auez eu vne copie de ma main: mais pource que depuis ce temps là i'y ay adiousté quelques couplets, suiuant la façon des habits du iourd'huy, ie l'ay bien voulu mettre en ce lieu.

Ores i'ay choisi pour maistresse
Vne belle demy-Deesse,
Petite Nymphelette des champs,
Ie croy que c'est la plus gentille,
Gracieuse & honneste fille
Que i'ay point veu depuis dix ans.
Heureuse donc soit la Fortune,
Qui m'a esté tant oportune

De m'adresser en si beau lieu,
Heureuse la premiere place
Qui me fit voir sa bonne grace,
Et sa beauté digne d'vn Dieu.
I'ayme bien mieux aymer icelle
Que quelque braue Damoiselle,
Laquelle pourra pour son mieux
Choisir quelque autre plus habile,
De moy ie ne veux qu'vne fille
Qui soit agreable à mes yeux.
I'ayme mieux la voir à la feste,
Quand elle porte sur sa teste
Volettant son beau couurechef,
Que de voir vne autre coiffure
Toute de soye & de dorure,
Mise dessus vn autre chef.
I'ayme mieux voir sa cheuelure
Pleine du tout sans crespelure
Flottant en ondes librement,
Qu'vne perruque saffranee,
Qu'vn fil d'archat recordonnee,
Comme on fait curieusement.
I'ayme mieux voir sa collerette
D'vne toile rousse clairette
Par laquelle on void son tetin,
Et dans laquelle elle repousse
Vne petite haleine douce,

Qui colore son teinct diuin.
Qu'vne gorgere godronnee
Auecques l'empoix arrestee
Sur l'escarrure, d'vn tel soing
Qu'en monstre bien que la personne
Qui tel accoustrement se donne,
Pour s'embellir en a besoing.
I'ayme mieux voir sa belle taille,
Soubs sa Biaude qui luy baille,
Cent fois mieux façonné son corps,
Qu'vne robe si reserree,
Qui par sa contraincte forcee
Faict ietter l'espaule dehors.
I'ayme mieux voir sa brune face
Qui se lauant point ne s'efface,
Et va tousiours demy-riant.
Qu'vn peint visage de popine,
Qui d'vne desdaigneuse mine
Ne rit iamais qu'en rechignant.
I'ayme mieux ouyr sa voix bonne
Qui naturellement entonne
Vn vaulde-ville gratieux,
Que ces passions langoureuses
Aussi feintes, comme menteuses,
Que l'on tire d'vn gosier creux.
I'ayme mieux voir sa cuisse enflee
Soubs sa vesture bien plissee,

Que ie ne fais pas ces gros culs
Inuentez pour celer l'ordure
D'une qui à sa propre iniure
Veut faire en herbe des cocus.
I'ayme mieux voir la simple manche
De sa chemise nette & blanche,
Qui laisse en liberté son bras,
Que ces gros manchons de Baleine
Dedans lesquels le bras en peine
Son libre mouuement n'a pas.
I'ayme mieux voir sa clerceliere,
Ses cousteaux, sa iaune tartriere,
L'or clinquant de son demy ceinct,
Son ruban, le pris de la feste,
Son deuantier blanc, & au reste
Sa piece d'un chef de satin:
Qu'un ceincturon d'or lequel entre,
Peu s'en faut, iusqu'au bout du ventre,
Qu'une tablette ou un miroir,
Qu'une bourse plus souuent pleine
De friandises que de laine,
Ny qu'un brinbaleux esuantoir.
Aussi tousiours les belles filles
N'habitent pas dedans les villes,
La vertu ny l'honnesteté:
Sous un simple habit de village
L'on peut voir une fille sage

qui n'a pas faute de beauté.

Cognoissant telle ma Iacquette,
Ma mignonne, ma Gadrouillette,
Ie luy veux adresser mon cœur:
Il ne pourroit pas prendre addresse
Vers une plus gente maistresse,
Pour me rendre son seruiteur.

Cest autre est vn Vaude-de-ville, faict sur mon Angelique.

Vous cognoissez bien Madame,
Mon ferme & loyal amour,
Vous sçavez bien que la flame
Qui me brusle nuict & iour
D'une ardante passion,
C'est à vostre occasion.

Et ne sçauroit on descrire
Aucune marque ou signal,
Pour descouurir un martyre
Et faire entendre son mal,
Que ne voyez tous les iours
Practiquer en mes amours.

Tantost aussi froid que glace,
I'adore tacitement
La beauté de vostre face,
N'osant pas ouuertement,
Selon que i'ay le vouloir,
Saouler mes yeux de vous voir.

Aucunesfois ie m'approche
Pour cuider parler à vous,
Mais ie ne sçay qui accroche
Et nou' ma langue à tous coups,
Rendant mon front en sueur
Auec battement de cœur.
Si ie vois vostre gorgere
S'entr'ouurir, ie prens plaisir
De guigner à la legere
Auec un peu de loisir,
Ce qui se monstre à mes yeux,
De voir outre curieux.
Si l'on veut en compagnie
Prendre place pour s'asseoir,
Ie me tourne & me manie,
Tant qu'en fin vous pouuez voir,
Que tout mon desir plus cher
N'est sinon de vous toucher.
Si l'on ioue à quelque chose,
Et le ieu vienne à mon tour,
Incontinent ie propose
Quelque traict de mon amour,
Et veux tousiours aduiser
Quelque ieu pour vous baiser.
Si quelque autre ieu se meine
Auquel on ne baise rien,
Et qu'on ordonne une peine

A ceux qui ne ioueront bien,
Et qu'on reçoiue à bouchon
Les coups sur vostre giron:
  Encor que le ieu ie sçache,
Si me plaist-il de faillir,
Et qu'on me batte & me cache:
Receuant plus de plaisir,
D'estre mis sur vos genous,
Que de mal-auoir des coups,
  Tantost du bout de mon pouce
En craignant de vous blesser,
Ie pince vostre main douce,
Et sans gueres l'offenser
Ie fais craqueter vos doigts
Sous les miens à chasque fois.
  Si l'on boit, & que l'ennie
Vous prenne de boire aussi,
Vostre couppe bien i'espie,
Et d'vn curieux soucy
Ie veux boire au mesme endroit
Où vostre bouche beuuoit.
  En deuisant i'appareille
Des secrets forgez de rien,
Pour vous les dire à l'aureille,
Afin d'auoir le moyen,
Les vous disant, d'approcher
De plus pres à vostre chair.

Si l'on chante vne musique,
Ie sens ma main rechercher
Quelque moyen & practique
Tout aussi tost pour toucher
Auec vn frappement doux,
La cadence dessus vous.

Chacun recognoist ces signes
Pour marque d'vn vray amant,
Mais vous par façons indignes
Vous moquez de mon tourment,
Disant que feinctes ce sont
Tout ce que les hommes font.

Pleust à Dieu ma douce amie,
Que cela n'est verité,
Ou que semblable manie
N'a vostre cœur agité:
Mais le voulant, ie voudroy
Que vostre amy ce fust moy.

Du têps passé on ne sçauoit que c'estoit de ceste liaison ou mariage, & ne l'obseruoit-on sinon és chansons: mais côme on a veu que la Poësie & la Musique, qui sôt cousines germaines côpatissoiêt fort biê en ceste façô, cela a donné occasion aux plus curieux de les obseruer en toutes autres sortes de vers. Et le premier qui s'ê est aperceu a esté Marot, lequel prie en vne epistre qu'il a faicte sur la Suite de ses œuures, qu'ô l'excuse, si en sô Adolescêce il n'a gardé ces mesures. Rôsard ayât fait quelques vers sans l'obseruation d'icelle, a mis au dessus, *vers non mesurez*. Car au parauant eux, pressonne n'auoit ressenty ceste douceur, non pas és simples huictains, qui sont demeurez seulement des vieux autheurs pour subiets à ceux qui sçauront faire profit de leurs belles inuentions : mais depuis, personne de ceux qui meritent loüange en nostre langue, ne l'a mis en oubly. Car és vers Elegiacques où d'vn lõg œuure ils obseruẽt tous ceste suite, qu'apres deux masculines, on face suiure deux feminines. Dont la Franciade de Ronsard, les diuines Hymnes, & tout œuure de longue suite de quelque Poëte que ce soit, le feront sage. Or ie parle icy pour ceux ausquels on n'aura pas debandé le voile d'ignorance, que ie confesse auoir eu autrefois aussi bien qu'eux, touchant ce subjet. Comme apert aux susdits Sonnets que ie fis imprimer auec quelques autres, chez Galiot du Pré, l'an 1572. Et que i'espere vn matin recorriger selon ceste reigle, & mettre en lumiere auec mes autres Poësies. Reste à monstrer vne particuliere obseruation, touchant les terminaisons Françoises, dont tous ceux qui ont escrit cy deuant, ne font que de deux especes, sçauoir masculines & feminines : lesquelles encor qu'on les voye bien vsurpees, pour le regard de la fin des vers, en ce qui concerne leur mariage, comme il est cy dessus rapporté : si est-ce que touchant la rime, il en faut faire de quatre sortes, au lieu de deux : sçauoir viriles, masculines, feminines, & pucelles. Donc pour vn nom general, i'appelle masculine, toute terminaison qui ne se mange pas à la fin du vers, & qui est comptee au nombre des sillabes du vers. Comme au lieu du vers de douze sillabes, où la derniere est masculine, si vous y voulez mettre

vne feminine, il y faut mettre treize sillabes.
Exemple.

Alors que plus i'aymois l'honneur & la vertu,
Ie sentois le malheur & la dure fortune.

Voy tu pas qu'au dernier vers il y a plus d'vne sillabe qu'au premier, à cause du *ne*, de *fortune*.

Mais il faut faire deux especes de masculines, l'vne ie l'appelle virile, sçauoir celle qui a vn plein & entier son, de sorte que d'elle mesme elle peut rimer auec vne sillabe finale de mesme son, encor qu'elle soit conduitte par diuerse consonne, comme, *as, ant, ous, aux, ains, ur, al, el, it, ours, ois, ort, eau.* Ainsi qu'il appert par ces exemples tirez de nostre Ronsard, à la fortuite ouuerture du liure, en moins de demie heure.

it

Quand tu verras que le pompeux habit
Du Gentil-homme, au bourgeois interdit.

ois

Apres auoir long temps sué sous le harnois,
Bornant plus loing ta France, & faict boire au François.

ain

D'Horace Calabrois, & Pindare Thebain,
Liure trois fois heureux, si tu n'as à desdain.

our

Le Lierre tout autour
Peins y la Grace & l'Amour.

ons

Sa Capilline est braue d'ailerons,
Ses patins ont des aisles aux talons.

ois

Ie l'arrosois, la cerclois, & beschois
Matin & soir, car tromper ie pensois.

eau

eau

Lors que Pallas sortit hors du cerueau
De Iupiter, Vulcan print vn cousteau.

al

Suyuant ton estre & ton astre fatal,
Mais il se trompe, & le iuge tres-mal.

ort

Là la Cerise au malade confort,
Et le pauot qui les hommes endort.

eil

Pour le seicher aux rayons du Soleil,
Puis attachant par vn art non pareil.

ur

Qui vont monstrant d'vn signe non obscur,
Soit se baignant, ou chantant, le futur.

aux

A la mouette & aux marins oyseaux,
Et non iamais aux hommes ny cheuaux.

eur

Iusqu'au talon d'vne lente sueur,
Et les cheueux luy dresserent d'horreur.

ol

Nul pastoureau n'y chante du flageol,
Mais le Corbeau au lieu du Rossignol.

eur

Que tu es Ciceron vn affecté menteur,
Pour le moins tu dirois que c'est quelque malheur.

Tu verras de mesme rimer *Importun* auec *Aucun*, *Destin*, auec *Diuin*, *Bragard*, auec *Ronsard*, *honneur* auec *ardeur*. Et en general, tous mots qui ont vn plain son s'appellent virils, comme ayans vne terminaison forte qui peut subsister d'elle mesme. Tout ainsi qu'vn homme en parfait aage de virilité n'a besoin d'ayde que de la sienne en vne forte & penible action. Or l'autre espece ie l'appelle simplement masculine, comme vn ieune masle, qui n'est pas encor bien noüé, & ne se peut gouuerner sans l'ayde d'autruy. Qui seront en general les terminaisons en *é*, *ez*, & en *er*, comme *esleué*, *verrez*, *frapper*, car telles terminaisons ne peuuent rimer, sinon qu'elles soient conduittes par vne mesme consone. Exemple, nous ne rimerons pas bien, *Verrez* contre *frappez*: & ne direz pas,

Aussi tost que vous les verrez,
Donnez dedans & les frappez.

Car les rimes n'en sont pas de tel son, que quand elles sont viriles: Car vous pourrez dire hardiment en *ons*, par les mesmes mots:

Aussi tost que nous les verrons,
Donnons dedans & les frappons.

Comme és exemples cy dessus rapportez, mais vous rimerez bien, si vous conduisez vos masculines par vne mesme consone, & dictes, comme Ronsard:

é

Bas à ses pieds vn mont est esleué,
Où Mercure est à ses pieds engraué.

ez

Peu leur seruit les trois monts amassez,
Vains monuments sur leurs corps renuersez.

er

Seule pourroit guerison me donner,
Et pourroit faire au monde retourner.

Item,

La mer qui sçait, ainsi que toy, piper,
Se fait bonace, à fin de te tromper,

Or pour te faire mieux gouster la difference qui est entre les viriles & masculines, ie te veux donner deux mots de mesme orthographe en *er*, qui sont toutesfois de diuerses prononciations, *Enfer, Iupiter* : vois tu pas que *er*, sonne en ces mots, comme *air* d'vn plein son, au lieu qu'aux verbes, comme *taster, adouber*, il sonne plus mollement. Tellement que la rime de l'vn auec l'autre n'en vaudroit rien. Car tu ne diras pas,

Il ne faut point s'empoisonner
De la doctrine de Luther.

ny aussi,

Ie ne veux pas aller
Miserable en Enfer.

Au lieu que *Mer* auec *Luther*, & *Enfer* pourroient rimer, comme viriles : & pourra l'on dire,

Il n'y a point de fleuue, il n'y a point de mer,
Le chemin est tout plat pour aller en Enfer.

Item

Le Prince des Demons s'appelle Lucifer,
Qui seme son poison és liures de Luther.

Et neantmoin faut noter que les viriles riment bien auec les masculines quand elles sont conduictes par mesmes consones. Comme tu rimeras bien *chauffer* auec *Lucifer* ou *Enfer*, & *dispute, contenter*, auec *Luther*. Comme aussi tu pourras rimer les mots en *air* auec iceux : comme

Il ne faut pas toucher
De si pres à la chair.

Et encor faut il confesser que la rime est bien meilleure, quand il y auroit vne voyelle ou syllabe deuant le mesme son, comme *disputer contre Luther.* Et i'approuuerois bien aussi que les viriles fussent conduits par vne mesme consone. Ce que Ronsard a curieusement gardé, tant qu'il a peu: comme *auant penser*, *esmouuoir sçauoir*, *deceuoir receuoir*, *pluuieux radieux*, *poison raison*, *langoureux amoureux.* Et sur tout quand sont des mots en *ieux*, en *ment*, en *erons*, & en *era*: Et autres desquels il y a trop grande abondance, sans toutesfois par trop s'y assubjetir ny contraindre. Le meilleur iuge en cela pour t'en dispenser, sera ton aureille, & ne te point flatter.

Des autres terminaisons qu'on appelle feminines en general, i'en fais aussi deux especes: dont i'appelle les vnes feminines, comme *mange*, *visage*, *poudre*. Par ce que la premiere voyelle qui les rencontre en vn mot qui les suit, les cache & couure, comme feroit vn homme qui cacheroit de son manteau vne femme. Exemple,

Cruelle estrange, & dure, & fascheuse amertume.

Qui est vn vers de 12. syllabes, & si aucune ne se mangeoit, il y en auroit disept.

Or les syllabes pucelles, sont celles qui, comme vierges, ne souffrent aucune violence au millieu d'vn vers, encor que leur son se perde à la fin d'iceluy, ainsi que des feminines: comme sont les pluriels en *es* & *ens*, comme *les femmes combatent, prient.* Et faudroit punir comme rapteurs, ceux qui en vsent côme de feminines simples au milieu d'vn vers, & voudroient dire,

L'homme gaillard les plus belles aymera.

Car il faut dire auec Ronsard,

L'homme gaillard les belles aymera.

Vois tu pas que la derniere de *femmes* ne se mange pas, comme feroit vne feminine simple. Et en ce vers suyuant,

D'vn petit bois allument vn grand feu:

Vois tu pas que *ment*, *d'allument*, ne se mange pas: au lieu que si *S* & *nt* estoient ostez, le vers feroit manque d'vne syllabe.

Exemple,

L'homme gaillard la belle aymera.
D'vn petit bois allume vn grand feu.

Et qu'il faudroit pour les rendre bons, y adiouster vne syllabe, ou faire suyure vne consone apres la syllabe feminine, & dire,

L'homme gaillard la plus belle aymera,
D'vn petit bois allume son grand feu.

Par ce que dessus tu vois aysément que ce n'est sans raison que ie fais difference de ces terminaisons, & qu'il est necessaire d'en aduertir le nouueau Poëte, à fin qu'il n'y choppe. Comme i'en ay veu plusieurs, qui font bien les habiles hommes, & sont marris quand on dit que leurs fautes ne sont pas elegãtes. Ie t'aduerty aussi que quand il y a vne H. apres vne feminine, il la rend pucelle, & non mangeable, sinon auec licẽce: Ce que, pour auoir esté si bien traité en l'art Poëtique de Ronsard, ie ne repeteray: Ains finiray ce chapitre par la remarque de mes propres fautes és Sõnets, que ie fis du cõmencement que ie me mis à rimer : car ie n'ose dire poëtiser, de peur de m'attribuer vne loüange que ie voy d'aucuns s'approprier, aux despens de leur reputation, & à l'iniure des Muses Françoises.

Ce suyuant n'est pas du tout mesuré, & est basty de mots en *ir*, que ie tiens plustost masculins que virils : aussi les ay-ie conduits par vne mesme consone, comme ie ferois les mots en *er*.

Le souuenir de ce trop grand plaisir
Que ie reçois estant aupres de vous,
Par son effect, d'autant qu'il estoit doux,
Me rend apres vn fascheux desplaisir.
Car remaschant tout seulet à loisir
Mon heur passé, & duquel à tous coups
Ie suis priué, i'entre en dueil & courroux
De ne pouuoir contenter mon desir.
Desir helas ! qui se contenteroit
De regarder seulement vostre face,
Et qui rien plus attenter ne voudroit.
Tantale encor au milieu d'vn ruisseau
Pouuoit saouler ses yeux regardant l'eau,
Que n'ay-ie au moins comme luy ceste grace?

Le sizain du suyuant, que ie fis en faueur de ma 7. maistresse, n'est pas aussi enlié de masculines & feminines : & fut mis en Musique fort gentille y a quinze ans par le Sr. Dauroul Chanoine d'Austun. Où tu verras des masculines en *er*, que i'ay conduit par la consone *m*.

Qu'en despit de l'amour qui me fait tant aymer,
Qu'au diable soit donné le cruel cœur de celle

Qui se monstre tousiours en mon endroict cruelle,
Ne voulant mes amours ny moy mesme estimer.
Il vaudroit mieux seruir les grands flots de la mer,
Que de la caresser d'vn deuoir si fidele:
Ie croy qu'elle a succé d'vne Ourse la mammelle,
Ou qu'elle peut mes sens à son plaisir charmer.
Ie l'ayme sans raison, voire iusqu'au trespas,
Ie voy bien neantmoins qu'elle ne m'ayme pas,
Ie croy donc que ie suis ou fol ou furieux.
Quoy? ie l'ayme, non, non, ie ne suis pas si sot,
Si fais, non fais, si fais, helas! en vn seul mot
Ie suis sans estre aymé, trop loyal amoureux.

Cest autre que ie fis sur ma vingtsixiesme, n'est non plus mesuré: aussi voulois-ie proceder sans reigle ny compas: Les rimes sont en *eux*. Et cõbien que ce soit rime virile, si est-ce que pour l'abondance des mots en *ieux*, la rime eust esté plus elegante, si elle eust esté de ceste sorte, ainsi que Ronsard & Tyard l'ont perpetuellement pratiqué.

Quoy? faut il demander, voyant vn amoureux,
S'il desire d'auoir de son mal allegeance:
Quoy? faut il demander quelle est son esperance,
Et qu'est-ce que pretend son trauail ennuieux,
Vous le cognoissez bien, vous le sçauez trop mieux,
Qu'il ne le pourroit pas luy-mesme faire entendre:
Mais si vous desirez plus seurement l'apprendre,
Ie vous l'enseigneroy, si nous estions nous deux.
Or ne feignez donc plus d'ignorer mon tourment,
Sans dire mot, ie prie, & vous fais seulement
Par signes euidents conceuoir mon martyre.

Que voulez vous encor? on cognoist un amant
A ses seules façons, contentez vous d'autant,
Car il vaut beaucoup mieux le faire que le dire.

Cestuy-cy est encor irregulier: car le huictain finit par vne feminine, & le premier vers sizain finit par vn autre. La rime du huictain est en *eur*, qui est vne virile terminaison, & auroit meilleure grace, si du moins de deux en deux vers ladite terminaison eust esté conduite par vne mesme consone. Ce fut contre vn qui auoit fait alliance auec ma trentiesme maistresse, mais il n'en vint pas à bout: non plus que moy: aussi n'eust-il pas esté raisonnable. Car si i'auois toutes celles que i'ay aymé, ie ne les sçaurois où loger, & en eusse esté bien tost saoul.

Tu te vantes tousiours, & vas criant sans cesse
Que tu es bien-heureux, d'auoir ceste faueur
Que d'estre surnommé fidele seruiteur
Par celle que tu vas appellant ta maistresse.
Et moy d'autre costé ie suis en grand' destresse,
Estant ainsi mené par vn fatal malheur,
Que iamais n'a voulu me faire tant d'honneur
De me nommer deuot, la nommant ma Deesse.
Bref iamais ie n'ay peu tant pener enuers elle
D'auoir vn autre nom, comme loyal, fidelle,
Ou bien vne alliance, indice de sa foy.
Mais ie croy qu'elle veut ainsi nous faire entendre
Que tu seras son serf, sans rien plus entreprendre,
Que ie seray seigneur & sur elle & sur toy.

Or en reuoicy vn autre à ma fidele Angelique, qui est mesuré, comme sont aujourd'huy mes passions.

Quand ie te vis hier, soudain tout transporté
Volontiers enuers toy i'eusse vsé de caresse,
Car ie ne pouuois plus temperer la liesse
Que i'auois dans mon cœur en voyant ta beauté.
La crainte toutesfois que i'eus d'autre costé
De tant d'yeux d'alentour, qui recherchent sans cesse
Auoir dequoy saouler leur langue iazeresse,
Retrancha le dessein de ceste liberté.
Mais pour me contenter en ceste fantasie
Laquelle en te voyant m'auoit l'ame saisie,
Ie fis auec vn autre vn amoureux discours.
Que ie serois heureux, ô ma douce ennemie,
Quand tu m'as en desdain, si ie pouuois tousiours
Appaiser mon amour par des feintes amours.

Cest autre est encor mesuré.

Le Carien entre les grands honneurs
Dont il voudra que chacun fauorise
Le monument de sa chaste Artemise,
Chante son nom celebré par ses fleurs,
Le Grec s'il veut, oubliant les malheurs
Que luy causa la Troyenne entreprise,
D'Helene encor se resouuienne, & prise
L'Helenion prouenu de ses pleurs.
La France aussi, mon Gobory, se vante
De voir par toy celebrer ceste plante
Qui a le nom de la mere du Roy.
Pour mon regard, n'aymant rien qu'Angelique,
Ie chanteray sa plante magnifique,
Dont le seul nom a puissance sur moy.

Ces suyuans sont encor de mesme trempe, les rimes en *aux* seroient plus riches si elles estoient toutes en *eau*, par ce que c'est vne espece de diphthongue François : aussi ay-ie ainsi enlié expressément les deux premiers vers, & si i'eusse rimé *assaux* auec *amoureux* la rime en eust esté rude & malplaisante.

Quand ie vis vos beautez de toutes parts reluire,
Et sur tout en vos yeux mille & mille amoureaux
Tirans dedans mon cœur parmy vos arcs iumeaux
Des sagettes de feu pour doucement me nuire.
Helas ! pardonnez moy, si ie vous l'ose dire,
Ie pensois que l'Amour de mes passez trauaux
Non encor assouuy vousist à ces assaux
Encor vne autre fois dessous vous me reduire,
Mais quand parlant à vous, ie vous cogneu si sage,
Ie changeay cest amour inconstant & volage,
D'vn autre plus beau feu ressentant les efforts.
D'où vient donc cest amour ? c'est la vertu loüable
Qui pour se faire aymer & rendre desirable
A ceux qui la verront, a choisi vostre corps.

Encor est celuy long temps y a, mis en Musique, que ie fis en faueur d'vne honneste Damoiselle richement laide : ie me suis pris garde que les vers sont vn peu rudes, à cause des quatre qui finissent par monosyllabes en *ien.*

Adieu mon ame, adieu, sus tost qu'on m'abandonne,
Ie ne veux plus de toy, tu ne fais aussi bien
Que de me martyrer quand chez moy ie te tien,
Et qu'aupres de mon cœur quelque lieu ie te donne.
Va t'en ie te supply, va t'en vers ma mignonne,
Traicte la comme moy, fais tant que le cœur sien
Soit embrasé d'vn feu qui soit egal au mien,

Et qu'elle ne soit plus en mon endroit felonne.
Ne me conteste point, comme ie pourray viure:
Quand tu me laisseras i'en seray plus deliure,
Ne sentant plus ce feu que tu couues dans moy.
Comme viuray-ie donc? au lieu de toy, mon ame,
Ie prendray de son cœur vne amoureuse flame,
Qui me viuifiera mille fois plus que toy.

Encor est-ce suyuant de mesme: les rimes en sont assez bonnes.

Lors que l'Amour du bout de sa sagette
Dedans mon cœur imprima viuement
Vostre beauté, tout mon contentement
Estoit de voir ma liberté subjette,
Ainsi surpris, plus auant il me iette,
Et mon bon-heur il change en vn tourment,
Lors tout fasché ie plains mon changement,
Et mes plaisirs du passé ie regrette.
Ie tasche encor & tousiours ie m'efforce
Chasser au loing & les feux & l'emorce
Dont il me fait follement consumer.
Mais ie voy bien que ie ne suis plus maistre
De mes desirs, & si ne le peux estre,
Car qui pourroit en aymant desaimer?

Le Sonnet suyuant est basty de rimes en *on*, assez licentieusement, puis qu'il y en a en si grãd nombre, qu'aysément on pouuoit rimer tout en *don*, ou en *son*, sans les entremesler: Au surplus le sizain est tout basty de feminines, & suit vne feminine du huictain, de sorte qu'on sent bien le vers mol, auec vn son mal-aymable.

Anne si vous pouuez, comme Anne de Cartage,
Esmouuoir à pitié le cœur rude & felon
De celle qui me voit banny de la raison,
Pour elle tout espris d'vne amoureuse rage.
Ie luy voudrois seruir de mesme personnage.
Que fit le Phrygien Ænee enuers Didon,
Sans toutesfois vser d'aucune trahison,
Ny changer à la fin, comme il fit, de courage.
Aussi son amour fut basty à la legere,
Car il deceut plustost ceste folle estrangere
Qu'il n'eut pas le loisir de la voir au visage.
Mais vous sçauez quel est mon amour enuers elle.
Et que depuis dix mois ie luy suis tresfidelle,
Dont elle tient mon cœur pour vn asseuré gage.

Ce suyuant au contraire est basty sur la fin d'vn sizain tout masculin, selon qu'il y en a de semblables cy dessus, & a beaucoup meilleure grace que le susdit. En quoy ie n'ay pas faute d'exemples. Mais si n'est-il pas si naïf qu'vn sizain marié, selon que dessus est dict. Au surplus, il peche comme le precedent és rimes en *on*, où ie me suis vn peu trop licentié.

Auant que, tous masquez, sortir de la maison,
Quelqu'vn dit qu'il falloit eslire vn domicile,
Auquel apres auoir bien trotté par la ville
On prendroit le repos & la collation.
Chacun tout d'vne voix creut ceste opinion,
Et moy soudainement d'vne façon ciuile
N'osant contrarier nostre troupe gentille,
Ie fis aussi semblant de le treuuer fort bon.
Le desir toutesfois que i'auois de vous veoir

Me faisoit despiter le masque de ce soir,
Mais inopinément il vint tout à propos,
Qu'arriuant au logis où tous auoient desir,
Au lieu de mes ennuis i'eus vn double plaisir,
Car vous voyant, i'y vis mon heur & mon repos.

Cestuy-cy est encor de mesme, touchant le mariage des vers : mais les rimes en *al* sont bonnes, à cause de leur rarité.

Mon Dieu ! quel feu, quelle flame cruelle
Sens-ie dans moy, seroit-ce bien vn mal
Que ie reçois par vn tison fatal,
Comme le fils de sa mere bourrelle.
Ie sens mon cœur, mes os, & ma moüelle
Se consumer, & mon esprit vital
Cherche desià sur le fleuue infernal
Pour me passer l'oublieuse nouuelle.
O Dieu ! ce feu est vne cruauté
Que ie resens d'aymer vne beauté
Qui n'a soucy de moy ny mes amours:
Mais prend plaisir tous les iours de ses yeux
De me tuer, il vaut donc beaucoup mieux
Mourir vn coup, que mourir tous les iours.

Or pour faire fin, ie diray que aucuns treuuent excusables les Sõnets ainsi faicts, n'impreuuant pas qu'ils ne puissent estre composez tous entiers de terminaisons feminines ou masculines, ce qui peut rarement aduenir : mais ils impreuuent au sizain finissant, que si les deux premiers sont masculins, & le tiers feminin, on face les quatre & cinquiesme feminins. Et pource que ie n'en ay point rencontré en mes Poësies, le vous feray part d'vn Sonnet, qui me fut donné par vne honneste & gratieuse Damoiselle, nommee Anne, fille de feu ce grand & docte President de Borgongne, Monsieur Begat, lequel me faisoit cest honneur de m'aymer. Ce que ie ne mets pas en mes dernieres loüanges. Et pource que c'est vne response à vn mien Sonnet, à fin qu'on cognoisse mieux le sujet, i'ay mis auparauant cestuy cy:

Non non, ie ne suis point au rang des ombrageux
Qui se sentent soudain picquez de ialousie,
Quand quelque autre suruient, choisissant pour amie
Celle là dont ils sont fideles amoureux.
Ma maistresse a le cœur si noble & vertueux
Que ie n'ay point de peur que la soudaine enuie
D'vn nouueau seruiteur entre en sa fantasie,
Pour, changeant ses amours, me rendre malheureux.
Qui plus est, si celuy qui la vient accoster
Est gaillard & gentil, ie me pourray vanter
De sçauoir, comme luy, faire choix des bons lieux.
Et si c'est quelque sot, i'auray l'occasion
De rire, & calanger vn peu sa passion,
Car au lustre de luy ie me monstreray mieux.

Et pource qu'au dessous du Sonnet i'auois mis seulement ma deuise A TOVS ACCORDS: Ce fut la premiere qui en sa response me baptisa du nom du Seigneur des Accords, comme aussi son pere m'appella ainsi plusieurs fois. Qui a esté cause qu'en tous mes discours de ce temps là, i'ay choisi ce surnom, & mesmes en ces liures.

Responſe d'Anne Begat au Seigneur des Accords.

Et bien vous eſtes donc vn tres-froid amoureux,
Puiſque vous pouuez voir ſans ſentir ialouſie
Vn autre, quel qu'il ſoit, choiſiſſant pour amie
Celle qui toute à vous, vous pourroit faire heureux.
Sans monſtre deux Soleils ne ſe voyent és Cieux,
La Cité en deux Roys n'eſt pas bien departie,
Et l'ame entre deux cœurs ne peut eſtre partie,
Auſſi touſiours l'amour eſt en vn pour le mieux.
Si voſtre parangon de valeur vous ſurpaſſe,
Il prendra deuant vous facilement la place,
Et pour amie aurez de voſtre amie l'ombre.
Et ſi pour le meilleur, il eſt lourdaut & ſot,
Pour le vous faire court, & conclure en vn mot,
A voſtre amie & vous il ſeruira d'encombre.

Or vous voyez ce Sonnet, combien qu'il ſoit docte & gentil, ſi reſſent-on bien qu'il n'eſt pas ſi fluide que les mariez, ny que les autres de la ſeconde eſpece mariez de quatre en quatre, & de trois en trois. Et meſme qu'il ſe mõſtre rude ſur la fin, à cauſe que les deux premiers vers du ſizain ſont feminins, & les quatre & cinquieſme maſculins. Et partant comme ces Sonnets ſont plus que ſuffiſans en nombre de 24. de ma façon, ie finiroye volontiers : mais pource que ie ne veux pas que le dernier me demeure, & laiſſer le Sonnet de ceſte honneſte Damoiſelle, ſans eſtre accompagné, ie finiray par ceſte replique.

Replique à Anne Begat, Damoiſelle.

Si i'ay pour corriual quelqu'vn qui me ſurpaſſe
De biens ou de beauté, de prudence ou ſçauoir,

Et que pour ces raisons il puisse receuoir,
Plus tost que non pas moy, vers madame, vne place.
Et si quelque lourdaut, pour sa mauuaise grace,
Nous pouuoit empescher l'vn & l'autre d'auoir
Le bien & le plaisir qu'en amour on peut voir,
Receu par celuy-là qui viuement pourchasse.
Ie diray librement qu'il ne la faut chercher.
Comme ne sçachant point que c'est de cest archer
Qui frappe, sans sçauoir tous ces beaux dons eslire.
Lors aussi que changé pour vn autre m'aura,
Vn autre quelquefois aussi la changera:
Du sot, il n'a l'esprit ny pouuoir de me nuire.

Tu vois ce dernier Sonnet, tout fait de rimes bõnes & de liaisons feminines & masculines, curieusement obseruees : & toutesfois, pour dire verité, il n'est pas des meilleurs. Mais i'ay mieux aymé remarquer mes incuriositez du passé que celles d'autruy, & corriger mes fautes, qu'entreprendre la censure sur les escrits d'autruy. Par ce ie craignoy d'estre trop libre Aristarque, & d'offencer quelques vns qui ont escrit de nostre temps auec encor plus grande liberté que moy, qui sont toutesfois en quelque reputation de n'auoir pas trop mal escrit: dont ie laisse le iugement à nostre Critique, qui, à l'exemple de Scaliger, donne son aduis de tous nos Poëtes François: auec telle modestie toutesfois que ie crains qu'on ne recognoisse la crainte qu'il a d'offencer le viuans. Ie n'en ay pas aussi voulu composer de nouueaux, à cause que ie serois bien de loisir de m'amuser à composer des vers auec fautes, sciemment. Parquoy prends de bonne part ce que ie te propose de mes exercices du passé, dont la plus part, comme tu vois, est plustost vn exemple pour euiter, que pour imiter. Voilà, Madamoiselle ma cousine, ce que ie me suis adnisé d'escrire sur le subject de la Poësie: reseruant d'en dire plus amplement mon opinion, au recueil que ie fais des arts Poëtiques François. Où Pelletier fort doctement & laborieusemēt, Ronsard diuinement & fort à propos, comme toute chose: & le Quintil Censeur assez gentillement, selon son temps, ont desià deffriché les espines, auec quelques autres: desquels, auec mention de leur nom, & rapport de leur propre texte, ie me ayderay en brief, pour faire vne suite du Dictionaire des rimes Françoises de nostre oncle Monsieur le Feure, que ie feray voir vn de ces iours.

DES FAVX SORciers, & de leurs impostures.

A Pontus de Tyard, Seigneur de Bissi, Euesque de Chaalons.

DEpuis cinq ou six ans en çà (comme il y a de la vicissitude aux discours, aussi bien qu'aux affaires particulieres du monde) l'on a remué toutes pierres que l'on a peu, pour disputer des enchantemens ou sortileges : & plusieurs doctes personnages y ont si viuement & doctement employé leurs plumes, qu'il semble que ceux qui s'en voudront mesler doresenauant, n'auront plus affaire, qu'à reglaner ce que de nouueau Vvier, Bodin, Daneau, Peucer, Varius, & autres de nostre temps, en ont escrit. Et combien que diuersement, toutesfois toutes leurs opinions, retombēt en mesme these Chrestienne: Que les diables peuuent & ont effect de circonuenir les hommes, & leur nuire, par la permission de Dieu : qui a esté la grande & celebre opinion de tous ceux qui ont bien senty de nostre foy, selon qu'auparauant eux, Spranger, Henry de Coloigne, Pierre Mamor, Vlrich de Monnier, & autres qui ont vescu il y a cent ans l'ont asseuré, & en ont escrit: si non si doctement que les derniers, aussi religieusement toutesfois,

& auec tant de particularitez, que leurs discours estonnent les cerueaux des plus asseurez. Et si quelque opiniastre athee, comme Pomponatius Italien, le vouloit denier, il seroit aysé de le conuaincre, sans tesmoignage de la saincte Escriture, par les simples authoritez de toutes les anciennes loix, que depuis les douze Tables sont continuees iusques à nous, sous tous les Payens, & specialement sous tant de doctes Consuls & Empereurs Romains, qui en ont faict des tiltres particuliers. *Tit. de malefi. & mathemat. & 9. C. Theodosi.*

Quant aux exemples, y a il Historien ny Poëte, tant ancien que moderne, qui n'en ameine si grand nombre, que c'est en vn mot, reuoquer tout en doute, qui en voudra plus disputer. Encor que Pline attribue les fureurs diuinatrices de l'oracle d'Apollon, à l'ouuerture de la terre, qui portoit exhalations de ceste nature. Si faut-il confesser, qu'il y auoit és responses chose plus qu'humaine, & que c'estoit vne ouuerture, par laquelle les demons parloient, & se faisoiēt de là seruir & adorer, soubs les noms des faux Dieux anciens, comme Iupiter, Saturne, Mars, Apollo, &c. Toutefois comme ie voy que sous ombre de ceste religieuse creance plusieurs se laissent transporter tellement à leurs passions, & humeurs melancholiques, que le moindre bruit d'vn chat, d'vne souris, de deux aix de bois verd, qui s'entr'ouurent durant les chaleurs, ou se referrent pendant les humiditez: Ils estiment incontinent que ce soit quelque esprit ou mauuais demon. Ce qui leur aduient encores plus ordinairement apres la lecture de ces liures remplis d'histoires diaboliques, qui frappent viuement leur apprehension. Ou quand ils sont dés leur tendre ieunesse nourris trop superstitieusement en ceste creance, par des nourrices & vieilles qui leur font des comptes espouuentables & affreux. Ce que les peres & meres doiuent soigneusement empescher: car de là aduient que les cerueaux imbus de ces premieres opinions, estiment toutes choses qui se font excedans la capacité de leur entendement, estre des miracles ou œuures diaboliques. D'où aduient que les plus rusez pipent bien souuent ingenieusement les esprits plus simples & grossiers. Et comme le public a interest, que les esprits de hommes soient bien disposez, à ne rien facilement croire, aussi bien qu'à ne croire pas: I'ay voulu en ce chapitre faire recit de plusieurs comptes que i'ay veu, qu'on croioit estre par art magique ou miracles, qui neantmoins sont par cause naturelle: à fin que les personnes ne se laissent si aysément tromper par des demons à deux pieds de la confrairie des beuuans & mangeans. Et que par mesme moyen l'on se puisse donner garde d'vn tas de Charlatans & abuseurs, qui sont bien aises, pour estre admirez du menu peuple, de raporter les effects de leur subtilité curieuse, à quelque cause supernaturelle, & faire entendre que ce qu'ils font, se fait par la vertu des mots ou des characteres. Ne considerans pas que pour ceste seule cause ils sont dignes de bannissement, par disposition de la loy *l. si quis aliud ff. de pœnis.* Et à bon droict, car il suffit pour les punir, de ce que meschamment, à leur aduis, *leues animos superstitione terrent.* Qui est la plus grande peste qui sçauroit auenir à vne religion, & qui meriteroit d'estre punie aussi griefuement que l'Atheisme son opposite: comme dit Ciceron en son liure de la Diuination. Et depuis luy, ce grand Iurisconsulte Paulus à fort bien dit, *superstitioni impietas contraria, Religio medias partes tenet.* A raison dequoy la Cour de Parlemēt de Paris prudemment condamna par arrest ce Prestre qui auoit faict plorer par vn faux miracle vne vieille image de bois de nostre Dame: luy ayant mis finement, par derriere, au temps que la vigne plore, vne branche de vigne à l'endroict des yeux, comme recite de Luc en ses Arrests: à cause que par telle piperie il attiroit le peuple à vne folle & abominable superstition. Pontanus racōte que du temps d'Alphonse Roy de Naples, il se treuua vn Moine, qui pour se faire estimer sainct homme, feignoit d'estre sept iours sans boire ny manger: Et en fin on s'apperceut cōme il mangeoit force canelle, & sucre auec chair hachee de bons chappons rostis, que l'on luy portoit en forme de chandelles, acoustrees par dessus d'vn peu de suif. Et recite encor au mesme lieu d'vn frere François Espagnol, qui desirant faire exterminer tous les Iuifs, fit deterrer vne vieille lame de plomb, qu'il disoit que S. Catalde auoit reuelé estre en vn lieu où luymesme l'auoit mis. Ce qui fut en fin descouuert, à sa honte & confusion. Or laissant là ces faux miracles, à la description desquels ie ne m'amuseray pas d'auantage, de peur d'apprester vn subiect de calomnie à ceux, qui par faute de bonnes &

solides raisons, sont bien ayses, pour enfler leurs discours, de treuuer à mordre sur les abus qui se sont faits par quelques meschantes personnes de nostre religion, dont ils prennent occasion de blasmer les bons & mauuais, sans distinction: Ie viendray à aucuns comptes, que i'ay veu & entendu pratiquer à quelques vns, que l'on prenoit pour sorcelleries & enchantemens. Comme il aduint à vn mien amy (lors que i'estois à Paris, auec feu Iacques Pelletier, l'an 1572.) Il fut curieux d'auoir vn esprit familier, & suyuant l'aduertissement qu'on luy auoit donné pour en recouurer vn, s'addressa pres la Croix du Tiroir, à vn certain Italien, qui promit d'abordee satisfaire à son desir, & le mene en vne petite chambre haute, fort obscure, où à la clairté d'vn cierge de cire blanche, il luy monstra deux ou trois anneaux, entre autres vn, dans le chaton auquel estoit, soubs vn fin Cristal, enchassé vn petit scorpion, qui mouuoit la queuë fort dextrement: dont il fut fort estonné, & en opinion d'en donner promptement cinquante escus, qu'on en vouloit auoir. Toutesfois pource que cét abuseur auoit promis de luy faire rendre quelque responce en voix articulee, sur ce qui luy seroit proposé, il remit la partie au lendemain: & nostre curieux brulloit cependant, & luy duroit le temps mille ans que le iour n'estoit venu pour satisfaire à sa curiosité. Or comme nous le vismes en ceste alteration, apres l'auoir vn peu pressé, il se descouurit à nous, & fit le recit au long de son aduenture. Lors le gentil Pelletier apres auoir sousris en luy mesme, dit, Voicy mon pipeur de Milan : & comme il vit ce curieux de sa profonde pensee esleué à vn desir, extreme de l'entendre, il nous discourut, comme on luy auoit vendu vn semblable anneau en Italie, & que le cercle d'or d'iceluy qui enuironnoit le chaton, estoit percé à petits trous, de sorte que le pipeur ayant de l'aymant dans l'vn des bras, faisoit ainsi mouuoir ce petit scorpion. Dont nostre curieux plus sage & aduisé, le lendemain s'en donna garde de plus pres. Car ayant apperceu le mouuement de ce petit animal, qui ne se faisoit qu'à proportion que l'Italien remuoit le bras, il cogneut euidemment, qu'il l'auoit belle eschapée. Toutesfois il voulut voir la fin de la farce, & apres auoir entendu iargonner à cest Italië quelques mots barbares, & fait quelques characteres, il entëdit vn sourd bruit, qu'on faisoit d'vne voix contrefaicte. De sorte qu'ayant eu le plaisir, il dit que jà il auoit vn semblable anneau, & prit congé, delaissant à l'aduenir ceste vaine curiosité: pour laquelle il luy eust mieux valu estre ainsi trompé, que de trouuer ce qu'il cherchoit. Outre le danger où il s'estoit mis, de se commettre en vne maison, où habitoient tels diables temporels, qui l'eussent desualizé, & rendu encor plus sage à ses despens, si on n'eust veu deux hommes qui attendoient son retour à la porte. Aux Vniuersitez i'auois vn mien amy qui sçauoit mille petits secrets de Nature, comme de donner d'vn cousteau au trauers de la teste d'vn poulet, puis escriuant du sang qui en sort ces mots imaginaires sur du papier, *Gaber Siloc fandu*, & puis le faisant aualer au poulet, soudain il marchoit comme deuant, où les mots ne seruent pas d'vn clou. Car quelque chose que ce soit, mise en la bouche du poulet, & aualee, luy fait reprendre ses forces, comme i'ay experimenté: Et tel poulet percé n'a garde apres de mourir, car le coup que lon luy donne n'offense pas le cerueau: & si le cerueau d'auenture estoit offensé, il n'y a mots ny receptes qui le puissent guerir ny garantir de la mort. Et autres infinis rapportez par Cardan, Ringelbergius, la Magie naturelle, qu'il auoit la plus part experimentez. Or estant à Tholose, l'an 1567. en reputation de sçauoir quelque chose en la Magie, soubs vmbre de ses ingenieux tours, vn Auuergnac, qui en la maison d'vn Conseiller où l'on faisoit bal, auoit perdu vne robbe, s'adressa à luy, & le pria de luy dire qui l'auoit desrobee. Lors ce bon compagnon, qui ne demandoit pas mieux que d'atraper vn pigeon, luy demanda les noms & surnoms de tous ceux desquels il se doubtoit. Cela faict, luy fit acheter vn cierge de cire vierge, auec de l'or, du mirrhe, & de l'encens: Puis apres auoir fait quelques simagrees du costé d'Orient, d'Occident, Midy, & Septentrion, & inuoqué les Anges angulaires, auec quelques marmonneurs, moitié inuentez, moitié peschez dans Agrippa, à fin de mieux desguiser l'affaire, fit apporter vne chauffrette pleine de charbons ardans, dans laquelle on mit ces choses, auec quelques drogues, qui faisoient vne fumee bleue espesse. Et au dessus faisoit tourner entre ses mains vn papier, dãs lequel estoient escrits les noms & surnoms des soupçonnez du larcin de la robbe. Puis apres rendit ce papier à cest

cest Auuergnac : qui tout espouuanté, apperceut que le nom d'vne Damoiselle estoit entierement rayé & effacé, auec vn noir fort obscur. Et lors pour faire mieux la pipee, on luy fit accroire que si lors que ce papier estoit sur le feu, la Damoiselle auoit touché à quelque partie de son corps, auec la main, que semblable marque y seroit empraincte : & où elle ne se toucheroit pas, qu'elle seroit marquee sous la mammelle gauche, pres du cœur. Dont pensant bien auoir recouuert sa perte, il alla vers vne Damoiselle, luy demander sa robbe. Et pource qu'elle s'en prit à rire du commencement, il a tousiours creu qu'elle l'auoit, & que la magie de cest escholier est tres-vraye : encor que ce ne fust autre chose, sinon qu'auant que escrire les noms, il auoit marqué au cercle des lignes, auec du sel ammoniac, à l'endroit où il escriuit le nom de ceste Damoiselle. Et pour se ressouuenir de l'endroit, auoit marqué son cercle auec certains petits points. Voylà en somme l'enchantement, qui cousta outre la perte de la robbe, trois ou quatre escus à cét Auuergnac. Outre ce qu'il pensa bien estre estrillé par les parens de ceste ieune Damoiselle, à laquelle il demãdoit importunement sa robbe. Autres ont vne ruse, qu'ils font semblant d'attacher vn anneau d'or ou d'argent à vn petit filet, qu'on suspend dans vn verre à demy plain d'eauë, & puis l'ayant trempé par trois fois, disent bellement ce verset du Psalme, autãt de fois, *Ecce enim veritatem dilexisti, incerta & occulta sapientiæ tuæ manifestasti mihi.* L'anneau bat contre le verre, & sonne autant d'heures qu'il en peut estre: Mais il est aisé à ceux là, de deuiner si c'est vn lieu où il y ait horologe. Car selon le son qu'ils auront entendu, ils modereront leur main: Et s'il n'y a point d'orologe il leur est aisé de faire accroire telles heures qu'il leur vient à peu prés en fantasie. De mesme, pour estancher le sang, ils ont treuué que du mesme sang qui coule, il faut escrire sur le front de celuy qui seigne, ce mot *Veroniéque*. Mais pource qu'on luy fait leuer la teste en escriuant, l'apprehension qu'a le patient luy fait retirer le sang glacé le plus souuent d'vne soudaine frayeur. Et à vray dire, de ces viues & fortes apprehensions l'on void souuent des effects admirables: comme i'ay veu d'vne recepte pour le mal des dents. Si l'on auoit mal à la dextre, il failloit planter vn clou dans le A second de ce mot *Machabeus*, qu'on escrit contre vne muraille: & si c'estoit du costé senestre, il failloit planter le clou dans le B, cela faisoit cesser la douleur, comme l'on disoit. Or ie l'auoy veu experimenter deux ou trois fois auec heureuse rencontre: en fin ie priay celuy qui auoit la recepte, auquel on se fioit pour cest affaire, qu'il escriuist vn autre mot, & plantast voir vne espingle: Ce qu'il fit lors soudain ayant rapporté au patient que son mystere estoit fait, iura qu'il se sentoit allegé de la moitié. Ie vous laisse à penser s'il n'y auoit pas en cela plus de fole creance que d'asseurance. Aussi en void on plusieurs qui se laissent si bien mener par des ouy dire, qu'ils sont gueris à demy, au recit qu'on leur fait de quelque mystere magique. De mesme creance i'ay veu vne folle vieille estre conduicte, laquelle asseuroit que iamais n'auoit versé sur pont pourueu qu'auparauant elle eust dit ces mots, *Dieu fit Adam, Adam fit les ponts, in nomini patris, &c.* Ceux qui estoient en son coche n'auoient pas lesdits mots, comme elle: & neantmoins n'estoient pas versez, non plus que dix mille qui ne sçauent pas lesdits mots. Quelques vns tiennent cela pour superstition, que quand on dit la Messe des espousees, lors que l'on prononce ce mot *Sara*, à la benediction nuptiale: Si vous estreignez vne esguillette, que le marié ne pourra rien faire à son espousee la nuict suyuante, tant que ladite esguillette demeurera nouëe. Ce que i'ay veu experimenter faux infinies fois: car pourueu que l'esguillette du compagnon soit destachee, & qu'il soit bien roide & bien en point, il ne faut point doubter qu'il n'accoustre bien la besongne, comme il appartient. Aussi donne l'on vn folastre amulette, & digne du suject: c'est à sçauoir que pour oster le sort, il faut pisser au trauers d'vne bague de laquelle on a esté espousé. Veritablement ie le croy: car c'est à dire en bon François que si on degoutte dans cest anneau de Hans Caruel, il n'y a charme qui puisse nuire. Aussi nouër l'esguillette ne signifie autre chose qu'vn coüard amant, qui aura le membre aussi peu disposé, que si l'esguillette de sa braye estoit nouëe. C'est aussi bien souuent vne excuse, que se bastissent ces trop violens amoureux, qui espris de trop grande ioye, demeurent si transportez, que l'aise leur faisoit oublier le deuoir: ainsi que plusieurs doctes Medecins ont laissé par escrit. Dont vn doce Poëte François, que vous cognoissez, lequel encor bien que la disposition de son corps le tesmoigne vn des mieux composez de nostre aage, & qui ailleurs a assez fait espreuue de sa personne, nous rend tesmoignage qu'autrefois, cōme à Ouide, cela luy est auenu en la plus verte saison de son aage, par vn Sonnet de ses Amours qui commence, *Esprit superbe, &c.* Non pas que ie vueille nier que cela ne puisse souuent aduenir par l'art du diable, mais il ne faut croire trop legerement. I'ay estimé vn demy miracle fort long temps, d'vn certain que chacun craignoit, quand il entroit és ieux de l'arbaleste & de l'arquebuze, qu'il ne vit le bout d'icelles, parce que l'on estimoit qu'il disoit certains mots, sçauoir *Malaton Malatas Dinot*, on ne pouuoit iamais apres tirer droict. En fin l'on cogneut, & depuis ie l'ay experimenté, que la veuë seule ne sert de rien, mais que si vous frottez le bout de l'arquebuze d'vn oignon, & la corde de l'arc à l'endroit où pose la flesche, auec du lard, que iamais ny le plomb ny la flesche n'iront droict. Cela est naturel, & s'en pourroit aisément rendre raison. Pour chasser les hannetons d'vn verger, & les couchons d'vn grenier, ils ont abusé de ce verset du 35. Psalme: *Ibi ceciderunt qui operantur iniquitatem, expulsi sunt, nec potuerunt stare.* Et quelquefois il en aduient bien quand on les met sur le tard, apres infinies receptes d'herbes: Mais si vous les mettez du commencement, cela ne proffitera rien: comme i'ay veu par experience. Il y a quelques vns qui font profession de prendre des serpens à la main, sans crainte, disans ces mots *Damoiselle, Noel fut le Samedy*: sans dire neantmoins le vray iour auquel escheut Noel dernier passé. Ou bien ce verset, *Super aspidem & basilicum ambulabis, & conculcabis leonem.* Ou bien ces mots, *Fiat illis secundum similitudinem serpentis, sicut aspidis surdæ obturantis aures suas.* Et neantmoins vne personne timide ne l'oseroit ny voudroit entreprendre. Et quand il l'entreprendroit, il s'en trouueroit mal: car le tout est en cela, de les prendre d'asseurance, sans parole ny demie: encores que la creance & superstition enhardisse quelques vns: comme i'ay veu vn maçon à Longvic pres Dijon, qui m'asseura qu'il n'y auoit que l'asseurance: & puis ayant pris lesdits serpens, leur falloit faire mordre du drap ou de la toile, & apres cela vous les pouuez porter asseurément. Cardan recite d'vn homme à Milan, qui lauoit ses mains de plomb fondu, & en fait grand cas. I'ay veu vn certain qui feignoit pour ce faire, qu'il disoit quelques paroles. Mais en fin i'ay experimenté que les mots qu'il disoit, n'estoient autre chose que la recepte pour ce faire, deduicte en termes obscurs: *Innoco te umbra Narcissi, quæ Oriena perdens, Saturnum mihi amicum fecisti.* Car pour ce faire il ne faut que lauer ses mains premierement d'vrine ou de lexiue, à fin de bien degraisser, puis tremper dans l'eau fraiche, iusques à ce qu'à demy elles soient amorties: Cela fait, faites vuider du plomb fondu sur icelles, & il ne vous fera mal aucunement, mais glissera comme de l'eau vn peu plus tiede. Donnez vous garde toutesfois de serrer vos doigts, mais entr'ouurez les. Ie l'ay experiment é moy mesme sans herbes ny paroles. N'auons nous pas descouuert de nostre temps que les receptes que l'on estimoit estre practiquees par ceux que l'on mettoit à la torture, à fin qu'ils ne sentissent la douleur ; n'estoit autre chose que le sauon detrempé en eauë claire qu'on leur faisoit aualler, qui a ceste proprieté de faire entierement assoupir les sens. Et neantmoins nos peres ont estimé qu'ils disoient certains versets comme cestuy pris de la passion, *Non comminuetis os ex eo.* Et que mesmes ils les faisoient raser, de crainte qu'ils n'eussent engrauez ces mots, ou autres characteres dans leurs testes: Ainsi que nous lisons du messager enuoyé à Cyrus, qui portoit vne missiue en ses cheueux. Encores qu'ō en die vne autre raison, sçauoir à fin qu'ils soient plus mols & susceptibles de sentir les douleurs, ainsi que l'on dit de Sanson, tōdu par Dalida. Hypolitus de Marsilis est en ceste folle creance en sa Practique criminelle. *In §. Nunc videndum nu. 15.* Et dit que pendant que le criminel est prest d'estre appliqué aux tourmens, il faut souuent l'interroger, de crainte qu'il n'vse de charmes ; car il dit auoir experimenté que ceux qui disoient ces mots de la passiō commençans, *Quem quæritis? Iesum Nazarenum, &c. Et inclinato capite tradidit spiritum:* Ne sentoient aucune douleur, ains demouroient endormis. Et dit apres que luy mesme auoit troué vn contrecharme, leur disant certains mots en l'aureille. Il fait aussi le compte d'vn cousturier, qui fut par luy plusieurs fois appliqué à la torture : lequel depuis luy confessa qu'il n'auoit rien senty, par le moyen d'vn gasteau duquel il auoit mangé, qui estoit composé de farine de pur froment destrempé auec le lait d'vne mere & d'vne fille. Ce qu'il ne deuoit pas si tost croire, mais s'encherchez de la cause, & s'il y auoit point de sauon, plustost que s'amuser à ces mots & charmes, qui sont du tout inutiles. On pourra voir encor ce que plus amplement il en dit *in l. j. col. xj. & xij. ff. quæstionibus.* D'autres y a lesquels pour la torture, qui est presque inutile à present, à cause des receptes que leur donnent les Geoliers, & qu'ont auiourd'huy quasi tous les prisonniers, qui feignent que leurs prieres & oraisons les ont exempté de ce mal, comme si Dieu estoit autheur de l'impieté de leurs malefices ; de sorte que i'en ay cogneu vn tres-meschant, qui feignoit auoir avalé de l'eau beniste, disant ces mots : *Dirupisti vincula mea, tibi sacrificabo hostiam laudis, & nomen Domini inuocabo.* Qui est de mesme que le susdit, à mon iugement. Dans certains grains d'aueine vous treuuez de petits filamens noirs ou tannez, du long du grain, qui ressemblent proprement aux bouts des bruyeres, dont on fait les vergettes à nettoyer les habillemens: Qu'on en prenne vn, & qu'on le face tenir par vn bout au dessus d'vn cousteau ou d'vn baston auec vn peu de cire, & qu'on mette au dessus de ce filament vne petite croix de papier qui tienne au dessus, semblablement, auec de la cire. Cela fait, si l'on mouille le milieu de ce filament, tenãt le cousteau droit en vostre main, auec la croix qui se soustiendra aisément sur iceluy filament, vous la verrez tournoier trois tours.

Et quand les Charlatans veulent abuser de ceste chose là, qui est naturelle, ils font semblant de marmonner certains mots: Et qu'il faut de l'eauë beniste pour asperger ce mystere, encor que toute eauë, voire de la saliue y soit propre: comme ie l'ay experimenté. Les mots qu'ils disoient neantmoins, sont, *Iaquor verabes sam triton.* Voylà de belles lanterneries bien inuëtees. Mais quoy? les hommes sont si curieux d'attaindre au point de la diuinité, qu'ils feroient volontiers ainsi que fit Psaphon, comme vous l'auez rapporté en vostre docte Mantice, lequel auoit nourry plusieurs pies, corbeaux, perroquets, & autres oyseaux vocales, leur ayant appris à dire ces mots *Psaphon est Dieu:* puis leur donna congé, à fin que ces oyseaux publians ces voix par tout, le peuple credule estimast qu'il fust vrayement Dieu. Mais on se mocqua de luy en fin, comme il le meritoit. I'ay veu vn Abbé à present Euesque, qui se laissoit tellement embabouiner de telles folles superstitions, qu'il prenoit plaisir bien souuent à faire voir, comme il disoit, à vn enfant, tantost dans son ongle, tantost dans vne phiole, tantost sur le cul d'vne assiette frottee de noir de lampe & d'huyle, vn demon qui luy rendoit ce qu'il vouloit, apres auoir obserué quelques ceremonies, & dit quelques mots, diuers à ceux toutesfois que Cardan rapporté *in libr. de rer. variet 16. ca. 93.* En fin ie fus curieux de voir le mystere, & vis faire toutes les simagrees, lesquelles finies, cest Abbé dit à l'enfant, que voyez vous? Lors l'enfant à demy espouuenté, ce sembloit, disoit: Ie voy des nuees, & du feu au milieu. Puis apres l'Abbé disoit en François : *Ange de Dieu ie t'adiure si vn tel est en Santé, tu monstres à cest enfant vn chandelier : Et s'il est malade, tu luy monstres vn liure ouuert.* Puis il interrogeroit l'enfant qu'est-ce qu'il voyoit, lequel disoit le premier mot qui luy venoit en la bouche. Et disoit cest Abbé auoir experimenté la verité de ceste diuination infinies fois. En fin ie descouuris ayséement la piperie; car ie voulus interroger, & dis en Latin, *Adiuro te Angelo Dei vt si Petrus amat Claudiam, ostendas huic puero clauem: Si verò amat Ianam, ostendas cultellum.* Lors ie demanday à l'enfant que voyez vous: lequel dit, vn chandelier, se resouuenant du premier interrogatif. Lors ie luy dis, Vous estes vn menteur: Ie luy demande vne clef, ou vn cousteau. Lors ie le pris à part, & le persuaday de nous dire verité. Somme il confessa, en presence de son Abbé, que iamais n'auoit rien veu: mais que pour luy complaire, & estre aimé de luy, il disoit ainsi ce que l'on luy demandoit. Et que quant aux nuees & feu, il disoit les voir du commencement, pource qu'il auoit ouy dire à l'Abbé, que quand l'Ange viendroit, il seroit comme vn feu sur des nuees. Bref i'ay ouy cent personnes se iacter de ceste recepte, & en ay voulu voir l'experience plus de six fois : estant ieune Escholier. Mais croyez asseurément que iamais ie n'en ay rië veu d'asseuré. Ie ne veux pas nier toutefois, que le diable quelquefois ne puisse monstrer quelque chose, mais ie croy qu'il veut estre adoré de bon cœur auparauant. Ie fus il y a quelque temps en vn iardin fort ingenieusemët basty, au bout duquel y auoit vne chambre haute sur vne petite galerie, posee sur vn pilier, qui soustenoit ladite chambre. Et en ce pilier quand on vouloit, on y apposoit vne teste de bois fort bien doree, qui faisoit responce aux personnes, selon leurs demandes, le tout par le moyen dudit pilier creux iusques au grenier, où l'on faisoit parler vn homme caché : & cela se faisoit fort aysément : parce que ceux qui venoient parler, parloient bas en l'aureille de ladite teste : De sorte que la voix montoit aysément, & estoit entendue au dessus. Puis auant que faire la responce, on faisoit quelque bruit pour mieux agencer la matiere. Bref cela fut si bien faict, que plusieurs ignares croient encor auiourd'huy fermement que ce fust vne teste enchantee, cóme celle d'Amadis: & ne leur peut-on persuader que la voix se porte si loing, faute de sçauoir que l'eauë & la voix ne se peuuent perdre.

L'osiere ouuerte qui se reioint, comme ont tenu quelques anciens, auec certains mots : se reioinct de luy-mesme, tenant les deux bouts disioincts, ayans les mains sur vostre costé, sans autre mystere. Iason au gentil liure qu'il a faict de *morbis cerebri*, se moque plaisamment des Amuletes de Valescus & Gordonius, qui ont bien osé escrire, que ces trois vers mis en parchemin vierge, & portez par le patient, exemptent du mal caduque:

Gaspar fert myrrham, thus Melchior,
Balthazar aurum : &c.

ou autrement,

Iesus Nazarenus, Crucifixus, Rex Iudaorum:

Et autres diuers noms. L'Empereur Caracalle,

comme dit Spartian, voyant que de son temps infinis imposteurs vsoient de ces remedes, les fit seuerement defendre, & sur tout aux fieures tierces & quartes. Galen Prince des Medecins, en son dixiesme liure de la faculté des medicamens simples, les abhorre & repreuue entierement. Neantmoins L. Serenus Samonicus, qui fut precepteur de Gordian, qui mourut aux bains, sous l'Empire de Caracalla, s'est bien laissé persuader à croire & escrire, que pour la guerison d'vne espece de fieure qu'il appelle hemitritee, il ne faut qu'inscrire ce mot ainsi:

ABRACADABRA
ABRACADABR
ABRACADAB
ABRACADA
ABRACAD
ABRACA
ABRAC
ABRA
ABR
AB
A

Et dit sur la fin de ce chap. 52.

Talia languenti conducent vincula collo,
Lethalesque abigent (miranda potentia) morbos.

Combien que peu auparauant au 51. Chapitre, il ait bien mieux dit, suiuant son Galen:

Nam febrem vario depelli carmine posse
Vana superstitio credit, tremulaeque parentes.

Et en mon second liure, au Chapitre des Postiqueries des Frippons, i'ay rapporté quelques copies de semblable estoffe, à fin que l'on ne se laisse pas si tost fasciner les yeux ny l'entendement, & que premier on auise s'il y a quelque cause naturelle en eux: I'ay veu de mon temps vn ieune homme, plus amoureux de la richesse, que de la beauté ou bonne grace de sa maistresse, fille vnicque d'vn riche marchant: & sçachant que ceste ieune fille estoit curieuse de sçauoir les choses auenir, il luy fit dextrement supposer par vn tiers vne vieille gaignee à pris d'argent, qui asseura ceste fille que ce poursuiuant seroit son mary: Et que si elle en espousoit vn autre, tout mal-heur luy aduiendroit. Dont ceste fille, craintiue & superstitieuse, commmença deslors à le hanter plus familierement & aymer; bref elle l'a eu à mary par ce moyen, & a fait comme la louue, au grand regret du pere, & indignation de ses parens. Cest exemple est notable, pour deterrer la ieunesse de telles folles superstitions.

Voilà, Monsieur, vn amas d'exemples que i'ay bien voulu rapporter, comme vn contrepoison propre pour rabatre les estonnemens, que causent en plusieurs les comptes de ses sorceleries, à fin de rabuter ceux qui feignēt en sçauoir quelque chose, & par vn faux pretexte sont cause de faire denigrer la vraye Magie naturelle, qui cause infinis beaux effects. I'eusse touché de la Iudiciaire ce qu'il m'en semble, n'estoit que vostre liure du Mantice m'a fermé la bouche: d'autant que vous n'y auez rien oublié, à mon iugement, pour la confuter.

F I N.

LES CONTES FACECIEVX DV SIEVR GAVLARD GENTIL-HOMME DE LA Franche-Comté Bourguignotte.

A Guillaume Nicolas Sr. de Popincourt, Controolleur general de l'artillerie de Bourgongne, Brie, & Champaigne.

A PARIS,
Par IEAN RICHER, ruë. S. Iean de Latran, à l'Arbre verdoyant.

1603.

queries des Frippons, i'ay rapporté quelques cõptes de semblable estoffe, à fin que l'on ne se laisse pas si tost fasciner les yeux ny l'entendement, & que premier on auise s'il y a quelque cause naturelle en eux: I'ay veu de mon temps vn ieune homme, plus amoureux de la richesse, que de la beauté ou bonne grace de sa maistresse, fille vnicque d'vn riche marchant; & sçachant que ceste ieune fille estoit curieuse de sçauoir les choses auenir, il luy fit dextrement supposer par vn tiers vne vieille gaignee à pris d'argent, qui asseura ceste fille que ce poursuiuant seroit son mary: Et que si elle en espousoit vn autre, tout mal-heur luy aduiendroit. Dont ceste fille, craintiue & superstitieuse, commença deslors à le hanter plus familierement & aymer; bref elle l'a eu à mary par ce moyen, & a fait comme la louue, au grand regret du pere, & indignation de ses parens. Cest exemple est notable, pour deterrer la ieunesse de telles folles superstitions.

Voilà, Monsieur, vn amas d'exemples que i'ay bien voulu rapporter, comme vn contrepoison propre pour rabatre les estonnemens, que causent en plusieurs les comptes de ses sorceleries, à fin de rabuter ceux qui feignẽt en sçauoir quelque chose, & par vn faux pretexte sont cause de faire denigrer la vraye Magie naturelle, qui cause infinis beaux effects. I'eusse touché de la Iudiciaire ce qu'il m'en semble, n'estoit que vostre liure du Mantice m'a fermé la bouche: d'autant que vous n'y auez rien oublié, à mon iugement, pour la confuter.

LES CONTES FACECIEVX DV SIEVR GAVLARD

GENTIL-HOMME DE LA Franche-Comté Bourguignotte.

A Guillaume Nicolas S[r]. de Popincourt, Controolleur general de l'artillerie de Bourgongne, Brie, & Champaigne.

A PARIS,
Par IEAN RICHER, ruë. S. Iean de Latran, à l'Arbre verdoyant.

1603.

Sur le Portraict du sieur GAVLARD,
faict par Nicolas Hoey
peintre Flamant.

Vn nez plein de rubis, vne face bien large,
Vn beau gros œil de bœuf, le corps vn peu vouté,
N'ayant iamais esté qu'en portraicture armé,
C'est de Monsieur Gaulard la veritable image.

LES CONTES FACECIEVX DV SIEVR GAVLARD, GENTIL-HOMME de la Franche-Comté Bourguignotte.

A Guillaume Nicolas Sieur de Popincourt, Controolleur general de l'artillerie de Bourgongne, Brie, & Champaigne.

IL y a des personnes de si bonne paste, & heureuse rencontre, qu'ils semblent estre nez pour faire rire les autres, & voit-on bien que Nature les a doüez d'vne si gracieuse simplicité, que vous lisez en leurs visages, & iugez par leurs paroles qu'il ne faut rien prendre de mauuaise part d'eux. Aussi les voyez vous ordinairement bien venus en toutes compagnies, & cheris de la fortune : de sorte qu'ils viuent ioyeusement, bien vestus, bien nourris, sans enuie, sans ambition, sans amour, sans procez, & sans debtes: Et si d'auanture vn traict de liberté cõtre quelqu'vn leur eschappe, on ne s'en offense iamais, mais on en rit gracieusement, comme on veoid bien que cela leur vient en la bouche sans malice. Où s'il aduenoit que quelque punais orgueilleux tint le mesme langage, on l'auroit à desdain, & seroit subject à gourmades: parce qu'on l'estimeroit vn propos malignement premedité. C'est pourquoy, disoient les anciens, que le langage prend force par la bouche de celuy qui le profere; & qu'il y a grande difference d'introduire sur vn eschaffaut quelque Pantalon, ou Messer Horatio. Aussi telles gens ont cela de propre, qu'ils ne prennent pas en mal si l'on se gaudit d'eux, mesmes en leur presence, encores que quelques-fois ils le cognoissent bien: & sont contents le plus souuent d'en rire les premiers, s'accoustumants par là, à sçauoir de dissimuler des affaires du monde. A ceste occasion ie vous ay bien voulu faire part des gentils

Contes du Sieur GAVLARD, que vous cognoissez, digne d'estre cogneu aussi bien de la posterité, que de nous, lequel ie croy n'en sera pas marry, ains aura plustost occasion de loüer Dieu, d'auoir rencontré de si bons amis, curieux de sa reputation. Et aussi me ferez ce bien, si parauenture i'entremesle quelque chose qu'il die n'estre de son creu, ains auoir esté dit à Paris, à Roüen ou à Thoulouze, & qu'il en soit fasché, de moyenner ma paix enuers luy. Car ie sçay que Monsieur vostre frere, & vous, estes des premiers, entre ceux qui auez bonne part en ses bonnes graces, & qu'apres sa cousine, Madamoiselle Rigandene, vous estes celuy auquel il croit, & se fie le plus en ce monde. Vous priant donc l'asseurer que ce que i'en fais, n'est que pour rire, & seulement par vne forme de passe-temps, sans y penser nul autre mal. Or auant que de venir à mon propos, ie vous veux dire deux mots de sa qualité & façon de faire, à fin que l'on cognoisse le Lyon par l'ongle, & comme il a vn bel esprit bien enuaisselé. Il est Gentil-homme de la Franche-Comré Bourguignotte, qu'il estime estre le meilleur, le plus courtois, & plus ciuilizé pays du monde : il est d'ancienne maison, & y a peu de gens d'apparence, non seulement en ce pays là, mais en tous les enuirons, qui ne l'apparentent. Son pere estoit entre les plus riches des mieux recognus de son temps. Il ne fit pas beaucoup estudier son fils, de peur qu'il ne se meslast de corriger le *Magnificat*. Et ne voulut pas, à l'exemple du Roy Loys vnziesme, dont il auoit ouy parler, qu'il apprint autre Latin, sinon vne belle deuise qu'il fit escrire en lettre d'or en vne table d'attente, sur sa cheminee, *Bene viuere & lætari*, c'est à dire, *Bien viure & se resiouyr*. Combien que quelques vns ne sçachans discerner les anciens *VV*, en forme de Cadeaux d'auec des *BB*, lisent *Bene bibere & lætari*. Son pere encore preuoyoit bien qu'il n'auroit que faire de Latin, & qu'il auroit beau viure sans cela: & par effect, quand il mourut, il luy laissa de six à sept mil liures de rente. En recompense dequoy son fils luy fit cet Epitaphe, graué en cuyure, proche le grand Autel de nostre Dame de Dole, que luy racoustra son Aumosnier, le sieur de Marchane, autresfois espion de l'Empereur Charles V.

Cy dessous gist monsieur Gaulard,
Ie suis bien marry de sa mort:
Mais il faut mourir tost ou tard,
Puis qu'il est mort, il a donc tort.

Il est de mediocre stature, assez puissant, ventru competemment, & qui porte vn galbe naturel, comme faisoit l'Empereur Galba, sans vser de ses artifices de coton, qui ne font qu'eschauffer la bedaine: & y a si bien mis ordre, que vous iugeriez à present, que tous les cousturiers de la Cour ont pris patron sur son ventre, tant cela luy est bien seant. Il est vn peu vouté, il a la teste poinctuë en forme de pain de sucre: vn beau gros œil de bœuf gris qui luy sort à demy hors de la teste, grand sourcil espais qui s'entretouche: de sorte qu'on le prendroit bien pour vn vaillant homme, tel qu'il est. Il a le nez gros, camard, les narines fort ouuertes, le front court, les cheueux espais, les ioues grosses & fort charnuës, & sur toutes choses il ſe plaiſt à la beauté de ſon menton, qui eſt telle que vous diriez parfaictement que ce ſoit celuy du Roy Agamemnon, qu'il a faict peindre expreſſément en ſa ſalle, auec ce beau vers d'Euripide, rapporté en ſon Hecube, quand il introduit Hector, luy parlant ainſi:

Agamemnon par ſaincte Barbe,
Vous auez vn beau menton,
Pour porter vne belle barbe.

Que vous dechiffreray-ie d'auantage ſa perſonne? Il eſt bien proportionné au demeurant du corps. Et combien que l'on luy ait voulu imputer qu'il eſtoit recutit, & auoit frequenté quelques Iuifs en Auignon: Ie vous prie n'en croire rien, il eſt trop bon Chreſtien, & s'il aime trop le ſalé, ie m'aſſeure qu'il n'y penſa iamais. Quant à ſes habits, il eſt touſiours habillé de ſoye, & a vne proprieté, que ſoit veloux, damas, ou taffetas, il ſemble touſiours que la moitié ſoit de ſatin, du moins depuis le menton iuſques ſur le ventre, & ſur le bout de ſes manches. Au reſte il ne ſe donne pas grand' peine ſi ſa ſoye eſt rompuë, car il dict que cela monſtre que ce n'eſt pas d'auiourd'huy qu'il la porte. Il faict bonne chere, il vit ioyeux, quand il a dequoy. Et pource qu'on luy a dict que les sçauans personnages si apprehensifs ne viuent gueres, & enuieillissent tost, pour se garder de cest accident, il regarde peu ou point vne belle Bibliotecque Françoise qu'il a, dont il est neantmoins fort auaricieux, parce qu'il a moyen d'estre sçauant, quand il voudra seullement regarder deux ou trois quarts d'heures en ses liures, & craindroit qu'vn autre luy desrobast sa science. Le plus grand soucy qu'il ait, c'est que le bon vin ne luy faille, & partant quand il a sa caue bien pleine, il n'a gueres soucy du lendemain. Il ne faut iamais à toutes les processions qu'on fait pour la conseruation des raisins, & ne prie point Dieu pour les foins, parce qu'il n'en mange point: que ses cheuaux en ayent soucy, s'ils veullent. Il aime naturellement les escus, pour les commoditez qui en viennent. Il aime aussi bonne compagnie, & prend tousiours à table la meilleure place. Il ne se desbauche iamais entre les repas pour parler, sinon apres auoir beu cinq ou six fois, car cela l'empesche.

roit de manger, & destourneroit sa digestion. Il parle de toutes sciences & de toutes affaires du monde, & prend plaisir de n'ennuyer les personnes de long discours : car il baille son iugement dés le premier coup. Ie poursuiurois plus outre, n'estoit qu'il a vn sien Secretaire qui dresse sa vie & actes genereux par escrit en cinq volumes, deux desquels il m'a desia communiqué : sçauoir le premier de son extraction, auec ses armes, & blason de toutes ses alliances, qui contient bien 12000. fueilles de papier, & si encores il y vient tous les iours des nouuelles à cognoissance ; & l'autre de son adolescence. Et par ce qu'il a deliberé de les faire bien tost imprimer à Anuers par Plantin, auec les figures en taille douce, burinées par l'excellent Saldaër, ie rapporteray seulement ce que i'estime estre propre à mon subject.

Vn Allemand le vint vn iour voir, & comme il ne pouuoit parler François ny Bourguignon, il luy fit vn grand discours Latin. Au bout de chasque periode duquel, le Seigneur Gaulard fort ententif, auec vn hon, de voix excitatiue, pour le faire tousiours continuer, l'entendit fort longuement, & iusques à ce que cest Allemand cogneut qu'on ne luy respondoit rien, & qu'on luy faisoit signe par derriere, qu'il reuint d'icy à vne heure, parce que monsieur estoit empesché : parquoy il print congé, & monsieur Gaulard se retournant vers sa compagnie, vn d'entre eux luy dict. Ce listre lostre à grand tort de vous entretenir si long temps, auec son Latin, car le disné se gaste. Lors comme esueillé en sursaut, le sieur Gaulard luy respondit : Pardieu vous auez grand tort vous mesmes que vous ne m'auez dict qu'il parloit Latin, car ie luy eusse respondu brauement.

Estant aduerty par quelqu'vn que le haut Doyen de Besançon estoit mort, il luy dict : Ne le croyez pas, s'il estoit ainsi, il me l'escriroit : car il m'escrit tout.

Estant audit lieu, & voyant la maison du Cardinal de Granuelle, il la trouua bien & superbement bastie à son gré. A l'occasion dequoy il dit au Concierge, Voila vne belle maison, plus semblable à celles d'Italie, que de ce pays, a elle esté faicte en ceste ville? Non Monsieur, respondit le Concierge (qui se vouloit iouër) deux hommes l'ont apportee de Florence dans vne hotte. Lors le sieur Gaulard se retournant vers sa compagnie, Pardieu ie m'en doubtois bien (dict-il:) Voyez que c'est d'vn bon esprit, qui a beaucoup veu.

Passant par Auignon, il voulut acheter des gands, & les essayant apres les auoir long temps regardez, en fin il dit: apportez vn miroir, à fin que ie voye encores mieux s'ils me sont bien faicts.

Se promenant sur le pont de la mesme ville, vn vẽt froid se vint à leuer, qui luy fit voller son chapeau par terre: dont irrité il dict, Voicy de grandes bestes en ce pays qui n'ont pas l'esprit de mettre deçà & delà de bons chassis, pour empescher le vent.

Il auoit vn iour deliberé de partir de bon matin pour aller aux champs, à raison dequoy il commanda à ses gens de se leuer de bonne heure. Et le temps luy durant trop, il en fit leuer vn sur la minuict, pour regarder par la fenestre si le iour ne venoit point: lequel luy ayant dict: Monsieur, il n'y a encor aucune apparence de iour. Alors il luy dit tout courroucé, ie ne m'esbahy pas si tu n'y vois goutte, grand sot que tu es, prens la chandelle allumee, & la mets hors de la fenestre, & tu verras s'il est iour. Il estimoit lors, comme il est à croire, qu'on ne pouuoit voir le iour sans chandelle.

Il est aussi bon que le traict rapporté entre les Epigrammes Grecs d'vn qui estant en son lict picqué des puces, disoit à icelles, I'esteindray la chandelle, à fin que vous ne me voyez plus. Le distique est tel.

Aussi heureusement traduict par vn quidam,

Pulicibus stultum mordentibus, ille lucerna
Extincta, Haud iam me conspicietis, ait.

Que i'ay ainsi rendu François.

Vn pauure sot picqué d'vn grand amas
De puces, lors pensant fuir leur pointe
Osta le iour de sa chandelle emprainte,
Disant ces mots, vous ne me voyez pas.

Estant vn iour à la Messe, il tenoit ses heures à l'enuers (ainsi que font pluſieurs femmes qui n'y cognoiſſent ny A ny B.) regardant dedans & marmotant par contenance. Dequoy s'apperceuant ſon Secretaire, luy en donna tout bas aduertiſſement de l'aureille. Dequoy indigné il dict tout haut, en preſence de pluſieurs qui eſtoient proches de luy, Mais voyez vous l'habille homme, qui dict que ie tiens mes heures à l'enuers, & ne conſidere pas que ie lis à gauche.

Il achepta vne fois vn bonnet de nuict & l'eſſayant le ſoir, il diſoit à ſon couſin le Bailly d'Aual, Que vous ſemble de mon achapt? Aquoy le Bailly dict, il ſemble trop haut. Lors il reſpondit: Vous auez raiſon, il eſtoit toutes-fois bien faict quand ie l'achetay, car i'auois alors des mules, mais maintenant ie n'en ay point.

Le Capitaine Ronge-maille le trouua de hazard ſoubs les Halles de Dole, & luy dit: Monſieur, ie ſuis tres-ioyeux de vous auoir trouué, auſſi bien auois ie deſir de vous aller faire la reuerence en voſtre logis, & diſner auec vous. Ie ſuis, dit-il, bien aiſe que m'en aduertiſſez, venez y donc hardiment, vous ne m'y trouuerez pas. Encor trouueray-ie que ceste fois là il n'eust pas trop grand tort.

Vn autre qui reuenoit d'Espagne luy dit, Monsieur, passant par ceste ville, ie n'ay voulu faillir de vous venir baiser les mains. Alors le sieur Gaulard, non encores aduerty de ceste forme de saluër, appella son seruiteur, & luy commanda d'apporter vn bassin pour lauer ses mains : puis les ayant lauées & essuyées, il dit à ce Comtois Espagnolisé : Or baisez mes mains tant qu'il vous plaira, Monsieur, elles sont maintenant nettes. N'estoit-il pas honneste d'vser d'vne telle courtoisie?

Maistre Claude Desdamé, son Medecin, le trouua vne apres-dinée qu'il dormoit dans vne chaire aupres du feu: dequoy il le reprint, luy disant qu'il n'y auoit chose pire pour sa santé, alleguant l'hemistiche de *Schola Salerni*: *Somnum fuge meridianum*. Ha! dit-il, ie m'endormois seulement pour fuir oisiueté, car il faut tousiours que ie face quelque chose.

Sur l'Automne il deuint malade, & manda son Medecin, qui luy dit qu'il failloit laisser l'vsage du vin pour quelque temps, & qu'on luy feroit vne bonne ptissane, qui luy seroit meilleure que le vin. Ce m'est tout vn (dit-il) faites ce que vous voudrez, pourueu qu'elle ait le mesme goust, car il n'y a en cela que le goust qui me fasche. Croyez encor qu'il est de si bonne nature, que si le boeuf auoit goust de perdrix, il mangeroit aussi indifferemmét de l'vn comme de l'autre.

Oyant vne grand' Dame qui se plaignoit de son coche, qui l'esbranloit & fargotoit trop rudement, il luy dit: Ma cousine, il y a bon remede, au lieu de ces gros cheuaux qui vont sec, il se faut faire tirer par des haquenees qui le feront aller l'amble.

Sa cousine Dantrcfesson luy reprochoit vn iour, qu'elle l'auoit trouué dormant la bouche ouuerte de mauuaise grace. Pour à quoy obuier & mettre ordre à l'aduenir, il commanda à son valet, de mettre vn miroër attaché à la courtine des pieds de son lict: A fin que ie voye, dit-il, d'oresnauant si i'auray bonne contenance en dormant.

Voulant vn iour applaudir au Cardinal

dinal de Granuelle, il luy dit, Monsieur, les peuples de Flandres & de ce pays seroient bien-heureux, si nostre Roy auoit demie douzaine de bonnes testes auec la vostre en son cabinet. Ne doutez pas qu'il le disoit à bon escient, & qu'il s'estimoit digne du nõbre de ceste demie douzaine de testes.

Rencontrant par les ruës le Seigneur de Boyrenet, qui se plaignoit à luy, de ce qu'il ne l'auoit daigné visiter, combiẽ qu'il fust passé fort pres d'vn sien chasteau. Ha, dit-il, mon cousin, ne le prenez de mauuaise part: car ie suis bien-heureux quand ie vous puis voir, & mesmes à present ie viens de vostre logis, aux enseignes que vous n'y estes pas, & que vous voicy.

Il luy prit vn iour fantasie de bastir vne maison à Dole, à l'exemple du sieur de Belle-fontaine. Ce que ayant entendu vn maistre masson, luy porta diuers pourtraicts, auec le liure de Cerceau. Et pource qu'il n'entendoit gueres à ces peintures ny aux plants pourtraicts en diuerses cartes, le masson luy promist de luy apporter vn modelle esleué en bois ou carton. Et enuiron huict iours apres luy en apporta vn au plus pres de la fantasie du sieur Gaulard, & luy monstrant par le menu, disoit: Voylà vostre entree, vostre salle, vostre escalier, vostre chambre, vostre garde-robbe, vostre cabinet, vostre cuisine, vostre garde-manger. A quoy il respondit à chasque mot: Ouy: voilà mon entree, mon escalier, ma salle, &c. En fin voyant vn petit pertuis noir, qui estoit peint en vn coing, il demãda: Et qu'est-ce là? Monsieur, respond le maçon, ce sont les priuez. Pardieu, dit-il, ie m'en doutois bien, il y a vn quart d'heure que ie les sentois.

Voyant vn grand tableau, dans lequel estoit depeinct Moyse auec vne grande barbe grise, comme l'on a accoustumé, tenant en ses mains les Decalogue, auec ce mot au dessus en grosses lettres, EXOD. XX. estimant que *Exod.* fut le vray nom, & que XX. fut la remarque de son aage, il dit, Vrayement voylà vn beau vieillard pour vingt ans.

Voyant au coing de sa court vn grand monceau d'ordures, il se fascha à son maistre d'hostel qu'il ne les auoit faict oster. Lors pour excuse, il luy remonstra, qu'on ne pouuoit trouuer aisément des voicturiers pour les porter hors de la ville. Hé! dit-il, vous estes bien empesché, que ne faictes vous faire vne fosse au milieu de la court pour les mettre? Mais où mettra l'on, dit le maistre d'hostel, la terre qu'on tirera de ceste fosse? Il se fascha lors à bon escient, & dit: Gros loudaut, faictes faire la fosse si grande, que tout y puisse entrer.

L'Abbé de Poupet, dernier mort, se plaignoit à luy, de ce que les taupes luy gastoient vn beau pré, & qu'il n'y pouuoit trouuer remede. Il luy dit, Comment, mon cousin, vous estes empesché en vn beau chemin, il ne le faut que faire pauer. Il auoit raison, car il eust esté de grand reuenu au partir de là.

Il luy aduint, n'y a pas long temps, vne bonne hoirie, par vertu d'vn testament d'vn sien oncle: à raison dequoy le sieur de Merdois, son bon amy, luy voulant gratifier, disoit: Or sus, Monsieur, vous estes bien-heureux, le bien vous est venu en dormant. Ma foy, respondit-il, ie le croy, & m'en doutois bien il y a long temps. Voylà pourquoy i'ay tousiours dormy iusques à sept où huict heures du matin, & dormiray encores à l'aduenir vn peu d'auãtage, pour voir s'il m'en viendra encore autant. Il est à croire qu'aussi tost cela luy aduiendroit-il en ceste façon, qu'autrement.

Quelque temps apres, comme on luy eust acheté à la foire de Grey, dix ou douze beaux cheuaux, lesquels ne firent que hannir, ruër, & mordre aussi tost qu'ils furent mis en l'estable ensemble. Il s'en fascha trois ou quatre fois, & dit en fin: Voylà grand cas, ces meschans cheuaux se tuëront tous, qu'on face trancher la teste au plus mauuais, pour seruir d'exemple aux autres. Pensez qu'il auoit leu l'histoire de Sextus Tarquinius.

Quelqu'vn voyant ses chausses qui tiroient par le bas, comme aux amoureux de Bretaigne, luy dit: Monsieur, vous auez la iambe fort grosse, & se monstre mal-faicte: Que voulez-vous, dit-il, c'est mon chaussetier qui m'habille à sa mode: mais si ie luy eusse dit, il m'eust faict la iambe aussi desliee que celle de monsieur Migrelin, car c'est luy qui le chausse. Or nottez que ce Migrelin auoit des iambes de hautes flustes reuestuës de coton pour faire la gruë.

Se plaignant vn iour d'vn logis où l'on l'auoit assez mal receu, & couché en vne chambre, dont les murailles & parois estoiét rompuës en diuers endroits, il disoit de colere, C'est la plus meschante chambre du monde, on y void le iour toute la nuict.

Le Seigneur Respectuoso Italien, luy faisant dans sa salle discours d'vn beau verger, pour monstrer qu'il y auoit grand lieu, & grande quantité d'arbres, ouurit vne grande main escarquillee, pour mieux faire la demonstration Messerrifique: & l'estendant du costé de la cheminee, le sieur Gaulard se leua sur ses pieds, & luy dit, regardant attentiuement deuers sa main: Monsieur, ostez vostre main, elle m'empesche de voir ces arbres. Il faut bien qu'il eust opinion que cest Italien, par l'efficace de sa parole eust faict entrer ces arbres en sa salle.

On luy fist feste à Paris, lors qu'il y

estoit l'an 1567. qu'on chantoit certain iour vne Messe Grecque aux Cordeliers, où il voulut assister, pour la noueauté. Mais entendant qu'on chantoit *Kyrie eleyson, Christe eleyson*, il dist à celuy qui l'auoit mené: Vous mocquez vous de moy, de m'auoir icy amené? Voyez vous pas qu'on dit *Kyrie eleison*, en Latin?

Estant en dispute combien il y auoit depuis Paris iusques à Sainct Denis, le sieur de la Faye, Principal du College de Bourgongne, qui l'auoit traicté, à cause du pays, luy dit, Il n'y a qu'vne bonne demie lieuë. Si a, dit le sieur Gaulard, ie gage cinquante escus, qu'il y en a vne entiere, il y a plus de dix ans.

Il fut vn iour bien trempé & mouillé par les chemins, & voyant qu'on le gaussoit de le voir ainsi mouillé, il dit: Vous en riez, mais ce n'est pas grand cas, c'estoit seulement vne petite pluye seiche qui est tombee sur moy enuirõ deux ou trois heures.

Il s'estoit vn iour escarmouché sur vne assez iolie garce verolee, dont il se sentoit bien-heureux, laquelle, pour le mieux attraper, luy disoit: Or sus, Monsieur, quand vous serez en vostre pays, vous ne vous souuiendrez plus de moy. Par dieu si feray, m'amie (dit-il.) Et de faict cinq ou six sepmaines apres, ayant deux poulains que luy auoit engendré ceste garce, il s'en ressouuint, & dit: C'est pour le peché, ie croy que Dieu m'a puny: car ie ne me souuenois plus d'elle, combien que ie luy eusse promis.

Comme il estoit en vne maison, il vid vn grand chandelier, & l'admirant il disoit: Voylà vn beau chandelier, il ne luy faut que la parole.

Parlant aussi d'vne honneste Damoiselle, qui luy auoit donné la collation, il souloit dire entre ses perfections qu'elle auoit le teinct du visage honneste & vertueux.

Il voulut vn iour escrire à quelqu'vn, & ayant appellé son Secretaire, il luy dit: Escriuez à vn tel, telle & telle chose. Lors son Secretaire luy dit: Mõsieur, ie n'ay point d'escritoire. Hé: c'est tout vn, dit-il, ne laissez pas d'escrire.

Il trouua vne fois frere Iean Cassepoil, qui venoit de prescher le Caresme à Salins, & luy dit: Qu'a vous presché de bon à ces iours maigres? Monsieur, dit-il, i'ay presché Genese. Voylà qui va bien, Dieu vous face la grace de les conuertir ces meschans heretiques. Notez qu'il pensoit qu'il venoit de prescher à Geneue.

Il aduint vn iour que quelqu'vn en bonne compagnie, dit, Ie vous ferois volontiers vn conte plaisant d'vn certain grand Seigneur, mais ie craindrois que cela ne luy fust rapporté: parquoy ie vous le diray, à la charge que vous me iurerez tous que vous n'en direz rié. Lors chacun desireux de sçauoir ce conte, promit de n'en rien dire à personne, & sur tous Monsieur Gaulard. En fin, le conte estant acheué, il fut trouué tres gracieux, & en fut ry à bon escient. Lors le Sieur Gaulard dit, Ie n'en diray rien, puis que ie l'ay promis, mais ie l'enuoyeray par escript au Sieur des Accords, pour mettre en ses Bigarrures.

Comme il voulut aller aux champs, enuiron à dix lieuës de sa maison, son Maistre d'hostel luy disoit: Hastons nous, Monsieur, il est plus de sept heures à ma monstre: Ha, dit-il, vous me me pressez estrangement, ne sçauriez vous retarder vostre monstre d'vne heure, à fin que nous ayons assez de temps?

Oyant parler de Postel, qui passa par la Franche-Comté à son retour de Turquie, qui racontoit infinis beaux discours de ce qu'il auoit veu en ses peregrinations, & entendant dire que plusieurs le traictoient, & luy faisoient bonne chere: Vrayement, dict-il, si le veux ie traicter comme les autres, & luy donner à soupper vn de ces matins.

A propos du matin, on l'auoit vn iour prié dés le grand matin à disner: comme il veid que dix heures estoient passées, il dict à son frere, Allons disner, il est temps. Lors son frere luy dit, Vous ferez mal, il faut tenir vostre reputation, attendez que l'on vous r'enuoye querir. A quoy derechef impatient de si longue demeure, il cria à son seruiteur. Hola, ho, Pierre, allez vous en chez Monsieur d'Aupareil, & luy dictes que ie le prie qu'il me mande querir à disner, car dix heures sont sonnees.

Ayant veu le tombeau qu'auoit fait faire auant son deceds la Dame de Poitrommirade, auquel elle s'estoit fait engrauer auec vn manteau fourré sur ses espaulles, la trouuant tost apres, luy dit: Madame ma tante, i'ay veu vostre belle tombe, où le masson n'a pas oublié d'y mettre vostre beau manteau fourré de hermines. Lors sa tante digne du neueu, luy dict : Vous vous trompez mon neueu, voulez vous faire gageure qu'il est fourré de loup ceruier. Vrayement, respondit-il, ie parleray au masson, & y regarderay de plus pres, auant que de gaiger contre vous.

On luy rapporta vn iour qu'on auoit chanté les Psalmes à Dole, dont irrité, il dit : c'est vne grande honte que la iustice n'y met ordre. Ne voit on pas que de maux ont apporté ces Psalmes de Dauid en la France, qui est de nostre voisinance? Ie suis d'aduis que l'on les deffende, & qu'il soit dict qu'on ne parlera de Dieu, ny en bien, ny en mal, par tout ce pays, & qu'on en face vn bel arrest. Ce qu'aucuns depuis ont voulu dire auoir esté faict : mais encor qu'il soit vray, ie n'en croy rien.

Allant par les champs dans vn coche, deux de ses cheuaux se vindrent à deferrer, tellement qu'on fut contraint au premier village les desateler, pour faire referrer. Pendant quoy, monsieur Gaulard, de peur d'vser ses souliers, comme ie croy, se tenoit tousiours dans le coche. En fin, le temps luy durant trop, il appella son cocher, & luy dit: Sus, sus, depeschons nous d'aller. Lors son cocher luy respond: Il faut attendre Monsieur, que les cheuaux soient ferrez. Et point point, dit-il, allons tousiours deuant, les cheuaux viendrõt bien apres.

Vne autrefois, estant arriué à Grey, son coche se vint à rompre en deux ou trois endroicts. Dequoy extremement fasché, parce qu'il deuoit aller en quelque lieu en diligence: en fin il s'aduisa d'escrire à Monsieur de Lampas, son Cousin, qui demeuroit à deux lieuës de là, & le prioit bien fort de l'accommoder de son coche pour deux ou trois iours. Cela faict, il cachette sa lettre, & estoit prest à l'enuoyer par son laquais, quand son cocher luy vint dire que son coche estoit fort bien r'habillé, & qu'il n'en failloit jà emprunter. Alors le Sieur Gaulard deschira ceste lettre, & se fist apporter de nouueau vne plume & de l'ancre, & escriuit à son cousin vne autre lettre, par laquelle il le remercioit bien fort de l'amitié qu'il luy vouloit faire, de luy enuoyer son coche, qu'il n'en estoit plus de besoing, & que le sien estoit r'acommodé : & depescha son laquais, qui porta ceste derniere lettre au Sieur de Lampas, qui le vint trouuer le lendemain expres à dix lieuës de là, pour sçauoir qu'il vouloit dire. Lors il luy dit, Mon cousin, i'estois en peine, pource que ie vous auois escrit, qu'il vous pleust m'accommoder de vostre coche, & sçachant la bonne affection que vous me portez, ie me suis bien doubté, que dés que i'aurois escrit, vous le m'enuoiriez. Et par ainsi ie vous ay escrit la derniere fois, à fin que vous ne m'enuoiyssiez pas vostre coche, puis que le mien estoit refaict.

Comme il entendit vn iour dire qu'il y auoit des poires qui pesoient quatre & cinq liures: Allez, dict-il, vous vous mocquez, ou bien c'estoient quatre ou cinq liures de plume.

Il demandoit vn ſoir à ſon Secretaire, quelle heure il eſtoit, lequel dict: Ie ne ſçay: Monſieur, & ne le puis voir en mon quadran, parce que le Soleil eſt couché. Et bien, repliqua-il, n'y ſçauriez vous regarder à la chandelle?

Il monſtroit à vn ſien amy la figure d'vne ſienne maiſon, peincte en perſpectiue: & diſoit, Voyez, n'ay-ie pas là vne belle maiſon, il y a toutes les commoditez que vous ſçauriez ſouhaitter, & ſur tout vne tres-belle fontaine, mais parce qu'elle n'eſtoit pas peincte, à cauſe qu'elle eſtoit hors de la veuë, derriere vn corps de logis: repreſenté en la perſpectiue, il la cherchoit. En fin ſon couſin luy dict: Elle eſt paraduenture derriere l'vn de ces deux corps de logis: Pardieu, dit-il, il peut bien eſtre, voyons voir: & ce diſant il tourna le papier à l'enuers, mais il fut tout eſtonné qu'il n'y auoit rien: parquoy il dict, Le peintre eſt vn grand ſot, qui n'a pas fait veoir ma fontaine.

Voyant vn iour ſon mallier fort chargé d'vne groſſe vallize, il diſoit à ſon vallet, qui eſtoit monté ſur iceluy: Tu n'as point pitié de ceste pauure beste, ne sçaurois-tu charger vn peu ceste valize sur tes espaules, pour descharger ce cheual?

Il fit bretauder l'vn de ses cheuaux, puis ayāt ouy dire que le sieur d'Engouleuent se plaignoit d'vn courtaut bretaudé, qu'on luy auoit desrobé n'agueres, & qu'il menaçoit de rompre bras & iambes au larron. Hé! mon amy, dit-il au Mareschal, qu'il manda expressémēt, sçauez vous qu'il y a, remettez vn peu la queuë & les aureilles à mon cheual, à fin que Monsieur d'Engouleuent ne pense pas que ce soit le sien.

Ainsi que l'on portoit en terre vn certain, il demanda: Qui est cela? & sur la response qu'on luy fit, que c'estoit le sieur de Chinfransa: Helas! il est mort, dit-il. Puis vn peu apres, il dit: Vrayement c'est dommage, il est mon compere: ie prie Dieu qu'il luy doint bonne vie & longue.

Comme il vid vn Gentil-homme qui regardoit dans vn quadran l'heure au Soleil, & disoit qu'il n'estoit que deux heures: Point, point, dit-il, le Soleil va donc mal, car ma monstre, qui ne faut iamais, en marque trois & demie.

Il fut vn iour d'Esté souper chez vn voluptueux, qui luy fit mettre de la glace en son vin, & ayant desir de faire gouster à vn sien amy de ceste sensualité, car pour son regard il aimoit mieux boire pur vn peu chaud, & sans glace, il serra vn morceau de ceste glace, en sa pochette: puis le soupper estant venu il dit au sieur de Codey son cousin, ie vous veux faire boire fraiz: mais ayant mis la main en sa poche, il trouua seulement son mouchoir tout moüillé de la glace fonduë: parquoy estimãt que fonduë elle auroit mesme efficace qu'autrement, il pressa son mouchoir entre ses mains, & l'alla degoutter dans le verre de son cousin.

Voyant vn tableau que faisoit vn peintre, où il representoit en vn païsage le sieur Maldey auec sa femme, il luy dit: Ie vous prie, peignez moy dãs ce tableau en quelque coing, qu'on ne me voye point, à fin que i'entende ce que diront ces beaux promeneurs.

Il rencontra vn iour le sieur Grossepoux, duquel s'enquerant où il auoit ſouppé le iour precedent: Monſieur, dit-il, i'ay ſouppé auec Monſieur d'Aupareil voſtre couſin, qui nous a faict treſbonne chere, & outre cela ſur le deſſert nous a donné d'vn bon & ſauoureux Epigramme. Dont aduint que le ſoir meſme, ſe trouuant vn peu degouſté, il ſe faſcha aigrement, & manda ſon cuiſinier, auquel il reprocha que c'eſtoit vn lourdaut, vn ſot, qui ne ſçauoit que l'ordinaire des vulgaires cuiſiniers, & que iamais n'auoit eu l'eſprit de le ſeruir d'vn Epigramme.

Il entendit vn iour dire, que ſon voiſin le Codey vouloit obtenir certaines lettres de recreance: Hé, dit-il, ne ſe ſçauroit-il recréer ſans cela?

Vn autresfois il demandoit à vn ieune homme, qui luy eſtoit allé faire la reuerence, qui eſtoit le plus aagé de ſon frere aiſné ou de luy.

Il auoit vn ieune fils, de l'eſprit duquel il faiſoit grand cas, par ce que voyant des baſteaux, demandoit s'ils auoient des pieds: & voyant d'autres petits baſteaux, demandoit auſſi ſi c'eſtoient les enfans des grands.

Il recitoit encor, que ſes enfans luy

faisoient ces plaisants interrogats, si S. Cloud estoit de fer, & si S. Leger estoit de plume, &c.

Il auoit vne cousine qui auoit espousé le Seigneur de Groignade, laquelle voyant son mary en colere contre vn sien voisin, auquel il disoit : Au Diable soient tant de cocus, ie voudrois qu'ils fussent tous en la riuiere : Elle luy dict, Sçauez vous bien nager, mon amy?

Or il vid plusieurs personnages à la Cour, mesmement de ceux de longue robbe, qui auoient en leurs chambres de petites cloches, lesquelles ils sonnoient pour appeller leurs seruiteurs, quand ils en auoient affaire : & s'estant apperceu qu'au son de ceste cloche, aussi tost ils ne failloient de venir vers leurs maistres, il luy print fantasie d'en auoir vne. Et si tost qu'il fut en sa chambre, où il luy tardoit jà qu'il n'estoit arriué pour en faire l'experience, il se mit à sonner ceste cloche : mais voyant que pas vn de ses seruiteurs n'approchoit, il se persuada que ses gens ne pouuoient entendre le son. Et pour l'experimenter il sonna sa cloche pres sa table, puis estãt couru à sa porte (car notez qu'il pensoit courir aussi viste que le son de sa cloche) & n'entendant rien pres d'icelle, il dict que ses gens auoient raison de ne pas estre venus vers luy, & qu'il falloit bien que ceux qui auoient des cloches, eussent quelque recepte pour faire deualler le son en bas.

Proche la cuisine des Cordeliers de Dole, où il y auoit du bœuf & du mouton, & des naueaux qui cuisoient au pot, se promenant auec des hommes de lettres, l'vn dict: Voicy vn fascheux temps, l'air est tout corrõpu de mauuais broüillards, le sentez vous point? Ouy, dict le Sieur Gaulard, Vrayement il sent les raues: Car notez qu'en son pays raues sont naueaux. Or sus, n'auoit-il pas raison?

Il eut vn iour procez contre vn Marchand qui auoit haussé le gantelet, & allongé les SS. de son liure de raison: quãd il vid que l'Aduocat de son marchant disoit que les liures de Raison deuoient faire foy, alleguant à ce propos Bart. & Iason *ind. admonendi*, *ff. de iureiur.* *&c.* Guido Pape. qu. 441. Il n'eut pas la patience que son Aduocat respondist à cela, mais luy-mesme dit: Monsieur le Iuge, croyez que Bertole & Iason & Guido Pape, sont de faux tesmoins, s'ils en ont desposé: car ie suis asseuré qu'ils n'y estoient pas, & s'ils y eussent esté, ils ne diroient pas que i'en eusse pris d'auantage que i'en ay cõfessé.

L'Abbé de saincte Marie le pria vn iour de l'aller voir en son Abbaye, & qu'il luy feroit bonne chere, & le tiendroit long temps, s'il auoit cest heur de l'y voir. Escoutez, dit-il, mon cousin, ie vous iray voir, mais ie ne veux pas demeurer d'auantage que quinze ou dixhuict iours, au plus. Au reste, ne vous donnez pas peine de me traicter de beaucoup de viandes, mais que i'aye vn bon leuraut, vne bonne perdrix, vn coq d'Inde auec la piece de bœuf tremblante à chasque repas: autant de cela, que de toutes les viandes du monde. Lors vn bon Religieux, qui estoit derriere luy, dit: Par sainct Bernard si vous y venez, on vous mettra la peinture du Lazare en vostre chambre, & vous y trouuerez escrit, *Triduanus est, iam fœtet.* Et bien bien, dict-il, si ie n'ay affaire autre part pour trois sepmaines, passe.

Ie croy qu'il interpretoit *Triduanus*, pour ces trois sepmaines.

Comme il se fust longuement promené auec vne Dame, estant de retour, on luy dict: Et bien, Monsieur, quels bons propos auez vous eu auec vne telle? Ie n'auois garde de luy rien dire, dit-il, car elle m'a mené sans dire mot.

Il vid en vne chappelle vn tableau du Trespassement nostre Dame, excellemment pourtraict, auquel il y auoit vn des Apostres qui tenoit vn cierge allumé, dont le feu estoit fort bien representé, lors il demanda à ceux qui l'accompaignoient, ce cierge là esclaire il aussi bien de nuict que de iour?

Quelqu'vn deuisant auec luy de son aage, vne certaine Damoiselle luy dict, qu'il auoit plus de trentecinq ans. Il s'en faut plus d'vn an, dict-il, à cause qu'il faut retrancher les dix iours, selon le nouueau Calendrier.

Estant à Dole, ainsi qu'il vouloit sortir de sa maison, on luy vint dire par grãde admiration, que le Doux estoit fort desbordé. Lors il appella son valet, & luy cria qu'il apportast son manteau, de peur d'estre moüillé.

Comme il eut regardé longuement la pourtraicture du Sieur de Lardoche, son bon amy, & que chacun la trouuoit tresbien faite, dont ledit Sieur de Lardoche tout fier d'estre si bien representé, luy dit. Et bien, que vous en semble? Mon cousin, dit-il, ie ne sçay pourquoy on la trouue si bien faite: mais ie ne trouue pas qu'elle vous ressemble si bien, que vous vous ressemblez vous mesme.

Se chauffant pres d'vne Damoiselle, qui prenoit grand plaisir à deuiser, & cependant brusloit toute la queuë de sa robbe: quand il vid qu'elle se reculloit, & s'en prenoit garde, il luy dit: Ie voyois bien brusler vostre robbe, il y a vn quart d'heure, mais ie ne vous l'osois dire, de peur de vous destourner de paracheuer vostre compte.

Vne autrefois à desieuner comme il mangeoit d'vne poulle d'Inde froide, où il prenoit grand appetit, & beuuoit d'autant, voyant apporter vn iambon: Attendez vn peu, dit-il, ce sera pour quand ie seray saoul de boire.

Comme il vid que son cousin, le Sieur de Gratequiouil, ayant basty à neuf sa maison, faisoit rompre des fenestres & des portes, & les changer ailleurs, il luy dit: Vous n'auiez gueres à faire, que vous ne pensiez bien à vostre cas(quand vous auez voulu bastir. Certainement, respondit son cousin, i'ay fait ce que i'ay peu: mais notez qu'il y a tousiours quelque chose à redire aux bastimens quand ils sont faits. Et bien, respondit-il, i'y mettray bon ordre: car ie ne veux bastir que les quatre murailles, & puis quand elles seront faites, ie les feray percer à mon plaisir, & prendray à l'aise mes commoditez. Et de fait, c'est chose certaine qu'vn sien parent qui estoit present à ce discours, a basty au Comté de Bourgongne vne maison de ceste sorte, y a dixhuict ans: sans qu'il ait peut aduiser encores iusques à present, où il doit poser les portes, fenestres & cheminees.

Comme son chastelain de Quanquelipoitrier luy eust dit: Asseurez vous, Monsieur, que nous aurons bien de la pluye, car le Coq de la grand' Eglise est tourné deuers le mauuais vent. Et s'il estoit tourné d'autre costé, que seroit-ce, dit le Sieur Gaulard? Ce seroit ſigne de beau temps, reſpondit le chaſtelain. Deux ou trois iours apres ſe reſouuenant du dire de ſon chaſtelain, il enuoya attacher le coq du coſté de la Bize, & interrogé pourquoy il faiſoit cela : C'eſt pour cinq ou ſix iours ſeulement, dit-il, que ie veux auoir du beau temps pour aller aux champs.

Comme il vid vne carte topographicque du ſiege de la Rochelle, en laquelle du coſté du bouleuard de l'Euangile, il voyoit peints beaucoup de ſoldats dans la ville, & voyoit auſſi l'armee du Roy de ceſt endroit là. Et au contraire du coſté de la mer, il ne voyoit point que le peintre euſt repreſenté aucuns ſoldats, il va dire : Ie ne ſçay à quoy penſoient nos gens, que cepēdant qu'il n'y auoit perſonne en tel endroit, ils n'alloient ſurprendre la ville, on l'euſt priſe ſans difficulté.

Ayant vn iour ouy parler de l'Angleterre, & leu comme en icelle il n'y a aucuns loups : Vrayement, dit-il, i'en y veux mener vne douzaine pour en peupler le pays. Et quelqu'vn luy ayāt remōſtré qu'il y auoit bien loing d'icy là ; & qu'en outre il luy faudroit paſſer la mer, ſur laquelle il n'auoit iamais nauigé: il commanda à ſon Secretaire de luy apporter vne Carte Gallicane, puis l'ayant regardee attentiuement, il dit, Qu'eſt-ce que vous dites? vne mer? ie ne voy la qu'vn peu d'eau, qui n'eſt ſi grande que la Saone: Et ſuis eſtonné comme le Roy ne fait faire vn beau pont, pour paſſer d'vn des pays à l'autre. Vous pouuez penſer qu'il meſuroit la peincture de la mer, comme la mer meſme: & que s'il euſt veu vne Mappemonde, il euſt bien aiſément penſé circuir la terre en vn iour.

Il fut vn iour logé en certaine hoſtellerie, où il diſoit qu'il y auoit tant de puces & de punaiſes, qu'il auoit eſté contraint de coucher debout toute la nuict.

Proche d'vn autre logis, où il eſtoit logé à Beſançon, y auoit vne belle fontaine, où dés le grand matin les femmes du voiſinage venoient prendre de l'eau pour leur commodité: & menerent tel bruit, pendant que le Sieur Gaulard y eſtoit, qui deſiroit dormir la groſſe matinee, qu'il fut contraint s'en reſueiller à ſon grand regret: dont tout irrité, Il disoit à son hoste, Voylà vne grand honte, comment ne faictes vous sortir ceste fonteine de la roche haute, qui est là dessus, pour la faire aller en ceste autre ruë? A quoy l'hoste luy respondit: Il seroit impossible, Monsieur: car elle sort de ce roch:& croyez que si ie sçauois quelque inuention, ie le ferois tres volôtiers. Ne tient-il qu'à cela? Espiez, dit-il seulement la nuict, & quand il n'y aura personne, faictes y mettre le feu, il n'en sera plus de memoire.

Quand il fut à Paris, passant par les ruës: il disoit: Chacun me disoit que ie verrois vne si grande & belle ville mais on se mocquoit bien de moy: car on ne la peut voir, a cause de la multitude des maisons qui empeschent la veuë.

Oyant racompter a vn Courtisan Espagnol, que courant la poste, son cheual s'estoit rompu la iambe en chemin, de sorte qu'il fut contraint de le laisser la. Vous fustes bien mal-aduisé, dit-il, que vous ne luy fistes faire vne iambe de bois: Car le sieur Piquaueine eust bien la iambe rompuë, & en fit faire vne de bois, auec laquelle il couroit aussi bien la poste, que Gentil-homme de nostre pays.

Vn autre-fois parlant d'vn sien beau courtaut, qui s'estoit rompu le col à la descente d'vne roche, il dit, Vrayement c'estoit vn des beaux & bons courtaux de nostre pays, il ne m'auoit iamais faict vn tel tour en sa vie.

Apres qu'il eut longuement sollicité vn proces au Parlement de Dijon, & desirãt aller à Lyon, on luy dit qu'il y pourroit aller aisément par eau, hors mis depuis Dijon à S. Iean de Loosne, où il y auoit cinq lieuës. Encor si ie voulois, dit-il, i'y irois bien à bateaux: car ce seroit à faire à les amener icy sur charrettes, & puis monter dessus depuis les portes de la ville pour aller iusques là.

Vn soir sortant d'vn festin à la desrobbee, pour aller à l'esbat, il se va heurter sans y penser, contre vn pilier, si rudement qu'il cuida tomber à la renuerse, dont son laquais estonné, commença à crier à l'ayde: au cry duquel suruindrent plusieurs, En fin il fit diligemment chercher qui luy auoit faict cest outrage, & ne pouuant soupçonner qui c'estoit, fors ce pilier, il dit: Bien luy en prend de ce qu'il est pilier, car sans cela ie luy eusse cruellement tranché la teste.

Oyant louër vn Espagnol en l'assemblee des Estats du Comté de Bourgongne, qui leur auoit apporté lettres de sa Maiesté Catholique, se resouuenant que l'an passé on en auoit loué vn des mesmes louanges, il dit, Est-ce point celuy de l'an passé, qui fut tué il y a enuiron six mois aux portes de Grey, par vn soldat qui ne le cognoissoit pas?

Voyant qu'on auoit laissé tenir l'espace d'vn hyuer, son effigie, en vne galerie, il s'en fascha bien fort: par ce, disoit-il, que quand ie retourneray à Dole, & qu'on me verra ainsi gasté on ne me recognoistra plus. Pensez qu'il estimoit que son visage se gastoit à proportion de son tableau.

Ayant ouy dire qu'en France on auoit fait des Edicts sur le fait des habits, & qu'il estoit defendu de porter soye sur soye: voyant vn sien cousin du Duché de Bourgongne (car il y a des parens, aussi bien qu'ailleurs) lequel portoit vn pourpoint de veloux auec boutons d'or, il luy dit: Et comment? vous contreuenez aux Edicts de vostre pays: car de porter des boutons d'or sur du veloux, n'est-ce pas soye sur soye?

Voyant en vn sien iardin vne allee raboteuse, & au milieu de laquelle il y auoit vne place releuee d'enuiron deux pieds, il disoit à son iardinier, Vous auez tort que pour faire esgale ceste allee, vous n'auez haussé par tout le iardin comme ce petit lieu releué. Son cousin qui estoit aupres de luy, dit: Cela cousteroit trop, il ne faut que faire faire deux ou trois beaux degrez en ceste place là, & l'allee sera toute vnie.

Il eut vne fois vn laquais d'Auuergne, qui luy auoit desrobbé dix ou douze escus, & auoit pris l'escampe: dont irrité, il dit, que c'estoit vn mauuais pays: & qu'il ne vouloit rien qui vint de là. Tellement qu'il cõmanda que par despit d'vn tel acte, on chassast tout ce qui seroit d'Auuergne, en sa maison, & mesme son mulet. Et que pour luy faire plus de honte, on luy ostast sa bride, sa selle, & les quatre fers: & mesmes voulut, qu'on chassast des fromages d'Auuergne qu'il auoit faict venir, pour trouuer le vin meilleur.

Voyant vn ieune obereau, qu'on diſoit auoir la teſte legere, lequel portoit aux oreilles de petits pendans de perles, il dit: Vrayement ie ne m'esbahis pas s'il a la teſte legere auec ces petits pendans là: Si i'eſtois de ſes parens, ie luy en ferois porter de plomb, qui peſeroient chacun cinq ou ſix liures, & ie m'aſſeure que la teſte luy deuiendroit fort peſante.

Allans par pays, ſon homme voulant gaigner le beau chemin, trauerſa vn chemin ſemé de pois. A raiſon dequoy, le Sieur Gaulard ſe mit à crier à gorge deſployee, contre ſon homme, & luy diſoit: Comment beliſtre, veux-tu bruſler les iambes de mes cheuaux? ne ſçais tu pas bien que mangeant des poix il y a ſix ſemaines, ils eſtoient ſi chauds, qu'ils me bruſlerent toute la bouche. Et bien n'auoit-il pas raiſon?

Comme on luy faiſoit vn iour le diſcours d'vne tres-belle cheminee qui eſt à Meudon, dans laquelle y a vn marbre ſi poly, qu'en ſe chauffant on peut voir dans iceluy, comme en vn miroër, la ville de Paris preſque auſſi bien que par la feneſtre oppoſite, qui a ſon regard ſur icelle ville, il demãda: Et quoy?

le marbre & la muraille de ceste cheminee ne sont ils pas plus espais que duverre, pour voir à trauers ceste belle ville?

Comme il couppoit du fromage, il se coupa par mesme moyen le doigt: dont sa cousine faschee: luy dit: Vrayement vous estes bien lourdaut, de vous estre ainsi couppé. Pardieu dit-il, en colere vous auez tort de m'accuser: car c'est le fromage qui est ainsi lourdaut, & nõ pas moy.

S'estant vne autresfois couppé, il dit, Le Diable y ait part, on m'auoit bien dit que ce cousteau couppoit tout ce qu'il voyoit.

Estant prié à soupper auec le sieur de Picantan, son cousin, chez vn sien amy qui leur donna d'vn leuraut, du mouton & d'vn chappon: Quand on presenta de ce leuraut au sieur de Picantan, il dict: Ie vous remercie, pardonnez moy ie ne mange point de volailles, sinon des cochons & des oisons.

Il fut à Dijon expressément pour se faire peindre par le gentil Flament Nicolas Hoey, & luy dict: Peignez moy auec vne belle contenance, & me faites lire tout haut dans vn liure que i'auray en main.

Ayant acheptė des liures à Lyon, il disoit à quelqu'vn, I'ay acheptė seulemẽt de vingt ou trente escus de liures, mais le Libraire m'a iuré que c'estoit pour riẽ, tellement que ie n'en ay desbourcé vn liard.

Comme il ouyt racompter à quelqu'vn que la sueür du corps d'Alexandre le Grand sentoit vne odeur bonne & suaue: Pardieu, dit-il, ie luy ressemble: car ie me suis apperçeu, que quand i'ay nettoyé mes aureilles du bout de ma plume, & que sans y penser, ie le mets apres dans ma bouche, il sent vn goust de musc. I'ay aussi dit-il ceste proprieté que quand ie pisse quelquesfois, mon vrine sent la violette de Mars. Dequoy vne Damoiselle, qui auoit autrefois ouy dire que ceux qui ont mangé de la terebenthine, pour se guerir de la chaude-pisse, sentent ainsi leur vrine, s'en soubs-rit doucement. Dont irrité, la regardant il luy dit, Escoutez, ne pensez pas que ie me mocque: & si vous ne le voulés croire, venez y taster vous mesme. Il n'estoit pas besoin d'y aller voir de si pres, puis qu'il en iuroit.

Apres s'estre promené vne grande demye lieuë auec des mules, on le voulut poursuiure de passer plus outre, mais il dit: Ma foy ie ne sçaurois: mes mules sont trop lasses. Pensez que s'il eust pris d'autres mules neufues, il fust allé encor vne fois aussi loin.

Il voulut presenter vn placet au Roy des Espagnes, & pour obtenir ce qu'il demandoit, il exposa que luy & tous ses predecesseurs estoient morts à la guerre pour son seruice. Or voyez si on luy deuoit rien refuser, en faisant apparoir d'vn si grand miracle.

Comme il entendit vne fois dire que le Capitaine Racquedenarre estoit borgne, à cause d'vn rheume qui luy estoit tombé du costé dextre. Et quoy, dit-il, est-il borgne des deux yeux? Il demandoit bië autresfois, si vn aueugle voyoit d'vn œil: Mais quand vous sçaurez ses raisons, peut estre trouuerez vous qu'il auoit droict.

Voyant vn tableau, dans lequel on auoit representé l'armee du Roy Catholique contre les Flamens, qui estoit peinte de couleurs, il dit en remarquant vn cheual peinct de blanc: Voyez vous

ce

ce cheual là, c'est mon cousin de Siron, qui estoit en l'armée.

Il auoit vne espée, de laquelle voulant faire vn present au Seigneur de Taillebras, il luy dict pour la louër : Ie vous la donne comme tresbonne, car elle est de fin acier de serge de Florence.

Entendant vn iour vn docte Philosophe, qui discouroit de la mort, & cõme elle n'estoit pas à craindre, & que le coup d'icelle passé, les morts ne sentoiēt plus aucun tourment, il dict : Et comment, ne sentent-ils pas les puces ? Lors ayant le Philosophe repliqué que non: Vrayement ie croy donc, que quelquesfois il faict bon estre mort. Il auoit raison: car on se trouue si bien quand on est mort, qu'on ne voudroit iamais faire autre chose.

Vn passant qui luy demandoit quelque piece d'argent, fut par luy interrogé qu'il sçauoit faire. Et ayant respondu, qu'il auoit seruy vn des meilleurs organistes du monde, & qu'il souffloit ordinairement és orgues. Vrayement, dit il, vous soyez le bien venu. Et le Dimãche suyuant, il le mena souffler en vne Eglise, & voyant que les orgues ne disoient ne disoient mot, il se fascha, & dit: Et comment, ces orgues ne veulent-elles point sonner pour les souffler? Il faudroit, luy dit ce pauure hõme, que quelqu'vn iouast des doigts. A quoy il respõdit. Et quand tu as soufflé, ne sçaurois-tu aller iouër des doigts?

Comme il auoit caché durãt les troubles enuiron mil deux cens escus dans vn iardin, deux mois apres il les fit chercher: & pource qu'on ne les peut trouuer, à cause qu'vn sien frere les auoit emportez, il disoit: Il faut bien que mes escus y soient encor, puis qu'on ne les trouue pas, Mais peut estre aussi que ie suis bien fin: car ie les ay si bien cachez, que ie ne les sçaurois trouuer moy-mesme.

Vne autre fois il cacha par les champs sa bourse au millieu d'vne terre, de la crainte qu'il eut de ce qu'on luy auoit dit que plusieurs soldats venoient apres luy. Et pour remarquer le lieu, auoit consideré qu'il estoit vis à vis du clocher de l'Eglise d'vn village. Quelque temps apres, cuidant retrouuer son argent, il s'achemina pres le lieu où il pensoit les auoir mis. Et pource que de tous costez, tournoyant alentour du village, il voyoit ce clocher à droicte ligne, il dit : Voila grand cas, ie croy que ce clocher me trompe de se presenter ainsi deuant moy : ou quelque mauuais garçon le fait ainsi aller pour me tromper, afin d'aller prendre mon argent, quand ie n'y seray pas.

Il eut vn procez qui auoit bien duré vingt ans, & se voyant malade, craignant de n'en veoir l'issue durant sa vie, il ordonna par son testament, que s'il estoit iugé apres sa mort, il vouloit que la sentence luy fust prononcee en l'autre monde.

Il fit vne autre fois gageure de dix escus, sur certaine question, & fit iurer celuy contre lequel il gageoit, & iura aussi qu'il payeroit, s'il perdoit. En ayant perdu, il ne voulut pas payer, & dit qu'il auoit iuré en intention de gaigner, & non de perdre. Finalement, quelqu'vn luy ayant remonstré qu'il encouroit pariurement : Ie m'en soucie bien, dit-il, i'ayme mieux dix escus que mon serment : & puis c'est à faire vingt escus pour plaider, & m'en faire releuer, comme m'a dit le Procureur Barat.

Oyant dire qu'vn Receueur à cause de la fertilité de l'année, se vouloit pendre à vn licol, qu'il auoit desrobé à vn pauure homme, dōt vn sien voisin l'empecha : & ne laissa toutesfois de se pendre à vn autre qu'il achepta à son grand regret, il dict : Vrayemēt vous auez tort, que vous ne l'auez laissé pēdre sans qu'il luy en coustast rien, il en fust mort plus à l'aise.

Ayant ouy dire que les Sergens tourmentoient les gens de village, & leur faisoient mille maux : Ce sont de grands fols, dit-il, qu'ils n'en escorchent vn tout vif, comme fit mon voisin, qui pour chasser les rats de sa maison, en a faict escorcher vn en ceste façon, & puis l'a laissé aller, de sorte qu'il a faict enfuir tous les autres.

Il achepta vne fois vn diamant faux fort grossement faict. Quoy voyant vn sien amy, luy dict : Vous n'auez gueres à faire de porter ceste bisse. Comment dict il, bisse? Pardieu il ne sçauroit faillir d'estre bon : car il me couste cent cinquante escus.

Oyant parler à tous coups de Virgile

Ciceron, & autres, dont il publioit les louanges par tout. Et bien, dict-il, afin qu'on parle de moy, ie veux que d'oresnauant on m'appelle Virgile.

Il disoit vn iour qu'il auoit achepté cinq ou six oiseaux, pour faire vne bonne musique à bõ marché. Car il en auoit acheté vn bien appris, qui les apprendroit tous.

Il ouyt dire à quelqu'vn parlant par hyperbole, qu'vn Prieur qu'il cognoissoit estoit si grand menteur, que quand il parloit, la verité mesme deuenoit mẽsonge par sa bouche. Il luy faudroit dõc, dict il, deffendre de se faire Prestre, ny de dire l'Euangile, & en aduertir son Euesque.

Il fut vne fois extremement foullé & poussé en vne presse de gens, mais il dit, qu'il ne l'auoit pas senty, pource qu'il estoit enrumé.

Estant en Esté dans vn beau iardin auquel il voyoit des allées d'Orengers & Citronniers fort excellents, oyant louër la beauté de ces allées, il fut si esmeu d'vn desir d'en auoir de semblables en son iardin, qui est d'ailleurs assez beau, que sur le champ il fit escrire par son secretaire au Concierge ou Receueur de sa maison, qu'incontinent sa lettre veuë on ne faillist de luy dresser des allees en son iardin, qui fussent plantees d'Orengers, & de Citronniers, & qu'elles fussent prestes dans trois mois : qui estoit le temps que le Cardinal de Granuelle deuoit passer par sa maison.

Au retour de voir vne Dame de son pays qui estoit au lict malade d'vne febure, il vint soupper chez son cousin de Codey, auec bonne compagnie de Dames, Damoyselles & Gentils hommes, où plusieurs estoient en peine de son indisposition. Et comme quelqu'vn s'en cherchoit particulierement de Mōsieur Gaulard, qui l'auoit le dernier visitee, que c'est qu'elle auoit, il respondit : Ie vous asseure qu'elle auoit des brassieres de satin blanc, car iay ay bien pris garde.

Il se mit vne fois à l'estrier droict d'vn carrosse, pour aller par la ville : & se remit au mesme estrier à son retour. Dont luy aduint vue opinion certaine, voyant que les maisons qu'il auoit veu deuant ses yeux en allant, estoient derriere en reuenant ; & celles de derriere, deuant ses yeux : qu'elles auoient changé de lieu, & mesmes que la maison de laquelle il estoit party, n'estoit pas du mesme costé que lors qu'il auoit monté dans le coche ou carosse. Il croiroit aisément, quand de dessus l'eau on arriue à terre, que la terre & les montaignes s'approchent, & que le vaisseau ne bouge.

Il ouyt dire il y a fort peu de temps, que l'on vouloit enfermer le faulxbourg de sainct Germain des Prez, dans la ville de Paris : dont il loua fort l'entreprinse, principallement parce que les Gentils-hommes & Dames estrangeres, qui y logent plus volontiers qu'en autre quartier, ainsi qu'il auoit cogneu y estant, en receuroient fort grande commodité, d'autant qu'ils seroient d'oresnauant logez plus pres de toutes commoditez, comme du Louure, du Palais, des Halles, & autres lieux où ils pourroient auoir affaire estans logez dans la ville.

Il se voulut hazarder d'escrire à vne grande Princesse, portant ce nom d'Infante, & estoit en grand soucy (d'autant qu'il falloit à la fin de la lettre luy baiser les mains en toute humilité, ou treshumblement, lequel vous voudrez) comment il pourroit mettre, parce que l'on baise les mains de l'Alteze ou de l'Excellence, il pensa que c'estoit bien elegammẽt parlé de baiser les mains de son infanterie, & se creut.

Estant Gẽtil-homme qui a bien voyagé, & en parole veritable, il asseure ceux qui n'y ont pas esté, qu'en Italie les petits enfans de quatre & cinq ans parlent langage Italien tout courant, & l'a faict croire à beaucoup sans y aller voir.

Lors que la guerre estoit en Flandres, & que le Roy son maistre auoit besoin de prompt secours, il ouyt dire que peu à peu se perdoiẽt des places, & que tout le pays se pourroit perdre en fin, si les quatre mil Reistres en-arrez en Allemaigne n'alloient promptement les secourir, & que l'on tardoit trop à les faire venir, mesme qu'ils seroient long temps par les chemins, auant que d'arriuer au pays. Il se mit en fort grand' colere, & iurant dit: Pardieu c'est vne grand' honte, nostre Roy est bien mal seruy, & y a peu de gens d'esprit en son conseil, il ne faudroit que les faire venir tous en poste, ils seroient en huict iours dans le pays prests à combattre.

Or à cause que monsieur Gaulard crainct naturellement d'aller seul, de peur des esprits, nous l'accompagnerons de ces honnestes personnes de son pays, dont les aucuns sont de Iustice: comme le Sieur de Chinfransa, autresfois vn des plus honnorables & spirituels Iuges de son temps : duquel on dict, qu'estant receu fraischement en vn Office de Iudicature, voyant vn certain qui luy demandoit defaut contre sa partie absente : Allez, allez, dict-il, vous me voulez surprendre, vous estes vn mauuais homme. Voyez vous pas bien que vostre partie n'y est pas? attendez qu'elle y soit, & puis vous aurez default. Vne autre fois il octroya deffault, sauf quinzaine, cõtre vn qu'on auoit allegué estre mort.

Voyant aussi deux parties qui contestoient sur vn delay de huictaine : Allez, allez, dit-il, vous en reuiendrez à la douzaine.

Vn autre fois vn deffendeur ayant

proposé vne fin de non receuoir, pour faire debouter le demandeur de son action : Et insistant fort & ferme, à ce que l'on luy fist droict au preallable sur ceste fin de non receuoir. Ayant pris aduis de Conseil, qui luy dict que celle fin de non receuoir n'estoit considerable, & n'y falloit auoir esgard, quand il fut assis, il dict : Parties ouyes, nous disons par aduis de Conseil que le deffendeur ne receura rien : & plaidez si vous voulez.

Voyant vn Conseiller, qui reuenoit d'Espagne, il luy dict : Et bien, que dict on de moy à la Court de nostre Roy? Certes, dict le Conseiller, ie n'ay ouy parler de vous, ny en bien, ny en mal. Et que dict-on donc? Sa Majesté, respondit l'autre, est en volonté de gratifier tous les plus sçauants de ses Seigneurs, & en fait faire vne liste. Surquoy Chanfransa dit: Ie m'asseure bien qu'on ne m'oublira pas.

Vn autre leur cousin nommé Dandinas, qui auoit esté de nouueau pourueu d'vn Office, pour ses beaux yeux: car on ne vend point les Offices en ce pays là, non plus que les Benefices en

France, mais se donnent seulement quelquesfois par faueur : Pour chef d'œuure de son mestier, condamna vn homme, pour reparation de certain crime, à seruir le Roy de forsat és galleres, par effigie.

Cest autre est du Sire Iean Michecrotte, Escheuin de Grey, lequel estant enquis par vn sien amy, que c'est que publioit la trompette de la ville. Ha! dict-il, vous me voulez surprendre, à celle fin de me faire dire le secret de la ville.

Le Seigneur de Mardey son cousin apres germain, se debatant au dessus de certains degrez auec sa femme, laquelle estoit fort mauuaise, fut poussé par icelle si rudement, qu'il cheut, & roulla par en bas sans les conter. Quoy voyant son cousin, leur dict : Ie croy que vous estes tombé, estes vous point blessé? C'est tout vn, dict-il, aussi bien voulois-ie descendre.

Vne ieune Damoiselle se plaignant à ses parens, qu'elle auoit esté prinse à force par vn Gentilhomme leur voisin, on aduisa de luy en faire procez criminel. Dont aduerty ce Gentil-homme, assez pauure, & qui eust bien desiré l'espouser, encor que d'autres en eussent tasté, aussi bien que luy, il alla trouuer les parens, & leur remonstra, que puis que la folie estoit faicte, il y auoit remede de l'amender, en l'espousant, sans empescher la iustice, à la honte & cõfusion de leurs familles, outre l'inimitié que les parens engendreroient les vns al encontre des autres. En fin, comme vn des plus mauuais s'arrestoit sur la violence & effort qu'on auoit fait à leur cousine, qu'il ne vouloit laisser impunie: Cest amoureux dit, Messieurs, n'en croyez rien, quelque chose qu'elle vous ait dit, qu'elle soit appellée seulement, vous trouuerez qu'elle confessera que c'est elle qui m'a induit à ce faire. Ha vrayemẽt, si ainsi est, dit ce plus mauuais, ie vous pardõne: mais vous verrez que ceste pauure fille vous accusera bien fort. En fin on la mande, ses parens l'interrogent si elle n'a pas esté prise à force. Elle dit que ouy, & qu'on luy a fait grand tort & iniure. On luy demande si elle ne veut pas espouser son rapteur: Elle dit que non, qu'elle aimeroit mieux mourir. Quoy voyant le ieune homme, il dit: Messieurs, permettez que ie luy die deux mots. Cela accordé, il luy demanda. Venez ça, qui a leué vostre chemise, n'est-ce pas vous? A quoy de bonne foy elle respondit, Il me fut bien force de la leuer : car vostre engin estoit si roide, qu'il eust percé ma chemise toute neufue. Il luy demanda encores: Venez ça, dictes verité, Qui mit mon engin dans le vostre? Ce fut moy, dit elle, parce que voyant la roideur dōt vous y alliez, i'eus peur que ne me fissiez vn autre pertuis au ventre, & l'aimé mieux mettre en iceluy qui estoit tout fait, pour euiter cest inconueniēt. Quoy entendu par les parens, on appoincta les parties, & furent mariez ensemble.

Il y en a d'autres qui font bien d'aussi braues & facetieux contes, mais ie n'ay pas entrepris de les tous recueillir : Car i'ay ouy mesme asseurer qu'en la Franche-Comté il s'en dict plus en vn mois, qu'on n'en sçauroit escrire en vn an. Parquoy ie me contenteray pour ceste heure, d'auoir amassé ceux-cy du bon Seigneur Gaulard, qui me sont venus à cognoissance. M'asseurant que quand il les verra authorisez de vostre nom, il nous en sçaura aussi bon gré à l'vn qu'à l'autre. Et que ce ſera donner occaſion de nous enuoyer ce que nous auons oublié : & à quelqu'vn d'en y entaſſer d'auantage, ſoit de luy ou d'autre: & de faire comme Lycoſthenes, qui a mis par lieux communs ceux d'Eraſme, auec adionction des deux tiers. Ce que ie deſire infiniment voir en ce malin ſiecle, pour regaillardir les eſprits tous effarouchez de nos François, qui ne ſont en peine, que pour auoir voulu trop contrefaire les ſeueres, & appliquer contre leur naturel leurs eſprits, à rechercher cinq pieds en vn mouton.

A Dieu Monſieur, & vous ſouuenez de boire à voz amis.

LES CONTES DV SEIGNEVR GAVLARD.

Pauſe ſeconde.

LE SEIGNEVR Gaulard ronfle ordinairement toutes les nuits, & luy aduint vne fois qu'eſtant à Dole au logis du Lyõ d'or le matin à ſon reſueil il dict au Seigneur de Codey ſon couſin, auec lequel il eſtoit couché: Ie ſongeois que nous eſtions vous & moy à la grande Egliſe de Beſançon, où nous nous promenions par deuotion auec le Curé Briffaut, qui nous faiſoit appreſter vn bon deſieuner. Et vous, que ſongiez vous? Sur mõ ame, reſpõd ſon couſin, les puces m'ont tãt tourmẽté toute la nuict, que ie n'ay aucunemẽt dormy: & toutesfois il m'euſt eſté fort aiſé, parce que n'auez quaſi rien ronflé ceſte nuict. Alors monſieur Gaulard dict, ie n'auois garde de ronfler, ny vous de dormir, pendant que nous nous pourmenions dans l'Egliſe. *Il debuoit de meſmes à ſon reſueil aller manger ce deſieuner qu'on luy auoit appreſté.*

Or dinant vn Vendredy chez le Seigneur de Maleſſay, on luy apporta des eſpinars ſi bien appreſtez, qu'il mangea luy tout ſeul ce qui eſtoit dans le plat: Puis dict, Mon couſin, ie vous prie faictes venir voſtre Cuiſinier, afin qu'il me die de quelles herbes ſont faicts ces eſpinars, car celles qu'on met és eſpinars de ma maiſon, ne ſont point ſi bonnes. *Or donc il debuoit croire que c'eſtoit la dexterité du Cuiſinier, qui ſçauoit bailler tel gouſt à telle herbe qu'il vouloit.*

Allant par pays, il rencontra vn homme en la campagne, qui le ſalua, fort curieuſement: & luy auſſi luy rendit ſon ſalut. Mais eſtant vn peu plus outre il s'aduiſa de demander à vn de ſes gens qui eſtoit celuy là. Lors il luy dict, Monſieur, c'eſt noſtre hoſte de Grey. Quoy, entendu, il commence à picquer apres luy, & crier tant qu'il peut : Hola, ho, Monsieur de ceans, comment vous portez vous? *Il auoit, peut estre, opinion que cest hoste emportoit en sa gibbeciere son logis, quand il sortoit de la ville.*

Passant par Charrolois, il veid vne paysante qui estoit montee sur vn bœuf, iambe deçà, iambe delà. Lors il cria à ceux de sa compagnie. Venez veoir, ie vous prie, vne femme qui est à cheual sur vn bœuf. *C'estoit, pensoit-il, vn cheual reuestu de la peau d'vn bœuf. Le Seigneur de Lochefroc ayant ouy lire ce compte: le trouue, dit-il, que mon cousin Monsieur Gaulard parloit fort bien en ceste façon. Et quant à moy, ie ne pense pas qu'on puisse parler autrement.*

Il print vn lacquais à son seruice, qui auoit seruy auparauant le Seigneur de Grosartot: Et le voulant enuoyer à enuiron dix lieuës de sa maison, il luy donna quelque pacquet: on le faict desieuner, en fin ce lacquais attend tousiours. Quoy voyant Monsieur Gaulard, luy dit: Que ne vas-tu? I'attens, dit le lacquais, quelqu'vn pour me mener: car ie ne sçay pas les chemins. Foy de Gentilhomme, dit Monsieur Gaulard, tu as raison : car i'ay esté plus de cent fois où ie te veux enuoyer, & si encor n'y pourrois-ie aller, si quelqu'vn ne marchoit deuant moy. Va va doncques, prends pour ceste fois vng de mes cheuaux, qui a ja faict le chemin, à fin qu'il te conduise : & tu y iras vne autrefois tout seul. *Voyez si ses cheuaux n'auoient pas bonne memoire? & au fort aller, Monsieur Gaulard pensoit qu'ils demanderoiēt les chemins, mieux que son lacquais.*

Entendant vn sien amy qui se plaignoit de la colicque : se retournant deuers luy : Ie croy, dict-il, que ce temps pluuieux faict ainsi tout le monde malade, car depuis deux iours en ça, ie sens vne colicque sur ceste espaulle, & m'en trouue mal aussi bien que vous. *Il estimoit, peult estre courtoisie de participer au mal de son amy par compagnie : Mais il prenoit l'espaulle pour le ventre, ou son compagnon le ventre pour l'espaulle.*

On luy fit vn iour taster des Bressaudes. Bressaudes en son pays, sont petites croustes qui restent de l'oinct d'vn porc quand il est fondu. Lors il dict, Ie ne voudrois pas estre mort pour cinq cens escus, auant que d'auoir tasté d'vne si bonne viande. *Ie trouue qu'il auoit deux raisons : L'vne, c'est que la viande le merite: l'autre, qu'il auoit peur d'en auoir regret en l'autre monde.*

Vn homme se plaignant à luy, d'vn ieune messager, qui auoit mis deux iours pour aller de Besançon à Dole, où il n'y a que huict lieuës : Comment, dict-il, le trouuez vous estrange ? Il y a plus de quinze iours que i'ay mandé vn Procureur pour venir parler à moy, & si encores n'est il pas venu, combien que ce soit le mesme chemin.

Apres auoir long temps poursuyuy vne ieune fille, en fin elle luy accorda, & luy donna le soir assignation en vne estable, qui estoit derriere vn iardin, où ils ne faillirent tous deux de se trouuer : & ainsi qu'ils estoient tout prests de mettre à execution leurs volontez, Monsieur Gaulard s'aduisant tout soudain, luy dict : Leuez vous m'amie, allons autre part, car i'ay peur que le faisant en ceste estable, nous n'engendriõs vn cheual, dont on nous pourroit faire faire nostre procez criminel. *Il deuoit auoir plus pœur d'engendrer vn asne: mais il pensoit que c'estoit le lieu qui estoit cause de generatiõ.*

Voyant vne sienne cedulle, que l'on luy representoit en iugement, pour recongnoistre ceste lettre. C'est de ma main, dict-il, mais ie suis asseuré que ie ne l'escriuy iamais: tellement que ie ne veux rien payer du contenu en icelle: ie suis plustost prest de consigner de faux contre ma main propre. *Il recongnoissoit que sa main luy auoit faict tort, de l'obliger sans cause.*

Son aumosnier Marchane baptisoit vne fille, dont il estoit le compere: & voyant qu'il demandoit, selon la coustume, Comme aura-il nom? C'est vne fille, dict Monsieur Gaulard, qui aura nom Anne. En fin, Marchane ayant repeté encore deux ou trois fois: Comme aura il nom? Et voyãt que Monsieur Gaulard, le reprenoit à chasque fois, luy disant tousiours, C'est vne fille. Voy, dit-il, Monsieur, vous estes bien beste, de me le dire: le cognois-ie pas bien à son conin? Vous auez raison, dit Monsieur Gaulard: car il faut seullement appeller les choses par leurs noms quand on ne les cognoist pas.

Il assista à l'execution du sieur de la Barbapieuxcourts Capitaine de gens

de pied, qui estoit bastard de sa maison,
lequel, par sentence du preuost des Mareschaux, auoit esté condamné en sa faueur, d'auoir seullement la teste tranchee. Et apres qu'il l'eut consolé & ex-
horté de prendre la mort en patience,
il dict au bourreau: Mon Compere,
pour recompence des seruices que luy
& nos predecesseurs auons faict au Roy
ie vous prie tranchez luy bien la teste,
& ne luy faictes point de mal. Alors le
Bourreau ayãt extremement biẽ fait son
office, monsieur Gaulard se retournant
vers deux ou trois de ses amis, leur dict
tout hault: le Bourreau a bien faict de
me tenir la promesse: car si la teste s'en
fust plainct, ie n'eusse failly de le man-
der au Roy, qui m'en eust faict la raison.
*Il auoit opinion qu'on eust faict replanter ce-
ste teste sur les espaules de ce miserable, pour
la faire mieux retrancher vne autresfois, sans
luy faire mal.*

Arriuant vn iour en Auignon, plusieurs bons compagnons en furent aduertis qui desirants tirer du plaisir de
luy, s'aduiserent de l'enuoyer prier à
disner en vn beau iardin pres les murailles, où en fin il arriua: Et Dieu sçait

ſi durant le diſner il en compta naïf-uement en ſon patois, principallement apres qu'il euſt vn peu la teſte eſchauffee de ce bon vin d'Arbois. En fin il aduint qu'vn Cocu ſe vint brancher ſur vn arbre d'vn iardin prochain, & commença de deſgoiſer ſon ramage cinq ou ſix fois de ſuite. Dequoy monſieur Gaulard tout eſbahy, dit: Voila vn meſchant oiſeau, Meſſieurs d'Auignon, qui eſt-ce qui luy eſt allé dire que vous eſtiez icy tous aſſemblez? *Il penſoit donc qu'on euſt expres depeſché vn meſſager pour l'aduertir de venir dire la verité à quelques vns.*

Damoiſelle Guillemette de Gangris ſa tãte, fut appellee pour preſter la main au Bapteſme d'vne fille du Sieur de Salles, laquelle par deuotion du pere, fut nommée Anne. Et quand Monſieur Gaulard entendit ainſi nommer l'enfant & ſçachant que ſa tante auoit eſté ſa marraine: Et comment, dict-il, ma tante Guillemette a-elle nom Anne? *Il penſoit peult eſtre que ce fuſt ſa Tante qu'on euſt de nouueau baptiſee.*

Il ſe fit peindre aſſis dans vne chaire: & enquis de la raiſon: C'eſt pource, dit-il, que ie suis ainsi bien plus aise, que si i'estois debout. Car i'y demeurerois trop long temps, *Il estimoit que son corps se gouuernoit ainsi que sa peinture.*

Il entendoit vn iour, ce luy sembloit qu'on heurtoit à sa porte, & demanda Qui est là? Lors son seruiteur luy fit response: Il n'y a personne, Monsieur. Lors il dit: Et bien bien, faites le entrer. *Il ne vouloit lors ouyr personne qui le faschast de trop parler.*

Vne autre-fois il fut inuité aux obseques d'vn Conseiller de Dole, par deux ieunes Aduocats. Ausquels il demanda, Est-il mort? Ouy, Monsieur, respondirent-ils. Vrayement i'en suis bien marry, Dieu luy doint bonne vie & longue: Ie vous prie me recommander à ses bonnes graces. *Il pensoit que par son souhait tout à l'heure mesmes il ressuscite-roit.*

Il fust vn iour depuis Dole se pourmener iusques à la Loy, à beau pied, auec trouppe de sept ou huict ieunes hommes, tant Escoliers qu'autres. Où estant arriué, oyant les vns qui disoient qu'ils estoient lassez, autres non: Quant à moy, dit-il, ie ne suis pas las, bien est vray que i'ay les piedz taillez: & s'il falloit aller plus auant, ie ne sçaurois. *Il ne falloit que deux ou trois iours pour le guarir, & le faire recommencer comme deuant.*

Ayant apprins qu'vn certain grand Seigneur estoit arriué au Duché de Bourgongne, il s'aduisa de luy rescrire par son maistre d'hostel. Or apres deux ou trois lignes en son pattois, & ne sçachant plus là où il en estoit, il mit ces mots: *Le surplus vostre Seigneurie l'entendra de ce present porteur.* En fin la lettre ayant esté presentee, & leüe par celuy, auquel elle s'addressoit, estimant que le porteur eust à luy dire quelque chose en secret, il le tira à l'escart, & puis luy dit: Mon amy, dites vostre creance. Alors ce maistre d'hostel sans s'estonner, se mit à genoux, prit son chappeau à deux mains, & commença de dire le grand & le petit Credo, depuis le commencement iusques à la fin. Dont ce Seigneur debonnaire, voyant la simplicité aussi nayfue du seruiteur comme du maistre, commanda qu'on le fist tresbien chopiner, & qu'on l'expediast. Ce qui fut fait. *N'estoit-ce pas le traict d'vn vray Chrestien qui ne sçauoit autre creance*

que

que celle-là?

Se faisant vn matin habiller & attacher ses chausses, que son vallet auoit infinie peine de ioindre à son pourpoinct auec les esguillettes, il se fascha à bon escient. Lors le pauure vallet luy dict: Monsieur, vous n'y sçauriez plus entrer, car vous estes deuenu puissant. Vous estes vn sot de dire cela, voyez vous pas que i'ay pris ma grandeur. C'est plustost mon pourpoint ou mes chausses qui sont deuenuës courtes, & se sont retirees dans le coffre, faute de les mettre à l'air.

Il fut à Salins, auec bonne compagnie, veoir les Sauniers, & par curiosité descendit aux sources: desquelles voyant l'eauë si belle & claire, il en voulut gouster, & à l'instant mesmes il dict: Allons nous en, ie suis tout alteré depuis cinq ou six iours que i'ay eu gousté de ceste eau. Encore Messieurs de ceste ville ont grand tort, qu'ils n'ont faict aupres vne sauniere de vin, pour desalterer ceux qui boiuent ceste eauë sallee. *Il pensoit que Meßieurs de Salins eussent le pouuoir de faire venir, selon leur volonté, des fontaines d'eau & de vin.*

Estant à Sainct-Amour, il manda vn barbier pour luy faire la barbe & les cheueux : & ainsi qu'il auoit les couure-chefs bien accommodez à l'entour de luy, & que le barbier l'auoit presque à demy tondu, on luy vint dire s'il vouloit pas aller desieuner chez le sieur de Sallebrouet: Allons allons, au reste mon amy, escoutez, dit il au barbier, parachenez bien de faire mes chemeux & ma barbe, & que ie les trouue faicts quand ie reuiendray.

Il eut vn iour dispute contre vn Gentil-homme, qui luy donna vn desmenty: Dont fasché le possible, il fit vne grande assemblée de tous ses parens & amis à fin d'en auoir la raison. Et pendant ces entrefaictes, il rencontra son homme : lequel comme il est genereux, il ne se peut tenir d'accoster, luy disant: Venez çà, Monsieur, pourquoy m'auez vous desmenty? Aquoy l'autre fit responce : Pardieu, Monsieur, ie ne vous ay point desmenty : ie suis trop respectueux, & bien enlangagé pour tenir tels propos. Comment? dict Monsieur Gaulard, ie l'ay ouy. En fin, l'autre dit: Si vous voulez dire que ie vous aye desmenty, ie vous dy, & diray tousiours, que vous auez menty. Ha! dict Monsieur Gaulard, vous auez bien faict de dire que ie n'auois pas menty: car sans cela, vous eussiez eu ma vie, ou moy la vostre. Mais puis qu'ainsi va, nous demeurerons amis. *Eust-il pas esté dommage de mettre au hazard la vie de deux si genereux Gentils-hommes, pour vn mot?*

On luy disoit vn iour, que la langue Italienne estoit fort belle, & qu'il y auoit vn grand plaisir à la lecture d'icelle. Pardieu, dict-il, cela est vray: car encores que ie ne l'entende pas, i'y ay plus de plaisir cent fois que non pas au Latin, ny à nostre langue Françoise. *Il en eust autant dict de l'Hebrien en vn besoing.*

Il rencontra vn messager de Dijon, qui alloit à Besançon, & luy dict en se mocquant: Et bien, que dit-on à Dijon? On y ment, ou l'on y sonne. Cela est vray, Monsieur, respondit le messager, car i'y ay entendu dire que vous estiez vn honneste & vertueux personnage. Or voyez que c'est, dict Monsieur Gaulard, à ceux qui estoient alors en sa compagnie, en parlant de moy, combiẽ qu'on mente, on ne se peut tenir de dire la verité.

Entendant la dispute qu'on faisoit à table, sur vn testament d'vn deffunct: duquel on disoit que la volonté debuoit estre suiuie, sans esplucher de si pres les paroles, & les autres tout au contraire, qu'il falloit suyure les paroles, suyuant qu'elles auoient esté proferees par ce defunct : Car autrement ce seroit luy peruertir sa conception, sous ombre des interpretations imaginaires. Pardieu, dict Monsieur Gaulard, vous estes empeschez en beau chemin. Il ne faut que faire venir ce Monsieur le defunct, & il declarera par sa bouche bien au long, ce qu'il veut estre faict.

Il pensoit que defunct fust le nom propre du testateur.

Ayant ouy dire qu'vn riche Marchant de Besançon, admodiateur de sa terre de Gratequioult, estoit decedé, lequel luy debuoit enuiron cinq cens escus de termes escheuz. Ie gage (dict-il) que ce poltron s'est laissé mourir, de pœur de me payer. *S'il y eust eu quelqu'vn pour gager contre luy, il fust allé demander à son admodiateur, s'il estoit ainsi, ou non.*

Il escriuit vn iour estant à Pesme, vne missiue à vn sien feal amy de sainct Claude : & ne trouuant personne pour luy porter sa lettre, il luy print fantasie de la porter luy mesme, & de faict alla iusques à sainct Claude, heurtant à la porte de son amy, & donna sa missiue à la seruante, qui luy estoit venuë ouurir, à fin de luy donner. Cela faict, il remonte en diligence à cheual, & s'en retourne à Pesme, pour auoir la responsе de ses lettres. *Comme il auoit datté ses lettres de Pesme, il ne vouloit pas estre trouué menteur.*

Estant en Italie, on luy apporta apres le dessert, vn curedent de lentisque, auec de l'eauë fraische sur vne assiette. Lors estimant que ce fust quelque bois exquis, comme canelle, ou autre, il se mit à le mascher entre ses dents. Or en fin, n'y trouuant aucun goust: Que Diable est-ce là, dict-il, Que vous mangez vous autres Messieurs de ce pays?

Passant par Florence, on luy donna à boire d'vn tres-excellent vin Grec: &

l'hoste luy disant en son langage, *Che voe pare, come e buono?* C'est à dire, Que vous en semble, comme est il bon? monsieur Gaulard ne l'entendant pas, ne laissoit tousiours de boire sans dire mot. A la fin, l'hoste qui vouloit venter son vin, pour le mieux vendre, luy dict: *Voi debete sapere che questo e il meglior Greco, che sia in Fiorenze.* Or il demanda à quelqu'vn de la compaignie, que c'estoit à dire. Et apres qu'on luy eut dict, qu'il deuoit sçauoir que c'estoit le meilleur Grec qui fut à Florence. Comment? dict monsieur Gaulard, ie n'entés pas le Grec. Ie n'auois garde de dire si le vin estoit bon ou mauuais. *Qui luy eust donné de l'eau simple, il eust bien dict en François qu'elle n'estoit guere bonne.*

Or comme il entendit dire qu'on auoit mis rafraischir vne bouteille de vin dans vn puits, il fut curieux d'y aller regarder: apperceuant son ombre dans l'eau, qui le representoit, il appella ses compagnons, & leur dict: Helas, Messieurs, venez viste m'aider à retirer nostre vin: car il y a là bas des Antipodes, qui boiront tout nostre vin, si nous n'y mettons ordre. *Il auoit peur que son ombre ne beust son vin sans luy : ou bien il pensoit que les Antipodes habitassent dans des puits.*

Il fut voir vne fois à Dijon, chez M. Nicolas Hoey, l'effigie de Monsieur de Domoy & Longvi en partie. Et sortant de sa maison, rencontrant deux ou trois de ses amis, il leur dict: Ie vous prie allez voir le bon voisin du Seigneur des Accords: car il est si bien pourtraict, qu'encores que vous ne l'eussiez iamais veu, si le recognoistriez vous tres-facilement.

Or voulant faire faire sa barbe, il manda le Maistre Barbier pour luy venir faire. Mais comme telle espece de gens est glorieuse & hautaine, il luy enuoya vn ieune seruiteur: lequel estant veu par Monsieur Gaulard, il luy dict: Allez, allez, mon amy, retournez, & dictes à vostre maistre, que puis qu'il ne peut venir, il ne peut moins faire que de m'enuoyer le Maistre Clerc de vostre boutique.

Ayant esté enuoyé à Tholoze, pour voir du pays, il aduint de son temps vne grande querelle entre les Escolliers, desquels il en demeura vn sur les carreaux. Occasion dequoy plusieurs s'absenterent, & retirerent les vns à Montauban, les autres à Cahors: De sorte que apres qu'on eust informé de cest acte, le Magistrat fist crier à trois briefs iours tous les Spadassins. Et au iour de l'assignation, encor' que Monsieur Gaulard n'y eust iamais esté, ce neantmoins s'y voulut trouuer: & voyant que le Procureur Syndic de la ville ne requeroit rien contre luy, il sortit de despit, & dict: Pardieu ce Procureur là n'entend pas sa charge: Car il n'a rien conclud contre moy. Et neantmoins ce fut moy comme vn des plus vailans de la compagnie, qui donna le coup mortel. Ie suis encor plus marry qu'il en nomme là d'autres en ma place, qui ne sont pas de si bonne maison que moy. *Il estoit si consciencieux, qu'il aymoit mieux se charger des fautes d'autruy, que de garder vn scrupule en son ame.*

Vne autre-fois il eust querelle contre vn Champenois, à cause d'vn democraty. Toutesfois on les accorda, & leur fist on faire promesse, que d'oresnauant ils seroient bons amis, sans s'attacquer de parolles ny d'effect. Mais le

Champenois le rencontrant à ſon aduantage, luy donna vn grand coup de poing ſur le dos, en la place S. Eſtephe en preſence d'infinies perſonnes. Lors Monſieur Gaulard, ſans mettre la main à ſon eſpée qu'il auoit au coſté, dict ſeulement aux aſſiſtans: Meſſieurs, vous me ſerez tous teſmoings comme ceſt Eſcolier m'a battu, ſans que ie me ſoye aucunement deffendu, de peur de manquer à ma parole. *Certainement voilà vn homme tres-diſcret, qui aymoit mieux ſouffrir des coups, qu'en vſant de reuenche, violer ſa parole.*

Oyant ſa couſine de Quanquelipoitrier, qui luy diſoit qu'elle auoit vn fils qui reſſembloit tres-bien à ſon pere. Comment, dict-il, ma couſine, a il vne couronne ſur ſa teſte? Cela ne ſera pas beau, & ſi mon couſin voſtre mary ne l'en verra pas ſi volontiers. *Il penſoit parfaictement que ceſt enfant euſt apporté vne couronne dés le ventre de ſa mere.*

Vne autre-fois elle diſoit en ſa preſence, à ce meſme enfant qu'elle tenoit entre ſes bras deuant ſon mary. Sus mon poupon, ſus baiſez voſtre pere. Comment, dict Monſieur Gaulard, a-il bien la bouche assez longue pour le baiser depuis saincte Marie, iusques en ceste ville? *On ne luy pouuoit oster de la teste que vn Moyne de saincte Marie n'en fust le vray pere.*

Le sieur de Sambreguoy voyant vne Damoiselle bien en ordre, qui passoit deuant les Halles, dict à Monsieur Gaulard: Ie vous prie regardez, mon Cousin, que cela est superbe & bien en conche: vous diriez à la voir, que ce soit quelque Princesse ou grand' Dame: Lors Monsieur Gaulard faisant le respectueux, dict; Vous auez tort de tenir ce langage: car c'est vne tres-femme de bie͂, qui est encor de mes parentes. *Il estimoit que ce fust vn nom d'iniure que Princesse & grand' Dame.*

Apres auoir eu la fiebure quelque temps, il luy resta vne douleur de iambes: à raison dequoy il se fit coucher, & commanda à son valet de le bien couurir, & sur tout en la iambe droicte, que le Medecin luy auoit dict estre pleine d'humeur froide. Lors le valet luy dict, Monsieur, ie trouue que vostre iambe droicte est en son estat ordinaire: mais sur la gauche, ie voy ie ne sçay quoy de rougeur. On couure donc bien la gauche : car il faut bien que l'humeur froide vienne de là. *Il estimoit que sa iambe gauche enuoyoit le mal à sa iambe droicte.*

Comme il vid la tour du chasteau de Pesmes, qui est située dans vn estang: Ie croy, dit-il, que ceste tour croist tous les iours, du moins ie m'asseure qu'elle se monstre plus haute que de coustume. Mais c'est à cause, ie croy, qu'elle a le pié dans l'eau. *Il croyoit que les tours croissoient comme les arbres.*

Il voulut aller à Chalons, pour manger des carpes de Saone, & sortant hors de sa maison, il mit vne espingle sur sa manche, pour s'en souuenir. Aduint qu'estant arriué, il alla droict au logis du Mouton, où estoient plusieurs honnestes personnes: & durant le soupper vn de la compaignie s'aduisant de ceste espingle, luy dict : Monsieur, pourquoy mettez vous là ceste espingle? C'est pour souuenance, dict-il, que ie venois en ceste ville manger d'vne carpe. Lors se retournant vers le maistre du logis: il luy dit: Vous auez grand tort que vous n'y auez prins garde, & que vous n'en auez faict mettre vne pour le soupper. *Il pensoit que chacun voyant son espingle, deuineroit la pensée qu'il auoit quand il la mit sur sa manche.*

Entendant vn grand Seigneur, qui loüoit la memoire de feu son pere, & luy disoit: Vous estes bien heureux d'estre le fils d'vn si honneste, sçauant & vertueux pere. Pardonnez-moy, Monsieur, dict-il: Cela vous plaist à dire, car ce n'estoit qu'vne beste. *Il ne pensoit pas qu'il luy appartint tant d'honneur que d'auoir vn pere de ceste taille là.*

Il auoit vn saye, sur lequel y auoit vne grande tache d'huile: & voyant que chacun luy disoit, Qu'est-ce là? pour s'exempter de l'ennuy de tant d'interrogats, dés qu'il voyoit quelqu'vn de loin, il luy disoit: Ne me demandez pas que c'est là sur mon saye, c'est vne tache d'huile qui n'y sera plus, mais que ie change d'habits. *Il vouloit dire que l'on ne la verroit plus.*

Voyant vn cheual paoureux, qui craignoit le son des arquebuzes. Pardieu dict-il, ce cheual là ne sera iamais bon homme d'armes.

Vne Damoiselle le pria vn iour de

luy donner à soupper d'vne bonne salade. Ce qu'il luy promit: mais comme il n'en tastoit gueres, il demanda à son hôme, comme il la falloit faire. L'equel luy dict, Monsieur, pour la faire parfaicte, il faut que trois personnes y mettent la main, vn liberal, vn auaricieux, & vn fantastique: Car le liberal y mettra force huyle douce, l'auaricieux bien peu de fort vinaigre, & le fantastique de toutes sortes d'herbes. Dequoy se souuenant deux iours apres, il dict à sa Cousine: Escoutez, si vous voulez que ie vous donne à soupper, enuoyez moy ces trois hommes que sçauez pour faire la salade: & ce pendant ie feray prouision de vinaigre doux, & de force huyle, & les meneray au plus beau iardin de ceste ville. *Il pensoit à proportion que son valet luy declaroit la façon de faire vne salade, que ceste Damoiselle l'auoit entendu dés son logis.*

Voyant vn sien amy qui auoit les gouttes, & se plaignoit de l'extreme douleur qu'il sentoit aux iambes: Allez, allez, dit-il, il n'y a que le lict qui vous face malade; marchez seulement, & trottez par la ville comme moy, & vous vous porterez bien.

Apres auoir long temps poursuiuy vne iolie marchande de Salins, en fin elle luy dict vn soir apres soupper qui l'estoit venu veoir: Monsieur ie vous prie croire que dés qu'il vous pleut m'honorer de vostre amour, ie fus encores plus passionnée de vous, à cause de vos perfections & bonnes graces que chacun admire: vous asseurant que ce que i'ay dissimulé iusques à present, n'a esté sinon de craincte que ne fussiez ferme & entier, comme est la pluspart des hommes: mais ores que ie vous cognois d'vn cœur loyal, il faut que laissant là toute feincte, ie vous descouure mon cœur, que vous auez entierement gaigné, & vous face entendre que s'il vous plaist, ce sera à ceste heure mesme que mon mary est absent. Lors Monsieur Gaulard tout resiouy: Vrayement, dict il, Madame, ores que ie cognois vostre bon iugement, ie vous aime au double: mais ie vous prie d'attendre vn peu iusques à ce que ie sois allé querir mon bonnet de nuict; car sans cela ie ne sçaurois dormir aucunement toute la nuict. Et de faict, s'en alla: mais au retour il trouua la porte fermée. *Il pouuoit bien penser qu'on ne le demandoit pas pour dormir.*

Il a cela de bon qu'il hante souuent les hommes sçauans : & voyant quelques-vns se retirer apres le disner en vne chambre, il leur demanda : Or sus que faictes vous, & à quoy pouuez vous passer le temps en vos maisons à ceste heure? Lors quelqu'vn luy dit, Nous prenons quelque gentil autheur en main pour nous donner du plaisir, en attendant le soupper. Quoy entendu, il voulut faire vn iour de mesme, & se retira en sa chambre auec vn liure en la main: où enuiron demie heure apres, entra vn honneste homme, qui le trouuant endormy, l'esueilla, & luy dict, Que faisiez vous là, Monsieur? Certes Monsieur, ie me recreois à lire dans ce liure, qui est vn tresbel autheur. Et comment l'appellez vous, dict cest homme? Pardieu, dit-il, il ne m'en souuient plus: car ie n'ay pas encores eu le loisir de regarder dedãs. *Il se reseruoit d'y regarder pres du soupper, pour auoir la memoire plus fraische.*

Estãt en compagnie où l'on discouroit

de la façon d'vn bastiment, quelqu'vn dit : Asseurez vous que c'est vne chose plus difficile qu'on ne pense, de bien bastir : & auant que rien commencer, pour bien faire, il y faut songer. Dequoy monsieur Gaulard se ressouuenant quelque tẽps apres, & pẽsant à vne muraille qu'il falloit faire racoustrer en son Iardin : Escoutez, dit il à son valet, quand ie m'iray coucher, ne faillez de m'aduiser de songer, car ie veux bastir. *Il pensoit qu'il estoit impossible de songer sans dormir.*

Regardant vn iour escrire son Secretaire, qui dressoit des minuttes de lettres, & à la fin de chacune mettoit des *&c*, *&c*. Il luy demanda, Qu'est-ce à dire cela? Ce sont dict son Secretaire, des & cetera, qui signifient que vous presentez vos humbles & affectionnées recommandations à ceux à qui vous voulez que i'escriue, & que vous priez Dieu qu'il leur donne tres heureuse & contente vie. Voilà qui va bien, dict Monsieur Gaulard, n'oubliez pas d'oresnauant d'en mettre parmy toutes mes lettres : & tousiours vne demie douzaine de suite, à fin qu'on voye que je suis bien honneste.

Estant vne fois pressé de son ventre, il appella son seruiteur, & luy dit : Donnez moy quelque missiue, pour torcher mon derriere. Alors son Secretaire luy ayant fait entendre qu'il n'en auoit point : Demandés, dit-il, du papier blãc, & en allez vistement escrire vne, que vous m'apporterez promptement. *Il faisoit conscience de torcher son Q. de papier blanc.*

Oyant vn docte Theologien, qui blasmoit la luxure, & disoit que c'estoit vn peché mortel & capital. Comment se pourroit il faire, dit-il ? car en premier lieu, puis qu'on le fait auec les viuans, il n'est pas mortel : en second lieu, il n'est pas capital, car on le faict par vn endroict qui est bien loing de la teste.

Comme il sentoit au milieu des champs vn Soleil tres-ardent, enuiron la sainct Iean d'Esté, il dit : Qu'au diable soit le Soleil, d'estre si chaud à ceste heure, que ne garde-il sa chaleur pour l'Hyuer, quand il faict si froid ? Il disoit bien de mesme en l'Hyuer, que c'estoit bien dommage de la glace qui venoit lors, & qu'elle deuoit venir en Esté, pour mettre dans le vin, à fin de boire fraiz.

A propos de glace, il trauersa vn iour à pied la riuiere du Doux, qui estoit toute glacée : & quand il fut au bord : Iesus, dit-il, que i'estois vn grand fol : si la glace se fust ouuerte, ie me fusse noyé, & Dieu sçait comme mes amis se fussent faschez à moy.

Oyant vn Prescheur, qui disoit en son sermon, qu'en l'autre monde il n'y a distinction de personnes, & que les Rois & simples Laboureurs sont pesle-mesle sans distinction. Ne le croyez pas, dict-il : car seroit-il raisonnable, qu'vn Gentil-homme fust au dessous d'vn vilain? Quant à moy quand i'y seray, ie ne l'endureray iamais.

Il fit vn iour present de dix escus aux Cordeliers de Dole, à fin qu'ils priassent Dieu pour luy : puis s'en allant, il se r'aduisa en chemin, & retourné au Conuent, il fit appeller le Gardien, & luy dict : Escoutez, Monsieur, gardez bien de prier Dieu pour ma femme, de pœur qu'elle sçache que ie vous aye rien donné : car elle crieroit comme vn beau diable. *Or il pensoit que les prieres iroient iusques aux aureilles de sa femme, & aussi qu'elles reuelleroient ce qu'il auoit donné.*

Il eut vn seruiteur de Villafa, assez simple, & bon vallet, lequel voyant que Monsieur Gaulard iettoit vn iour au feu grand nombre de papiers, & entre iceux plusieurs missiues, il luy dit : Mon maistre, ie vous prie ne les pas brusler toutes, & m'en donner quelques vnes, s'il vous plaist. Et qu'en veux tu faire? dit Monsieur Gaulard. Ie les voulois, respondit le vallet, enuoyer à ma mere, qui m'a prié sortant de nostre maison, que ie luy enuoyasse quelques lettres, comme font tous les autres seruiteurs de nostre village à leurs parentes. Lors Monsieur Gaulard luy en donna vne demie douzaine : mais à la charge qu'apres qu'il les auroit enuoyees, sa mere les luy renuoyroit pour les brusler, parce qu'il ne vouloit pas que l'on vist ce qui estoit dedans.

Passant par vn village, nommé la Loy, comme il se pourmenoit, attendant que le disner fust prest, il vit vn ieune fol aagé d'enuiron dix-huict ans, qui luy vint faire feste, auquel il dit : Vien-çà, mon amy, veux-tu venir auec moy, & tu seras mon fol? & ne feras rien sinon bonne chere, rire & passer le temps. Hé dea, dit ce pauure fol, ie suis le fol de mon pere, parce que c'est luy qui m'a faict, si vous en voulez auoir vn, allez-le faire chez vous. Mais, dit Monsieur Gaulard, ie suis trop sage, ie ne sçaurois faire vn fol. Et bien bien, dit ce fol, si vous voulez, ie vous en feray faire vn. Lors Monsieur Gaulard se fondant plus hautement en raison, luy dit. Ce ne seroit donc pas mon fol, ce seroit le tien. Point, point, dit le fol, il sera de chez vous tout entierement : car la moitié que fera vostre femme, sera à vous : & ie vous feray present de l'autre moitié qui m'appartiendra, Pardieu dit alors tout en colere Monsieur Gaulard, i'ay veu des habiles hommes, qui n'estoient pas si sages que ce fol là : ie le voudrois ressembler. Comment, dit le fol, vous voulez donc que l'enfant soit entierement de vostre maison, sans que i'aye la peine de vous bailler ma moitié ? Or en allez donc faire vn, si vous voulez. *Ie ne sçay pour lors, qui estoit le moins fol d'eux deux.*

Il fut voir son cousin de Branqualore, qui auoit le deuant de sa maison apposé deuant vne Eglise qui luy empeschoit entierement la veuë d'icelle, & obscurcissoit fort vne sienne chambre: dont se plaignant à Monsieur Gaulard, il luy dit, Vous estes empesché en beau chemin, que ne faites vous murer vostre fenestre, & l'Eglise ne luy nuyra aucunement: *Il deuoit plustost conseiller de reculler l'Eglise.*

Comme vn iour il auoit faim, il commanda que l'on mist soudain la nappe. Alors son maistre d'hostel luy dit: Monsieur, ils ne sont que huict heures par tous les horloges, ny mesmes au Soleil. Allez Mordieu, dit-il, vous me faschez de dire cela: ie veux qu'il soit dix heures: en despit du Soleil & de tous les horloges: Mais Monsieur, repliqua son maistre d'hostel, le disné ne sera pas cuit. Allez, allez, vous me rompez la teste, ie veux qu'il soit cuit tout à ceste heure, & l'allez querir vistement. *Il estoit bien raison qu'il fust obey promptement en sa maison.*

Il aime la moüelle des os de bœuf,

& prend bien plaisir d'en faire mettre quelquefois en son pot, expressement pour faire des rosties. Or aduint vne fois, que ayant tiré tout ce qui estoit dans vn os, il le presenta à vn Gentilhomme qui estoit aupres de luy, & luy dict: Tenez mon cousin, frappez fort voylà vne tres-bonne mouëlle, vous en tireres encores autant que moy.

Il pensoit que par autant de mains que cét os passoit, autant de fois il s'y engendroit de la nouuelle mouelle.

Vn sien oncle, duquel il estoit seul heritier, luy dit, estant proche de la mort: Or sus, mon nepueu, vous voyez comme auec le labeur ie vous ay acquis de grands biens: & s'il eust pleu à Dieu de me conseruer encor quelque temps, ie vous les eusse non seullement augmenté, mais bien asseuré contre nos voisins, lesquels ie crains que ne vous attrappent. Ha, Monsieur mon oncle, dit Monsieur Gaulard, si vous pensez que ce soit le plus expedient que ie meure le premier, ie suis content de mourir, & conseruez bien non seullement vostre bien, mais le mien aussi, iusques d'icy à cinq ou six ans que vous le me rendrez en bon estat. *L'on voit bien qu'il y alloit tout à la bonne foy.*

Oyant louër le chant de diuers oyseaux: Vous en direz, dit-il, ce que bon vous semblera: mais ie n'en trouue point de plus aggreable entre tous ceux là: que de la Grenouille: car quand elle chante, elle denote vne chaleur temperee, comme i'ay apprins de Monsieur Casenas. *De là est venu ie croy le prouerbe, chargé de plume comme vne geneuille ou vn crapaut.*

Comme il estoit vn iour en la boutique d'vn barbier, il vid arriuer le maistre, qui de plein saut alla pisser au coing de sa boutique. Et pourquoy faictes vous cela? dict Monsieur Gaulard. Pource, dict le Maistre, que ie n'ay plus que huict iours à tenir ceste boutique, car mon loüage est finy. Vn peu apres monsieur Gaulard ayant faict ses cheueux & sa barbe, il se va tres-bien destacher ses chausses, & faire vn bel estron au milieu de ceste boutique: duquel le maistre sentant l'odeur, luy vint dire tout fasché: Pourquoy auez vous faict cela, Monsieur? C'est pource, dict-il, que ie ne veux plus reuenir en ceste boutique, & suis prest d'en desloger tout maintenant. *Depuis il a estimé cela vne si grande ciuilité, qu'il ne sort iamais d'vne maison, qu'il ne face le tour, & specialement le matin entre les deux draps d'vn lict.*

Estant appellé en vn conseil d'importance pour dire son opinion, il dit: Messieurs ie vous prie que sans dissimulation chacun de nous dient rondement ce qu'il a sur sa conscience. Quant à moy, ie ne sçay si ie dois dire ouy ou non, & m'en rapporterois volontiers à ce que dira celuy de vous qui opinera le mieux: toutesfois, puis qu'il faut en dire ce qui en est, ie vous prie permettre que ie compte par mes doigts par ouy & nenny, ce qui m'en doit sembler. *S'il comptoit ceux d'vne main, & commençoit par l'affirmation, il trouuoit qu'ouy: & s'il comptoit par les deux mains, il trouuoit que nenny. Mais cela meritoit bien le penser.*

Vn pauure homme se plaignant de ce que l'on luy auoit desrobbé vn cheual, Monsieur Gaulard luy dit, Tu es bien beste, que tu n'as remarqué le visage & les habits de ton larron. Mais dit cest homme, ie n'y estois pas, car cela

fut

fut fait en mon abſence. Tu deuois dõc, dit-il, laiſſer quelqu'vn pour luy demander ſon nom, & de quel lieu il eſtoit. Ie n'ay pas eſté, dit ce pauure homme, ſi biẽ aduiſé. Or va dõc, dit monſieur Gaulard, & fais compte que ton cheual eſt perdu. Tien, voila vn liard pour t'ayder à en auoir vn autre. *Il eſtimoit que les larcins ſe faiſoient publiquement, & qu'il auroit vn cheual à bon marché, en conſideration qu'on luy auoit deſrobé le ſien.*

Il demandoit vn iour à ſa couſine de Clauier, où eſt-ce qu'il pourroit trouuer vn bon couſturier, pour luy faire des habits, parce qu'il auoit affection de s'habiller honneſtement. Lors ſa couſine luy dict: Prenez maiſtre Anthoine Carnard, il vous habilera bien: c'eſt luy qui faict tous les habits de ces ieunes Meſſieurs. Et quoy, ma couſine, dit monſieur Gaulard, ſçait il bien faire des habits de veloux & de ſoye? car c'eſt de ceux là que ie veux. *Il penſoit qu'il y auoit des tailleurs qui ne trauailloient qu'en ſoye, tout ainſi qu'il y a des marchands de ſoye, & des marchands de draps.*

Des Damoiſelles qui cherchoient pour le Preſcheur en Careſme, le furent trouuer iusques dans son estude : & au bruit qu'il entendit, il va ouurir vn Platon Grec, puis leur ouurant la porte, il leur dit : Vrayement mes Damoiselles, vous me trouuez icy sur le plus excellent auteur qui ait iamais escrit, & si vous diray bien qu'il n'y a personne de ceste ville qui y estudie que moy, escoutez, ie vous prie. Lors faisant semblant de lire, il leur recita sa Patenostre en Grec, & puis leur dit : Ie vous vois interpreter cela : & leur recita en Latin, la premiere clause qui se presenta à sa bouche. Mais ces Damoiselles luy ayans dit, Monsieur, nous ne sçauons que cela veut dire. Lors il leur dit en François, la premiere sentence dont il se souuint, puis leur dit : Et bien, que vous ensemble mes Damoiselles, ouystes vous iamais reciter du Grec, mieux traduit que le mien ? *Il pensoit que ces Damoiselles auoient appris le Grec, à proportion qu'il auoit dit du François.*

Ayant ouy dire qu'vn vieil Conseiller ne vouloit pas resigner son estat à vn sien fils qui estoit fort docte Aduocat. Il a raison, dit-il, car s'il ne meurt Conseiller, il n'aura pas le plaisir de se voir enterrer auec vn chapperon rouge fourré d'hermines, & si la Cour ne l'accompagnera pas au tombeau.

Voyant vn bigle qui guignoit de l'œil en lisant, de sorte qu'il sembloit qu'il iettoit la veuë sur l'vne & l'autre des pages d'vn liure ensemblement. Cest homme là, dit-il, doit estre sçauant au double des autres : car il dict deux fois autant. *Il estimoit qu'il pouuoit lire dans deux diuers liures ensemblement.*

Il manda le Sieur de Casenat son Medecin, & luy monstra son vrine. Lors le Sieur de Casenat luy dit, Monsieur, ie trouue vostre vrine vn peu teincte, qu'est-ce qui vous fait mal ? Hé ! respondit-il, vous estes vne grand' beste : ne le sçauriez vous cognoistre à mon vrine? Le Curé de Gilly cognoissoit bien aux vrines qu'il voyoit, qui estoient les peres & les meres de ceux qui auoient vriné.

Il fut vn iour contraint de dormir sur vn banc, & à son resueil trouuant vne plume sur son manteau, il dit : Mon Dieu ! que i'ay mal, & durement dormy sur ceste plume, pensez s'il y en eust eu grande multitude, qu'est-ce que i'eusse fait. *Il pensoit que la plume estoit dure comme des pierres.*

Estant prié d'aller au sermon: ie vous prie dit-il, ne m'y menez pas: car il n'y a rien que i'entende si enuy que de mesdire: & les Prescheurs ne sçauroient dire trois mots, sans reprendre quelqu'vn. *Il auoit enuie seulemẽt d'ouyr prescher ses louanges.*

Vne autre fois encores apres Pasques on luy voulut mener: mais il dit, Laissez moy, ie vous prie, car ie n'ay pas enuie de dormir, pource que mon Medecin a dict que cela estoit contraire à ma santé. *Il estimoit que les Sermons estoient faicts pour endormir les personnes.*

Voyant son nepueu, le fils du Seigneur Gardemelle, aagé d'enuiron dixhuict ans, qui entra en la chambre, sans oster son chappeau, ny saluer la compagnie, & à sa suitte vn turquet, qui vint remuer la queuë aupres de luy. Il luy dict, Mon nepueu, vous deuriez auoir honte: voila ce chien qui est plus honneste que vous, il nous saluë & faict feste, & vous, vous entrez comme vn lourdaut, sans faire la reuerence. Alors le pauure Gaulemesse, tout honteux, &

cachant ses yeux de ses mains, dict en plorant: Hà là, mon oncle, ie n'ay point de queuë. *Il croyoit qu'on ne pouuoit faire la reuerence, ny saluer les gens, sinon auec la queue.*

Lors que les Reistres passerent par le Duché de Bourgongne, il estoit de fortune à Beaune, où il fut contrainct de seiourner: & voyãt qu'aucuns de la ville auoient peur: Point point, dit-il, ne craignez rien, ce ne sont que des hommes seulement. Si vous me croyez, vous leur irez oster leurs armes, & les enuoyerez paistre.

Lisant sur vne sepulture vne inscription, en laquelle y auoit: *Cy gist M. Iacques Michecrotte, Chirurgien, qui decedda l'onziesme Aoust, mil cinq cens quatre vingts & cinq.* Pardieu, dit-il, ie pensois qu'il fust mort, & voila son nom en escript. Allez, dict-il à son homme, en se retournant deuers luy: Allez luy dire, que ie le prie qu'il s'en vienne disner auec moy.

Estant à table, comme il mordoit dans vne aisle de perdrix, il sentit sous sa dent vne dragee de plomb, lors il dict: Voila vne perdrix qu'on a tirée à l'arquebuze.

Surquoy le Sieur de Tot-auant, qui le festioit dit. C'est de l'addresse de mon chien. Comment donc, dit Monsieur Gaulard, vostre chien tire-t'il bien à l'arquebuse? Non pas, respond le Sieur de Totauant: mais il l'a arresté, comme il est tresbon, & arreste tout. Et comment donc, repliqua Monsieur Gaulard, arreste il bien des garses? *Il auoit raison, car qui dit tout n'excepte rien.*

Voyant vn de ses villageois, qui laissoit aller ses vaches dans des bleds: il le fit assigner, pour le faire condamner à des amendes, pardeuant son Iuge ordinaire. Où se trouuant le pauure villageois, commença de dire en pleurant: Monsieur, au diable l'vne de mes vaches qui a esté dans vos bleds. Comment, dict Monsieur Gaulard, n'auons point de honte, villain de blasphemer le sainct nom de Dieu en iustice? Par la Mordieu ie vous en feray punir, & assigner encores vn coup deuant mon Iuge. Cependant, dit-il, mon Iuge, ne laissez pas de le condamner pour ses vaches; car ie l'ay veu. Mais, dict le Iuge, il faudroit qu'vn Messier l'eust rapporté, ou que vous eussiez deux tesmoins. Allez, allez, dit lors Monsieur Gaulard, faut-il autre tesmoin que moy, quand ie l'ay veu? Ne suis-ie pas autant de croire tout seul, moy qui suis Gentil-homme, qu'vn coquin de Sergent, ou deux villageois? *Il pensoit que tout ainsi qu'il estoit riche plus que trois ensemble, aussi deuoit-il estre plustost creu que non pas eux.*

On luy vint dire à l'issuë du disné, que le Sieur de Popisserot, son ennemy estoit mort. Il a beau estre mort, dit-il, ie ne laisray pas de le battre tout mon saoul, & auoir raison de l'outrage qu'il m'a fait.

Il auoit son oncle, le Sieur de Patenargues, qui entendoit fort dur: & comme vn iour vn certain Gentil-homme s'addressoit à luy, pour luy donner vne missiue, Monsieur Gaulard luy dit: Escoutez, apportez moy ceste lettre pour la lire, car vous voyez bien que mon oncle est sourd. *Il pensoit qu'vn qui n'entendoit pas, ne pouuoit lire.*

Ainsi qu'vne fois il luy aduint de sillogiser de mesme sur vne proposition, qu'il entendoit faire à vn sçauant Aduocat, que les muets, & sourds par accident, & l'aueugle, ne pouuoient faire testament, sinon auec certaines plus particulieres obseruations que les autres. Ie vous prie, dictes les moy, dict le Seigneur Gaulard, à fin que ie les enuoye par escrit à mon cousin de Brandillon, qui est boiteux. *Il ne faisoit aucune difference des vns aux autres.*

Il fut vn iour voir vn ancien Conseiller, qui pour estre deuenu aueugle, auoit resigné son estat, & luy dict: Or sus, Monsieur, vous deuriez encor quelquesfois aller voir Messieurs de la Cour: ie m'asseure qu'ils seroient tres-ioyeux de vostre presence, & s'essayeroient de vous faire bonne chere.

Son Aumosnier Marchane deuisant auec luy, luy dict Monsieur, nous aurons demain nouuelle Lune. Vous vous trõpez, ce dict Monsieur Gaulard, c'est aujourd'huy, car ie l'ay ouy lire dans l'Almanach. Alors Marchane, comptant par ses doigts: Or ie trouue, repliqua-il, que c'est demain, & le Compot n'en ment. En fin, comme ils deuisoient, la nuict suruint: & Monsieur Gaulard apperceut la Lune, qu'il monstra à Marchane, lequel tout esbahy la regardant, dict: La Lune a mal faict ce coup icy, car elle n'a pas obſerué le Compot, & croyez que c'eſt vn mauuais ſigne.

Retournant de l'Egliſe ès feſtes de Noël, il veid à la porte des pauures qui geloient de froid, & luy demandoient l'aumoſne, il leur dict: Mes amis, il faict bien froid, i'ay pitié de vous, venez vous en tantoſt en ma maiſon, ie vous feray donner du bois & du charbon. Cela dict, il s'en va, les pauures le ſuyuent: mais eſtant arriué en ſa maiſon, il ſe met tres-bien deuant vn bon feu, eſtant en vne chambre bien enuironnee de chaſſis, & commanda qu'on couuriſt ſa table: où ayant eſté enuiron vne bonne heure, il entendit les pauures demander l'aumoſne, dont tout eſbahy, il demanda, Qu'eſt-ce là que i'entens? Monſieur, reſpondit ſon valet, ce ſont ces pauures qui meurent de froid, & dient que vous leur auez promis l'aumoſne de boys pour les chauffer. Allez, allez, dit-il, mon amy, dites leur que Dieu leur face bien: voyez vous pas bien que le temps eſt deſtendu? *Ouy bien pour ſon regard, apres qu'il fuſt bien chauffé: du moins il leur deuoit ennoyer de la chaleur.*

CONTINVATION DE LA seconde Pause.

VOYANT des harquebuziers à l'arriuée d'vne grand' Dame qui luy faisoient vne salue: Fy, dit-il, ces gens ont tort, Madame, qu'ils n'ont parfumé leurs pouldres & leurs mesches de musc ou quelque bonne odeur, pour l'amour de vous, sans vous empuantir d'vne feteur si mauuaise.

Certain basteleur fist deuant luy plusieurs bons tours, & sur tous, de braues saults, comme dans les cercles, le sault perilleux, du chat, & autres: en fin, en voulant faire vn autre, il se laissa tomber. Dont deuisant les assistans, l'vn demanda à Monsieur Gaulard. Or sus, lequel trouuez vous le plus beau sault de tous? Certainement, respondit-il, c'est quand il s'est laissé tõber: car il me semble que i'en ferois bien autant.

Il fut examiné en vne information: & quand ce vint à le confronter contre l'accusé, voyant que l'accusé luy disoit:

Monsieur, vous n'en sçauriez rien sçauoir, car ie m'asseure que vous estiez dãs vostre lict, & ne pouuiez pas alors estre sur le paué, Ha, il est vray, dict-il, que i'estois en mon lict, & dormois profondement: mais si n'ay-ie pas laissé de voir & entendre le coup que vous luy donnastes sur la teste, sans toutesfois pouuoir asseurer bõnement, si vous l'auez touché.

Il se trouua à vn conseil d'importance, où auant que prendre les voix, on fist iurer vn chacun de tenir secrettes les opinions particulieres. Et quand ce vint à son tour: Messieurs, ie suis d'aduis pour euiter aux pariuremens, qu'on iure auparauant qu'on ne tiendra rien de ce que l'on iurera. *Et fut trouué qu'il auoit raison.*

Il ruminoit vne fois deuers la grande sepmaine sur ses pechez: & quand se vint à parler des cinq sens naturels: Il y a, dict il, la veuë, l'ouye, l'aureille, & les yeux. Et ne pouuant trouuer le cinquiesme, apres y auoir profondement pensé: Ha, dict-il, tout ioyeux, ie sçauois bien que i'auois oublié les deux yeux.

Durant les grandes chaleurs d'Esté, il fut inuité d'aller disner à demylieuë de Dole: mais comme se vint sur le disné, le vin se trouua chaud, & sans moyen de le rafraischir, pource que la fontaine estoit chaude. Dequoy fasché le possible, il dit, Monsieur de ceans, ie vous prie enuoyez à Dole au College de Morjau, querir de l'eau fraische pour le soupper. Car il y a vn puits qui est extremement fraiz, & ferez bien encor d'y enuoyer rafraischir le vin: c'est à faire à la peine d'vn laquais.

Il auoit emprunté deux liures de l'hoste de Gobille, y auoit bien deux ans: or aduint que cest hoste fut frappé de peste. Ce qu'estant rapporté à Monsieur Gaulard; Mon Dieu! dit-il, deslogeons: car ie crains que ces liures ne nous baillent la peste, puis qu'ils sont venus d'vn tel: qui est frappé. *Il pensoit que ces liures auoient pris mal, au mesme instant que leur maistre.*

Ayant ouy dire qu'vne veufue Parisienne s'estoit venuë loger à Dijon en vne Abbaye, pour solliciter vn procez, & qu'elle employoit à cest effect plusieurs Religieux. Ie la trouue bien sage, dit il: car elle ne sçauroit employer de plus honnestes gens que ceux-là: à fin de prier Dieu pour ſon mary qui eſt mort.

Il deuint malade l'an paſſé ſur l'Autonne : & ſur le conſeil qui luy fut donné par ſes amis de changer d'air, craignant que le trauail du cheual ne rengregeaſt ſon mal : il ſe fiſt mener en lictiere. Mais voyant que les cheuaux n'alloient pas aſſez viſte à ſa fantaſie, il appella ſon valet, & luy dit. Faites moy apporter mes eſperons, pour faire aller plus viſte ces cheuaux. Ce qu'eſtant fait, il les chauſſe, & puis picque tant qu'il peut ſa lictiere. Or aduint que cependant le ſeruiteur fouëta les cheuaux, tellement qu'ils allerent plus fort que de couſtume. Dequoy Monſieur Gaulard tout ioyeux. Ie ſçauois bien, dit-il, que ie les ferois aller, quand i'auray mes eſperons. *Il eſtimoit que ſes cheuaux auoient ſi bon entendement, qu'ils reſſentoient les eſperons, ſelon qu'il les remuoit en ſa lictiere.*

Voyant paſſer par la ruë vne belle ieune fille, quelqu'vn ayant dit : Il eſt dommage qu'on ne la marie, elle eſt en ſa vraye priſe. Point, point, dit Monſieur Gaulard, il n'eſt pas encor temps, elle eſt trop ieune : car il me ſouuient de l'auoir veuë auant qu'elle fuſt née.

S'estant apperceu que le sieur de Plantebourdes luy donnoit fort souuét des cassades, & luy racomptoit pour vrayes, des nouuelles qu'il venoit promptement d'inuenter : il en voulut auoir sa reuenche, & vn certain matin, le trouuant au Cloistre des Cordeliers, il luy en va racompter vne qu'il auoit songe toute la nuict, en presence de trois ou quatre. L'vn desquels faisant bõne mine, dit, vrayement voila vne chose estrange, & que ie ne pouuois croire, encore qu'il y ait cinq iours qu'on me l'a escrit de la Cour. Lors monsieur Gaulard tout esbahy, commença auec vn grand serment de iurer & dire : Voila grand cas, ie pensois l'auoir inuenté, & ie voy bien qu'il est vray.

Certain iour d'Esté comme il entendoit discourir sur le vent, qui rendoit fraische vne salette, à cause de deux portes opposites, apres auoir vn peu songé, voulant philosopher, comme les autres : Il ne se faut plus estonner, dit-il, s'il fait froid en Hyuer : car chacun s'efforce de retenir la chaleur dans les maisons auec de bons chassis, tellement que le froid est contraint de demeurer par les ruës.

Ayant ouy dire qu'on luy auoit apporté vn grand brochet, il demãda s'il estoit vif. Surquoy son seruiteur luy ayant dict qu'il estoit mort: Or le faictes donc tuer tout soudain, dict-il, car ie ne mange iamais poisson, s'il n'est vif.

L'on batit son cousin d'Auceculon, qui estoit en sa compagnie. Dequoy le lendemain comme il se plaignoit, & luy remonstroit que ce n'estoit pas bien fait. Vous auez tort, dict monsieur Gaulard, de vous en plaindre, vous m'en deburiez plustost sçauoir bon gré: car sçauez vous pas bien que si i'eusse mis la main à l'espee, ie vous eusse plus griefuement offencé, parce que quãd i'entre en colere, ie frappe à tort & à trauers, sans regarder où.

Comme il recommandoit le procez du fils de son Receueur, deuant le Bailly d'Amont. Monsieur, dit-il, faites luy plaisir, pour l'amour de moy: car c'est vn honneste homme, qui preste fort volontiers de l'argent à interest à tous les gens de moyen, qui en ont affaire: & si les aduertist tousiours vn mois auant le terme escheu à fin qu'on luy payo les arrerages à iour nommé.

Ayant ouy dire qu'il y auoit vn grand proces à Besançon, entre le Sieur Gigandas, contre le sieur Migrelin, pour le faict d'vne retraicte feodalle: & que l'vn & l'autre s'arrestoit sur ce qu'ils disoient: sçauoir l'vn qui ne vouloit donner son argent, qu'il ne fust en possessió de sa terre: & l'autre, qu'il ne vouloit sortir du chasteau, qu'il n'eust touché argent. Et quoy, dit-il, y a il tant affaire de les accorder? La terre est sur vne riuiere, qu'on face passer l'argent dans vn basteau, à proportion que le chasteau passera dans vn autre, ainsi que l'on fit de la rançon du grand Roy François, qui passoit de mesme que Messieurs les enfans de France passoient: tellement que l'argent fut aussi tost, & à mesme moment en Espagne, qu'iceux arriuerent en France.

Regardant le sieur de Benaston, qui parloit à son cousin de Haulson, qui estoit deuenu sourd: Pardieu, dit-il, voila vn homme bien fol: ne voit-il pas bien au visage, que mon cousin n'entend pas? Vn aueugle le verroit bien.

Comme il regardoit dans les Images de Theodore de Beze, celle de Viret qui est peinte auec vn bonnet à oreilles: Ie verray bien maintenant, dit-il, s'il est pas essoreillé, c'est à faire à leuer l'oreille de son bonnet. Mais voyant qu'on rioit de ce qu'il s'estoit trompé: Riez en tout vostre saoul, dit-il: si est-ce que quant il ne seroit pas essoreillé de ce costé là, si l'est-il de l'autre: car il n'y a ny bonnet, ny aureille. *Notez qu'il tenoit ce langage, parce que l'image estoit vn simple pourfil à demie face.*

Oyant reciter par admiration que la teste d'vn homme, apres auoir esté tranchee par le bourreau, auoit plusieurs fois baillé & remué. Et quoy? dit-il, vous en estonnez vous, vous auez fort peu de iugement: ne voyez vous pas bien qu'vne piece de bœuf quand elle est bien cuite, & qu'on l'aporte sur table, encore tremble elle?

Comme il vit vne monstre d'horloge en peinture, l'indice ou main de laquelle estoit sur le midy, il dit: Pardieu, voila la plus iuste monstre de France quand il est midy, & y venez voir & regarder à ceste heure là precisément, si ie ne dis pas vray.

Se promenant sur le pont de Dole, & voyant la Lune pleine apparente proche l'Horizon, qui se monstroit fort grande. Ie vous asseure, dict-il, que nous sommes bien-heureux en ce pays ; car nostre Lune est plus grande que celle de Paris. *Il pensoit qu'il y en auoit vne pour chasque ville.*

Il disoit bien vne autrefois, que la Lune de Paris, en recompense, estoit plus diligente que celle de Dole, & qu'elle se leuoit vne heure plustost sur le soir.

Estant ieune, il apprit le Compot, & comptant par ses doigts, il va remarquer que la Lune deuoit estre nouuelle vn Vendredy : mais vn certain qui auoit remarqué dans l'Almanach, que c'estoit le Ieudy, & gagea contre luy qu'il luy monstreroit le soir mesme. Et par effect à l'entree de la nuict, il luy va monstrer le croissant. Dont Monsieur Gaulard tout marry & indigné : Pardieu, dict-il, voila vne meschante Lune qui s'est aduancee d'vn iour pour me faire perdre dix escus. Car sans cela, elle n'eust pas failly de suyure le Compot.

Le Sieur de Hallebreda ayant vne grande querelle contre luy, le rencontra prés d'vn fossé, comme il chioit, sauf l'honneur de Chrestienté. Lequel luy dict: Hola ho: depesche toy & prens ton espee: car ie ne te veux pas tuer en poltron, tant que tu seras ainsi acculé. Lors Monsieur Gaulard luy dict: Par-Dieu, vous estes vn honneste homme, me promettez vous de me tenir parole? Ouy foy de Gentil-homme, respondit Hallebreda. Or bien, dict Monsieur Gaulard, puis qu'ainsi va, allez vous en hardimēt, car il me prend enuie de chier tant que ie vous verray.

Madamoiselle la Clergesse de Pillenerius ayant desir extreme d'auoir des enfans, apres auoir essayé infinies receptes, & quasi desesperant d'en venir à bout, fut conseillee d'enuoyer querir certaines herbes aux Cordeliers, où elle enuoya sa seruante les cueillir: laquelle en fin deuint grosse, dont s'apperceuant sa maistresse, luy dict: Comment, grosse vilaine, est-ce le deshonneur que vous faictes en ma maison? & tout ce que vne femme de vertu peut dire à vne folle. Où le sieur Gaulard assistant, & voulant appaiser sa cousine: Escoutez, dict-il, la pauure fille, peut estre n'en peut mais: elle a gousté & pris de ces herbes sans y penser, que vous luy enuoyez cueillir, & voila qui l'a faict deuenir grosse.

Ayant ouy dire que sa deuise estoit imparfaicte, d'autãt que c'estoit vne ame sans corps, & popos sans peincture: il en fut en resuerie enuiron quinze iours, iusques à ce qu'il se trouua d'auenture au retraict d'vn Prieuré du sieur de Nepinemoton, sur lequel y auoit vn four: & & ayant longuement premedité sur ces deux figures: Escoutez, dict-il, ie ne sçache point de si belle deuise, qu'vn four & vn retrait, ou qu'vn retrait & vn four, auec le mot, DE L'VN EN L'AVTRE. Car quand on a cuit au four, vne viande, on la mange: puis estant mangée, on la porte au retraict: du retraict, on en fume les terres, desquelles le bled prouient: dont on fait apres des pains à mettre au four. Tellement que tout va de l'vn en l'autre, & n'y a difference qu'à la forme de la mutation.

On luy vint rapporter que le sieur de Malessay son cousin estoit mort, ha dict-il, ne me persuadez pas cela, car s'il estoit vray, il me l'eust mandé, car il m'escrit souuent, & des choses de plus petite importance que cela.

Desieunant chez vn sien amy vn iour de Caresme on luy presenta du harang soret qu'il trouua tresbon, & ne voulut manger autre chose, demandant où on l'auoit pris, & qu'il desiroit en auoir vn bon nombre de pareil pour en peupler vn sien estang.

Estant logé à Paris pres le Louure, vn matin qu'il estoit encores au lit: ne pouuant dormir pour le bruict que faisoient les lauandieres de lessiues sur la riuiere, il y enuoya son homme leur dire qu'elles eussent à cesser leur batterie, & faire tel bruit, ce que son homme fit, ou il receut mille iniures desdictes lauandieres, pour lesquelles il fut contrainct s'en aller fort mal content, & le vint dire à son maistre. Qui iurant & despitant, dit que s'il alloit là, qu'il metteroit le feu à la riuiere.

Estant à Paris par la ruë, monté sur sa mulle, qui alloit assez doucement, il rencontra des bœufs en vn destroict, l'vn desquels fraya contre sa iambe, dont il sentit quelque legere douleur, & d'apprehension qu'il eut passant par deuant vn barbier, l'amena auec luy en sa maison, où hastiuement se fit deschausser la iambe qu'il pensoit estre beaucoup offencee, & l'ayant le barbier visitée d'vne part & d'autre, luy dit qu'il ne trouuoit rien qui fust offencé. C'est donc dict le sieur Gaulard à l'autre iambe, car ie sçay bié que i'ay esté blessé, laquelle deschaussée, & aussi visitée ny fut rien trouué non plus qu'à l'autre, dequoy le sieur Gaulard entra en colere, disant à ce barbier qu'il n'estoit pas des plus expers en son estat, & pour son payement luy dict qu'il n'estoit qu'vne beste, & quant à luy qu'il n'estoit pas si sot de l'auoir amené auec luy sans occasion.

Voyant à Paris vne maison superbement bastie de nouueau, & celuy sembloit faicte à la façon de celles de Rome dont plusieurs fois il auoit ouy parler, demanda à ceux qui l'accompagnoient si ceste maison auoit esté faicte à Paris. *Par cela vous pouuez penser qu'il croyoit que l'on l'eust trainée de Rome à Paris.*

FIN.

LES ESCRAIGNES DIJONNOISES.

Recueillies par le sieur des Accords.

A PARIS,

Par IEAN RICHER, ruë Sainct Iean de Latran, à l'arbre verdoyant.

1603.

PROLOGVE AV LECTEVR, SVR *l'Etymologie du liure.*

EN TOVT le pays de Bourgongne, mesmes és bonnes villes: à cause qu'elles sont peuplees de beaucoup de pauures vignerõs, qui n'ont pas le moyen d'achepter du bois pour se deffendre de l'iniure de l'Hyuer, trop plus rude en ce climat que au reste de la France: la necessité mere des arts, a apris ceste inuention de faire en quelque ruë escartée vn taudis ou bastimẽt composé de plusieurs perches fichées en terre en forme ronde, repliées par le dessus, & à la sommité, en telle sorte, qu'elles representent la testiere d'vn chapeau, lequel apres on recouure de force motes, gazon & fumier, si biẽ lié & meslé que l'eau ne le peut penetrer. En ce taudis entre deux perches du costé qu'il est le plus defendu des vents, l'on laisse vne petite couuerture de largeur parauenture d'vn pied, & hauteur de deux, pour seruir d'entree: & tout à l'entour des sieges composez du drap mesme, pour y asseoir plusieurs personnes. Là ordinairement les apres-souppées s'assemblent les plus belles filles de ces vignerons auec leurs quenouilles, & autres ouurages, & y font la veillée iusques à la minuit. Dont elles retirent ceste commodité, que tour à tour portans vne petite lampe pour s'esclairer, & vne trape de feu pour eschauffer la place, elles espargnét beaucoup & trauaillent autant de nuict que de iour, pour ayder à gaigner leur vie, & sont bien deffenduës du froit: car ceste place estant ainsi composée à la moindre assemblee que l'on y puisse faire, receuant l'air venant des personnes qui y sont, auec la chaleur de la trape, est incontinent eschauffee: quelquefois, s'il fait beau temps, elles vont d'Escraigne à autre se visiter, & là font des demandes les vnes aux autres. Il a conuenu faire ceste description, parce que l'architecture ne se trouuera pas en Vitruue, ny en du Cerceau: & semble plustost que ce soit quelque ouurage d'arondelle que autrement. Chacun an apres l'Hyuer on la rompt, & au commencement de l'autre Hyuer, on la rebastist. L'on l'appelle en Tuscan de Bourgongne, vne Escraigne: Parauenture tout ainsi que font les Escholiers des Colleges de Paris, allans disputer les vns contre les autres en temps de Karesme, par deriuatiõ de ce mot d'Escrin, qui en ce pays vaut autant à dire comme vn petit coffre: combien que d'autres qui pensent que le vray Bourguignon vienne du Latin, le deriue de ce mot *Scrinium*, Ce qui est fort vray-semblable: d'autãt qu'à telles assemblees de filles, se trouue vne infinité de ieunes varlots & amoureux, que l'on appelle autrement des Voueurs, qui y vont pour descouurir le secret de leurs pensees à leurs amoureuses. Aucuns qui ont voulu periphraser, l'appellent Ruche à vesses ; parce que dans les trapes par fois l'on y met cuire des chastaignes ou naueaux : desquels ainsi que la digestion se fait, sort du citre, la vapeur duquel retenue dans ceste Escraigne sert de breuuage à ces braues amoureux. Or que l'on les appelle comme l'on voudra, que l'on en cherche la vraye Etymologie ailleurs si l'on veut. C'est chose certaine que quād l'Escraigne est pleine, l'on y dit vne infinité de bons mots, & contes gracieux, dequoy estant bien informé, il me prist enuie de sçauoir ce qui en estoit: & de fait apres auoir pris vn ruchot, qui est le manteau dedié aux cheualiers de l'Ordre du Goy Venōgerot (Goy, est vne petite serpe de vignerons) selon l'institutiō de sainct Verney: ie me fourray vn soir apres souppé en l'vne de ces Escraignes de la ruë sainct Philbert à Dijon, sous le tillot, où vne bonne vieille qui gardoit les filles, commanda à tous ceux qui y estoient tant hommes que filles, de faire chacun son conte. Et comme la peine & le prix seruent à bien maintenir toutes compagnies, elle establit le prix à celuy qui auroit dit le meilleur conte, de prendre vn baiser de celle qu'il aymeroit le mieux en la compagnie: & à celuy qui en auroit dit le plus absurde & impertinēt, d'estre baculé à coups de souliers à double gensiue.

AV LECTEVR.

Hors d'icy loupgarоux qui feignez les Catons
Et qui nous abusans d'vne pipeuse feinte,
N'auez que mots dorez, portez la vertu peinte
Sur le front, & viuez ainsi que des gloutons.
Hors d'icy renfrongnez, tout ce que nous traitons
Est folastre & ioyeux: vous riez par contrainte
Et nous gaillardement, nous donnons vne atteinte
A ces libres escrits lesquels nous enfantons.
Il faut se retirer, il y a temps de rire:
Il y a temps aussi de grauement escrire:
La Nature se plaist en la varieté.
Tel verra quelque iour vn serieux ouurage
De ce gentil autheur qui rendra tesmoignage
Que ses doctes escrits ont beaucoup merité.

Quocumque rapit tempestas.

LES ESCRAIGNES DIJONNOISES.

APRES que ces conditions furent acceptees de tous, encores que les filles en fissent vn peu de guedon-guedon: le premier qui se trouua pres la porte nommé le grand Guenin, demanda si l'on entendoit que chacun dist vn conte sur vn mesme sujet, comme d'amour, de ruze, de friponnerie, ou autre semblable. A quoy fut respondu qu'il failloit laisser cela pour ceux qui auoient couché aux cimetieres, & quant à eux ils n'y vouloient tant de façon, mais valloit mieux faire quelque bon meslange, plustost que de s'abstraindre à vne certaine façon de paroles. Ce qu'à la verité i'estimay estre plus propre pour rire entre telles gens, que de vouloir contrepeter ou par trop grande curiosité regenner le Decameron de Bocace : Ioint qu'il n'appartient pas à vn vilain de renier Dieu.

I.

IL commença doncques le premier, & apres que l'on eust fait le silence accoustumé entre les femmes, il dit qu'il se souuenoit d'auoir esté autrefois en vne grande compagnie de dames & damoiselles qui se monstroiét si mistes & delicates qu'elles n'eussent osé estrãgler vn per, ou le faire tourner de sexe masculin en femenin, sans passer sous l'arc sainct Bernard. L'vne desquelles ainsi qu'elle se remuoit estant pressee, fist vn petit sansonnet, qu'elle ne peut toutesfois si dextrement couurir que l'esclat n'en fust ouy, dont toutes les autres se prenansà rire cõme pour exprobration de son inciuilité ; elle se voulant excuser dit que l'on luy faisoit grand tort, & que c'estoit son soulier, qui auoit mené tel bruit, & qu'ainsi soit dit elle, voylà vrayemẽt cõme i'ay fait. Or d'autant qu'elle n'auoit qu'à demy deschargé l'artillerie, il aduint que voulãt s'efforçer de faire frotter son soulier sur l'ais dont la chambre estoit planchee pour en tirer quelque son, le reste prit vent, qui fit vn pareil sansonnet que le premier. Lors la risee recõmença plus grande qu'auparauant, & dit l'on que l'on auoit grand tort de l'accuser, par ce que vrayement elle auoit fait ainsi.

II.

APRES s'aduança Guillaume Tapeçouë, qui impatiẽt de parler vistement, dit, i'en sçay bien vn petit, qui n'est pas trop esloigné de ceste matiere. C'est que dernierement en la maison de ma tante Laurence vne grosse chambriere filoit sa quenoüille de si grosse approsse, que en se retournant elle fit vn pet conforme à son calibre, qui esclata violemment, & fit saulter la pouldre au nez d'vn chacun. Lors sa maistresse se voulant courrousser, elle luy iura par sa foy qu'elle n'auoit rien fait de sa teste, & que c'estoit sa quenoille: duquel propos le courroux de sa maistresse arresté, luy demanda si sa quenoille auoit vn cul.

III.

CLAVDINE Tortemouë cõmença à dire, Si c'eust esté ma seruante, ie l'eusse biẽ frottee. Car il est bien plus inexcusable à ces grosses filles qui sont habillees proprement cõme des fagots mal liez, de lascher ainsi la bedaine, qu'à ces belles iolies Damoiselles ausquelles l'on veut façonner le corps à la mode des filles de Paris, lesquelles par necessité il faut qu'elles esclattent par deuant ou par derriere, cõme nous voyons vn chacun iour aduenir. Ainsi ie vous diray qu'vn iour madame la Marquise du Val de Suzes sçeut dextrement excuser ce qui aduint à vne belle ieune & delicate Damoiselle, laquelle luy presentant prunes de Brignolles de bõne grace, & faisant la reuerence vn doigt plus bas que la charniere de ses genoux n'auoit accoustumé de se ployer, fit vn pet si gẽtil & delicat, qu'il sembla que ce fust le ton d'vn faulset de musique. Ce que oyant sa mere qui l'accompagnoit fut grandement honteuse, & estoit bien en voye de se courroucer, si la Marquize s'en estant apperceuë ne luy eust dit pour couurir son honneur: C'est sa robbe neufue qui a esclaté. Pourquoy la serrez vous tant?

IIII.

TIENOT Frãc-Taupin dit, i'en sçay vn qui est biẽ autre. Vous auez autrefois cogneu Iean Martin cordonnier qui se tenoit deuant la porte au Lyon, qui de son temps estoit vn des premiers cordonniers du pays. Il aduint vn soir veille de bonne feste, qu'il estoit pressé de rendre pour le lendemain matin, plusieurs sortes d'ouurages, & pource il faisoit veiller tous ses seruiteurs aupres de luy, & les exhortoit à diligence, auec promesse de les faire boire apres l'ouurage acheué. En ces entrefaictes, passoit par là vne cõpagnie de frippons, qui s'arresta deuant ceste boutique, parce que souuẽt les cõpagnons dudit mestier chantent, ou diẽt en faisant leur ouurage, plusieurs sornettes & propos gracieux: l'vn de laquelle compagnie se debãda sans dire guare marmotãt entre ses dents, qu'il les feroit tãtost boire d'autre sorte : & entrant en la maison d'vn marchant grossier proche de là, il acheta vn soufflet tout neuf, duquel il fit oster les cloux qui tiennent & serrent le cuir de l'vn des costez. Et apres l'ouuerture faite il se croupit en plaine rue, & emplit tout le soufflet de belle fine merde, puis fait reserrer le soufflet. Ayant rehaulsé ses chausses, reuint trouuer la compagnie, Et tout ioyeux leur dit tout bas, vous verrez a cet' heure beau ieu, & pour rire. Lors auec son soufflet il vient à l'endroit qu'il voyoit le iour, entre deux aiz mal ioincts, il appointe son soufflet, & en fit sortir du vent fort doucement. Incontinent ce parfun espanché par la boutique, prit chacun plustost au nez qu'aux tallons, les pauures seruiteurs n'en osoient parler, craignans que ce fust le maistre qui eust lasché la leuriere, mais le maistre qui en auoit eu sa part commença à se courroucer à celuy qui estoit le plus pres de luy. Et tant plus que le pauure diable s'excusoit, tant plus le maistre se courroussoit, disant : Par la morbieu ie t'enuoiray bien chier autrepart. Apres le maiſtre ſoufflerier recommença au bout de quelque eſpace de temps a ioüer de ſon ſoufflet, Qui fut cauſe que les compagnons reprochoiẽt l'vn à l'autre leur infamie : & des paroles l'on vint aux dementis, des dementis aux armes. Dont le maiſtre irrité tant de voir ainſi laiſſer ſa beſongne imparfaicte, que de ſentir cét air qui empeſchoit toute la boutique, commença à battre & deçà & delà, & n'y eut forme de ſoulier qui ne fut iettee à la teſte. Ce qui eſmeut ſi grand bruit & noiſe, que les voiſins furẽt contraincts venir à la recouſſe, & entrans en la maiſon furent payez contens de leur peine ſans mettre rien à credit.

V.

DE ces trois contes ainſi ſoudainement faits, chacun ſe prit à rire, ſpecialement les filles : les vnes à gorge deſployee, les autres plus reſerrees couuroient leur ratelier. Ce qui occaſionna Claudin Faineant de leur faire ce conte, Qu'vn certain iour vn bon compagnon retournant de Paris, paſſans par la grand ruë de Chastillon sur Seine, fut arresté par vne fort honneste & accorte Damoiselle, qui l'ayant recogneu luy demãda. Pierre mon amy d'où venez vous? De Paris. Quelles nouuelles? bonnes. Mais quoy, dit la Damoiselle, n'en sçauez vous point? Madamoiselle dit Pierre, ie n'en sçay point de meilleures, ny plus certaines sinon que l'on estoit apres d'aduiser à donner deux maris aux Damoiselles qui auroient petite bouche. Lors la Damoiselle qui auparauant parloit librement, commença à reserrer la bouche, & dire, auec vne voix delicate & mignardement affectee, Vrayement Pierre, voyla de terribles nouuelles, & que fera l'on à celles qui ont grande bouche? Elles en aurõt trois, dit Pierre. Lors la Damoiselle recommença à esleuer sa voix, & allongir sa bouche de deux pieds de long, disant: Dequoy Pierre? voila bien autre chose. Tous les assistans ne se peurent tenir de rire, regardant la contenance & parler des filles, pour cognoistre l'humeur de celles qui desiroiẽt deux ou trois maris.

VI.

FIACRE du Coing estant à son tour dit, qu'il se trouua vne fois à la foire à Rouure, où en la boutique d'vn cordonnier vn passant demanda combien luy cousteroit vne paire de bottes. Cinquãte sols dit le maistre: mais cinquante pets, dict l'autre. Vrayement dit le maistre, si tu les peux faire de suitte, ie te les donneray pour rien. Ce compagnon bien aise, se va asseoir sur le bout d'vne table à demie fesse, & commença à dire au cordonnier qu'il contast: puis sans tirer ny reprendre aleine, il fit si biẽ que il gaigna les bottes qui luy furent liberalement laissées. Ce que voyans les seruiteurs de boutique, dirent, monsieur donnez le vin aux compagnons. Ouy dit-il, vous serez payez de mesme monnoye, & leur lascha encores trois gros pets, qu'ils partirent egalement les vns auec les autres.

VII.

IEAN Simonet estant à son tour, commença à dire: Vous cognoissez tous nostre Curé de S. Iean. Il aduint y a deux ou trois ans, que le fils de l'vn de ceux qui se disoient de la religion reformee deceda sans receuoir les sacremens ordonnez par nostre mere saincte Eglise. Et pource que l'on le vouloit mettre au cimetiere à la Huguenotte: le pere du decedé voulut practiquer le marguiller de faire la fosse la nuict, & qu'il ne faudroit iustement à la minuict apporter le corps auec les diacres & anciens de leur pretenduë Eglise, pour l'enterrer à leur mode. Le marguiller fit longuement le restif, iusques à ce qu'estant gaigné à force d'argent, il promit de faire ce que l'on vouloit. Cependant il aduertit le Curé de toute l'entreprise, lequel le loüa grandement d'auoir ainsi dextrement ioüé son personnage: & l'heure venuë de l'enterrement, il se reuest de ses habits sacerdotaux, auec la croix, & l'eau beniste: & fauorisé de l'obscurité de la nuict, se va cacher à vn coing du cimetiere, attendant ces nouueaux religieux, qui ne tarderent gueres apres à venir en moult belle ordonnance, en esperance d'executer leur entreprise. Mais ils n'eurent si tost mis le pied au cimetiere, que le Curé sortant de son embuscade, tenant l'aspergés en sa main, commença à chanter, *Libera me Domine*, & à ietter force eau beniste sur tous ces compagnons. Qui voyant ce spectacle, furent saisis de peur, laisserent le corps, & s'enfuirent de vistesse les vns deçà, les autres delà. Dont il aduint que aucuns d'eux tomberent entre les mains du guet, qui les enuoya en prison pour les mettre à seureté iusques au lendemain matin, que estans recognus, ils furent, à la priere de leurs amis, relaschez.

VIII.

APRES ce conte acheué, Perrin Dandin cõmença ainsi. La reputation de ces habits me fait souuenir d'vn autre. Vous sçauez comme le Roy a fait plusieurs Edicts pour reformer les habits, tant des hommes que des femmes. Qui donna occasion à beaucoup de gens de parler: & à la verité en toutes compagnies qui s'assembloient, il n'y auoit autre subject que de ceste belle reformation. Aduint qu'en la Cour de monsieur de Lorraine, se trouua vn personnage de Paris, portant tiltre de Conseiller, auquel les Dames & Damoiselles s'addresserent : parce qu'à sa veuë & contenance, elles le iugeoient tres-habile homme : & luy demanderent à quelle occasion on se vouloit arrester à si petite chose en vn grand Royaume & florissant comme celuy de France, où il y auroit bien autres choses à reformer. Il respondit auec liberté de conscience, que c'estoient les femmes qui en estoient cause : par ce qu'il leur falloit plus de sortes d'habits, de collets, de cottillons, de manches, de manchós, recouppez & releuez, auec tant de façon, que ce n'estoit que pure ruine, & que de ce luxe s'engendroient plusieurs autres meurs corrompuës. Les Dames luy respondirent que c'estoient les hómes mesmes, qui estoient cause de faire ainsi remuer les femmes, parce qu'ils estoient trop braues, excitoient par ce moyen à orgueil les femmes, qui de tout temps auoient esté mieux parees que les hommes pour s'essayer à leur complaire. Il leur repliqua en ceste sorte: Ouy, aduisez voir si entre nous hommes nous changeons de brayette. De ce conte toutes les filles furent honteuses: mais la maire Guedine prenant la parolle dit, Si i'y eusse esté, ie l'eusse payé en mesme monnoye: car nous autres ne changeons point nos pieces du milieu, non plus que les hommes.

IX.

MARGVERITE la Sucree, auec vne voix delicate comme vn chardon pignolot, commença son conte: Qu'elle seruoit cy-deuant Madame de Troufaguet, en la maison de laquelle se fit vn iour grande assemblee de Gentils-hommes & Damoiselles, qui apres estre bien las de baller, se mirent en vn rond: & l'vne des Damoiselles pour mettre en train vn chacun, leur dit qu'elle sçauoit vn fort beau ieu, qui estoit de iouër au iardin madame. La ſubſtance de ce ieu eſt, que chacun des aſſiſtans doit donner vn arbre, vne beſte deſſous pour le garder, & vn oyſeau deſſus pour chanter: & faut qu'il contreface le ſon ou voix de la beſte, & le chant de l'oyſeau. Puis l'on demande à la compagnie s'il a bien fait: ſi quelqu'vn dit que non, il faut qu'il s'efforce de mieux faire: s'il a mieux fait que le premier, il eſt recompenſé de quelque beau mot, ſelon la gaillardiſe de la dame qui commande: ſinon, il eſt puny à ſa diſcretion. Or entre les autres vn gros lourdaut qui nouuellement eſtoit marié à Paris, à vne gentille & plus belle Damoiſelle qu'il ne meritoit, dõna au iardin de madame vn foux pour l'arbre, vn renard pour le garder, & vn cocu pour chanter. Laquelle aſſemblee fut trouuee belle, & ſigne de luy, & apres qu'il euſt fait le chant de ſon oyſeau, vn autre ſe voulut aduancer pour mieux l'imiter que luy. Dont s'eſtant eſmeu vne petite diſpute de ialouſie, pour ſçauoir qui auoit mieux fait. La dame iugea par l'aduis de toute la compagnie, que le premier auoit gaigné: car il faisoit le cocu au naturel. Dequoy le bon-homme bien satisfait prit cela à grand honneur. Vn tiers Bourguignon, plus habile cognoissant la gentillesse de la dame, donna au iardin vn laurier, vn petit chien pour le garder, & vn perroquet pour chanter. Puis estant inuité de faire le chant de son oyseau, il cõmença à dire, Perroquet mignon, viue le Roy, & autres semblables mots que l'on apprent à tels perroquets. La Dame cognoissant la subtilité de l'esprit du gentil hõme, pensant le rendre confus, luy dit de bonne grace: Monsieur vous nous dites du langage artificiellement apris à vn perroquet que l'on tiẽt en cage: mais nous demandons le ramage. Le Gentil-homme qui ne vouloit demeurer muët en si bõne compagnie, mit ses deux poings deuant sa bouche, comme s'il s'en fust voulu seruir pour faire quelque sifflet ou ramage du perroquet. Et comme chacun estoit fort ententif, il fit vn gros pet, & puis dit, Madame, ie ne sçay point d'autre ramage : ſi quelqu'vn ſçait mieux à propos entonner, ie le quitte. Chacun ſe prit à rire, & luy fut donné le prix de tous ceux qui auoient le mieux faict.

X.

Katherine l'Entragee, apres que la riſee eut ceſſé, commença de dire, qu'elle eſtimoit que ſa couſine choiſiroit quelque autre matiere pour rire: & que de ſa part, elle pourroit bien dire quelque choſe ſur vn pareil ſubject, toutesfois elle le garderoit pour en faire bonne bouche vne autre fois, & raconteroit vne façon gentille de laquelle vn homme bien riche & auaricieux fut contrainct, bongré malgré qu'il en euſt, de s'eſlargir. Vous auez tous peu cognoiſtre ce grand riche Eſcoſſois, qui ſe tenoit aupres de Verdun en Lorraine: Il eſtoit grand meſnager, & s'il dõnoit vne fois à diſner à ſes voiſins, il en prenoit vingt fois autant. Il y auoit aſſez pres de luy, vn grand Seigneur, le nom duquel ie ſupprimeray pour maintenant; auquel il prit enuie d'aller voir ce maiſtre Eſcoſſois. Et comme il prenoit plaisir à la chasse, il se mit en chemin auec son train, force chiens & oyseaux. L'Escossois aduerty, va au deuãt de luy, le reçoit fort courtoisement de paroles, luy fit bonne chere à disner & à soupper, estimant qu'il seroit d'autant quitte: toutesfois incertain de la volonté de son hoste, il ne dormit pas toute la nuict à son aise. Le matin venu, il enuoye voir escouter proche la chambre de son hoste, s'il se leuoit point: puis à l'estable, si l'on apprestoit point les cheuaux pour s'en aller, & n'en voyãt point d'apparence, il se resolut en soy-mesme, que c'estoit encores à faire à vn disné. Et en ceste esperance d'en estre quitte d'autant, il faict apprester à disner à son hoste, qui s'estant leué à dix heures, & ouy Messe, se trouua incontinent en appetit. Et estant assis à table, commença à entretenir son Escossois de plusieurs choses: & entre autres luy demanda, s'il ne luy bailleroit pas quelqu'vn de ses gens pour le conduire apres disner, en quelque beau lieu proche pour voler prez la riuiere, afin de faire exercer ses oyseaux: & si il n'enuoiroit pas quelqu'vn de ses gens pour trouuer vn lieure en forme, qu'il courroit le lendemain matin. A ces paroles cognut cét Escossois que son hoste n'estoit prest de partir: parquoy il s'aduisa de ceste ruse, de contrefaire le malade. Et de fait, se serrant la teste, dit que sa migraine le venoit de prendre, qu'il le falloit aler coucher: pria son hoste de l'excuser, parce que quand ceste maladie le prenoit, il ne sçauoit quelle contenance tenir, & si quelque fois luy duroit deux ou trois iours. L'hoste incontinent euenta la meche, & luy dit: Monsieur, ie suis plus malade que vous: Mort Dieu contre migraine, vn lict vistement. L'Escossois s'en va coucher en sa chambre: l'hoste s'en va à la sienne. Vn iour se passe: le pauure Escossois auquel les dents faisoient bien mal, demandoit comme se portoit son hoste. Et comme l'on luy rapportoit qu'il estoit en son lict, ne faisant semblant d'en sortir, il fut contraint se leuer & sortir du lict le premier, pour bailler

occasion

occasion à ſon hoſte de s'en aller, ce qu'autrement il n'euſt fait.

XI.

MARGOT l'effondree dit : Vous auez peu auoir ouy parler du Capitaine Iean Roy de Dijon, qui en ſon temps fut vaillant ſoldat, & fit bien parler de luy. Il fut vn iour prié à aſſiſter au feſtin des nopces d'vne ſienne couſine, au lieu de Plombiere : Ce que volõtiers il accorda. Et le iour venu entrant en la maiſon du pere de la mariee, il le trouua couché, auquel il demanda qu'il auoit. I'ay ſi grand mal aux dents, dit-il, que ie ne ſçay que faire. Si vous me voulez croire, dit le Capitaine, dans vn quart d'heure, ie feray que vous ne crierez plus les dents. Ce bon-homme va penſer que luy, qui auoit veu du païs de droict eſcrit, pouuoit auoir apris quelque recepte à la gueriſon de tel mal : parquoy il luy dit qu'il feroit tout ce qu'il luy diroit. Ce Capitaine ſe fit incontinent apporter des aux & du ſel, & les pila luy meſme en vn mortier, puis dit à ce pauure patient : Mon oncle, voicy qui est facile à faire, prenez vous mesme de cest onguent au bout du doigt, & vous en frottez fort le trou du cul: ie m'enuois à la Messe, ie m'asseure que dans vn quart d'heure, vous ne crierez plus les dents. Le pauure homme pensant remedier à son mal, fit comme l'on luy auoit dit: mais il n'eut pas quasi commencé, qu'il sentit vne rage en ceste partie, qui le faisoit crier comme vn fol. Cependant le Capitaine reuient de la Messe: auquel ce pauure homme commence à crier qu'il estoit perdu. Le Capitaine luy demande qu'il auoit, Le cul, le cul me brusle, dit-il: Le Capitaine respond, Ie sçauois bien que vous ne crieriez plus les dents.

XII.

TIENETTE Saupiquet, dit i'en sçay vn qui approche à celuy là. Autresfois à Chastillon, y eut vn honneste homme & de bonne maison, qui passant à sainct Seigne, se trouua surpris du mal des dents si violemment, qu'il estoit quasi à courir les ruës. Là se rencontra vn bon garson, qui le voyant en ceste extremité, luy promit de le guerir promptement, s'il le vouloit croire; Le patient le promet; Lors ce bon compagnon le meine au milieu de la ruë, fait apporter vne escabelle tout debout, sur laquelle il le fait monter, en presence d'vne infinité de gens qui estoient bien aises d'apprendre ceste nouuelle façon de guerison. Puis il tourna à l'entour de l'escabelle trois tours, en despit du loup, marmotant quelque chose entre ses dents: comme s'il eust voulu enchanter le mal: Et apres toutes ces cingeries paracheuees, il dit au patient, Parlez haut apres moy, La dent m'y fait mau. Ce qui luy fit repeter par trois fois, & à la troisiesme apres auoir cherché la commodité de s'enfuïr, il cria: Chie dessus, qu'il ne m'en chaut. Dont ce patient estant marry de se voir moqué, courut apres luy pour le battre: mais il gaigna à la fuitte, qui ne seruit que de risee, parce qu'il estoit cognu pour vn grand gausseur.

XIII.

VN soir, dit Colas l'Estourdy, estant en vne bonne maison de Dijon, où y auoit grande compagnie assemblee, pour faire la solemnité des Rois, ie vis aduenir que la part du gasteau où estoit la feue, fut donnée à vne belle & ieune Damoiselle nouuellement mariee : laquelle à l'instant fut mise au dessus de la table, & constituee en estat de Royauté, auec establissement de tous officiers necessaires, dont la compagnie se resiouyssoit de ce que le sort estoit si bien tombé : estimant que ce seroit argument de grande resiouyssance. Mais fut de honte, ou autrement, elle ne voulut iamais boire tout le long du soupper : & incontinent apres, s'en alla coucher. Dequoy son mary estant marry, s'en alla aussi apres elle, Et estant dans le lict, cõmença à lascher le ventre, & crier, La Royne boit, la Royne boit, si haut que toute la compagnie l'entendit, & y accourut, qui ne fut sans grande risee.

XIIII.

IEAN le Noir dit que le sien ne seroit pas du tout si bon, mais que c'estoit tout vn, il bailloit tout a boire. Il y a quelque temps que maistre Andriche, que vous cognoissez estre gaillard, remarié en troisiesme nopces auec vne ieune femme, luy dit le soir de ses nopces : Ma femme, mettez vn peu la teste dedans le lict, de peur que ie ne crache sur vous, parce que ie veux cracher à la ruëlle. Ce que fit la pauurette, sans y penser : & incontinent il delascha vne arquebuzade, dont il pensa venir vn grand inconuenient à sa personne, à cause qu'elle auoit beu sans soif. Toutesfois ils en refirent bien toist leurs pers.

XV.

ANDRE' Taupin, continuant selon son rang dit, Vous cognoissez maistre Eurard le peintre, demeurant à la ruë Sainct Iean. Il auoit prié sur l'heure de dix heures quelques gens de son mestier à disner : & pour leur faire meilleure chere, commanda à sa chambriere d'aller viſtement acheter vne andoüille. Ce qu'elle fit : & pour la rechauffer, la mit dans vn petit pot qui eſtoit deuant le feu. Et d'autant qu'il eſtoit quaſi plein de chair, elle fut contrainte la mettre dedans comme à force, la preſſant deſſus auec le couuercle pour la faire entrer. Qui fut cauſe qu'en releuant au bout d'vn quart d'heure, ou enuiron, le couuercle, l'andouille trouuant liberté de ſortir, ſe redreſſa de fortune par le bout toute droicte : tout ainſi que vous voyez de ces petits ſautereaux, que l'on enferme dedans des boites. Ce que voyant la chambriere, ſe retira viſtement, criant : Mere m'amie, ie croy que ceſte andoüille ſoit viue. Pardey, dit le maiſtre, vous auez cœur à la cuiſine, ie voy bien que vous mettriez vne andoüille au pot ſans lauer.

XVI.

A PROPOS d'andouille, dit le gros Guyot, vous me faites ſouuenir d'vn Chanoine de Beaune, que l'on appelloit Culinus, qui eſtoit bon compagnon en toutes façons. Vn iour cerrains de nos ſeigneurs de Dijon à marier, l'allerent veoir : Et comme ils le cognoiſſoient alteré de l'andoüille, à droict & à gauche, & de tous coſtez, ils luy dirent que pour faire chere entiere, il falloit auoir compagnie Françoiſe à coucher. Luy qui ne ſe pouuoit honneſtement excuſer vers eux, qui auoient trop de cognoiſſance de ſa vie, & ſuffiſance à ce meſtier, promet de les accõmoder: à ceſte loy & condition toutesfois, qu'ils ne viendroient à ſon logis, qu'il ne fuſt plus de dix heures de nuict : & ſe viendroient mettre au lict en la chambre qu'il leur appreſteroit, où le cas ſeroit appreſté. Mais pour crainte de rumeur & ſcandale, il n'y auroit point de clarté, à cauſe que la Damoiſelle ne vouloit eſtre cogneuë. Noſdicts ſeigneurs trouuerent cela raiſonnable & conuenant à la pudeur d'vne matrone de tel meſtier. Or comme ils ne pouuoient venir à la lute tous enſemble, ils tirerent au ſort qui iroit le premier : & de bonne fortune il tomba ſur vn degouſté de poil ardent, qui eſtoit preparé pour bien facilement rompre vne porte ouuerte. Luy tout ioyeux de ceste bonne aduenture ; qu'il estimoit à grand heur par dessus tous ses compagnons, se met en chemise en vne chambre prochaine: & de là, entre en celle où estoit le lict preparé, où il ne fut si tost arriué, qu'il se mit en limon, auec telle viuacité qu'il y fit plusieurs courses, estimant desrober autant de plaisir à l'interest & desaduantage de ses compagnons, qui cependant estoient aupres de leur hoste. En fin, comme il se leua pour penser faire place aux autres, ledit Culinus le remena dans la chambre auec force chandelles, vers ses compagnons, & va tirer la courtine du lict, pour luy faire voir à visage descouuert, la beauté du personnage qu'il auoit si amoureusement mignardé. Lors au lieu d'estre satisfait, ce qu'il pensoit, il voit vne vieille de quatre vingts ans & plus, toute ridee & edantee, laquelle à voix tremblante voyant ces beaux ieunes iouuenceaux: Messieurs, Dieu vous doint bonne vie & longue, vous ne desprisez pas vieilleſſe, ie prieray Dieu toute ma vie pour vous : il y a plus de quarante ans que ie n'auois ſenty douceur d'homme. Ie vous laiſſe à penſer, ſi ce gentil amoureux fut refroidy, & moqué par ſon hoſte & compagnons. Il ne peut faire autre choſe, que de trouſſer ſa queuë entre ſes iambes, & menaſſer ſon hoſte de s'en reuanger.

XVII.

COLAS Feſſon ſuyuit incontinent, & dit : Par mon digne arme, ie penſe ſçauoir de qui vous parlez, & vous diray qu'il eſt heureux ou malheureux d'auoir touſiours quelque bonne rencontre. Car il alla vn iour à Dole voir vn ſien amy, fort honneſte homme, que l'on appelloit communement Gueule-freſche, qui luy fit le meilleur recueil du monde, & le tint pluſieurs iours auec luy, auec tout le plaiſir & contentement qui ſe pouuoit donner tant de iour, que de nuict. Aduint qu'vn ſoir il le mena promener par la ville deuant la boutique d'vn barbier, où pluſieurs gens faiſoient leur barbe & cheueux pour le lendemain, qui estoit bonne feste. Ceste Gueule-fresche obseruant que la porte de la boutique, estant au porche de la maison, estoit à demy ouuerte, s'approcha, & tout doucement bragues auallades, fit son present: dõt le parfun estant entré en la boutique, donna occasion à tous ceux qui y estoient, de serrer leurs nez: & apres auoir remonté ses chausses, heurta à la porte. Auquel bruit ceux qui estoient dedans commécerent à dire, Qui eit là? Et il respondit: Celuy qui a chié, s'en va. Lors ils coururent aux armes: & les suyuirent de si pres, que s'ils n'eussent couru habilement, ils eussent esté en grand peril: & plus le Dijonnois, que le Dolois. Toutesfois en fin il n'y eut qu'à rire de tout.

XVIII.

C'EST bien pissé, Martine, dit Claudine Coquette. Vous sçauez que l'on a à Dijon ceste peute coustume de fouëtter les filles, le iour des Innocens: laquelle est entretenuë par les braues amoureux, pour auoir occasion de donner quelque chose en estraines à leurs amoureuses, & ce pendant auoir ce qu'ils estiment à grand contentement, voir le cul des pauures filles, & quelque chose de mal-ioinct aupres. N'aduint-il pas ceste annee que l'on alla donner les Innocens en la maison d'vn President à Dijon, où y auoit plusieurs filles? Toutes lesquelles furent accommodees, fors l'vne qui auoit vn cul rebondy, que le maistre ne voulut permettre estre foüettee de telles verges. Dont chascun s'esbahissant de telle faueur particulierē & fort extraordinaire, il dit en ces termes: Ne touchez point à son cul, c'est pour la bouche de monsieur. Lors vn bon compagnon luy dit, Et bien, Monsieur, nous sommes d'accord: nous aurons le deuant, & vous le derriere pour en faire vn moulin à vent.

XIX.

HE! va dire Girard la Gueule, ce cõte me fait souuenir de ce qui aduint aux Innocens en la maison de feu Toussaint Patris, au logis de la Paule.

Vous sçauez que là dedans s'assembloiét ordinairement plusieurs honnestes gens de la ville, & mesmes y faisoient quasi tous les iours, porter leur soupé, pour auoir plus de moyen & cõmodité de rire, & de gausser librement ensemble. Ledit Toussainct Patris auoit vne chambriere qui ne seruoit que d'aller querir du vin, fringuer les verres, & verser à boire. En quoy elle estoit assez empeschee, veu le grand nombre des alterez qui quelquefois s'y rencontroit. Ceste pauure fille prenoit si grand plaisir à seruir & contenter ces messieurs, que vous eussiez dit que Dieu l'auoit faicte expressément pour messieurs de l'infanterie. Ainsi s'appelloit ceste honneste cõpagnie, dont l'on a ouy parler iusques à Paris, pour l'acte solemnel que elle fit à là vengeance d'vn soufflet Parisien donné au mois de May, en vne maison financiere de Dijon. Ceste pauure fille, disie, quand elle alloit au vin, craignoit tant de faire attendre messieurs, que tousiours elle couroit: & pour crainte des crottes, troussoit sa queuë: encores que, à la mode de village, elle fut habillee assez courte. Cela fut cause que l'on l'appella Courte queuë. Or comme les Innocens s'approchoient, elle estoit menacee de tous costez. Qui fut cause qu'elle prit resolution de s'en aller: toutesfois elle en fut diuertie par vne gentille inuention de feu maistre Pierre Garnier, Commis au Greffe Criminel de Dijon, qui faisant la chatemitte, la tire à part, & luy dit: Escoute, Courtequeuë, i'ay au Palais l'escusson Royal, où sont les armoiries du Roy. C'est celuy qui sert de sauuegarde: quiconque touche celuy qui le porte, doit vingt francs d'amende. Quand tu l'auras sur toy, il n'y aura homme qui ose te toucher: Ie te le presteray demain, mais n'en sonne mot, & le mets bien cousu contre ta chemise, en sorte qu'en retroussant tes habits, l'on le voye appertement. Ce maistre homme sçeut si bien ambeliner ceste fille, qu'elle le creut: & le lendemain veille des Innocens, il ne faut point de luy apporter cest escusson, & elle de le coudre: puis il attitre le Receueur des amendes; Et comme dez le soir l'on vouloit trezeler la feste des culs; les premiers qui s'attacherent à ceste pauure fille, dez qu'ils eurent veu l'escusson, ils la laissent vistement, & dirent au Receueur, qu'il ne les escriuisse pas: parce qu'ils n'y auoient pas touché. Ce premier acte donna telle asseurance à ceste fille, qu'elle ne se cachoit point: voire quand elle oyoit crier quelque autre fille par la ruë, elle y couroit à la recousse: & si on faisoit semblant de la prendre, incontinent elle crioit, Monsieur le Receueur venez voir: ouy-da, c'est pour vostre nez. Ce Receueur, y accouroit incontinent, & à sa venuë chacun se retiroit. Elle demeura en cest aise tout le iour, iusques à ce que sur la nuit elle fut prise & fouëtee competemment. Dont elle se voulut prendre audit Garnier: mais il s'excusa que l'escusson qu'il luy auoit presté, ne duroit que vingt-quatre heures, & que elle auoit eu tort de n'en estre allé demander vn autre.

XX.

C'Est vn grand cas, dit tante Ianne, il n'y a que deux ou trois pauures mots au monde monosyllabes, du plus meschant endroit de la beste, sans lesquels il semble que l'on ne sçauroit rire. Ie vous diray vn conte qui n'est pas trob bõ, mais il est court & de mauuaise grace. Vn iour vn honneste homme officier de la Gruerie, bon draule, couché en son lict aupres de sa femme qui auoit le cul tourné, entendit & sentit à la fois l'esclat & fouldre de deux ou trois canonnades bien puantes. A quoy ne sçachant autrement remedier, & craignant la continuë, il luy va pisser contre. Sa bonne femme sentãt ce chaudot, se retourne de vistesse, & crie, Mary que faites vous? Tout-beau, dit-il ma femme, petite pluye abat grand vẽt.

XXI.

VRAYEMENT, dit Denis Grospied, i'espere bien gaigner le pris par vn autre discours bien plus gracieux. Vous auez cogneu d'autrefois vn bõ bourgeois de Dijon, que l'on appelloit Michaut de Ternant, qui se tenoit vis à vis d'vn grand Aduocat, que l'on appelloit le sieur de Rimon. Tous deux estoient fort gaillards & facecieux, & se hantoient fort priuément. Ce Michaut de Ternant auoit ceste façon, que dés qu'il estoit leué, il s'en alloit chez son voisin Rimon, & quasi ordinairement s'esguilletoit & habilloit en parlant à luy. Et si d'auenture il luy prenoit enuie d'aller où les Damoiselles vont à pied, il ne retournoit pas chez luy porter son present, mais alloit droict aux priuez de la maison dudit Rimon. Et s'il aduenoit que ledit Rimon eust mesme enuie que luy, il prenoit plaisir de se tenir sur l'anneau si longuement qu'il le contraignoit d'aller chercher siege ailleurs. Or apres qu'ils se furent donnez maintes cassades les vns aux autres, ledit de Rimon s'aduisa de payer ledit de Ternant tout en vn coup. Il fit faire vn ais de sapin auec son anneau pour mettre sur ses priuez, lequel il fit frotter bien copieusement de poix noire à l'endroit du siege : & afin qu'elle ne fust apperceuë, fit aussi noircir tout le reste de l'ais. Le lendemain Michaut de Ternant, selon sa bonne coustume, ne faut point de venir sieger sur lesdicts priuez, comme auoit de coustume, sans descouurir l'embusche. Ce que voyant ledit de Rimon, fit semblant qu'il auoit haste de lascher le ventre, aussi bien que luy : afin que d'autant que ledit de Ternant prist plaisir de s'y tenir, par ce moyen la poix eust moyen de se fondre, & s'attaquer aux fesses dudit de Ternant, qui estoit fort velu. Et quand il estima que tout estoit bien prest, il suscite des gens qui à l'effroy vindrent crier au feu, au feu. Lors Rimon luy mesme, comme s'il n'en eust rien sçeu, commence à demander où c'estoit. L'on luy respond hautement, que c'estoit chez Michaut de Ternant. Lors ledit de Ternant se pensant leuer hastiuemēt, pour aller secourir sa maison, emporta auec soy l'ais que l'on auoit mis sur lesdits priuez, & sortit ainsi emmy la ruë, monstrant son cul à descouuert, & ceux qui s'estoient apprestez auec fouëts, le traicterent comme il meritoit.

XXII.

IOACHIN l'Asnier dit apres. Vous me faites souuenir de deux grands amis, dont l'vn s'appelloit Iean Panemain, & l'autre François l'Escuron : Ils estoient tousiours apres à chercher quelque gibier : & ayans chacun endroit soy descouuert vne belle chābriere en vne hostelerie, ils y allerent sans sçauoir aucune chose l'vn de l'autre, en mesme deliberation d'executer vne mesme entreprise. Aduint que l'vn estant plus habile que l'autre, remit sa proye dans les priuez de la maison : & ayant fermé la porte sur luy, pour crainte de perdre temps, se mit à la besongne. L'autre qui auoit bon nez, le suyuant à la trace, vint heurter à la porte, & pressant son compagnon de luy ouurir, il luy dit, Mon amy, retire toy pour maintenant, tu ne peux rien faire icy : car il n'y a que deux trous, dont l'vn est plein, l'autre est breneux.

XXIII.

BENEFICE Paulot parla apres : Il faut que ie vous face recit d'vne histoire, qui est assez bonne, ou ie n'ay pas faim. Vous pouuez sçauoir qu'à Lãgres, comme à plusieurs autres villes, les bouchers vendent le poisson en Karesme : & d'autant que l'eau y est fort froide, ils la tirent de leurs cisternes sur la nuict, pour la tenir dans de grands vaisseaux de bois deux fois plus longs que larges, quasi comme demies balonges : lesquelles ils mettent deuant leurs estaux de boucherie, qui est vne petite ruë si estroicte, que quasi les toicts touchent l'vn à l'autre. L'vn de ses bouchers auoit faict quelque desplaisir à vn gentil-homme de ce lieu là, appellé le Seigneur de Belle-loffre : lequel faisant semblant de se vouloir venger de luy, attira cinq ou six bons cõpagnons qui se mesloient de tibler & courir de nuict, & leur conte comme ce boucher luy auoit faict vn grand desplaisir, duquel il falloit qu'il se vengeast, non pas pour luy faire mal à sa personne, mais quelque grand despit. Ceux là incontinent luy dirent, que le plus grand despit que l'on luy pourroit iamais faire, seroit d'aller la nuict troubler ou espancher l'eau qu'il auoit apprestee pour vendre le lendemain son poisson. A ce mot ils ouurent les aureilles, & leur promet à chacun vn teston, s'ils vouloient le Samedy suiuant apres qu'il auroit ainsi preparé son eau, aller faire leur ordure dedans, c'est à dire, (à parler comme vne Dame de Dijon) pisser du gros. Les compagnons le promettent, pourueu que l'on leur aduance argent. Il replique, que ce sont des gausseurs, qu'ils se mocqueroient de luy, s'ils auoient son argent auant le coup, & par ce moyen accroistroit son iniure & honte : mais il leur iure qu'il ne mettra rien à credit, ains les payera tout content. Dont ayans tiré au lieu d'obligation, vn serment solemnel, ils se deliberent d'executer le cas. Apres ces stipulations ainsi faictes, ce seigneur de Belle-Ioffre s'en va secrettement aduertir le boucher, qu'il s'estoit trouué en lieu où estant bie͠ couuert, il auroit entendu tout ce conte, duquel il luy fait recit tout au long: & que s'il le vouloit croire, il leur feroit bien payer leur folie. Ce boucher saute incontinent aux moucherons, & impatiemment demande comment il faudroit faire. Faut, dit-il, que vous vous accompagniez d'vne douzaine de bons compagnons pour estre les plus forts, que vous ayez de bonnes poignees de verges, & que vous vous cachiez derriere vos bancs: puis quand vous verrez les autres venir, & qu'ils auront auallé leurs chausses, & retroussé leurs chemises pour faire la cacque, vous sortirez doucement de vostre embuscade, & deux à deux vous prendrez chacun le vostre pour l'accommoder. Voila bien, dit le boucher, il sera fait. Il apposte les douze compagnons, qu'il met en sentinelle au lieu destiné. Le seigneur de Belle-loffre ne faut point d'amener la gruë au filet, & luy mesme conduit les compagnons chieurs iusques au lieu où l'eau estoit preparee. Auquel lieu ils ſe mirent tous en belle ordonnance pour executer ce qu'ils auoyent promis, mais à l'inſtant ils ſe ſentirent ſurpris & fouëttez à demourant. Dont ſuruint vn plaiſir extreme, de voir rire d'vn coſté le ſeigneur de Belle-loſtre auec le boucher & les fouëtteurs, & de crier les fouëttez : qui apres auoir longuement baillé au diable ledit ſeigneur, penſoient auoir leur teſton par homme. Mais il leur dit : Contentez vous que ie vous ay tenu promeſſe : car vous auez eſté payez content.

XXIIII.

VOYLA qui eſt bien plus gracieux, ce dit la grand' Margot, que ces pets contez que font ces garſons. Ie vous en diray vn autre qui aduint à feu monſieur le Lieutenant Bizebart de noſtre ruë. Il eſtoit commiſſaire à faire vn enqueſte, en vn gros proces que deux grands fols gentils-hommes auoient enſemble pour la courſe d'vn lieure. Ledit Lieutenant auoit mené auec luy vn ſergent, que l'on appelloit Iean l'Enfant, à fin d'aller donner les aſſignations aux teſmoins que l'on vouloit faire adiourner pour porter teſmoignage. Or entre les autres que l'on vouloit faire ouyr, eſtoit vn fort genereux & venerable ſeigneur, que l'on appelloit le ſeigneur de Pracontat: vers luy ledit Lieutenant delibera, tant par courtoiſie, que pour reſpect de ſon aage & qualité, s'acheminer pour ouyr la depoſition de luy & de ſa femme. A ces fins commanda audit ſergent de le luy aller faire ſçauoir. Ce qu'il fit incontinent : dont ledit ſeigneur fut bien aiſe, parce que c'eſtoit vne bonne occaſion pour traiter & receuoir en ſa maiſon ledict Lieutenant, duquel il eſtoit bon amy. Incontinent il appelle ſa femme, qui eſtoit vne des plus belles & propres Dames, qui fuſt en tout le pays : luy declara comme le iendemain il auroit à diſner ledit ſeigneur, & la prie de luy faire bonne chere, comme à l'vn de ſes meilleurs amis. Elle incontinent tira à part ledit ſergent, & le coniure de luy dire quelles viandes elle pourroit bien aggreablement preparer pour ledit sieur Lieutenant à son appetit. Il luy dit, que il aimoit fort le lard, les andoüilles, & autres viandes sallees. Lors elle commanda d'ouurir les sallouers, chercher & apprester par tout ce que l'on pourra trouuer de ceste qualité. Cependant l'on ne laisse pas de preparer cocqs d'Inde, chappons gras, lapins, leuraux, perdrix, & toutes autres sortes de bonnes viandes. A ce lendemain ledit Lieutenant, suyuant le recit dudit l'Enfant, sergent, ne faut point de se rendre à disner vers ledit seigneur, qui apres l'auoir bië veigné, commande de couurir pour disner. Ce qui est à l'instant executé fort bien, & proprement, & à l'endroit dudit Lieutenant, l'on met vn bon iambon, des andoüilles, des cotis, des poix au lard, du porquet, & autres semblables viandes: & au bas où le Greffier, le sergent, & autres de la suitte estoient assis, furent portees les excellentes viandes: où incontinent ils se debriderent, comme s'ils eussent esté à besongner en tasche. La dame de la maison, pensant bien

traiter

traicter ledict Lieutenant, luy sert & re-
sert de ce salé, s'excusant que si elle eust
sçeu plustost ses appetits, il eust trouué
le disné mieux prest. Il patiente pour vn
temps: mais en fin, voyant que ceux du
bout d'embas, lesquels il regardoit de
l'œil de Carré, se traictoient du menu, &
luy ne mangeoit que du lard, il frãchit
le saut, & dit à la dame, que c'estoit trop
le seruir de lard, & qu'il aymeroit mieux
estre au bas bout, qu'au dessus. Elle bien
honteuse, commença à demander pardon de ceste offense, qui ne venoit de sa
faute, mais de celle du sergent, qui auoit
dit qu'il prenoit appetit en telles viandes. Dieu sçait quelles œillades il ietta
lors au sergent, qui pour son excuse luy
dit: que s'il n'eust fait ainsi, il n'eust pas si
bien disné comme il auoit. Pour conclusion, comme il y auoit encores dequoy
rappaiser le courroux du Lieutenant
indigné, la chose ne tourna qu'en risee:
& fut loüé le sergent d'auoit excogité
ce gentil stratageme de table.

XXV.

EN apres se leua de sa place Henry Gaulat, qui dit : Il n'y a eu rien oublie à vn si beau banquet, que la deserte : mais ie la vous donneray tout maintenant. Vous auez ouy parler de messire Richard Sicardet, qui en son viuant estoit le grand maistre de la faculté, & en sa maison auoient accoustumé de s'assembler les gens de la ville de Dijon, des premieres qualitez, pour y prendre honneste recreation. Aduint vn iour d'Esté qu'il faisoit grand chaut, que l'vn de ses plus speciaux amis s'endormit aupres des ioüeurs. Quoy voyant, il alla prendre de belle fine merde qu'il luy mit tout doucement sur les premiers doigts de la main droicte: puis auec vne plume il luy vint fetuser le nez par plusieurs fois. Or comme cela chatoüilloit bien fort ce beau dormeur, pensant que ce fust vne mousche, la voulut chasser, & froter telle demangeaison. Il apporte sa main au nez, lequel il perfuma si fort, qu'il fut contrainct de se reueiller, & en ce faisant prophetiza en ces mots : Pouy, c'est de la merde. Oon, ce dit vn autre, mais chiez la chiez.

XXVI.

SI nous nous mettons à parler de telles gentilles tromperies, dit Iean Ladent, ie vous en conteray vne assez gracieuse de feu Iean Belauoine, dit Iolyuaut, lequel estant oberé, & endeté enuers maistre Laurent Tricauldet, en son viuant Controlleur au Greffe de la Cour de Parlement, l'alla trouuer à l'issuë des vendanges vne certaine annee : & luy dit que s'il vouloit prendre du vin en payement il luy en donneroit à prix raisonnable. Ce bon homme dit qu'il le vouloit bien, & l'assignation prise pour l'aller taster, Iolyuaut enuoye emplir deux petits pots en deux des meilleures tauernes de Dijon, & les fait porter cacher sous deux ou trois muids de despence qu'il auoit en vn meschant celier de la maison où il se tenoit : & qui estoit si mal adroict qu'vn ieune homme bien dispos eust eu peine d'y descendre à l'aise. Cela fut cause que le bon-homme de creancier qui estoit pressé d'annees, se contenta de se tenir à l'entree & porte dudit celier : & dit audit Iolyuaut, qu'il allast percer de son vin. Luy bien-aise, descend en bas : & ayant pris sous chacun de ses tonneaux, ces petits pots pleins de bon vin, il va percer la despence, & commeça à crier, Monsieur, voyez comme le vin est beau. Mais il ne se contente à tant : car en faisant semblant de receuoir dans ces pots ce qui sortoit de ses tonneaux, il le laissoit couler de costiere : puis reserrant les desils de ses tonneaux, il rapporte en haut ces pots, comme s'il les fust venu d'emplir, disant : Monsieur, essayez, pardey voyla du vin que Dieu pissa de sa quine. Ce bon-homme l'ayant essayé, le trouue tres-bon : & apres auoit vn peu loqueté, ils conuiennent de pris. Et soudain, pour crainte que l'on ne le changeast, le fist porter en sa maison, & deffendit que l'on n'y touchast : puis il rendit liberalement les obligations à Iolyuaut, qui bien content, s'en retourna en sa maison. Aduint vn mois ou enuiron apres, que ledit Tricauldet estant en bonne compagnie où on combattoit les bons vins par conference, il vint à dire, qu'il en auoit acheté par excellence : & pensant gaigner pris, en enuoya querir, mais estant apporté, l'on trouua au goust, que ce n'estoit que de la despence. Dont irrité, enuoye querir vistement Iolyuaut, & luy crie que c'estoit vn trompeur. Il se defend au contraire, & sur le procés qui en fut fait : apres les confessions faites par ledit Tricauldet, comme les choses s'estoient passees, ledit Iolyuaut fut enuoyé absous : dont apres il se moqua à gorge ouuerte.

XXVII.

IL se faict de gentilles tromperies au monde, ce va dire la belle Alix. Vous auez tantost parlé de messire Richard Sicardet : Il auoit vn frere vigneron, demeurant à Talant, qui, comme vous sçauez tous, est vne petite ville gouuernee par Escheuins, qui cognoissent & iugent de toutes causes en premiere instance. Ce bon-homme fut vne fois esleu Escheuin, où il prit telle opinion de soy, qu'vne fois il osa fort auant contester contre l'vn des plus sçauans Aduocats de Bourgongne, sur la forme qu'il falloit tenir pour la validité d'vne donation à cause de mort. Et en fin, apres plusieurs contestations, voyant que cét Aduocat luy auoit dit, mon compere, ce n'est pas vostre art, c'est le nostre: si vous ne me croyez, tout ce que vous ferez ne vaudra rien: Il les paya en ceste sorte, Pardey en nostre Escheuinage nous en iugerions autrement. Lequel mot apporta à rire à beaucoup de gens. Or en l'an 1564. lors que le Roy Charles dernier fit son entrée en ceste ville, les Escheuins de Talant, entre lesquels estoit ce Iean Fin-homme, vindrent pour saluer le Roy, qui lors ioüoit à la paume. Ce bon-homme fut apperceu par vn grand degousté narquois, qui le cognoissoit à sa physionomie propre à estre deniaysé, le tira à part, & luy dit ainsi, Mon compere, voulez vous achepter vne paire de gros souliers tous neufs, à l'vsage de telles gens que vous: venez les voir icy à l'escart, parce que ie ne veux pas estre apperceu. Apres qu'il eut dit que ouy, il tira de l'vn des costez de la besace qu'il auoit de tres-bons souliers: & sur ce que le narquois feignoit de ne les pouuoir donner pour le pris qui en estoit offert, il les resserra. Ce bon-homme qui pensoit auoir trouué quelque bonne rencontre, &, comme l'on dit, la feue au gasteau, ne le lasche point, & le suit de veuë. Ce que cognoissant ce bon compagnon, iugea incontinent qu'il seroit attrapé: & pour le ietter vistement en son filet, feignit de s'en aller. Lors ce pauure simple homme le suyt, & luy fait offre de luy en donner trois karolus d'auantage. Et sur ce, le marchand le meine au bout de la galerie du tripot, du costé du seruice, qui est fort obscur: où apres auoir touché argent: il luy demãde sa besace, pour mettre ses souliers dedans: à cause, comme il disoit, que l'on le regardoit. Laquelle luy estant donnée, il mit dedans d'autres souliers, tant vieux & deschirez, qu'ils ne valloient pas le ramasser. Ce fait, il luy dit, Mon amy, retirez vous: vous auez dit ce iourd'huy vne bonne Patenostre, veu la bonne rencontre que vous auez euë. Ce bon-homme tout ioyeux, s'en va à grand' haste en la maison de son frere, où il ne pouuoit à moitié deguainer sa langue, ny tirer sa marchandise hors de sa besace: mais l'ayant veuë, il y eut bien du rabat-ioye. Et Dieu sçait comme l'on se mocqua de luy.

XXVIII.

CE conte ainsi acheué, Iean Gipon commença à dire, qu'il estoit bien facile de tromper telles gens, veu que de leur naturel ils sont bons & simples: mais en fin, on les pourroit bien tant aguerrir, que quelqu'vn y seroit pris. Ce pendant ie vous diray ce qui aduint au ieune Boyuaut, frere de ma commere la Cõtesse. Il alla vn iour se promener à Talant, auec dix ou douze ieunes hommes de sa barbe, au commencement du mois de Nouembre, que les vins nouueaux commençoient à estre parez & prests à boire. Apres les promenades, l'alteration suruint: & fut question de regarder qui payeroit la collation à la compagnie. Chacun s'en excusoit: l'vn, d'vne façon: l'autre, d'vne autre. En fin ils cõclurent que celuy qui auroit le plus d'argent, la payeroit: & sur ce les bources estans ouuertes, il ne se trouua vn seul qui eust vn seul denier fors ledict Boyuaut, en la bource duquel, de malheur, il y auoit encores vn liard. Dont la compagnie n'eust pas eu trop d'occasion d'estre asseuree de faire quelque bonne collation, sans la confidence qu'elle auoit sur l'industrie dudict Boyuaut: lequel ayant veu que le sort estoit tombé sur luy, choisit deux de sa compagnie freschement venus de seruir à Paris, ausquels il commanda de contrefaire des marchands vinotiers. Puis s'en va en la maison d'vn gourmet, où il demande, si on les pourroit mener en quelque bonne caue du lieu, pour y achepter iusques à soixante ou quatre-vingts queuës de vin. Ce gourmet qui de son mestier estoit aussi tonnelier, pensa auoir là quelque bonne rencontre, & liberalement les mene en la maison d'vn vigneron: Où sans beaucoup barguigner, ils font marché de vingt queuës de vin, autant à vn autre, & encores autant à vn autre: iusques à ce qu'ils dirent, que leur emplette estoit faite pour ce coup. Lors Boyuaut demande des iettons, fit semblant de compter à combien tout le vin reuenoit: puis marchanda au tonnelier de le relier, & tire de sa bource son liart, qu'il donna pour le denier à Dieu: qui est incontinent accepté par l'vn des vendeurs, & donné à vn pauure. Apres il faict semblant de s'en aller auec sa compagnie, mais l'vn des vendeurs le rappelle, & luy demande quand l'on viendroit charger le vin: Ie croy, dit-il, que l'on ne le pourra auoir relié auant deux ou trois iours: ces bons marchands sont logez à la Croix d'or: si tost que le vin sera prest à charrier, aduertissez les, & ils ne faudront à le venir charger, & apporter argent. A ces bons mots lesdicts vendeurs commencent à les arrester par le manteau, & leur dire, Messieurs, Pardey vous ne vous en irez pas ſans boire, nous auons de bon vin, & du fromage, que vous taſterez. Apres quelque petit refus, ils ſe laiſſerent vaincre, & dirent que ce n'eſt pas la raiſon de boire à leurs deſpens: mais qu'auſſi bien faut-il remplir le vin, & que l'on compte tout enſemble, qu'ils rembourſeront tout. Vrayement c'eſt bien dit, dient ces bonnes gens, vous eſtes hommes de bien, chacun ne faict pas ainſi. Sous l'aſſeurance de ces belles paroles, l'on leur donne force bon vin, & tres-bien la collation. Au departir ils priét inſtamment, que l'on ne les face point ſeiourner à l'hoſtelerie, à cauſe que les deſpens y eſtoient trop chers: & ſur ce, prennent congé les vns des autres. Boyuaut & ſes compagnons retournent à Dijon bien aiſes d'auoir faict vn ſi bon repas, ſans bource deſlier: & ces pauures vendeurs demeurerent ſur le lieu, ne pouuans à demy s'aduancer a relier & réplir le vin. En fin, quand tout fut preſt, ils vinrent en ceſte ville chercher leurs marchands à la Croix d'or: mais n'en ayans ouy nouuelle, ils cogneurent bien qu'ils auoient esté trompez.

XXIX.

GVILLEMETTE Saupiquet se leua de bonne grace, & dit que puis que l'on estoit sur si bonne matiere, qu'elle feroit vn conte ou plustost recit d'vne histoire. Vous auez ouy parler qu'à Dijon il y a enuiron quarante ou cinquante ans, l'on ne parloit que de rire. Les clercs, les marchans, & les gens d'Eglise, faisoient des parties à l'enuy les vns des autres. Dieu sçait quels banquets & despences l'on y faisoit. Il y auoit vn bon homme, & bien auaricieux, qui tenoit l'hostelerie de la Croix d'or, qui estoit bien aise de manger les autres: mais quand il estoit question d'aller chez luy, il sçauoit des destours d'escrime pour se sauuer. Quãd ce bransle eut longuement duré, l'on dit qu'il estoit force de luy en donner vne: & pour y paruenir, l'on apresta vn ieune marchant venu de Paris, auquel on imposa vn nom de Baron de Beaurepas. L'on le fit sortir par l'vne des portes de la ville, sur la nuict, afin qu'il ne fust apperçeu, & l'enuoye l'on loger en vn village pres de la ville: puis on enuoye par diuerses portes de beaux cheuaux, appartenans à ceux qui faisoient la tromperie, auec les seruiteurs, & force meschantes malles, les plus vieilles & despecees que l'on peut trouuer. Lesquels seruiteurs estans arriuez au lieu où ce Baron fait à la haste, les attendoit, incontinent emplissent de foing leurs malles, & dressent leur equipage pour faire honneur à ce mõsieur le Baron, qui apres en moult belle ordonnance se vint rẽdre audit logis de la Croix d'or. Où il fut reçeu par l'hoste, qui incontinent luy demãda, s'il vouloit auoir compagnie à soupper. Il respond que ouy: & commãde que l'on enuoye inuiter tels & tels qu'il luy nomme, qui estoient ceux qui auoient dressé l'escarmouche, ausquels il vouloit faire bonne chere. Ce qui est aussi soudain executé: & eux arriuez, les tables furent incontinent couuertes, où l'on fit tresbonne chere, & Dieu sçait si.

l'on espargna le bon vin de l'hoste. Cependant le Baron commanda à ses seruiteurs que l'on ne desselle point les cheuaux, & qu'ils soupent tous premier que de mener leurs cheuaux à l'abbreuoir. Les tables leuees, il se va prouмener auec sa compagnie: & en partant dict à son hoste, qu'il reuiendroit vn peu tard, & que cependant il treuue en sa chambre la collation, & le lict apresté: Il le promet ainsi. S le maistre auoit faict bonne chere, les seruiteurs ne s'y espargnerent point: & apres soupper s'en vont aux châbres porter leurs malles sur les coffres ez lieux qu'elles entrapoient le moins. Ce faict, ils meinent eux mesmes abbreuuer leurs cheuaux: mais au partir de l'abbreuuoir, ils les remenerent chacun en leur maison. L'hoste esbahy de cela, & voyant que son Baron ne retournoit pas, ne sçauoit que penser: car d'vn costé, il voyoit les malles aux chambres, & d'autre costé, que les cheuaux n'estoient pas en l'estable. Sur ceste anxieté, il appelle de ses voisins, par l'aduis desquels il ouure ces malles, affin de controller ce qui seroit dedans. Et en ce faisant, ne trouuant que du foing, & voyant que les malles ne valloient rien, il cogneut bien que l'on luy auoit donné vne trousse. Dont il se pensoit bien se taire, pour crainte d'estre mocqué : mais les compagnons le ioüerent le lendemain sur l'eschafaut, dont chacun se print à rire.

XXX.

IEANNE la Noire dict: O celle là est bonne, & ie vous en diray qui la secondera de prez. Vous auez cogneu vn Aduocat à simple semelle, natif de sainct Iean de Loone, que l'on appelloit Monsieur de Moissey. Au temps que l'on donne les vacations au Parlement, il s'en estoit allé voir sa maison, où plusieurs de ses amys l'allerent visiter : lesquels apres y auoir seiourné quelques iours, prindrent conclusion d'aller voir Dole, & en leur chemin rencontrerent vn bon compagnon du lieu des Mailly, monté sur vne grande mule d'aage suffisant, & de belle defaite, qui portoit vendre du beurre à Dole. Sur ceste bonne rencontre, l'vn deux commença à dire: Voicy vn homme qui nous aydera bien à iouër vn ioly tour: il faut que nous l'accoustrions en homme d'Eglise, & dirons qu'il est Aumonier de la Royne d'Escosse, enuoyé pour faire ses offrandes à Montroland. Ce pauure homme dict qu'il n'en feroit rien, parce que chacun iour il portoit vendre du beurre à Dole, & que si de mal-heur il y estoit recogneu, il auroit pour le moins le fouët. L'on luy promet de si bien le deguiser, que l'ō ne le cognoistroit iamais, pourueu que de sa part il fist bonne mine. De celà, dit-il, ie n'en manqueray point, pourueu aussi que vous ne soyez cause de me deceler. Non, dirēt-ils, nous n'auons garde: car nous serions en pareille peine & peril que vous. Or bien, puis qu'ainsi va, dict-il, il faut que vous faciez semblant d'estre de mon train: vn tel sera mō maistre d'hostel, vn tel mon Chapelain, vn tel mon vallet de chambre. Par dieu, ce dit Moissey, il faut que ie serue de Medecin: autrement tout ne vaudroit rien, & vous le cognoiſtrez. Apres les charges ainſi diſtribuees, & ce bon homme habillé, ils mettẽt les ſeruiteurs porte-malles deuant, & commandent à l'vn d'aller deuant à Dole, pour faire preparer le diſné. Soudain qu'il arriue à la porte, l'on luy demande à qui il eſtoit. Il reſpond qu'il eſtoit à l'Aumonier de la Royne d'Eſcoſſe, qui venoit de Mont-rolant faires ſes offrandes, & qu'il arriuoit promptement à diſner. Ce bruit fut incontinent eſpanché par la ville: qui fut cauſe qu'à ſon arriuee l'on le ſaluoit, comme ſi c'eſtoit quelque grand Prelat. Luy les ſaluoit aſſez officieuſement, retenant toutesfois vne forme de grauité inaccouſtumee. Pour le faire court, ſi toſt qu'il eſt arriué au logis, l'on le meine à la grand' Egliſe, où on luy auoit preparé vn beau ſiege, & deux oreillez de velours pour s'aſſeoir. Apres ſes deuotions acheuees, il s'en va diſner: où il trouue vn gentilhomme qui de la part de monſieur de Mont-fort, Cheuallier de la Cour, grand ſeigneur, homme de grand ſça-

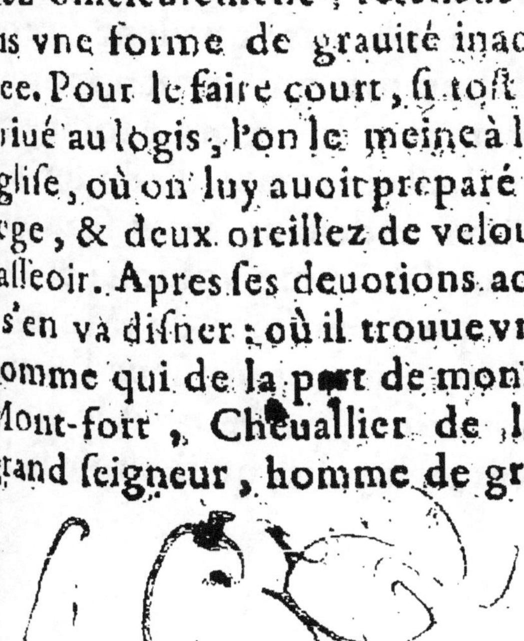

uoir, & bien versé aux langues, luy presente du vin auec ses recommandations, en attendant qu'apres son disner, il le vienne visiter. Quand se vint à asseoir, tous ceux de l'hostellerie & des voisins vindrent pour le voir disner: & fut vn grand plaisir à voir son medecin, qui ainsi que l'on presentoit deuãt luy quelque perdrix ou autre delicate viande, l'ostoit incontinent, disant qu'il auoit l'estomach trop chaud, pour vser de viandes si delicates: & pour sa santé, il luy conuenoit manger du bœuf, & du pourceau, Monsieur l'Aumonier n'osoit contredire, pour crainte de se descouurir. Le disné se passe auec toutes ces morgues: & lors l'on vient dire que le gentil-homme qui auoit apporté le vin, le demandoit. Lors Moissey cogneut qu'il estoit temps d'aduiser à ses affaires: il va audeuant, pour sçauoir ce que ce gentil-homme vouloit; & ayant entendu que monsieur de Mont-fort enuoyoit sçauoir si monsieur l'Aumonier auoit disné, parce qu'il le vouloit venir voir, il luy dit, qu'il estoit si lassé

& harassé du chemin, auec sa vieillesse, qu'il estoit contrainct incontinent apres disner, dormir deux ou trois heures: & que si tost qu'il seroit esueillé, il en feroit aduertir ledit Seigneur. Ce gentilhomme prit cela en payement, & s'en retourna vers son maistre. Ce pendant chacun va brider son cheual, monsieur l'Aumonier ne fut paresseux à monter sur sa mule, qui à l'instant fut suyui par les autres, & gaignerent diligemment les limites du Duché de Bourgongne, sans regarder derriere eux. Voilà comme ils eurent du plaisir, mais ce ne fut sans crainte de l'achepter bien cher.

XXXI.

FRANÇOIS Raturot parla ainsi: C'est dommage que monsieur Gaulart ne fut là, pour contrefaire ce personnage, car il est homme de belle corpulence & remembrance. I'auois songé vn conte d'vne bonne finesse que i'ay oublié, mais en attendant que il reuienne en memoire, ie vous en diray vn autre. Il y a quelque temps que vn fort beau ieune homme espousa vne belle Damoiselle, estant encores és premiers ans de sa tendre ieunesse, si cointe & si iolie, que si elle eust marché sur trois œufs, elle n'en eust pas escrasé quatre. Quelques iours apres leur mariage qui fut faict en plein cœur d'Esté, lors que quasi le pain des nopces n'estoit encores mangé, estans couchez ensemble, le temps se vint à troubler de grands esclairs, d'orages, fouldres, & tonnerres. Dont ceste pauure Damoiselle bien estonnee, ayant esté toute sa vie nourrie & esleuee à la pieté Chrestienne, se iette soudain hors du lit, & va à sa bouteille d'eau beniste, & auec vn rameau en asperge tous les coings de la chambre: par ce qu'à la verité, elle a grand' vertu contre telles tempestes, comme par plusieurs experiences l'on a cognu. Et ainsi qu'elle vint à la rüelle de son lict, de bonne fortune son mary qui estoit tout nud sur le lict, auoit la face du grand Turc tournee de ce costé-là, & fit vne canonade si forte & vehemente, qu'elle pensant que c'estoit l'esclat du tonnerre, jetta par terre tout ce que elle tenoit, disant: Iesus! le coup est tombé. Toutesfois son mary la prenant doucement en ses bras, l'apprit à n'estre plus estonnee de tels coups.

XXXII.

FERRY Huguenard commença à dire: Ie sçay vn conte que ie ne dirois pas, si ie n'estois pres de Karesme-prenant, ou la liberté du iour permet de parler vn peu grassement. C'est que vne certaine Damoiselle pres d'Orleans mariee freschement, & mise en appetit de gouster souuent du fruict de vie, se voyant delaissee par son mary, qui par honneur auoit esté contrainct s'en aller à la guerre, à cause de la conuocation generale que le Roy auoit faict de ses gentils-hommes, deuint amoureuse d'vn beau ieune compagnon qui seruoit à mener les bœufs de la maison: & neãtmoins pour la vilité de la personne, ne s'osoit descouurir à luy. Aduint qu'vn iour l'vn des toreaux alla sauter sur vne des vaches de son troupeau: qui donna occasion à la Damoiselle de demander au bouuier que faisoit ce toreau, comme si elle en eust esté ignorante, Luy dit que c'estoit la vache qui auoit vessé, & pource le toreau estoit monté sur elle. Quelques iours apres, voyans la saison propre, appella ce bouuier en sa chambre, où apres l'auoir entretenu auec plusieurs gestes lascifs, du faict de son mesnage, commença à luy dire, Helas! mon amy, ie viens de vesser. Ce ieune compagnon entendit incontinent ce iargon, & fit comme le toreau auoit fait à la vache. En quoy ceste Damoiselle prenant plaisir, repeta par deux fois qu'elle auoit encore vessé. Ce pauure diable qui cogneut l'insatiable cupidité de sa maistresse, luy va dire, Ne vessez plus, si vous voulez: car si vous deuiez chier au lict, ie n'en feray meshuy d'auantage.

XXXVIII.

HENRIETTE Midan dit qu'elle en auoit autresfois ouy vn qui estoit tel. Qu'à Dijon, par sentence du Maire, deux couppeurs de bource furent condamnez à auoir le foüet en tous les carrefours de la ville, par les mains du bourreau. De laquelle sentence ils n'appellerent point tāt pour crainte d'estre plus griefuement punis, que de l'esperance qu'ils auoient de gaigner le bourreau: auquel à cest effet, par personnes interposees ils enuoyerent de l'argent. Ce que volontiers le bourreau eust executé, n'eust esté qu'il fut apperceu par quelques vns: qui fut cause que pour n'estre conuaincu de collusion, il les fouëtta à double carrillon. Or apres ceste farce ioüee, ces deux pauures diables partans de la ville, s'en allerent coucher à Beaune: où leur fut donné vne meschante chambre pour s'heberger, à cause que tout le reste du logis estoit plein. Ce mesme iour le bourreau partit de Dijon, pour aller porter la teste d'vn corps executé audict lieu, que l'on auoit ordonné estre mise sur vn poteau, à vn village par delà Beaune. Et comme il arriua tard audit lieu, de mal-heur, sans y penser, l'on l'enuoye en la chambre de ces deux fouettez, qui firent semblant de le mescognoiſtre, & ſoupperent paiſiblement enſemble : mais apres ſoupper ils allerent faire bonne prouiſion de verges, & lors que tant eux, que le bourreau furent en chemiſe, preſts à ſe mettre au lict ; ils ſautent au collet de ce bourreau, luy oſtent ſa chemiſe, & le fouettent en chien enfermé, diſans : Mordieu, vous nous auez eſtrillé à voſtre plaiſir, & n'auez rien voulu faire pour nous, vous le payerez maintenant. Ce bourreau qui n'eſtoit aſſez fort pour reſiſter à ces deux ruſtres, ſe mit à crier à l'arme, au meurtre, tant qu'il peut : Auquel cry tous ceux du logis, & meſmes ceux qui y eſtoient logez accoururent. Ce qu'entendans ces deux compagnons qui auoient eſté foüettez le iour meſme, & deſquels les playes eſtoient auſſi recentes que celles qu'auoit promptement receuës le bourreau, mirent viſtement leurs chemiſes bas, & ouurans la porte librement à ceux qui venoient à l'exclamation, leur diret : Tout beau meſſieurs, tout beau : ce n'eſt rien, c'eſt vne gageure que nous trois auons faict enſemble, de nous foüetter l'vn l'autre, voyez cõme nous sommes tous. Le bourreau crioit bien au contraire : mais l'apparence que l'on voyoit aux autres, fit que chacun s'en retourna, & n'en eut ce bourreau autre chose.

XXXIIII.

SIMON Franc-taupin dict apres: Vous auez cogneu Monsieur la Guerre, en son viuant grand Vicaire en l'Abbaye monsieur sainct Iean, qui estoit gentil-homme liberal, & failoit volontiers bonne chere : aussi auoit-il des moyens honnestes pour l'entretenir. Il ne failloit point chacun an d'auoir vne visitation de sept ou huict honnestes hommes d'Eglise, lesquels à leur arriuee prenoient les clefs de sa caue, & perçoient deux pieces de vin, l'vne de blanc, & l'autre de clairet, du meilleur qui y fust : & ne s'en alloient iamais, que l'on n'apportast les tonneaux sur la table, pour iouër du tabourin sur le cul. Aduint vne fois que tous ces compaignons ayans recreez leurs esprits à coups de verres, se soucians peu des affaires d'Estat : apres auoir essayé toutes sortes d'esbatements qu'ils auoient peu excogiter, prindrent la chandelle qui estoit allumee en la chambre, & la mettans dans le chandelier sur le paué de la chambre, firent vne partie quatre contre quatre, de l'esteindre à coups de pets. Et à cest effect se mirent nuds, allans les vns apres les autres pour canoner ceste chandelle. Mais comme la visee estoit malaisee, ils demeurerent long temps sans rien faire : dont l'vn deux impatient plus que les autres, s'aduisa de se mettre à cul nud sur les carreau, estimant par ce moyen exciter son ventre à faire quelque exploict digne de luy. Et à la verité, il ne fut frustré de son esperance : car au bout de quelque temps, sentant vn tonnnerre dans son ventre prest à esclatter, il se leue de vistesse, & criant de loin que chacun luy fist place, court droict à la batterie, & tournant le cul contre la chandelle, pensant l'esteindre d'vn pet, il ietta plus de deux greaux de merde: dont non seulement la chandelle fut esteinte, mais le chandelier renuersé par terre, & la chambre tellement empunaisee, qu'il cousta plus de deux pintes de vinaigre pour la parfumer. Alors l'hoste fit le Cherubin, & auec vn fouët chassa ce beau chieur de la chambre: qui ne fut sans faire rire la compagnie.

XXXV.

IL y a quelque temps, dict la petite Ianneton, que trois hommes de diuerses prouinces se rencontrerent en vne hostellerie: dont l'vn estoit si morueux, qu'à tous coups il se mouchoit: l'autre si galleux aux costez, que tousiours il y auoit la main: & l'autre si teigneux sur le col, qu'il ne se pouuoit tenir de se grater. Ayans aperceu l'imperfection l'vn de l'autre, le morueux va dire qu'il estoit expedient que l'vn deux payast l'escot pour tous. Ie le veux bien, dict le galeux, & que le premier qui se mouchera, soit condamné à defrayer les autres. Le teigneux: ie le veux de ma part, pourueu qu'on y adiouste aussi la condition de celuy qui se galera le premier au costé. Le morueux dict : c'est moy qui ay ouuert le pas & m'y consens, moyennant aussi que l'on mette de celuy qui premier mettra la main à son col. Toutes ces conditions acceptees, ces trois compagnons se trouuerent en grand' peine de se contenir: en fin, apres auoir patienté quelque temps, le morueux ne pouuant plus à quel sainct se voüer, commença son discours: Qu'il auoit esté autrefois en Angleterre, où il auoit veu les Anglois qui estoient adroicts extrememét à tirer de l'arc, tantost d'vne main, tantost de l'autre. Et pour monstrer leur façon, il estendoit maintenant l'vn de ses bras le long de son nez d'vn costé, & puis de l'autre: en quoy faisant, il se moucha honnestement, sans parler de la gageure. Le galeux qui vit le mistere, dict: Que chacune prouince auoit sa perfection, comme les Bretons qui estoient si forts, & adroicts à la luitte, que quand ils prenoient quelqu'vn par les costez, ils le faisoient soudain trebuscher à terre: & voilà comme ils font. En ce disant, il s'empoigna luy mesme par les costez, pour representer ces luitteurs, & par ce moyen se gratta à son aise. Le pauure teigneux, qui ne sçauoit que faire, commença à tourner la teste maintenant deuers l'vn des compagnons, tantost deuers l'autre : comme l'on faict quand l'on veut faire le desdaigneux de quelque chose, leur disant ainsi, He! qui ne vous cognoistroit. Par ce moyen il frotta ses teignes, sans y mettre la main. Par ces ruses chacun se defendit : qui fut cause que ils payerent leur escot, & s'absenterent pour aller affiner quelque autre.

XXXVI.

GVILLEMIN Lauricart dit, Qu'il y a cinq ou six ans que deux gentils-hommes de Touraine, de tresbonne & ancienne noblesse, prindrent procez les vns contre les autres pour vne terre que l'vn d'eux pretendoit luy appartenir par partage, qu'il ou ses predecesseurs auoient fait autrefois auec l'autre. Or comme en vne liure de procez, il n'y a pas vne once de charité: de ceste question ciuile l'on entra en plusieurs iniures & positions de faicts fameux, comme de faulcetez & fabrications de fause monnoye. Dont plusieurs de leurs voisins aduertis, voyans que cela pourroit apporter la ruine de leurs maisons, s'interposerent pour les rendre d'accord: & sceurent si dextrement mener cest affaire, qu'ils les firent condescendre à en croire ce qui en seroit decidé par deux gentils-hommes, & vn Aduocat que chacun d'eux choisiroit de son costé. Les arbitres nommez & accordez, accepterent volontiers la charge: & comparoissans au iour, lieu, & heure qui auoit esté arresté, apres plusieurs proloquutions faites, vn Aduocat de Bretaigne, qui auoit esté pris par l'vne des parties, qui s'estimoit fort habile homme, & pensoit deuoir estre creu en son seul mot, comme s'il eust esté vn second Pythagoras, commença à dire que la chose estoit fort facile à pacifier, & falloit que celuy contre lequel il auoit esté esleu arbitre, declaraſt que faulſement & malicieuſement il auoit fabriqué tels & tels contracts. Il n'eut ſi toſt ouuert la bouche pour en vomir ces propos, que l'vn des gentils-hommes eſleus pour arbitres, l'interrompit, luy remonſtrant froidement que l'on n'auoit pas accouſtumé d'ainſi manier les affaires entre les gentils-hommes. Ceſt Aduocat ſe ſentant offenſé de celà, penſant que l'on ne cognoiſtroit pas ſon extraction & origine, luy dit : Pardieu monſieur non ſeulement ie ne ſuis pas apprentif comme il faut parler entre les gentils-hommes, car Dieu graces, i'ay eſté ſouuent appellé en telles affaires, mais moy-meſme ſuis de ceſte qualité: L'autre luy dict ſoudain : Pardonnez-moy, ſi en mon dire ie vous ay peu offenſer, celà eſt aduenu pour n'auoir iuſques à ceſte heure, eu ce bon-heur de cognoiſtre voſtre lignage, & veritablement ſuis bien aiſe que ſoyez de tel calibre: car ie m'aſſeure que toutes choſes s'en paſſeront mieux en ceſt affaire. Ceſt Aduocat ne laiſſa pourtant de bondener tousiours, comme s'il eust receu vne plus grande offence, que ceste honneste satisfaction ne pouuoit meriter. Qui fut cause qu'vn tiers assistant à ceste assemblee, fut contrainct prendre la parole, & dit: Monsieur l'Aduocat à raison, car veritablement i'ay cogneu son pere, auquel i'ay souuent veu courir la lance sainct Crespin, sur vne escabelle à trois pieds. Lesquels mots ne furent pas soudain entendus, mais il se trouua là vn Oedipe, qui interpreta que c'estoit à dire, que son pere estoit cordonnier. A ce propos, monsieur l'Aduocat voyant qu'il estoit descouuert, s'en alla, sans regarder derriere luy: dont il receut beaucoup de honte & moquerie.

XXXVII.

PERNETTE Ambelin: i'en ay ouy vn bien ioly, d'vn marchand de Mirebeau, nommé Genret, autrement, Pistolet. Il auoit ja esté marié deux fois, & acquis reputation d'estre tres-mauuais mary: qui fut cause que sur son lieu il ne pouuoit trouuer femme conuevante à luy, & fut conseillé par quelqu'vn de ses amis, d'en aller chercher ailleurs: & fut addressé au lieu de sainct Seigne, en vne maison, où il y auoit vne bien honneste fille à marier: vray est qu'elle n'estoit pas si riche que luy, mais elle estoit de gens de bien, & fort bonne menagere. Pour le faire court, Apres plusieurs harangues, messages, & entreueuës, le mariage se faict: apres la consommation duquel, il meine sa femme au lieu de sa demeurance, où incontinent les voisines la viennent accoster, pour luy faire entendre la mauuaistié de son mary, qui à force de battre auoit fait mourir ses premieres femmes, & que elle estoit bien mal-heureuse d'estre tôbee entre les mains d'vn tel homme, auquel on n'eust pas voulu donner la moindre seruante du lieu. Ceste paure femme fut bien troublee en son courage, d'ouyr ces paroles: mais cognoissant qu'il y auoit eu perfection de consommation, auec solution de continuité, pensa en soy mesme, qu'il conuenoit chercher quelque expedient pour s'oppoſer à la mauuaiſtié de ſon mary: & pour ce faire, ſe delibera de luy complaire en toutes actions, & ne luy laiſſer vne ſeule occaſion de ſe faſcher. Mais cognoiſſant que ce conſeil ne ſeruoit de rien, à la premiere fois que ſon mary la voulut battre, elle luy fit entendre que cela n'eſtoit pas couché en ſon contract de mariage, & que elle ne l'endureroit pas, ains qu'elle ſe reuengeroit. Ce qui luy euſt eſté fort facile, à cauſe qu'elle eſtoit plus forte que ſon mary: qui voyant ceſte reſolution & reſiſtance, n'eut autre recours qu'aux iniures, luy diſant: Coquine, beliſtreſſe, que m'as tu apporté, va t'en, ſors de ceans. Ouy, dit-elle, ie m'en iray, puis que le voulez, mais i'emporteray la moytié des meubles. Le mary qui eſtoit en cholere, dict qu'il le vouloit bien. Et ſur ce, l'vn à l'enuy de l'autre, commencerent à deſtacher vne tendue de linge, dont leur chambre eſtoit tapiſſee: puis le mary va ouurir vn grand coffre de bois fort haut & profond, dans lequel la plus grand' part de leur meuble estoit, duquel il les tira quasi tous, iusques à tant que s'approchant du fond, il fut contrainct de haulser les pieds, & se courber fort sur ledict coffre, pour prendre ce qui estoit en bas. Sa femme le voyant en cest equipage, luy souleue le cul, & de vistesse facilement le iette dedans, & soudain le ferme auec la clef : puis va appeller toutes les voisines, qui à leur arriuee entendant cest homme qui se tempestoit comme vn cochon enfermé, & menassoit sa femme de la tuër si elle ne le mettoit vistement dehors. Elle se mocquant de ceste cholere, commença à luy dire, Mon amy, rapaisez vous, & croyez que vous auez du loisir pour refreschir vostre cholere: car vous n'en sortirez point tant que vous y serez : vous vaudriez pis de prendre si tost l'air. Cependant elle enuoie au four faire des flancs & tartres, & auec toutes ses commeres font collation sur ce mesme coffre où estoit enfermé ce pauure mary : qui à la fin cognoissant qu'il failloit filer doux, & auoit affaire à vne femme d'autre façon que les siennes premieres, commença à parler doucement, & en criant mercy aux courtes chausses, promit de ne se souuenir iamais de cest acte, & de mieux traicter sa femme qu'il n'auoit faict. Souz l'asseurance desquelles promesses il fut mis en liberté, & bien ioyeux de trouuer a manger quelque corne de flanc, beut aux bonnes graces de toutes les femmes qui auoient assisté a ceste belle conuersion: & de là en auant deuint honneste homme, & fut tresbon mesnager auec sa femme, laquelle seruit d'exemple à beaucoup d'autres. Car aussi-tost que l'on voyoit vn mary fascheux, qui faisoit semblãt de se courroucer, l'on ne faisoit que dire, Garde le coffre: qui seruoit autant, que le foüet entre les Suisses.

XXXVIII.

CE CONTE, dict Isabeau, me faict souuenir d'vn Procureur de Dijon, qui en son viuant estoit bien aussi mauuais mary que cestuy-là: mais il n'eut le loisir de s'amender: parce qu'il mourut premier que ſa femme. Ce maiſtre homme encores qu'il euſt vne belle femme, toutesfois comme ſi c'euſt eſté ſa piece de bœuf, cherchoit ſouuent quelque chere extraordinaire, & diſoit que cela le remettoit en appetit. Or nonobſtant tout cela, ſa femme qui eſtoit vertueuſe, ne laiſſoit d'auoir ſoucy de luy, & de ſes enfans: de ſorte que ſous ſon lict elle auoit faict accommoder vne couchette en forme de chariot, pour coucher vne nourrice, qui alaitoit ſon enfant. Ceſte nourrice eſtoit de iolie desfaicte: & à la verité, l'on en met bien de pires en œuure. Aduint que ce maiſtre Procureur ietta vne fois la veuë ſur elle, & la voyant bien iolye à ſon gré, les tetins frais & iolis, il commença à ſonger commẽt il en pourroit auoir ſa raiſon: & trouuant la choſe difficile, comme à la verité elle eſtoit, à cauſe que ſa femme couchoit là aupres, il contrefit le phrenetique, & ſe releuoit de nuict, allant parmy la chambre, errant çà & là, comme s'il euſt eſté endormy. Ce que l'on voit aſſez cõmunement aduenir à ceux qui ſont de trop grande imagination. Sa bonne femme, qui auoit le ſommeil aſſez gay, craignant de le perdre, ſe releuoit incontinent pour l'aller prendre & ramener en ſon lict, & employa tout le ſecret des medecins, pour luy faire perdre ceſte maladie: mais elle continuoit touſiours, iuſques à ce qu'vn iour voyant à la lueur de la Lune, qui lors eſtoit fort claire, ceſte nourrice couchee & eſtenduë aſſez incurieuſement ſur le petit chariot, ayant les iambes ouuertes, ſe laiſſa tomber ou couler ſur elle, où incontinent il ſe mit en beſongne. Surquoy ſa femme ſe reueillant, & ne trouuant ſon mary aupres d'elle, ſe ietta incontinent deuant le lict, pour l'aller chercher, eſtimant qu'il fuſt tombé en ſa maladie ordinaire: & ne le trouuant par toute la chambre, en fin le vint chercher en ce chariot, d'où le voulant faire leuer à la haſte, il commença à contrefaire le ſongeur & reſueur: diſant ainſi, Où ſuis-ie, que fay-ie? Et fit ſi bien, qu'il ne bougea point, que la beſongne ne fuſt acheuee. En quoy la bonne dame cognut bien qu'il y auoit plus de ruse que de maladie.

XXXIX.

PARDEY, ce va dire dame Antoinette, ce maistre procureur de qui vous parlez, auoit accoustumé de faire de terribles trousses, & ie vous en diray vne qu'il nous donna pendant que nous nous tenions en l'hostellerie de l'Annonciade. Vous sçauez que nostre poulailler respondoit sur la petite ruë de la Bussiere, & estoit au mesme lieu, où sont les priuez. Aduint il pas vn iour qu'vn certain gentil-homme, duquel il estoit procureur, logé chez nous, le demanda à disner: & comme il fut pressé de son honneur, l'on le mena és priuez, ou il considera la façon du ioug de nos poules, & que nostre poulailler prenoit iour par vne petite ouuerture, regardant sur ladicte ruë qui estoit fermee d'vn meschant petit treillis de vergettes, & dés lors resolut d'auoir nos poules, & en traitter messieurs de l'infanterie, audit logis de la Paule, dont cy deuant a esté parlé, selon que depuis luy mesme l'a recogneu. Suyuant quoy, il espioit quand chacun estoit couché, & endormy de son premier sommeil, & venant à ladicte ruë à l'endroit de la susdicte ouuerture, trouuoit façon d'oster & remettre si dextrement ce petit treillis, que l'on ne s'en pouuoit apperceuoir. Vray est qu'il auoit ceste bonne grace, qu'il ne les prenoit toutes à la fois, mais deux à deux, à fin que l'on ne s'en prit pas garde si tost: toutesfois en continuant cest ordinaire, l'on cognut incontinent que le nombre diminuoit. Nous faisons chercher par tout, si c'estoit point la foüine, ou le pitois, qui mangeast nosdictes poules: mais il ne s'en trouuoit aucune enseigne. Pardey en fin il n'y demeura plus que vne poule, laquelle encores il luy faschoit de lascher: & le iour qu'il l'alla prendre, mon pauure mary se trouua prix du flux de ventre, & fut contraint d'aller aux priuez, & à l'heure mesme qu'il y estoit, ce mesme poullailler arriuoit, qui mettant les mains par dedans le treillis & cherchant sa proye, vient empoigner mon-homme par la barbe : qui se sentant ainsi saisi, pensant auoir quelque esprit, à cause que n'y l'vn ny l'autre n'auoit point de lumiere, commença à crier à l'aide, tant qu'il peut : mais pour cela ce bon marchant ne se desista point, au contraire, pour euarer mon homme, en continuant sa queste, & contrefaisant sa voix, commença à dire: Morbey, voicy vne poule qui parle. A ceste parole mon homme s'enfuyt de vistesse, & luy, fit si bien qu'il prit & emporta ceste mal-heureuse poule. Dont nous fismes ietter plusieurs excommunimens, qui ne seruirent de rien : car personne ne vint à reuelation : & n'en sceusmes iamais rien, iusques à ce que faisant le mariage de l'vn de ses freres auec l'vne de nos parentes, il nous confessa tout le fait: dont nous fusmes contraints nous prendre à rire.

XI.

FRANÇOIS Talepoire dit, que feu Fiacre Cunois, sergent Royal, que chacun a bien cogneu, auoit espousé vne fort honneste femme selon sa qualité, & luy estoit si rude & fascheux, qu'il n'y auoit moyen de l'adoucir. Ceste pauure femme estoit si ennuyee de voir les complexions de cest homme, qu'elle ne sçauoit que faire : elle se donnoit toutes les peines du monde de luy complaire, & de le bien traicter, & neantmoins il auoit tousiours la main leuee sur elle. Cela continua tant qu'elle fut contrainte de s'en plaindre à ses parens, lesquels s'interposerent pour sçauoir d'où pouuoit proceder ce mauuais traictement. Or combien que notoirement le tort vint de son costé, neantmoins opiniastrement il leur voulut faire accroire, qu'elle le traictoit du pis qu'elle pouuoit: ne trouuoit son disner appresté, ou s'il l'estoit, l'on luy bailloit du linge si sale, qu'il ne pouuoit manger dessus. La pauurette contestant doucement au contraire : Non, dit-il, venez vous mesmes estre tesmoins comme elle me manie : vrayement si elle peut seulement vne fois me seruir à mon gré, ie confesseray que i'auray tort, & ne la battray iamais. La femme accepta ceste condition auec grande gayeté, prenant bien asseurance qu'elle viuroit d'oresenauant auec plus d'aise & contentement qu'elle n'auoit fait. Le iour assigné que les parens deuoient estre presens à voir le traictement, le mary dit du matin à sa femme, qu'il vouloit que l'on luy apprestast à disner sous la treille en son iardin. Ce qu'elle fit, & mit ordre que le linge fust net & bien ployé, la vaisselle bien torchee, la saliere apprestee, le vin bien rafreschy, les verres bien fringuez, & le disner bien assaisonné: mais lors que elle pensoit auoir le mieux fait, & au mesme instant que son mary heurtoit à la porte, il va arriuer qu'vne poule estant sur la treille, va droit faire son ordure sur l'vn des plus beaux endroicts de la table. Dont ceste pauure femme pensa tomber en desespoir, & ne peut faire autre chose que de couurir le lieu d'vne assiette, sur laquelle elle mit quelques fruicts que elle auoit en sa poche: & pour crainte que son mary ne s'en apperceust, apporta vistement à disner: lequel encores qu'il fust bien propre, neantmoins ce vilain mary ne faisoit que refroigner. Pour raison dequoy, elle se prit à luy dire fort amiablement, Voylà vostre disné bien prest, vostre linge biẽ blanc, que voulez vous? que vous faut-il? De la merde, dit-il, par grand courroux. Ceste pauure femme descouurit vistement ceste assiette, & luy dit, Mon amy, en voylà. Ce que voyant, il fut tout confus, & les parens luy donnerent le tort: qui fut cause que de là en auant ils vesquirent en paix.

XLI.

BIDAVT du Conuent dit, qu'il se souuenoit bien de deux vingt & dix Karesme-entrãs pour le moins, qu'il n'auoit point failly de se trouuer aux Escraignes: mais que iamais il n'y auoit ouy de si bon conte. Ie vous en diray vn qui est quasi de mesme eschantillon, que le precedent. Il y auoit en ce pays de France, vn grand seigneur qui n'auoit qu'vne seule fille, que Nature auoit doüee de grande beauté & bonté d'entendement: laquelle il prit plaisir de faire instruire. En quoy elle profita si bien, qu'elle fut la plus fine, accorte, & mieux disante Damoiselle qu'il estoit possible. Ses perfections furent cause qu'elle fut souhaitee en mariage par plusieurs grands seigneurs: mais elle ne prenant plaisir que de contenter son esprit à la lecture auoit tousiours banny Amour de son cœur, tellement que ses pere & mere ne luy peurent persuader d'accepter condition par mariage auec quelqu'vn. En fin, comme ils deuenoient vieux, ils la solliciterent fort, voire menacerent de desobeyssance, si elle ne condescendoit à leurs volontez: Comment, disent-ils, est-ce la recompense que tu nous donnes, du soucy que nous auons pris à te faire esleuer & instruire? Il eust mieux valu que nous t'eussions laissee toute rude & impolie, comme Nature t'auoit forgee, que d'estre maintenant cause de voir tous nos biens & cheuances cheoir en autre maison que la nostre. Ceste Damoiselle s'attendrit le cœur, de pitié qu'elle eut de voir ainsi ses pere & mere parler : & se iettant à genoux, dit qu'elle feroit tout ce qu'ils voudroient, pourueu qu'ils luy accordassent vne requeste, qu'ils trouueroient fort iuste, qui estoit qu'elle ne fust donnee, sinon à celuy qui la pourroit rendre confuse en dispute : car, disoit elle, ce seroit vne chose mal apariee, que de me loger auec quelque badaut, sous couleur des grands biens qu'il auroit, dont Dieu grace vous en auez competemment pour vous, & pour moy. Ceste requeste luy fut facilement octroyee à son contentement, estimant que par ce moyen elle n'entreroit iamais au lien de mariage : à cause qu'elle s'asseuroit bien de confondre tous ceux qui se presenteroient à elle. Suyuant ces conditions, les pere & mere firent incontinent publier, que quiconque de quelque estat & qualité qu'il fust, pourroit confondre leur fille en dispute, il l'auroit à femme, & assignerent iour de la dispute au premier de May suyuant, en vn beau lieu auquel ils firent construire vn bel eschaffaut, où estoit posé le siege de ceste Damoiselle, & de deux des premiers hommes de robbe longue, pour estre iuges equitables, & conseruateurs de la dispute. Ce bruit espanché incontinent par tout, enflamba le cœur de plusieurs personnes, de se trouuer à l'assignation, les vns pour esperance de gaigner ce beau pris: les autres pour voir la belle assemblee qui y seroit. Entre autres il prit volonté à vn homme de village, nommé Iean de Paigney, de s'y trouuer: & d'autant qu'il estoit loing du lieu, il prit au partir de sa maison, vne bouteille de vin, vn bon morceau de pain, & demie douzaine d'œufs. Il fait tant qu'il arriua le soir au lieu, où le lendemain matin se deuoit faire la dispute: & mangea la moitié de sa prouision, reseruant l'autre pour le lẽdemain, auquel il ne faillit de se rendre sur la place de grãd matin: où incõtinent arriuerent plusieurs dames & seigneurs, lesquels s'esprouuerent tous les vns apres les autres, mais ils n'y gaignerent rien. Les disputes continuerent tout le iour: cependant Iean de Paigney, fut contraint de lascher le ventre, & pour crainte de perdre ſa place, s'abbaiſſa & s'accroupit en bas, faiſant ſon preſent en ſon chappeau, lequel apres il remit ſous ſon bras. En fin, comme chacun ſe retiroit, parce que le Soleil commençoit à decliner, & que l'on voyoit ce bon-homme tenir coup, il y eut quelqu'vn qui par riſee commença à dire: Poſſible que ce bon compagnon veut diſputer. Pourquoy non, dit-il? Lors l'on luy fait largue: & s'approchant de ceſte Damoiſelle, qui eſtoit eſchauffee de la diſpute, apres l'auoir ſaluee gracieuſement luy dit, Pardey madamoiſelle, vous eſtes bien rouge. Ouy, dit-elle, i'ay le feu au cul. Lors il ſe ſouuient de ſes trois œufs qu'il auoit encores, & les tirant de ſa poche, les luy preſente, la priant de les luy faire cuire pour ſon ſoupper. Ceſte Damoiſelle reſpond ſoudain, C'eſt bien chié: Ce bon-homme prend ſon chappeau, & luy dit, En voylà madamoiſelle. A ce preſent elle ſe trouua ſi eſtonnee, qu'elle ne peut reſpondre: qui fut cauſe qu'elle fut adiugee audit Iean de Paigney à femme, qui de pauure homme deuint grand Seigneur. Croyez dit le Sauteur, que ie vous nommerois les personnes, n'estoit que ie suis certain que vous ne les cognoistriez pas, non plus que moy.

XLII.

CLAVDINE Grosse-mote dit, qu'en la ville de Mascon y auoit plusieurs Eglises, tant Cathedrales, que Collegialles, remplies de plusieurs honnestes hommes des meilleures maisons de la ville, lesquels de bonne & loüable coustume de tout temps obseruee, auoient libre entree en beaucoup de lieux, à cause de leur passe par-tout, duquel ils auoient accoustumé de faire de beaux airs de Musique, par nature, à parler sans vilenie. Ce qui est cause que quasi par toute la ville l'on ne parle que de chanoines. Or aduint qu'vne fort honneste dame du lieu fut vne fois atteinte d'vne grande defluxion de catarrhe, qui luy tomba sur les bras, dont l'on craignoit qu'elle deuint impotente. Cela fut cause que l'on appella soudain les medecins, qui auec leur art s'essayerent d'euacuer, & puis apres diuertir l'humeur: & en fin, voyans la guerison s'approcher, commanderent qu'on luy appliquast sur les bras des Sironnes, pour eschauffer l'humeur. Et à la verité, la chose succeda si bien, qu'en peu de téps elle fut restituee en sa premiere santé, en laquelle elle continua iusques à ce qu'vn certain iour d'Esté pour auoir pris vn peu de frescheur, ou n'auoir pas bien esté couuerte la nuict, ou mágé quelques nouueaux fruicts, dont ceux de ce pays là recouurent assez facilement, à cause du voisinage de Lyon, où ces messeires Pantalons & Francatripes se donnent peine d'en auoir, elle se trouua surprise de la colique, qui la tenoit en grande peine, pleignant le ventre. Dont sa seruante la pensant soulager, & se souuenant de la guerison qu'elle auoit receuë en sa precedente maladie, comme si vne mesme recepte seruoit à tous accidents, luy dit: Madame, vous plaist il que i'aille querir vn Chanoine, pour vous mettre sur le ventre. Comment vilaine, dit-elle, penses tu que ie sois vne paillarde? Non madame, repliqua elle, mais parce que vous fustes guerie de vos bras par l'application d'vn Chanoine. A ce propos, la maistresse cogneut la simplicité de sa seruante, & l'equiuoque du mot de *Sirenne*, pour *Chanoine*.

XLIII.

ESCOVTEZ, dit Thomas Marmot, possible y auoit de la simplicité en ceste chambriere : mais aussi elle auoit peu voir autresfois quelque Chanoine, appliquer soye sur soye, ou faire quelque cataplasme de chair de vautour auec le vifs, ou quelque imbrocation interieure, pour guerir des vers. Toutesfois quant à moy, ie croy facilement qu'elle prit Paris, pour Corbeil : parce que c'est chose qui aduient souuent non seulement à telles gens, mais aussi à des personnes plus subtiles. Et à ce propos, ie vous diray que les femmes des Aduocats, & des Medecins, & des Appoticaires, dés qu'elles ont esté mariees deux ou trois ans, se veulent mesler de parler Latin, ou pour le moins des mots de l'art: estimant, comme il est vray-semblable, que leurs maris leur auront fait par le ventre quelque infusion de science dans la teste. De fait, qu'vne fois ma femme estant deuenuë malade, & plaignant fort l'estomach & les costez au bout du petit ventre, ie m'en allay incontinent au remede vers mon compere monsieur Iean Rondot, & ne le trouuant, ie contay tout à ma commere sa femme: qui me va dire incontinent, que c'estoient les coucombres qui faisoient mal à ma femme, & qu'elle auoit des crudelitez à l'estomach. Ce qu'ayant dit depuis à son mary, me dit, Ie ne sçay quel diable de mot de hyprochondes, dont iamais ie n'auois ouy parler, & croy que ce sont de ceux dont ils guerissent les fieures quartes.

XLIIII.

CE mot, dit tante Françoise, me fait souuenir d'vn bon Religieux, Cheualier de sainct Augustin, de l'ordre de la Seruiette, qui veritablement est fort liberal de ses biens à faire bonne chere à ses amis: aussi est-il refait & en bon point. Que pleust à Dieu, que i'eusse ceste annee vn aussi gras pourceau en mõ saloüer ! Il est contraint pour sa santé, se purger & medeciner souuent : & pour ce qu'il est honneste & gentil personnage, les Medecins, Apoticaires, & Chirurgiens ne prennent point d'argẽt de luy: mais ils en sont bien mieux recompensez. Car s'il n'auoit mal qu'au bout de l'ongle, apres qu'ils ont parlé à luy, il leur fait vn bon festin, ou son bon vin n'est point espargné. Cela est cause que l'on le fait quelquefois malade, qu'il ne l'est pas. Vne fois vn iour de feste-Dieu, ayant parlé à son Apoticaire, & raconté qu'il auoit eu la nuict quelque petite douleur de ventre, il luy conseilla de prendre promptement vn clystere. A quoy il condescendit, & le pria de le luy donner luy-mesme, sans enuoyer vn seruiteur. Suyuant quoy, il va diligemment apprester la decoction, & retourné vers ce bon cõpagnon, qui ne sentoit mal du monde, mais fut bien aise de cõtrefaire le malade, pour accommoder l'Apoticaire, qui ce iour la auoit mis vne belle cazaque de damas. Et de faict, apres luy auoir fait beau jeu, & receu tout le clystere, sans en auoir perdu vne goutte commença à luy dire: Mon cõpere, regardez voir si i'ay point d'hemorrhoides. Et ainsi que de bonne foy il s'approcha pour voir ce trou sainct Patris, il luy va rendre ce clystere si viuement, que la barbe & la cazaque furent tous parfumez, & soudain s'en va à l'Eglise, disant à ses amis qu'il rencontroit, qu'ils demandassent à l'Apoticaire, si ce iour estoit propre à donner des clysteres.

XLV.

GVYON de la Vessiere dit, que cela le faisoit souuenir d'vn conte d'vn autre Religieux d'vne des bonnes maisons de ceste ville, qui l'annee passee estant à Langres pour quelques affaires qu'il y auoit, y achepta deux pourceaux gras, pour la prouision de sa maison. Or estant de retour, sa sœur s'estant informee de luy de l'estat de son voyage, luy reprocha que l'on n'auoit point d'aide ny de soulagement de ces moines, qui ne sçauoient que boire & manger comme pourceaux: & que s'il eust eu entendement, il eust fait aussi bien prouision pour elle, que pour luy. Bien bien, ma sœur, dit-il, si i'eusse sçeu vostre volonté, i'y eusse mis ordre bien facilemẽt: mais encores y a il beau recouurer, & laissez moy faire. Vn mois se passe ou enuiron sans parler plus auant de ceste matiere, & à la verité ce maistre moine n'y pensoit plus: iusques à ce que estant allé disner chez sa sœur, elle luy reprocha que c'estoit vn beau prometteur, & qu'il n'auoit point de souuenance de ses promesses, non plus qu'vn pourceau. Luy facecieusement luy va dire: Ma sœur, ne vous courroucez plus, serez vous pas contente, si ie vous ameine ce iourd'huy ceans vn pourceau qui aura trois doigts de blanc sur le dos. Ouy vrayement, dit-elle: & vous donneray à soupper de bon cœur. Ils se promettent l'vn l'autre. Et sous ceste asseurance, ce maistre Religieux s'en retourne en son logis, iusques à ce que l'heure du soupé venuë, il va retrouuer sa sœur, qui luy fait bonne chere: & apres le souppé luy demanda accomplissement de sa promesse. Ouy dea, ma sœur, dit-il, c'est la raison: me voicy moy-mesme. Vous me dites que ie suis vn pourceau, regardez ma bande blanche, qui a trois doigts de large: voicy donc vn pourceau qui a trois doigts de blanc sur le dos: ie suis donc quitte. Et là dessus sortant de table, retourne en sa maison, bien ioyeux, auec autant de nez à sa seur.

XLVI.

IL y a eu en l'Auxois vn fort grand riche homme, n'ayant qu'vne seule fille fort honneste, laquelle estoit recherchee de beaucoup de gens, qui s'essayoient à gaigner ses bonnes graces, par toutes façons qu'ils pouuoient imaginer: mesmes faisoient souuent force masquarades. Et lors la façon estoit telle, que l'on ne se contentoit de faire des ballets & rondeaux, comme l'on fait maintenant: mais l'on masquoit quelque chose de beau, en intention de receuoir quelque faueur de la maistresse. Car si le masque perdoit, il pensoit auoir grande faueur, qu'elle eust pris quelque chose de sa main : & s'il gaignoit, il retenoit ce qu'elle auoit ioüé, & luy rendoit ou laissoit ce qu'il auoit mis au ieu. Cependant l'on en tiroit ceste commodité, que l'on pouuoit iuger par là, si on auoit quelque coing és bonnes graces de la Damoiselle. Or ces honnestes hommes s'essayerent par diuerses fois à presenter à ceste Damoiselle ce qu'ils pensoient luy deuoir estre aggreable : & elle toute honteuse de n'auoir moyen de les recognoistre, estoit contrainte de leur presenter ce peu qu'elle pouuoit auoir. Ce que l'on prenoit aussi aggreablement, que si elle eust donné des montaignes d'or. Pour cela quelques vns ne laisserent de se resoudre d'assaillir la liberalité de sa mere, qui estoit vne tres-bonne mesnagere, & preparerent à cest effect vn masque pour le lendemain, auec vne belle chaine de sainct Philbert pour la presenter au momon: & pour mieux mener la pipee, attitrerent vn de leurs amis, qui alla faire entendre la conclusion dudit masque,

& que si on ne le receuoit comme il appartenoit, l'on donneroit occasion à tant d'honnestes hommes de se retirer, dont apres l'on seroit marry. Le pere receut de tres-bonne volonté cest aduertissement, & pria sa femme de mettre tel ordre, que si les masques venoient, ils fussent honnestement receus & recognus, selon leur merite & honnesteté. Dont elle fit les yeux & la nique, disant, que quiconque y viendroit, elle les feroit tous nigaux, voulant dire egaux. Le soir arriué, le masque se fait: & apres les dances accoustumees, l'on vient presenter à la Damoiselle ceste belle chaine, laquelle incontinent demanda à sa mere quelque chose pour iouër contre, & luy donna vn beau diamant qui valloit moins de vingt escus, qui fut gaigné par le masque: lequel faisant l'honneste, laissa sa chaine à la Damoiselle, & apres se retira, monstrant à ses compagnons ceste bague, laquelle à l'instant fut confisquee à la morse pour le lendemain: Lesquels masques retirez, incontinent le pere & mere de ladite Damoiselle saisirẽt ladite chaine, qui estoit de belle defaicte, & ne pouuoient à demy loüer l'honnesteté de tels masques: voire le pere faisoit semblant d'estre fasché que sa femme n'auoit dõné vne bague assez riche, ny attẽdre le lendemain que l'on enuoya vers l'orfeure, pour sçauoir que valloit ladite chaine, lequel l'ayant esprouuee, dit qu'il en donneroit bien six blancs. Ce que leur estant rapporté, ils se courrousserent fort, disans: Comment? estime l'on que ma fille soit vne biffe? ie m'en ressentiray, auec plusieurs autres propos. Dont aucuns des amoureux qui assistoient audit masque, furent bien marris: mais les autres n'en laisserent pas de dormir, & en eussent beaucoup plus ry, si la bague qu'ils auoient euë, eust esté de plus grande valleur qu'elle n'estoit.

XLVIII.

Vrayement, dit Guyot le Vin, vous pouuez auoir cogneu feu maistre Iean le Loisy, qui en son temps estoit fort facecieux. Il se trouua vne fois en compagnie d'honnestes hommes, l'vn desquels vouloit faire accroire qu'il sçauoit faire beaucoup de tours de soupplesses, & toutesfois n'y entendoit gueres. Dont iceluy de Loisy estant aliqualement indigné, va dire à luy & à tous les autres, qu'il gageroit bien de deuiner tout ce que chacun d'eux feroit, encores que l'on le menast en vne autre chambre, dont il ne les pourroit nullement apperceuoir. Les autres estimans cela impossible, gagerent librement que non: & apres enuoyét ce maistre deuin en vne chambre prochaine, & luy donnerent vn contreroleur, à fin que il ne vinst regarder. Cependant chacun d'eux apres la portee fermee, se mit à faire les plus estranges grimaçes dont ils se peurent aduiser, les vns gratans la cheminee auec les mains, les autres monstrans leur cul, & encores pis. Puis apres ils demanderent, Que faisons nous? Vous faictes les fols, dict-il. Par ceste responce se regardans l'vn l'autre, ils demeurerent tous esbays & confus, & confesserent librement qu'ils auoient perdu.

XLVIII.

PERRINE Iarson dict, que chacun sçauoit assez qu'en beaucoup de bonnes maisons l'on a accoustumé de faire en temps d'Esté, plusieurs condimens au sel & au vinaigre, d'ont l'on sert l'hyuer pour salade à l'entree & commencement des repas, comme de pourpier, petits concombres, violettes doubles, pommes verdes ou abricots. Ce qu'aucuns estiment aussi bon & aggreable, que les oliues d'Espaigne, Prouence ou Luques: & cela s'appelle communement, des compostes. Aduint il y a quelque temps que deux honnestes Damoiselles de mesme lieu, s'accommoderent à faire par-ensemble de telles cõpostes, en si bonne suffisance, qu'elles estimerent pouuoir suffire à toute l'annee, puis en firent partage par moitié. Or l'vne qui mettoit plus souuent ses cousteaux, plats, linges, vaisselle & verres en vsage que l'autre, trouua bien plustost la fin de ses compostes. Qui fut cause qu'ayant à faire vn grand festin, elle commanda à sa chambriere d'aller trouuer sa voisine, & la prier de sa part de luy enuoyer vn peu de ses compostes. Ceste pauure Chambriere, qui n'estoit pas des plus habilles du pays, s'en vient tousiours marmottant & remuant entre ses dẽts les mots de sa maistresse, iusques à ce qu'elle fut en la maison de ladicte Damoiselle voisine, où pensant bien rapporter son message, elle luy dit en ces termes: Madamoiselle, c'est ma maistresse qui vous enuoye le bon vespre, & vous prie luy enuoyer vostre Con en poste. De ces paroles elle fut grandement troublee, & soudain luy respond comme à demy cholere: Va luy dire qu'elle n'emprunte jà le mien, car elle ne s'en sçauroit seruir, mais qu'elle en a vn, qui va aussi viste pour le moins. Ceste chambriere rapporte ceste responce, & ne pouuant estre entenduë par sa maistresse, elle cogneut incontinent qu'il y auoit de l'enclouëure. Pour raison dequoy, elle s'achemine soudain vers sa voisine, où apres s'estre respectiuement descouuertes, elles demeurerent d'accord de leurs compostes.

XLIX.

THIBAVT Frangouſt va dire : Il y a vn honneſte homme de practique, qui a beaucoup d'honneur en noſtre ville, & a tenu infinis ieunes hommes ſous luy, leſquels il a ſi bien façonnez, que le public luy en eſt bien obligé : & peut on dire auec verité, qu'il eſt ſorty plus d'habiles hommes de ſon eſchole, qu'il ne fit de cheualiers de ce grand & fabuleux Cheual de Troye. Vous pouuez tous penſer, qu'ayant eu à manier tant de ieuneſſe, il a veu des eſprits de diuerſes façons, & qu'il a conuenu qu'il les ayt bien veillé & retenu, pour les ranger. Vray eſt qu'il s'eſt touſiours monſtré homme magiſtral, qui ſe faiſoit craindre, tonnant toutesfois plus qu'il ne greſloit. Or quoy qu'il en fuſt, cela n'empeſchoit pas que ceſte ieuneſſe ne luy donnaſt touſiours quelques trauerſes. Il aduint vne fois en temps d'Eſté, qu'il voulut defendre à tous ſes clercs, de manger le fruict de vn abricotier, qu'il auoit fort excellent au milieu de la court de ſon logis.

Toutesfois il ne peut si bien faire, que de brebis comptees le loup n'en mangeast tousiours quelqu'vne. Dont irrité il prit resolution d'espier & veiller celuy qui seroit si hardy, que de venir manger le fruict de vie, en intention de le bien frotter. Ce qui fut descouuert par l'vne des chambrieres du logis à ces bons compagnons, lesquels incontinent firent habiller vn fantosme au plus prez du naturel ou representation de l'vn d'entr'eux: & la nuict estant venuë, ils le vont porter & loger si proprement sur cest arbre, qu'il n'y eust eu celuy, voire plus clair-voyant que le maistre, qui n'y eust esté trompé. Vne heure ou deux apres, le maistre se met en sentinelle, pour attraper ces maistres mangeurs de fruict: & attendit iusques à ce que la Lune fust leuee. Alors à la luëur de sa clarté, il va apperceuoir ce compagnon sur l'arbre: & incontinent va prendre sa pertuisane, appelle sa femme & tous ses domestiques, pour l'assister, & iurant par la Vertu-dieu, qu'il leuareroit bien tout à ceste heure. Cela faict, ils s'approche de cest arbre, & commence à oster son chappeau, disant : Ha ! Dieu vous gard, monsieur, ie vous voy : Pardey ie vous auray, & commença à secouer l'arbre pour le penser faire descendre. Or sous cest arbre estoit le puits de la maison, à l'endroit duquel le fantosme auoit esté posé : & comme l'on continua à le secouer rudement, il va tomber dedans le puis, menant vn grand bruit. Ce bon homme incontinent va penser à sa conscience, estimant que c'estoit vn de ses clercs, qui seroit en danger ou de se noyer, ou de se griefuemẽt blesser. Soudain il commande que l'on apporte de la chandelle, & que l'on descende vistement au puis pour le retirer. Ce que l'on fait à l'instant: & ce pendant sa femme luy disoit. Voila que c'est que d'estre si cholere : & si le garson s'estoit rompu le col, qu'en seroit-ce ? Vous seriez cause de ma ruine, & de tous vos enfans. Ce pendant ceux qui auoient ioüé ce ieu, estoient à l'escart, qui regardoient ce mystere, & rioyent à gorge desployee. En fin, l'on retire ce fantosme hors du puits : & des qu'il fut en haut, tout incontinent le maistre l'embrasse, & comme il estoit en peine de s'excuser enuers luy, il cogneut que ce n'estoit qu'vn fantosme. Dont il se mit plus en cholere qu'auparauant, disant, qu'il auroit bien ces bougres, qui luy auoient donné ceste cassade. Mais en fin le matin venu, sa cholere se trouua appaisee : encores fut-il bien fier de faire semblant qu'il n'en estoit rien, pour crainte qu'il ne fust mocqué.

L.

MERE Guedine va dire : Or ça de par Dieu, puis que chacun a faict son conte, & que ie suis la derniere par faute de compagnons, ie vois rappeler le cochon. L'on a commencé par bonne matiere, selon le subject : & à fin que i'acheue de mesme, ie vous diray que le personnage dont on vient de parler, rencontra le lendemain assez gracieusement. Car vous deuez sçauoir que la cholere en laquelle il fut la nuict, ne le permit pas de dormir à son aise. Qui fut cause qu'il ne fit que se tourner de costé & d'autre : & de ceste agitation s'esmeut vne chaleur extraordinaire, qui le mit en alteration, tellement que le matin il ne fut si tost leué, qu'il demanda à boire. Sa femme qui auoit veillé auec luy au serain, prit du froict : & comme elle fut rechauffee la nuict, celà s'appaisa quand le vent du Ponant commença à esclater copieusement. Dont elle s'excusoit le mieux qu'elle pouuoit vers son mary, qui luy conseilloit de ne retenir aucune chose. Or quand elle vit son mary qui vouloit boire si matin, elle commença à luy remonstrer qu'il en vaudroit pis, qu'il ne faisoit que sortir du lict, & n'auoit accoustumé d'ainsi viure. Luy apres l'auoir laissé longuement parler, repliqua ainsi : Ne m'en parle plus, ie t'ay bien laissé vener à ton aise, laisse moy boire au mien. Il est bien force, dit-elle : puis que le voulez, ie le veux aussi.

APRES tous ces comptes acheuez, il fut question de sçauoir qui auoit mieux rencontré. Et combien que pour l'importance des matieres que l'on auoit traicté, la chose ne se resolust pas soudain, si est-ce qu'auec l'inspiration de l'Escraigne, il fut dict que Ferry Huguenard auoit faict le meilleur conte. Suiuant quoy, il alla prendre vistement vn baiser de son amoureuse, auec vn peu de baue qu'il rapporta sur sa moustacke: dont il eut autant de contentement, que si vn Italien eut receu vne sauorade. Au contraire fut dit, que Perrin Dandin auoit le plus mal rencontré: dont il fut contraint tendre les fesses, & baculé à demeurant.

DE là mere Guedine & tous les assistans sentans vne allegresse inaccoustumee, estans inuitez par la beauté du temps, conclurent d'aller voir l'Escraigne de sainct Iean: tant pour sçauoir qui y estoit, que pour les esprouuer à la dispute, afin de les rendre vaincus, s'il estoit possible. Et pource qu'il n'eust esté beau ny honneste, que tous eussent parlé ensemble, pour euiter confusion, ils deputerent Marguerite la Sucree & Pernette Ambelin, pour interroger les filles de l'autre Escraigne. Et cela faict, s'y acheminerent incontinent: & à l'abordee, commencerent à esleuer leurs voix, chantans auec si horrible & hideuse harmonie, que c'estoit belle chose & grand' pitié. Puis estans entrez, commencerent à demander s'il y auoit là des filles assez subtiles pour soustenir les disputes, & que l'on eust à les presenter. Ce que l'on fit, & à l'instant, commencerent à parler si dru & menu, que ie n'en peus iamais retenir la moitié: toutesfois ie vous feray part des demandes & responces dont ie me suis peu aduiser.

Elles me demanderent donc.

QVi est-ce qui va par la chambre, & n'a ne pied ne membre?

Responce. C'est une vesse.

Comment direz vous en Latin, le chose d'une femme?

R. C'est volucran.

Comment dit l'on celuy d'une damoiselle?

C'est Confringant?

Comment dit on celuy d'une vieille?

R. C'est Conanus.

Qui est le mot le plus subtil de tout le Breuiaire?

R. C'est fieri: car il participe.

Qui est le plus mauuais arbalestier du monde?

R. C'est le cul, parce qu'il vise aux talons, & frappe au nez.

Comment faict on en Latin une brayette?

R. C'est habitauit.

Qu'est-ce que tant plus on poulse, & moins entre?

R. C'est un estron, quand l'on le fait.

Comment voudriez vous partir une vesse en deux esgalement?

R. Il faudroit mettre vostre nez en mon derriere: car par ce moyen, il y entreroit autant d'un costé que d'autre.

Qui est-ce qui est plus contraire à une femme?

R. C'est vne eschelle. Pourquoy?

Pource que pour monter sur vne eschelle, il la faut mettre toute droicte: & au contraire, il faut coucher vne femme.

Quãd est-ce, que les femmes trõpent le diable?

R. C'est quand elles s'accroupissent: Pourquoy?

Pource que quelquefois il pense qu'elles pissent de l'eau, & elles font du gros.

Auec quel instrumẽt confondra l'on l'Ante-christ?

R. Auec vne ciuiere à bras: car il ne sçaura lequel bout mettre deuant.

Comment voudriez vous mener vne douzaine de ieunes oysons, sans foyrer?

R. Il faudroit mettre leur bec au cul l'vn de l'autre, & vostre nez au dernier.

Qu'est-ce que mettent les Apoticaires sur les dents pour les guerir?

R. Du pire estron que l'on puisse trouuer.

Qu'est-ce qu'il faut faire pour ne sentir point de froid?

R. Il faut porter vn peu de merde dans vn mouchoir pres de son nez: car lors l'on ne sentira pas le froid, mais la merde.

Quãd est-ce que les cocus tẽdent le bec à l'eau?

R. C'est le Dimanche matin, quand on donne l'eau beniste à l'Eglise.

Quelle beste est-ce qui n'a que le cul?

R. C'est un chien.

Quelle beste est-ce qui a la queue où elle devroit auoir la teste?

R. C'est un cheual, qui est attaché par la queue au ratelier.

Qui fit le premier pet à Paris?

R. Ce fut le cul.

Qu'est-ce que faict la Lune quand elle est au plein?

R. Elle luist.

Qui ressemble le mieux à un chat?

R. C'est une Chate.

Qu'est-ce à dire; Petit homme renforcé, trois iambes, & le cul percé?

R. C'est un tripier.

Qu'est-ce à dire: Ie l'ay veu vif, ie l'ay veu mort, ie l'ay veu vif apres sa mort?

R. C'est une chandelle.

Comment auoit nom le pere des quatre fi[ls] Aimon?

Ma foy, me respondit commere Iaquillon, ie ne sç[ay] ie suis vaincuë, ie payeray pour recompence le gaste[au] de chambeliere quand il vous plaira, & adieu: C[ar] i'ay plus faim de dormir, que de caqueter meshuy. Bon[s] enfans.

FIN.

LES TOVCHES DV SEIGNEVR DES ACCORDS.

Ie voudroy bien pouuoir tant faire
De plaire à tous à nul desplaire:
Mais il n'est pas permis aux Dieux,
Pourquoy voudroy-ie faire mieux?

A PARIS,
Par IEAN RICHER, ruë S. Iean de Latran, à l'Arbre verdoyant.

1603.

SVR L'INTITVLATION DV LIVRE.

TOVCHES, selon l'autheur est vn mot tiré des Escrimeurs, qui appellent touche, le coup qu'ils donnent auec leurs espees rabatues, duquel la marque apparoist sur l'habit de celuy qui est touché, à cause de la craye dont on blanchit l'espee: Si le peut on encores tirer du mot Grec θίγειν, qui signifie toucher ou donner vne atteinte, de mesme qu'on appelle εὔθικτος celuy qui sçait viuement toucher & vse d'vn esguillon poignant, ce qui est le propre de l'Epigramme. Et me semble que la denomination en est plus propre que le nom Grec ou Latin: car Epigramme signifie proprement inscription, nom trop general, ioint que nous nous deuons estudier d'embellir nostre langue de mots propres & significatifs, plustost creus en nostre terroir, que non pas en vn estrange pays.

VERS ELEGIAQVE A ESTIENNE TABOVROT, sur ses Touches.

LE grand Ronsard comme parfaict Poëte
Ayant l'esprit tout diuin & Prophete,
Predit qu'vn iour vn escriuain gaillard
Nous saleroit l'Epigramme raillard,
Suiuant le stil & la grace gentile
Qu'on recognoist au Chantre de Bilbile.
Or c'est de toy qu'il a prophetisé,
Car auant toy, nul s'estoit auisé
De s'esgayer & recueillir son ame
Pour donner sel au poignant Epigramme,
Et entre tant de Poëtes qu'on voit
Vn pour toucher l'Epigramme manquoit.
Voilà comment par vn certain augure
Ronsard predit ta naissance future,
Et te nomma du vulgaire surnom
Que l'on donnoit au peuple Bourguignon.
Ainsi ton sel par sa gentille grace
Les traits gaillards de Martial efface:
Vis donc heureux, & vole parmy nous,
Gentil Poëte, ENTIER ET BON A TOVS.

A. de Rossant I. C.

SONNET A L'AVTHEVR.

QVand premier entre nous tu fais voir à la France,
Que ton Dijon n'est pas infertil en enfans
Qui peuuent par leurs vers aux peuples suruiuans
Poulser de sa grandeur, le los en euidence:
  Tu ressembles celuy qui tout premier s'aduance
Au labeur non tenté, & de coutres trenchans
Defriche courageux les inutiles champs,
Les emblauant, fecond, d'vne heureuse semence.
  S'il rencontre au trauail mille chardons nuisans,
Tu seras abbayé de mille mesdisans,
Mais quoy (mon Tabourot) le proffit vaut la gloire.
  Car comme les chardons par le soc renuersez,
Tes hayneux creueront par tes escrits prisez,
Et leur honte sera, ta gloire plus certaine.

I. BOVCHART, Medecin
Dijonnois.

SVR L'EFFIGIE ET ANAGRAMME DE MONSIEVR TABOVROT.

Quand ie voy ton visage,
En ce pourtraict si doux,
Ie dis que tu es sage,
ENTIER, ET BON A TOVS.
5.7. 16.4.8.14. 1.9. 11.12.6. 10. 3. 15. 13. 2.

André Derossant, Iurisconsulte,
& Poëte Lyonnois.

AV LECTEVR.

TV dis, bailles moy tõ liure,
Des-Accords ? va le cher-
cher
Chez le Libraire Richer,
C'est celuy qui le deliure
Si tu dis, i'ayme plus cher
Ne point lire tes folies,
Qu'à si grand pris les toucher,
Dis donc pourquoy tu me pries?

CONTRETOVCHE.

Ie ne veux en vain despendre.
Ny de l'argent, ny du temps.

Replique.

Et moy moins te faire prendre
Du plaisir à mes despens.

Le grand Seigneur.

Vn pauure pitaut de village
Tout esbahy me demandoit

Vn ſeigneur quel homme c'eſtoit,
Car il luy ſembloit au viſage
Qu'il eſtoit homme comme nous:
Amy, diſ-ie, il eſt d'auantage,
Car s'il eſt fol, il nous pert tous,
Et nous rend heureux, s'il eſt ſage.

Contretouche.

Heureuſes ſeront les Prouinces
Dedans leſquelles regneront
Des Roys qui philoſopheront,
Ou quant les ſages ſeront Princes.

Le Pauure.

Vn pauure eſtoit en grand' miſere
Dans vn lict malade agité,
Lequel fut vn iour viſité
D'vn riche voyſin ſon compere:
Qui luy dit, faites bonne chere,
Vous auez beſoing de guerir,
Le pauure reſpond en cholere,
I'ay pluſtoſt beſoing de mourir.

Contret.

Qui le voudra bien conſoler,
Il ne faut pas tant paroler:
Au lieu de parler qu'on luy donne
Seulement vne bonne aumone.

L'Auare.

Vn chacun dit communement
Que l'homme auaricieux brusle,
Recherchant vn contentement
Dont s'approchant il se recule,
Car son desir qui repullule
Ressemble le feu proprement,
Ou plus de bois on accumule,
Et plus il brusle largement.

Contret.

Ceste raison n'est pas trop haute
Pour le garder d'en amasser,
Ne vaut il pas mieux en laisser
Abondamment, qu'en auoir faute?

A Triplesot enuieux.

Quand quelqu'vn parle sottement,
Ou de mots villains, tu assures
Qu'il le faut mettre és Bigarrures,
Car il y conuient proprement:
Croy, ie te pri', d'oresnauant
Si i'emplissoy mes escritures
De choses sans sel, & d'ordures,
Tu y serois des plus auant.

Contretouche, Au mesme.

Iadis Homere & Virgile
Eurent chacun leur Zoile
Ie reçoy desià ce bien
Qu'on te surnomme le mien.

Autre.

Autrefois vn baboüin
Qu'on appelloit Sagoüin
Fut Zoile de Marot,
Mais toy Tonin tu auras
mesme surnom & seras,
Zoile de Tabourot.

Au despriseur de l'Astrologie.

Tu me dis que i'ay merité
Le nom d'vn fol, quant i'estudie
Quelquefois en l'Astrologie,
Car cela n'est que vanité:
Mais pour te dire verité,
Ie pense, alors que tu me railles,
Que tu n'aymes pas la cité
Dont tu desprises les murailles.

Contret.

Pour rendre l'homme bien-heureux
Il ne faut pas lire vn seul liure,

Moins encor regarder les cieux,
Le souuerain bien, c'est bien viure.

De l'amour Pedantesque.

Vn Pedant desià tout cassé
Prit à femme vne ieune fille,
Qu'il nommoit par façon gentille
Le temps present, luy le passé,
Mais apres qu'il se fut lassé,
La femme dit, le temps me dure
Que le passé n'est trespassé,
Pour trouuer la saison future.

Contret.

La femme auoit bonne raison,
Parce qu'il faut auoir trois temps
Pour faire vne conjugaison,
Les passez, futurs, & presens.

Prosperité des Meschans.

Il ne faut plus que Iean trauaille
A l'estude ny aux vertus,
Pour penser gaigner des escus,
Cela n'y sert de rien qui vaille:
Vn Narquois d'assez belle taille,
Vne porteuse de gros culs,
Vn maquereau gaigneront plus,
Et luy mettront aux yeux la paille.

Contret.

Ces trois là (i'ay recité presque
Le demeurant) sont suffisans
Pour enrichir des Courtisans,
Et leur donner tiltre d'Euesques.

Le larron du bien des pauures.

Ce gros villain qui est si riche
A l'Eglise ne donne rien,
Et moins encor fait il du bien
Aux pauures gens tant il est riche:
Si a il mangé de leur miche,
Et frippé sur eux maint escu,
Parce qu'il a long temps vescu
D'vn Hospital qui est en friche.

Contret.

D'autres encor n'ont point de honte
De faire entretenir leurs fils
Au despens du bon Crucifix,
Que ne leur fait on rendre compte?

La Court.

Sçay tu que ressemble la Court?
Vne aumosne parmy la presse,
Ou de tous costez on accourt:
Mais vn grand coquin, qui se dresse,

Et plus s'aduance, prend la gresse,
Et le petit rien ne reçoit:
Car le donner tant on oppresse,
Que iamais il ne l'aperçoit.

Contret.

A la Cour les gros courtisans
Sont ours, ou tygres, ou lyons:
Les petits qui sont moins puissants,
Sont regnards ou cameleons.

Le seruiteur.

Tais toy vallet, pren patience,
I'auray soucy de ton affaire,
Et croy que sur ma conscience
Ie te payeray bien ton salaire:
Bien Monsieur, ie vous laisse faire:
Vous me mettez bien à repos:
Baille luy baille, il a beau braire,
Puis qu'il prend en payement propos.

Contretouche.

Auec vn liberal maintien
Mon maistre sa maison dispose,
Mais quand on donne quelque chose
Il court apres, & me dit tien.

Les trois passions de l'homme.

Vn feu prent l'hôme en son enfance,

La galle, qui le fait gratter,
Puis l'amour en l'adolescence,
C'est vn feu qui le fait trotter:
Apres vn feu se vient boutter
En sa teste, c'est l'auarice,
Que nature ne peut oster,
Et aduient peu qu'on en guerisse.

Contretouche.

Quand vn vieillard est amoureux
On peut dire qu'il a deux feux,
Et s'il est galleux quelquefois,
On peut dire qu'il en a trois.

Choix d'vn Maistre.

Mon amy vous me demandez
Si vous irez faire seruice
A ce Seigneur, que me mandez
Estre riche, & plain d'auarice:
Si quelque bien vous pretendez,
Seruez en plustost vn moins riche:
Car si le prouerbe entendez,
Celuy est pauure, qui est chiche.

Contret.

Mais que sçauroit-on tirer
D'vn hommme auaricieux?

Qui ne sçauroit faire mieux
Pour luy, que se martirer.

Le Vicieux.

Monsieur veut bon marché de tout,
De drap, de vin, de chair, d'espice,
Qu'on le serue bien iusqu'au bout,
Sans recompenser vn seruice:
Et d'vne plaisante auarice,
Sçachant des vertus le haut pris,
Il pense gaigner Paradis,
Suiuant à bon marché le vice.

Contretouche.

On dit ameres les racines,
Des vertus, les fruits sauoureux:
Et les chemins sont plains d'espines
Du lieu qu'habitent les heureux.

Maistre sans raison.

Iean seruit tres-fidellement,
Son maistre, qui en fin le chasse,
Encor de plus mauuaise grace,
Ne luy veut donner son payement:
Dont appellé en iugement,
Comment dit monsieur, peut-il estre
Qu'on souffre plaider librement
Vn seruiteur contre son maistre?

Contretouche.

Monsieur ne veut point de iustice
Que luy-mesme pour son vallet.
Qu'il die au moins pour mon seruice
Va querir, cours apres, barbet.

Le pauure.

Vn pauure voyant d'aduenture
Vn chien qui mangeoit vn beau pain,
O pauureté! dit-il, soudain
Que ta condition est dure!
Puis s'escrie, ô Dieu souuerain!
Faites moy changer de nature,
Ou permettez quand i'auray faim,
Que i'vse de foin pour pasture.

Contret. du pauure.

Si l'on vouloit bien disposer
Ceux qui ne nous font aucune aide,
Il les faudroit, pour vray remede,
En pauures metamorphoser.

Le Simoniaque.

Monsieur qui n'estoit que curé,
Mesnagea de si bonne sorte,
Que cela luy ouurit la porte
Pour entrer dans vn Prieuré:

Auquel il fut si bien heuré
Qu'il acheta vne Abaye,
Mais il n'y eut pas demeuré
Quatre mois, qu'il perdit la vie.

Contret.

Cependant monsieur a vescu
Comme vn coquin en amassant
Des moyens, pour deuenir grand
Et mourut comme vn trupelu.

Le iuge auare.

Vn pauure plaidant contre vn riche
Qui le trauailloit sans raison,
Deuant vn iuge auare & chiche,
Auquel il donnoit à foison,
De sorte qu'en toute saison
La porte luy estoit ouuerte,
Ie voy bien que ie feray perte
Bien tost, dit-il, de ma maison.

Contret.

Il aduint ainsi, voylà comme
Le riche qui fait vn present,
Et le iuge aussi qui le prent,
Sont gras aux despens du pauure hôme.

Le Rechercheur de femmes.

Tu dis que tu cherches les femmes

Sans aucun desir de pecher,
Et que tu aymes plus leurs ames
Et leurs beaux esprits, que leur chair:
Or si cela t'est le plus cher,
Tu ne dois jà les femmes suiure,
Il faut seulement rechercher,
Vn bel esprit en quelque liure.

Contret.

Sur le liure ie m'ensommeille,
Ou bien il me gaste les yeux,
Mais vn beau parler gracieux
Contente l'esprit & l'aureille.

Sur le Coq d'vne Eglise.

Les vents battent incessamment
Ce Coq auec grande violence,
Et toutesfois n'ont la puissance
De l'esbranler aucunement,
Nostre Eglise semblablement,
Au Huguenot fait resistance,
Et par son soing & vigilance,
Demeure tousiours fermement.

Contret. de l'Heretique.

Comment de l'Eglise vous faites
Comparaison aux gyroüettes,
Il n'y a rien plus inconstant?

Responce.

Non, mais ie pren ferme asseurance
Sur sa tres-constante inconstance,
Qui ne bouge pour vostre vent.

A vn certain.

Tu as pris des lettres royaux
En la grande Chancellerie,
A fin d'abolir l'infamie
De plusieurs crimes desloyaux:
Mais ne penses pas que les seaux
Puissent iamais oster vn blasme,
Ce sont plustost les vrais signaux
Que tu es doublement infame.

Contret.

Mon amy, voy tu bien que c'est,
Si tu veux purger l'infamie
Dont on t'a noté par arrest,
Change ta malheureuse vie.

Conniuence du peché.

I'ay fait vne faute legere,
De laquelle on m'a fort repris:
Et mon cousin, qui auoit pris
Vn beau Diamant à sa mere,
Fortune luy est si prospere,
Qu'on a dit que ce n'estoit rien:

Encor luy fait-on bonne chere,
Il auroit tort s'il faisoit bien.

Contret.

C'est mal à propos que l'enuie
Te fait ietter l'œil autrepart,
Souuienne toy pour ton regard,
Que qui bien ayme, bien chastie.

Le vray seruice.

Qui fait seruice doit attendre
Le salaire qui luy conuient,
Qui fait plaisir ne doit rien prendre,
D'vn liberal plaisir prouient:
Or Monsieur pour vn bon office
Et plaisir, de l'argent retient;
Moy ie sers, & rien ne m'aduient,
Ie fay donc plaisir, luy seruice.

Contretouche.

L'homme qui est officieux
Merite bonne recompense,
Mais le valet incurieux
Gaigne trop s'il nourrit sa panse.

Le Flateur.

Si monsieur rit, Tonin rira,
Il chantera, si monsieur chante,
S'il pleure, Tonin pleurera,

Et se plaindra, s'il se lamente,
Somme Tonin contrefera
Ses actions & sa parole,
Ie suis marry que monsieur n'a
Ou les poullains ou la verole.

Contret.

S'il estoit en aduersité,
Tonin n'en ayant plus à faire
Ne le voudroit plus contrefaire,
Car il l'auroit tantost quitté.

Le temps.

Dy moy dequoy les grands seigneurs
Font chez eux le plus de despense,
L'vn dit que c'est en l'abondance
De cheuaux, & de seruiteurs,
L'autre dit, c'est en l'accointance
De femmes, & morceaux friants,
Pour en dire ce que ie pense
La plus grand despense est du temps.

Contret.

Ie ne sçay comme tu entens
Que perdre temps se soit despense,
Car chacun d'ordinaire pense
Comme il pourra passer le temps.

Le Prodigue.

Vn fils de ville se plaignoit
De ce qu'vn garçon de village
En honneurs & biens paruenoit,
Et se faisoit grand personnage,
Pendant que pauure il deuenoit:
Lors dit quelqu'vn, ce n'est merueille,
Car tu bois vn muid, quand il boit
Tant seulement vne bouteille.

Contret.

Ce qui nous enrichit le plus,
Ne consiste pas comme on pense
A chercher çà là des escus,
Mais à bien regler sa despense.

D'vn Maistre d'hostel.

Le Maistre d'hostel serre tout,
Pain, lard, voire vne meschant crouste,
Il est auare iusques au bout:
Pour faire vn faux raport il trotte:
Pour la paix il va tout le pas,
En sçauoir iamais ne se crotte,
Car il ne s'y enfondre pas:
Voylà pourquoy monsieur le gouste.

Contret.

Monsieur aime vn valet expert,

Qui preigne ſoing de ſa beſongne,
Au demeurant putier, yurongne,
Voylà pourquoy Bertot le ſert.

D'vn Prometteur.

Vous voulez me faire fier
En vn demain trop longuement,
Voſtre demain eſcheut hyer,
Vous le ſçauez aſſeurément,
Payez moy donc, ou autrement
Pour vn demain trop abbayé,
Dites moy tout reſolument
Que dés hier ie fus payé.

Contret.

Si vous me voulez bien faire
Faites moy du bien ſoudain,
Fy du bien que l'on differe
Du iour iuſqu'au lendemain.

Le Gentilhomme.

Braquemard ſe dit Gentilhomme,
Ie croy qu'il eſt à ſa façon,
Il iouë, il vit ſur le bon homme,
Il nourrit des chiens à foiſon,
Il liure bien, il doit grand ſomme,
Il n'y a meuble en ſa maiſon,

Et pour le confirmer en somme,
Ses dents sentent la venaison.

Contret.

O la bonne odeur que ie sens,
Ce sont mes gands, respond monsieur,
Vous deuriez donner ceste odeur
Plustost dit quelqu'vn à vos dents.

Le repentir.

Combien vendez vous cest anneau,
Disoit vn seigneur magnifique:
Voyez, monsieur, comme il est beau,
La pierre bien mise en practique,
Ie la vous pleuuis pour antique,
Mais cent escus i'en veux toucher:
Sortons hors de ceste boutique,
Vn repentir se vend trop cher.

Contret.

Il vaut mieux preuoir, que sentir
Le dur effect d'vn repentir,
D'vne folie on se ressent
Autant de fois qu'on se repent.

Des Precepteurs.

Ie suis en grand' peine d'auoir
Pour mes enfans, vn personnage
Qui puisse instruire leur ieune aage,

Au

Aux bonnes mœurs & au sçauoir,
De tous costez i'ay fait deuoir
D'en trouuer vn, auec bon gage,
Mais il n'est pas à mon pouuoir,
Ils viennent tous frais du village.

Contret.

Sont ceux qui veullent plus grands gages
Que les Asnes: s'ils estoient sages
Ils nous deuroient plustost donner
De l'argent pour les façonner.

L'enfant dissemblable au pere.

Iacques se vante tant & plus:
A cause qu'il est du lignage
D'vn President sçauant & sage,
Remply d'honneurs & de vertus:
Mais cela qu'il prise le plus
Luy tourne à tresgrand vitupere,
Car le fils doit estre confus
S'il n'est sage comme le pere,

Contret.

Il pense auoir autant d'honneur
D'estre le dernier de sa race,
Que son pere qui eut cest heur

D'y tenir la premiere place.

D'vn ignorant.

Berthelot pense trop ſçauoir,
Il m'en faſche, & s'il m'en faut rire,
Il ne ſçait lire, ni eſcrire,
Et ne laiſſe en ſa main d'auoir
Vn crayon rouge, ou blanc, ou noir
Dont il chabroüille vne muraille:
Et puis dit tout haut, venez voir.
Qu'iray-ie voir? choſe qui vaille.

Contret.

Berthelot penſe treſ-bien faire,
Encor qu'il face vn meſchant traict:
Vn aſne priſe d'ordinaire
Tout ce qu'il dit, & ce qu'il fait.

L'Aumoſnier.

Pauure conuent l'on t'a donné
Vn demy boiſſeau de froment,
Ce n'eſt point beaucoup aumoſné
Pour vn qui vit ſi richement,
Fais en toutefois merciement,
Au reſte ſçais-tu qu'il y a,
Priant pour luy, dis baſſement,
Vn petit Aue Maria.

Contret.

Deuant tout vn peuple aſſemblé
Comme on ſortoit de la grand' Meſſe,
Si vous auoit-il fait promeſſe
Qu'auriez vn gros monceau de bled.

Le Maiſtre auare.

La poulle ainſi que Monſieur voit
Ne vit ſinon que des miettes
Que l'on ſecout des ſeruiettes
Dont auſſi bien nul ne voudroit:
Mais ce pendant d'elle il reçoit
Mille profits en ſon meſnage,
Il voudroit à ſemblable gage
Tenir vn vallet s'il pouuoit.

Contretouche.

Le ſeruiteur qui ſera fin
Craingnant ſon auarice eſtrange,
Prendra congé, craignant qu'en fin
Comme Poulle encor on le mange.

L'Vſurier.

Richelin donne nourriture
Aux pauures gens, cõme aux porceaux,
Car ils n'ont rien que des morceaux

De pain remply de pourriture:
Et quant il voit arriuer l'heure,
Des moissons, il prent les monceaux
De leurs grains, qui sōt les plus beaux,
Voylà la charité d'vsure.

Contret.

Il n'a garde de perdre au change,
Comme il donne aux porceaux du grain,
Pour en tirer vn plus grand gain,
Il les nourrit, & puis les mange.

Le Iureur.

Entre les mots plus execrables
Que lon prononce tous les iours
C'est alors qu'on se baille au diable,
Et qu'on les appelle au secours:
Car ces malins abominables
Preignent ce qui leur est donné,
Et ne sont point si fauorables
De quitter ce qu'ils ont gaigné.

Contret.

Le sire Piarre s'est donné
Pour estre creu, cent fois au diable:
Et puis dit qu'il est veritable,

Ie croy qu'il eſt pluſtoſt damné.

Le gros larron.

Vn marchant dit, ie m'apperçoy
Que lon a pris ma bayonnette,
Monſieur l'entend, qui iure teſte,
Mort, Ventre-dieu, ce n'eſt pas moy,
Lors le marchant dit, ie vous croy
Sans plus iurer, mais il me ſemble
Qu'aiſément ie la trouueroy,
Si nous n'eſtions pas deux enſemble.

Contret.

Ce marchant faiſoit biẽ entendre,
Que le larron qui l'auoit pris,
N'auoit pas deſir de la rendre,
Moins encor d'en payer le pris.

Nature & Fortune.

Ie regardois vn ieune enfant
D'vn eſprit vif, ſçauant & ſage,
Aupres d'vn ſien frere ignorant
Combien qu'il fut de plus grand aage:
Alors ie dis, voy l'aduantage
Que nature fait au puiſné,
Il ſemble que l'autre ſoit né
Pour eſtre ſeulement ſon page.

Contretouche.

Mais la fortune recompense
Celuy là qui est le plus grand
Et à cause des biens qu'il prend
Il tient la nature en balance.

Le riche ignorant.

L'on tient pour sage creature
Vn fol de mille escus de rante,
S'il en a plus, plus on le vante.
Il est sage à triple doublure,
Mais si l'on ostoit la dorure,
Et l'on voyoit à nud sa teste,
On diroit que la couuerture,
Fait bien vendre vne grosse beste.

Contret.

Le pauure parle par enuie,
Vaut-il pas mieux auoir du bien,
Encor qu'on soit plein d'asnerie,
Qu'estre sçauant & n'auoir rien?

Le Seruiteur.

Monsieur vous plaist-il satisfaire,
Le temps que ie vous ay suiuy:
Mon amy, tu ne me peux plaire,
Desloge voylà ton soluy:

Dont le seruiteur tout rauy,
Ne sçachant sur cela que faire,
Adieu, dit-il, si i'ay seruy,
Ie pren liberté pour salaire.

Contretouche.

Ie trouue qu'il auoit raison
Ayant veu la plainte ordinaire
D'vn qui demandant son salaire,
Eut pour salaire la prison.

Le peu deuotieux.

Vn Prothonotaire est cité
Deuant son iuge, qui le blasme,
Pource que chacun le diffame
De n'auoir iamais recité
Pater, ny benedicité:
Lors monsieur le Prothonotaire
Luy respondit tout despité,
Ie les veux penser, & les taire.

Contret.

S'il les veut penser, & les taire,
Ne les y fais pas prononcer,
Car il fera tout le contraire,
Et les dira, sans y penser.

D'*un Philosophe Courtisan.*

Philosophie & pauureté,
De tout temps se font compagnie.
Et par ensemble auoient esté
Aupres de Ian toute leur vie:
Mais en fin, il luy prit enuie
De se voir en Court arresté.
Deuinez qu'il a raporté?
Pauureté sans Philosophie.

Contretouche.

Et que deuint Philosophie?
A la Richesse se ioignant
Elle deuint incontinent
La Courtisane de folie.

Sur les mesmes.

Voylà vn honneste garçon
Qui se presente à vostre porte,
Il me semble à voir sa façon,
Qu'il sera d'assez bonne sorte
Pour enseigner vos deux enfans
Selon que leur aage le porte:
Combien veut-il gaigner? dix francs:
Mon amy dites luy qu'il sorte.

Contretouche.

Si c'estoit pour vn cuisinier

Ou pour vn bon pallefrenier,
Ce monsieur là ne plaindroit pas
Pour leurs salaires dix ducats.

De deux Iuges.

Pourquoy blasmes-tu comme auare
Le iuge, en deux mois seulement
Qui t'a rendu son iugement?
C'est vne faueur qui est rare:
Va mon amy, ie te declare
Qu'il y a bien pres de deux ans
Que ie plaide pour trente francs.
Deuant vn Lieutenant ignare.

Contret.

Le premier prend de grand' espice
Et veut beaucoup gaigner soudain:
Le second d'vn autre artifice
Faict petit à petit sa main.

Des plaideurs de Benefice.

Accordes à deniers contents
Sans plus plaider d'vn benefice,
Car pour vn simple de cent francs.
Que ie poursuiuois en iustice,
On a pris cent escus d'espice,
Et s'encor vn Iuge voulut

Ayant de mon proces notice,
Me trauailler d'vn deuolut.

Contret.

Accordez sans ceremonie,
Si vous pechez en accordant,
Vostre iuge qui pille tant,
Fait luy-mesme la Symonie.

Des bons visages.

Suyuant la coustume qui court
Entre les plus grands personnages,
Plusieurs seruiteurs à la Court
Sont satisfaits en bons visages,
Mais s'ils sont aduisez & sages
Ils auront vne bonne main:
Du moins ils garderont les gages
De l'attente du lendemain.

Contret.

Celuy est bien plein de folie
Qui trop au lendemain se fie,
Auiourd'huy vn œuf en la main
Vaut mieux que deux poullets demain.

La Ressemblance.

Tais toy, ton chant me rompt la
teste

Caquetereau Roßignolet,
Faut-il qu'vne petite beste
Iargonne d'vn si haut caquet?
Lequel dit, ie voy bien que c'est,
Mon amy, tu parles d'enuie,
Escoute ce corbeau qui crie,
C'est le ramage qui te plaist.

Contret.

Mettez vn plat delicieux
Deuant vn asne d'Arcadie,
Il dira, quoy que l'on luy die,
Que les chardons luy plaisent mieux.

Inutile remonstrance.

Chez vn seigneur se rencontra,
Et à main vuide se vint rendre
Vn Prescheur, qui luy remonstra
Comme on doit les vertus apprendre:
Surquoy monsieur luy fit entendre,
Rien donner, estre mal vestu,
Et vouloir nous autres reprendre,
Suffit pour estre bien batu.

Contretouche.

Voylà des enfans sans soucy
Qui meinent vne belle garce,

Et vueillent iouër vne farce:
Dites leur qu'ils viennent icy.

L'Hospital.

Iadis on fit vn hospital
Pour des pauures parroissiens,
Mais ores comme tout va mal
On n'y loge plus que des chiens:
Or le Roy veut par tous moyens
Qu'on suyue les fondations,
Ie pense que nous le ferions
Si nous estions Turcs ou Payens.

Contret.

Vn hospitalier malheureux
Enuers luy mesme charitable
Ne veut veoir personne à sa table,
Il mange autant que trente gueux.

Pauureté.

Vn pauure voyant d'auanture
Vn chien qui mangeoit vn beau pain,
Ah! pauureté, dit-il, soudain,
Que ta condition est dure:
Puis s'escrie, ô Dieu souuerain
Faites moy changer de nature,
Ou permettez quand i'auray faim

Que i'vse de foin pour pasture?

Contret.

Il faudroit oster les moyens
Aux Hospitaliers & Ministres
Des mendians & des belistres,
Ou les faire manger aux chiens.

Le Chasseur.

Monsieur a des chiens d'ordinaire:
Et nourrit force grands cheuaux,
Il entretient plusieurs oiseaux,
Cela luy sert de breuiaire:
Sainct Pierre, la pierre angulaire
De nostre Eglise, fut pescheur,
Mais iamais on ne luy vit faire
Mestier de veneur ny chasseur.

Contret.

Pendant qu'à la chasse Esaü
S'amusoit, son plus ieune frere
Iacob, le supplantant, a eu
La benediction du pere.

L'or.

Le Ro n'est pas assez bon leurre
Pour m'attraire en vne maison,
Nõ plus qu'vn cheual pour du beurre:

Ie mange Dieu grace à foison,
Mais veux-tu sçauoir la raison
Qui me feroit vn seigneur suiure,
Ie voudroy qu'en toute saison
I'eusse du ro tourné pour viure.

Contretouche.

Ro tourné c'est or proprement,
Mais ne penses pas qu'on en donne,
Car le plus souuent on bastonne
Celuy qui cherche son payement.

Definition de la Court.

Ie croy qu'on appelle la Court,
Pource que point elle n'arreste,
Et que sans cesse l'on y court,
Ou bien à cause qu'elle est faite
Toute ainsi qu'vne grande court:
Laquelle est à tous vents sujette:
Ou pource qu'on s'y rompt la teste
Pour vn plaisir qui est bien court.

Contretouche.

Là est proprement vn lieu,
Auquel chacun, qui accourt, pense
En retournant le dos à Dieu,
Pour peu tirer grand recompense.

De dispost.

Iean tres-dispost sautoit en l'air,
Dedans l'eau nageoit comme vn Bieure,
Et sur terre alloit comme vn Lieure
Mais se voulant vn iour mesler
Seditieux de trop parler:
Son corps fut ars & mis en cendre
Et nous fit à sa mort comprendre
Comme il sçauoit par tout aller.

Contret.

Puis qu'il luy restoit seulement
D'aller au quatriéme Element:
Il deuoit bien viure & tant faire,
Que son aller fut volontaire.

Les Braues.

Que de gens vestus de veloux!
Venez voir les beaux personnages,
Ils suiuent vn seigneur tretous
Qui les entretient à grands gages:
Et pourquoy? paix! si tu es sage,
Il n'en faut point dire de mal,
Mais monsieur a bien du bestail,
il fera s'il veut du fromage.

Contret.

S'il en fait, il le pourra vendre
Sans crainte d'en estre repris,
Car personne ne peut moins prendre
D'arrerages pour vn tel pris.

D'*vn grand Gygandas.*

Gygandas est grand de corsage,
Il habite vne grand' maison,
Il possede vn grand heritage,
Il ne parle qu'en oraison:
Mais il a le cœur d'vn oyson;
S'il sçauoit voler iusqu'aux nuës,
Ie diroy qu'il seroit raison
De le faire le Roy des gruës.

Contretouche.

Tel s'estime grand personnage
Et tient sa reputation,
Qui n'est sinon grand de corsage
Et non pas d'erudition.

L'Escornifleur.

Iean est si sujet à sa bouche
Qu'il ne fait qu'aller & venir
Es banquets, quoy qu'on luy reprouche,

Il ne s'en ſçauroit abſtenir,
Ie le compare à vne mouche,
Qui a ſi peu de ſouuenir,
Que quoy qu'ō la chaſſe ou la touche,
Ne laiſſe pas de reuenir.

Contret.

D'oreſnauant pour l'en garder,
Il faut pratiquer le moyen
Duquel on faict craindre le chien:
Comme donc? il faut l'eſchauder.

La vieille fardée.

Voyant Iaquette ſe mirer
Et replaſtrer ſon laid viſage,
Afin de penſer attirer
Pres d'elle quelque perſonnage,
Ie luy dis, va voir ton pelage
Qui rit de ton plaiſant effort,
Et dit que tu veux en tel aage
Aller aux nopçes de la mort.

Contretouche de la vieille.

Ie ne veux point prendre d'eſgard
A ce que dit ton vers, moqueur,
Car ie ſçay bien pour mon regard
Que la vieille a touſiours bon cœur.

De dormard.

A voir la ſotte contenance
Que fait au ſeruice diuin,
Ce dormeur à la groſſe panſe,
On le diroit remply de vin:
Mais veritablement ie penſe
Qu'il fait le ſage en autre lieu,
Et qu'à l'Egliſe il s'en diſpenſe,
Parce qu'il a renié Dieu.

Contret.

Quand il eſt à l'Egliſe il dort
Au ſon de ſa ſaincte parole,
Il ioüe à table mieux ſon rolle,
Car au lieu d'y dormir, il mord.

L'eſchaudé d'amour.

Qui de l'amour eſt agité,
Idolatrant de ſa parole
Fera d'vne petite fole
Vne grande diuinité.
Mais quand il y prend la verole,
Alors mon amant deſpité,
Blaſme toute impudicité,
Voylà le bien qui le conſole.

Contretouche.

Le repentir ſeruiroit bien

Quoy qu'il fut fait tardiuement,
Mais le paillard est comme vn chien
Qui retourne au vomissement.

L'aumosnier.

Las! Monsieur, l'aumosne pour Dieu
Faites moy donner du potage,
Attendez, les chiens n'ont pas eu
Encor à present leur partage:
S'il en reste vn peu d'auantage
Vous en aurez, mais c'est raison
Qu'en premier lieu l'on apanage
Les vrais enfans de la maison.

Contret.

Monsieur qui prefere vne beste
A son propre frere Chrestien,
En ce faisant nous admoneste
Qu'il est plustost frere d'vn chien.

Le Magnifique.

Porter de braues vestements,
Faire bien vne reuerence,
Et tenir bonne contenance,
Parler en desdain des sçauans:
Voylà que font ces ignorans,
Qu'on surnomme Prothonotaires,

Ce sont bouettes d'Apothicaires,
Belles dehors & rien dedans.

Contret.

Ils feroient mieux s'ils ressembloiét
Aux Silenes de l'ancien temps
Qui comme Socrates estoient
Laides dehors, belles dedans.

De *Pierre Vieilleret*.

Il y a bien prés de deux mois
Que ie fis mettre vn saule en bas,
Sur lequel ne laisserent pas
Croistre des branches deux ou trois:
Il m'aduint de dire vne fois,
Voyant Pierre coint & poly,
Celuy-là ressemble mon bois,
Car il meurt & deuient ioly.

Contret.

Vn veillard de bonne nature
Vaut trop mieux, sans comparaison
Que ne vaut vn ieune garçon
De mauuaise temperature.

D'*vn Byas*.

Ton cheual à ce que lon dit
Doit auoir l'eschine bien forte,

Car encor qu'il ſoit bien petit
Auec toy tous tes biens il porte
Et ſi marche de telle ſorte
Qu'il ſemble voler à le voir:
O beſte auant que tu ſois morte
Apprens aux rolliers ton ſçauoir.

Contret.

C'eſt la legereté du Maiſtre,
Et non la force du cheual
Qui le fait monſtrer tant adextre,
Il iroit ſans cela fort mal.

L'autheur à vn de ſes liures.

Tu as vollé parmy la France,
Dy moy quel recueil on t'a fait?
As-tu bien au moins ſatisfait
Ce grand ſeigneur, ſous l'aſſeurance
Duquel tu prenois eſperance
D'eſtre par tout le bien venu?
Pluſieurs ont pris m'a cognoiſſance,
Luy ſeul ne m'a iamais tenu.

Contret.

Il a regardé la dorure,
Et les cordons bien compaſſez
Qui eſtoient ſur la couuerture

Du liure, n'est-ce pas assez?

Le Prestre ignorant.

Le Prestre d'vne grosse cure
Est tant au profit adonné,
Que iamais il n'a rien donné
A vne pauure creature:
Et est de telle nature
Qu'aucun n'ose luy remonstrer
Si ce n'est la saincte Escriture
Qu'il ne veut voir ny rencontrer.

Contree.

Veux-tu sçauoir quelle doctrine
Ce Monsieur là voudroit gouster?
Ce sont Tailleuent & Platine,
Les Apostres du Dieu Gaster.

Le Ieune auaricieux.

I'entendis plaindre vn seruiteur
De l'extreme & salle auarice
D'vn sien maistre ieune seigneur,
Puis dit qu'il n'auoit autre vice:
Et qu'au reste il auoit cest heur
De n'acoster point les femelles,
S'il aime l'or de tout son cœur,
Dequoy peut-il aimer icelles?

Contretouche.

Quant vn ſeigneur a force eſcus
Face hardiment ce qu'il voudra,
S'il eſt meſchant chacun dira
Qu'encor ſes vices ſont vertus.

Mariage eſgal.

Comme on traitoit le mariage,
D'vne maligne & d'vn malin,
Vn des parens dit, c'eſt dommage,
Ils ſe batront ſoir & matin:
Lors dit vn d'entr'eux le plus ſage,
Il les faut mettre enſemble, à fin
Qu'à tout le moins leur auertin
Ne puiſſe troubler qu'vn meſnage.

Contret.

Peut eſtre eſtant d'humeur ſemblable,
Qu'enſemble ils s'accorderont mieux:
Cela des bons eſt veritable,
Mais non eſt pas des vicieux.

Le bon Payeur.

Monſieur, ie vous pri' humblement
Souuenez vous de ma requeſte,
Qui eſt-ce qui faſcheuſement

Me vient icy rompre la teste?
Vn flateur dit, c'est vn criard
Qui pour peu de chose tempeste,
Et fait crier à la trompette
Que monsieur luy doit vn liard.

Contret.

Si monsieur ne veut pas qu'on crie,
Pour faire cesser les propos
De son homme qui l'attedie,
Qu'il luy iette en la gorge vn os.

Amour des grands.

Il ne se faut pas trop fier
Aux Princes, ni aux fils des hommes,
Moins encor se glorifier
Quand vers eux bien venus nous sommes:
Car celuy qui estoit hier
Des mieux venus en leur presence,
Tu le verras crucifier
Pour vne fort legere offence.

Contret.

Celuy là qui n'est plus en grace
Auoit son compagnon tondu,
Tout de mesme luy a rendu

Quelqu'vn, qui cedera la place.

Tardiue recompense.

Helas! Iean ſe meurt à ceſt'heure
O le gentil entendement!
Et quoy mõ Dieu! faut-il qu'il meure
Sans receuoir aucun payement,
Ny le ſalaire du ſeruice
Qu'il m'a rendu fidelement,
Allez luy dire promptement
Que ie luy donne vn benefice.

Contret.

Ah! monſieur vous auez grand tort
D'vſer de telle diligence,
Pour luy donner ſa recompenſe,
Attendez qu'il ſoit du tout mort.

Kareſme.

Tous les ans la veille de Paſques,
On fait honteuſement cacher
Les pauures harẽcs dans leurs caques
Vn deſquels ſe vint à faſcher,
Et dit, on nous deuroit maſcher
Durant charnau, ou bien de meſme
Que ne fait on cacher la chair,
Quand on voit arriuer Kareſme?

Contret.

Certain Huguenot pour la pance,
Et Catholique pour la dance,
A Geneue alloit ſejourner
Le Kareſme, pour bien diſner:
Puis pour le bal & la carolle
Demeuroit l'an entier à Dolle.

D'vn Iureur.

I'entendis voſtre fils hyer
Faire vn ſerment fort execrable,
Il l'en faut faire chaſtier,
C'eſt vne faute puniſſable:
Quoy! dit monſieur, allez au diable,
Pour ſi peu, faut-il tant crier,
Ce langage luy eſt duiſable,
Car i'en veux faire vn Cheualier.

Contretouche.

Si vous le faites Cheualier
Pource qu'il iure brauement,
Il n'y a ſi villain chartier
Qui ne le ſoit ſemblablement.

Le prometteur, ou prou menteur.

Quand Monſieur promet quelque
chose,

C'eſt miracle s'il s'en ſouuient,
Car de tout cela qu'il propoſe
Aiourd'huy, rien demain n'auient:
De beaux mots il nous entretient,
Et puis ne veut pas qu'on le die,
Car pour Gentil-homme on le tient,
Il l'eſt, pourueu qu'il ſe desdie.

Contret.

Ie fis promeſſe conuenir
Pour eſtre en priſon reſerree,
Elle vint, eſtant aſſeuree
Qu'aucun ne la voudroit tenir.

D'vn indigne Religieux.

Vn gros Moine plein de delices
Fait vn berlan de ſa maiſon,
Et fournit la ville à foiſon
De baſtardeaux & de nourrices:
Il fait des ſonnets & chanſons,
Que lubriquement il recite,
Si Dieu les prend pour Oraiſons,
Le voilà plein de grand merite.

Contret.

S'il diſoit vn *Pater noſter*,
Cela ſentiroit ſon Meſſire,

Son *Domine*, ſon Magiſter,
Il n'en veut pour cela point dire.

Le ſuperſtitieux.

Monſieur quand il plaiſt à nature,
Va diligemment au retrait,
Mais quant il a faim, d'aduanture
Le matin, il ne ſe repaiſt
S'il n'apperçoit bien haute l'heure:
L'on voit bien par là, comme il fait
A ſa bouche moins de droicture,
Qu'à ſon membre le plus infait.

Contret.

Si monſieur vouloit compaſſer,
Le ſurplus comme ſa diſnee:
Il ne deuroit iamais piſſer,
Que ſon heure ne fuſt ſonnee.

Le Gouteux.

Monſieur ſe plaint & deſgouſte
De tant aualler de Perdreaux
De Phaiſans, Lapins, & Leuraux:
Et commande que, quoy qu'il couſte,
Pour manger à table, on luy boute
Quelques autres friants morceaux:
Eſtant en enfer ie me doubte

Qu'il rencherira les Crapaux.

Contret.

Veut-il auoir ſon apetit,
Et trouuer que toutes viandes
Dont il ne fait cas, ſoient friandes,
Il faudroit ieuſner vn petit.

De Richelot.

Richelot à chacun racompte
Que ſans lauer mes mains vn ſoir
Il me vid à la table aſſeoir,
Et m'en penſe faire grand honte:
Mais il en doit pluſtoſt auoir,
De ce qu'il fut à la grand feſte
De Paſques, ſon Dieu receuoir,
Sans lauer ſes mains, ny ſa teſte.

Contret.

Il eſtime plus honorable
Et plus propre à ſes appetits,
Vne friande & bonne table,
Que la table de paradis.

D'vn Seruiteur.

Ie contemple ce perroquet
Qu'on laiſſe long temps ſans repaiſtre
Pource qu'il reſiouit ſon maiſtre

Auec vn affamé caquet:
Monsieur de mesme quant i'y pense
Fait le semblable à son valet,
Car pource qu'il sert bien, il est
Depuis dix ans sans recompense.

Contret.

Si vous donnez la recompense
Vostre vallet vous laissera,
Mais le tenant en esperance
Fidellement il seruira.

De Briffart ignorant.

Briffard ne veut point disputer,
Il ne sçauroit, ce n'est qu'vn asne,
Qui sous ombre de sa soutane
Se cuide faire reputer:
Il m'a menassé de tuër
L'ayant repris en la grammere,
Vn asne surpris en cholere,
Ne sçait rien faire que ruer.

Contret.

Briffard n'a pas si grosse teste
Qu'vn Asne, ainsi qu'vn chacun voit,
Si est-ce neantmoins qu'on croit,
Qu'il est encor plus grosse beste.

La paix.

On m'a dit que la paix eſt faite,
Dieu hautement en ſoit loüé!
Mais ſi crains ie d'eſtre Prophete,
Que ce ne ſoit vn ieu ioüé,
Pour rendre quelqu'vn encloüé,
Qui entreprend trop grandes courſes:
Et quand au peuple amadoüé,
Sa paix ſera, la guerre aux bourſes.

Contret.

Helas! s'il faut encor contraindre
Le pauure peuple, pour les frais
Qui cy deuant ont eſté faits,
Ce ſera l'acheuer de peindre.

Le bon maiſtre.

Monſieur me dit, ſi tu me crois
Sers moy bien, & prens aſſeurance
Que tu auras ta recompenſe,
Et ny perdras pas vne crois:
Vrayement luy dis-ie, i'aperçois
Veritable voſtre ſentence,
Car voſtre argent ie ne ſçaurois
Perdre, s'il n'eſt à ma puiſſance.

Contret.

On ne ſçauroit prendre eſperance

D'vne future recompenſe,
Si l'on ne voit recompenſez,
Le ſeruice des ans paſſez.

Le Pareſſeux.

Qu'eſt-ce que tu regardes tant
Debout ainſi qu'vne ſtatuë,
Tu es plus pareſſeux & lent,
Que ne ſeroit vne tortuë,
Laquelle encore s'euertuë
De proffiter en regardant,
Animant ſes œufs de ſa vüe,
Ie t'en voudrois voir faire autant.

Contretouche.

Il eſt ſi malicieux,
Que s'il penſoit pouuoir faire,
En regardant quelque affaire,
Il ſe banderoit les yeux.

Le bon varlet.

Ie vous ay jà ſeruy dix ans,
Donnez moy quelque recompenſe,
Allez ſot plain d'outrecuidance,
Sortez dehors vous perdez temps:
Ah, ah! monſieur, ie vous entens,
Vous m'appellez quand il faut rendre

Le seruice que ie vous rens,
Et me chassez quand il faut prendre.

Contretouche.

Mon valet n'a il pas raison?
Ie l'ay pris chez moy par pitié,
Et maintenant dans ma maison
Il veut partager par moitié.

D'vn Bragard.

Vn iour quelqu'vn me demandoit
Qui est-ce braue porte espee,
Qui a la chausse decoupee,
Que ie voy marcher ainsi droit,
I'estime qu'il soit bien adroit,
Et qu'il a vigoureuse force:
C'est canelle, dis-ie, qu'on voit,
Le meilleur de luy c'est l'escorce.

Contret.

Si le meilleur c'est son habit,
Le marchand luy en fait credit,
S'il n'a point donc d'autre moyen,
Le meilleur de luy ne vaut rien.

Le Courtisan.

Le Perroquet estant en cage,
Dit, bõ iour mõsieur, Dieu vous gard,

Puis ſoudain changeant de langage,
Dit, maquereau, larron paillard:
De meſme à la Cour i'ay veu faire,
Où tel m'a veu d'vn bon regard,
Qui toſt apres m'eſtant contraire
Crioit, il a mangé le lard.

Contret.

Fais bonne mine à mauuais jeu
Pour mieux ſauter on ſe recule,
Tu bruſleras à petit feu
Ton ennemy qui diſſimule.

L'enuieux.

Le riche vſurier qui amaſſe
Me fait d'vn maſtin ſouuenir,
Qui veut ſous ſa patte tenir
Deuant ſes yeux tout ce qui paſſe:
Et s'il voit pres de luy venir
Vn petit chien, qui en deſire,
A belles dents il le deſchire,
Et garde bien d'y reuenir.

Contretouche.

Deux coqs dedans vn village,
Deux maſtins en vn meſnage,
Deux nids ſur vn arbriſſeau,

Deux seigneurs en vn chasteau,
Deux coquins à vne aumonne,
Deux Roys à vue Couronne,
Sont aussi prodigieux
Que deux Soleils dans les cieux.

Le Babillard.

Mon petit chien, i'en ay pitié,
Est tout deshalé de famine,
Il est de si grande amitié
Qu'il suit mes pas quand ie chemine,
Il ne sonne mot quand ie disne,
Souffrant paisiblement sa faim:
Mais mon gros mastin de cuisine,
Iappe tant qu'il a force pain.

Contretouche.

En quatre mois vn Babillard
Gaigne plustost vne grand somme,
Que ne feroit vn sçauant homme
En trois iours vn pauure liard.

Le Greffier Glorieux.

Monsieur qui estes si popin
Vous ne portez point d'escritoire,
Si est-ce qu'il est tresnoroire,
Que vous viuez de son butin:

Mais vous dites qu'en l'auditoire
Vostre commis pour vous trauaille,
C'est triompher de la victoire,
Sans se trouuer à la bataille.

Contret.

Le commis gaillard & adroit,
Sert biẽ son maistre en autre endroit,
Et fait si bien qu'il luy façonne
Pour triompher vne couronne.

Le beau bastiment.

Lon me monstroit vn bastiment
Fait de tres-belle architecture,
Embelly de riche peinture
Et meublé fort superbement:
Le maistre dit, quel iugement
Faites vous de ce mien ouurage?
Vrayment, luy dis-ie, c'est dommage
Que Dieu n'y est aucunement.

Contretouche.

Pour bastir donc à vostre guise
Il eust fallu faire vne Eglise:

Response.

Non: mais il faudroit seulement
Y viure plus chrestiennement.

De deux seruiteurs.

Il y auoit deux seruiteurs
En vn logis, l'vn plain de baue
Yurongne, paresseux & braue,
Vn autre de fort bonnes mœurs,
Le premier auoit les faueurs,
L'autre pasle, deffait & haue
Estoit traicté comme vn esclaue,
Et n'auoit rien que des rigueurs.

Contret.

Ie compare le trauailleur
Au iour ouurier de la sepmaine,
Au Dimanche, le seruiteur
Qui vit ioyeux sans prendre peine.

Le Pauure.

Vn pauure orphelin affamé
Demandant pour Dieu qu'on luy dõne
Demeura presque my-pasmé
En la presse, sans que personne
Le liéue, mais on le bastonne,
Il s'en plaint, on luy dit, qu'as-tu?
Helas! ie n'ay point eu d'aumosne,
Et si m'a-on tres-bien batu.

Contret.

Le bien aux pauures destiné,
Par les gros gueux le plus souuent
Est miserablement disné,
Et les petits viuent de vent.

En faueur d'vn sien amy.

Quelques vns pleins de mauuaistié
Me trauaillant dés mon bas aage,
Sous ombre de feinte amitié
Me pensoient bien porter dommage,
Mais Dieu prenant de moy pitié
En repos m'a voulu conduire,
O tres-heureuse inimitié
Qui m'a bienfait me pensant nuire.

Contret.

Dieu ! que ne dis-ie d'autre sorte
En voyant l'inimitié morte,
O tres-heureuse inimitié
Qui se renforce en amitié!

D'vn Seigneur.

Monsieur a fait vn Colombier,
Qui contient bien mille pots,
Il ne seroit pas à repos,
S'il le paissoit de son gerbier:

Mais tout ſe prend deſſus le dos
Du laboureur, & non ſur luy,
Il peut bien dire le propos,
Large cordon du cuyr d'autruy.

Contret.

Il n'eſt pas permis au vilain
Baſtir vn Colombier en pied,
Ny deſrober à plaine main,
C'eſt à faire au Seigneur du fied.

Les Courtiſans.

Chacun en Cour a ſon office,
L'vn ſert d'appreſter le diſner,
L'autre en la chambre fait ſeruice,
L'autre ne fait que cheminer,
Bref on ne pourroit deuiner
Comme au reſte il y a bon ordre,
Car les vns ne font que ieuſner,
Et les autres ne font que mordre.

Contret.

Ceux qui ieuſnent en patience
Ont en fin quelque recompenſe,
Mais ceux qui mordent trop auant
Rendent la gorge bien ſouuent.

De Monſieur & de ſon valet.

Monſieur m'appelle inceſſamment,

Fol, mais quoy? respondre ie n'ose,
Car on feroit soudainement
Sur ma response quelque glose:
Mais toutesfois ie me propose
Que tenir vn fol longuement,
Et s'en seruir en toute chose,
Ce n'est pas fait trop sagement.

Contret.

C'est encor plus folement fait,
De seruir vn maistre imparfait,
Mais puis que l'vn l'autre ressemble,
Peuuent ils pas bien viure ensemble?

Le Riche ignorant.

Il est fol qui sans cesse rit
Des actions de nostre vie,
C'est de mesme vne grand' folie
De s'en tourmenter à credit:
Il faut donc estre Democrit,
S'on voit vne riche ignorance,
Et se changer en Heraclit
S'on voit vne pauure science.

Contret.

Il vaudroit mieux tout au contraire
Plorer d'vn fol garni d'argent,

Et rire d'vn ſage indigent.
Le ſage n'a de rien affaire.

Le Seruiteur.

I'ay deſià par long temps ſerui,
Ayant ma vie ainſi qu'vn chien,
Cõme vn chien i'ay touſiours ſuyui,
Sans que l'on m'ait dit encor rien:
Monſieur me dit aſſez, va, vien,
Eſcry promptement ce cayer,
Ie le repute homme de bien,
Mais ce n'eſt pas de bien payer.

Contret.

Vn importun vallet qui grongne,
Et qui ſe plaint mal à propos,
Me plairoit plus d'eſtre à repos,
Que de priſer tant ſa beſongne.

La Chandelle.

Lon m'apporta deſſus la table
Vne chandelle preſqu'vſee,
Que tout ſoudain i'ay refuſee,
Diſant, gardes là pour l'eſtable:
Lors icelle en voix pitoyable,
Me dit, eſt-ce le benefice
Qu'on rend au pauure miſerable

Quand il a fait long temps ſeruice?

Contret.

Nous reſſemblons à la chandelle
Qui ſe conſume en peu de temps.
Et tout ainſi qu'on fait icelle
On nous rebute en nos vieux ans.

Le Riche.

Vn grand ſeigneur s'en va mourir,
Auquel toute richeſſe abonde,
Venez moy (dit-il) ſecourir,
Las! il me faut laiſſer le monde:
Aucun n'y a qui luy reſponde,
Car chacun faiſoit ſon fardeau,
Venez chiens, hurlez à la ronde,
Et luy preparez ſon tombeau.

Contretouche.

Pluſieurs deſſus leur ſepulture
Font poſer à leurs pieds vn chien,
Cela denote à l'aduenture
Qu'ils n'ont fait qu'à ceux là du bien.

Le ſeruiteur.

Seruez vn grand ſeigneur pour rien,
Ne cherchez que ſa bonne grace,
Dites ne vouloir autre bien,

Sinon qu'estre deuant sa face:
Monsieur que vous plaist-il qu'on face,
Ie suis à vous d'ame & de cœur,
Alors on vous dira prouface,
Et serez gentil seruiteur.

Contret.

Payez vn vallet promptement,
Et le faites tresbien repaistre,
Qu'il viue au reste librement,
Alors il vous dira bon maistre.

Le Maistre.

Vn seruiteur demandoit gage,
Apres auoir seruy long temps,
Le maistre dit si tu es sage
Demeure encor vn peu de temps,
Et t'asseures si tu attens
Que tu auras bien d'aduantage,
Le vallet dit, ie vous entends
Vous voulez payer en langage.

Contret.

Si beau parler & beaux semblants
Valloient la piece vn pistolet,
Voire vne piece de six blancs,
Monsieur payeroit bien son vallet.

Au riche de pere & de mere.

Tu despens liberalement
Le bien que t'a laissé ton pere,
Et me dis que semblablement
Ie deuroy faire bonne chere:
Mais il faut aller bellement,
Tu ne sçais pas que le bien couste,
Tu fus remply soudainement,
Et ie me remply goutte à goutte.

Contret.

Veux tu donc viure miserable
Et ne iamais passer le temps,
Pour laisser riches tes enfans
Qui tiendront vne bonne table?

De Mau-misert.

Pourquoy dit-on que Maumisert
Est plein de si grande paresse?
Quelqu'vn luy en veut à couuert,
Qui ce potage là luy dresse:
Car il va de telle allegresse
A la table, à la caue, au lit,
Que ie voudroy que sa vistesse
Fust paresseuse comme on dit.

Contretouche.

Monsieur vous voulez que i'aye
Le surnom de Maumisert,
Vous diray-ie à descouuert
Le vostre, c'est Maumypaye.

D'vn Gentilastre.

Coquin vous estes Gentil-homme,
Vostre pere estoit sauetier,
C'est selon la façon de Rome
Qu'on estoit noble & charretier:
Mon amy ie suis homme entier,
Resouuien toy qu'en la prouince
Des Syracusains, vn Potier
Fut plustost Roy, que fils de Prince.

Contretouche.

Et toy noble qui meurs de faim,
Tu as pris congé de noblesse:
Car vn noble est double vilain,
Qui n'a ny vertus ny richesse.

AVTRES SORTES DE VERS.

A Monsieur de Chanlecy, Capitaine des gardes de Monseigneur le Duc d'Elbeuf.

Sçays tu mon Chanlecy comme i'aurois envie
De viure pour passer heureusemẽt la vie
Suffisamment des biens, amassez sans labeur,
Par liberalité de quelque donateur:
Voir mes champs non ingrats fertiles chasque annee,
Auoir tousiours bon feu dedans ma cheminee,
Harãguer raremẽt, n'auoir aucũ procés,
L'esprit bien à repos, ne faire point d'excés,
Estre en bõne santé, le corps net & agile
Sage simplicité, tenir table facile,
Sãs art de cuisinier, & encor ie voudroy
Des amis, ny plus grands, ny plus petits que moy,
Vne ioieuse nuit, n'estre toutefois yure
Vn lict chaste & gaillard, de tous soucis deliure,

Le ſommeil gracieux rendant courtes
les nuits,
Vouloir tant ſeulement eſtre ce que
ie ſuis,
Ne ſouhaiter la mort, & moins encor
la craindre,
„ Ie ne te ſçauroy mieux, tous mes ſou-
haits depeindre,
„ que ſi ie ne les puis entieremẽt auoir,
„ I'en pren ce que ie puis, ſelon que tu
peus voir.

A Candide.

Ainſi que ton tableau ſurpaſſe
La beauté des autres tableaux,
La beauté de ta face, efface
Ton tableau, le premier des beaux.

De *Brunon.*

Brunon qui deffend les images
Des ſaincte vierges, & des ſaincts:
A fait pourtraire les viſages
De luy meſme, & de ſes putains.

A vn Peintre: Dialogiſme.

B. Peintre, qu'eſtoit il beſoing,
De mettre vn arc dans le poing

D'Amour? car sa petitesse
N'a la force ny l'adresse
De s'en seruir. P. Il le tient
Comme vn sourcil, d'où prouient
Le premier trait de la veuë,
Qui de sa pointe pointuë,
Penetre soudain le cœur.
B. Peintre tu n'es point menteur,
Ie sçay par experience,
Qu'vn semblable traict m'offence,
Dont Candide, par ses yeux,
M'a percé. Mais ô bons dieux,
Ie vous suplie au moins, faites
Comme ie sens ses sagettes,
Qu'elle sente par effect,
Que ie porte aussi vn traict.

Ie croy qu'il entend la sagette du milieu.

De Popinet.

Ce petit popinelet,
Au poil frizé blondelet,
Dont la reluisante face
Feroit mesmes honte à la glace,
Et sa delicate peau
Au plus beau teint d'vn tableau,
Ce muguet, dont la parolle
Est bleze, mignarde & molle,

Le pied duquel en marchant
N'iroit vn œuf escachant,
L'autre iour prit fantasie
De s'espouser à Marie,
Vestue aussi proprement,
Peu s'en faut, que son amant:
Et venant deuant le temple,
Le Prestre qui les contemple,
Demanda facetieux,
Qui est l'espoux de vous deux?

De deux tableaux.

Peintre qui fais si grand cas
De deux tableaux que tu as,
Sçauoir, l'vn de Phaëton,
L'autre de Deucalion:
S'il faut que leur iuste pris
Selon leur subiect soit pris,
Fais de l'vn de la lumiere,
Iette l'autre en la riuiere.

A vn Poetastre.

Ne chante plus la mort funeste,
De Niobe, ny de Thieste,
Laisse de Medé les fureurs,
Et d'Andromache les douleurs,
Escris la course vagabonde
De Phaëton, ou escris l'vnde

Qui noya iadis l'vniuers,
C'est matiere propre à tes vers.

A Camardin.

Vilain quignaud que tu es,
Au nez camard & punais,
Garde de voir ton visage,
En passant pres le riuage
D'vn'eau, car comme jadis
S'y mirant le beau Narcis,
Mourut, pour l'amour extreme
Qu'il conceut voyant soy-mesme,
De despit que tu aurois
De te voir, tu te noyerois.

De l'extreme inimitié que tu conceutois contre toy-mesme.

De la femme legere.

D'où vient qu'vne femme legere,
Prise tousiours la loyauté?
Elle la prise en la maniere
Qu'vn aueugle fait la clarté,
Ainsi que plusieurs font grand cas
Des belles choses qu'ils n'ont pas.

A Remy Belleau, sur ses pierres precieuses.

Belleau tu portes dans tes doigts
Beaucoup de pierres precieuses,

Et tes escrits de tous endroits
En sont semez, ô mains heureuses
Qui tant de richesses liurez,
A l'autheur quand vous escriuez.

Des termes d'vn certain Aduocat.

Si l'on auoit osté, neantmoins, toutesfois,
Ergo, donc, verament, cela est tout frotté:
Ton fameux Aduocat, à grand' difficulté,
Ioindroit ensemblement quatre mots, voire trois.

De Ianneton.

Ianneton nous scandalize,
D'estre si peu à l'Eglise,
Car aussi tost qu'elle y va,
Elle en sort, d'où vient cela?
Il y a chez elle vn Prestre,
Qu'a elle besoing d'y estre?
Elle n'a garde de mourir sans confession.

A vn enuieux.

Chacun ayme chante & loue
Ces escrits ou ie me ioue,
Chose qui beaucoup me plait:
Mais quand ie sçay pour les lire,
Qu'vn enuieux creue d'ire,
Ils sont selon mon souhait.

A Badin.

Badin, mon liure te desplait,
C'est donc signe qu'il est bien fait.
Car rien ne te plait, que ce qui est mal.

Au mesme.

Ie sçay bien que tu blasmeras
Mes es escrits quand tu les verras,
Voire deuant que de les lire,
Mais c'est tout vn, car ton mesdire
Me fait croire à bonne raison,
Qu'on trouuera mon liure bon.

De Candide.

Candide appelle mes enfans,
Ceux ausquels elle s'abandonne,
Dont il ne faut pas qu'on s'estonne,
Car si ceux qu'on porte le temps
De neuf mois, ainsi l'on surnomme,
Elle peut bien dire à vn homme,
Mon fils, l'ayant porté dix ans.

Election d'vne maistresse.

Pour deuenir amoureux,
Vne maigre ie ne veux,
Car c'est vne seiche picque,
De qui le dur genouil pique,

Et compteroit on les os
Sur l'espine de son dos,
Il semble que la nature,
Comme du bois l'a fait dure.
Pour deuenir amoureux,
Vne grasse ie ne veux,
Ce n'est qu'vne lourde masse,
Pleine d'ordure & de crasse,
Et qui fait le mouuement
De son corps trop lourdement,
Qui veut aimer vne truye,
La choisisse pour amie.
Pour deuenir amoureux,
Sçais tu quelle ie la veux,
Vne claire brune face,
Qui ne soit maigre, ny grasse,
Et d'vn gaillard embompoint,
Ne put ny ne pique point,
Voylà la douce viande
Qu'en mes amours ie demande,
Mon amour n'est carnassier,
Mon amour n'est point gressier.

Sur Fleurette, chienne de Damoyselle Charlote Ieannin, sa petite maistresse.

Petite beste follastre,

Aussi blanche que l'albastre,
Fleurette que i'ayme mieux,
Qu'vn diamant pretieux,
Fleurette, aussi douce & belle,
Qu'vne mignarde pucelle,
Qui ne doit ceder en rien,
A l'oyseau Catullien,
En mignardes gaillardises,
En gaillardes mignardises:
Fleurette au beau musequin
Camuset, escarlatin,
Sentant la fleur violette,
Qui t'a fait nommer Fleurette,
Demonstrant bien que iamais,
Tu n'eus l'estomach mauuais.
O Fleurette, l'alegresse
De ma gentille maistresse,
Qui lairroit tous ses esbats,
Pour t'auoir entre ses bras,
Or' te faisant bonne chere,
Or' te mettant en cholere,
Et ores pour t'apaiser,
Te donnant vn doux baiser,
A fin qu'apres trop mutine,
Ta pate ne l'esgratigne:
Puis prent plaisir de te voir,
Si naïfuement douloir,
Qu'il semble que tu proposes,

De luy dire quelques choſes,
Demandant allegement
De quelque petit tourment:
Puis apres, tu viens à l'aiſe,
T'endormir deſſus ſa fraiſe,
Et couches ton muſequin,
Pres de ſon col yuoirin,
Et de priuauté pareille
Tu ronffles pres ſon oreille,
Si ſouëf qu'on ne diroit,
Que Fleurette ronfleroit:
Et ſi tu es d'aduenture,
Contrainte de faire ordure,
Sans ſon habit luy gaſter,
Tu ne ceſſes de gratter
De ton pied, qui l'admonneſte,
Que bien appriſe & honneſte,
Fleurette, tu as le ſoing,
De te retirer au loing.
Tu es encor ſi pudique,
Qu'aucune amour ne te pique,
Et ne peut on deſcouurir
Chien digne de te couurir,
O Fleurette fortunee,
Fleurette heureuſement nee,
Encor à fin que la mort,
Sur toy n'ayt aucun effort,
Le peintre ſur ceſte table

T'a depeinte si semblable
A toy-mesme, qu'on diroit,
La voyant que l'on te voit,
Ou bien te voyant, Fleurette,
Si naïfuement pourtraite,
De toy-mesme, l'on diroit,
Que ta pourtraiture on voit.
Ou que vous estes peintures
Toutes deux, ou creatures.

A Maumisert, mon valet.

Maumisert, ie t'ay entendu,
Plorer ta fortune, qu'as tu
A te fascher de mon seruice?
Reçois tu pas autant d'office,
De bien-faits, & plaisir de moy,
Que i'en sçaurois tirer de toy?
Viençà, pendant que tu reposes,
Sans t'esmayer d'aucunes choses,
Ronflant libre toutes les nuicts,
N'ay-ie pas mille & mille ennuis?
Et ne faut il pas que ie pense
A nostre ordinaire despense:
Et comme il faut le lendemain
Trauailler, pour chasser la faim;
Voy tu pas comme ie courtise
Vn asne masqué de feintise,

Pendant qu'à grand peine, en vn mois,
Me salueras tu vne fois.
Puis tost apres, chargé d'affaire,
Allant selon mon ordinaire,
Ou par la ville, ou au Palais,
Ie vay deuant, tu viens apres:
Ainsi sur l'element liquide,
A ton tour tu me sers de guide.
Et lors que ie suis au barreau,
Tu vas iouër sur le carreau,
A la darde mes esguillettes,
Ou bien souuent tu cabarettes:
Et lors que du trauail ie prens,
Tu passes sans soucy le temps.
Tu n'as pas peut estre agreable,
De me venir seruir à table,
Mais quand tu as bien desieuné,
Ne peus-tu attendre vn disné?
Sans manger, point tu ne demeures,
Comme ie fay, iusqu'à dix heures,
Ainsi me voyant vn petit
Manger, tu reprens appetit,
Et aguise ta dent, pour paistre
Ce qui reste deuant ton maistre.
Et si ie t'oste le soupçon,
Que ta viande est sans poison,
Et à fin qu'elle ne t'offence,
Moy-mesme i'en fay la creance:

Au reste tout du long du iour,
Ie trauaille sans nul sejour,
Et r'enfermé dans mon estude,
Auec grande sollicitude,
My-courbé sur mon estomach,
Ie fueillette quelque gros sac,
Et toy cependant, tu te ris,
Ou de quelques ioyeux deuis
Tu entretiens, ou bien tu chantes,
Oysif aupres de mes seruantes.
Bref, tu ne prens aucun soucy
Du present, ny futur aussi,
Et n'as pas crainte que la vigne
Reçoiue quelque mal insigne,
Moins encor que les autres fruicts
Soient par vn orage destruits,
Car tu n'en veux laisser de faire
Tes quatre repas d'ordinaire.
O heureux, trois & quatre fois,
Si ton bonheur tu cognoissois,
Car pour vray tu nous verrois estre,
Moy du nom, toy par effect maistre,
Et que ie ne suis rien, sinon
Le despensier de la maison,
Et encor au bout de l'annee,
Ta fortune est si fortunee,
Que, me seruant de peu ou rien,
Il faut du plus clair de mon bien,

Te donner salaire & bon gage,
Es tu pas plus heureux que sage?

Hyperbolique description de Migrelin.

Quand Migrelin prit naissance,
Il n'auoit la corpulence
Pas plus grosse qu'vn ciron,
Aussi fut-il, ce dit on,
Iadis conceu par sa mere,
De la sueur de son pere,
Comme Pallas d'vn cerueau
Prouint, & Venus de l'eau,
Et Bacchus prit origine
D'vne cuisse fœminine:
Et n'eut esté que sa voix
Mimionna plusieurs fois,
Au terme qu'il deuoit naistre,
On ne l'eust peu recognoistre.
Il eut vn petit noyau
De cerise, pour berceau:
Il eut pour sa nourriture,
Vne goutelette pure
De laict, pour deux ou trois mois,
Encor fut il vne fois
En grand danger voulant boire,
De trauerser l'vnde noire,
Et cuyda noyer au fond

D'vn bruuage si profond.
Certain iour vne espeluë
Iaillit pres de sa chair nuë,
Quand sa mere l'eschauffoit,
Et pres du feu le frottoit,
Auec vn delié linge
Large comme vn cul de singe:
Dés lors elle fit vn veu,
Qu'il ne verroit plus le feu,
Et d'vne façon nouuelle,
L'eschauffa pres sa mammelle,
Du battement de son cœur.
Voylà comme la chaleur,
De si vigoureuse place,
Au cœur luy planta l'audace,
Et le fit si genereux,
Que si son cœur valeureux
Eust secondé sa braue ame,
Il n'eut craint ny fer, ny flame.
Mais quoy? toute sa valeur,
Fut, non au corps, mais au cœur:
Il auoit tresgrand despit,
Quand on l'appelloit petit
Combien qu'vn fer d'esguillette
Fust sa taille plus parfaite,
Mais ie pense qu'il pensoit,
Que ce nom là l'offensoit,
Parce qu'on dit d'ordinaire

Vn petit sot temeraire,
Petit punais glorieux,
Vn petit seditieux,
Petit mutin, petit page,
Petit larron de fromage,
Et pensoit que quand on dit,
Seulement ce mot, petit,
Qu'il portoit de sa nature,
Auecques luy quelque iniure:
C'est pourquoy tout son plaisir,
Fut en son temps de choisir
L'acointance des grand's filles,
Grands habits, grands domiciles,
Par vn tel moyen pensant,
Peut estre, deuenir grand.
Il eut vne grande espee,
Sur sa chausse decoupee,
Dont la longueur toutesfois,
Ne montoit pas à deux doigts.
Or aduint qu'vn personnage,
Remarquant cet equipage,
Luy demanda par quel point
A icelle il estoit ioint:
Dont irrité le possible,
Plus qu'il n'y a dans vn crible
De pertuis, iura des fois,
Qu'il auroit auant vn mois,
Raison du tort & outrage

De si superbe langage,
Parquoy comme bon soldat,
Le fit sommer au combat:
L'autre de honte recule,
Desdaignant, comme vn Hercule,
Desployer en lieu si bas,
La puissance de ses bras.
Or aduenant la iournee,
Pour le combat destinee,
Migrelin tout furieux
Rouilloit en teste les yeux,
Et tenant par esperance,
La victoire en sa puissance,
Gresilloit tous ses boyaux,
En trois ou quatre morceaux.
En fin les voicy en place,
Lors Migrelin plein d'audace,
Qui d'vn furieux reuers,
Le pensoit fendre à l'enuers,
De la trop grande secousse
Que fit son corps, il tremousse,
Et l'air de son coutelas,
Le fit tresbucher en bas:
Quoy voyant son aduersaire,
Qui ne vouloit luy mal faire,
Doucement le releua.
Alors Migrelin s'en va,
Et menteur se fait accroire,

Qu'il a gaigné la victoire,
Et dit que iamais la peur
N'aura place dans ſon cœur.
Vne fois il fit la la guerre
A vn petit ver de terre,
Qu'il diſoit eſtre vn dragon,
Tel que vainquit Apollon:
Et dés lors plein de ventance,
Ne chantoit que ſa vaillance.
Il monta vne autre fois,
Sur vn moncelet de bois,
Eſtant trainé d'vne mouche:
Mais comme quelqu'vn la touche,
Le bois tournant de trauers,
Migrelin cheut à l'enuers:
Dont voyant le peuple rire,
Et quoy, ſe prit il à dire,
Ne ſuffit il pas d'auoir
Es grand's choſes le vouloir?
Cognoiſſez que la fortune,
De Phaëton, m'eſt commune.
Et ainſi ſe conſolant,
Tout fier il alloit parlant,
Et ne doubtoit pas en ſomme,
Qu'il ne fut vn treſgrand homme,
Mais ſi euſt-il volontiers
Eſté plus grand de deux tiers.
Or à la fin ſon malheur,

Ou plustost son trop grand cœur,
Ou le desplaisir extreme,
Cent fois plus grand que luymesme,
De ne se voir respecter,
Comme il pensoit meriter,
Rendit son ame petite
Si cruellement despite,
Qu'vn matin il se pendit:
Encor que qu'elqu'vn ait dit,
Que ce qui luy fit enuie
De finir ainsi sa vie,
C'est qu'il pensoit en pendant,
Qu'on le trouueroit plus grand.

Mort de Migrelin.

Migrelin vn iour despité,
De son pourpoint dechiqueté,
Qu'on luy rompit, se voulut pendre,
Et pour cela faire, alla prendre,
Afin de dresser son gibet,
Vn festu, qu'il mit au coupet
D'vne motte, en plaine campagne,
Qu'il estimoit vne montagne,
Perçant ce festu d'vn petit
Barbillon naissant d'vn espic,
Et puis au lieu d'vne fiscelle,
Prit les cheueux d'vne pucelle,

La se pendit & s'estrangla.
Mais ne pensez pas pour cela,
Combien qu'vn corps priué de vie,
Rende sa charge appesantie,
Qu'il pancha neantmoins à bas,
Quoy que le vent ne courut pas:
Car sa taille estoit si legere,
Qu'on le voyoit en la maniere
D'vn moucheron, qui parmy l'air
Semble inuisiblement voler.

Sur le mesme.

Migrelin se voulant pendre,
Vne certaine iournee,
Au lieu de corde, alla prendre,
Vn petit fil d'araignee.

Du mesme.

Gardes la chambre & ne va pas,
Ny par les champs, ny par la ruë,
Sans auoir vn bon coutelas,
Car i'ay veu voler vne gruë.

Du mesme.

D'Atomes toute chose est faite,
Ainsi qu'asseure Democrit,
Mais encor es tu plus petit,

Que n'eſt vne Atome parfaite:
Voire on diroit que tu es come
Le quart, ou le tiers d'vn' Atome.

Du meſme.

Le iour des nopces, l'eſpouſee
De Migrelin toute eſploree
Se lamentoit, ne treuuant pas
Son mary caché dans les draps.

Sur le meſme, pris du Grec.

Migrelin auec ſes doigts,
Fit certain iour vn hautbois,
D'vn petit feſtu d'aueine,
Mais il eut ſi court' haleine,
Que dans iceluy ſoufflant,
Il s'eſleue vn petit vent,
Qui de l'autre bout s'entonne,
Et repouſſa ſa perſonne
Arriere, enuiron dix pas,
De ſorte qu'il cheut en bas.

Sur le meſme.

La femme de Migrelin,
Pres de ſon mary couchee,
Le treuuant ſur ſon tetin
Luy euſt la teſte eſcachee,

Pensant que ce fut vn poux,
Mais il dit, que faites vous?
Dont elle toute esbahie,
Ie croy, luy sauua la vie.

Sur le mesme.

Dedans son lict Migrelin
Voyant vn certain matin
Aprocher de luy deux poux,
Se mit à crier, aux loups.

Sur le mesme.

Migrelin par grand courroux
A vn poux se combatit,
Mais cuydant prendre le poux,
Le poux plus vaillant, le prit.

Au Lecteur.

Regarde ce que i'ay dit,
Et que les Grecs ont escrit,
Tu diras, comme ie croy,
Qu'ils sont plus menteurs que moy.

A Monsieur de la Scale.

Sept citez à cause d'Homere
Eurent grandes contentions,
Mais il y a dix nations
Dont chacune se dit ta mere.
Pource qu'il sçait autant de langues.

De Marie.

Ie croy que l'on ne ſçauroit
Treuuer femme plus amie
De Iuſtice, que Marie,
Elle veut touſiours le droict.

A Ianneton fardee.

Le peintre auec ſon diuin art
Veut contrefaire ton viſage,
Mais ſi tu n'effaces ton fard,
Sera l'image d'vne image.

De Picquelin.

Madame, ſi vous donnez
A Picquelin voſtre bouche,
Faites boucher voſtre nez,
Ou bien que le ſien il bouche.

De Biſſot.

On iugeroit homme ſage
Biſſot quant il ne dit mot,
Mais s'il tient quelque langage
On dira que c'eſt vn ſot.

De Iean.

Iean dit à chaſque periode
Ce beau mot, Veritablement,
Et ſi à propos l'accommode,

Qu'il le dit mesme quand il ment.

De Bisfat.

Bisfat se commpare au ballon
Lequel estant frappé s'esleue,
Mais il ne faut que l'esguillon
D'vne espinglette qui le creue.

De Bissot.

Bissot durant le repas
A rencontré trois bons mots
Qui estoient fort à propos,
Croy donc qu'il n'y pensoit pas.
Car quant il y pense bien,
Tout ce qu'il dit ne vaut rien.

A Monsieur de Chalon.

Le desir que i'ay de te plaire
Me fait si bien penser à tout.
Que lors que ie pense mieux faire,
Ie n'en sçaurois venir à bout.

D'vn certain Seigneur idiot.

Monsieur a tousiours à table
Vn fol, ou vne guenon,
Veux tu sçauoir la raison?
Chacun ayme son semblable.

A Guillaume Tabourot.

Pour deuenir vertueux
Frequentez vn homm' honneste,

C'est vn mal contagieux
De frequenter vne beste.

Vray pourtrait de Bissot.

Bissot se fait contrefaire,
Mais le veux tu bien pourtraire
Sans le voir, peins vn pourceau
Qui ait la teste d'vn veau.

De Bertet.

Pour complaire aux gens de bien
Bertet prend tous leurs presens:
Pour apauurir les meschants,
Bertet n'en refuse rien.

De Borniquaud.

N'estoit-ce pas vn faquin
Que ce petit fils de prestre,
Qui desiroit plustost estre
Coquu, que non pas coquin:
Qu'auint il? ce malheureux
A la fin fut tous les deux.

A vn meschant Theologastre.

A ce qu'on dit, Bissot escrit
La Passion de Iesus Christ,
Qui? ce malin plein d'imposture?
Qui blaspheme en vn iour cent fois
Et de Dieu n'a soucy ny cure?
Il le met encor sur la Croix.

De Trifat, frere de Bissot.

On dit que souuent on voit
Chez Bissot vn adultere,
Qui est ce qui le croiroit,
Autre n'y va que son frere.

Apophtegme de Trifat.

Ne rien prendre, il est inhumain:
Prendre de l'vn, c'est conscience,
Prenez de l'vne & l'autre main,
Pour tenir au trait la balance.

Sur le mesme.

Il faut en fin que l'vn emporte,
Et s'il faut iuger d'vn present,
La balance sera plus forte,
Ou sera mis le plus pesant.

Contretouche.

Mon amy tu ne t'y cognois,
Immobile est ceste balance,
Vn Iuge remply de prudence,
Prise la valeur, non le poids.
Vn diamant ne vaut il pas
Plus que ne fait vn chapon gras?

D'vn Marchant.

Le sire Pierre s'est donné
Pour estre creu, cent fois au diable,

Et puis dit qu'il est veritable,
Ie croy qu'il est plustost damné.

De Saturnin.

N'est-ce pas estrange chose,
Saturnin icy dedans,
A quatre vingts ans repose,
Et n'a vescu que sept ans.

Contretouche.

Saturnin appelle vie
Celle la qu'au changement
De Cour, en sa mestayrie
Il vesquit tranquillement.

A trop diligent.

Tu as si diligente plume
Qu'en dix iours tu fais vn volume
Tu t'en vantes, mais n'en dis rien
Car vn chacun le cognoit bien.

Au mesme.

Tu dis que dans quatre mois
Tu composas tes amours,
Sans cela ie les pensois
Estre faits en quatre iours.

Contretouche.

Ainsi disent les mesdisants,
Et asnes qui n'escriuent rien.

Ie pense qu'il leur faudroit bien
Au lieu de quatre mois, dix ans.

A Catonet.

Ton estat ne te valloit rien,
Mais depuis que Barreton l'a
Il s'enrichit, d'où vient cela?
Tu viuois en homme de bien.

De Griselin.

Griselin asseure que tous
Ceux qui ne grisonnent sont fous,
Or luy grisonne, mais si est-ce
Qu'il n'est gueres plein de sagesse.

De Iean.

Iean dix hommes a traitté
Pour quatre blancs de despense,
Et dit qu'il a surmonté
Luculle en magnificence.

D'Anne.

Anne a seulement permis
A ses amis son deuant,
Il n'y a donc nul viuant
Qui ne soit de ses amis.

D'vn ialoux & de sa femme.

Vous estes gracieuse & belle
Disoit à sa femme vn ialoux.

Ha ! ie voudroy, respondit elle,
Qu'on en peut dire autant de vous.

Contretouche.

Tu peux bien tenir ce langage,
Repliqua le mary, pour moy,
Et mentir à mon aduantage,
Aussi bien que ie ments pour toy.

A Pierrot.

Marc voyant les laides grimaces
De la femme que tu pourchasses,
Est-ce là, dit-il, ceste Heleine
Pour laquelle on prent tant de peine?

A Bersot.

Vn bel office tu as pris,
A fin que chacun face compte
De toy, mais gardes qu'à grand pris
Tu n'achepres plustost ta honte.

De luy-mesme.

Triplefat fait grand' finance
Pour vn office qu'il prent,
Quoy? faut-il despendre tant
Pour monstrer son ignorance?

Au mesme.

Ton estat, comme tu dis,
Grand' somme d'argent te couste,

Mais encore ie me doute
Qu'il te couste vn plus grand pris.

A vn Monsieur.

Qui dit à son oncle, Monsieur,
Et qui nomme Madamoiselle
Sa mere, sa tante, ou sa sœur,
Il veut que Monsieur on l'appelle.

Contretouche.

Ce Monsieur là qui est vieux
Paraduenture est honteux,
D'appeller celle, sa mere,
Dont il seroit bien le pere.

A Trisot.

Trisot tu dis que ie prophane
Les neuf pucelles, ie le croy,
Mais c'est quand ie parle d'vn asne,
Ou d'vn tres-meschant comme toy.

A *son cousin A. T.*

Cousin quelquefois tu me dis
Qu'aller aux champs c'est ta prison,
Ie cognois par la que tu vis
En liberté dans ta maison.

A Angelique.

Chacun dit que tu me fais viure
Comme vn esclaue, mais ie dis

Que i'aimeroy mieux ſous toy viure,
Que d'eſtre libre en Paradis.

A elle meſme.

D'vne femme amiable & douce
La maiſon eſt vn paradis,
Mais de celle qui ſe courrouce
C'eſt vn vray lieu pour les maudis.

A ſon amy & corrival.

Tu te plains de ce que i'ayme
Anne, que tu aymes fort,
Mais deux amis ont ils tort
D'aymer vne choſe meſme?

D'Yzabelle.

Yzabelle qu'on aſſeuroit
Qu'vn moyne procez luy feroit,
Point, dit elle, ie ne le crains,
Ie le ſouſtiendray, i'ay bons reins.

D'vn muguet porte eſpee.

Tu veux faire le popin,
Et le vaillant tout enſembel:
Vne quenoüille & du lin,
Sont tes armes, ce me ſemble.

De Triſat meſdiſant.

Triſat meſchamment cauſe
Des plus femmes de bien,

Veux tu ſçauoir la cauſe,
La ſienne ne vaut rien.

De Biſſot.

Biſſot remply de meſdiſance,
Parle de tous mal en tout lieu,
Et meſdiroit encor de Dieu
S'il en auoit la cognoiſſance.

D'vn certain Autheur trifoliaire.

C'eſt à grand tort que tu as pris
Vn priuilege de dix ans
Pour faire imprimer tes eſcrits,
Ils n'auront pas cours ſi long temps.

A Catin.

Tu dis que ie n'ay la caire
Pour bien aux femmes le faire,
Me veux tu prendre à l'eſſay,
Pour cognoiſtre s'il eſt vray?

Epitaphe de Paule Ioue.

Icy giſt Paule qui mentit
Pour s'enrichir durant ſa vie,
Soit vray, ſoit faux ce qu'il a dit,
Il eſt mort, il ne s'en ſoucie.

Sur le meſme.

Ioue, par ſa menteuſe hiſtoire,
Acquiert la reputation

D'auoir denigré sa memoire
Pour vne auare passion.

A *luy-mesme.*

Ta plume qui seroit cherie
Et feroit florir ton esprit,
Se note par son propre escrit
D'vne perdurable infamie.

De Trifat.

Trifat se fasche, qu'on publie
Qu'il est à piller diligent,
Neantmoins il ne se soucie
De rien, pourueu qu'il ait argent.

A *Alix.*

Ceux qui nous veulent faire croire
Que tu es rogue, sont menteurs,
Tu te submets sans nulle gloire,
Tous les iours à tes seruiteurs.

De mon cousin gentilatre.

Mon cousin demy gentil-homme,
Me dit Monsieur publiquement,
Et puis apres tout priuément
En chambre son cousin me nomme,
Or vn iour il fit autrement,
De sorte qu'en plein Parlement,
Il me dit son cousin, pourquoy

Faisoit-il lors ce changement?
Il auoit affaire de moy.

Sur le mesme.

Celuy-la qui appelle
Monsieur, à son parent,
Par vne façon telle
Pense trancher du grand.

Contretouche.

Si est-ce que son ordinaire
Est bien petit pour vn seigneur,
Et si luy fais autant d'honneur
Pour le moins, qu'il m'en sçauroit faire.

De Iean glorieux, chiche de bonnetades.

Veux tu sçauoir à grand' contrainte
Pourquoy Iean oste son chapeau,
Parauenture qu'il a crainte
De monstrer la teste d'vn veau.

Du mesme.

Iean est riche de bonnetades,
Et n'oste iamais son chapeau,
Il ne le fait point par brauades,
Il craint d'esuenter son cerueau.

Contretouche.

Il n'a garde de l'esuenter
Plus qu'il l'est desià, car ie cuyde

Que si on le pouuoit tenter,
On le treuueroit du tout vuyde.

A Viduete.

Tu pleures deuant chacun
De ton mary le trespas,
Vn vray regret ne sort pas
D'vn langage si commun.

D'vn certain Aduocat qui s'empeschoit.

Bissot, qui porte douze sacs
Au Palais, est il recherché?
Nullement, mais il ne veut pas
Estre veu sans estre empesché.

D'vn qui feignoit estudier bien tard.

La chandelle de Bifat luit
En l'estude iusqu'à minuit,
Il deuiendra docte en icelle,
Ce sera plustost sa chandelle.

D'vn Procureur & son mestayer.

Vn Procureur voyant son mestayer
Lequel portoit vn grand chapeau pointu,
Luy demanda pour rire & s'esgayer,
Où as tu pris ce chapeau de cocu?
Tout promptement, vostre femme, dit l'autre,
Me le donnant, a dit qu'il estoit vostre.

De Triplesot.

Alors qu'on plaide quelque cause
Triplesot incessamment cause,

La raiſon de cela, prent il
Quelque proffit de ſon babil?
Non, mais il veut tout au contraire
Qu'on donne argent pour ſe taire.

Sur le pourtrait d'vn grand Seigneur.

Alors qu'on voit la douce audace
De ta fiere amoureuſe face,
On te dit Mars Adonizé,
Ou Adonis cicatrizé.

Sur le meſme.

D'vn des coſtez de ton viſage
D'Adonis on voit la beauté,
Et voit on de l'autre coſté
De Mars la face & le courage.

Sur le pourtrait de Venus endormie.

Paſſant ne ſois point curieux
De m'eſueiller pour voir mes yeux,
Car ſi toſt qu'ils regarderont,
Si toſt les tiens ils fermeront.

Sur Dædale.

O Dædale quand tu ſentois
Les pates & dents acerees
De l'Ours, lequel tu combatois
Ou eſtoient tes plumes cirees?

D'Amour aueugle.

Pourquoy l'Amour n'a il point d'yeux?
D'autant que pour attirer mieux,
Il a voulu les siens oster,
Mignonne pour les te prester.

Sur vne Venus naissant des ondes.

Pauure amoureux qu'Amour enflame,
Ou veux tu rafreschir ton ame,
Puis que tu vois naistre dans l'eau
La Cyprienne & son flambeau.

Priere d'vne laide à vn peintre.

Peignez vne femme belle,
Et mettez vn escriteau,
Qui dira que i'estoy telle,
Quelqu'vn voyant ce tableau,
Croira qu'vn iour mon visage
Fut semblable à cest' image.

Contretouche.

Le Peintre ayant escouté,
Dit, ie ne le feray point,
Seroit vne faulceté
Pour me faire oster le poing.

Sur le pourtrait d'vne femme sans teste.

Ie croy qu'on ne treuue pas
Vne si estrange beste,

Ny vn si merueilleux cas,
Qu'est vne femme sans teste.

A Monsieur de Chiry, gentilhomme Bourbonnois.

C'est à grand tort, mon de Chiry,
Que l'on te baille ce surnom,
Estant tout vertueux & bon,
Fay te plustost nommer Chery.

A *luy-mesme pour remerciement d'vn Saumon frais.*

Pourquoy treuue l'on meilleur
Que quelque autre, ton Saumon?
C'est la bonté du bailleur
Qui le fait trouuer si bon.

A *Ianne.*

Tu voudrois auoir pour vn coup
Dix escus, Ianne, c'est beaucoup,
Ie me contente de sçauoir
Le pris que tu voudrois auoir.

A *Binolas.*

Repren ces vers Binolas
Que tu mis es Bigarrures,
Car elles ne veulent pas
S'enlaider de tes parures.

A vne liseuse d'Amadis.

Quand tu vois cest Amadis
Qui se couple auec s'amie,
Dis moy, fille qui le lis,
Dequoy te prent il enuie?

Response.

De voir par experience
S'il est vray ce que ie pense,
Et si les sens sont rauis
Entre si plaisans deuis.

A Trifat.

Tu dis que tu sçais plus que moy:
Tu dis vray, mais c'est en malice,
Si ie sçauois autant que toy,
Ie seroy tout remply de vice.

Du beau tombeau d'vn meschant.

Iacques pleurant pres vn tombeau,
Sous lequel gist vn meschant homme,
Composé d'vn marbre aussi beau
Qu'on en sçauroit trouuer à Rome,
Ie pleure, dit-il, seulement
Ce marbre mis indignement.

D'vn amant importun.

Vn amoureux me disoit à tous coups,
I'ay vne belle, honneste, & riche amie:
Or croyez donc (mon amy) ie vous prie
Luy dis-ie vn iour, que ce n'est pas pour vous.

De Trifat.

I'escriuoy contre vn vicieux
En general, mais c'est grand cas,
I'ay offensé mon enuieux,
Auquel lors ie ne pensois pas.

Contretouche.

Il ne faut pas qu'on s'esbahisse
De le voir ainsi mutiner,
Car si tost qu'on parle du vice
Il sent son aureille tinner.

Du Latin, *Tinnire*, on dit en Bourgongne corner.

De Laydeau.

Laydeau dit, Les Damoiselles
Me recherchent tant & plus,
Mais il doit penser, qu'icelles
Cherchent plustost ses escus.

De Iaquette.

En se baissant, Iaquette fit vn pet,

Et dit, voyant qu'on l'auoit entendu,
Ce n'est qu'vn bruit que ma quenoüile a fait
Quoy ? ta quenoüille a elle, dis-ie, vn cul?

De Iaquelin.

On dit que Iaquelin pleure
Le trespas de ses deux seurs,
Non, mais il iette des pleurs,
Pource qu'vne encor demeure.

A Triplesot.

Cependant que tu attens
Qu'est ce que tu deuiendras,
Triplesot tu te verras
En l'age de soixante ans.

A Maistre Pierre.

Maistre Pierre, Monsieur ordonne
Que l'on vous prie à son repas,
A cause qu'il n'aura personne,
Dis luy donc qu'il ne m'aura pas.

Des Amadis.

Qui voudra voir ces escrits
Les lise aupres de s'amie,
Car ils donneront enuie
A tous deux d'estre lascifs.

D'vn lecteur d'Amadis, qui blasmoit les Bigarrures.

Toy qui permets les lectures
D'Amadis, & ne veux pas
Qu'on lise les Bigarrures:
Cauteleusement tu as
Apperçeu, que les mots gras
N'entrent viuement dans l'ame,
Pour suborner vne dame,
Comme les mignards appas.

De Bifat.

Iacquet à grand tort s'estoque
Quand de luy Bifat se moque,
Car d'autruy n'ayant dequoy
Mesdire, il mesdit de soy.

D'vn flateur.

Iacque louë esgalement
Les personnes plus insignes,
Et les personnes indignes,
N'a il pas bon iugement?

A certain personnage de bon iugement.

Quand quelqu'vn parle sottement,
Ou de mots sales, tu asseures

Qu'il le faut mettre és Bigarrures,
Car il y conuient proprement:
Croy ie te pri' d'oresnauant,
Si i'emplissois mes escritures
De choses sans sel, & d'ordures,
Tu y serois des plus auant.

De deux poissons taillez au Cizeau.

Ces beaux poissons de Phidie
Ne sont taillez au cizeau,
Prens les, & les mets dans l'eau,
Tu verras qu'ils sont en vie.

A vn plaidard.

Ton Aduocat veut dix escus,
Le Iuge encor veut plus grād' somme,
Claude, crois moy, ne plaide plus,
Va promptement payer ton homme.
Car tu despendras deux fois autant à plaider.

A vn verollé.

Tu deffens qu'on laisse boire
En ton verre autre que toy,
Tu le fais comme ie croy
Par charité, non par gloire.
Car il a peur qu'on ne preigne mal apres luy.

A Layderelle.

En vne nuict ie le pourrois
Bien faire, trois & quatre fois.

Mais auec toy le faire vn coup,
En quatre mois, seroit beaucoup.

Pource qu'elle est despiteusement laide.

De Bornicande.

Marguerite, aueugle a demy
A choisi, pour son entretien,
Vn gracieux & bel amy:
Ie pense qu'elle voit tresbien.

Car vne qui auroit bonne veuë, ne sçauroit mieux choisir.

De Vieillerotte.

Tu te veux abandonner
Gratis, vieille & laide mule,
Mais c'est chose ridicule,
Tu veux donner, sans donner.

C'est à dire, ta personne sans argent.

A Rafflart.

Si tu prens garde aux presens
Qu'on te fait sur tes vieux ans,
C'est te donner à entendre,
Qu'on te voudroit voir en cendre.

A fin de n'estre plus tenus à te donner, beants apres la recompense qu'ils attendent de toy.

De Iean pauure.

Il faut que Iean pauure meure,
Puis qu'il est pauure à ceste heure,

Car on ne donne plus rien,
Fors à ceux qui ont du bien.

De Fasot & sa femme.

L'vn & l'autre estans vicieux,
Et composez d'humeur pareille,
Femme & mary, ie m'esmerueille
Que ne viuez d'accord tous deux.

Car ce qui engendre l'amour, c'est la similitude des meurs.

A Sotion.

Ie n'ay rien escrit contre toy,
Mais tu ne veux croire à mon dire,
Sinon que i'en iure ma foy,
Ie gaigneray donc plus d'escrire.

Car on ne pechera pas tant d'escrire que de iurer.

D'vne Tetaßiere.

Iannette à la grand' tetasse,
Aux bains voulut vne fois
En acrer pour deux la place,
On luy fit payer pour trois.

Car elle estoit grosse à proportion.

D'Anne la noire.

Anne se faisoit à croire
Que se lauant dans ceste eau,

Blanche y deuiendroit sa peau,
Mais sa peau rendit l'eau noire.

Comme feroit vne pierre noire qui la penseroit lauer.

Des escrits de Pantalon.

Pantalon dit, qu'il desire
Que ie lise ses escrits,
Qu'il donne argent pour les lire,
Ie ne les puis voir *gratis*.

Car c'est autant de temps perdu.

A *Peutot*.

Au quel bien ie reçoy
De demeurer à requoy
Trois mois entiers au village,
Ie n'y voy point ton visage.

Lequel est si hydeux qu'on se cache de peur de le voir.

A *Sotion*.

Ià plus glorieux ne sois
Lors que monsieur ie te nomme.
I'en dis autant à mon homme
N'y pensant pas quelquefois.

De Iean l'amoureux.

Ie ne sçay pas que Iean escrit
A si grand nombre de pucelles,

Mais ie ſçay qu'il n'a pas credit
De receuoir reſponſe d'elles.
Il ſe rompt la teſte en vain.

A vn prometteur.

Maron tu ne me bailles rien,
Mais il te ſuffit de me dire
Qu'apres ta mort i'auray ton bien,
Que penſes tu que ie deſire?
Ta mort.

A vn deſpenſier.

Ceux qui te font bon viſage,
Crois moy qu'ils ne le font pas
A cauſe que tu es ſage,
Pourquoy donc? pour tes repas,
A fin qu'ils y ſoient bien venus.

A vn preſteur à moitié.

Tu m'enuoias des eſcus vingt,
Lors que i'en demandois quarante:
Pour en auoir quarante cinq,
Ie t'en demanderay nonante.

A Friandin.

Tu nous fais boire dans vn verre,
Tu bois en vn vaiſſeau de terre,
A fin qu'on ne voye au trauers,
Comme tu as deux vins diuers.
Cependant tu bois le meilleur.

De Iean.

Iean qui estoit homme de paille,
N'ayant que mettre sous la dent,
Prit vne vieille, & de l'argent,
Maintenant il vit, & trauaille.

A ses pieces, comme s'il trauailloit en tasche.

D'vn qui appelloit son pere Monsieur.

Estant fils d'vn seruiteur
Qui couchoit auec ta mere,
A bon droict tu dis Monsieur
A celuy qu'on croit ton pere.

C'est à dire, que le mariage enseigne ton vray pere.

De Pantalon.

Dy moy pourquoy ie te prie
Pantalon ne se marie,
A cause que de bon cœur
Il ayme & cherit sa sœur.

Il ne peut pas aymer en tant de lieux.

De Ianne.

Sçay tu pourquoy ie ne veux pas
Espouser Ianne riche & grande,
Parce que fiere elle commande,
Et me feroit tenir le bas.

A Bidelin.

Tu as l'ame toute bonne,

Et ne mesdis de personne,
Toutesfois par renommee
Ta meschant' langue est blasmee.

A *Polygame*.

On a enterré dans vn champ
Tes sept femmes en moins d'vn an,
On ne sçauroit voir heritage,
Qui te profite d'auantage.

Car il a gaigné beaucoup auec chasque femme.

De *Barthelemy*.

Barthelemy commence tout,
Mais il n'en peut venir à bout,
Ie croy mesme quand il le fait,
Qu'il laisse l'ouurage imparfait.

A *Punaisin*.

Tu t'esbahis pourquoy ton chien
Les estrons de sa langue touche,
Le peut il pas faire aussi bien
Qu'il lesche ta leure & ta bouche?

Laquelle est plus puante qu'vn estron mesme.

A *Anne*.

Anne donne moy content,
Ce que combien que tu donnes
A mille & mille personnes,
Il ne s'en pert rien pourtant.

A *vn prometteur.*

Tu me fais remply de vin
Le ſoir de belles promeſſes,
Le lendemain mentereſſes,
Ie te pri' boy le matin.

Pour auoir la memoire freſche.

A *l'inuitateur.*

Alors qu'inuité ie ſuis,
Tu me vas priant chez toy,
Excuſes moy, ie ne puis,
Car ie veux ſouper chez moy.

A fin que tu ne m'enuoyes plus querir: car quand i'y ſouppe, iamais tu ne me pries.

A *Vantard.*

Tu m'as fait ainſi que tu dis
Seul heritier de tout ton bien,
Mais quant à moy ſi ie ne lis
Ton teſtament, ie n'en croy rien.

Note qu'on ne fait ouuerture d'vn teſtament qu'apres la mort.

A Iean *tenant table couuerte.*

Iean, tu tiens vne bonne table
Comme tu dis, mais on te ſert
La viande tout à couuert,
I'en puis tenir vne ſemblable.

Ou il n'y aura rien ſous le couuert.

A Badinas.

Quand ie n'auoy ta cognoiſſance,
Ie te iugeois plein de prudence,
Mais ores que ie te cognoy,
Ie ne fay plus compte de toy.

Autrement ſur vn glorieux.

Ne te cognoiſſant pas ie te portois honneur,
Ainſi que ie ferois à quelque grand ſeigneur.
Mais ayant eu de toy parfaite cognoiſſance,
Ie ne te ſçaurois plus faire la reuerence.

De Ianne.

Pour pleurer, en lieu ſecret,
Son mary, Ianne ſe cache,
Eſt ell' honteuſe qu'on ſçache,
Qu'elle la de luy regret?

Parce qu'en public elle n'en faiſoit aucune demonſtration.

Inuention de l'autheur ſur le meſme ſubiect.

Ianne à l'eſcart ſe retire
Pour mener le deſconfort
De ſon mary qui eſt mort,
N'eſt-ce point pluſtoſt pour rire?

Dule-

Du testament de Vantard.

Pantalon t'a mis au rolle
De ses legats pour deux escus,
Tu l'entretenois de parolle,
Il te recompense en abus.
Car il te donne peu.

De Iean Atheiste.

Iean dit qu'il n'y a point de dieux,
Que le ciel n'est qu'vne folie,
Il ne sçauroit le preuuer mieux
Que par luy qui demeure en vie.
Car Dieu le deuroit punir, pour son impieté.

A Morion.

Vn Medecin, toy sçachant,
Va ta femme cheuauchant,
Ie croy que tu as enuie
De mourir sans maladie.
Car en fin ils t'empoisonneront.

De Ianneton perruquee.

Ianneton ordinairement
Achepte ses cheueux, & iure
Qu'ils sont à elle entierement,
Est elle à vostre aduis periure?
Ce que nous acheptons est nostre.

De Iean.

Iean ſe fait mener par brauade
Aſſis dans vne chaire à main,
Mais ſi ſon corps n'eſt pas malade,
Ie le treuue encor plus mal ſain.
Il a la teſte mal faicte.

A Morion.

C'eſtoit bien vn enuieux
Remply de menſonge extreme,
Qui t'appella vicieux,
Car tu es le vice meſme.

A Thoinot.

Tu dis que mon vers eſt vulgaire,
Ne l'en deſpriſes pas pourtant,
Car tel qu'il eſt, ie le ſçay faire,
Et tu n'en ſçaurois faire autant.

A Thibaut hæredipete.

Thibaut t'a fait entierement
Son heritier par teſtament,
Tu t'en plains, & dis toutesfois
Que beaucoup plus tu meritois.
Qui donne tout, ne reſerue rien.

A vn demandeur.

Quoy que tu faces demande
D'vne choſe qui eſt grande,

Tu me dis que ce n'eſt rien,
Pren-le donc, ie le veux bien.

D'vn fol.

Iacques tu m'as fait vendange
Pour le pris de cinq cens francs
D'vn fol qui n'a point de ſens,
Rends mon argent, il eſt ſage.

A Memion.

Tu te pleins que ie meſdis,
Et ſuis trop libre en parole:
Ie penſe que tu le dis
Parce que ie te controlle.

A Naricande.

Quand Badin eſtoit ton ruffien,
Tu diſois qu'il ne t'eſtoit rien,
Or' que tu l'as en mariage,
Tiendras tu le meſme langage?
Car il te touche d'auſſi pres qu'il faiſoit.

Du treſpas de Bitort.

Le iour que mourut Bitort,
Il gouſta du vin bien peu,
Ie penſe que s'il eut beu
Beaucoup, il ne fuſt pas mort.
Car il euſt ſuiui ſa couſtume.

De ce liure.

Il y a du bon, du mauuais,
Du mediocre dans ce liure.
Mais pense qu'vn liure iamais
D'autre façon ne se deliure.

A Bidet.

Ie ne t'ayme aucunement,
Ie te pri' contentes toy
Si ie le dy simplement,
Ie ne puis dire pourquoy.

De Iean.

Tu dis que Iean sent le vin
Qu'il a trop beu dés le soir,
Tu ments, on ne le peut voir
Qu'il n'ait jà beu le matin.

C'est donc le vin du matin qu'il sent.

De Marguerite.

Marguerite nous a dit,
Que iamais elle ne fit
Cela gratuitement,
Elle donne, ou elle ment.

Car personne ne luy voudroit bailler, tant elle est layde.

A Aizon.

Alors que ie te poursuis,
C'est alors que tu me fuis,

Et viuons ainsi tous deux
Que quand ie veux, tu ne veux.

De Bertot & Ianne.

Bertot veut Ianne en mariage,
Ie treuue qu'il fait sagement,
Ianne n'en veut aucunement,
Ie treuue Ianne encor plus sage.
Car c'est vn sot qui n'a rien.

D'vn enuieux.

Toy qui vas lisant mes vers,
Tournant les yeux de trauers,
Sois enuieux d'vn chacun,
Sans estre enuié d'aucun.

A vn vendeur de vers.

Tu te plains que Peutot va lire
Tes carmes par tout comme siens,
N'a il pas raison de le dire?
Tu les vends, ils ne sont plus tiens.

D'vne coupe de Myron.

Myron en ta coupe a fait
Vn serpent si bien pourtrait,
Qu'il semble y beuuant du vin
Qu'on y boiue du venin.
Que le serpent y porte auec soy.

De Ianne.

Ie voy que Ianne souspire,
Et iette larmes d'vn œil;
D'où luy prouient si grand dueil?
C'est son œil qui fait la cire.

Ou elle ne pleure pas, ou elle est marrie d'auoir la veuë si laide.

A Punaisin.

Il ne faut pas qu'on s'esmerueille
Si l'aureille de Iacques sent
Mauuaise odeur: car bien souuent
Tu parles bas en son aureille.

Et tu as la bouche puante.

A Beutes.

Ie sçay fort bien que les escrits
Que tu recites sont à moy,
Mais aussi tot que tu les lis
Badinement, ils sont à toy.

Dignes de ton sot esprit.

A Transy.

Tu as le visage blesme,
Et tu dis que Ianne t'ayme:
Croy s'elle t'ayme ainsi pasle,
Qu'elle n'ayme pas le masle.

Des bains de Moron.

Pour garder vifs au lendemain
Des poissons, sçay tu comme il faut,
De peur qu'ils ne meurent de chaut,
Les garder, mets les en ton bain.
Car iamais on ne l'eschauffe.

A Richereau.

Tu es triste, & as des biens,
Crains tu point que la fortune
S'en offense, & t'importune
Rendre ce qu'ingrat tu tiens?

De l'odeur de Claude.

Ce coffre que tu as veu
Sentir l'ambre & la ciuette,
Dés que Claude l'eut tenu
Sentit vne odeur infette.
Par l'infection violente qui sort de luy.

D'vn sçauant Poete.

Celuy qui dit que la mere
De Bacchus fut Iupiter,
Peut aussi bien reciter
Que Semele fut son pere.

A Languidet.

Tu me vins voir quand i'estois
Vne fois au lict malade,

Pour ceste seule passade,
Ie t'y verray plusieurs fois.
Car tu seras plusieurs fois malade.

De Marguerite & Catin.

Marguerite a la dent fort noire,
Catin l'a blanche comme yuoire:
D'où vient telle diuersité?
Catin a la sienne achepté.
Et l'autre noire est naturelle.

A Bertiset.

Tu attens pour estre bien
A te mettre en mariage,
Mais attendant d'auantage,
Gardes plustost d'estre rien.

A Gigandes.

Si l'on pouuoit retrancher
De ton corps dixhuict doigts,
Alors tu esgallerois
De sainct Pierre le clocher.
Tant il estoit grand.

Au Lecteur.

Vn enuieux me blasme, & dit
Que ce volume est trop petit,
Mais i'aurois vn plaisir bien grand,
Si chacun en disoit autant.
Car ce seroit signe qu'il n'ennuyeroit pas.

FIN.